CKO ORG-Z 12

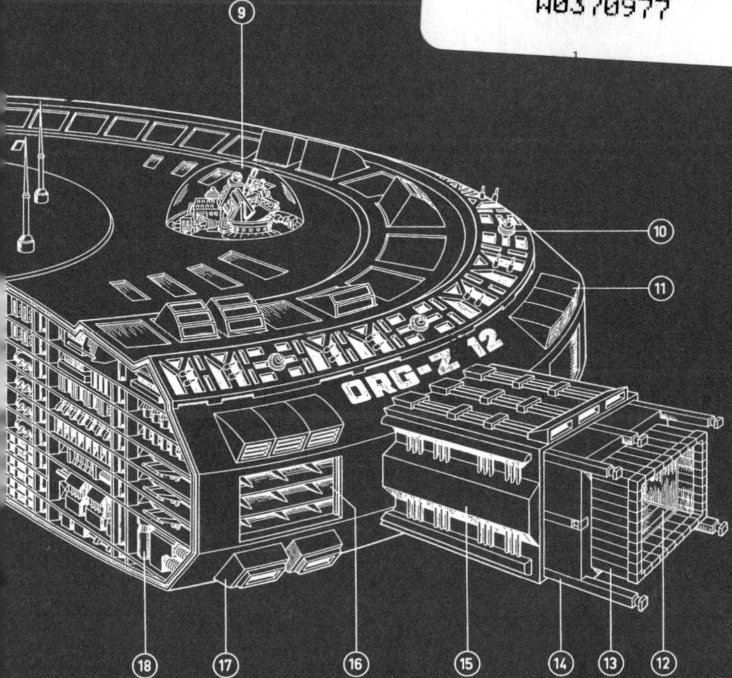

Zeichnung: Rudolf Zengerle

Perry Rhodan

Laire

Perry Rhodan

Laire

Pabel-Moewig Verlag KG, Rastatt

www. perry-rhodan.net
Bearbeitung: Hubert Haensel
Redaktion: Sabine Kropp
Titelillustration: Johnny Bruck
Vertrieb: edel entertainment GmbH, Hamburg
Druck und Bindung: GGP Media GmbH, Pößneck
Printed in Germany 2009
ISBN: 978-3-8118-4092-8

Fern der Milchstraße

Bilder aus der Vergangenheit

1.

Laire war von so hinreißender Vollkommenheit, dass die Bezeichnung »Roboter« für ihn geradezu abwegig erschien. Mit seinem Anhänger, dem konisch geformten Tork, hielt er sich in einem Zugang der Halle verborgen und beobachtete, was sich auf der Ebene tat. Ein Gefühl maßloser Enttäuschung und schwer unterdrückbaren Widerwillens ergriff von ihm Besitz.

Das waren sie also!

Sieben unförmige Gestalten in plumpen Anzügen, die in einem kleinen Raumschiff mit hoffnungslos veralteter Technik auf der Ebene im Weltraum gelandet waren. Laire wusste, dass er früher oder später hinaustreten und die neuen Mächtigen begrüßen sollte, das gehörte einfach zur Zeremonie. Doch dafür musste er sich innerlich wappnen. Bisher waren die Mächtigen der verschiedensten Art in Energieblasen zur Ebene gekommen oder einfach auf ihr materialisiert. Keiner der Ankömmlinge hatte je einen Schutzanzug getragen, jedenfalls keine derart primitive Ausrüstung.

Was konnte die Mächte jenseits der Materiequellen dazu bewogen haben, diese Figuren zu schicken? Würden die Fremden überhaupt in der Lage sein, Sporenschiffe zu fliegen und mit ihnen Lebenskeime in bislang unbelebte Regionen des Kosmos zu transportieren?

»Wir müssen hinausgehen und sie begrüßen«, mahnte der konische Tork.

Etwas in der Stimme seines Anhängers irritierte Laire, aber er war zu sehr mit der Betrachtung der sieben Gäste beschäftigt und achtete nicht weiter darauf.

»Warte noch!«, befahl Laire. »Ich muss mich erst mit ihrem Anblick vertraut machen. Oder findest du, dass sie wenigstens entfernt jenen Mächtigen ähneln, mit denen wir bislang zu tun hatten?«

»Jede Generation von Mächtigen unterscheidet sich von der vorausgegangenen«, antwortete Tork ausweichend.

Wahrscheinlich ist er nicht in der Lage, wirklich zu differenzieren, überlegte Laire. Er musste sich mit der Situation abfinden. Kemoauc und seine Brüder durften niemals spüren, wie geringschätzig er von ihnen dachte. Die ganze Zeit über hatte Laire auf eine Unterbrechung seiner Einsamkeit gewartet, nun hätte er gerne weiter allein ausgeharrt, nur um den Besuchern nicht entgegentreten zu müssen. Es war mehr als zweifelhaft, dass ihr Denken und Handeln kein Spiegelbild ihres Auftritts sein würde.

Allerdings durfte er nicht vergessen, dass er selbst nur ein Werkzeug der Mächte jenseits der Materiequellen war. Ihm stand nicht zu, ihre Entscheidungen zu kritisieren. Wenn sie diese Geschöpfe geschickt hatten, gab es bestimmt einen Grund dafür.

Die neuen Mächtigen waren von geringem Wuchs, sie reichten Laire nur wenig höher als bis zur Körpermitte. Ihre Haut, soweit er das in ihren plumpen Anzügen sehen konnte, war lederartig grau. Ihr seltsamer Doppelkörper ging im oberen zusammengewachsenen Bereich nicht in einen Kopf über, sondern verfügte nur über einen höckerartigen Wulst.

»Nun gut«, sagte Laire zu dem konischen Tork. »Lass uns hinausgehen und sie willkommen heißen.«

Der Anhänger, der die ganze Zeit über gedrängt hatte, zögerte mit einem Mal.

»Was ist?«, erkundigte sich Laire. »Sind dir Bedenken gekommen?«

»Ich habe überlegt, ob es eine gute Idee wäre, wenn ich sie allein begrüßen würde«, antwortete Tork. »Du könntest später hinzukommen.«

»Was bedeutet das?«, fragte Laire.

»Nichts, nichts!«, beteuerte der Anhänger. »Ich wollte dir nur mehr Zeit geben, dich an sie zu gewöhnen.«

Laire sah den konischen Roboter nachdenklich an. »Es ist sicher absurd, aber je länger ich dich mit meinem rechten Auge betrachte, desto wahrscheinlicher kommt es mir vor, dass du aus einem mir unbekannten Grund ein schlechtes Gewissen hast.«

»Ich habe überhaupt kein Gewissen!«, sagte Tork lakonisch.

»Das weiß ich. Trotzdem ist dein Verhalten merkwürdig, als würdest du mir etwas verheimlichen.«

»Ich bin dein Anhänger!«, rief der konische Tork entsetzt.

»Weißt du mehr über die Wesen als ich selbst?«

Der konische Tork schwankte.

»Sobald ich die Mächtigen begrüßt habe, werden wir uns darüber unterhalten«, kündigte Laire streng an. »Mit dir ist etwas nicht in Ordnung. Vermutlich nur eine kleine Störung, aber ich werde mich dieser Sache annehmen.«

»Ja, Laire«, hauchte Tork.

Der Roboter verließ den Zugang zur Halle, die für die Zusammenkunft der Mächtigen zur Ebene hinaufgefahren war, und trat ins Freie hinaus. Der konische Tork hielt sich dicht hinter ihm. Die sieben Mächtigen sahen beide sofort und blieben stehen.

»Das müssen Barbaren sein!«, stieß Laire in ohnmächtiger Wut hervor.

»Was willst du tun?«, erkundigte sich sein Anhänger besorgt.

»Ich werde sie begrüßen und ihnen zu Diensten sein«, antwortete Laire. »Aber ich werde zugleich für jede Sekunde danken, in der ich mich nicht in ihrer Nähe aufhalten muss.«

Vier Tage vorher:

Laires Rückkehr von den Bereichen jenseits der Materiequellen zur Ebene verlief mit einer gewissen Hast, denn er wollte auf keinen Fall die Ankunft der neuen Mächtigen versäumen. Die Eile, in der Laire vorging, bescherte ihm einige Probleme. Vor allem die Umstellung vom linken Auge auf das rechte bereitete bei dieser Geschwindigkeit Schwierigkeiten. Jenseits der Materiequellen benötigte er sein linkes Auge, um sich orientieren zu können. Ohne dieses komplizierte künstliche Sinnesorgan wäre es ihm außerdem unmöglich gewesen, die Materiequelle zu passieren, weder nach der einen, noch nach der anderen Richtung. Im Normalraum bediente er sich seines rechten Auges.

Das Verhalten im Normalraum war unkomplizierter als das im Bereich jenseits der Materiequellen, aber es dauerte einige Zeit, bis die Funktionen des linken Auges erloschen. Da Laire diesmal die notwendige Zeitspanne nicht eingehalten hatte, überlappten sich die von beiden Augen eingehenden Daten.

Die Folge war, dass er nach seiner Ankunft auf der Ebene alles verzerrt wahrnahm und unter postoptischen Effekten aus dem jenseitigen Bereich litt. Laire blieb einfach stehen und wartete, dass diese lästigen Begleiterscheinungen abklangen.

Er hörte, dass sich etwas näherte, und wandte sich, immer noch halb blind, in die Richtung, aus der die Geräusche kamen.

»Sei gegrüßt, Laire!«, rief eine ihm wohlbekannte Stimme, und er sah die Konturen eines metallischen Gebildes auf sich zuschweben. »Ich bin froh, dass du zurückgekehrt bist.«

Laire rührte sich noch immer nicht, denn er wollte vermeiden, dass der konische Tork erkannte, was mit ihm los war. Dabei war es absurd, dass er sich wegen seines Anhängers Gedanken machte: Tork war wahrscheinlich nicht in der Lage, Veränderungen in Laires Verhalten wahrzunehmen. Die Einstellung des Roboters zu dem konischen Tork war zwiespältig. Sosehr er ihn als brauchbaren Diener schätzte, so sehr waren ihm die unkomplizierten Denkvorgänge seines Anhängers verhasst.

Der konische Tork war etwa einen Meter hoch und hatte Trichterform. Er bestand aus dem gleichen dunkelbraunen Metall wie Laire, war aber ungleich schwerfälliger und verfügte nicht über einen Bruchteil von dessen hochwertigen Anlagen. Tork wäre nie fähig gewesen, die Ebene zu verlassen.

Laire registrierte zufrieden, dass sein linkes Auge allmählich zur Ruhe kam.

»Hat sich etwas ereignet?«, fragte er routinemäßig, und er hörte auch kaum hin, was Tork darauf antwortete.

»Ich bringe Neuigkeiten mit«, sagte er dann zu seinem Anhänger. »Die Mächtigen, die zuletzt den *Ruf* erhalten haben, sind nicht mehr einsatzfähig. Eine Gruppe von sieben Neulingen wird an ihre Stelle treten. Ihre Namen sind Kemoauc, Ganerc, Partoc, Murcon, Lorvorc, Bardioc und Ariolc. Sie werden in Kosmischen Burgen wohnen, von denen aus sie vor jedem neuen Auftrag zur Ebene kommen werden.«

»Das bringt Abwechslung in unser Dasein.« Der konische Tork freute sich.

»Ja«, stimmte Laire zu, obwohl er genau wusste, dass sein Anhänger nur das nachplapperte, was er von ihm aufschnappte. Doch sein Groll gegen den kleinen Roboter war nicht allzu groß. Immerhin unterhielt ihn Tork in Zeiten der Einsamkeit.

»Hast du erfahren, warum die alten Mächtigen abgelöst wurden?«, erkundigte sich Tork.

Laire verneinte. Er hatte sich ausführlich mit dieser Frage beschäftigt, aber keine Antwort darauf gefunden. Auch jenseits der Materiequellen hatte er keine Erklärungen erhalten. Für ihn genügte es, zu wissen, dass neue Mächtige kamen, Sporenschiffe durch das Weltall steuern und befähigte Völker zum Bau von Schwärmen animieren würden. Das war der sich wiederholende Ablauf, dessen tieferer Sinn Laire verborgen blieb.

Endlich hatte er sich auf die Bedingungen des Normalraums eingestellt, sein rechtes Auge wurde nicht mehr durch die linke Komponente gestört. Sofort erkannte er, dass mit dem konischen Tork etwas nicht in Ordnung war. Der Anhänger machte einen veränderten Eindruck, als wäre er beschmutzt worden. Laire sann über seine Feststellung nach. Er musste in dieser Beziehung vorsichtig sein, denn er litt ab und zu unter relativistischen Symptomen. Soweit ihm bekannt war, stellte er auf robotischem Gebiet in dieser Beziehung etwas Einzigartiges dar. Was er an Tork zu bemängeln hatte, war nicht konkret.

Er wiederholte seine Anfangsfrage: »Hat sich etwas ereignet?«

»Nein«, antwortete der Konische wie zuvor. Falls er irritiert war, dass Laire nachhakte, zeigte er es jedenfalls nicht.

»Es hat den Anschein, dass du von etwas berührt worden bist!«, sagte Laire nachdenklich.

Sie bewegten sich nebeneinander über die Ebene, die stumpfen Außenhüllen ihrer Körper schienen das Licht der wirbelnden Sonnenmassen in sich aufzusaugen. Laire schritt leicht und lässig dahin, während Tork an seiner Seite schwebte.

»Berührt?«, echote der Anhänger.

»Vergiss es!«, sagte Laire.

Auf Dauer war der konische Tork ein langweiliger Unterhalter. Vielleicht würde Laire, wenn er zum nächsten Mal durch die Materiequelle ging, auf der anderen Seite darum bitten, dass ihm ein anspruchsvollerer Partner zur Verfügung gestellt würde.

Er konnte nicht ahnen, dass er soeben von seinem letzten Besuch zurückgekommen war. Denn während Laire auf die Ankunft der neuen Mächtigen wartete, näherte sich ihm das Unheil bereits.

Der Hyperraum spie die GOLSERZUR an einer Stelle des Weltraums aus, an der die Sonnen wie ein dichter Vorhang standen. Sofort zerrten ihre heftigen Gravitationsströme an dem kegelförmigen Raumschiff der Loower.

»Alle Triebwerke abschalten! Die verfügbare Energie in die Schutzschirme!«

Kommandant Kumor Ranz entwickelte die kühle Sachlichkeit einer Maschine. Keiner seiner Besatzung konnte sich vorstellen, dass er jemals die Übersicht verlieren oder gar einen Gefühlsausbruch erleiden würde. Kumor Ranz zeigte nicht einmal Betroffenheit, als ihm gemeldet wurde, dass die meisten Triebwerke ausgebrannt waren. Niemand hatte erwarten können, dass die GOLSERZUR die hinter ihr liegende Serie von Großtransitionen unbeschadet überstand. Und der Flug zurück würde noch schlimmer werden, ein Kampf um Leben und Tod.

»Glaubst du, dass wir hier richtig sind?«, fragte der Stellvertretende Kommandant, Nisor Kuhn.

In Ranz' Gesicht, einer starren Maske aus Erfahrung und äußerster Beherrschung, wetterleuchtete es. »Die Koordinaten wurden von den

Robotsonden und den Scouts mit äußerster Sorgfalt zusammengetragen«, erwiderte er. »Kein Zweifel – es ist *hier!*«

Mit beiden Stielaugen, die er aus den Höckerspitzen ausfuhr, starrte Kumor Ranz auf die wirbelnden Sonnenmassen. Er fror. Seine Sprechblase blähte sich zuckend auf, aber er schwieg. Er dachte an die Scouts, die unter Einsatz ihres Lebens die Informationen weitergeleitet hatten. Keiner von ihnen war je zurückgekehrt. Sobald ihre winzigen Schiffe alle Speicherenergie verbraucht hatten, waren sie in die Sonnen gestürzt – mikroskopisch kleine Ascheflocken in unerträglicher Einsamkeit.

In Selbstaufopferung hatten die Scouts alle nötigen Daten zusammengetragen. Trotzdem hätten sie wahrscheinlich versagt, hätte ihnen nicht in der Gestalt des konischen Torks ein unschätzbarer Helfer zur Seite gestanden. Ob Tork seinen Besitzer aus Naivität oder Wichtigtuerei heraus verraten hatte, war schwer abzuschätzen, doch letztlich bedeutungslos.

»Ich kann die Ebene nicht sehen«, sagte Vruder Tink, einer der Ortungsspezialisten.

»Wir sind noch zu weit davon entfernt«, gab Ranz zurück.

Nur sieben Besatzungsmitglieder der GOLSERZUR würden die Ebene betreten – und der Kommandant war einer der sieben. Er, der Waffenschmied Brozon Halv und die fünf Loower Moden Sulk, Vahrden Ol, Kinert Gahn, Sylo Folg sowie Maner Huhm. Eigentlich war es Wahnsinn, dass der Kommandant mit zur Ebene gehen sollte, denn wer außer ihm konnte die GOLSERZUR zurückbringen. Aber Ranz besaß viele überragende Fähigkeiten.

Vielleicht finden wir alle sieben den Tod! Mit einer unwilligen Bewegung wischte er diesen Gedanken beiseite.

Eine zweite Chance, das wusste er, würden sie nicht bekommen. Wenn sie den Roboter überlisten wollten, musste dies beim ersten Versuch geschehen.

Kumor Ranz war stolz darauf, dass sein Volk einen Sternenschwarm erbaut hatte. Durch intensive Nachforschungen hatten die Loower jedoch herausgefunden, dass fast alle Völker, die von den geheimnisvollen Mächten zum Bau eines Schwarms veranlasst worden waren, früher oder später degenerierten und in Bedeutungslosigkeit versanken. Die Loower ahnten, dass sie der Zufall vor dieser Entwicklung gerettet hatte. Doch eines Tages musste den Mächten von jenseits der Materiequellen bekannt werden, dass die Loower eine blühende Zivilisation entwickelt hatten. Dann war damit zu rechnen, dass sie der ausgebliebenen rückläufigen Entwicklung nachhelfen würden. Um sich davor zu schützen, hatten die Loower entschieden, den Unbekannten zuvorzukommen. Sie mussten eine Materiequelle durchdringen, um einen Präventivschlag in jenem Bereich zu führen, der als Ursprung der geheimnisvollen Mächte galt. Bisher waren alle Versuche der Loower, eine Materiequelle zu finden und zu durchdringen, kläglich gescheitert. Sie besaßen nicht den »passenden Schlüssel«, hatte Ranz treffend gesagt.

Nun waren sie in diesen Raumsektor gekommen, zu der Ebene mit der sie umgebenden Sonnenfülle, um sich den Schlüssel zu beschaffen.

Der Kommandant blickte auf. Nur einer der Schirme zeigte ihm die Ebene, jenes schon aufgrund seiner Position erstaunliche Objekt. Sie war in der Wiedergabe nicht mehr als ein leuchtender Balken, eine flackernde Linie, die sich nur zögernd stabilisierte und der man ihre Bedeutung nicht ansah. Trotzdem war der Hauch einer schicksalsträchtigen Einrichtung wahrzunehmen, der Pulsschlag unaussprechlicher Fremdartigkeit.

»Da ist sie! Der Treffpunkt der Mächtigen!«

Kumor Ranz wusste, dass jene Mächtigen, die sein Volk zum Bau des Schwarms veranlasst hatten, nicht mehr existierten. Sie waren von den Unbekannten jenseits der Materiequellen abgezogen worden, ohne dass Hinweise auf ihr Schicksal existierten. In extrem großen zeitlichen Abständen, die der Kommandant kaum zu erfassen vermochte, wurden die Mächtigen immer wieder gegen neue Gruppen ausgetauscht. Vermutlich geschah das, weil sie nach mehreren Aufträgen innerlich zusammenbrachen.

Die Ankunft neuer Mächtiger stand bevor, das hatten die Scouts von dem konischen Tork erfahren. Sieben Mächtige sollten in absehbarer Zeit auf der Ebene erscheinen. Sie würden die Aufgaben ihrer Vorgänger übernehmen: mit gigantischen Sporenschiffen Lebenskeime in den verlassensten Bereichen des Universums ausstreuen und Schwärme bauen lassen, die das aufblühende Leben mit Intelligenz erfüllten.

Die Ebene erschien inzwischen ein wenig größer. Sie lag unter den wirbelnden Sonnenmassen wie ein abgeräumtes Tablett, eine funkelnde Fläche überwältigender Leere und Einsamkeit.

»Macht das Beiboot startbereit!«, befahl der Kommandant. »Wir brechen in einer Stunde auf.«

Er übergab seinen Platz an den Kontrollen an Nisor Kuhn, der ebenfalls ein Mann mit überragenden Fähigkeiten war. »Falls ich nicht zurückkomme, wirst du die GOLSERZUR auf Heimatkurs bringen«, sagte Ranz und beorderte im nächsten Atemzug alle Ausgewählten in den Hangar.

»Hast du Angst?«, hörte er Vahrden Ol den Waffenschmied fragen.

Brozon Halv blickte starr vor sich hin. »Panische Angst«, gab er zu und zog die verkümmerten Flughäute schützend an seinen nierenförmigen Doppelkörper. Die Geste war eindeutig. Wäre es ihm möglich gewesen, er wäre auf der Stelle umgekehrt.

Ol nickte zögernd. »Eigentlich ist es bedauerlich, dass wir sieben nicht mehr voneinander wissen. Wir haben uns nicht einmal während des Flugs richtig kennengelernt.«

»Dafür war keine Zeit«, erwiderte der Waffenschmied. »Die Ausbildung war zu intensiv und gedrängt.«

»Ich stamme von Loowern ab, die den Schwarm auf der ersten Etappe begleiteten«, sagte Ol verträumt. »Später gaben meine Vorfahren ihre Stellung an jene Wesen weiter, die von den Mächtigen als Wächter des Schwarms ausgewählt worden waren.«

»Wie viel Schwärme mag es geben?«

»Niemand weiß das. Aber es sieht so aus, als sollten die Sporenschiffe bald wieder aufbrechen. Dann wird ein neuer Schwarm geschaffen werden.«

Der Kommandant wollte sich schon an den beiden Schwätzern vorbeischieben, da hörte er Halv fragen: »Wer wirst du sein?«

»Lorvorc«, antwortete Ol. »Und du?«

»Ich werde Bardioc sein.«

»Ob der Roboter darauf hereinfällt?«

»Ich weiß nicht. Wenn wir den Informationen trauen können, kennt der Roboter nur die Namen die sieben Mächtigen, die bald auf der Ebene ankommen werden. Er hat sie nie zuvor gesehen. Das ist unsere Chance.«

Sie schwangen sich in den Antigravschacht und glitten mit ausgebreiteten Häuten zum Hangar hinab. Durch das offene Schott konnte Kumor Ranz das Beiboot sehen, eine kompakte Masse aus blauem Stahl. Die Panzerungen waren so dick, dass ihre Wülste wie Fettlappen über die offene Luke reichten.

Die Techniker schleppten die Ausrüstung heran und stapelten sie vor dem Beiboot auf. Von der anderen Seite des Hangars näherten sich zwei Loower. Es waren Moden Sulk und Kinert Gahn, erkannte der Kommandant. Sie würden Ariolc und Partoc sein.

Ranz nahm sein Ausrüstungsbündel und schleifte es auf das Schott des Beiboots zu. Das gepanzerte Kleinstraumschiff schien mit seiner Anwesenheit etwas von seinem bedrohlichen Aussehen zu verlieren.

Ranz wartete, bis alle ihre Plätze eingenommen hatten. »Eines müsst ihr euch merken«, sagte er. »Wir werden mit dem Schlüssel unsere Heimat wiedersehen – oder überhaupt nicht.«

Sie hockten eng nebeneinander in den kabinenähnlichen Wandnischen der Beibootzentrale. Nur Kumor Ranz als Pilot hatte einen gewissen Freiraum und konnte sich nach allen Richtungen bewegen.

Auf dem Panoramaschirm sah er die allmählich größer werdende Ebene. Dieses Objekt, das ihm von Bord der GOLSERZUR aus noch winzig erschienen war, entpuppte sich als Gebilde von so gewaltigen Ausmaßen, dass eine Flotte loowerischer Raumschiffe darauf hätte landen können. Unwillkürlich dachte er daran, wie viel Robotsonden die Loower hierher entsandt hatten. Einige tausend, erinnerte er sich, und nur ein paar Dutzend waren zurückgekommen, ausgeglüht, mit zernarbter Oberfläche und Schlackebrocken ähnlicher als flugfähigen Objekten.

Das Beiboot wurde von den ungeheuren Gravitationskräften der Sonnen durchgeschüttelt. Nur einen flüchtigen Gedanken verschwendete der Kommandant an die Frage, ob die Konstrukteure des Spezialschiffs in der Lage gewesen waren, alle besonderen Bedingungen dieses Raumsektors zu berücksichtigen. Davon hing schließlich ab, ob sie ihr Ziel erreichten.

Aber dann würden die Probleme erst beginnen. Ob der Roboter sich so leicht überrumpeln lassen würde, wie Ranz sich das vorstellte?

Laire war ein monoider Denker, das wussten die Loower. Eigentlich seltsam, dass ein Roboter, der über zwei so gegensätzliche Instrumente wie seine beiden Augen verfügte, als Monoid-Denker erbaut worden war. Das ließ nur den Schluss zu, dass Laires Konstrukteure ebenfalls Monoid-Denker gewesen sein mussten.

Zum ersten Mal spürte Kumor Ranz Übelkeit in sich aufsteigen. Der Flug im Beiboot erwies sich als reine Folter. Das kleine Schiff war so konstruiert worden, dass es die Durchquerung dieses Raumsektors überstand, ohne zerquetscht zu werden. Nur hätten die Konstrukteure daran denken sollen, dass es dazu diente, Loower zu transportieren.

Auf der Ebene herrschte normale Gravitation. Das war auch die einzige Chance der sieben Loower, denn Ranz konnte sich keinen Schutzanzug vorstellen, der den Gewalten standhalten würde, denen das Beiboot jetzt ausgesetzt war. Er wollte gar nicht daran denken, unter welchen Bedingungen die Scouts gearbeitet hatten. Es war ein Wunder, dass sie überhaupt einige Berichte durchgebracht hatten.

Die Ebene erschien ihm so glatt und poliert wie ein Spiegel. Weit und breit war nichts von Laire oder dem konischen Tork zu sehen, aber das war angesichts der gewaltigen Ausdehnung der glatten Fläche im Nichts nicht erstaunlich. Trotzdem ahnte Kumor Ranz die Gefahr.

Was, wenn Laire wusste, wie die wirklichen sieben Mächtigen

aussahen und auf welche Weise sie auf der Ebene ankommen würden?

Die Antwort war einfach. Der Roboter würde die Annäherung des gepanzerten Kleinstraumschiffs als Angriff betrachten und die sieben Loower aus dem Raum pusten. In der fernen Heimat würde das Volk ihrer gedenken, eine Zeit lang jedenfalls, und dann mit der Vorbereitung einer zweiten Expedition beginnen. Denn der Gedanke, dass sie dem unbekannten Gegner zuvorkommen mussten, ließ die Loower nicht mehr los. Ihr Denken und Handeln wurde davon bestimmt.

Es ist wie ein Trauma, dachte Ranz.

Dabei war nie bewiesen worden, dass die Mächte von jenseits der Materiequellen gegen sein Volk vorgehen würden. Die Loower nahmen lediglich an, dass die Unbekannten es nicht gern sahen, wenn eine Zivilisation, die zu viel wusste, weiter aufblühte. Aus dieser Annahme war allmählich eine Gewissheit geworden, nach der die Loower ihre Handlungen ausrichteten.

Vielleicht, überlegte Ranz, war alles nur ein gigantisches Missverständnis oder die Reaktion mit einem Minderwertigkeitskomplex behafteter maßgeblicher Personen. Früher hatte er nie so intensiv darüber nachgedacht, vor allem hatte er die Dinge nicht auf diese Weise betrachtet. Aber hier, in dieser Enge eingesperrt und gequält von den Schockfronten des Sonnendschungels, erschien ihm alles in einem anderen Licht.

»Sobald ich mit dem Landemanöver beginne, sollten die unerträglichen Begleiterscheinungen eigentlich aufhören«, sagte Ranz. *»Jetzt!«*

Das kleine Schiff, das die ganze Zeit über mehr durch den Raum gestampft und geschlingert als geflogen war, sackte jäh ab und segelte wie ein Papiervogel zur Ebene hinab. Einige der sieben falschen Mächtigen wurden in ihrer Nische hochgewirbelt und prallten gegen die Decke. Sekundenbruchteile später kam die Gegenreaktion. Schmerzensschreie erklangen.

»Alles in Ordnung?«, fragte der Kommandant. Er schaute sich um. Er selbst war im Spezialabsorber des Pilotensitzes in Sicherheit gewesen, seine Gefährten hingen jedoch schlaff in ihren Nischen.

»Macht euch fertig zum Aussteigen und vergesst vor allem nicht, wer ihr ab sofort seid! Tretet selbstbewusst auf! Keinesfalls darf der Eindruck entstehen, dass wir Schwierigkeiten haben oder unsicher sind.«

Der Waffenschmied stülpte sich den Helm über. »Was ist, wenn bisher alle Mächtigen ohne Schutzanzüge gekommen sind?«, fragte er mühsam.

»*Wir* sind die neuen Mächtigen! Wir kommen so und nicht anders«, erwiderte Ranz. »Laire darf keine Möglichkeit erhalten, über das Beiboot und die Schutzanzüge nachzudenken, das wäre gleichbedeutend mit unserem Ende. In dem Fall müssen wir ihn sofort überwältigen.«

Das Beiboot setzte sanft auf wie ein fallendes Blatt. Die Antriebsaggregate verstummten. Augenblicke später glitt die Schleuse auf und versank mit einem schmatzenden Geräusch in der Arretierung. Sollte es auf der Ebene eine Atmosphäre geben oder hatte ihm sein Unterbewusstsein die Geräusche des aufgleitenden Tores nur suggeriert? Kumor Ranz wusste es nicht. In den Berichten der Scouts war nie von einer Lufthülle die Rede gewesen.

Von seinem Standort aus konnte er nur einen schmalen Ausschnitt der Ebene sehen – ein glattes und im Sonnenlicht glänzendes Stück Metall.

Umständlich kletterte Maner Huhm als Erster aus dem Beiboot. Er wirkte nicht sehr überzeugend in seiner Rolle als Mächtiger Ganerc. Die anderen folgten ihm. Die Ebene breitete sich vor ihnen aus wie ein erstarrter Ozean aus Stahl, aber weit im Hintergrund glaubte der Kommandant schadhafte Stellen zu erkennen. Das waren keine Spuren von Kämpfen, sondern Anzeichen des einsetzenden Zerfalls. Daraus konnte er ableiten, dass diese Ebene schon unermesslich lange bestand. Kumor Ranz betrat die Ebene zuletzt, jeder Zoll ein *wirklicher* Mächtiger.

»Der Lieblingsplatz des Roboters ist der Sockel der Unberührbarkeit«, sagte er über Helmfunk. »Wir müssen diese Stelle finden.«

Kinert Gahn zitterte. »Es geht nicht«, jammerte der falsche Partoc. »Wir beherrschen nicht einmal diese Sprache perfekt.«

Der Kommandant packte zu und zerrte Gahn gewaltsam mit sich. »Wir sind Mächtige, die in einem Beiboot kommen und Schutzanzüge tragen«, sagte er gelassen. »Und wir beherrschen diese Sprache nicht vollkommen. Wo ist das Problem?«

Er hielt Gahn eisern fest. »Der Roboter wartet auf *sieben* Mächtige, Partoc«, erinnerte er. »Vielleicht denkst du auch daran, dass du für uns alle mitverantwortlich bist.«

»Das ist mir egal.« Gahn stöhnte. »Wir werden ohnehin umkommen.«

Ranz machte eine herrische Tentakelbewegung. »Tretet zur Seite!«, befahl er den anderen. »Ich werde ihn erschießen.«

Gahns Sinnesorgane bewegten sich in äußerstem Entsetzen, er wich zurück. »Das wirst du nicht tun ...«, jammerte er.

»Wirklich nicht? Ich werde es tun!« Ranz zog seine Waffe, und das half. Kinert Gahn taumelte breitbeinig davon.

»Gib dir Mühe!«, rief Ranz. »Jeder Schritt muss kontrolliert wirken!«

Was für ein läppischer Auftritt!, dachte er niedergeschlagen. Aber der bittere Ernst der Situation erlaubte keinen Sarkasmus.

2.

Natürlich hatten die Scouts versucht, in ihren Beschreibungen dem Aussehen Laires gerecht zu werden, aber keiner der von ihnen benutzten Begriffe entsprach nur annähernd der Wirklichkeit.

Der Waffenschmied Brozon Halv konnte nicht anders, als den Wächter der Ebene unentwegt anzustarren.

Laire war zweieinhalb Meter hoch und von ästhetischer Schlankheit. Die Ausgewogenheit seiner Konstruktion kam auf den ersten Blick vor allem im Verhältnis zwischen Körpergröße, Durchmesser des Rumpfes und in der Länge von Armen und Beinen zum Ausdruck. Laire hatte je zwei Arme und Beine. Er schien aus einem Stück erschaffen worden zu sein, wirkte aber so unglaublich beweglich und elastisch, dass Halv sich prompt fragte, aus welchem Material er bestehen mochte. Diese Frage war natürlich absurd, denn der Roboter bestand zweifellos aus Stahl. Allerdings musste es sich um eine Speziallegierung mit besonderer Geschmeidigkeit handeln. Am gesamten Körper des Roboters waren keine Gelenke zu erkennen. Wenn Laire sich bewegte, entstanden an den benutzten Körperteilen Falten in der offensichtlich selbsttragenden Hülle. Diese Hülle hatte auf der Außenfläche eine dunkelbraune Farbe, die kein Licht reflektierte und daher stumpf wirkte. Laire war äußerlich völlig glatt und fugenlos. Er besaß sechsfingrige, sensitiv wirkende Hände.

Der Blick des Waffenmeisters blieb am Kopf des Roboters haften, der die Form einer kurzen, dicken Birne aufwies. Vom halbrunden Kinn ausgehend, erstreckte sich die Schädelhülle ausladend nach oben und endete in einer schwach gekrümmten Schädeldecke. Es gab schlitzförmige Andeutungen von Mund-, Nasen- und Ohrenöffnungen, doch am faszinierendsten in diesem Robotergesicht waren die beiden Augen. Wie glitzernde Riesendiamanten traten sie aus ihren Höhlen hervor.

Halv erschauerte, als er sich entsann, dass diese Augen besondere Instrumente waren. Das linke gestattete seinem Besitzer, das Normaluniversum zu verlassen und durch eine Materiequelle zu gehen. Dieses Auge war der Schlüssel. Seinetwegen waren die sieben Loower auf die Ebene gekommen.

Obwohl ihm das Unternehmen bisher schon unsinnig und unwirklich erschienen war, empfand Brozon Halv das in diesem Moment besonders intensiv. Er wusste nicht, was ihn steif verharren ließ. Dabei drängte alles in ihm nach schneller Flucht.

»Willkommen, ihr Mächtigen!« Laires Stimme klang angenehm. »Ich habe euch erwartet und bin bereit, euch über die Ebene in die Halle zu führen. Eure Ankunft hat mich verwirrt – vielleicht deshalb, weil ihr alle zusammen in einem Raumschiff eingetroffen seid.«

Täuschte sich Halv, oder schwang in der Stimme Ablehnung mit? Der Waffenschmied nahm irritiert zur Kenntnis, dass er die Sprache des Roboters gut verstehen konnte. Doch sie zu verstehen und sie zu sprechen waren zwei verschiedene Dinge. Die eigentliche Prüfung stand also noch bevor.

»Wir haben nicht viel Zeit«, antwortete Kommandant Ranz etwas holprig, aber nichtsdestoweniger kaltblütig. »Ich bin Kemoauc, und das sind meine Brüder Ariolc, Ganerc, Bardioc, Partoc, Lorvorc und Murcon.« Bei jedem Namen deutete er auf den entsprechenden Loower.

»Ich führe euch sofort zur Halle«, verkündete Laire und drehte sich in einer eleganten Bewegung um.

Das Ding neben ihm muss der konische Tork sein!, schoss es Halv durch den Kopf. Er hatte dem kleinen Roboter, dem sie so viel verdankten, bisher keine Beachtung geschenkt, so sehr war er von Laires Anblick in Bann geschlagen worden.

»Jetzt!«, sagte Ranz in loowerischer Sprache.

Das verabredete Signal kam für Halv und die anderen unerwartet, und der erste Türmer mochte wissen, was Ranz dazu bewogen hatte, sofort anzugreifen. Vielleicht fürchtete der Kommandant, dass sie ihr unwürdiges Schauspiel nicht länger durchhalten konnten, vielleicht gefiel ihm Gahns Haltung nicht, oder er folgte nur seiner inneren Eingebung, die sich in vielen Einsätzen bewährt hatte.

Beim ersten Türmer!, dachte Brozon Halv benommen. *Nun geschieht es wirklich!* Er zog seine Waffe, genau wie die anderen.

Laire war beim Klang des fremden Satzes herumgefahren, seine Haltung drückte überdeutlich aus, dass er sofort verstand, was um ihn herum geschah. Diese unglaubliche Reaktion schockierte den Waffenschmied so sehr, dass er innerlich beinahe erstarrte, ohne jedoch in der begonnenen Bewegung innezuhalten.

Laire war schnell, viel schneller, als die Loower in ihren düstersten Befürchtungen jemals vermutet hatten. Aus seiner Brust zuckte ein Blitz, traf Ol und Huhm und hüllte beide ein. Sie verwandelten sich in leuchtende Ballons, torkelten zurück und zerplatzten in unregelmäßig geformte Schwärme winziger Bläschen, die davonstoben.

Laire kam schnell auf die Loower zu, noch bevor Halv den Tentakelarm mit der Waffe ganz erhoben hatte. Die Geschwindigkeit des Roboters besaß etwas von einer Wildheit, die nicht zu einem mechanischen Geschöpf passte. Laire traf Gahn mit einem Arm und riss den Anzug des Loowers über die gesamte Länge hinweg auf.

»Schießt doch!«, schrie Ranz mit sich überschlagender Stimme.

Den Kommandanten in Not zu sehen erfüllte Halv mit Kummer. Er schluchzte, als neben ihm Sulk regelrecht auseinanderbrach. Wieder blitzte es auf, und diesmal wurde Folg getroffen und erlitt dasselbe Schicksal wie vor ihm Ol und Huhm.

Der Waffenschmied nahm die sich überstürzenden Vorgänge nur mehr unbewusst in sich auf. Er hörte das Zischen von Ranz' Waffe und sah Laire eine seltsame Drehung vollführen. Der Roboter hing sekundenlang scheinbar schwerelos in der Luft, den elastischen Körper wie zum Schutz verkrümmt, dann landete er wieder auf der Ebene.

Brozon Halv feuerte seine Waffe ab. Laire ging zu Boden, ein schrecklicher und grandioser Anblick zugleich. Halv taumelte auf ihn zu, wollte erneut schießen, stolperte aber über den am Boden liegenden Sulk und kam selbst zu Fall. Er schrie, ohne aufzuhören, richtete sich wieder auf und hätte wahrscheinlich das volle Magazin der Waffe in den stählernen Körper entleert, wäre Ranz ihm nicht in die Arme gefallen.

»Bist du wahnsinnig?«, keuchte der Kommandant. »Willst du ihn zerstören?«

Halv rang nach Atem. Etwas drohte von innen heraus seine Brust zu sprengen, er befand sich in einem unbeschreiblichen Zustand zwischen tiefer Trauer und nie gekannter Aggressivität.

Ranz schlug ihn ins Gesicht. »Halv!«, schrie der Kommandant. »Halv, komm zu dir! Es ist vorbei!«

In dem Moment drängte sich der konische Tork zwischen sie. »Es war ausgemacht, dass ihr ihn nicht umbringen würdet!«, kreischte die kleine Gestalt. »Es war ausgemacht! Ihr habt das Versprechen, das eure Scouts mir gegeben haben, nicht gehalten!«

Ranz stand schwer atmend da, er hatte etwas von seiner überlegenen Haltung verloren. »Sei still!«, herrschte er Tork an. »Laire ist nichts geschehen, die Energie hat ihn lediglich bewegungsunfähig gemacht. Das wird vorbeigehen.«

Tork glitt auf den am Boden liegenden Roboter zu. »Ihr habt ihn vernichtet!«, heulte er.

Ranz schoss. Er hatte seine Waffe auf volle Leistung gestellt. Der konische Tork zerbarst, und seine Überreste ergossen sich in einem Regen glühender Teilchen auf Laire, die toten Loower und auf die Ebene.

»Nun bist du an der Reihe, Brozon Halv!«, sagte der Kommandant nach einer Weile. »Wir müssen den Schlüssel mitnehmen. Sprenge dem Roboter das Auge aus dem Kopf! Mach schnell!«

Halv starrte seinen Befehlshaber an, dann schaute er auf den am Boden kauernden Laire. »Ich ... ich kann es nicht!«, brachte der Waffenschmied stockend hervor.

Er dachte, Ranz würde den Verstand verlieren. Der Kommandant brüllte, aber er brachte kein verständliches Wort hervor. Schließlich zielte er mit der Waffe auf Halv.

»Du weißt, was wir auf uns genommen haben, um hierherzukommen!«, schrie er außer sich vor Zorn. »Erinnerst du dich, wie viel Loower ihr Leben gelassen haben, damit unser Volk den Schlüssel bekommt?« Ranz deutete auf die Toten. »Und das hier? Bedeutet dir das *nichts?*«

Wenn ich nur tot wäre!, schoss es Halv durch den Kopf, von Ekel und Abscheu über ihr Tun überwältigt. *Tot oder an irgendeinem anderen Ort in diesem Universum.* Doch er stand hier auf der Ebene, zwischen den Opfern des wahnwitzigen Unternehmens, und musste zu Ende bringen, was sie begonnen hatten.

Der Waffenschmied öffnete sein Ausrüstungspaket und nahm die Utensilien heraus, die er für seine schreckliche Arbeit benötigte. Mit zitternden Tentakelenden legte er einen Sprengkranz um das linke Auge des Roboters. Laire bewegte sich schwerfällig, aber das waren keine gewollten oder gar gesteuerten Aktionen.

»Beeil dich!«, drängte Ranz. »Er kann sich jeden Moment erholen.«

»Wenn ich nicht aufpasse, zerstöre ich das Auge. Dann ist keinem von uns geholfen.«

Für Halv gab es nur ein Problem: Er musste das Auge unversehrt herausholen. Das bedeutete, dass die Sprengwirkung sich nur auf die Hülle des Robotkörpers ausdehnen durfte. Obwohl er diesen Vorgang in unzähligen Experimenten geübt hatte, wusste Halv nicht, ob er Erfolg haben würde. Es war ein Unterschied, ob man an Puppen arbeitete oder an diesem Roboter selbst. Halv wusste nicht genau, wie das Auge befestigt war. Falls es Querverstrebungen zum rechten Auge und in die seitlichen Kopfpartien gab, würde der Versuch wohl zwangsläufig scheitern.

Die Sprengung musste in Sekundenbruchteilen ungeheure Hitzegrade erzeugen. Der Waffenschmied ging davon aus, dass er das Auge danach mit einem kleinen Feldprojektor aus der Höhle ziehen konnte.

»Tritt zurück!«, forderte er den Kommandanten auf. »Es ist möglich, dass Laire eine Selbstvernichtungsanlage besitzt, von der wir nichts wissen.«

Ranz befolgte den Rat nicht, sondern sah dem Waffenschmied wie gebannt weiter aus unmittelbarer Nähe zu.

Halv löste die Sprengung aus. Um Laires linkes Auge entstand ein glutender Ring, der sich blitzschnell in die Tiefe auszudehnen schien. Der Mann von Gaigstor handelte mehr instinktiv als überlegt. Er schob den Feldprojektor über Laires linke Gesichtshälfte. Die Hitze war so stark, dass sie die Schutzstulpen von Halvs Anzug über den Tentakelenden aufzulösen begann. Doch das Auge hatte sich bereits gelockert und kam aus der Höhle geglitten. Halv ergriff es mit dem freien Tentakelende.

Laire bewegte sich wieder. Mit quälender Langsamkeit hob er beide Arme und führte sie zum Gesicht. Halv sah zu, wie der Roboter beide Hände in die glühende Augenhöhle schob, als wollte er nach dem verlorenen Auge tasten. Es war ein erschütterndes Bild. Die unvorstellbare Hitze, die noch in der Augenhöhle tobte, ließ Laires schlanke Fingerspitzen aufglühen. Als er seine Hände wieder aus der stählernen Wunde löste, fielen die Fingerspitzen ab und tropften auf den Boden. Zurück blieben ausgeglühte Stummel.

Halv musste sich abwenden.

Er ergriff das unter dem Projektor hängende Auge. Die Sprengung war so exakt ausgeführt worden, dass sich das Auge kaum erhitzt hatte.

Er überreichte es Ranz, der es mit beiden Tentakeln umklammerte. Im Gesicht des Kommandanten entstand ein seltsamer Ausdruck. In einer triumphierenden Geste hob er die Arme.

»Wir haben den Schlüssel!«, stieß er hervor.

Sie rannten nebeneinander über die Ebene zum Landeplatz des Beiboots. Brozon Halv konnte jetzt nicht an den Rückflug denken. In seinem Gedächtnis brannte das Bild des Roboters Laire, wie dieser in einer verzweifelten Bewegung in seine Augenhöhle griff. Halv wusste, dass diese Szene ihn zeit seines Lebens verfolgen würde.

Als der Schock abklang, stand Laire langsam auf und schaute sich um. Er wusste, dass die Angreifer die Ebene längst wieder verlassen hatten. Es war sinnlos, an eine Verfolgung zu denken, außerdem hatte er jetzt Wichtigeres zu tun. Jeden Augenblick konnten die *wahren* Mächtigen kommen. Er würde ihnen verschweigen, was geschehen war. Sie wussten nicht, wie er vorher ausgesehen hatte, und wenn sie ihn wirklich nach seinem Auge fragen sollten, würde er etwas von einem Unfall erzählen.

Laire räumte die Trümmer des konischen Torks beiseite. Er empfand keinen Groll gegen den vernichteten Anhänger. Tork war ein Opfer seiner mangelhaften Konstruktion geworden. Danach entfernte Laire die toten Fremden; die Mächtigen sollten keine Spur von ihnen finden.

Die ganze Zeit über vermied Laire, daran zu denken, was wirklich geschehen war und was die Konsequenzen dieses heimtückischen Angriffs waren.

Er würde niemals wieder durch die Materiequelle auf die andere Seite gehen können!

3.

Der Regen prasselte in nicht enden wollenden Sturzbächen auf das silberne Landefeld von Urzurk-Urzurkan herab und verwandelte es in eine spiegelnde Fläche. Groden-Loran, der Türmer von Oprertais, ging unter seinem Regenschutz an der Spitze des Empfangskomitees auf die DALOSER zu. Vor wenigen Augenblicken war das Schiff aus den dunklen Wolken über dem Raumhafen herabgesunken. Die Schleusen öffneten sich bereits und gaben die breite Gangway frei.

Was für ein Aufwand für den größten Misserfolg in unserer Geschichte!, dachte Groden-Loran missgestimmt.

Die Kühle dieses Morgens passte so richtig zu der Stimmung, die von den Heimkehrern verbreitet wurde. Der Türmer schaute sich nach den anderen Mitgliedern seiner Delegation um und stellte fest, dass die höchsten Würdenträger von Oprertais zusammengekommen waren, wenn man von dem kranken Kuner-Grol absah.

Als die führenden Besatzungsmitglieder, allen voran Kommandant Zuhlen-Orb, oben in der Schleuse der DALOSER erschienen, empfand der Türmer Mitleid für diese Loower. Keine noch so großartige Begrüßung konnte darüber hinwegtäuschen, dass ihr Unternehmen gescheitert war.

Zuhlen-Orb trug den Kasten mit dem Auge darin in beiden Tentakelenden.

Die Loower am unteren Ende der Gangway standen wie versteinert im Regen. Das Prasseln der Tropfen auf dem Metall war das einzige Geräusch in diesem Augenblick. Zuhlen-Orb kam die Gangway herab, ein geschlagener Mann!

Mit welchen Hoffnungen war er an der Spitze der größten loowerischen Flotte, die jemals aufgestellt worden war, vor vielen Jahren aufgebrochen. Mithilfe des Auges hatte er die Materiequelle passieren und dem unheimlichen Gegner, von dem die Loower sich bedroht fühlten, eine militärische Lektion erteilen sollen.

Dabei hatte sich herausgestellt, dass das Auge nur der Schlüssel für eine einzige Materiequelle war. Die von den Loowern entdeckte Materiequelle ließ sich damit nicht durchqueren.

Bei dem Gedanken, wie lange sie brauchen würden, um die richtige Quelle zu finden, überkam den Türmer ein Schwindelgefühl. Groden-

Loran riss sich von diesen trübsinnigen Überlegungen los und konzentrierte sich auf die Ankömmlinge, die das Recht hatten, dass man ihren Stolz respektierte.

Kommandant Zuhlen-Orb blieb vor der Delegation stehen. Seine Stummelschwingen waren verfärbt und zerfurcht, deutlich sichtbare Zeichen hohen Alters. Seinem Gesichtsausdruck war jedoch nicht zu entnehmen, wie sehr er unter dem verpfuschten Abschluss seines ansonsten erfolgreichen Lebens litt.

»Wir bringen das Auge zurück, Türmer!« Er reichte Groden-Loran den Kasten, und dieser hielt ihn ein wenig ungeschickt in den Händen, als wüsste er nichts damit anzufangen.

»Kommandant, das loowerische Volk ist dir zu großem Dank verpflichtet«, sagte der Türmer bewegt.

»Wofür?« Zuhlen-Orb ließ seiner Bitterkeit freien Lauf.

Die Frage ging im zögernden Beifall unter. Groden-Loran trat unter dem Regenschutz hervor. Nachdem er den Kasten mit dem Auge darin an einen seiner Begleiter weitergereicht hatte, umarmte er Zuhlen-Orb und dessen Stellvertreter.

Später, beim inoffiziellen Teil der Zeremonie, saß er mit Zuhlen zusammen im Turmtreff von Urzurk-Urzurkan. Sie plauderten so zwanglos miteinander, wie das bei zwei Loowern von so unterschiedlichem Rang und unterschiedlicher Ausbildung nur möglich war.

»Deine Arbeit war nicht umsonst«, versuchte der Türmer Zuhlen zu trösten. »Wir wissen nun, welche Aufgabe wir wirklich zu bewältigen haben. Es gilt, die richtige Materiequelle zu finden. Wir werden unter den dafür geeigneten Personen einen Loower mit überragenden Qualifikationen auswählen.«

Der Türmer konnte nicht wissen, dass er mit diesen Worten die Wahl für den ersten Quellmeister einleitete.

Zuhlen-Orbs düstere Stimmung besserte sich nicht. »Was für einen Sinn hätte das?«, fragte er. »Bis wir die richtige Quelle gefunden haben, wird uns dieses Auge zum Verhängnis werden.«

»Ein berechtigter Einwand«, gab Groden-Loran zu. »Es ist durchaus möglich, dass der rechtmäßige Besitzer des Auges uns auf die Spur kommt.«

Zuhlen gab ein klagendes Geräusch von sich. »Immerhin ist Kumor Ranz jetzt nicht mehr die einzige tragische Figur in der loowerischen Geschichte. Er hat in mir einen Schicksalsgenossen gefunden.«

»Was ihr beide getan habt, war nicht umsonst«, wiederholte der Türmer mit Nachdruck. Er blickte durch die Trennscheibe hinaus auf ein am Turmtreff vorbeiführendes Schwebeband. In jeder Minute wurden dort Tausende von Loowern vorbeigetragen. Das war das Tröstliche an dieser Sache, dachte der Türmer, dass das Leben weiterhin einen Verlauf nahm, als wäre nichts geschehen. Die meisten Loower dort draußen ahnten nicht einmal etwas von den schicksalhaften Vorgängen in ihrer Nähe.

»Ich glaube, dass wir das Auge verstecken müssen«, sagte Groden-Loran nachdenklich. »Jedenfalls bis zu dem Augenblick, da wir die richtige Materiequelle gefunden haben.«

»Wo wollen wir es hinbringen?«, erkundigte sich Zuhlen, von der vagen Hoffnung beseelt, dass man ihn damit beauftragen könnte.

»Auf eine Welt, auf der keine Intelligenzen leben. Es gibt genügend jungfräuliche Planeten in den verschwiegenen Seitenarmen jener Galaxie, die als Versteck infrage kommen.«

Zuhlen-Orb wagte nicht zu fragen, ob er diese Mission übernehmen könnte, und Groden-Loran wagte nicht, ihm jetzt zu sagen, dass er zu alt dafür war. Beide spürten, dass sie einander nichts mehr zu sagen hatten. Wie auf ein heimliches Signal hin erhoben sie sich.

»Gutes entelechisches Denken, Türmer«, verabschiedete sich der Kommandant.

Groden-Loran murmelte eine Antwort, die einen ähnlichen Sinn besaß, aber das hörte der Raumfahrer schon nicht mehr. Er ging davon, ohne Aufmerksamkeit zu erregen.

Jedes Mal, wenn Muden-Sprengan sich der Neunturmanlage auf Alkyra-II von außen näherte, wurde er von dem Gefühl überwältigt, dass er einem Zweig der loowerischen Zivilisation angehörte, der sich nur zu dem Zweck entwickelt hatte, regelmäßig den Impuls des Auges zu empfangen. Das verlieh seinem Leben den Anschein von Sinnlosigkeit.

Der Planet, auf dem die Loower das Auge versteckt hatten, gehörte zu einem Sonnensystem, das 226.000 dieser Planetenjahre benötigte, um innerhalb der Galaxie eine volle Rotation auszuführen. Nachdem ein solcher Zeitraum verstrichen war, strahlte das Auge einen auf Alkyra-II gerichteten Impuls ab, dann wussten die Loower, dass es sich unbeschädigt in seinem Versteck befand.

Der letzte Impuls war zeitgemäß lange vor Muden-Sprengans Geburt erfolgt, und der nächste würde erst lange nach seinem Tod ankommen. Auch dieser Umstand war ein Teil der Leere, die der junge Loower empfand. Er wusste, wofür er lebte, aber er konnte diesen Sinn gefühlsmäßig nicht begreifen. Das änderte sich auch nicht, wenn er daran dachte, dass unzählige Loower unter der Führung von Quellmeistern unterwegs waren, um die zu dem Auge passende Materiequelle zu finden. Diese Geschehnisse, von denen er nur vom Hörensagen wusste, waren unendlich weit entfernt, sie ereigneten sich in räumlichen und zeitlichen Abständen, die kaum übersehbar waren.

Muden-Sprengan fühlte sich als bedeutungsloser Bestandteil einer unüberschaubaren Maschinerie, und er wusste, dass es vielen Artgenossen genauso erging.

Er steuerte seinen neunrädrigen Sumpfwagen auf die Schleuse eines der neun Türme zu. Die Zahl Neun spielte im Leben der Loower eine immer größere Rolle, seit einer der Quellmeister herausgefunden hatte, dass die gesuchte Materiequelle neun Auslässe besaß. Die Loower wussten außerdem, dass einer dieser neun Auslässe in rhythmischen Abständen strahlte, und hatten die Intervalle ihrer kosmischen Leuchtfeuer entsprechend eingestellt. (In terranischen Zeitbegriff umgerechnet, betrug der Abstand zwischen zwei Impulsen dreiundzwanzig Stunden und achtzehn Minuten.)

Vor der Schleuse hielt Muden-Sprengan an und identifizierte sich bei den Wächtern. Diese Vorsicht war geboten, weil vermutet wurde, dass es auf Alkyra-II Wesen mit paranormalen Fähigkeiten gab.

Muden-Sprengan arbeitete als Gehilfe eines Waffenschmieds, eine interessante und abwechslungsreiche Arbeit, die ebenfalls dem großen Ziel untergeordnet war. Die Waffenschmiede betrieben die Herstellung eines Großroboters, den die Loower in Krisensituationen einzusetzen gedachten.

Der junge Loower durfte passieren und fuhr mit dem Sumpfwagen an den überall liegenden Trümmern vorbei ins Zentrum der Neunturmanlage. Die besondere Art, ihre Unterkünfte einzurichten, sollte die Loower im Fall einer Entdeckung durch die Mächte von jenseits der Materiequellen schützen und den Gegner glauben lassen, dass die Loower ausgestorben waren. Muden-Sprengan bezweifelte, ob der gewünschte Effekt im Ernstfall erzielt werden konnte. Das Ganze schien ihm mehr ein psychologischer Trick zu sein.

Manchmal fragte sich der Schmiedgehilfe, ob die befürchtete Gefahr wirklich bestand. Seit dunkler Vergangenheit fühlten die Loower sich bedroht, aber es war nie zu einem Angriff gekommen.

Muden-Sprengan hielt den Sumpfwagen an und nahm den Beutel mit Grolsand vom Rücksitz, den er im Auftrag des Schmieds im Allartal geholt hatte. Um ihn herum herrschte rege Geschäftigkeit. Er watschelte quer durch eine Schneise und legte den Beutel an einer umgestürzten Säule ab. Dann hockte er sich auf das brüchige Metall und wartete, dass Kemen-Ortep, der Schmied, kommen würde. Sie hatten sich hier verabredet, weil Kemen-Ortep den Grolsand für private Experimente brauchte und nicht wollte, dass er in die Werkstatt geliefert wurde.

Während Muden-Sprengan auf den Schmied wartete, überlegte er, wie er den scheinbar vorgegebenen Verlauf seines Lebens beeinflussen könnte. Diese Frage beschäftigte ihn in letzter Zeit häufiger, obwohl er wusste, dass er niemals eine Antwort darauf finden würde. Seine einzige Hoffnung war, dass ein Quellmeister die richtige Materiequelle rechtzeitig finden würde. Dann würden die Loower das Auge aus seinem Versteck im Boden des dritten Planeten einer namenlosen Sonne holen und den Flug durch die Materiequelle wagen. Es war leider unsinnig, anzunehmen, dass dieses Ereignis ausgerechnet zu Lebzeiten Muden-Sprengans stattfinden würde. Zu viel Zeit war seit dem Beginn der Suche schon verstrichen.

Er war so in Gedanken versunken, dass er den Schmied nicht herankommen hörte. Erst als Kemen-Ortep nach dem Beutel griff, um den Inhalt zu begutachten, fuhr er hoch.

»Wieder einmal am Träumen?«, fragte der alte Loower.

»Und es ist immer der gleiche Traum«, bestätigte Muden-Sprengan.

Der Waffenschmied nahm ein Tentakelende voll Sand aus dem Sack heraus und ließ ihn langsam zurückfließen.

»Wie dieser Sand durch meine Tentakel rinnt, so vergeht die Zeit, junger Freund«, sagte Kemen-Ortep. »Und die Zeit dieses Universums schöpft aus einem schier unendlichen Vorrat.«

»Was für ein Leben«, empörte sich der Jüngere. »Es beginnt mit Warten und wird dereinst mit Warten enden.«

»Du wirst es lernen. Geduld zu haben ist nicht die Eigenart der Jugend.«

Muden-Sprengan sah den Waffenschmied an. »Du hast keinen einzigen Impuls erlebt, und du wirst keinen erleben. Genau wie ich. Das lässt dich kalt?«

»So ist es«, bestätigte Kemen-Ortep. »Was ich tue, hilft unseren Nachkommen, den nächsten Impuls zu empfangen. Und eines Tages wird unser Volk das Auge holen.«

Muden-Sprengan griff in den Sack und hob ebenfalls Sand heraus. Er ließ ihn jedoch nicht zurückfließen, sondern streute ihn in den Wind. »Auch das ist symbolhaft«, sagte er ärgerlich. »Es zeigt, wie Zeit ebenfalls verstreichen kann – nutzlos!«

»Mit dieser Haltung schändest du das Andenken von Männern wie Kumor Ranz und Zuhlen-Orb«, warf ihm der Schmied vor.

»Glaubst du, dass sie wirklich gelebt haben? Vielleicht sind sie nur Gestalten einer erfundenen Geschichte, die uns in die Verantwortung nehmen soll.«

»Für mich haben sie gelebt!«, rief Kemen-Ortep. Er nahm den Beutel und ging davon.

Das war es!, erkannte Muden-Sprengan, während er dem Alten nachstarrte. Das war die Methode, wie er sein Leben zwischen zwei Impulsen ertragen konnte. Er musste an die Vergangenheit und an die Bestimmung der Loower glauben.

Wie alt muss ich werden, um das zu lernen?, fragte sich Muden-Sprengan.

Manchmal hockte Laire jahrelang auf dem Sockel der Unberührbarkeit und bewegte sich nicht. Er konnte den Prozess seiner Überlegungen nicht abstellen, obwohl er sich nichts sehnlicher als das gewünscht hätte. Er war auch nicht in der Lage, seiner Existenz aus eigener Kraft ein Ende zu bereiten, denn seine Erbauer hatten ihn mit einer entsprechenden Hemmnisschaltung ausgerüstet. Die Einsamkeit des Roboters war so vollkommen, dass er einen noch dümmeren Anhänger, als der konische Tork es gewesen war, mit Freude akzeptiert hätte. Das stupide Einerlei von Laires Dasein wurde nur unterbrochen, wenn der *Ruf* an die sieben Mächtigen erging und sie auf seine Ebene kamen, um den Einsatz vorzubereiten. Die Treffen der Mächtigen waren die einzige Abwechslung für Laire, aber sie fanden in so großen zeitlichen Abständen statt, dass er sich nach einer gewissen Zeit immer fragte, ob er nicht einer Halluzination erlegen war.

Laires Einsamkeit gebar schließlich einen Traum, der sich zur fixen Idee auswuchs. Der Roboter beschloss, nach dem gestohlenen Auge zu suchen. Nur wenn er es zurückeroberte, konnte er sich wieder in die Bereiche jenseits der Materiequellen begeben, in sein eigentliches Zuhause. Nur dort würde seine schreckliche Verlassenheit ein Ende finden.

Laire wusste, dass er nur eine Chance hatte, die Ebene zu verlassen – im Sporenschiff eines der Mächtigen.

Die Sporenschiffe durchquerten weite Gebiete des Universums, und nur auf diese Weise würde er vielleicht eine Spur seines Auges finden. Er rechnete sich aus, was die Fremden mit dem Auge angefangen haben mochten. Dabei kam er zu dem Schluss, dass sie es sicher nicht behalten hatten. Als intelligente Wesen mussten sie früher oder später bemerkt haben, dass der Besitz des Auges mit Gefahren verbunden war. Es war möglich, dass sie aus dieser Erkenntnis heraus das Auge zerstört hatten. Noch wahrscheinlicher erschien ihm jedoch, dass sie sein Auge versteckt hatten, um es zu einem späteren Zeitpunkt wieder zu holen, sobald sie in ihrer Entwicklung einen ausreichend hohen Wissensstand erreicht hatten.

Laire war sich darüber im Klaren, dass keiner der sieben Mächtigen ihn freiwillig mit an Bord eines Sporenschiffs nehmen würde. Das bedeutete, dass er sich unbemerkt einschleichen musste, sozusagen als blinder Passagier. Dieses Problem beschäftigte ihn mehrere Jahrhunderte, und er tat kaum etwas anderes, als über die Lösung nachzudenken. Er tüftelte einen Plan aus, der ihm so perfekt erschien, dass es keinen Fehlschlag geben konnte. Dabei überließ er nichts dem Zufall, er legte sogar fest, *welches* Schiff es sein würde, und wählte die PANTHAU-RA, das Sporenschiff des Mächtigen Bardioc. Die Wahl fiel nicht etwa auf dieses Schiff, weil es besser oder schöner gewesen wäre als die sechs anderen, sondern weil Bardioc der Besitzer war. Laire wusste nicht, warum, aber Bardioc erschien ihm weniger weltentrückt als seine sechs Brüder. Bardioc war während des Aufenthalts der Mächtigen auf der Ebene am ehesten geneigt, Laire Aufmerksamkeit zu schenken und sich über die zeremoniellen Abläufe hinaus mit ihm zu beschäftigen. Laire dürstete nach solchen intellektuellen Zuwendungen, doch er durfte das nicht zeigen. Es war absurd und außerdem völlig unrobotisch, aber Bardioc genoss von allen Mächtigen seine größte Zuneigung.

Als der *Ruf* endlich wieder erging und ein Einsatz der Sporenschiffe bevorstand, bereitete Laire sich auf die Durchführung seines Plans vor. Er hatte nicht vor, die Ebene sofort zu verlassen, denn jede übertriebene Eile barg den Keim des Scheiterns in sich. Er hatte so lange allein und in Einsamkeit gelebt, dass er durchaus bereit war, noch einige Jahrtausende zu warten. Mit der bevorstehenden Ankunft der Mächtigen sollte sozusagen eine Generalprobe verbunden sein.

Die sieben Mächtigen trafen ein – und Laire erlebte einen Schock. Sie hatten sich verändert, vor allem der geschätzte Bardioc. Ihre Unrast war unverkennbar, sie signalisierte den baldigen Untergang dieser Gruppe, ohne dass die einzelnen Brüder dies bewusst spürten. Die Veränderung der Mächtigen bestürzte Laire. Er befürchtete, dass dieser Prozess seinen Plan gefährden könnte.

Ein zweites Mal die Angewohnheiten einer neuen Gruppe von Mächtigen zu studieren, viele Jahrtausende zu planen und zu warten, das hätte Laire nicht mehr durchgestanden. Er war bereit gewesen, die Frist zwischen zwei Treffen verstreichen zu lassen, jenen Zeitraum, der zwischen dem Einsatz der Sporenschiffe und dem Bau des dazugehörigen Schwarms lag, aber länger konnte er es nicht mehr aushalten.

Das bedeutete, dass die Zeit gekommen war. Er musste sofort zur PAN-THAU-RA überwechseln. Die Generalprobe wurde unversehens zur Premiere.

Die Explosion erfolgte in so weitem Abstand, dass die empfindlichen Sensoren Laires sie gerade noch wahrnehmen konnten. Trotzdem hatte sie unmittelbare Folgen. Die Triebwerke der PAN-THAU-RA schalteten sich ab, das Schiff schwebte ohne Beschleunigung im Weltraum.

Im ersten Augenblick befürchtete der Roboter in seinem Versteck, dass es zu einer Katastrophe gekommen sein könnte, doch er entsann sich der Vollkommenheit dieses Schiffes, die einen derartigen Zwischenfall in einen kaum noch berechenbaren Bereich der Wahrscheinlichkeit entrückte. Offensichtlich hatte Bardioc, der in der Hauptzentrale saß, diese Explosion bewusst ausgelöst. Auch das Abschalten der Triebwerke war weiter nichts als ein Trick.

Er hat mich entdeckt!, schoss es Laire durch den Kopf.

Obwohl er nie an eine solche Entwicklung geglaubt hatte, war der Roboter in seinen Planungen davon ausgegangen, dass es dazu kommen könnte. Daher war er für den Fall seiner Entdeckung gewappnet und wollte die Flucht nach vorn ergreifen. Um jedoch sein Vorgehen nicht zu durchsichtig erscheinen zu lassen, wartete er einige Zeit ab, bevor er sich in die Hauptzentrale begab. Er konnte sich vorstellen, wie intensiv Bardioc ihn suchte.

Andererseits konnte Bardioc ihn nicht einfach von Bord schicken. Vielleicht war der Mächtige sogar zu Verhandlungen bereit.

Als Laire die Zentrale betrat, sah er Bardiocs große Gestalt vor den Kontrollen stehen. Die glühenden Augen des Mächtigen waren auf eine Holoprojektion gerichtet.

»Bardioc«, sagte Laire müde und trat zwischen den Apparaturen in den Raum.

»Laire!«, stieß Bardioc mit grenzenloser Überraschung hervor.

Er wusste nicht, dass ich es bin!, dachte der Roboter erstaunt. Bardioc hatte lediglich festgestellt, dass ein Fremder an Bord war, aber er war nicht darauf gekommen, dass es der Roboter sein könnte.

Seltsam!, erkannte Laire. Der Mächtige, der da vor ihm stand, machte einen *schuldbewussten* Eindruck. In dieser Haltung erinnerte ihn Bardioc unwillkürlich an den konischen Tork.

»Nachdem die Explosion erfolgt war und die Triebwerke ausgeschaltet wurden, wusste ich, dass du mich entdeckt hast«, sagte Laire bedächtig. »Es hat also keinen Sinn mehr, mich länger zu verbergen.«

Augenblicke später erfuhr Laire, dass Bardioc im Begriff war, dieses wunderbare Schiff zu stehlen.

Das Versteck, das Bardioc für das Sporenschiff ausgewählt hatte, erschien Laire so gut wie jedes andere, denn er konnte sich nicht vorstellen, dass die sechs anderen Mächtigen die PAN-THAU-RA jemals suchen würden. Genau wie Bardioc befanden sich die anderen Mitglieder aus dem Bund der Zeitlosen in einer schweren psychischen Krise und hatten wahrscheinlich genügend mit sich selbst zu tun.

Das Versteck lag ziemlich genau 35.000 Lichtjahre vom Zentrum dieser Galaxie entfernt, im Gebiet einer zwölf Lichtjahre durchmessenden galaktischen Turbulenzzone, in der fünfzehn Sonnen standen. Einer dieser Sterne hatte einen kollabierenden Prozess eingeleitet und würde in den nächsten Jahrtausenden zur Nova werden. Darüber hinaus existierte in der Turbulenzzone ein weiteres interessantes kosmisches Objekt, eine sonnenlose Dunkelwelt.

Laire und Bardioc standen gemeinsam vor der Raumbeobachtung in der Hauptzentrale der PAN-THAU-RA.

»Was hältst du von diesem Versteck?«, erkundigte sich der Mächtige mit offensichtlicher Zufriedenheit.

»Ein guter Platz«, erwiderte Laire lakonisch.

»Kein vernünftiges Wesen wird sich hierher wagen«, prophezeite Bardioc. »Abgesehen davon, dass wir mit den Anlagen der PAN-THAU-RA in den Ablauf der kosmischen Prozesse eingreifen und sie in unserem Sinn manipulieren können.«

Bardioc hatte vor, die natürlichen Bedingungen in diesem Sektor zumindest optisch zu verschlimmern, um unerwünschte Besucher fernzuhalten. »Wir werden Sonden ausschicken«, fuhr er fort. »Mich interessiert, ob es in der Umgebung bewohnte Planeten gibt.«

»Aber nicht aus Sicherheitsgründen ...?«, mutmaßte Laire.

»Du weißt, dass ich mir ein eigenes Sternenreich aufbauen will. Dabei brauche ich Intelligenzen, die mir treu ergeben sind. In diesem Schiff befindet sich ein gewaltiger Schatz, eine unvorstellbar große Biophore-Ladung.«

»Ich verstehe«, sagte Laire. »Du willst dir mithilfe der Biophore andere Wesen gefügig machen.«

Bardioc wurde nachdenklich. »Das nächste Treffen der sieben Mächtigen auf der Ebene steht bevor«, erinnerte er. »Ich habe nicht mehr viel Zeit. Meine Brüder und ich treffen uns, um die zweite Phase einzuleiten, den Bau eines Sternenschwarms.«

Der Roboter antwortete nicht. Wie die Ereignisse ablaufen würden, war ihm hinreichend bekannt.

»Ich glaube, dass ich die Rückkehr der Sonden abwarten kann«, fuhr Bardioc fort. »Ich brenne darauf, zumindest ein Experiment vor meiner

Abreise durchzuführen. Verstehst du? Ich möchte mit dem Gefühl vor meine Brüder hintreten, dass ich einen Anfang gemacht habe.«

Laire verstand es nicht, aber er schwieg.

Die nächsten Stunden verbrachten sie damit, ein paar hundert Sonden auszuschicken. Eine der Sonden, die schon nach wenigen Tagen zurückkehrten, brachte die Koordinaten eines kleinen, dunkelgelben Sterns mit zwei Planeten. Dieses System war sechs Komma sieben Lichtjahre vom Versteck der PAN-THAU-RA entfernt und 34.000 Lichtjahre vom galaktischen Zentrum. Im Orbit des zweiten Planeten befand sich ein mächtiger Gürtel aus verschieden großen Materiebrocken. Dabei handelte es sich zweifellos um die Überreste eines ehemaligen Mondes. Der Planet selbst hatte einen Durchmesser von 14.000 Kilometern. Er besaß eine für Planeten solcher Größe normale Schwerkraft, und seine Achsrotation betrug etwas mehr als neunzehn Stunden. Es war eine warme Welt mit reicher Vegetation.

Doch das alles interessierte Bardioc erst in zweiter Linie. Was ihn erregte, war die Tatsache, dass auf diesem Planeten intelligente Wesen lebten. Die Aufnahmen der Sonde ließen keinen Zweifel daran, dass es sich um Insektenabkömmlinge handelte.

»Ein gut funktionierender Insektenstaat mit einer Königin an der Spitze«, stellte Bardioc fest, während er die Bilder betrachtete. Er konnte seine Nervosität kaum verbergen. »Weißt du, was wir jetzt tun, Laire?«

»Ja«, sagte der Roboter.

»Wir holen ein paar hundert dieser Wesen an Bord der PAN-THAU-RA und behandeln sie mit Noon-Quanten.« Bardiocs Augen glänzten wie im Fieber. »Sie werden meine späteren Diener sein, der Ausgangspunkt eines gewaltigen Reiches, über das ich herrschen werde. Nach meiner Rückkehr von der Ebene werden wir überall Sporen ausstreuen, dann wird sich Leben entwickeln, das mir bis in die fernste Zukunft zur Verfügung stehen wird.«

»Ich werde dir dabei helfen«, versicherte Laire, obwohl er den Sinn dieses Plans nicht verstand.

In den nächsten Wochen arbeiteten sie so intensiv, dass der Zeitlose sich oft bis zur Erschöpfung verausgabte. Mit einem Beiboot holten sie die von Bardioc benötigten Insektenwesen an Bord des Sporenschiffs. Es waren zwei Meter große, grazile Wesen mit Laufbeinen, die zwei Drittel der Körperlänge ausmachten. Sie hatten vier Arme, die aus Doppelgelenken wuchsen. Ihr Oberkörper wirkte tonnenartig und war stark nach vorn gewölbt. Der gesamte Körper war von einem rosaroten Chitinpanzer geschützt. Auf der Vorderseite des Kopfes verlief ein Facettenband, das den Insektoiden einen guten Rundblick ermöglichte.

»Sie werden die Trennung von ihrer Königin nicht überstehen«, prophezeite Laire. »Als Mitglieder eines gewaltigen Kollektivs sind sie von ihr abhängig.«

»Unter normalen Umständen würden sie das sicher nicht«, stimmte Bardioc zu. »Aber nach der Behandlung mit Noon-Quanten werden sie vergessen, dass sie verschiedenen Kasten angehörten. Ihre Nachkommen werden sich schon nicht mehr daran erinnern, dass sie von einer Königin abhängig waren.«

Sie hatten die Ansken, wie sich die Insektoiden nannten, in einer großen Halle eingesperrt. Bardioc begann mit den Vorbereitungen für das Experiment. Laire hingegen wünschte, sie hätten sich mehr Zeit dafür gelassen. Doch Bardioc drängte, weil das nächste Treffen der Zeitlosen bevorstand. Er musste sich beeilen, wenn er nicht zu spät kommen und den Argwohn seiner Brüder auf sich lenken wollte.

Die Zeit war für Bardioc schon so knapp, dass er nicht abwarten konnte, ob die Behandlung der Ansken mit Noon-Quanten den gewünschten Erfolg brachte.

»Wenn ich zurückkomme, werde ich sehen, wie groß der Erfolg ist«, sagte Bardioc zu Laire. »Inzwischen beaufsichtigst du das Schiff.«

Der Roboter war enttäuscht. Er hatte insgeheim gehofft, Bardioc würde ihn zur Ebene mitnehmen.

»Die anderen werden sich wundern, dass ich nicht da bin«, gab Laire zu bedenken.

Bardioc schüttelte den Kopf. »Darüber brauchen wir uns keine Gedanken zu machen. Vergiss nicht den Zustand der Ebene. Du bist ein Teil davon. Meine Brüder werden glauben, dass du ausgefallen bist.«

Laire schaute sich um. »Ich werde hier so einsam sein wie auf der Ebene.«

»Aber nicht für lange! Ich komme zurück und hole dich.«

Nach diesen Worten schien Bardioc den Roboter bereits vergessen zu haben. In Gedanken weilte er schon auf der Ebene. Laire verstand den Mächtigen gut. Bardioc stand unter großer seelischer Anspannung, denn er musste seinen Brüdern gegenübertreten und ihnen seinen Verrat verheimlichen. Es war fraglich, ob ihm das überhaupt gelingen würde.

Laire zog sich in den Raum zurück, von dem aus er die manipulierten Ansken beobachten konnte. Er wollte nicht bei Bardioc sein, wenn dieser die PAN-THAU-RA verließ. Solange er zurückdenken konnte, erlebte er immer wieder, dass die Mächtigen gingen und ihn verließen. Er hatte gehofft, dass dies nun anders sein würde, aber im Grunde genommen hatte sich nichts verändert.

Bardioc ging und ließ den Roboter allein.

Auf der Ebene war Laire seine Einsamkeit oft unerträglich erschienen, aber er hatte wenigstens in einer vertrauten Umgebung gelebt. Hier war alles fremd, obwohl Bardioc ihn gelehrt hatte, die technischen Einrichtungen des gigantischen Schiffes zu bedienen. Laire war überzeugt davon, dass er in der Handhabung der PAN-THAU-RA bereits eine größere Perfektion erreicht hatte als Bardioc. Das lag an seiner robotischen Einstellung zu den Dingen.

Für Laire begann wieder eine Zeit des Wartens.

Er wartete geduldig, Jahr für Jahr, Jahrzehnt für Jahrzehnt, Jahrhundert für Jahrhundert.

Doch Bardioc löste sein Versprechen nicht ein. Er kam nicht zurück.

Die Überzeugung, dass der Mächtige niemals zurückkehren würde, gewann in Laires Bewusstsein allmählich die Oberhand. In all den Jahren, da er auf den Mächtigen gewartet hatte, war Laire durch das Schiff gestreift und hatte es gründlich erforscht. Bardiocs Experiment mit den Ansken war gelungen, längst hatten die Nachkommen der einst von ihrer Heimatwelt entführten Insektoiden an Bord des Sporenschiffs eine kleine Zivilisation aufgebaut. Laire kümmerte sich nicht um diese Wesen. Sie erschienen ihm bösartig und machthungrig, die denkbar ungeeignetsten Freunde für einen einsamen Roboter.

Laire überlegte, was Bardioc zugestoßen sein mochte, und er kam zu dem Schluss, dass der Mächtige von seinen Brüdern aus dem Bund der Zeitlosen als Verräter entlarvt worden war. Es war anzunehmen, dass sie Bardioc für die Entführung des Sporenschiffs bestraft hatten.

Dieser Gedanke ließ Laire nicht mehr zur Ruhe kommen. Tagelang stand er vor den Kontrollen in der Hauptschaltzentrale und dachte über die Konsequenzen nach, die sich aus einer solchen Entwicklung ergeben konnten. Das Ergebnis seiner Überlegungen war dazu angetan, ihn im höchsten Maß zu beunruhigen.

Wenn Bardiocs Brüder die Wahrheit erfahren hatten, waren sie wahrscheinlich auch fähig, ihn zur Preisgabe des PAN-THAU-RA-Verstecks zu zwingen. Das bedeutete, dass Kemoauc und die anderen in absehbarer Zeit hier erscheinen würden, um das Sporenschiff sicherzustellen und seiner Bestimmung zuzuführen. Diese Überlegung war niederschmetternd, denn sobald die Mächtigen hier erschienen, würden sie Laire finden und ihn der Unterstützung Bardiocs bezichtigen. Seine Strafe würde nicht weniger hart als die Bardiocs ausfallen.

Eine Zeit lang war Laire wie gelähmt, er verhielt sich so, als sei sein Ende unabwendbar. Nur langsam entschloss er sich, Vorkehrungen zu treffen. In der Hauptzentrale der PAN-THAU-RA baute er sich ein Versteck, denn er war überzeugt davon, dass die Mächtigen ihn hier zuletzt suchen würden. Seine Zuversicht hielt aber nicht lange an, und er befürchtete, dass es in dem riesigen Schiff keinen Platz geben könnte, an dem er vor den Rächern sicher sein würde. Er arbeitete einen neuen Plan aus, wollte das Sporenschiff verlassen und sich auf einen einsamen Planeten zurückziehen. Mit einem der vielen Beiboote konnte er jederzeit eine geeignete Welt aufsuchen. Je länger er jedoch darüber nachdachte, desto unsinniger erschien ihm dieses Vorhaben. Ohne die unermesslichen technischen Hilfsmittel des Sporenschiffs würde er nie eine Chance erhalten, sein Auge wiederzufinden.

Dann hatte er die rettende Idee. Warum sollte er nicht so verfahren wie vor ihm Bardioc? Warum sollte er die PAN-THAU-RA nicht stehlen?

Fast stündlich kamen die von Laire ausgeschickten Sonden zurück und brachten Informationen über die verschiedenen Sektoren dieser Galaxis. Der Roboter wertete die Daten permanent aus, um ein geeignetes Versteck für das Schiff zu finden. Wenn Bardiocs Brüder kamen, würden sie ihre Suche sicher nicht auf dieses Gebiet beschränken, denn sie mussten mit der Möglichkeit rechnen, dass Bardiocs Angaben unvollständig waren. Schon deshalb musste das Versteck so perfekt sein, dass Laire eine Entdeckung nicht zu befürchten brauchte.

Inzwischen hatte der Roboter die ersten Biophore-Behälter geöffnet und mit On- und Noon-Quanten experimentiert. Er gestand es sich nicht ein, aber der eigentliche Grund für diese Handlungsweise war seine Hoffnung, dass dabei Wesen entstehen könnten, die seiner Einsamkeit ein Ende bereiteten. Nachdem die Ansken von Generation zu Generation mehr verrohten, kamen sie als Partner gar nicht mehr infrage. In vielen Teilen des Schiffes wuchsen bereits die groteskesten Lebensformen heran. Die für seine Experimente benötigten organischen Substanzen beschaffte sich Laire mithilfe von Robotbeibooten, die er zu nahen Planeten ausschickte. Sehnsüchtig wartete er auf den Moment, da er einem Biophore-Wesen gegenübertreten und mit diesem reden konnte.

Die Sonden brachten nicht allein Daten der verschiedensten Sonnensysteme. Sie lieferten auch Informationen über fremde Raumschiffe und unbekannte Intelligenzen. Soweit Laire das nach dem vorliegenden Material beurteilen konnte, gab es in dieser Galaxie viele raumfahrende Völker, aber keine alles beherrschende Zivilisation.

Endlich entdeckte er in der Datenfülle einer Sonde Hinweise auf ein

System, das ihm geeignet erschien. Es war in jeder Beziehung ungewöhnlich. Seine Entfernung zum Zentrumskern betrug 24.667 Lichtjahre, vom derzeitigen Versteck der PAN-THAU-RA war es 9700 Lichtjahre entfernt. Mittelpunkt des Systems war ein gelbroter Riesenstern mit extrem hoher Oberflächentemperatur. Das eigentliche Phänomen jedoch war ein Planet von so gewaltigen Ausmaßen, dass Laire die Daten der Sonde zweimal prüfte, weil er einen Berechnungsfehler vermutete. Doch die Angaben schienen zu stimmen. Der seltsame Planet durchmaß 646.400 Kilometer, er wurde von siebenundvierzig Monden umkreist, von denen ihrerseits zwölf eigene Satelliten besaßen. Als dieses System entstanden war, hatte der Stern die wirbelnden Materiemassen nicht in zehn oder mehr Planeten aufgespalten, sondern sie in einer Welt konzentriert. Diese Laune der Natur hatte nicht verhindern können, dass sich mehrere kleine Materiewolken abgesondert hatten. Sie waren von der Schwerkraft des Gigantplaneten angezogen worden und bildeten nun seine Monde.

Während Laire die Daten mit der ihm eigenen Gründlichkeit studierte, fiel ihm etwas auf, was schließlich den Ausschlag dafür gab, das entdeckte System als Versteck für die PAN-THAU-RA auszuwählen: Auf den Monden des Großplaneten lebten die Angehörigen einer jungen raumfahrenden Zivilisation!

Laire war sich dessen bewusst, dass er die Suche nach seinem Auge keineswegs allein bewältigen konnte, ganz abgesehen davon, dass seine Anwesenheit an Bord der PAN-THAU-RA aus vielen Gründen unerlässlich war. Da er nicht wusste, ob es ihm gelingen würde, jemals Biophore-Wesen zu züchten, die für ihn das Auge suchen konnten, brauchte er die Hilfe anderer Intelligenzen. Noch wusste er nicht, wie er Fremde dazu bewegen konnte, für ihn zu arbeiten, aber dieses Problem würde er lösen, sobald er am Ziel angelangt war.

Seine fieberhafte Tätigkeit ließ ihn oft vergessen, dass er nach wie vor allein war. Trotzdem gab es Stunden der Selbstbesinnung, in denen er, von Verzweiflung überwältigt, in der Zentrale hockte, eine verstümmelte Hand in der ausgebrannten Augenhöhle und darüber nachdenkend, warum die Urprogrammierung ihn davon abhielt, seiner unseligen Existenz ein Ende zu bereiten. An Bord der PAN-THAU-RA gab es viele Roboter, aber sie ähnelten mehr dem konischen Tork als Laire. Er wusste, dass er sich in einer Beziehung von allen Robotern unterschied, die ihm bisher begegnet waren: in seiner Fähigkeit, objektiv und bewusst über seine Existenz nachzudenken und die damit verbundenen Umstände *gefühlsmäßig* zu verarbeiten.

Ein paarmal hatte Laire versucht, ihm ebenbürtige Roboter zu bauen.

Dank der perfekten Ausrüstung der Lager der PAN-THAU-RA war es ihm gelungen, überaus komplizierte Maschinen zu konstruieren, von denen jede über erstaunliche Fähigkeiten verfügt hatte. Doch es waren ausnahmslos seelenlose Automaten gewesen. Laire besaß nicht das entscheidende Wissen jener, die ihn geschaffen hatten. Aus Enttäuschung über die Fehlschläge hatte er den größten Teil der von ihm gebauten Roboter wieder zerstört.

Auch diese Phase seiner Existenz gehörte der Vergangenheit an. Nun war es für ihn wichtig, das Sporenschiff von einem Versteck ins andere zu bringen. Laire wollte sich nicht damit begnügen, die PAN-THAU-RA in einem abgelegenen Winkel dieser Galaxie zu verbergen, sondern er war entschlossen, noch einen Schritt weiterzugehen. Er würde die PAN-THAU-RA in den Hyperraum versetzen.

Die dazu ausersehene Stelle lag nahe jenem besonderen System. Im Hyperraum würde er nicht nur vor eventuell erscheinenden Mächtigen sicher sein, er konnte zudem unbeobachtet jene fremden Raumfahrer beeinflussen, die er als seine zukünftigen Helfer ausersehen hatte. Zunächst aber galt es, den Ortswechsel vorzunehmen. Laire war überzeugt davon, dass er die PAN-THAU-RA steuern konnte. Das eigentliche Problem war eine innere Schranke, die er überwinden musste. Solange er zurückdenken konnte, hatte er den Mächtigen gedient. Nun stand er im Begriff, etwas zu tun, was indirekt gegen die Mächtigen gerichtet war, ja sogar gegen seine Erbauer von jenseits der Materiequellen.

Aber er wollte das Schiff eines Tages zurückgeben!, dachte er trotzig. Es kam ihm nur darauf an, sein Auge zu finden. Sobald es wieder in seinem Besitz war, wollte er in das Gebiet jenseits der Materiequellen gehen und den Mächtigen dort erklären, warum er so und nicht anders hatte handeln müssen. Zweifellos würden sie ihn verstehen und ihn nachsichtig behandeln.

Er wusste, dass sein linkes Auge ihm innerhalb des Hyperraums fehlen würde, denn es war hervorragend geeignet, sich in der übergeordneten Dimension zu orientieren. Trotzdem würde er auch mit dem ihm verbliebenen Auge zurechtkommen und gewisse Anfangsschwierigkeiten überwinden.

Laire zögerte dennoch lange, bis er sich an den Hauptkontrollen niederließ, um die entscheidenden Schaltungen vorzunehmen. Als er anfing, spürte er förmlich, wie das gewaltige Schiff sich zu bewegen begann. Es war, als rührte sich ein riesiges Tier im Schlaf. Unwillkürlich zog Laire die ausgeglühten Fingerstummel von den Kontrollen zurück, er wartete auf ein vorher nicht einkalkuliertes Ereignis. Womöglich hatte Bardioc Sicherheitsschaltungen installiert, die nun wirksam wurden.

Doch alles lief programmgemäß ab. Die PAN-THAU-RA erreichte sehr schnell Überlichtgeschwindigkeit und verließ die fast zwölf Lichtjahre weite Turbulenzzone. Laire genoss diesen Flug mit stiller Freude, bedeutete er nach der mehr oder weniger großen Eintönigkeit der letzten Jahrhunderte eine willkommene Abwechslung.

In verschiedenen Räumen des Schiffes wimmelte es inzwischen von biophorischen Lebensformen. Mit den On-Quanten hatte Laire Materie zu biochemischen Reaktionen angeregt, dann hatte er die allmählich entstehenden organischen Gebilde mit Noon-Quanten behandelt. In einigen Hallen waren ökologische Systeme entstanden. Dabei hatte der Roboter erst einen Bruchteil der zur Verfügung stehenden Energiebehälter geöffnet. Das Sporenpotenzial der PAN-THAU-RA war unermesslich.

Im Verhältnis zu der Zeit, die Laire wartend verbracht hatte, dauerte der Flug ins Zielsystem nicht länger als ein Gedanke.

Es war beeindruckend, die Sonne mit ihrem Riesenplaneten zu sehen. Laire entdeckte einige tropfenförmige Raumschiffe der fremden Zivilisation, winzige und zerbrechlich wirkende Hüllen aus Stahl, die noch so viele Mängel aufwiesen, dass die meisten den Flug von Mond zu Mond nur als Wrack überstanden oder gar explodierten. Der Roboter bewunderte die Unverdrossenheit, mit der die Unbekannten ans Werk gingen. Gleichzeitig empfand er Mitleid für sie, denn er ahnte, wie groß die Opfer waren, die sie für den Sprung ins Weltall bringen mussten.

Nun, dachte Laire, das würde sich ändern! Mit seiner Hilfe würden diese Wesen eine gewaltige Raumflotte bauen. Er sah in einer Vision vor sich, wie eine unüberschaubare Zahl von Suchschiffen in alle Gebiete des Universums aufbrach, um sein Auge aufzuspüren. Endlich konnte er sich wieder konkrete Hoffnungen machen, obwohl der gewaltigste Teil der selbst gestellten Aufgabe noch vor ihm lag.

Laire bereitete die Versetzung der PAN-THAU-RA in den Hyperraum vor.

Während des entscheidenden Vorgangs kam es aber zu einem Fehlschlag. Es gelang dem Roboter nicht, die ungeheure Masse vollständig in den Hyperraum zu bringen. In seinen Berechnungen war ihm ein Fehler unterlaufen, und sosehr Laire sich auch bemühte, diesen zu korrigieren, er scheiterte immer wieder an den gleichen Hindernissen.

Zwölf Dreizehntel des Sporenschiffs befanden sich im Hyperraum, der Rest ragte ins Normaluniversum.

Laire, der sich an Bord eines Beiboots alles vom Weltraum aus ansah, bemerkte den damit verbundenen optischen Effekt: Das restliche Dreizehntel der PAN-THAU-RA war nur zu sehen, wenn er sich der Wölbung aus einem bestimmten Winkel näherte. Kam er von der Seite, wo das übrige Schiff sich im Normalraum befunden hätte, sah er überhaupt nichts. Das war immerhin ein zusätzlicher Sicherheitsfaktor.

Trotzdem beschloss der Roboter, den Standort der PAN-THAU-RA für die Mitglieder der hier heimischen Zivilisationen zur Verbotenen Zone zu erklären. Auf diese Weise konnte er alle Risiken einer Entdeckung ausschließen.

Nach gründlichen Beobachtungen stellte er fest, dass die Fremden den Riesenplaneten noch nicht besucht hatten. Ihre Raumschiffe waren den dort herrschenden Schwerkraftverhältnissen keineswegs gewachsen. Jedes Schiff, das sich dieser Welt näherte, wurde regelrecht zerquetscht. Das bedeutete, dass Laire auf dem Planeten eine Station errichten konnte.

Er würde diesen Wesen beweisen, wie sehr er ihnen überlegen war.

4.

Pentergall jauchzte, als der Schwarm der bunt gefiederten Arimäer sich auf seinen Schultern und ausgestreckten Armen niederließ. Zum ersten Mal hatte er eine so enge Beziehung zu diesen Vögeln, dass sie seinem Ruf folgten. Er machte einige Schritte, ohne dass sie aufschreckten und davonflatterten.

Der junge Wynger ging sehr langsam, denn er wollte, dass alle anderen an seinem Erfolg teilhatten. Er schlug sich durch die kniehohen Büsche und erreichte wenige Minuten später den Rand des Lagers, in dem sich etwa zwölfhundert Personen aufhielten. Die meisten von ihnen waren Stammesangehörige Pentergalls und auf die eine oder andere Weise mit ihm verwandt.

Vom Lager aus verlief eine schnurgerade Schneise zum Landeplatz der 1-KÄNAR. Es würde noch Wochen dauern, bis das Schiff so weit wiederhergestellt war, dass die Passagiere an Bord gehen und nach Gleybol zurückfliegen konnten. Pentergall hatte kaum Heimweh nach Gleybol, er fühlte sich hier auf Bostell mindestens genauso wohl. Die unberührte Natur des Mondes bot stets Möglichkeiten für Abenteuer und Entdeckungen.

Pentergalls Gedanken wurden unterbrochen, denn in diesem Augenblick entdeckten ihn einige Wynger und machten ihre Artgenossen durch bewundernde Zurufe auf den Jungen aufmerksam.

Pentergall stand stolz da, förmlich von den Tieren zugedeckt. Die Arimäer waren die schönsten Vögel auf Bostell, und Pentergall war von Anfang an entschlossen gewesen, ihr Zutrauen zu gewinnen.

Dutzende Wynger umringten ihn, bildeten aber eine Gasse, durch die seine Nährmutter Baldana auf ihn zutrat. Sie hatte den Kopf erhoben, zeigte ihre Freude aber nicht.

»Ich wusste, dass du es eines Tags schaffen würdest«, sagte sie sanft.

Pentergall errötete, denn ihre Worte erinnerten ihn an all die Fehlschläge, die er erlitten hatte. Vögel symbolisierten die Freiheit und den uralten Traum vom Fliegen. Je enger die Beziehung eines Wyngers zu diesen Tieren wurde, desto näher kam er der Freiheit, desto stärker entwickelt war sein Gefühl für das Losgelöstsein vom Boden. Gewiss, es war eine uralte Religion, aber sie durchdrang die Zivilisation mit ungebrochener Intensität.

Pentergall hörte auf, sich auf die Arimäer zu konzentrieren, und sie stoben als Farben sprühende Federwolke davon. Die Wynger verliefen sich wieder, die Kunde von Pentergalls Erfolg machte schnell die Runde, und einige improvisierte Feiern begannen. Dies war nicht die erste Expedition nach Bostell und die Sorglosigkeit der Wynger deshalb durchaus verständlich. Jeder wusste, wie es auf diesem Mond aussah. Hier gab es keine Gefahren.

Baldana war als Einzige bei Pentergall geblieben. »Ich hatte schon befürchtet, dass du es nie schaffen würdest«, gestand sie leise und strafte damit ihre vor den anderen ausgesprochene Behauptung Lügen.

Pentergall hockte sich auf ein Ausrüstungspaket und schlug die Beine übereinander. »Wahrscheinlich habe ich so lange gebraucht, weil ich nicht an die alten Mythen glauben kann«, sagte er nachdenklich. »Ich liege oft lange wach und denke nach.«

»Ich weiß, dass du grübelst«, erwiderte Baldana besorgt. »Kommandant Kerpron von den Doprern hat mich deshalb schon angesprochen. Er meint, dass dir dieser Wesenszug zum Nachteil gereichen könnte.«

»Ist es ein Verbrechen, wenn jemand nachdenkt?«

»Im Gegenteil. Lediglich, wenn unsere Herkunft und unsere Bestimmung Gegenstand deiner Überlegungen sind, wird es gefährlich.«

Pentergall lachte laut auf. »Kerpron kann mich nicht daran hindern, über den Sinn meines Daseins nachzudenken. Ich wette, er macht sich mehr Gedanken als ich.«

»Dafür sind die Doprer da!«

Pentergall antwortete seiner Nährmutter nicht. Er wusste genau, dass die Diskussion in einen handfesten Streit ausarten würde, wenn er sie nicht rasch beendete. Baldana war zu konservativ.

Er fragte sich, warum die meisten Wynger mit den alten Mythen als Erklärung für ihr eigenes Leben zufrieden waren. Diese Geschichten steckten voller Widersprüche, einige davon sprachen naturwissenschaftlichen Erkenntnissen Hohn. Trotzdem klammerten sich die Wynger daran. *Wahrscheinlich in Ermangelung eines geeigneten Ersatzes,* dachte der junge Mann sarkastisch.

Er sagte Baldana, dass er sich noch in der Umgebung umsehen wollte, und verließ das Lager.

Als er die ersten Büsche erreichte, geschah es. Am Himmel über Bostell zeigte sich ein helles Leuchten. Pentergall blieb wie angewurzelt stehen und starrte nach oben. Aus der Richtung des Lagers erklangen erschreckte Rufe. Das Licht breitete sich aus wie ein Flächenbrand. Es wurde so intensiv, dass es die Sonne, Välgerspäre und die Monde überstrahlte. Pentergalls Herz schlug heftig. Er hatte so etwas bisher nie erlebt. Aber schon nach wenigen Augenblicken hatte er sich wieder unter Kontrolle und überlegte, ob es für dieses Ereignis eine wissenschaftliche Erklärung gab. Die Konstellationen zwischen Välgerspäre und seinen siebenundvierzig Monden waren derart verwoben, dass es zu den eigenartigsten Lichterscheinungen kam. Das Leuchtphänomen konnte ein Naturereignis sein. Allerdings war diese Erklärung mehr als dürftig, gestand Pentergall sich ein. Die Astronomen hatten die Bahnen der Monde berechnet, es war genau bekannt, wann ein Mond aufging und wann Finsternisse eintraten. Auf Bostell war um diese Zeit weder der eine noch der andere Vorgang zu erwarten.

Pentergall eilte ins Lager zurück, um wieder bei den anderen zu sein.

Unsinnige Überlegungen gingen ihm durch den Kopf. Vielleicht kam es zu einer mondumspannenden Katastrophe, bei der die Atmosphäre von Bostell verbrannte.

Aber die Erscheinung am Himmel wirkte nicht wie ein chemischer Prozess. Außerdem machte das Licht trotz seiner Helligkeit keinen gefährlichen Eindruck.

Pentergall schaute sich nach dem Kommandanten und den Wissenschaftlern um und sah sie zwischen den Wohnkuppeln stehen und zum Himmel blicken. Sie diskutierten aufgeregt. Aus den Kuppeln, die vor wenigen Tagen aufgebaut worden waren, strömten weitere Wynger auf den freien Platz.

Pentergall begab sich zu den Wissenschaftlern, denn ihn interessierte, was sie von der Erscheinung hielten. Ihm schlug aber nur Ratlosigkeit entgegen.

Kerpron ließ Sicherheitsvorkehrungen treffen. Um die 1-KÄNAR entstand ein Schutzschirm.

In der Lichtwolke am Himmel bildete sich ein dunkler Punkt, der schnell größer wurde. Es sah aus, als würde etwas auf Bostell herabsinken. Die Umrisse dieses Körpers waren schwer zu bestimmen, denn es tat den Augen weh, in das Licht zu blicken.

Die Mondoberfläche vibrierte, als würde Bostell von unerklärlichen Kräften geschüttelt.

»Ein Mondbeben!«, rief einer der Wissenschaftler entsetzt.

»Wie kommst du darauf?«, fuhr Kerpron den Mann an. »Ihr Wissenschaftler behauptet stets, dass es auf Bostell keine Beben mehr geben könne.«

»So sicher kann man da nie sein«, antwortete der Gerügte.

Pentergall wunderte sich über diesen kurzen Dialog, denn es war offensichtlich, dass das Beben nicht von geologischen Vorgängen ausgelöst wurde, sondern von der Erscheinung am Himmel. Weigerten die Wissenschaftler sich, das anzuerkennen, weil es keine vernünftige Erklärung dafür geben konnte?

Die Erschütterungen hielten an. Sie waren nicht so heftig, dass sie Zerstörungen ausgelöst hätten.

Es ist wie mit dem Licht, dachte Pentergall. *Niemand hat den Eindruck, dass die Entwicklung gefährlich werden könnte.*

Gleichzeitig ertönte eine Stimme. Es war nicht festzustellen, woher sie kam, aus dem Boden oder vom Himmel – aber später erfuhren die Mitglieder der Expedition, dass sich dieses Phänomen gleichzeitig auf allen von Wyngern bewohnten oder besuchten Monden ereignet hatte.

»Wynger!«, donnerte die Stimme so laut, dass sie Pentergall regelrecht erschütterte. »Ihr habt euch in diesem einzigartigen System, das ihr Torgnisch nennt, niedergelassen, ohne zu bedenken, dass es der Sitz einer alles umfassenden Macht ist.«

Einige Expeditionsmitglieder gerieten in Panik und rannten ziellos aus dem Lager, andere warfen sich zu Boden. An den Eingängen zu den Kuppeln entstand Gedränge, weil viele Wynger in die Gebäude fliehen wollten, als könnten sie dort der Stimme entkommen.

Pentergall blieb ruhig. Er fühlte sich von einem stillen Triumph beseelt. Er hatte schon immer gewusst, dass die alten Mythen die Existenz der Wynger nicht zu erklären vermochten. Es musste einfach eine Macht geben, die für alles verantwortlich war.

»Das Torgnisch-System ist die Nabe eines unermesslichen Rades, des Alles-Rads«, fuhr die durchdringende Stimme fort. »In der Entwicklung eurer Zivilisation habt ihr nun einen Stand erreicht, der es euch erlaubt, dem Alles-Rad zu dienen.«

Pentergall hielt die Augen geschlossen und konzentrierte sich nur auf die Stimme.

»Einige Berufene unter euch werden künftig meine Anweisungen entgegennehmen. Wenn ihr nach den Regeln des Alles-Rads lebt, werdet ihr eine große Zukunft haben.«

Das Mondbeben ebbte ab, das schwarze Gebilde in der Lichtwolke verschwand, und der Himmel nahm allmählich wieder die gewohnte Farbe an. Noch immer standen die Wynger wie erstarrt, keiner wagte zu reden.

Pentergall war sicher, dass er diesen Tag niemals vergessen würde. Später erfuhr er, dass einige Raumschiffe der Wynger seltsame Objekte geortet hatten, die sich in Richtung Välgerspäre bewegten und dort, unbeeindruckt von der alles zerstörenden Schwerkraft, in die Atmosphäre eingetaucht waren.

Eine Macht, die sich auf eine Höllenwelt wie Välgerspäre wagen konnte, musste wirklich umfassend sein. Wenn es für die Wynger noch eines Beweises für die Existenz des Alles-Rads bedurft hätte – das wäre er gewesen.

Von da an hielt sich die Vermutung, dass der Sitz des Alles-Rads Välgerspäre sein könnte.

Laire fand schnell heraus, dass die Wynger ein entwicklungsfähiges Volk waren. Sie nutzten das ihnen zur Verfügung gestellte Wissen in einem Umfang und in einer Schnelligkeit, wie er es kaum zu hoffen gewagt hatte. Probleme bereiteten ihm lediglich die Kontaktaufnahmen, denn die Wynger durften keinesfalls erfahren, dass das Alles-Rad eine *technische* Institution war. Nur im Glauben an eine übergeordnete Macht konnten sie jene Leistungen vollbringen, die Laire von ihnen erwartete.

Der Roboter richtete in aller Heimlichkeit auf den Welten und Monden der Wynger verborgene Stationen ein, über die er von der PAN-THAU-RA aus alle Vorgänge beobachten und jederzeit eingreifen konnte. Er sorgte für den Aufbau einer Priesterkaste, der Kryn. Auf diese Weise musste er nicht ständig mit allen Wyngern Kontakt pflegen, sondern es genügte, wenn er seine Befehle an einige Bevorzugte richtete, die sie dann an ihre Artgenossen weitergaben. Laire versäumte nie, die Macht des Alles-Rads in regelmäßigen Abständen zu demonstrieren. Wann immer es galt, den Glauben der Wynger an das Alles-Rad aufzufrischen, geschahen Dinge, die von den Betroffenen als Wunder angesehen wurden. Wie Laire nicht anders erwartet hatte, gab es Männer und Frauen, die nicht an das Alles-Rad glauben wollten. Ihre Zahl war jedoch derart gering, dass sie kein Problem darstellten, außerdem wusste die Priesterkaste bald die mit ihrem Status verbundene Macht zu schätzen und sorgte von sich aus dafür, dass Rebellen ausgeschaltet wurden.

Als die Zeit gekommen war, dass die Wynger Raumflüge bis an die Grenzen ihrer Galaxie Algstogermaht und darüber hinaus unternehmen konnten, überlegte Laire, wie er Angehörige dieses Volkes für seine Suche einsetzen konnte. Die Bildung von Expeditions-Kommandos aus besonders geschulten Wyngern und der Bau fernflugfähiger Schiffe waren leichte Aufgaben. Dagegen konfrontierte die richtige Darstellung dieser Unternehmen Laire mit einem Problem, das für ihn nicht leicht zu lösen war.

Er konnte den Wyngern nicht eingestehen, dass das allmächtige Alles-Rad nicht in der Lage war, das gesuchte Auge aus eigener Kraft zu beschaffen. Außerdem wäre die Reduzierung des Alles-Rad-Mythos auf eine derart profane Aufgabe ein verhängnisvoller Fehler gewesen. Die Wynger hätten sich missbraucht gefühlt angesichts der Erkenntnis, dass ihre Entwicklung lediglich dem Zweck diente, das Auge zu beschaffen.

Es war eine psychologische Aufgabe, die der Roboter zu lösen hatte, und dabei tat er sich schwer. So gut er die Wynger kannte, ihre Mentalität würde er nie völlig ergründen und verstehen.

Schließlich fand er eine Lösung. Sie war nicht mehr als ein schlechter Kompromiss zwischen seinen eigenen Wünschen und dem Weltbild der Wynger. Männer und Frauen, die für Suchkommandos in Betracht kamen, wurden in einen komplizierten Ausgliederungsprozess aufgenommen, der sie glauben ließ, einer elitären Schicht anzugehören. Die Ausgliederung eines Wyngers aus seiner Gesellschaft erhielt den Namen »Berufung«, und davon betroffene Wynger waren nicht wenig stolz, dass die Wahl auf sie gefallen war. Aber auch die Auserwählten erfuhren erst nach ihrer endgültigen Trennung von ihrem Volk, was das Alles-Rad von ihnen verlangte.

Der Planet Välgerspäre war der geeignete Platz, um die Berufenen auf ihre Aufgabe vorzubereiten. Laire schuf die notwendigen Anlagen, in denen die Wynger leben konnten. Nach einer gewissen Zeit wurden sie dann in die PAN-THAU-RA gebracht, in der sie die letzten Anweisungen erhielten. Laire wusste, dass er zurückkehrende Suchkommandos von den übrigen Wyngern fernhalten musste. Er manipulierte ihr Gedächtnis oder ließ sie in einer eigens für diesen Zweck errichteten Stadt auf Välgerspäre unterbringen.

So kam es, dass die Wynger in ihrer Gesamtheit niemals den eigentlichen Sinn ihres Glaubens erfuhren. Sie fühlten sich von der Macht und der Weisheit des Alles-Rads behütet, und die alten Mythen verloren immer mehr an Bedeutung. Die Beziehung zu Vögeln, die früher das Bewusstsein der Wynger zur Freiheitsliebe geformt und ihre uralte Sehnsucht symbolisiert hatte, ließ von Generation zu Generation nach und wurde zu einem jämmerlichen Relikt, indem einzelne Wynger sich einen sogenannten Beziehungsvogel hielten.

Laire empfand keine Skrupel. Weil seine Moralvorstellungen sich von denen intelligenter Wesen in diesem Universum beträchtlich unterschieden und weil er sich sagte, dass die Wynger bei diesem Pakt ein gutes Geschäft machten. Innerhalb kurzer Zeit war ihre Zivilisation zum beherrschenden Faktor in Algstogermaht geworden. Dass die Manipulation dieses Volkes ein Verbrechen darstellen könnte, dieser Gedanke kam dem Roboter nicht in den Sinn.

Obwohl er nun permanent beschäftigt war und keine Langeweile empfand, hatte sich seine Lage in einer Beziehung nicht geändert: Er war immer noch einsam!

Unter den von ihm gezüchteten Biophore-Wesen war keines, das ihm Freund und Partner sein konnte – im Gegenteil: Die PAN-THAU-RA wurde inzwischen von monströsen Geschöpfen bevölkert, die ein deutlicher Beweis dafür waren, dass Laire den Umgang mit den Quanten nicht so gut verstand wie die Mächtigen. Auch die Wynger waren nicht geeignet, seiner Einsamkeit ein Ende zu machen, denn als das Alles-Rad musste Laire anonym bleiben. Sobald er sich offenbarte, würde der Mythos untergehen.

Es gab nur einen Weg aus diesem Dilemma: Er musste sein Auge wiederfinden. Nur mit dem Auge konnte Laire die Materiequelle passieren und dorthin zurückkehren, wo jene lebten, die ihn geschaffen hatten.

Inzwischen hatte sich das neue Gesellschaftssystem der Wynger weitgehend verselbstständigt, Laire brauchte nicht wie in der Anfangszeit immer wieder einzugreifen. Seine einzige Aufgabe bestand noch darin, Suchkommandos auszuschicken und auf deren Rückkehr zu warten.

Jedes Suchkommando, das ohne Ergebnis zurückkehrte, führte unwissentlich einen verheerenden Schlag gegen Laires Hoffnungen und trieb ihn ein Stück tiefer in seine verzweifelte Einsamkeit. Mit jedem Schiff, das zurückkehrte – und es waren Tausende! –, starb ein Teil von dem, was man vielleicht als die Seele des Roboters bezeichnen konnte. So wurde Laires Existenz allmählich ein Rädchen in dem von ihm geschaffenen Mechanismus.

Sosehr er auch litt, sosehr ihn jedes erfolglos heimkehrende Schiff enttäuschte, Laire sollte bald erfahren, dass die Dimensionen der Hoffnungslosigkeit längst nicht ausgeschöpft waren.

Der Überfall erfolgte, als der Roboter von einer Inspektionsreise aus Quostoht zurückkehrte.

Quostoht hieß jener Bereich der PAN-THAU-RA, der in den Normalraum ragte und genau ein Dreizehntel des Schiffsvolumens ausmachte. Laire hatte den Namen »Quostoht« von den dort lebenden Wyngern übernommen. In diesem Sektor des Sporenschiffs hielten sich die Berufenen auf, bevor sie an Bord ihrer Suchraumschiffe gingen.

Laire hatte mit Quostoht eine kleine Welt geschaffen, die den Ansprüchen der Wynger gerecht wurde. Im Normalraumbereich der PAN-THAU-RA trat der Roboter als das LARD auf, eine anonyme Institution, die angeblich dem Alles-Rad direkt unterstellt war. Es gab Wynger, die in Quostoht geboren waren. Sie wussten nicht, dass es außer der ihren noch andere Welten gab.

Jedes Mal, wenn Laire von Quostoht in die Hauptzentrale zurückkehrte, wurde er in schlimmer Regelmäßigkeit von der Erfolglosigkeit heimkehrender Suchkommandos unterrichtet. Auch diesmal hatte er nichts erfahren, was Anlass zur Freude gegeben hätte. Seine Gemütsverfassung war entsprechend schlecht, und er zweifelte einmal mehr an der Richtigkeit seines Vorgehens. Das mochte der Grund dafür sein, dass er den Angreifern in die Falle ging. Ohnehin hätte er niemals mit einem Überfall gerechnet.

Zudem verfügten die Angreifer über eine Waffe, die bewies, dass sie Laire viele Jahre beobachtet hatten, um herauszufinden, wie sie ihn überwältigen konnten. Diese Waffe glich in ihrer Wirkung jener, die schon die Fremden in ferner Vergangenheit benutzt hatten, um Laires linkes Auge zu rauben.

Der Roboter trat durch das Hauptschott in die Zentrale – und wurde von einem Schock kinetischer Energie getroffen. Er knickte ein und ging in die Knie. In dieser Haltung verharrte er, während sein Verstand versuchte, den Vorfall zu analysieren. Wie nahe er einer Panik war, bewies seine erste Vermutung, bei den Angreifern könnte es sich um Artgenossen jener Wesen handeln, die ihn einst auf der Ebene überfallen hatten. Die Absurdität dieses Gedankens wurde ihm jedoch schnell bewusst, und er fragte sich, ob Bardioc oder einer der anderen Mächtigen gekommen war, um ihn für den Raub des Schiffes zu bestrafen.

Doch dann traten die Täter hinter einigen Maschinenblöcken hervor. Laire starrte sie aus seinem rechten Auge ungläubig an: sechs langbeinige Geschöpfe mit rosafarbenen Chitinpanzern und Facettenbändern in den flachen Gesichtern. Ansken!

Die Waffe war so schwer, dass alle sechs sie halten mussten. Offenbar waren sie selbst von ihrem Erfolg überrascht.

Laire hatte diese Wesen in den letzten Jahrhunderten kaum beachtet. Sie waren bösartig und gefährlich, aber dennoch wäre er nie auf den Gedanken gekommen, dass sie sich so weit vorwagen könnten.

Laire versuchte aufzustehen. Die Ansken lösten ihre Waffe erneut aus, und eine noch heftigere Schockwelle raste durch seinen Körper. Der Roboter kippte seitwärts und schlug dumpf auf dem Boden auf. Er konnte sich nicht mehr bewegen.

Die Ansken kamen nur zögernd heran, anscheinend waren sie nicht sicher, ob sie Laire völlig ausgeschaltet hatten. Als sie sich davon überzeugt hatten, dass der Roboter kampfunfähig war, setzten sie ihre Waffe ab. Ihr Anführer ließ sich neben Laire am Boden nieder.

»Ich bin Brener Scul«, sagte er mit knarrender, weithin hörbarer Stimme.

Laire, der vor vielen tausend Jahren mit Bardioc die Sprache dieser Wesen gelernt hatte, verstand ihn ausgezeichnet.

»Kannst du verstehen, was ich sage?«, wollte Scul wissen.

»Ja«, antwortete der Roboter. Sein Sprachorgan war durch die beiden Schockwellen nicht beschädigt worden. Er überlegte, was er tun konnte, damit die Ansken ihn nicht zerstörten. Es kam für ihn darauf an, Gelegenheit für Gegenmaßnahmen zu finden.

Die Situation entbehrte nicht einer gewissen Ironie, fand Laire. Da lag er, das mächtige Alles-Rad, das von Millionen Wyngern verehrt wurde, hilflos am Boden – überwältigt von einer Handvoll Insektoiden.

»Ursprünglich wollten wir dich vernichten, um die Macht an Bord dieses Schiffes zu übernehmen«, sagte Scul.

Laire antwortete nicht. Er wusste, wie unberechenbar diese Wesen waren, und er wollte sein Gegenüber nicht zu unbedachten Handlungen reizen. Zwei oder drei weitere Schüsse aus dieser schrecklichen Waffe hätten Laires Ende bedeutet.

Scul stieß ein merkwürdiges Gelächter aus, es klang wie das Knattern ferner Explosionen.

»Aber wir haben uns entschlossen, dich noch für eine Weile existieren zu lassen«, fuhr der Anskenführer fort. »Es ist möglich, dass wir dich brauchen. Du wirst uns die Funktion dieser Einrichtungen erklären«, er machte eine alles umschließende Geste, »damit wir bei der Ausübung unserer Macht keine Schwierigkeiten haben werden.«

»Gut«, sagte Laire matt.

»Wie gesagt, nur für eine Weile! Wir wollen außerdem von dir wissen, wie man die Sporenbehälter öffnet und einsetzt, denn es gibt nur vierhundert Ansken an Bord. Wir brauchen also Sklaven, die für uns arbeiten.«

»Das kann ich verstehen«, sagte Laire, nur darauf aus, den Ansken bei Laune zu halten.

Er lag so, dass er mit seinem verbliebenen Auge zum Haupteingang der Zentrale blicken konnte, und dort spielte sich etwas ab, was ihn zutiefst erschütterte, weil es ihm wie eine Entweihung dieses wunderbaren Schiffes vorkam. Dutzende Ansken quollen dicht gedrängt in die Zentrale, verteilten sich, betasteten Kontrollinstrumente und Apparaturen, ließen sich in den Sitzen nieder, die nicht für sie geschaffen waren, und benahmen sich ganz so, als gehörte ihnen die PAN-THAU-RA bereits.

»Das sind meine Freunde«, erklärte Scul. »Wir haben übrigens mehrere solcher Waffen. Du brauchst dich also keinen Illusionen hinzugeben, du hast verloren.«

»Offensichtlich«, stimmte Laire zu, und im Augenblick meinte er das sogar ehrlich.

»Eines Tages werden wir nicht nur dieses Schiff beherrschen, sondern viele Planeten erobern«, sagte Scul leidenschaftslos.

Vorübergehend verlor Laire seine Beherrschung. »Was glaubt ihr, wer ihr eigentlich seid?«, fuhr er Scul an. »Armselige Biophore-Wesen! Ich kann dir sagen, wo das Labor liegt, in dem Bardioc und ich eure Vorfahren manipuliert haben.«

Scul versetzte ihm einen Tritt, dass er ein Stück über den Boden rutschte. »Wir sind keine Biophore-Wesen!«, schrie der Anske. »Das wissen wir genau.«

Im Grunde genommen, dachte Laire, hatte der Insektenabkömmling recht. Die Ansken waren nicht aus mit On-Quanten behandelter Materie hervorgegangen, sie waren lediglich vor vielen Generationen mit Noon-Quanten behandelt worden.

Für ihn begann nun einer der entwürdigendsten Abschnitte seiner Existenz. Er musste, um nicht getötet zu werden, den Ansken Fragen beantworten und alle Wünsche erfüllen.

Nun erwies es sich als Vorteil, dass sich die wyngerische Gesellschaft mit ihrem Alles-Rad-Mythos verselbstständigt hatte, denn sie würde eine Zeit lang auch ohne Laire auskommen können. Falls es dem Roboter allerdings nicht gelingen sollte, sich aus der Gewalt der Ansken zu befreien, würde das bei den Wyngern früher oder später zur Katastrophe führen. Laire bezweifelte, dass ihre Zivilisation sich von dem Schock erholen würde, den die Wahrheit für sie bedeuten musste.

»Ihr habt dieses Schiff beschmutzt«, sagte er eines Tages zu Scul. »Das Ausmaß eurer Untaten ist euch überhaupt nicht bekannt.«

Scul nahm es dem Roboter nicht übel, er lachte sein knatterndes Gelächter.

Ständig wurde Laire von drei Gruppen bewaffneter Ansken bewacht. Die Mündungen ihrer Schockwaffen waren ununterbrochen auf ihn gerichtet. Selbst wenn es ihm gelingen sollte, eine oder sogar zwei Waffen zu vernichten, die dritte Gruppe würde in jedem Fall genügend Zeit finden, ihn zu vernichten.

Wie alles, was er tat, war auch diese Vorkehrung von Brener Scul mit bösartiger Schläue getroffen worden. Er war der unumschränkte Herrscher der Ansken. Die Anerkennung einer Einzelperson als alleiniger Herrscher war zweifellos ein Relikt aus der Vergangenheit dieser Wesen.

Eines Tages verriet Scul in einem Gespräch mit Laire, dass doch nicht alles so verlief, wie die Ansken sich das vorgestellt hatten.

»Einer unserer Kampftrupps ist bis an die Grenze jenes Gebiets vorgedrungen, das du Quostoht nennst. Dort wurden wir zurückgeschlagen. Es gibt leider nur wenige Durchgänge, die alle von Robotern und Biophore-Wesen besetzt sind.«

Laire hatte nicht geglaubt, dass die Ansken so schnell versuchen könnten, Quostoht zu erobern. Dass sie dabei gescheitert waren, bereitete ihm Genugtuung. Laires Befehl, niemanden außer ihm passieren zu lassen, war von den Besatzungen der Durchgänge zwischen Normal- und Hyperraum befolgt worden. Wahrscheinlich wurden die Ansken auch nicht mit den an der Grenze herrschenden Bedingungen fertig.

Noch nicht!, befürchtete Laire. Wenn er nicht bald freikam und dagegen einschritt, würde Quostoht eines Tages fallen.

»Ich wüsste wirklich nicht, wie ich euch helfen könnte«, sagte er zu Scul.

Der Anskenführer sah ihn nachdenklich an. »Dir wird bestimmt etwas einfallen«, sagte er.

Die unverhüllte Drohung zeigte Laire, dass Scul erneut auf einen spektakulären Erfolg aus war, um sich bei seinem Volk in ein gutes Licht zu setzen.

Scul sprach nicht mehr von Quostoht, aber Laire war sicher, dass der Anske ständig darüber nachdachte, wie er sein Ziel verwirklichen konnte. Und eines Tages präsentierte Scul dem Roboter einen teuflischen Plan.

»Ich weiß jetzt, wie wir Quostoht erobern können. Dabei gehe ich von der Voraussetzung aus, dass du dich in dem Grenzgebiet genau auskennst.«

»Das hilft euch wenig«, erwiderte Laire, obwohl er ahnte, was kommen würde.

»Wenn du bei uns bist, wird uns niemand aufhalten!«, behauptete Scul. »Du wirst uns führen.«

»Ich könnte euch in eine Falle locken. Es gibt tausend Möglichkeiten, euch zu überlisten.«

»Nicht, wenn die Mündungen dreier Waffen ununterbrochen auf dich gerichtet sind«, entgegnete Scul.

Laire konnte es nicht fassen. Die ganze Zeit hatte er bezweifelt, dass die Ansken ein derartiges Risiko eingehen würden. Für die Insektoiden würde dieses Unternehmen eine gefährliche und anstrengende Exkursion werden, schon in Anbetracht der Größe und des Gewichts der Waffen, die sie mit sich schleppen mussten. Aber Brener Scul schreckte offenbar vor nichts zurück.

Laire befürchtete, dass er bei dieser Mission umkommen würde, denn er wollte lieber sterben, als Quostoht den Ansken zu opfern.

Die Kolonne, die sich quer durch die PAN-THAU-RA auf die Grenze nach Quostoht zubewegte, bot einen merkwürdigen Anblick. An der Spitze gingen schwer bewaffnete Ansken. Hinter ihnen folgte Laire, von drei aus je sechs Mitgliedern bestehenden Wachkommandos umringt. Die Ansken hatten die Schockwaffen auf fahrbare Lafetten montiert, damit nicht nur der Transport erheblich erleichtert, sondern jede Zeitverzögerung bei einem eventuellen Einsatz vermieden werden konnte. Die Waffen saßen auf Drehkränzen.

Hinter Laire und seinen Wächtern ging Brener Scul mit einigen Vertrauten. Scul trug einen eigens für dieses Unternehmen konstruierten Schutzanzug. Den Abschluss der Kolonne bildete eine weitere Gruppe schwer bewaffneter Ansken. Insgesamt beteiligten sich zweiundvierzig Insektenabkömmlinge an diesem Unternehmen. Scul hatte damit erneut strategisches Denken bewiesen. Der größte Teil der Ansken war in der Hauptschaltzentrale zurückgeblieben, denn Scul wollte diesen wichtigsten Raum des Schiffes unter keinen Umständen wieder verlieren. Außerdem kam er mit dieser kleinen Schar von Begleitern schneller voran.

Laire wusste, dass sich spätestens an der Grenze zwischen dem Hyperraum und Quostoht sein Schicksal entscheiden würde. Er grübelte darüber nach, wie er die Ansken überlisten konnte, doch die drei auf ihn gerichteten Waffen machten jeden Fluchtversuch zum aussichtslosen Unterfangen. Trotzdem war er entschlossen, die Ansken keinesfalls über die Grenze zu führen.

Obwohl sie schnell vorankamen, ereigneten sich immer wieder unvorhergesehene Zwischenfälle mit Biophore-Wesen. Laire, der seit dem Überfall der Ansken kaum mehr an die Beobachtungsgeräte in der Zentrale herangekommen war, wunderte sich, wie üppig das biophorische Leben an Bord gedieh. Hauptsächlich handelte es sich um Pflanzen, die, von wenigen Ausnahmen abgesehen, mehr oder weniger harmlos waren. Es gab jedoch auch monströse Geschöpfe, die das Kommandounternehmen angriffen. Die meisten dieser Attacken endeten mit blutigen Niederlagen für die Angreifer. Die Ansken ließen keine Gelegenheit verstreichen, zu demonstrieren, dass sie die eigentliche Macht an Bord des Sporenschiffs waren.

»Sobald wir Quostoht erobert haben, werden wir mit eigenen Experimenten beginnen«, kündigte Scul während einer Rast an. »Wir wissen genügend über die Quanten, um damit Wesen zu züchten, die uns treu ergeben sind. Sie werden für uns kämpfen.«

Laire, wenige Handbreit von der nächsten Waffenmündung entfernt, schwieg zu diesen Plänen. Er hatte längst erkannt, dass Scul nur redete, um seiner Geltungssucht Genüge zu tun. Allerdings hatten die Angebereien des Anskenführers einen durchaus realistischen Hintergrund.

»Die große Zeit der Ansken steht erst bevor«, prophezeite Scul. »Eigentlich schade, dass wir dich zerstören müssen, Laire.«

»Mein Ende hat keinerlei Bedeutung«, erwiderte der Roboter ruhig. Scul klatschte sich vor Vergnügen auf die gepanzerten Schenkel.

Wahrscheinlich würde die Gesellschaft der Wynger auch nach Laires Verschwinden noch eine Zeit lang in der bisherigen Form weiterexistieren, doch allmählich würden sich dann Zweifel an der Existenz des Alles-Rads ausbreiten, und das musste zu einer schweren Krise führen. Das Vakuum, das das Ende des Alles-Rad-Mythos hinterlassen würde, konnte für die Wynger zur Katastrophe werden.

Scul gesellte sich zu Laire, um ihm erneut Fragen zu stellen.

»Warum befinden sich keine Bürger aus Quostoht in diesem Teil des Schiffes?«

»Sie können hier nicht leben«, antwortete der Roboter wahrheitsgemäß. Er ahnte, dass der Anske ihm das nicht glauben würde, und fügte schnell hinzu: »Der mentale Druck der Quanten ist für die Quostohter gefährlich. Sie sterben, sobald sie einige Zeit auf dieser Seite der Grenze leben.«

»Wie erklärst du dir unsere Immunität?«

»Ihr seid die Nachkommen von Wesen, die mit Quanten behandelt wurden.«

»Und was ist mit dir?«

»Ich bin ein Roboter«, sagte Laire. Bewusst verschwieg er, dass er jedes Mal, wenn er von Quostoht aus in den Hyperraumbereich der PAN-THAU-RA kam, Orientierungsschwierigkeiten hatte, die sich jeweils erst nach einer gewissen Anpassungszeit legten.

»Warum schließt du dich nicht den Ansken an?« Das war eine rhetorische Frage, nur gestellt, um Laire aus der Reserve zu locken und zu quälen.

»Wie stellst du dir das vor?«, wollte Laire wissen.

Scul lachte. »Du könntest unser treuer Diener werden!«

»Ja«, meinte Laire. »Darüber lässt sich reden«

Scul war erheitert. Er ging zu seinen Artgenossen, um ihnen von Laires Antwort zu berichten. Natürlich dachte er nicht im Traum daran, den Roboter weiterexistieren zu lassen. Er war klug genug, zu wissen, dass sich die innere Einstellung des Roboters niemals ändern konnte. Laire und die Ansken würden Feinde bleiben, solange beide Parteien existierten. Lediglich eine Änderung im Verhalten der Ansken hätte diesen Zustand verbessern können, aber daran war nicht zu denken.

Als sie sich dem Grenzgebiet näherten, ließ Scul die Kolonne anhalten. Er ging wieder zu Laire und faltete eine Karte auf. Laire, der überhaupt nicht gewusst hatte, dass eine Karte existierte, wunderte sich, mit welcher Genauigkeit die Ansken den Grenzverlauf eingezeichnet hatten.

»Was hältst du davon?«, erkundigte sich Scul.

»Die Karte ist ziemlich genau«, gab Laire widerwillig zu.

»Genau, aber unvollkommen! Hier sind nur die beiden Hauptdurchgänge eingezeichnet. Sie werden von deinen Robotern und Biophore-Wesen bewacht. Die Gefahr, dass einer deiner Helfer die Übersicht verliert und das Feuer auf uns eröffnen lässt, ist groß – auch wenn du bei uns bist.«

»Ich kann es nicht ändern«, erwiderte Laire.

Scul strich die Karte glatt. »Zweifellos existieren weitere Tunnels zwischen Quostoht und dem Hyperraumbereich.«

Der Roboter schwieg.

»Hör zu«, sagte der Anskenführer mit unüblicher Geduld. »Es gibt kleinere Durchgänge, die du ab und zu benutzt. Wenn du deren Position nicht freiwillig preisgibst, marschieren wir mit dir die gesamte Grenzlinie entlang, bis wir sie gefunden haben. Wir werden dabei viel Zeit verlieren, aber im Endeffekt finden, wonach wir suchen.«

Laire sah ein, dass der Anske recht hatte. Gleichzeitig kam ihm eine Idee, was er unternehmen konnte, um sich zu retten und Quostoht vor einer Invasion zu bewahren. Sein Plan war aus der Verzweiflung heraus geboren und kaum mehr als eine vage Chance.

Laire beugte sich über die Karte. »In der Nähe befindet sich ein kleiner, nur von wenigen eingeweihten Robotern bewachter Durchgang.« Er zeigte Scul die betreffende Stelle.

Der Anske studierte die Zeichnung, als könnte er auf diese Weise den Wahrheitsgehalt überprüfen. Dann markierte er den Durchgang. Einen Augenblick lang befürchtete Laire, Scul würde ihn nun vernichten lassen. Immerhin wäre dann Quostoht gerettet gewesen, denn der angegebene Durchgang endete an der Grenzlinie in einer Dimensionsfalte. Es handelte sich um einen verschütteten Tunnel. Am Grenzpunkt bildeten aufeinanderprallende Energieströme zweier Dimensionen einen Wirbel, in dem jeder verschwand, der sich zu weit näherte.

Laire hatte nach der Entdeckung dieses Tunnels drei Roboter verloren, die er zur Erkundung ausgeschickt hatte. Zum Glück war er damals nicht selbst gegangen, denn das hätte sein Ende bedeutet.

Eine Dimensionsfalte war jedoch keine Konstante, und Laire hoffte, dass er den Durchgang vielleicht überstehen würde, während seine Begleiter den Tod finden oder sich zumindest verirren sollten. Es war ein verzweifelter Gedanke.

Scul faltete die Karte wieder zusammen und steckte sie in eine Gürteltasche seines Schutzanzugs. Sein Facettenband leuchtete in der fahlen Blässe des Grenzgebiets.

Der Anskenführer wandte sich an die Kanoniere der Begleitmannschaft. »Wir dringen jetzt in das eigentliche Grenzgebiet vor. Beim geringsten Zwischenfall eröffnet ihr das Feuer auf den Roboter. Dazu ist kein weiterer Befehl von mir nötig.«

Das ist mein Todesurteil!, dachte Laire mit einer gewissen Apathie.

Im Grenzgebiet ereigneten sich pausenlos verschiedenartigste Phänomene, und die nervösen Ansken zu beiden Seiten der Lafetten würden tausend Anlässe haben, auf Laire zu schießen.

Die Kolonne bewegte sich langsamer. Mit der ihnen eigenen Verbissenheit würden die Ansken dieses Unternehmen zu Ende führen – so oder so.

In unmittelbarer Grenznähe schien Nebel aufzukommen, und die Orientierung wurde schwieriger. Die Perspektiven verzerrten sich, Wände schienen zurückzuweichen oder sich zusammenzuziehen, und seltsame Geräusche erklangen, die wie klagende Rufe aus weiter Ferne heranhallten.

Der Zugang zu dem verschütteten Tunnel war kaum zu erkennen, aber Scul erwies sich auch in dieser Situation als Anführer, der die Zügel fest in der Hand hielt. Mit einer Selbstverständlichkeit, als hätte er diese Stelle schon mehrfach passiert, drang er an der Spitze der Gruppe in den Tunnel ein.

Laire ging zwischen seinen Wächtern, deren Aufmerksamkeit auch jetzt keinen Augenblick nachließ. Er wusste, dass die Ansken jederzeit das Feuer auf ihn eröffnen konnten. Seine einzige Chance war, dass sie damit warteten, bis die Kolonne in der Dimensionsfalte verschwand. Wie er selbst dann daraus entkommen konnte, wusste er nicht, aber er würde seine Existenz wenigstens in dem Bewusstsein beenden, Quostoht gerettet zu haben.

Die Umgebung wurde mit jedem Schritt, den sie tiefer in den Tunnel eindrangen, unwirklicher. Scul hielt an und hob zwei Arme. Er wandte sich zu Laire um. »Ich kann das Ende des Tunnels nicht sehen«, stellte er argwöhnisch fest. »Ist das immer und überall so?«

»Natürlich«, antwortete der Roboter. »Die andere Seite wird erst sichtbar, sobald wir die eigentliche Schwelle zwischen den beiden Bereichen überschritten haben.«

»Es sieht so aus, als würde der Tunnel sich weiter verengen«, sagte einer von Sculs Beratern vorsichtig.

»Das ist eine optische Täuschung«, erklärte Laire. »Du kannst die Richtigkeit meiner Behauptung leicht nachprüfen, indem du die Breite des Tunnels mit deinen Schritten ausmisst.«

Der Anske machte Anstalten, den Vorschlag in die Tat umzusetzen, aber Scul rief ihn mit einem scharfen Befehl zurück.

»Wir gehen langsam weiter!«

Es war erstaunlich, dass Scul weiterhin die Führung übernahm. Laire musste widerstrebend anerkennen, dass dieser Anske außer Eitelkeit und dem Hang zur Angeberei auch eine gehörige Portion Mut besaß.

Während Laire darüber nachdachte, geschah es. Der Anskenführer wurde von unsichtbaren Kräften hochgerissen und in die Horizontale gedreht. Dabei schien sein Körper sich zu einer grotesken Kurve zu verbiegen.

Laire ließ sich fallen.

Die Ansken, die dicht hinter Scul gefolgt waren, machten einen Satz in Richtung ihres Anführers, um ihn aus seiner bedrohlichen Lage zu befreien. Augenblicklich geschah mit ihnen das, was Scul bereits widerfahren war. Im Tunnel hingen jetzt mehr als ein Dutzend Ansken, seltsam verformt und sich allmählich verflüchtigend.

Laires Wächter feuerten die Schockwaffen ab, aber der Roboter lag schon auf dem Boden, und sie verfehlten ihn. Blitzschnell richteten sie die Waffen neu aus.

Laire warf sich vorwärts. Er spürte, dass er von irgendetwas gepackt und von den Beinen gerissen wurde. Die Umgebung drehte sich um ihn, er hatte den Eindruck, an der Innenwand eines rotierenden Nebels zu kleben. Die Ansken eröffneten das Feuer, aber die Schockwellen erreichten den Roboter zwischen Normalraum und dem Nichts nur sehr schwach. Er fühlte lediglich ein leichtes Prickeln und brauchte Sekunden, um sich neu zu orientieren. Um ihn herum schwebten die bis zur Unkenntlichkeit verformten Körper der Ansken. Trotzdem war Laire in der Lage, Scul zu erkennen, eine zum Zerreißen gespannte Brücke zwischen zwei konkurrierenden Kraftfeldern. Scul schien mit den Armen zu rudern – es sah aus, als wedele er mit verschlungenen Stricken. Weit im Hintergrund, wie durch ein verkehrt gehaltenes Teleskop, erblickte Laire seine Wächter und die anderen Ansken. Sie waren winzig und glichen hilflos krabbelnden Käfern. Deutlich war ihre Panik zu erkennen. Einige von ihnen gerieten ebenfalls in die Dimensionsfalte, die anderen flohen in wilder Hast aus dem Tunnel.

Laire baute sein körpereigenes Kraftfeld auf, um sich vor den verheerenden Auswirkungen des Dimensionswirbels zu schützen. Er konnte sehen, dass Brener Scul zwischen den polarisierten Feldern förmlich zerrissen wurde, jedenfalls war dies die Entwicklung, wie sie sich Laire optisch darstellte.

Der Roboter bewegte sich heftig, kam aber nicht von der Stelle. Wenn kein Wunder geschah, würde er Sculs Schicksal teilen, ebenso wie die anderen Insektenwesen, die in die Falle geraten waren.

Der Zugang zum Tunnel war wie leer gefegt. Die etwa zwanzig Ansken, die nicht in die Dimensionsfalte geraten waren, flohen wahrscheinlich wie von Furien gehetzt durch den Hyperraumbereich. Wenn sie nicht das Opfer von Biophore-Monstren wurden, kehrten sie erschöpft und halb wahnsinnig in die Hauptschaltzentrale zurück. Für eine sehr lange Zeit würde der Eroberungshunger der Ansken gestillt sein, zumindest was Quostoht betraf.

Laire spürte, dass er immer tiefer in einen unwiderstehlichen Sog geriet. Aus dem Nichts schienen verzweifelte Schreie zu dringen. Er hatte das Gefühl, mit unbeschreiblicher Geschwindigkeit auf ein fernes Ziel zuzurasen – und wunderte sich, dass sein Körper dieser Belastung standhielt.

Schließlich wurde er von den Dimensionswirbeln auf der anderen Seite wieder ausgespien. Er kam taumelnd auf die Beine. Vor ihm am Boden lagen Scul und zwanzig tote Ansken.

Brener Scul lebte noch, aber er befand sich in einem entsetzlichen Zustand. Sein Gesicht war deformiert, das Facettenband zerrissen. Mitleid überkam Laire, als er den Anskenführer so vor sich liegen sah. Er beugte sich zu ihm hinab und berührte ihn sanft.

»Kuner Henk«, murmelte Scul mit entstellter Stimme.

»Ich bin keiner deiner Berater«, sagte Laire.

»Du hast uns in eine Falle gelockt.« Scul redete ohne Erbitterung.

»Ich wusste nicht, dass es so enden würde«, versicherte Laire. »Im Grunde genommen habe ich nicht damit gerechnet, dass ich unbeschadet aus der Dimensionsfalte entkommen könnte. Sie ist in den vergangenen Jahrhunderten schwächer geworden, deshalb sind wir überhaupt durchgekommen. Dabei hat mich mein körpereigenes Kraftfeld wahrscheinlich gerettet.«

»Und die anderen?«

»Sie sind tot oder geflohen. Die Eroberung von Quostoht ist gescheitert.«

Blutiger Schaum trat vor Sculs Mund. »Du irrst dich!«, brachte er mühsam hervor. »Was wir Ansken uns vorgenommen haben, führen wir durch. Wir werden Biophore-Wesen züchten, die Quostoht für uns erobern.«

»Im Gegenteil«, widersprach der Roboter, obwohl es ihm absurd erschien, mit einem Sterbenden zu streiten. »Eines Tages werde ich die Hauptzentrale der PAN-THAU-RA zurückerobern.«

»Es war ein unverzeihlicher Fehler, dich nicht sofort zu töten«, bedauerte Scul.

Laire überlegte, was er tun konnte, um das Leben des Ansken zu retten, aber während er darüber nachdachte, bäumte Scul sich auf, schrie etwas Unverständliches und starb.

Laire stand eine Zeit lang bewegungslos da. Vor ihm lag der Tunnel, der nach Quostoht führte. Durch ihn würde er einen jener geheimen Gänge erreichen, welche die Grenze mit dem Hauptsitz des LARD verbanden.

Aber Laire wusste, dass nichts gewonnen war. Der Krieg der Ansken hatte gerade erst begonnen.

Auf dem Weg zu seinem Stützpunkt entschloss er sich, Roboter in den Tunnel zu schicken, damit sie die Leichen der Ansken wegschafften.

Bilder aus der Gegenwart

5.

»Ja«, sagte der Einäugige. »Ich bin Laire!«

Perry Rhodan hob die Multitraf-Spirale, doch er zielte damit nur kurz auf den Roboter, dann ließ er sie wieder sinken. Etwas an Laires Haltung verriet ihm, dass es zu keiner Auseinandersetzung kommen würde. Es war merkwürdig, aber diese seltsame Gestalt machte einen müden und verlassenen Eindruck.

»Du behauptest, dass du Bardioc begegnet seist«, sagte Laire interessiert. »Wann und wo war das?«

»Vor fast zwei Jahren unserer Zeitrechnung«, erwiderte Rhodan bereitwillig. Er erzählte dem Roboter, was mit dem Mächtigen geschehen war, und sagte abschließend: »Ich glaube, dass Bardioc, nachdem er ein Teil der Kaiserin von Therm wurde, glücklich ist.«

»Das hoffe ich.« Laire nickte.

»Du sprichst unsere Sprache!«, sagte Rhodan. »Du verstehst und sprichst Interkosmo! Wie ist das möglich?«

»Ich stehe seit einiger Zeit mit einem eurer Roboter in Verbindung. Mit dem Ka-zwo Augustus.«

Rhodan und Atlan wechselten einen schnellen Blick. Der Terraner spürte eine instinktive Scheu, weitere Fragen zu stellen. Er ahnte, dass er auf ungeheuerliche Dinge stoßen würde.

»Augustus hat behauptet, mit der Schalteinheit in Verbindung zu stehen, die wir im Auftrag des LARD hierher gebracht haben«, sagte Atlan mit erzwungener Ruhe.

»*Ich* bin die Schalteinheit«, erklärte Laire. »Das heißt, ich bin identisch mit dem LARD.«

In dieser Sekunde begriff Rhodan die volle Wahrheit, und sie traf ihn wie ein körperlicher Schlag. Er wich einen Schritt vor Laire zurück. Atlan reagierte nicht viel anders.

»Mein Gott!«, brachte der Terraner fassungslos hervor. *»Er ist das Alles-Rad!«*

»Du hast es erraten«, bestätigte Laire. »Ich habe keinen Grund, die Wahrheit vor euch geheim zu halten. Ich weiß, dass ihr keine Bewohner von Algstogermaht seid. Vor allem seid ihr keine Suskohnen, wie ihr vortäuschen wolltet. Ich habe euch jedoch gewähren lassen, denn es kam mir nur darauf an, die Hauptschaltzentrale zurückzuerobern.«

»Wie ist dir das gelungen?«, wollte Atlan wissen. »Wie konntest du den Alles-Rad-Mythos aufbauen?«

»Es war nur möglich, weil mir dieses wunderbare Schiff mit seiner unvergleichlichen Technik zur Verfügung stand«, antwortete der Roboter.

»Aber warum hast du das alles getan?«, fragte Atlan weiter.

»Ahnst du es nicht?«, antwortete Rhodan anstelle von Laire. »Sieh dir sein Gesicht mit der Augenhöhle an! Er hat die Wynger dazu benutzt, nach seinem Auge zu suchen, das er irgendwann verloren hat.«

»Das ist richtig«, gab Laire zu. »Doch ihr sollt alle Zusammenhänge erfahren. Ich erzähle euch meine Geschichte.«

Mit knappen Worten berichtete Laire von der Vergangenheit. Noch einmal erfuhr Rhodan vom Schicksal der sieben Mächtigen aus dem Bund der Zeitlosen, wenn auch diesmal aus einer völlig anderen Perspektive.

Als Laire seinen Bericht beendet hatte, standen die drei Männer so im Bann des Gesagten, dass sie längere Zeit schwiegen.

»Es ist unglaublich, doch alles passt genau zusammen«, brachte Atlan schließlich hervor. »Es muss einfach stimmen.«

Rhodans Gedanken konzentrierten sich wieder auf die Zukunft und auf die mit dem Sporenschiff verbundenen Gefahren.

»Die Verhältnisse an Bord der PAN-THAU-RA müssen geordnet werden«, sagte er zu Laire. »Es wäre eine Katastrophe, wenn die Ladung sich über besiedelte Welten ergießen würde.«

»Die Eroberungspläne der Ansken sind mir bekannt«, antwortete der Roboter. »Ich werde dafür sorgen, dass sie niemals realisiert werden.«

»Ich glaube, du verstehst nicht, worauf es ankommt«, sagte Rhodan kopfschüttelnd. »Entscheidend ist, dass dieses Schiff gestohlen und zweckentfremdet eingesetzt wurde. Ganerc hat uns davor gewarnt, dass die Mächte von jenseits der Materiequellen dies als Grund ansehen könnten, eine Materiequelle aufzudrehen oder zu drosseln. Das müsste in jedem Fall zu einer unvorstellbaren Katastrophe in unserem Gebiet des Universums führen.«

»Diese Befürchtung ist durchaus berechtigt«, stimmte Laire zu. »Aber welche Vorkehrungen willst du treffen, um das zu verhindern?«

»Ich will Kontakt mit jenen Mächten bekommen«, erklärte der Terraner. »Es kommt darauf an, ihnen klarzumachen, was geschehen ist. Dies muss bald geschehen.«

»Niemand kann durch eine Materiequelle auf die andere Seite«, behauptete Laire. »Es sei denn, er besäße den entsprechenden Schlüssel.«

»Es gibt diesen Schlüssel!«, warf Alaska Saedelaere ein.

»Mein linkes Auge!«, bestätigte der Einäugige. »Nur konnte ich es trotz aller Bemühungen nicht wiederfinden. Vielleicht ist es längst zerstört.«

»Vielleicht gibt es noch einen anderen Weg«, bemerkte Rhodan nachdenklich. »In den Kosmischen Burgen der Zeitlosen muss es Hinweise auf den Standort der Materiequellen geben.«

»Ohne mein zweites Auge kann ich nicht einmal die Koordinaten jener Materiequelle nennen, die wir suchen müssen«, sagte der Roboter.

Rhodan spürte, dass in Laire ein Sinneswandel vorging. Er war überzeugt davon, dass es ihnen gelingen könnte, den Roboter auf ihre Seite zu bringen. Aber es gab auch schier unüberwindliche Probleme. Laire hatte den Alles-Rad-Mythos aufgebaut, er konnte die Wynger nicht einfach ihrem Schicksal überlassen.

Rhodan wandte sich an den Transmittergeschädigten. »Alaska, du musst Plondfair hierher in die Zentrale holen. Vielleicht finden wir gemeinsam mit Laire und dem Lufken einen Weg, wie wir etwas für die Wynger tun können, wenn Laire zukünftig bei uns bleibt.«

»Was redest du da?«, fragte der Roboter überrascht. »Wieso sollte ich mit euch gemeinsame Sache machen?«

Rhodan lächelte verhalten. »Es gibt mehrere Gründe, die dafür sprechen. In all den Jahrtausenden, in denen du nach deinem verlorenen Auge gesucht hast, ereignete sich nichts, was dir Hoffnung auf Erfolg gegeben hätte. Unser Volk aber ist tief in die kosmischen Ereignisse verstrickt, die von Mächten jenseits der Materiequellen ausgelöst wurden. Außerdem steht uns ein hervorragendes Raumfahrzeug zur Verfügung, die BASIS. Die Aussichten, dein Auge wiederzufinden, sind mindestens ebenso groß, wenn du dich uns anschließt, als wenn du weiterhin die Wynger für deine Zwecke ausnutzt. Ganz abgesehen davon weißt du nicht, wie sich die Dinge an Bord der PAN-THAU-RA entwickeln.«

»Ich werde darüber nachdenken«, versprach Laire.

»Auf keinen Fall darfst du etwas unternehmen, was die Dinge an Bord weiter kompliziert«, warnte ihn Rhodan. »Es ist wichtig, dass ich so schnell wie möglich zur BASIS zurückkehre, denn dort warten alle wahrscheinlich schon ungeduldig auf unsere Rückkehr. Es ist nicht auszuschließen, dass die BASIS-Besatzung von sich aus etwas unternimmt, da wir längst überfällig sind. Ganz abgesehen davon, dass die Solaner auf die Einlösung des Versprechens warten, ihnen die SOL zu übergeben.«

»Ich lasse euch ziehen«, sagte Laire. »Ihr könnt gehen und mit eurem Raumschiff zurückfliegen.«

»Das würde zu lange dauern! Du musst uns ein Beiboot der PAN-THAU-RA zur Verfügung stellen. Ich werde mit Plondfair zur BASIS fliegen. Später können die anderen mit der 1-DÄRON nachkommen.«

»Warum willst du ausgerechnet den Lufken mitnehmen?«, fragte Laire.

»Weil er mit Demeter einen Plan ausarbeiten muss, wie wir die Wynger allmählich auf die Wahrheit vorbereiten können.«

»Wer ist Demeter?«

»Eine Wyngerin! Vor etwa zehntausend Jahren kam sie als Angehörige eines Suchkommandos auf unseren Heimatplaneten, die Erde. Während ihrer Anwesenheit muss sie etwas von der PAN-THAU-RA berichtet haben, denn in unseren Mythologien ist von einer Büchse der Pandora die Rede. Ich will jetzt nicht näher darauf eingehen, denn die Zeit drängt. Atlan wird dir während meiner Abwesenheit alles Wichtige erklären.«

Das Gespräch wurde unterbrochen, weil Laire ein Beiboot einsatzbereit machen ließ. Rhodan war erleichtert darüber, dass der Roboter auf seine Vorschläge einging. Zumindest würde Laire das nun getroffene Stillhalteabkommen einhalten.

»Das Beiboot steht bereit«, sagte Laire bald darauf.

»Ich warte nur noch auf Plondfair«, kündigte Rhodan an. »Inzwischen lass uns beratschlagen, was wir tun können, um die von diesem Schiff ausgehenden Gefahren zu bannen.«

»Vielleicht schließe ich mich euch an«, sagte Laire. »Das bedeutet, dass ich meine Rolle als das Alles-Rad aufgeben muss. Dazu müsste ich nach und nach die Verbotenen Zonen im Torgnisch-System aufheben.«

Rhodan hob abwehrend beide Arme.

»Du darfst nichts überstürzen! Die Wynger müssen Zeit haben, sich auf die neue Situation einzustellen. Ich hoffe, dass ich Demeter und Plondfair für einen Feldzug gewinnen kann, bei dem sie ihrem Volk eine völlig neue Alles-Rad-Religion präsentieren. Auf diese Weise können sie den Mythos vielleicht langsam abbauen. Laire, du musst ihnen eine gewisse Macht geben. Sie müssen als deine Abgesandten auftreten, als Botschafter des Alles-Rads.«

Laire antwortete nicht. Er musste sich auf die neuen Gegebenheiten einstellen. Rhodan wollte den Roboter nicht drängen, denn er wusste, dass Laire gewohnt war, in großen Zeiträumen zu denken und zu handeln.

Andererseits schien der Roboter nur auf eine günstige Gelegenheit gewartet zu haben, die PAN-THAU-RA zu verlassen. Obwohl er es sich wahrscheinlich niemals eingestanden hatte, war ihm längst klar geworden, dass er sein Auge mithilfe der Wynger nicht zurückerlangen konnte.

Nach einer Weile erschienen Alaska Saedelaere und der Lufke in der Hauptzentrale. Zu Rhodans Überraschung waren sie nicht allein.

»Augustus!«, rief Atlan. »Was, zum Teufel, bedeutet das? Warum hat Kauk diesen verrückt gewordenen Roboter nicht zurückgehalten?«

»Das geschieht auf meine Verantwortung«, erklärte Laire. »Während meiner Kontakte mit diesem Roboter habe ich ihn schätzen gelernt. Er wird ein weitaus besserer Anhänger sein als der konische Tork.«

»Du willst ihn zu deinem Partner machen?«, fragte Rhodan überrascht.

»Allerdings. Da er damit einverstanden ist, sehe ich keinen Grund, es nicht zu tun. Augustus wird die Einsamkeit lindern, unter der ich Jahrhunderttausende gelitten habe.«

»Aber er ist völlig verrückt!«, wandte Rhodan ein. »Er spricht eine wirre Sprache und scheint nicht zu wissen, was er tut.«

»Er spricht *meine* Sprache!«, versetzte Laire und wandte sich an den Ka-zwo. »Bruiner Kaiterborin.«

»Namains Lerain«, erwiderte Augustus.

Atlan stöhnte. »Augustus, du hast uns die ganze Zeit über etwas vorgemacht«, sagte er vorwurfsvoll. »Es wäre dir möglich gewesen, dich mit uns in Interkosmo zu unterhalten und uns einiges zu erklären.«

»Sie vergessen, dass ich die Interessen meines neuen Partners zu vertreten habe«, erwiderte der Ka-zwo herablassend.

»Und was sagt Walik Kauk dazu?«, fragte Rhodan. »Ich dachte immer, du gehörst zu ihm.«

»Ich gehöre niemandem«, behauptete der Roboter. »Nun, da ich Laire getroffen habe, weiß ich aber, was meine Bestimmung ist. Ich werde an der Seite meines neuen Freundes bleiben.«

»Das ist lächerlich«, entfuhr es Rhodan. »Es beweist nur, dass du tatsächlich verrückt bist. Du gehörst zu uns. Zwischen Laire und dir gibt es keine Beziehung.«

»Was wollen Sie tun?«, erkundigte sich der Ka-zwo. »Mich gewaltsam am Bleiben hindern?«

Rhodan sah ein, dass er diese Entwicklung nicht mehr aufhalten konnte. Genau betrachtet hatte sie sogar ihre guten Seiten. Indem sie den Ka-zwo für Laire freigaben, banden sie den einäugigen Roboter enger an sich.

Atlan und Rhodan unterrichteten Plondfair über die jüngste Entwicklung. Obwohl der Lufke längst zu einem Rebellen gegen das Alles-Rad geworden war, erlitt er einen Schock, als er nun die Wahrheit erfuhr. Vergeblich versuchte Saedelaere, den jungen Wynger zu trösten.

Atlan zog seinen Freund zur Seite. »Glaubst du wirklich, dass es unter diesen Umständen klug ist, Plondfair mit zur BASIS zu nehmen?«

Rhodan nickte entschlossen. »Dieser Zustand geht vorüber«, sagte er zuversichtlich. »Innerlich hat Plondfair doch längst mit dem Alles-Rad-Mythos gebrochen. Seine Reaktion ist weiter nichts als verletzter Stolz, im Grunde trauert er um sein betrogenes Volk. Er wird schnell begreifen, dass Demeter und er die Einzigen sind, denen es möglich sein kann, die Wynger auf einen anderen Weg zu führen.«

Atlan blieb skeptisch.

Rhodan legte dem Wynger eine Hand auf die Schulter. »Kommen Sie, Plondfair! Reißen Sie sich zusammen. Wenn Sie bei Demeter sind und mit ihr über alles reden können, werden Sie sich schnell wieder fangen.«

Der Lufke hob den Kopf. Sein Gesicht war verzerrt. Rhodan erkannte, dass er die Reaktion des Wyngers unterschätzt hatte.

»Dieses einäugige technische Monstrum!«, krächzte der ehemalige Berufene und griff nach seiner Multitraf-Spirale im Gürtel. Rhodan hinderte ihn daran, die Waffe zu ziehen.

»Ich bringe ihn um!«, schrie Plondfair. »Ich zerstöre ihn!«

Atlan musste seinem terranischen Freund zu Hilfe kommen, denn der Wynger begann zu toben. Gemeinsam gelang es dem Arkoniden und Rhodan schließlich, ihn zu bändigen und ihm seine Waffen abzunehmen.

»Wenn Sie Laire vernichten, verurteilen Sie Ihr eigenes Volk zum Tode!«, rief Rhodan ärgerlich. »Begreifen Sie nicht, dass Sie die Wynger nur mit seiner Hilfe retten können?«

Plondfair beruhigte sich nur langsam, aber es war ihm anzumerken, dass sein jäh aufgeflammter Hass gegen Laire nicht so schnell erlöschen würde. Rhodan fragte sich bestürzt, wie es erst den Wyngern ergehen musste, die unvorbereitet mit der Wahrheit konfrontiert wurden. Auf keinen Fall durften sie abrupt erfahren, wer das Alles-Rad war. Dieser Mythos musste langsam und allmählich abgebaut werden.

»Es ist besser, wenn ich ihn jetzt von hier wegbringe«, sagte Rhodan zu Alaska und dem Arkoniden. »Wo ist das Beiboot?«, wandte er sich an Laire.

»Ich erkläre dir, wie du den nächsten Transmitteranschluss erreichst«, erwiderte der einäugige Roboter bereitwillig. »So kommst du schneller zum Hangar.«

Er beschrieb Rhodan den Weg, warnte ihn gleichzeitig aber vor den Ansken, die in der Nähe sein mussten.

»Ich glaube nicht, dass wir sie fürchten müssen«, antwortete Rhodan. »Etwas hat sie verändert. Ich habe nur noch keine Erklärung dafür.« Er zog den Lufken mit sich aus der Zentrale hinaus.

»Ich wünschte, ich könnte alles ungeschehen machen«, sagte Laire zu Atlan und Saedelaere. »Das Verhalten Plondfairs hat mir deutlich gemacht, wie tief ich das Bewusstsein dieser Intelligenzen verändert habe.«

»Schuldkomplexe helfen jetzt nicht weiter«, kommentierte der Arkonide. »Du musst gemeinsam mit uns überlegen, was wir tun können, um den Wyngern möglichst komplikationslos den Weg in eine neue Zukunft zu ebnen.«

In diesem Moment erschien Walik Kauk im Hauptschott. »Um der Wahrheit die Ehre zu geben, ich bin aus eigenem Antrieb gekommen«, sagte er. »Ich muss einfach wissen, was mit diesem verrückten Blechmann geschehen ist.«

Augustus trat auf ihn zu. »Ich bin jetzt Anhänger Laires«, verkündete der Ka-zwo.

»Wahrscheinlich ist er so etwas wie dein neues Schaltelement?«, fragte Kauk.

»Man kann es so ausdrücken.«

Das Beiboot der PAN-THAU-RA war oval und maß entlang seiner Längsachse zwanzig Meter. Dank der Transmitterverbindung hatte der Weg zum Hangar nur eine halbe Stunde gedauert. Dabei waren Rhodan und dem Lufken Ansken begegnet, die sich jedoch passiv verhalten hatten.

Plondfair saß nach dem Start zusammengekauert in seinem Sessel und brütete vor sich hin. Rhodan vermied es, ihn anzusprechen, denn der ehemalige Berufene sollte zuerst wieder zu sich selbst finden.

Der Autopilot steuerte das Beiboot schnell und sicher zum Standort der SOL und der BASIS. Ohne Behinderung konnten sie den Belagerungsring der Wynger passieren.

Um Missverständnisse zu vermeiden, kündigte Rhodan seine Ankunft auf der BASIS über Funk an.

Das Beiboot des Sporenschiffs setzte in einem Hangar der BASIS auf. Rhodan und Laire wurden unmittelbar darauf ohne große Begrüßungszeremonie in die Zentrale gebracht.

Demeter nahm sich sofort Plondfairs an. Dabei stellte sich heraus, dass sie die Wahrheit über das Alles-Rad wesentlich gefasster ertrug als der Lufke. Rhodan nahm an, dass dies mit ihrer langen Abwesenheit von zu Hause zusammenhing.

Besonders herzlich wurde Rhodan von seinem alten Freund Reginald Bull begrüßt.

»Um ehrlich zu sein, immer weniger von uns haben noch an eure Rückkehr geglaubt«, gestand der untersetzte Mann mit den rostroten Haaren. »Lediglich Gavro Yaal war überzeugt davon, dass euch nichts zugestoßen ist.«

»Yaal?«, wunderte sich Rhodan. »Dass ausgerechnet er als SOL-Geborener solche Hoffnungen hegt, hätte ich nicht erwartet.«

»Du verstehst das nicht richtig«, erklärte ihm Bully. »Yaal war auf einem Planeten namens Datmyr-Urgan in der Nähe von First Impression. Dort stieß er auf die Ansken, ein Insektenvolk ...«

»Unglaublich!«, rief Rhodan.

»Es kommt noch besser«, sagte Bull. »Yaal konnte die Ansken-Königin Bruilldana veranlassen, mentale Impulse an ihre Artgenossen in der PAN-THAU-RA zu senden. Er war von den Fähigkeiten der Königin überzeugt und zweifelte keinen Augenblick daran, dass sie die Ansken im Sporenschiff zur Mäßigung zwingen würde.«

»Das ist tatsächlich geschehen«, bestätigte Rhodan. »Wir haben uns schon gefragt, was die plötzliche Passivität der Ansken zu bedeuten hat. Sie hatten uns besiegt und in die Enge getrieben. Ohne das Eingreifen der Königin wären wir vermutlich getötet worden.«

»Du verdankst dein Leben nicht nur dieser Königin, sondern auch Yaal«, sagte Bully ernst. »Es war seine Idee, und er hatte Erfolg damit. Natürlich war das keine uneigennützige Handlung. Yaal wollte sicher sein, dass du zurückkommst und dein Versprechen einlöst.«

Eine steile Falte erschien auf Rhodans Stirn. »Ist das der Grund, warum du nicht mehr an Bord der SOL bist?«

Bull wich dem Blick des Freundes aus.

»Niemand ist mehr an Bord der SOL, der nicht dort geboren wurde«, erwiderte Jentho Kanthall anstelle des Zellaktivatorträgers. »Alle Terrageborenen sind zur BASIS übergesiedelt.«

»Du würdest dich im Innern der SOL nicht mehr zurechtfinden«, fügte Bull niedergeschlagen hinzu. »Sie haben das Schiff auf den Kopf gestellt und für ihre Zwecke präpariert.«

»Die SOL ist verloren«, behauptete Roi Danton. »Wir können sie abschreiben, die Übergabe ist nur noch eine Formsache.«

Rhodan wurde noch ernster. Nach den Konzepten, die mit EDEN II in den Tiefen des Weltraums verschwunden waren, spaltete sich nun ein neuer Zweig der Menschheit ab – die Solaner!

Sollte die Aufsplitterung immer weitergehen? Und was war der tiefere Sinn dieser Entwicklung, falls es einen solchen überhaupt gab?

Rhodan gab sich einen Ruck. Die SOL war momentan nur ein sekundäres Problem. Es kam darauf an, diesen Bereich des Universums vor den Gefahren aus der PAN-THAU-RA und einer Materiequelle zu bewahren. Er war entschlossen, den Solanern das Fernraumschiff in den nächsten Tagen offiziell zu übergeben. Zweifellos überließ er diese Menschen damit einem ungewissen Schicksal, aber sie wollten es nicht anders. Wie immer war der Terraner auch diesmal bereit, die persönliche Freiheit Andersdenkender zu respektieren. Die SOL würde auf eine große Reise gehen, und vielleicht würden die Menschen, die an Bord lebten, nie wieder Kontakt zu anderen menschlichen Gruppen bekommen.

»Es ist ein Drama«, drang Bullys Stimme in Rhodans Gedanken. »Ein voraussehbares Drama. Wir hätten uns besser auf die Mentalität der SOL-Geborenen einstellen müssen.«

»Damit hätten wir nichts geändert!«, warf Hamiller ein, und alle wussten, dass er recht hatte.

»Ich werde mich um die SOL noch kümmern«, verkündete Rhodan. »Momentan müssen wir uns jedoch über unsere nächsten Schritte klar werden. Ich bin überzeugt davon, dass Laire seine Rolle als das Alles-Rad aufgeben und uns begleiten wird. Vielleicht können wir mit seiner Hilfe die Kosmischen Burgen der sieben Mächtigen finden. Dort, dessen bin ich mir sicher, werden wir Hinweise auf jene Materiequelle entdecken, die wir suchen.«

»Ob es die Materiequelle ist, in der ES verschwunden sein soll?«, erkundigte sich Bully.

»Das werden wir herausfinden, wenn wir unser Ziel erreicht haben. Ich befürchte aber, dass uns ein langer und beschwerlicher Weg bevorsteht. Wir haben keine andere Wahl, als ihn zu gehen. Davon, ob es uns gelingt, Kontakt zu den Mächtigen von jenseits der Materiequellen aufzunehmen, hängt unser Schicksal ab.«

»Und die Wynger?«, erkundigte sich Hamiller. »Was soll mit ihnen geschehen, wenn Laire nicht mehr als das Alles-Rad auftreten kann, weil er sich an Bord der BASIS befindet?«

»Demeter und Plondfair werden als Botschafter des Alles-Rads zu den Wyngern gehen und einen Feldzug für eine neue Form des Alles-Rad-Mythos beginnen.«

Hamiller wurde bleich. Rhodan sah verwirrt, dass der Wissenschaftler zitterte.

»Heißt das ..., dass Demeter uns verlässt?«, brachte Hamiller hervor.

»So ist es«, bestätigte Rhodan.

Ohne ein weiteres Wort stürmte Hamiller aus dem Raum.

»Was, um Himmels willen, bedeutet das?«, fragte Rhodan verblüfft.

»Er liebt sie!«, stieß Danton hervor, und auch er machte in dem Moment einen niedergeschlagenen Eindruck. »Genau wie Borl und ich«, fügte er hastig hinzu.

»Ihr seid erwachsene Männer«, hielt ihm Rhodan entgegen. »Welchen verhängnisvollen Einfluss hat diese Frau auf euch?«

»Ich weiß es nicht«, antwortete Danton. »Aber ich weiß auch nicht, was ich tue, falls Demeter und ich getrennt werden.«

Rhodan schüttelte den Kopf. Er durfte darauf keine Rücksicht nehmen. Die Rettung der wyngerischen Zivilisation war wichtiger als die aus unerklärbaren Gründen überspannten romantischen Gefühle dreier erwachsener Männer.

»Die Lage kompliziert sich«, bemerkte Bully. »Trotzdem sollten wir den Mut nicht verlieren. Vielleicht sind die Zusammenhänge mit der Materiequelle keineswegs so dramatisch, wie wir es befürchten.«

»Ich werde in jedem Fall versuchen, eine Materiequelle zu erreichen«, sagte Rhodan ruhig.

Bull runzelte die Stirn. »Was heißt das?«, fragte er verständnislos.

»Wenn es die bekannten Gründe nicht gäbe, die uns zu dieser Expedition zwingen, würde ich dennoch zu den Kosmischen Burgen aufbrechen«, antwortete Rhodan. »Aus dem gleichen Motiv, das vor sechzehn Jahrhunderten Edmund Hillary nannte, als man ihn danach fragte, warum er die Gefahr auf sich nehme, den Mount Everest zu besteigen: *Weil er da ist!*«

Das Ausmaß der Veränderungen in mathematischen Einheiten zu überblicken bereitete dem einäugigen Roboter keine Schwierigkeiten. Doch er wusste, dass er damit der neuen Situation nicht gerecht wurde, denn sie besaß eine rechnerisch nicht mehr erfassbare Dimension.

Laire hatte erst nach seiner Flucht von der Ebene gelernt, Dinge auch nach metaphysischen Gesichtspunkten zu beurteilen. Er fragte sich allerdings, ob er darin genügend Übung besaß, um alle Aspekte der neuen Entwicklung ausreichend zu berücksichtigen.

Vom nicht mathematischen Standpunkt aus betrachtet, war er von den Ereignissen überrollt worden. Daran gewöhnt, in langen Zeiträumen zu planen, sah der Roboter sich nun vor die Notwendigkeit blitzschneller Entscheidungen gestellt. Dabei besaß er nicht genügend Informationen, um das Für und Wider eines Bündnisses mit den Terranern richtig abwägen zu können.

Dieser Mann, der Perry Rhodan hieß, wagte, von kosmischen Zusammenhängen zu reden, obwohl er nicht einmal einen Herzschlag dieses Universums erlebt hatte. Und Rhodans Artgenossen waren noch kurzlebiger – aufglühende Funken, die für einen winzigen Augenblick erstrahlten und danach erloschen.

Waren *das* Wesen, die universelle Probleme begreifen konnten?

Nie und nimmer!, beantwortete Laire seine eigene Frage.

Trotzdem war er sich dessen nicht sicher. Warum sollten Intelligenzen kein heimliches Gespür besitzen, das ihnen einen unbewussten Einblick in rätselhafte Geschehnisse gab? Vielleicht hatten sie ein solches Talent, weil das Universum bemüht war, ihnen in der unglaublich kurzen Zeit ihres Lebens etwas von seinem Atem einzuhauchen. Vielleicht war das Leben eines Menschen wirklich nur ein Funke, eine kurz aufblitzende Erkenntnis.

Nun gut, ich werde mit ihnen ziehen, dachte Laire erstaunt.

Er versuchte sich vorzustellen, wie das Leben an ihrer Seite sein würde. Wahrscheinlich würden sie ihn mit ihrer wilden, ungebärdigen Art erschrecken. Aber welche Wahl blieb ihnen schon, als in dem wahnsinnig kurzen Augenblick ihrer Existenz alles in sich aufzunehmen, was sie erreichen konnten?

Wie kamen sie überhaupt nach Algstogermaht? Auf wie viel vergangenen und vergessenen Generationen war ihr Raumfahrzeug aufgebaut, das sie BASIS nannten? Laire erschauerte, als er unbewusst etwas von dem verstand, was die Menschen antreiben mochte.

So, wie er verzweifelt nach seinem Auge suchte, waren auch sie unterwegs, um etwas zu finden. Dabei wussten sie offenbar nicht einmal genau, wonach sie suchten.

»Du wirst mir helfen müssen, diese Menschen zu verstehen«, wandte er sich an den Ka-zwo, seinen neuen Anhänger. Augustus neigte den Kopf zur Seite, eine Bewegung, an die Laire sich bereits gewöhnt hatte. Auf diese Weise zeigte ihm der Nachfolger des konischen Torks, dass er ihm zuhörte.

»Ich verstehe sie selbst nicht«, gestand der Ka-zwo.

»Aber sie haben dich gebaut.«

»Na und? Weißt du etwas über deine Erbauer?«

»Nur, wenn ich mich jenseits der Materiequelle aufhalte!«

»Vielleicht«, sinnierte der Ka-zwo, »bin ich auch auf der falschen Seite des Zaunes – auf meine Weise!«

Dieser Roboter, fand Laire, war wesentlich komplizierter als einst der konische Tork. Das war ein großer Vorteil, denn er hatte nun einen Partner, mit dem er über fast alles reden konnte.

»Ich glaube, ich wusste schon während des Fluges mit der BASIS hierher, dass ich dich finden würde«, behauptete Augustus. »Seit das Meldezentrum für Ka-zwo-Roboter auf Terra verstummt ist, hoffte ich, eines Tages jemanden zu finden, an dem ich mich orientieren könnte. Ich muss gestehen, dass du diese alte Zentrale in jeder Beziehung übertriffst.«

»Das kann nicht schaden«, sagte Laire, der in Gedanken bereits wieder bei seinen Problemen war.

»Trotzdem mache ich mir Sorgen«, fuhr Augustus hartnäckig fort. »Was wird geschehen, wenn du eines Tages dein Auge wiederfindest?«

»Wie meinst du das?«

»Du wirst die Materiequelle aufsuchen und in deine alte Heimat zurückkehren?«

»Allerdings«, stimmte der Einäugige zu.

»Das ist es!«, rief Augustus enttäuscht. »Von diesem Augenblick an werde ich wieder allein sein.«

»Wir werden einen Weg finden!«, widersprach Laire.

»Nein«, sagte Augustus bedrückt. »Eines fernen Tages wirst du dein Auge finden. Oder du wirst eine andere Möglichkeit entdecken, dorthin zurückzukehren, woher du gekommen bist.«

Laire starrte ihn aus seinem einzigen Auge an. »Ich werde dich niemals allein lassen!«, behauptete er.

Augustus stieß ein verzweifeltes Lachen aus. »Niemand weiß, dass ein Roboter einsam sein kann ...«

»*Ich* weiß es«, antwortete Laire ruhig. »Seit mehr als einer Million Jahren.«

6.

Courselar saß hinter seinem Kommunikationstisch und arbeitete. Er empfand Ablehnung, als der Kryn seinen Kabinentrakt betrat.

»Ich erinnere mich nicht daran, dir eine Sonderregelung zugestanden zu haben«, protestierte Courselar. »Nicht einmal ein Kryn hat das Recht, meine Kabine ohne Voranmeldung zu betreten und mich zu stören.«

Wimbey, der Kryn, setzte sich dem Befehlshaber der 1-ÄTHOR-Flotte gegenüber. »Mir ist zu Ohren gekommen, dass du an der Verbesserung der Borddisziplin arbeitest«, bemerkte er heiser. »Sollte ein verantwortungsvoller Kommandant nicht mit seinem Kryn sprechen, bevor er sich mit derartigen Problemen befasst?«

Courselar lehnte sich in seinem Sessel zurück und blickte den Priester durchbohrend an. Er war ein Lufke und in den Augen der meist doprischen Raumfahrer eine Ausnahmeerscheinung. Immerhin überragte er den Kryn um nahezu vierzig Zentimeter. Sein Gesicht wirkte fleischig, ein Eindruck, der durch die überaus vollen Lippen noch verstärkt wurde. Courselar trug die Haare straff bis in den Nacken zurückgekämmt und hielt sie dort durch einen Knoten zusammen.

Wimbey wurde nervös, als der Kommandant mehrere Minuten verstreichen ließ, ohne ein Wort zu sagen.

»Die Disziplin an Bord wird immer noch durch die Gesetze des Alles-Rads bestimmt«, erklärte der Kryn. »Wer vorgibt, sie verbessern zu wollen, der stellt nicht nur die Gesetze des Alles-Rads, sondern das Alles-Rad selbst infrage. Ich warne dich davor, einen derartigen Frevel zu begehen.«

Courselar schwieg weiterhin. Sein Blick wirkte nun weniger starr.

»Du kannst nicht leugnen, dass es so ist«, fügte Wimbey hinzu.

»Das habe ich nicht vor«, sagte der Kommandant endlich. »Dir sollte aber bekannt sein, dass mitunter Mängel in der Disziplin auftreten.«

»Das wird immer wieder vorkommen«, antwortete der Priester. »Unsere Autorität genügt jedoch, alle Schwierigkeiten zu überwinden. Niemand kann sich auf Dauer gegen die Gesetze des Alles-Rads stellen.«

»Das ist richtig. Tatsache ist aber auch, dass es Wynger gibt, die bedingungslos an das Alles-Rad glauben, und andere, die nicht uneingeschränkt glauben. Die beispielsweise wissen wollen, wozu es *Verbotene Zonen* gibt.«

»Solche Fragen hat niemand zu stellen«, erklärte der Kryn abweisend.

»Trotzdem erwarten jene Wynger Antworten darauf, warum das Große Flehen nicht immer hilft und warum das Alles-Rad nicht alle Kranken vor dem Tod rettet, die über das Rad gehen.«

»Schluss jetzt!«, rief Wimbey erregt. »Solche Worte sind Blasphemie!«

»Nicht doch«, beschwichtigte Courselar. »Du weißt, dass ich ein gläubiger Mensch bin. Ich habe nicht die geringsten Zweifel an der Existenz und der Macht des Alles-Rads. Das heißt aber nicht, dass ich keine Fragen stelle. Sie dienen nicht dazu, das Glaubensgebäude zu erschüttern, vielmehr festigen sie es weiter.«

»Das mag auf dich zutreffen«, sagte Wimbey zornig. »Dennoch dulde ich solche Überlegungen und Diskussionen nicht. Es geht schon weit über das Maß des Erträglichen hinaus, dass ich hier mit dir zusammensitze und über solche Dinge spreche.«

Erneut wurde Courselars Blick starr.

»Ich verstehe dich ja«, bemerkte Wimbey sanft. »Du lässt dich von deinem Perfektionismus leiten. Du meinst, obwohl der Dienstbetrieb an Bord hervorragend funktioniert, bleibt ein kleiner Rest, der verbessert werden könnte. Weil es immer Wynger gibt, die zu wenig nachdenken oder zu gleichgültig sind. Wir akzeptieren sie, aber wir dulden nicht, dass sie mit weltlichen Mitteln zur Disziplin gezwungen werden. Das tun wir nicht, weil wir sie schützen wollen, sondern weil die Gesetze des Alles-Rads keiner Ergänzung bedürfen.« Der Kryn erhob sich. »Merk dir das!«, fügte er schneidend scharf hinzu und ging, ohne ein weiteres Wort zu verlieren.

Courselar blickte dem Priester nach, bis sich die Tür hinter ihm geschlossen hatte. Er war sich dessen von Anfang an bewusst gewesen, dass er die Priesterschaft herausforderte, wenn er Bestimmungen und Gesetze zu erarbeiten versuchte, die über die Alles-Rad-Gesetze hinausgingen. Die Haltung seines Bord-Kryn überraschte ihn nicht. Wimbey war ein außerordentlich intelligenter Mann, der seine Macht auszuüben wusste. Ihm unterstanden alle anderen Priester dieser Flotte. Wimbey war ohne Weiteres in der Lage, den Dienstbetrieb an Bord aller Schiffe lahmzulegen oder eine Meuterei auszulösen.

Lohnte es sich, seine Arbeiten fortzuführen? Würde der Kryn nicht ohnehin eingreifen und ihn zwingen, sie zu beenden? Courselar war wie alle Wynger im Glauben an das Alles-Rad tief verwurzelt. Trotzdem konnte er nicht alles vorbehaltlos akzeptieren, eben weil er ein überaus selbstbewusster Mann war und über beste Führungseigenschaften verfügte. Er sah die Kryn als verbohrt an und glaubte, dass sie sich festgefahren hatten.

Die größte Enttäuschung seines Lebens war für ihn gewesen, dass das Alles-Rad ihn nicht berufen hatte.

Courselar schaltete alle Kommunikationsgeräte aus, um einige Minuten lang in Ruhe nachdenken zu können. Fremde Raumfahrer waren in Algstogermaht aufgetaucht. Der Kommandant war sich darüber klar, dass damit eine neue Zeit angebrochen war. Neue Zeiten aber erforderten neue Ideen.

Er war entschlossen, Ideen zu liefern, die unter Umständen die gesamte wyngerische Zivilisation erschütterten, ohne dem Alles-Rad-Glauben den geringsten Schaden zuzufügen.

»Wir versuchen auszufliegen«, sagte Perry Rhodan. »Hoffentlich reagieren die Wynger diesmal.«

»Ich bin davon überzeugt«, antwortete Plondfair. »Sie haben uns die BASIS anfliegen lassen, den Rückweg werden sie uns verwehren.«

Das Beiboot aus der PAN-THAU-RA hatte die wyngerische Blockadeflotte schon vor zwei Tagen durchstoßen. Jetzt flogen Rhodan und Plondfair, von der BASIS kommend, wieder auf die Wynger zu, doch der Terraner wollte diesmal aufgehalten werden. Er hoffte auf einen Kontakt mit dem Oberkommandierenden, nachdem alle Versuche gescheitert waren, über Funk Verbindung zu bekommen.

Spezialisten hatten das Beiboot so weit wie möglich untersucht. Es verfügte über starke Schutzschirme.

»Niemand schießt mit Kanonen auf Spatzen«, sagte Rhodan. »Auch der Befehlshaber dieser Flotte hoffentlich nicht.«

Er wollte die SOL und die BASIS aus dem Würgegriff der Flotte befreien, aber dennoch eine Schlacht mit den Wyngern vermeiden.

»Ich kenne meine Leute.« Plondfair deutete auf die Ortungsbilder. »Daher bin ich mir sicher, dass der Flottenkommandant ein mutiger und besonnener Raumfahrer ist. Was wir ihm zu berichten haben, wird ihn nicht gleich umwerfen. Ihren Terranern beizubringen, dass Laire Unterstützung benötigt, war nicht schwer. Aber für die Wynger ist das Alles-Rad allmächtig. Unvorstellbar, dass es Unterstützung von sterblichen Wesen benötigt.«

»Sie haben es immerhin verstanden, Plondfair.«

Der Lufke lächelte gequält. »Vergessen Sie nicht, unter welchen Umständen. Ich wurde berufen und platzte darüber fast vor Stolz. Gleichzeitig verunglückte meine Nährmutter und wurde lebensgefährlich verletzt. In der Hoffnung, ihr Leben retten zu können, begleitete ich sie nach Wallzu und nach Starscho. Dabei entdeckte ich, dass wir Wynger manipuliert werden. Dann kam ich nach Välgerspäre und traf die Veteranen. Von ihnen erfuhr ich, was die Berufung wirklich ist und dass es meine Aufgabe geworden wäre, wie Zehntausende Berufene vor mir, ein Auge zu suchen. Mein Glaube an das Alles-Rad wurde dabei tief erschüttert. Aber erst als ich dem Alles-Rad gegenüberstand und erkannte, dass es nur ein Roboter ist, wurde ich frei.« Plondfair blickte Rhodan forschend an. »Wir müssen uns schon einiges einfallen lassen, wenn wir die anderen Wynger ebenfalls befreien wollen.«

»Sie glauben, dass wir nicht genügend vorbereitet sind?«, fragte Rhodan überrascht. »Plondfair, wir haben unseren Plan mit den besten Kosmopsychologen der BASIS und der SOL ausgearbeitet. Sie selbst haben gesagt, dass dies die einzige Möglichkeit sei, die wir haben.«

Der Lufke fuhr sich mit dem Handrücken über die Stirn. »Entschuldigen Sie, Rhodan. Ich bin nervös. Sie haben recht, wir können nicht mehr umkehren.«

Bei einem der Wyngerschiffe blitzte es auf. Das Beiboot wurde von einem Feuersturm eingehüllt. Warnsignale zeigten an, dass der Schutzschirm bis an die Kapazitätsgrenze belastet wurde.

Die Wynger feuerten mit deutlich höherer Feuerkraft als erwartet.

Der Schirm vor Courselar zeigte das Gesicht eines Kommunikators. »Eine kleine Einheit versucht, den Kessel von innen her zu durchbrechen!«, meldete der Mann. »Es ist die gleiche Einheit, die wir vor Kurzem passieren ließen. Weisungsgemäß haben wir sie mit einem Warnschuss aufgehalten.«

»Die Entscheidung war richtig«, erwiderte der Kommandant. »Sollte ein Fluchtversuch erfolgen, wird das Schiff vernichtet.«

Der Kommunikator bestätigte, und Courselar widmete sich wieder seiner Arbeit.

Wenig später baute sich eine neue Verbindung auf. »Der ovale Flugkörper funkt uns an und sendet ein lufkisches Identifikationssymbol!«, meldete ein Funker.

»Stellen Sie durch!«

Das scharf geschnittene Gesicht eines Lufken erschien. Courselar versteifte sich unwillkürlich. Er hatte nicht damit gerechnet, einen Wynger zu sehen.

»Sie senden das Identifikationssymbol«, sagte der Kommandant. »Wer sind Sie, und wieso sind Sie bei den Fremden?«

Sein Gegenüber war wesentlich jünger als er. Courselar schätzte den Mann auf etwa dreißig Jahre.

»Ich möchte mit Ihnen sprechen«, erwiderte der andere. »Mein Name ist Plondfair. Ich habe wichtige Informationen über das Alles-Rad für Sie.«

»Kommen Sie an Bord!«

»Nicht ohne eine Garantie«, erwiderte Plondfair.

»Lassen Sie sich einschleusen oder verzichten Sie. Eine andere Möglichkeit kann ich Ihnen nicht bieten. Wenn Sie erneut versuchen, unsere Formation zu durchstoßen, werden Sie vernichtet.«

Plondfair versuchte, die Haltung des Kommandanten aufzuweichen, doch Courselar unterbrach ihn schroff. »Tun Sie, was ich verlange, eine andere Wahl haben Sie nicht. Sie können sich darauf verlassen, dass ich mit Ihnen reden werde, sobald Sie an Bord sind. Das ist alles.«

Er blickte Plondfair durchdringend an. Dieser wandte sich kurz zur Seite. Courselar war sich darüber klar, dass der Lufke nicht so ohne Weiteres Bedingungen annehmen wollte, die einer Kapitulation gleichkamen. Allerdings war der Flottenkommandant nicht gewillt, Zugeständnisse zu machen.

»Einverstanden«, sagte Plondfair, der offenbar die Situation erkannt hatte. »Bitte geben Sie uns Peilzeichen. Wir kommen an Bord Ihres Schiffes.«

Courselar gab einen entsprechenden Befehl an seine Besatzung. Er schaltete das Bildfunkgerät aus und hatte Plondfair kurz darauf aus seinen Gedanken verdrängt.

Er entsann sich erst eine Stunde später wieder des fremden Lufken, als ihm zwei Gefangene an Bord der 1-ÄTHOR gemeldet wurden. Ihre Ausrüstung war bereits untersucht worden.

»... dabei sind einige Eigentümlichkeiten zutage getreten«, bemerkte der Kommunikator.

»Darauf kommen wir später«, erwiderte Courselar. »Lassen Sie die Gefangenen zu mir bringen.«

Eigentlich waren ihm der Lufke und dessen Begleiter gleichgültig. Wenn er sich überhaupt mit ihnen befasste, dann nur deshalb, weil er wissen wollte, was ein Wynger mit den Fremden zu schaffen hatte.

Sechs bewaffnete Besatzungsmitglieder der 1-ÄTHOR umringten Plondfair und Rhodan. Sie standen auf einer Liftplattform, die sich rasch aufwärtsbewegte.

Ihre Waffen und die vom LARD erhaltene Ausrüstung ruhten jetzt irgendwo unter ihnen in einem Panzerschrank. Doch darauf kam es nicht an. Rhodan war sich ohnehin bewusst, dass er die Situation nicht mit einem Energiestrahler in der Hand bereinigen konnte.

Die Liftplatte stoppte. Ein breiter Gang führte bis zu einem flammend roten Schott. Seitlich davon öffnete sich eine Tür. Ein uniformierter Wynger kam heraus und gab den Wachen, die Plondfair und Rhodan begleiteten, ein Zeichen. Sie gaben den Weg frei.

Wenig später durchschritten der Terraner und der Lufke die Tür. Hinter einem wuchtigen Tisch saß ein untersetzter Mann. Er hatte ein fleischiges Gesicht und auffallend volle Lippen; sein Blick wirkte seltsam starr, als habe er die künstlichen Augen eines Roboters.

Vor dem Arbeitstisch blieben die beiden Männer stehen.

»Wer seid ihr?«, fragte ihr Gegenüber.

»Mein Name ist Plondfair«, erwiderte Rhodans Begleiter. »Ich bin Ultraenergie-Bezwinger und Überraum-Sensibilisator.«

Courselars Blicke richteten sich auf Rhodan. »Wer ist das? Wieso sind Sie mit einem von ihnen zusammen?«

»Nicht mit *einem* von ihnen«, erwiderte Plondfair ruhig. »Rhodan ist der Befehlshaber über beide Raumschiffe und bekleidet bei den Terranern einen höheren Rang als Sie in der Flotte, Courselar.«

Plondfair hatte den Namen des Kommandanten an der Tür gelesen. Kein Muskel zuckte in Courselars Gesicht.

»Sie haben meine Frage nicht beantwortet.«

»Keiner von uns könnte sie mit einem Satz beantworten«, erklärte Plondfair. »Sie müssen sich schon etwas Zeit nehmen, wenn Sie Informationen wollen, die das Leben aller Wynger verändern werden.«

»Werden sie das?« In Courselars Augen blitzte es auf. Auf Rhodan wirkte dieser Mann wie ein Eisblock. Er räusperte sich und gab Plondfair damit das verabredete Zeichen, Courselar den ersten Schock zu versetzen.

»Sie glauben mir nicht, Kommandant«, stellte Plondfair fest. »Das ist nicht weiter überraschend. Daher will ich Ihnen zuerst meine Glaubwürdigkeit beweisen. Ich bin Plondfair, ein Berufener, und ich komme auf einigen Umwegen – von Välgerspäre. Nicht von den Monden des Planeten, sondern von Välgerspäre direkt.«

Rhodan bemerkte ein flüchtiges Zucken in Courselars Augenwinkeln. Es verriet ihm, dass der Kommandant die Aussage nicht ohne Gefühlsregung hinnahm.

»Bevor Sie sich dazu äußern, informieren Sie sich«, fuhr Plondfair fort. »Ich weiß, dass Sie die Möglichkeit dazu haben. Nehmen Sie meine Identifikationsdaten auf und stellen Sie Nachforschungen an. Sie werden herausfinden, dass ich die Wahrheit sage. Ich bin ein Berufener, der von Välgerspäre zurückgekehrt ist.«

Courselar stand auf. Er war etwas kleiner als Plondfair, aber unter den Wyngern trotzdem ein Riese. »Werden Sie nicht unverschämt!«, sagte der Kommandant.

»Ich bitte Sie, keine weiteren Fragen zu stellen«, erwiderte Plondfair gelassen. »Wir würden damit unnötig Zeit verlieren. Diese Begegnung wird in die Geschichte unserer Völker eingehen.«

Courselar lachte. Er berührte ein Sensorfeld auf seinem Arbeitstisch. Zwei Wachen betraten den Raum. »Führt sie ab!«, befahl er.

Weder Plondfair noch Rhodan protestierten dagegen. Sie wandten sich schweigend ab und verließen die Kabine des Kommandanten.

Courselar mochte erwartet haben, dass sie sich sträubten. Überrascht und deutlich verunsichert blickte er den beiden nach, bis sich die Tür hinter ihnen geschlossen hatte. Dann erteilte eine Reihe von Befehlen und ging zum Essen.

Beeindruckt war er nicht. Er hatte jedoch das Gefühl, dass beide Gefangenen nicht ganz so nebensächlich waren, wie er zunächst angenommen hatte. Daher hatte er die Anweisung gegeben, Plondfairs Identität restlos aufzuklären.

Courselar wurde tief erschüttert, als er eineinhalb Stunden später in seine Kabine zurückkehrte und dort den Kryn Wimbey vorfand.

»Du hast dich nach einem Berufenen erkundigt«, sagte Wimbey, der in einem Sessel saß. »Warum?«

Courselar war so überrascht, dass er zunächst keine Worte fand. Als er sich hinter seinen Arbeitstisch setzte, hatte er sich bereits wieder in der Gewalt.

»Ich habe mich nach einem Berufenen erkundigt? Woher willst du das wissen?«

»Ich weiß es.«

»Das genügt mir nicht«, erklärte der Kommandant.

Wimbey lachte leise. »Du irrst dich, wenn du annimmst, dass jemand an Bord mir etwas davon verraten hat. Die Angelegenheit ist äußerst sorgfältig behandelt worden.«

Die Worte des Kryn bestätigten Courselars ärgste Befürchtungen. Schon seit geraumer Zeit hegte er den Verdacht, dass es Wimbey gelungen sein könnte, Abhöreinrichtungen zu installieren.

Verschiedene Zwischenfälle hatten diesen Verdacht in ihm aufkommen lassen. Wenn es tatsächlich so war, dann hatte der Kryn in geradezu unglaublicher Weise gegen die militärischen Vorschriften verstoßen.

»Niemand an Bord«, sagte Courselar. »Wer sonst?«

»Ich habe Möglichkeiten, mir Informationen zu beschaffen.«

»Hast du eigene Funkeinrichtungen in deinem Kabinentrakt?«

Der Priester lächelte. »Vielleicht, vielleicht auch nicht. Die Räume eines Kryn sind jedenfalls ein Gebiet, das deiner Kommandogewalt nicht untersteht. Und dabei wollen wir es belassen. Ich weiß jedenfalls, dass du dich erkundigt hast, ob Plondfair ein Berufener ist. Hast du die Antwort schon?«

Als hätten die Assistenten des Kommandanten nur auf dieses Stichwort gewartet, betrat ein Funker die Kabine und übergab Courselar eine Druckfolie. Der Kommandant wartete, bis der Funker den Raum wieder verlassen hatte, dann las er die Nachricht.

»Ich kann dir sagen, was da steht«, versetzte Wimbey, während Courselar bleich wurde. »Plondfair ist ein Berufener. Er war auf Välgerspäre, aber dort verliert sich seine Spur.«

»Hier steht nur, dass er auf Starscho durch den Transmitter der Berufenen gegangen ist«, sagte Courselar beherrscht.

»Wie es heißt, gelangen die Berufenen von Starscho nach Välgerspäre.« In den Augen des Kryn funkelte es. Er fühlte sich dem Kommandanten in diesen Sekunden weit überlegen, wenn er auch zutiefst beunruhigt war. Nie zuvor in der Geschichte der Wynger war ein Berufener zurückgekehrt, zumindest nicht offiziell. Wimbey konnte sich selbst nicht erklären, was das bedeutete. Gerade deshalb wollte er wissen, wie der Berufene den Weg zurück gefunden hatte und was auf Välgerspäre geschehen war. Er war fest davon überzeugt, dass Plondfair mit den zahllosen Unregelmäßigkeiten und Schwierigkeiten der letzten Zeit zu tun hatte.

Doch nicht nur er wollte das Geheimnis klären. Wimbey hatte von Starscho klare Anweisungen der ihm übergeordneten Priester erhalten.

Den Gefangenen für sich zu reklamieren, davor schreckte er noch zurück. Plondfair hatte den Kryn erhebliche Schwierigkeiten bereitet, daher durfte Wimbey nicht annehmen, dass der Berufene sich ihm öffnete. Er hatte sich zu einem psychologischen Vorgehen entschlossen.

Courselar war ihm dabei im Weg. Doch der Kommandant war einer der fähigsten Flottenoffiziere und genoss das höchste Ansehen. Wimbey konnte sich nicht ohne Weiteres gegen ihn stellen.

»Also gut«, sagte der Kommandant. »Du hast die Information sogar noch vor mir bekommen.« Sein Gesicht war maskenhaft starr und verriet nicht, wie es in ihm aussah. »Und was jetzt? Weshalb bist du hier?«

Courselar akzeptierte die Gegebenheiten keineswegs. Er fühlte sich, als habe ihm der Kryn den Boden unter den Füßen weggezogen. Dabei hatte er sich Wimbey stets überlegen gefühlt.

Der Priester lächelte, als habe er die Pointe eines Witzes verdorben. »Ich will mit ihm sprechen«, erwiderte er. »Ist das nicht eindeutig? Wir Kryn haben Plondfair auf seinem Weg des Berufenen begleitet. Daher ist es unsere Pflicht, uns seiner weiterhin anzunehmen.«

Betroffen stellte Courselar fest, dass er im Begriff war, sich zu sehr mit seinen eigenen Problemen zu beschäftigen. Dabei ging es einzig und allein um den Berufenen und jenen Fremden namens Rhodan.

»Du wirst Plondfair sehen«, erwiderte der Kommandant. »Doch das hat Zeit; zunächst gibt es wichtigere Dinge zu klären.«

»Wann?«, fragte Wimbey.

»Sagen wir ... in zwei Tagen.«

»Ich will noch heute mit dem Berufenen reden!«

»Das ist aus verschiedenen Gründen nicht möglich«, behauptete der Kommandant. Seine Abneigung gegen den Kryn wurde immer größer. »Plondfair läuft dir jedenfalls nicht weg.«

Wimbey war klug genug, einzusehen, dass es fruchtlos war, das Gespräch fortzuführen. Er stand auf, grüßte und verließ die Kabine.

Courselar war jetzt klar, dass die Gefangenen wirklich von hoher Bedeutung waren. Für ihn war das Erscheinen des Berufenen sogar ein bestürzendes Ereignis. Er wunderte sich, dass er selbst so schnell damit fertig geworden war. Wimbey hatte ihm ungewollt einen Teil der psychischen Bürde abgenommen. Den Kryn beschäftigte jetzt die Frage, wie es möglich sein konnte, dass ein Berufener zurückkehrte.

Courselar war bereits weiter. Er fragte nach der Konsequenz, die sich daraus ergeben würde – ohne darauf eine Antwort zu finden. Er konnte sich nicht erklären, dass ein Erwählter sich gegen das Alles-Rad stellte und von diesem nicht tödlich gestraft wurde.

Courselar wies Plondfair und Rhodan einen Platz an, als sie seine Kabine betraten. Er fühlte sich zu beiden hingezogen und stand ihnen keineswegs feindlich gegenüber. Das hätte ihn jedoch nicht daran gehindert, sie hinrichten zu lassen, wenn er das als notwendig angesehen hätte.

»Ich habe Ihre Angaben überprüft«, erklärte er und blickte Plondfair an. »Sie sind ein Berufener.«

Mit einer knappen Geste gab der Ultraenergie-Bezwinger zu verstehen, dass er mit keinem anderen Ergebnis gerechnet hatte. Courselar wartete vergeblich darauf, dass Plondfair das Wort ergriff.

»Ja – und?«, fragte der Kommandant schließlich ungeduldig. »Das war sicher nicht alles, was Sie mir sagen wollten?«

»Allerdings nicht«, erwiderte Rhodan. »Doch mit dieser Botschaft werden wir Sie erst konfrontieren, wenn wir uns geeinigt haben. Es darf auf keinen Fall zu einem militärischen Konflikt zwischen uns kommen.«

Courselar schüttelte den Kopf. »Ich denke, wir sollten von vorn anfangen«, versetzte er. »Weshalb sind Ihre Raumschiffe hier? Wir haben Ihnen klar zu verstehen gegeben, dass wir mit Ihrer Anwesenheit nicht einverstanden sind, aber Sie haben es vorgezogen, zu bleiben. Erläutern Sie Ihre Entscheidung. Entweder ich akzeptiere, oder Ihre Begründung reicht nicht aus. Dann sprechen die Waffen, und beide Raumschiffe werden vernichtet.«

Rhodan blickte den Wynger an. Der Kommandant saß wie ein Fels hinter seinem Arbeitstisch. Seine Augen schienen in die Unendlichkeit zu blicken.

»Wir kommen aus einer fernen Galaxis«, antwortete Rhodan. »Ich bin, wie Sie bereits bemerkt haben, kein Wynger, wenngleich große körperliche Ähnlichkeiten vorhanden sind.«

Courselar blickte ihn flüchtig an.

»Es gab die Superintelligenz BARDIOC«, fuhr der Terraner fort. »Sie stand weit über uns und hatte in ferner Vergangenheit die Aufgabe, intelligentes Leben auf zahllose Planeten des Universums zu bringen.« Rhodan wählte seine Worte vorsichtig. Behutsam setzte er dem Kommandanten auseinander, wer Bardioc war und was er getan hatte. Er schilderte den Kampf mit der träumenden Superintelligenz und wie es gelungen war, sie aufzuwecken. Danach beschrieb Rhodan, wie BARDIOC die Koordinaten des Sporenschiffs angegeben und den Auftrag erteilt hatte, das Schiff zu suchen. Er verriet jedoch noch nicht die Position der PAN-THAU-RA.

Courselar hörte ihm wortlos zu.

Rhodan schilderte auch die Botschaft, die ES mithilfe von Kershyll Vanne übermittelt und die letztendlich dazu geführt hatte, dass die BASIS ebenfalls diesen Raumsektor angeflogen hatte.

»Beide Raumschiffe kamen also aus verschiedenen Richtungen hierher. Beide hatten den gleichen Auftrag – und beide haben gefunden, wonach sie suchten.«

Jetzt blickte Courselar Rhodan durchbohrend an. »Sie wollen damit sagen, dass Sie das Sporenschiff entdeckt haben?«, fragte er.

»Ja.«

»Wo ist es?«

»In der Verbotenen Zone.«

»Es gibt mehrere.«

»Ihre Männer haben längst ermittelt, woher Plondfair und ich ursprünglich mit dem Raumschiff gekommen sind«, erwiderte Rhodan. »Sie wissen also, von welcher Verbotenen Zone ich spreche.«

Courselar bewunderte die Ruhe und die Kaltblütigkeit, mit der Rhodan seine Fragen beantwortete. Dennoch glaubte er dem Fremden nicht.

»Würde in unmittelbarer Nähe von Välgerspäre tatsächlich ein so riesiges Raumschiff existieren, hätten wir es längst entdeckt. Sie sollten sich eine andere Geschichte ausdenken.«

»Das Alles-Rad hat dafür gesorgt, dass das nicht geschehen ist.« Rhodan ging zur Offensive über. »In ferner Vergangenheit war das Alles-Rad unumschränkter Herrscher über das Schiff. Jetzt ist es das nicht mehr – es beherrscht nur noch exakt ein Dreizehntel der PAN-THAU-RA. Das restliche Volumen liegt im Hyperraum verborgen. In diesem Teil befinden sich Sporen, aus denen wahrhaft schreckliches Leben entstehen wird, wenn sie sich verbreiten. Und diese Gefahr besteht. Wenn wir nicht eingreifen und mit aller Kraft helfen, werden die Völker der Wynger als Erste darunter leiden.«

»Wem wollen Sie helfen?«; fragte Courselar. »Und warum sollten wir Wynger das Problem nicht allein lösen können?«

»Wir wollen dem Alles-Rad helfen«, sagte Rhodan ruhig.

»Sie sind töricht!« Courselar sprang auf. »Was Sie sagen, ist grotesk und unvorstellbar.«

»Das ist noch nicht alles«, fuhr Rhodan fort. »Die Wynger werden nicht allein mit dieser Aufgabe fertig, weil das Alles-Rad identisch ist mit dem Roboter Laire, der die Völker seit Jahrtausenden manipuliert.«

Der Kommandant wirkte plötzlich grau und müde. »Für diese Lügen werden Sie bezahlen«, erklärte er heiser.

»Es sind keine Lügen«, widersprach Plondfair. »Wir können das beweisen. An Bord der BASIS befindet sich eine weitere Berufene: Demeter. Lassen Sie die Frau rufen und reden Sie mit ihr. Demeter wird alles bestätigen.«

Courselar rief vier Bewaffnete herein. »Abführen!«, befahl er.

Courselar zürnte mit sich selbst. Ihm missfiel, dass er sich von Gefühlen hatte leiten lassen. Eine Entschuldigung für sein Verhalten zu suchen war nicht seine Art. Er bemühte sich vielmehr, schnell zu kühlem und logisch fundiertem Denken zurückzukehren.

Rhodans Behauptungen waren ungeheuerlich und wühlten ihn bis ins Innerste auf. Das Alles-Rad sollte ein Roboter sein? Ein Mann, der so etwas sagte, hatte entweder den Verstand verloren, oder er log, weil er seinen Gegenspieler damit zermürben wollte.

Immer wieder fragte sich Courselar, ob Rhodan unter geistiger Verwirrung litt, und jedes Mal wies er diese Möglichkeit weit von sich. Rhodan, der sich als Terraner bezeichnete, hatte auf ihn den Eindruck eines überaus intelligenten Mannes gemacht, der genau wusste, was er sagte.

Führte Rhodan also einen psychologischen Krieg gegen ihn? Auch diese Möglichkeit verneinte der Kommandant, da er dafür kein Motiv fand. Die militärische Situation wäre damit nicht zu lösen gewesen.

Wo aber lag dann die Antwort auf die quälende Frage, weshalb Plondfair und Rhodan diese Behauptung aufgestellt hatten?

Sagten sie die Wahrheit?

Erschrocken unterbrach Courselar seine Überlegungen. Die Zivilisation der Wynger würde zusammenbrechen. Niemand würde sich länger um Verordnungen, Gesetze und Bestimmungen kümmern. Der aufgebrachte Mob würde die Priester-Kaste mitsamt ihren im Namen des Alles-Rads erbauten Einrichtungen hinwegfegen und in der Anarchie einen Ausweg suchen.

In diesen Sekunden hing Rhodans und Plondfairs Leben an einem seidenen Faden. Der Gedanke schoss Courselar durch den Kopf, dass alle gefährlichen Entwicklungen von vornherein vermieden wurden, wenn beide starben. Dann waren sie nicht mehr in der Lage, ihre Behauptungen zu verbreiten.

Würde aber wirklich Ruhe einkehren? Oder waren Rhodan und Plondfair nur die Vorboten eines Sturms, der über die Wynger kam? Courselar fragte sich, ob es überhaupt möglich war, diesen Sturm aufzuhalten, oder ob es nur noch darauf ankam, ihn in kontrollierte Bahnen zu lenken?

Ein Signal leuchtete vor ihm auf. Der Kommandant schaltete die Bildwiedergabe ein. Das Gesicht Wimbeys zeichnete sich ab.

»Öffne!«, verlangte der Kryn schrill. »Ich muss dich sprechen!«

Courselar zögerte. Gerade mit Wimbey wollte er in diesen Minuten nicht reden, doch war etwas in der Stimme des Priesters gewesen, was ihn beunruhigte. Er öffnete die Tür, weil er fürchtete, dass der Priester auch dieses Mal ausreichende Informationen erhalten hatte. War der Kryn so weit gegangen, Abhörvorrichtungen in der Kommandantenkabine anzubringen? Dann wusste er, was Rhodan gesagt hatte.

Wimbey stürzte herein. »Ich lasse mich nicht länger hinhalten!«, rief er erregt. »Ich will mit beiden Gefangenen sprechen. Wenn du das nicht genehmigst, werde ich dafür sorgen, dass du die längste Zeit Kommandant gewesen bist.«

Ein Gefühl unendlicher Erleichterung überkam Courselar. Wimbey hatte ihm ungewollt verraten, dass er absolut nichts wusste. Andernfalls wäre die Katastrophe nicht mehr aufzuhalten gewesen.

»Es gibt keinen Grund, mir ein Verhör zu verweigern.«

»Ein Verhör?« Der Kommandant lächelte flüchtig. »Da erscheint ein Berufener, mit dem niemand mehr gerechnet hat, und ein Kryn maßt sich an, ihn verhören zu müssen. Ist dir noch nicht der Gedanke gekommen, dass der Berufene, eben weil er zurückgekehrt ist, weit über dir rangiert? Überlege dir genau, was du tust.«

Wimbey verriet sich. Seine Lippen zuckten, und seine Hände zitterten sekundenlang. Dann hatte er sich wieder gefangen.

»Es ist nicht meine Entscheidung allein«, eröffnete er dem Kommandanten. »Außerdem geht es um weit mehr, als du dir vorstellen kannst. Höchste Instanzen wollen wissen, was es zu bedeuten hat, dass dieser Mann hier erscheint.«

Wimbey ahnte nicht, dass er Courselar in diesem Moment geholfen und dabei einen Fehler gemacht hatte. Er hatte Plondfair ungewollt aufgewertet und damit dessen Glaubwürdigkeit unterstrichen.

»Du brauchst nicht mehr lange zu warten«, erwiderte der Kommandant. »In wenigen Stunden kannst du mit dem Berufenen und auch mit dem anderen reden. Solange du willst. Bis dahin musst du noch Geduld haben.«

»Du setzt deine Karriere aufs Spiel für diesen Berufenen?«

»Wenn sie tatsächlich gefährdet sein sollte, weil ich korrekt handle, dann kann ich es nicht ändern.«

Die feste Haltung des Kommandanten beeindruckte den Kryn. Wimbey erhob sich und verließ die Kabine.

Courselar rief einige seiner Offiziere zu sich, ausschließlich Männer, auf die er sich verlassen konnte. Er erteilte ihnen den Auftrag, Nachforschungen anzustellen. Dabei teilte er die Aufgaben so weit auf, dass keiner der Offiziere aus dem Untersuchungsergebnis auf das Ganze schließen konnte.

Courselar versuchte herauszufinden, ob Rhodan die Wahrheit gesagt hatte. Er wagte es nicht, die hoch qualifizierten Ortungsinstrumente der Flotte einzusetzen und nach dem Sporenschiff zu suchen, da er damit ungeheures Aufsehen erregt hätte. Die Kryn wären schnell aufmerksam geworden und hätten Einspruch erhoben. Wenn jedoch einer der Offiziere sich mit einem Beiboot weit entfernte und aus einem anderen

Raumsektor heraus Ortungen vornahm; konnte er hoffen, unbemerkt zu bleiben.

Siebzehn Vertraute flogen in mehreren Beibooten nach Starscho. Sie hatten den Auftrag, dort nach Anzeichen einer Manipulation zu suchen. Courselar hatte jedem auseinandergesetzt, dass er mit feindlichen Agenten rechnete. Er hatte behauptet, gegnerische Kräfte bereiteten einen Angriff auf Algstogermaht vor, um das Alles-Rad zu stürzen. Auf Gegenfragen hatte er erklärt, dass er sich selbst auch nicht vorstellen könne, wie so etwas möglich sei.

Auf diese Weise hatte er erreicht, dass die Offiziere sich auf einige Stationen beschränkten, die Plondfair ihm beschrieben hatte. Courselar wollte eine Bestätigung dafür, dass der Berufene die Wahrheit gesagt hatte. Er wollte wenigstens einen Beweis für eine Manipulation haben, bevor er den nächsten Schritt tat. Und er wusste, dass er diese Beweise nur auf den Monden von Välgerspäre finden würde. Wenn die Offiziere dort die gleichen Beobachtungen machten wie zuvor Plondfair, dann genügte Courselar das schon.

Der Kommandant hatte seine Offiziere angewiesen, sich keinem Kryn anzuvertrauen. Weil sich die Feinde in die Reihen der Priester eingeschlichen hätten und vorläufig keiner von ihnen zu identifizieren sei.

Er rief die Gefangenen erneut zu sich.

Rhodan und Plondfair traten wenig später ein. Sie waren ruhig und gelassen, als wüssten sie genau, welche Überlegungen Courselar inzwischen angestellt hatte und zu welchem Ergebnis er gekommen war.

»Über die Auswirkungen ihrer Aussagen in der Öffentlichkeit brauchen wir nicht zu reden«, stellte der Kommandant fest. »Mich interessiert etwas anderes. Sie behaupten, das Alles-Rad sei ein Roboter namens Laire und dieser Laire habe die Wynger seit Jahrtausenden manipuliert.«

»Das habe ich gesagt«, bestätigte Rhodan. »Allerdings war ich etwas ungenau. Tatsächlich manipuliert Laire die Wynger seit Jahrhunderttausenden.«

Courselar hatte das Gefühl, von einem Schlag in den Magen getroffen worden zu sein. Vergeblich versuchte er sich einzureden, dass grundsätzlich kein Unterschied zwischen einigen Jahrtausenden und einigen Jahrhunderttausenden bestand. Bisher hatte er sich noch an die Hoffnung geklammert, dass bei aller Manipulation die eigenständigen Einflüsse der Wynger so groß waren, dass sie im Grunde genommen überwogen.

Jetzt behauptete Rhodan, die Manipulation sei über Jahrhunderttausende hinweg wirksam gewesen. Damit brach die letzte Hoffnung in Courselar zusammen. Er erkannte mit bitterer Logik, dass es keine Eigenständigkeit geben konnte, die sich über Jahrhunderttausende hinweg behauptet hatte.

Damit reduzierte sich die Existenz der Wynger auf ein Marionettenspiel, bei dem der Roboter Laire die Fäden zog. Courselar korrigierte sich, kaum dass er dies erkannt hatte. Laire bestimmte mehr als nur die Bewegungen der Puppen. Er legte ihre äußere Erscheinung fest, formte ihren Charakter und regulierte ihr Denken.

Rhodan beobachtete den Kommandanten. Der Lufke tat ihm fast leid. Gleichzeitig bewunderte er ihn. Er glaubte, jeden seiner Gedanken erfassen zu können, zumal er Courselar die Wahrheit in kleinen Dosen verabreichte.

»Was haben Sie mir noch zu sagen?«, fragte der Wynger, während er den Terraner durchdringend anblickte. »Und wann kommen Sie zum Kern der Sache?«

»Ich bin längst dabei«, antwortete Rhodan. »Sie kennen die Wahrheit bereits.«

»Das könnte schon sein«, erwiderte Courselar. »Ich möchte jedoch wissen, weshalb ein Roboter ein Volk, das eine ganze Galaxie beherrscht, über Jahrhunderttausende hinweg manipulieren sollte. Ich gestehe, dass so etwas über mein Vorstellungsvermögen geht.«

»Dazu muss ich weiter ausholen«, sagte Rhodan. »Ich muss Ihnen Bardiocs Geschichte ausführlicher erzählen, und ich muss die Rolle seines Roboters Laire erklären, der sich mit einem Auge diesseits, mit dem anderen Auge jenseits der Materiequellen orientieren konnte. Sie müssen erfassen, von welcher Bedeutung beide Augen für Laire sind.«

»Berichten Sie!«, verlangte der Kommandant. »Ich will alles wissen.«

Rhodan eröffnete ihm die Geschichte Laires. Er berichtete von dem Treffen der sieben Mächtigen, von Bardiocs Verrat und von dem Sporenschiff, auf dem Laire zurückblieb und mit seiner Einsamkeit fertig zu werden versuchte.

Courselar saß dem Terraner gegenüber, starrte ins Leere und stellte nur selten Fragen. Kein Muskel bewegte sich in seinem fleischigen Gesicht, es schien, als empfinde der Lufke überhaupt nichts bei dem Bericht.

Courselar erfuhr die ganze Wahrheit. Was Rhodan ihm nicht schildern konnte, das beschrieb Plondfair.

Als der Terraner seinen Bericht beendet hatte, erhob sich der Kommandant. »Sie hören von mir«, sagte er und zeigte auf die Tür.

Plondfair blickte ihn verblüfft an. Er war auf eine Flut von Fragen vorbereitet gewesen, doch die blieb aus.

Rhodan erfasste, dass Courselar ihm glaubte. Nur war damit noch nicht viel gewonnen. Der Kommandant musste die Wahrheit erst bewältigen, das ging nicht so schnell.

Ein anderer Wynger hätte sicherlich Befehle erteilt, wäre in Panik oder Depression verfallen, hätte sich anderen mitgeteilt oder wäre in die Unendlichkeit hinausgeflüchtet. Courselar aber hatte sich eisern in der Gewalt. Er wusste, dass ein einziger Fehler schreckliche Folgen für alle Wynger haben konnte.

»Einen Moment noch!«, rief der Kommandant, bevor Rhodan und Plondfair die Tür erreichten. »Ich kann nicht länger verhindern, dass ein Kryn Sie verhört. Er darf die Wahrheit nicht erfahren.«

Rhodan lächelte. »Ich sehe, dass Sie mich verstanden haben«, erwiderte er anerkennend.

7.

»Willst du nicht endlich erklären, was geschehen ist?« Wimbey streckte Plondfair die Rechte entgegen, wobei er die Handfläche nach oben drehte und die Finger krallenförmig bewegte, als könne er auf diese Weise Informationen aus dem Lufken herausholen.

»Du wirst es erfahren, aber warte, bis wir auf Starscho sind«, erwiderte der ehemalige Berufene.

»Du willst nicht mehr zu den beiden Raumschiffen der Fremden?«

»Das Alles-Rad gab mir einen Auftrag«, erklärte Plondfair. »Den werde ich durchführen, wie es mir befohlen wurde.«

»Das Alles-Rad?« Wimbeys Augen leuchteten vor Neugierde. Er war sich darüber klar, dass er plötzlich die Chance hatte, in die Geschichte einzugehen.

Der Kryn wusste, dass in diesen Stunden die bedeutendsten Priester aus allen Teilen der Galaxis nach Starscho eilten, um Plondfair dort zu sehen. Er selbst hatte zunächst nur den Auftrag, den Lufken daran zu hindern, auf die Raumschiffe der Fremden zurückzukehren, und dafür zu sorgen, dass er nach Starscho flog.

Wimbey wollte jedoch so viel wie möglich von Plondfair erfahren, bevor dieser das Ziel erreichte und damit seinen Händen entglitt. Er ging davon aus, dass sich das Glaubensgebäude weiter festigen würde und dass eine neue Epoche des Alles-Rad-Glaubens begann.

»Erzähle mir, was die Aufgabe der Berufenen ist«, forderte der Kryn. »Ich muss es wissen, damit wir uns wirklich verstehen, wenn wir miteinander reden.«

»Du wirst es auf Starscho erfahren«, erwiderte Plondfair. »Wenn das Alles-Rad gewollt hätte, dass die Kryn über die Aufgaben der Berufenen informiert sind, dann hätte es das längst offenbart.«

Wimbey presste die Lippen zusammen. Nur mühsam beherrschte er sich.

»Du hast dich seltsam benommen, als du auf Starscho warst«, sagte er. »Und was hast du auf Välgerspäre getan? Hat dich das Alles-Rad vielleicht als untauglich abgewiesen? Woher sollen wir wissen, dass du nicht versuchst, uns alle zu täuschen? Du gibst vor, ein Bote des Alles-Rads zu sein, kannst aber nicht beweisen, dass du es tatsächlich bist. Siehst du nicht, wie gefährlich das Spiel ist, auf das du dich eingelassen hast?«

Plondfair lächelte. »Ich verstehe deine Sorgen«, erwiderte er. »Ich kann sie aber vorerst noch nicht zerstreuen.«

»Du musst Geduld haben«, fügte Rhodan hinzu.

Wimbeys Traum vom Ruhm zerstob. Er erkannte, dass Plondfair ihm keineswegs zu geschichtlicher Bedeutung verhelfen würde. »Ich warne dich«, sagte er zornig. »Wehe dir, wenn du uns täuschen willst.«

»Mach dir deshalb keine Sorgen«, entgegnete der Berufene. Doch Wimbey stürmte bereits aus dem Raum und herrschte die Wachen an, dass sie ihre Aufmerksamkeit verdoppeln sollten.

»Das gefällt mir nicht«, sagte Rhodan. »Wimbey kann uns Schwierigkeiten machen.«

»Wir dürfen ihn trotzdem nicht einweihen«, erwiderte Plondfair. »Ich weiß, dass er gefährlich ist. Wenn wir ihm aber sagen, was wir Courselar gesagt haben, dreht er durch.«

»Dennoch müssen wir verhindern, dass er gegen uns intrigiert.«

Kommandant Courselar atmete auf, als ihm gemeldet wurde, dass die ersten der ausgeschickten Offiziere schon nach kaum dreißig Stunden von den Monden Välgerspäres zurückkehrten. Er rief sie einzeln zu sich in die Kommandantenkabine, wo er ungestört mit ihnen reden konnte.

Thelvenar trat als Erster ein. Er war Waffentechniker und einer jener Männer, denen Courselar bedingungslos vertraute.

»Berichte!«, bat der Kommandant. »Hat sich der Flug nach Starscho gelohnt?«

»Ich denke ja«, antwortete Thelvenar. »Auftragsgemäß habe ich einen der Tempel der Heilung besucht. Ich war im Süden von Starscho, auf der Insel Tarskol. Dort werden ausschließlich Fälle schwerer Knochenveränderungen behandelt. Die Flehenden kommen aus allen Sektoren Algstogermahts dorthin, nachdem sie zunächst auf den anderen Monden von Välgerspäre mit dem Großen Flehen begonnen haben.«

»Das ihnen jedoch nichts geholfen hat ...«, stellte Courselar fest.

»Seltsamerweise nicht. Ich habe mit vielen von ihnen und ihren Verwandten und Freunden gesprochen, die sie begleitet haben. Das Große Flehen war bei allen wirkungslos.«

Thelvenar blickte den Kommandanten forschend an, als erwarte er eine Erklärung für diese verwirrende Tatsache. Er war immer noch überzeugt, dass das Große Flehen ausreichte, um geheilt zu werden. Courselar ging jedoch nicht darauf ein.

»Was hast du getan, nachdem dir das aufgefallen war?«, fragte der Kommandant.

»Ich bin nach Wallzu geflogen und habe die Tempel aufgesucht, in denen diese Heilungsuchenden vorher gewesen waren. Ich habe festgestellt, dass kein einziger mit der Knochenveränderung gesund wurde. Dabei gab es besonders viele Fälle. Fast alle waren mit einem Raumschiff von Kengstmath gekommen, einem Planeten, auf dem diese Krankheit wie eine Seuche aufzutreten scheint. Ich habe von Toten gehört und von vielen, die schon zu schwach waren und die Reise nach Välgerspäre nicht mehr antreten konnten.«

Courselar saß hinter seinem Kommunikationstisch, als höre er gar nicht mehr zu und sei mit seinen Gedanken längst woanders.

»Ich konnte nicht herausfinden, warum das Alles-Rad in diesen Fällen nicht auf das Große Flehen reagiert hat«, fuhr Thelvenar fort.

»Weiter. Was dann?«

»Ich bin nach Starscho zurückgekehrt und habe mir den Heilungstempel auf der Insel genauer angesehen. Dort konnte ich beobachten, dass die Kryn die Heilungsuchenden nach einer kurzen Zeremonie allein lassen. Ich blieb bei ihnen im Tempel. Ein Blitz traf mich und warf mich zu Boden, doch ich verlor mein Bewusstsein nicht. Deshalb sah ich, dass sich die Decke des Tempels öffnete und eine kompliziert wirkende Apparatur herabsank, die ich offenbar nicht sehen sollte. Die Kranken wurden von ihr operiert. Das alles hatte nichts mit den Kryn zu tun und schon gar nichts mit dem Alles-Rad. Es war ein technischer Vorgang.«

»Das wollte ich wissen«, erwiderte Courselar.

»Was hat das zu bedeuten?«, fragte Thelvenar.

»Das weiß ich noch nicht genau. Ich glaube jedoch, dass wir am Beginn einer neuen Zeit stehen, in der wir Wynger Aufgaben übernehmen werden, die bisher vom Alles-Rad erfüllt wurden.«

»Gibt es Anzeichen dafür, dass sich das Alles-Rad von uns abwendet?«, fragte Thelvenar entsetzt.

»Keine«, antwortete der Kommandant. »In einigen Tagen kann ich dir mehr sagen. Bis dahin erwarte ich, dass du mit niemandem über das sprichst, was du gesehen hast. Nicht einmal mit Wimbey.«

»Du hast mein Wort.« Thelvenar erhob sich und verließ den Raum.

Courselar rief Telepair herein, einen Strahlentechniker, der ebenfalls zu Nachforschungen auf Starscho gewesen war. Telepair war ein Agolpher, ein sensibler und in sich gekehrter Mann.

»Ich habe Seltsames beobachtet«, eröffnete er. »Kranke, die das Große Flehen hinter sich haben, werden nach ihrer Ankunft auf Starscho in verschiedene Gruppen aufgeteilt. Ich habe mich gefragt, warum das so ist. Nun, das Große Flehen dient offenbar auch dazu, eine erste Diagnose zu stellen. Nach ihr werden die Kranken eingeteilt, als ob das

Alles-Rad sich stets nur auf eine Gruppe von Personen konzentrieren könne, die unter der gleichen Krankheit leiden.«

»Du hast die Kranken danach befragt, was sie beim Großen Flehen über sich ausgesagt haben?«

»Weil ich mich in der Medizin gut auskenne. Daher konnte ich einige Diagnosen stellen. Natürlich bin ich nicht in der Lage, eine Therapie abzuleiten, aber ich konnte immerhin eine Einteilung vornehmen. Sie stimmte mit der überein, die von den Kryn befohlen wurde.«

»Also kamen immer nur Kranke mit den gleichen Symptomen zusammen in die Tempel?«

»Hautkranke wurden nach Tasphahar im Norden gebracht, Lungenkranke nach Chaktar im Westen, Herzkranke nach Zhamaphahan ...«

»Das genügt mir«, unterbrach der Kommandant den Redefluss. »Ist dir sonst noch etwas aufgefallen?«

»Nein. Wir sollten diese Tatsache aber nicht überbewerten. Ich habe mit einem Kryn gesprochen, den ich gut kenne. Er gab mir keine Begründung für die Einteilung und sagte nur, dass das Alles-Rad so entschieden habe.«

Courselar war im Grunde genommen nicht einmal überrascht. Plondfair hatte ihn schon darauf hingewiesen, dass der Strom der Heilungsuchenden auf Starscho in dieser Weise aufgeteilt wurde.

Er rief den nächsten Vertrauten herein. Es war der Strahlungstechniker Ruchgaden, ein Gryse und ein nervöser Mann, der keinen Augenblick lang ruhig bleiben konnte. Courselar wusste, dass den hoch qualifizierten Wissenschaftler einige Schicksalsschläge belasteten.

Ruchgaden war nervöser als sonst. Häufig verhaspelte er sich bei seinem Bericht. Er hatte einen der wichtigsten Tempel des Mondes untersucht und dabei Messgeräte aus seinem Labor eingesetzt.

»Die Kranken werden in Kabinen gebracht, in denen sie allein sind«, berichtete er. »Die Kabinen sind nach oben offen, und die Kryn sprechen aus der Höhe herab mit den Kranken. Sie zitieren aus den Schriften des Alles-Rads und umnebeln den Geist der Kranken mit ihrem Singsang.«

»Warum sprichst du auf einmal so abfällig über die Kryn?«, fragte Courselar.

»Weil ich festgestellt habe, dass in den Wänden der Kabinen hochwertige Bestrahlungsgeräte vorhanden sind. Sie überschütten die Kranken mit Strahlenschauern, während diese sich einbilden, von den Kryn an das Alles-Rad herangeführt zu werden. Die Patienten glauben, dass das Alles-Rad sie von ihrer Krankheit befreit, tatsächlich wird diese auf technische Weise bekämpft.«

Ruchgaden schilderte, immer wieder stockend, wie er herausgefunden hatte, dass in dem Tempel zahllose Behandlungsapparaturen versteckt waren.

»Die Kryn wissen von nichts«, schloss er seinen Bericht. »Sie sagen, dass die Heilungszeremonie seit Menschengedenken so ablaufe. Alles sei in den Überlieferungen festgelegt, und kein Kryn dürfe es wagen, von diesen Richtlinien abzuweichen.«

Courselar ließ auch die anderen Vertrauten kommen. Jeder von ihnen hatte eine eigenständige Aufgabe abgearbeitet. Der Kommandant konnte aber nicht alle Informationen einholen. Die Offiziere, die er angewiesen hatte, die Verbotene Zone zu überprüfen, hatten es nicht geschafft, sich über das Verbot hinwegzusetzen. Sie präsentierten lediglich Ausreden und Ausflüchte.

Das Verhalten dieser Offiziere war ein Beweis klarer Manipulation und Unfreiheit.

Courselar wurde von Gespräch zu Gespräch verschlossener. Immer noch hatte er gehofft, die Völker der Wynger seien frei von jeder Manipulation – nun zerbröckelte seine letzte Hoffnung.

Es war sinnlos, dem Problem auszuweichen. Courselar ließ Plondfair und Rhodan zu sich bringen.

Wimbey beobachtete das Geschehen an Bord mit wachsendem Unbehagen und zog seine Schlüsse daraus. Für ihn gab es keinen Zweifel, dass Courselars Aktionen mit Plondfair und Rhodan zusammenhingen. Der Kryn witterte Verrat.

Plondfair hatte schon auf Wallzu und auf Starscho für Schwierigkeiten gesorgt. Wimbey wusste nicht, was auf Välgerspäre geschehen war, doch vermutete er, dass der Lufke dort ebenfalls den Grundstock zur Rebellion gelegt hatte.

Plondfair war nichts als ein Rebell, der sich der Berufung vermutlich im allerletzten Moment entzogen hatte und nun die Frechheit besaß, zurückzukehren und Widerstand anzuzetteln. Und Courselar war ein karrieresüchtiger Narr, der dem Lufken nur zu gern auf den Leim ging. Unter diesen Umständen, glaubte Wimbey, durfte er nicht länger zögern. Der Einsatz in dieser Auseinandersetzung war nicht mehr, aber auch nicht weniger als die gesamte wyngerische Zivilisation.

Wimbey öffnete die getarnten Magnetverschlüsse an einer der Wände seiner Kabine. Ausrüstungsgegenstände wurden sichtbar, die normalerweise nicht zum Gepäck eines Kryn gehörten. Er hatte dieses Depot im Lauf der Jahre angelegt, sich aber nie Gedanken darüber gemacht, ob er damit die Grenzen der Legalität sprengte. Weil er sich einzig und allein von seinem Verantwortungsgefühl für die Gesellschaft leiten ließ.

Wimbey setzte einige Teile zusammen. Miniaturroboter entstanden, die in ihrer gestreckten Form an Eidechsen erinnerten.

Der Kryn entfernte das Belüftungsgitter neben der Eingangstür und schob drei dieser Roboter hinein. Sie entfernten sich lautlos.

Dann öffnete er ein verborgenes Wandfach und aktivierte die darin verborgenen Überwachungsschirme. Das innere Gerüst der 1-ÄTHOR wurde wiedergegeben. Wimbey justierte die Wiedergabe, bis die drei Roboter erkennbar wurden. Mit gelegentlichen ultrakurzen Funkimpulsen dirigierte er die kleinen Maschinen durch die Belüftungsschächte, bis sie auf Alarmschranken stießen. Auf den Schirmen wurde das Hindernis als grüner Reflex sichtbar.

Er lenkte die Maschinen um und ließ sie Stahlwände durchbrechen. Schnell erreichten sie den zentralen Trakt, in dem sich die Kommandantenkabine befand. Die Schwierigkeiten wurden größer. Doch Wimbey hatte schon am Bau der 1-ÄTHOR mitgewirkt und kannte jede Falle. Er löste keinen Alarm aus, konnte aber nicht verhindern, dass zwei seiner Roboter verloren gingen. Einer von ihnen fraß sich im Wyng-Metall der Zentralzelle fest und zerbrach. Der andere vernichtete sich selbst, als er seinen Energiestrahler auf zu geringe Distanz einsetzte. Die zurückschlagende Hitze zerstörte seine Sensoren und machte ihn funktionsunfähig.

Der dritte Roboter erreichte das Ziel. Aus der Höhe des Belüftungsschachts neben dem Zugang zu Courselars Unterkunft übermittelte er die Szenerie. Wimbey sah, dass Plondfair und Rhodan vor dem Kommunikationstisch des Kommandanten saßen, und er hörte, was sie redeten.

Courselar blickte Plondfair und Rhodan abwechselnd an. »Wäre es möglich, mit dem ovalen Raumschiff in die Verbotene Zone zu fliegen und das Sporenschiff zu sehen?«, fragte er.

»Das wäre möglich«, antwortete Rhodan. »Ich rate aber trotzdem davon ab. Ein solcher Flug würde Aufmerksamkeit erregen und Fragen aufwerfen, die unter Umständen schwer oder gar nicht zu beantworten sind. Nur wenn Sie darauf bestehen, werde ich mit Ihnen in die Verbotene Zone fliegen und Ihnen die PAN-THAU-RA zeigen.«

»Ich bestehe nicht darauf«, erklärte der Kommandant. »Ich setze voraus, dass dieses Schiff tatsächlich da ist und dass alles andere ebenfalls der Wahrheit entspricht.«

»Sie haben meine Angaben überprüft?«, fragte Plondfair.

»Das habe ich – und alles ist so, wie Sie es geschildert haben.«

»Was werden Sie jetzt tun?«, erkundigte sich Rhodan.

»Was schlagen Sie vor?«

»Plondfair muss nach Starscho fliegen. Nach dem Stand der Dinge halte ich es für richtig, dass wir Demeter hinzuziehen. Auf jeden Fall sollten Sie mit ihr reden, bevor wir eine Entscheidung treffen. Demeter ist ebenfalls eine Berufene, und es wäre gut, wenn beide gemeinsam nach Starscho gehen.«

»Ich bin einverstanden.« Der Kommandant erbat sich einige Angaben über Demeter, danach befahl er einem seiner Offiziere, eine Funkbrücke zu errichten.

Etliche Minuten verstrichen, dann konnte Rhodan Demeter kurz über die Ereignisse der letzten beiden Tage unterrichten. Sie war sofort einverstanden, ebenfalls an Bord der 1-ÄTHOR zu kommen.

»Die Wahrheit über das seit Jahrtausenden verehrte Alles-Rad kann für die Öffentlichkeit ein gewaltiger Schock sein«, bemerkte der Kommandant. »Ich befürchte, dass Ordnung und Gesetz jede Gültigkeit verlieren würden.«

»Der Mythos vom Alles-Rad darf keinesfalls zerschlagen, sondern muss langsam und allmählich abgebaut werden«, sagte Rhodan. »Jede Zäsur würde sich verhängnisvoll auswirken.«

Wimbey schrie unbeherrscht auf, als er Demeter reden hörte. Die Frau sprach von der Suche nach dem Auge eines Roboters. Dafür, so führte sie aus, waren im Lauf der Jahrtausende alle Berufenen ausgeschickt worden.

Wie gelähmt hörte der Kryn zu. Was Demeter auch sagte, alles war Blasphemie. Und als sich Plondfair danach über das Alles-Rad äußerte, das er zugleich als das LARD oder den Roboter Laire bezeichnete, da schaltete Wimbey vor Entsetzen den noch funktionierenden Roboter ab.

Er fühlte sich, als sei er durch die Hölle gegangen. Wimbey zitterte nur mehr, und grenzenloser Hass stieg in ihm auf. Er begriff, dass er Plondfair und Rhodan in völlig falschem Licht gesehen hatte. Der Kryn suchte nach Gründen für ihr Verhalten, ohne dabei zu fragen, ob sie die Wahrheit sagten. Das Gehörte war so ungeheuerlich, dass es mit der Wahrheit nichts zu tun haben konnte.

In diesen Minuten dachte Wimbey nicht an Intrigen oder an eigenen Ruhm, sondern nur daran, wie er Schaden für die Wynger abwenden konnte. Rhodan konnte nur gekommen sein, um eine Invasion vorzubereiten. Der Fremde versuchte, die Wynger zu verunsichern, um dann alle besiedelten Welten ohne großen militärischen Aufwand übernehmen zu können.

Fassungslos stand Wimbey der Tatsache gegenüber, dass Courselar Plondfair und Rhodan glaubte. Der Kommandant, den er als fähigen Offizier kannte, schien noch nicht einmal misstrauisch zu sein.

Trotz aller Aufmerksamkeit war dem Kryn entgangen, mit welcher Sorgfalt Courselar Informationen eingeholt hatte. Er ahnte nicht einmal, dass Courselar gute Gründe dafür gehabt hatte.

Wimbey selbst war so tief in seinem Glauben an das Alles-Rad verwurzelt, dass Zweifel an dessen Existenz und seiner Allmacht für ihn nicht existierten.

Wimbey stürzte sich in die Hygienekabine, bis er es darin nicht mehr aushielt. Er spielte von Kryn gefertigte Alles-Rad-Filme ab, um sich zu beruhigen, aber danach überfiel ihn ein Weinkrampf. Schließlich wurde er sich darüber klar, dass er niemals zuvor in seinem Leben einen derartigen Schock erlitten hatte.

Er schaltete den Roboter wieder ein. Aber Courselar weilte nicht mehr in seiner Kabine.

Der Kryn führte eine Reihe von Gesprächen mit Besatzungsmitgliedern. Danach wusste er, dass Plondfair, Demeter und Rhodan sich noch an Bord befanden, dass der Terraner aber in etwa einer Stunde auf eines der beiden terranischen Raumschiffe überwechseln und dass die Frau mit dem Berufenen nach Starscho starten würde.

Wimbey war sich darüber klar, dass er nun nicht länger warten durfte. Er konnte die Besatzung der Flotte zur Meuterei zwingen und Plondfair und Demeter dadurch zurückhalten. Er konnte aber auch mit den Kryn auf Starscho sprechen und dafür sorgen, dass Plondfair und Demeter dort entsprechend empfangen wurden.

Er wog beide Möglichkeiten gegeneinander ab und entschied sich, die Frau und den Berufenen ins Feuer laufen zu lassen. Das bedeutete für beide das sichere Ende, ohne dass Wimbey selbst ein Risiko einging. Wenn er eine Meuterei gegen Courselar anzettelte, verlor er Zeit und musste zudem Schwierigkeiten überwinden.

Er nahm Funkverbindung zu dem ranghöchsten Kryn auf Starscho auf. Bei dieser Gelegenheit erfuhr er, dass zahlreiche überaus bedeutende Kryn aus allen Teilen der Galaxie nach Starscho gekommen waren.

Wimbey wagte es nicht, die Vorfälle auf der 1-ÄTHOR so zu schildern, wie sie wirklich gewesen waren. Er versuchte es, aber er brachte nicht über die Lippen, was er gehört hatte. Doch was er in abgemilderter Form berichtete, genügte schon, Plondfair und Demeter als gefährliche Verleumder des Alles-Rads hinzustellen.

Kaptetar schaltete das Bildgerät aus und wandte sich Venres zu, der hinter einem Tisch saß und die Hände über einem Buch gefaltet hielt.

»Wimbey sagt, dass der Berufene und seine Begleiterin nach Starscho kommen werden«, bemerkte Kaptetar. »Wir müssen also handeln.«

In der Hierarchie über den beiden Kryn standen nur noch zwei andere, die jedoch zurzeit so weit von Välgerspäre entfernt waren, dass mit ihrem Eintreffen erst in einigen Tagen zu rechnen war. Daher lag die Verantwortung bei Kaptetar von Kärneit und bei Venres von Xain, wo die beiden Kryn zu höchsten Ämtern aufgestiegen waren, bevor sie nach Starscho bestellt worden waren.

»Mir will nicht in den Kopf, dass Plondfair zurückgekehrt ist«, sagte Venres. »Wie ist so etwas möglich? Machen wir nicht einen Fehler, wenn wir diesen Berufenen als Feind einstufen? Vielleicht ist er wirklich ein Sendbote des Alles-Rads?«

Venres war ein alter, gebeugter Mann. Das schüttere Haar hing ihm bis auf die Schultern. Die nachtschwarzen Augen lagen tief in den Höhlen, seine Haut wirkte wie Pergament. Venres war ein grundehrlicher Mann, der sein Leben in den Dienst des Alles-Rads gestellt hatte. Ihm wäre niemals der Gedanke gekommen, am Alles-Rad zu zweifeln.

»Das Alles-Rad hätte uns ein Zeichen gegeben, um uns auf einen Boten vorzubereiten«, erwiderte Kaptetar. »Wie leicht wäre es gewesen, von Välgerspäre eine Nachricht zu uns zu schicken. Wir wissen, dass dort nicht nur die Berufenen gesammelt werden, sondern dass dort auch Kryn leben, die sich für die Berufenen opfern. Sie hätten uns informieren können.«

Venres schüttelte den Kopf. »Du machst es dir zu leicht. Noch nie haben wir ein Zeichen von Välgerspäre erhalten und können nur vermuten, dass die Berufenen dorthin kommen. Vielleicht steht uns eine Prüfung bevor? Wir werden sie zu bestehen haben.«

»Ich glaube nicht an eine Prüfung«, sagte Kaptetar.

Er war hochgewachsen und schlank, und trotz seines hohen Alters wirkte er jung und kräftig. Von der Statur her hätte er ein Lufke sein können, er war jedoch ein Doprer. Sein Haar war dicht, er trug es offen.

»Ich sehe in Plondfair einen Betrüger, der das Volk aufhetzen will. Hält man ihn in der Öffentlichkeit wirklich für einen Sendboten des

Alles-Rads, dann können wir nichts mehr gegen ihn ausrichten. Wer würde noch auf uns hören? Niemand.« Kaptetar blickte Venres beschwörend an. »Wer weiß denn, ob Plondfair nicht im Dienst der Fremden steht? Wimbey hat diesen Verdacht schon durchblicken lassen.«

Venres war nie ein Mann schneller Entscheidungen gewesen, und am Ende hatte er immer recht behalten. Kaptetar wusste, dass er ihn nicht bedrängen konnte, wie leidenschaftlich er auch plädierte. Trotzdem verzichtete er nicht darauf, seine Ansichten vorzubringen.

»Die Situation ist unerfreulich. Mir missfällt, dass Plondfair zuerst bei den Fremden erschien, bevor er zu Courselar kam. Warum dieser Umweg? Was haben die Fremden mit ihm und mit dem Alles-Rad zu tun? Besteht die Gefahr, dass die Fremden das Alles-Rad auf eine weltliche Ebene ziehen? Wenn wir die Information sorgfältig analysieren, müssen wir genau diesen Eindruck gewinnen.«

»Du meinst, dass Wimbey uns nicht alles gesagt hat, was er hörte?«

»So ist es«, erwiderte Venres. »Wimbey hat nicht gewagt, alles zu sagen. Möglicherweise ist Plondfair also noch gefährlicher, als wir annehmen. Wir werden uns allein mit ihm befassen. Er soll Gelegenheit haben, sich zu äußern, und was er sagt, wird über alles Weitere entscheiden.«

Plondfair und Demeter befanden sich in einem Schulungsraum im Hangarbereich. Sie unterbrachen ihre Informationsanalyse, als Rhodan und Courselar eintraten. Dem Kommandanten war anzusehen, dass er nicht mehr zur Ruhe gekommen war, seitdem er die Wahrheit über das Alles-Rad erfahren hatte.

»Sie tragen eine ungeheure Verantwortung«, sagte er zu beiden Berufenen. »Von Ihrem Geschick hängt es ab, wie die Öffentlichkeit auf die Wahrheit reagiert.«

»Courselar möchte Sie beide ins Torgnisch-System schicken«, fügte Rhodan hinzu, der sich bemühte, sich bei diesem Gespräch im Hintergrund zu halten. Er wollte alles Courselar überlassen.

»Sie werden die Boten des Alles-Rads sein, und Ihre erste Aufgabe wird sein, ein neues Zeitalter zu verkünden ...« Der Kommandant stockte und fügte dann mit sichtlicher Überwindung hinzu: »Der Roboter Laire hat versprochen, die Verbotenen Zonen aufzuheben. Das bedeutet, dass Sie den Bereich um die PAN-THAU-RA und auf Välgerspäre als zukünftig frei propagieren können.«

Plondfair nickte. »Das wäre allerdings ein ausgezeichneter Beweis dafür, dass wir vom Alles-Rad kommen. Die Öffentlichkeit muss uns als

Boten des Alles-Rads akzeptieren, wenn sich unsere Aussage als wahr erweist.« Er schaute Demeter an, doch sie wich seinem Blick aus.

Rhodan ahnte, was die Frau empfand. Sie schwankte zwischen ihrer Pflichterfüllung und ihrer Liebe zu Roi. Demeters Entscheidung, wie auch immer, würde zweifellos Wunden hinterlassen.

»Ich gehe mit Plondfair«, sagte Demeter stockend. »Es muss sein. Sagen Sie Roi Danton, dass ich ... Nein, sagen Sie besser gar nichts.«

Courselar vollführte eine bestätigende Geste. »Es ist richtig, dass Sie nach so langer Zeit zu Ihrem Volk zurückkehren und der Wahrheit zum Durchbruch verhelfen. Aber es wird nicht damit getan sein, die Auflösung der Verbotenen Zonen zu verkünden. Ihre Worte müssen in die Herzen aller dringen. Vielleicht können Sie sich gar nicht vorstellen, was vorgeht, wenn unsere Völker die Wahrheit erfahren. Sie müssen verhindern, dass der bedingungslose Glaube an das Alles-Rad umschlägt in einen ebenso bedingungslosen Hass. Und Ihre gefährlichsten Gegner werden die Kryn sein.«

Wimbey fuhr zusammen, als ein Signal erklang. Eilig öffnete er die Wandnische und schaltete das geheime Funkgerät ein. Er erschrak, als er Venres sah, der rangmäßig weit über ihm stand. Ihm war augenblicklich klar, dass dieses Gespräch von höchster Bedeutung sein musste, da Venres sich andernfalls von einem Helfer hätte vertreten lassen.

»Wir haben hier gewisse Schwierigkeiten«, sagte Venres. »Wir bereiten uns auf den Empfang der beiden Ketzer vor, und dabei darf es keine Panne geben. Wir benötigen also mehr Zeit, als wir bisher haben.«

»Plondfair und Demeter sind noch nicht gestartet«, berichtete Wimbey. »Ich könnte dafür sorgen, dass sie überhaupt nicht aufbrechen. Wenn die Besatzung erfährt, was sie wollen, wird sie sich ihrer annehmen. Auch diese Lösung hat ihre Vorteile – die Gerüchte und Ketzereien würden gar nicht erst nach draußen dringen.«

»Ich will mit beiden reden«, widersprach Venres. »Außerdem verabscheue ich Gewalt und untersage dir, die Besatzung aufzuhetzen. Damit würden wir möglicherweise Märtyrer schaffen. Die Toten könnten eine größere Wirkung erzielen als die Lebenden. Ich verlasse mich auf dich.« Er lächelte wohlwollend und schaltete ab.

Wimbey hatte das Gefühl, dass sich in ihm alles zusammenkrampfte. Er scheute sich keineswegs vor der Verantwortung, doch Venres hatte ihm nicht gesagt, wie er diese delikate Aufgabe lösen sollte, ohne dabei nicht mehr gutzumachenden Schaden anzurichten. Sein Hass gegen Plondfair und Demeter wuchs ins Uferlose. Sie hatten ihn in diese schwierige Lage gebracht. Sie waren dafür verantwortlich, wenn er scheiterte und später dafür büßen musste.

Zum ersten Mal wünschte Wimbey, er wäre nicht in das Geschehen verwickelt worden. Vergessen war die Hoffnung, sich an dem zurückgekehrten Berufenen zu einer geschichtlichen Persönlichkeit mit unvergänglichem Ruhm aufzuschwingen. Mittlerweile befand er sich in einer Situation, in der er alles verlieren, aber nichts gewinnen konnte.

Über Interkom bat er den Bordpsychologen Eveltor zu sich in die Kabine und legte ihm nahe, sich zu beeilen. Der Mann traf schon Minuten später bei ihm ein.

»Was ist vorgefallen?«, fragte er.

»Ich benötige deine Hilfe«, erwiderte Wimbey. »Du weißt, dass wir einen der Fremden und zwei Wynger an Bord haben. Der Lufke behauptet, ein zurückgekehrter Berufener zu sein. Die Frau ist von den Schiffen der Fremden zu uns gekommen. Beide beeinflussen den Kommandanten mit mir unbekannten Mitteln. Courselar tut alles, was sie ihm einreden.«

»Das ist unmöglich«, widersprach Eveltor. »Es gibt keine solchen Mittel.«

»Bei uns nicht, aber bei den Fremden. Ich habe klare Beweise dafür.«

Wimbey spielte eine sorgfältig vorbereitete Aufzeichnung ab. Er hatte einige der Szenen zusammengeschnitten, die sein Miniaturroboter übermittelt hatte. Der Kommandant machte in diesen Ausschnitten mehrere Bemerkungen, die den Psychologen entrüstet stöhnen ließen, obwohl für ihn nicht erkennbar wurde, um was es eigentlich ging. Courselar stellte das Alles-Rad infrage und nahm die Behauptung Plondfairs, die Wynger seien manipuliert, gelassen hin.

Eveltor winkte schließlich ab. »Du hast recht, Wimbey. Der Kommandant ist nicht mehr bei Verstand. Wir müssen eingreifen.«

»Plondfair und Demeter wollen nach Starscho fliegen und dort ihr unseliges Werk fortsetzen, was auch immer das sein mag. Wir müssen verhindern, dass sie jetzt schon starten. Danach können wir versuchen, die Lage zu klären.«

Beide Männer verließen die Kabine. Der Psychologe kam gar nicht auf den Gedanken, dass Wimbey gelogen haben könnte. Für ihn war der Kryn über solche Verdächtigungen erhaben. Eveltor war sich jedoch darüber klar, dass Wimbey allein den Kommandanten nicht aufhalten konnte. Dazu benötigte er die Unterstützung von weit mehr als der Hälfte der Offiziere.

Eveltor erfuhr schnell, wie der Kryn sich das weitere Vorgehen vorstellte. Als sie den Hauptkorridor zur Zentrale erreichten, packte Wimbey den Psychologen am Arm.

»Hier trennen sich unsere Wege«, sagte der Priester hart. »Du wirst die Offiziere auf unsere Seite bringen; ich gehe direkt zu Courselar und halte ihn auf. Den Start werde ich aber wohl nur für kurze Zeit verhindern können. Du musst mit einigen Offizieren in den Hangar kommen und mir Rückhalt geben.«

Eveltor blickte den Kryn verdutzt an. »Glaubst du, dass ich die Offiziere überzeugen kann?«

»Ich weiß es«, erwiderte Wimbey. Er hatte längst Vorarbeit geleistet, darüber jedoch kein Wort verloren. Es wäre schwierig gewesen, dem Psychologen zu erklären, weshalb er sich schon über einen längeren Zeitraum auf eine Situation vorbereitet hatte, von der er nicht hatte wissen können, dass sie überhaupt jemals eintreten würde.

»Du weißt es?«, fragte Eveltor überrascht. »Das verstehe ich nicht.«

»Ich werde später auf alle Fragen ausführlich antworten«, erwiderte der Kryn. »Jetzt fehlt mir die Zeit dazu. Sage den Offizieren, dass Plondfair und Demeter den Kommandanten in der Hand haben. Sie müssen wissen, dass Courselar nicht mehr Herr seiner selbst ist und dass wir verpflichtet sind, ihm zu helfen.«

»Aber warum ...?«

Wimbey unterbrach den Psychologen zornig. »Sei demütig und gehorche deinem Kryn! Nun geh endlich! Du weißt, dass du mir vertrauen kannst.«

Eveltor eilte davon. Wimbey blickte ihm zufrieden nach. Er zweifelte nicht mehr daran, dass er Erfolg haben würde.

Wenig später erreichte der Kryn den Hangar.

Plondfair und Demeter waren in Courselars Begleitung auf dem Weg zu einem Beiboot. Einige Techniker verließen das Boot soeben. Sie hatten die notwendigen Inspektionsarbeiten abgeschlossen.

»Halt!«, rief Wimbey. »Jetzt ist es genug!«

Die beiden Männer und die Frau drehten sich zu ihm um. Wimbey ging betont langsam auf sie zu.

»Was willst du?«, fragte Courselar unwillig.

»Diese beiden werden die 1-ÄTHOR nicht verlassen«, erklärte der Kryn. »Sie werden nicht nach Starscho fliegen, sondern isoliert in einem der Räume abwarten, bis entschieden ist, was mit ihnen geschehen wird.«

»So ist das also«, sagte Courselar. »Du hast Starscho unterrichtet, ohne genau zu wissen, was überhaupt bedeutungsvoll ist. Nun gut. Ich sehe ein, dass du informiert werden musst. Plondfair und Demeter haben mir bewiesen, dass sie Boten des Alles-Rads sind. Sie haben eine wichtige Nachricht vom Alles-Rad zu überbringen. Daher hieße es, sich direkt gegen das Alles-Rad aufzulehnen, wenn wir sie aufhielten. Ich kann mir jedoch nicht vorstellen, dass ein Kryn als Diener des Alles-Rads so etwas tun würde.«

»Nicht schlecht«, entgegnete Wimbey kühl. »So habt ihr euch das also gedacht. Aber ich weiß etwas mehr ... Dass Plondfair und Demeter nicht Sendboten des Alles-Rads, sondern Verräter sind, die das Alles-Rad infrage stellen.«

»Du hast uns belauscht?«, entfuhr es Courselar.

»Das habe ich«, bestätigte der Kryn zornig. »Und es ist mir ein Rätsel, wie du nur ein Wort von dem glauben kannst, was diese Verräter sagen. Sie müssen dich mit einer Droge um den Verstand gebracht haben.«

In diesem Moment begriff Courselar, in welcher Gefahr sich Plondfair, Demeter und er befanden. Er wusste, dass Wimbey ihm niemals ohne Rückhalt in dieser Weise gegenübergetreten wäre. Das Verhalten des Kryn konnte nur bedeuten, dass er die Offiziere der 1-ÄTHOR gegen ihn aufgebracht hatte. Courselar erfasste, dass sein Plan undurchführbar wurde, sobald Offiziere im Hangar eintrafen und den Start verhinderten.

Er erkannte, dass Wimbey nicht in der Lage war, die Wahrheit zu verstehen. Daher wäre es sinnlos gewesen, mit ihm zu diskutieren. Wimbey handelte aus der Überzeugung heraus, dass Plondfair und Demeter Feinde des Alles-Rads waren, die vernichtet werden mussten.

Courselar fuhr herum. »Ins Schiff!«, rief er den beiden ehemaligen Berufenen zu. »Starten Sie sofort und kümmern Sie sich nicht um mich!«

Plondfair reagierte augenblicklich. Er zog die zögernde Demeter mit sich.

Der Kryn zog aus seinem Umhang einen Energiestrahler hervor, den ihm Courselar jedoch sofort entriss. »Das wäre ein ungeheuerlicher Fehler.« Der Kommandant legte Wimbey einen Arm vor die Brust und hinderte ihn so daran, den Berufenen zu folgen. Sie verschwanden bereits in dem Beiboot, die Schleuse schloss sich hinter ihnen. Sekunden später heulten die Sirenen auf. Sie zeigten an, dass Plondfair den Start einleitete und dass sich von nun an niemand mehr im Hangar aufhalten durfte.

Courselar schob den Kryn auf den Zugangskorridor hinaus. Er hörte noch das Triebwerk des Beiboots anlaufen und hoffte, dass das Außenschott nicht von der Hauptleitzentrale aus blockiert wurde.

Wimbeys Augen tränten. »Das ist unverzeihlich«, sagte er bebend.

»Du gefährdest unsere Zivilisation. Merkst du das denn nicht, Courselar? Befreie dich von diesen Dämonen; du darfst ihnen nicht nachgeben.«

Der Psychologe Eveltor näherte sich mit mehreren Offizieren. Gleichzeitig zeigten die Kontrollen, dass das Beiboot startete. Plondfair und Demeter waren nicht mehr aufzuhalten.

Die Offiziere erkannten, dass sie zu spät gekommen waren und besser daran taten, sich nicht mehr einzumischen. Sie zogen sich hastig zurück, sichtlich bemüht, von Courselar nicht erkannt zu werden. Der Kommandant identifizierte sie dennoch mühelos.

Der Bordpsychologe blieb bestürzt stehen.

»Geh!«, befahl ihm der Kommandant. »Wir reden später miteinander.«

Eveltor eilte davon.

»Beachtlich«, sagte Courselar zu dem Kryn. »Eine schnell angezettelte Revolte sollte Plondfair und Demeter ans Schiff binden. Ich war immer davon überzeugt, dass du dich für solche Fälle gut vorbereitest.«

»Diese beiden dürfen Starscho nicht erreichen«, sagte Wimbey beschwörend. »Ich habe vieles von dem gehört, was sie in deiner Kabine von sich gegeben haben. Ihre Behauptungen sind schamlose Lügen. Trotzdem können sie eine Katastrophe auslösen, wenn wir nicht dagegen einschreiten. Das Schicksal aller Wynger hängt davon ab.«

»Das ist mir klar«, erwiderte Courselar ruhig. »Aber keine Sorge. Es wird nichts passieren, was dem Volk schadet.«

8.

Perry Rhodan hatte die 1-ÄTHOR noch vor Plondfair und Demeter verlassen und inzwischen die BASIS erreicht. Er wusste nichts von der dramatischen Entwicklung.

An Bord der BASIS waren die Vorbereitungen für den Start des Beiboots TUNDRA zum Anskenplaneten Datmyr-Urgan praktisch abgeschlossen. Rhodan berichtete in einer Messe in der Nähe des TUNDRA-Hangars Reginald Bull, Payne Hamiller, Jentho Kanthall und Roi Danton, was an Bord der 1-ÄTHOR geschehen war. Während er sprach, kam auch Gavro Yaal. Er setzte sich Rhodan gegenüber an den Tisch und bestellte sich per Sensor ein leichtes Frühstück.

Rhodan konnte jetzt freier sprechen als bei seinem Funkgespräch von Bord der 1-ÄTHOR.

»Courselar vertraut mir zwar, dennoch musste ich vorsichtig formulieren«, sagte der Terraner. »Ich denke, es ist nur noch eine Frage der Zeit, bis die wyngerischen Raumschiffe abgezogen werden. Mithilfe einer Ansken-Königin sollte es uns gelingen, die Situation auf der PAN-THAU-RA zu bereinigen. Danach wird sich erweisen, ob Laire wirklich mit uns fliegt. Ich denke, ja. Das verlorene Auge ist von elementarer Bedeutung für den Roboter.«

»Laire sucht seit Jahrtausenden mit einem unglaublichen Aufwand nach seinem Auge«, bemerkte Danton pessimistisch. »Wie können wir hoffen, dass ausgerechnet wir es finden?«

»Das wird sich zeigen«, entgegnete Rhodan. »Wir haben schon viel gewonnen, wenn sich Laire uns anschließt.«

In der Zentrale der Kryn auf Starscho verzog Kaptetar unwillig das Gesicht, als er die Auswertung las, die soeben eingetroffen war. »Die letzten Lufken wurden vor vierzehn Tagen berufen«, sagte er nachdenklich. »Seitdem niemand mehr ...«

»Das passt ins Bild«, bemerkte Venres. »Ich frage mich nur, wie sie das geschafft haben.«

»Du glaubst, dass sie das Alles-Rad manipuliert haben?«

»Ich weiß nicht, was ich glauben soll. Müssen wir nicht davon ausgehen, dass niemand das Alles-Rad manipulieren kann? Und doch ist etwas geschehen, was sich unserer Kenntnis entzieht.« Venres blickte sich in der Zentrale um. An die hundert Kryn waren bereits mit der bevorstehenden Landung des Beiboots der 1-ÄTHOR befasst.

Venres wollte nicht, dass die Landung und der zu erwartende Auftritt von Plondfair und Demeter eine lokale Angelegenheit blieben. Er war entschlossen, die Öffentlichkeit galaxisweit zu unterrichten. Dabei durfte es jedoch keine Panne geben.

»Wir hätten schon früher einschreiten müssen«, sagte Venres. »Die Zeichen standen überall auf Sturm, aber wir haben es nicht bemerkt oder die Signale nicht richtig gedeutet. Hoffentlich ist es nicht schon zu spät.«

»Noch etwa zwei Stunden bis zur Landung«, meldete Kaptetar. »Es wird Zeit ...«

Venres machte eine zustimmende Geste. »Alle Sender unterbrechen ihr laufendes Programm und bringen erste Informationen über Plondfair und seine Begleiterin. Die Öffentlichkeit muss aufgeklärt werden. Wenn das Boot landet, sollen Hunderttausende am Raumhafen sein und hören, was die beiden verkünden.«

Kaptetar gab die Anordnung an die Sendezentralen weiter. Die Bilder auf den Monitoren vor ihm wechselten. Das Gesicht eines alten Kryn erschien, der wie kein anderer die Sprache des Volkes beherrschte.

»Ungeheuerliches ist geschehen. Zum ersten Mal in der Geschichte unserer Völkerstämme hat es jemand gewagt, sich gegen das Alles-Rad zu erheben. Die Verräter kündigen sogar an, dass sie sich im Anflug auf Starscho befinden und hier landen werden. Ihre Namen sind Plondfair und Demeter ...«

Kaptetar unterbrach den Ton. Er kannte den Inhalt der Rede, da er zu ihren Verfassern gehörte. »Alles läuft wie geplant«, sagte er.

Venres blickte ihn düster und durchaus nicht mehr so selbstsicher an wie noch vor wenigen Sekunden. »Dennoch befürchte ich, dass wir nicht den Erfolg haben werden, den wir uns erhoffen.« Der Zweifel war Venres' Stimme anzuhören. »Ich fürchte, dass Plondfair und Demeter keineswegs blind in die Falle laufen werden.«

»Wir haben alle Möglichkeiten durchgespielt.«

»Alle, die wir uns vorstellen können«, verbesserte Venres.

Kaptetar stellte beunruhigt fest, dass sein Gegenüber heftig schwitzte. Nie zuvor hatte er Venres so erlebt. Bis eben hatte er Plondfair und Demeter als Bedrohung angesehen, der man in jeder Hinsicht gewachsen war. Jetzt begann er, die beiden zu verwünschen, und er begriff, dass Venres die Verräter keineswegs nur als Narren einstufte.

Plondfair ließ die Offiziere nicht aus den Augen, die das Beiboot flogen. Die Besatzung hatte den strikten Befehl, ihn und Demeter nach Starscho zu bringen und jeden ihrer Befehle zu befolgen, ganz gleich, was geschah. Trotzdem spürte der Lufke eine wachsende Unruhe in sich.

»Ein Gespräch für Sie von Starscho«, sagte einer der Offiziere.

»Aufschalten!«, erwiderte Plondfair. Auf einem der Hauptschirme erschien das Gesicht eines alten Kryn.

»Sie sind Plondfair, der Berufene?«, fragte eine hallende Stimme. Der Lufke spürte die wachsende Anspannung der Besatzung.

»Der bin ich«, antwortete er gelassen.

»Wir werden Sie nicht daran hindern, auf Starscho zu landen. Sie sollen jedoch wissen, dass Sie und Ihre Begleiterin zu unerwünschten Personen erklärt worden sind. Sie haben nur Ablehnung zu erwarten, wenn Sie den Boden von Starscho betreten.«

Das Beiboot schwenkte soeben in eine Umlaufbahn um den Riesenplaneten Välgerspäre. Es befand sich auf Landekurs.

»Sie haben Vorabinformationen über uns, die uns in einem falschen Licht erscheinen lassen«, erwiderte Plondfair. »Wir sind Sendboten des Alles-Rads, das können wir auch beweisen.«

»Sie sind Ketzer und werden die verdiente Strafe für Ihren Frevel erhalten!«, rief der Kryn. »Ich warne Sie. Wenn Sie auf Starscho landen, werden Sie das nicht überleben.«

Plondfair blieb ruhig. »Niemand entgeht seinem Schicksal, wie immer es aussehen mag«, antwortete er.

Der Kryn schaltete ab.

Plondfair wandte sich an den Kommandanten des Beibootes. »Wir landen wie vorgesehen auf Starscho«, sagte er.

»Sie können sich auf mich verlassen«, erwiderte der Kommandant. »Ich setze Sie wunschgemäß ab und werde nicht wieder starten, bevor Sie es befohlen haben.«

»Danke.«

Demeter gab Plondfair einen knappen Wink. Sie gingen beide in den kleinen Besprechungsraum neben der Zentrale.

»Das kann nicht nur auf Wimbey zurückgehen«, sagte die Frau erregt, als sich das Schott hinter ihnen geschlossen hatte. »Jemand, der genau weiß, was wir vorhaben, muss eingegriffen haben.«

»Courselar?«, fragte Plondfair. »Das glaube ich nicht. Ich vertraue ihm.«

»Wäre es nicht möglich, dass Laire ein falsches Spiel treibt?«

Unsicher blickte Plondfair Demeter an. »Das kann ich mir nicht vorstellen. Vergessen wir nicht, dass Laire sich jetzt in der Hauptzentrale der PAN-THAU-RA aufhält. Die technischen Einrichtungen, mit denen er seine Manipulationen seit Jahrtausenden durchgeführt hat, befinden sich aber fast ausschließlich in Quostoht. Wie sollte er eingreifen?«

»Laire hat den Fährotbrager und das dort installierte Funkgerät. Es dürfte für ihn ein Leichtes sein, seinen Robotern und den Asogenen in Quostoht Befehle zu erteilen.«

Plondfair nickte nachdenklich. »Er könnte der Drahtzieher sein. Aber auch dieser Wimbey. Wir wissen nicht, was Wimbey in Erfahrung gebracht hat. Courselar hat uns zur Eile angetrieben. Er fürchtet also den Kryn.«

»Es ist Laire«, beharrte Demeter auf ihrer Meinung. »Vielleicht will er seine Macht doch nicht aufgeben? Vergiss nicht, er ist in den Augen aller Wynger eine göttliche Persönlichkeit. Vielleicht gefällt ihm diese Rolle. Er weiß, dass er nur mehr ein ungewöhnlicher Roboter sein wird, sobald er die PAN-THAU-RA verlässt.«

Demeter blickte Plondfair beschwörend an.

»Wir sollten umkehren!«, drängte sie. »Noch ist es nicht zu spät.«

»Wir fliegen weiter«, entschied der Lufke. »Wir haben mit Widerständen gerechnet und werden damit auch fertig.«

Demeter setzte zu einer Antwort an, schwieg dann aber und ließ sich in einen Sessel sinken. Sie wusste, dass ihr Einspruch zu spät kam. In der 1-ÄTHOR hätte sie sich noch weigern können, Plondfair zu begleiten. Jetzt gab es kein Zurück mehr.

Courselar zeigte sich unerbittlich. Als Wimbey sich nicht schnell genug seinen Anordnungen beugte, ließ er den Wohntrakt des Kryn räumen. Wimbey protestierte ebenso wütend wie vergeblich. Courselar überwachte das Geschehen. Er sah, dass einer seiner Offiziere die Wandverkleidung ablöste.

»Das geht zu weit!«, schrie Wimbey verzweifelt. »Sie haben kein Recht, das zu tun.«

Courselar lächelte verächtlich. Er blickte hinter die Wandverkleidung und schaltete die Kommunikationsanlage ein.

»Eine hübsche kleine Spionageanlage«, stellte er fest. »Der verantwortliche Flottenkryn hat uns überwacht wie ein mieser Schnüffler. Wir werden sehen, was das Oberkommando dazu zu sagen hat.«

»Ich habe das alles in eigener Verantwortung getan«, beteuerte Wimbey. »Ich schwöre beim Alles-Rad, dass ich alles selbst installiert habe und dass niemand sonst davon weiß. Die Zentrale der Kryn auf Starscho wird mich ohne Schutzanzug auf Välgerspäre aussetzen, wenn das bekannt wird.«

»Eine gute Idee.« Courselar gab seinen Offizieren einen befehlenden Wink, und sie führten den Kryn ab, ohne sich um seine wütenden Proteste zu kümmern.

Courselar befasste sich danach intensiv mit der Kommunikationswand. Es dauerte nicht lange, bis er den Miniaturroboter entdeckte und ihn zurückholte.

Endlich war ihm klar, dass Wimbey weitaus mehr wusste, als er bisher vermutet hatte, und dass er seine Vorgesetzten auf Starscho über alles informiert hatte.

Courselar verließ den Kabinentrakt und eilte in die Hauptleitzentrale. Als er sie betrat, wartete schon ein Kryn auf ihn, den er nicht kannte. Ein Spiralsymbol zeigte den übergeordneten Rang dieses Mannes.

»Wimbey wird mich begleiten«, eröffnete er dem Kommandanten. »Und Sie werden mit niemandem darüber reden. Sie werden auch Plondfair und Demeter nicht mitteilen, dass ihnen Wimbey gefolgt ist. Wimbey und die beiden Berufenen unterstehen der Gerichtsbarkeit des Alles-Rads. Haben wir uns verstanden?«

Courselar brauchte nicht lange zu überlegen. Der Kryn ließ ihm keine Wahl. Wenn er Wimbey, Plondfair und Demeter unter die Gerichtsbarkeit des Alles-Rads stellte, musste der Kommandant sich beugen, dann ging es ausschließlich um religiöse Fragen, und damit standen die Genannten außerhalb seines Kompetenzbereichs.

»Wir haben uns verstanden«, erwiderte Courselar, ohne sich anmerken zu lassen, wie enttäuscht er war. Zu gern hätte er Wimbey für sein Verhalten gemaßregelt, das er als hinterhältig und verräterisch empfand. Jetzt musste er ihn jedoch ziehen lassen.

Mit unbewegtem Gesicht blickte er dem Kryn nach, als dieser die Hauptzentrale verließ. Dabei überlegte er fieberhaft, ob vielleicht doch eine Möglichkeit bestand, Plondfair und Demeter auf die veränderte Situation aufmerksam zu machen. Dabei wurde ihm klar, dass er nur wenigen Männern und Frauen der Besatzung bedingungslos vertrauen konnte.

Auf einem der Ortungsschirme zeichnete sich ein winziges Beiboot ab, das die 1-ÄTHOR verließ. Wimbey flog ins Torgnisch-System.

Kämpften die Kryn in diesen Stunden um den Bestand der Staatsreligion, oder ging es ihnen nur noch darum, Macht, Einfluss und Ansehen der eigenen Kaste zu erhalten? Wimbey hatte, so vermutete der Kommandant, alles gehört. Er wusste also, dass das Alles-Rad lediglich ein Roboter war. Dennoch stellte Wimbey sich nicht auf die Seite von Plondfair und Demeter, sondern kämpfte mit aller Kraft gegen die Wahrheit an.

Courselar wurde klar, dass die wichtigsten Vertreter der Kryn auch dann am Alles-Rad-Glauben festhalten würden, wenn Laire ihnen gegenüberstand. Sie würden eher versuchen, den Roboter zu vernichten, als der Wahrheit zum Durchbruch zu verhelfen.

Der Kommandant ging zum Funkleitstand und ließ sich mit dem Beiboot verbinden. Wimbey wusste, dass er sich auf die Seite von Plondfair und Demeter gestellt hatte. Daher würden es die Kryn auf Starscho ebenfalls bald wissen. Anzunehmen, dass seine Karriere davon abhing, ob er die Sendboten des Alles-Rads warnte oder nicht, war ein Trugschluss.

Der Kommandant des Beiboots meldete sich.

»Geben Sie mir Plondfair!«, verlangte Courselar.

Funkspezialist Pethekar fuhr aus dem Schlaf hoch, als ein Signalton erklang. Das Signal kam von einem kastenförmigen Gerät, das zwischen allerlei elektronischen Bauteilen auf dem Tisch stand.

Pethekar war ein schwergewichtiger Doprer, der sich den Kryn verpflichtet fühlte. Er hätte auch Priester werden können, doch hatte er frühzeitig erkannt, dass es bei ihm nur zu einem niederen und damit unbefriedigenden Rang gereicht hätte. Daher hatte er sich für die Laufbahn eines Funktechnikers entschieden. Gewisse Angebote, die ihm die Kryn hin und wieder machten, nahm er jedoch dankbar an, weil es seiner Karriere förderlich war, wenn er ihnen einen Gefallen erwies.

Mit dem kleinen kastenförmigen Gerät verließ Pethekar seine Kabine. Er eilte zu einer Vorratskammer, in der medizinische Versorgungsgüter lagerten. Hier versteckte er das Gerät.

Wenig später erschien er in der Zentrale, nur Sekunden vor Plondfair und Demeter. Der Kommandant der 1-ÄTHOR hatte sich über Funk gemeldet.

»Courselar!«, rief Plondfair offensichtlich überrascht. »Was gibt es?«

Pethekar schob die rechte Hand unter seine Uniformjacke und ertastete den winzigen, mit einer Nadel befestigten Sender. Ein Rafferimpuls jagte zu dem Gerät, das er in der Kammer deponiert hatte, und schaltete es ein. Schlagartig löste sich Courselars Konterfei auf. Nur mehr ein unverständliches Rauschen tönte aus den Lautsprechern.

Die Funkleitoffiziere bemühten sich fieberhaft, den Fehler zu finden und abzustellen. Pethekar gesellte sich als Spezialist zu ihnen und tat, als versuche er, die Funkbrücke wiederherzustellen. Dabei wusste er, dass dies unmöglich war, solange der Störsender im Vorratsraum arbeitete.

»Verflucht«, sagte einer der anderen Funker. »Ein Störsender ist dazwischen.« Er wandte sich an den Kommandanten.

Pethekar kam dem Funker zuvor. »Esthrar hat recht«, bemerkte er. »An Bord der 1-ÄTHOR muss jemand einen Störsender eingeschaltet haben, damit Kommandant Courselar nicht mit ihm sprechen kann.« Er schaute Plondfair an, um zu bezeichnen, wen er meinte. »Da ist nichts zu machen«, fuhr er fort. »Wir müssen warten, bis Courselar den Störsender gefunden und ausgeschaltet hat.«

»Der Störsender ist an Bord der 1-ÄTHOR? Warum nicht bei uns?«

»Das lässt sich leicht überprüfen«, erwiderte Pethekar. »Wir könnten versuchen, Verbindung mit Starscho zu bekommen. Wenn das klappt, ist klar, dass der Sender nicht hier sein kann.«

Der Beiboot-Kommandant gab einem der anderen Funker ein Zeichen. Pethekar blickte nur auf den Schirm, auf dem Courselar zu sehen gewesen war. Er schaltete den Störsender mit einem Kurzimpuls aus und atmete erleichtert auf, weil Courselar sich ausgeblendet hatte.

»Die Verbindung nach Starscho ist einwandfrei«, meldete jemand.

»Wir versuchen es noch einmal mit der 1-ÄTHOR!«, befahl der Kommandant.

Pethekar schaltete den Störsender wieder ein. Ihm war bewusst, dass es so nicht lange weitergehen konnte. Schon bald würde auffallen, dass der Störsender sich auf dem Beiboot befand. Aber bis dahin hatte er Zeit gewonnen, und das allein war wichtig für die Kryn.

Nach mehreren vergeblichen Versuchen wandte sich der Kommandant an Plondfair. »Wir bemühen uns weiter«, versprach er. »Sobald eine Verbindung zustande kommt, sagen wir Ihnen Bescheid.«

Plondfair und Demeter verließen die Zentrale. Pethekar sah beiden an, dass sie nicht erwarteten, noch Kontakt mit Courselar zu erhalten.

»Es ist Laire«, sagte Plondfair, als sich das Schott der Zentrale hinter ihnen geschlossen hat. »Ich begreife nur nicht, warum er das tut. Falls wir umkehren sollen, könnte er uns den Befehl dazu über Funk geben.«

Was hatte es für einen Sinn, jetzt noch darüber zu diskutieren, ob Laire den Plan geändert hatte? Entscheidend war, dass die Wynger endlich frei wurden. Das musste notfalls auch gegen den Willen des Roboters geschehen. Plondfair fluchte leise.

»Was ist los?«, frägte Demeter.

»Ich wünschte, wir wären schon auf Starscho und könnten endlich reden«, antwortete der Lufke. »Dieses Warten macht uns nur unsicher.«

Demeters Augen verdunkelten sich. Sie blieb stehen. »Daran habe ich auch gerade gedacht«, sagte sie. »Aber wer immer uns aufhalten will, das ist kein Grund zur Umkehr. Ich hatte unrecht. Es tut mir leid.«

Plondfair berührte ihren Arm. »Wir sollten in der Zentrale bleiben. Nur dort behalten wir die Übersicht.«

Sie machten beide kehrt und gingen in die Zentrale zurück, die sie eben erst verlassen hatten. Plondfair verstand sich selbst nicht mehr. War nicht alles klar gewesen? Hatte er nicht genau gewusst, was er wollte? Warum verlor er so dicht vor dem Ziel die klare Linie?

»Ich habe Angst, dass wir Fehler machen«, raunte Demeter, als hätte sie seine Gedanken erraten. Dem Lufken wurde bewusst, dass er nicht weniger Angst hatte als die Frau an seiner Seite. Bis zu diesem Moment hatte er geglaubt, dass er sich vor den Kryn und ihren Plänen fürchtete, doch das war es nicht. Ihn belastete die Furcht, Fehler zu machen und eine Katastrophe für alle Wynger auszulösen.

Die Offiziere waren sichtlich überrascht, dass Demeter und er schon wieder zurückkamen, aber sie stellten keine Fragen. Plondfair bemerkte, dass der Kommandant mit einigen der Männer redete, die den Störsender suchten.

»Ich bin überzeugt davon, dass wir keine Verbindung zur 1-ÄTHOR bekommen werden, ganz gleich, was Sie unternehmen«, sagte er zu dem Kommandanten. »Lassen Sie die Suche einstellen.«

»Obwohl Sie nicht wissen, was Courselar Ihnen mitteilen wollte?«

»Obwohl ich es nicht weiß.« Der Lufke fühlte sich plötzlich entspannt und innerlich befreit. »Wir haben alles geklärt. Was immer Courselar uns mitteilen wollte, es ist nicht wichtig für unsere Mission.«

Seine Worte beeindruckten den Kommandanten. Mit einem Handzeichen befahl er, die Suche nach dem Störsender einzustellen.

Das kleine Raumschiff näherte sich Starscho. Etwa eine halbe Stunde noch.

»Haben wir Landeerlaubnis?«, fragte Demeter.

»Landeerlaubnis ist erteilt«, antwortete der Kommandant. »Wir werden nach Starschan-Thorsa geleitet, einem der größten Raumhäfen auf der Nordhalbkugel von Starscho. Der Raumhafen ist erst vor einigen Tagen in Betrieb genommen worden. Von ihm aus erreichen die Heilungsuchenden die Tempel am Fuß der Tortähbarg-Berge leichter und schneller.«

Wenig später senkte sich das Beiboot bereits in die Lufthülle des planetengroßen Mondes. Ein Raumschiff im Torgnisch-System zu navigieren erforderte besonderes Geschick angesichts des Riesenplaneten Välgerspäre.

Voller Unbehagen erinnerte sich Plondfair an seinen Aufenthalt außerhalb der Konditionierten Zone, in der die Berufenen ausgebildet und die von ihrer Suche Zurückgekehrten in der Stadt der Veteranen festgesetzt wurden. Die Konditionierte Zone hatte ihre Existenzberechtigung weitgehend verloren. Sie konnte äußerstenfalls noch für Wynger zur Verfügung stehen, die freiwillig nach Laires Auge suchen wollten.«

»In Laxau, der Stadt der zurückgekehrten Berufenen, leben Tausende Veteranen«, raunte Plondfair so leise, dass nur Demeter ihn verstehen konnte. »Wir müssen sie früher oder später herausholen. Sie alle sind unsere Zeugen. Wenn Tausende bestätigen, was wir sagen, wird man uns glauben.«

Die Frau lächelte ihm ermunternd zu. »Ich glaube, nie zuvor in der Geschichte unseres Volkes haben zwei Wynger so viel Verantwortung getragen wie wir.«

»Wir müssen den Kurs ändern«, meldete einer der Offiziere. »Die Landeerlaubnis wurde aufgehoben.«

»Was bedeutet das?«, fragte Demeter.

»Ich weiß nicht«, antwortete der Kommandant. »Bislang wurde uns keine Erklärung gegeben.«

Er erteilte den Befehl, den Kurs zu korrigieren und in eine Umlaufbahn um Starscho zu gehen.

Mehr als eine Stunde verstrich. Erst dann meldete sich Starschan-Thorsa erneut und erteilte zum zweiten Mal die Landeerlaubnis.

Ruhig leitete der Kommandant die notwendigen Manöver ein. Mehrmals blickte er Plondfair und Demeter forschend an. Doch niemand redete in diesen Minuten.

Eine große Menschenmenge hatte sich auf dem Raumhafen versammelt.

»Die Kryn scheinen sich nicht durchgesetzt zu haben«, sagte Demeter. »Sie lassen uns landen, obwohl sie uns vorher verboten haben, nach Starscho zu kommen. Und mehrere zehntausend Wynger erwarten uns, obwohl die Kryn unsere Ankunft sicher lieber totgeschwiegen hätten. Verstehst du das?«

»Es passt nicht mit ihrer Drohung zusammen. Aber vielleicht haben sie ihre Meinung geändert? Wer weiß, was inzwischen geschehen ist ...« Plondfair gab sich Mühe, seine erneute Verunsicherung zu verbergen. Seine schwach ausgebildeten Parasinne vermittelten ihm ein Gefühl heraufziehender Gefahr.

Das Beiboot setzte auf, die wartende Menge verschwand hinter dem Kontrollgebäude aus der Bilderfassung.

Eine Liftröhre schob sich neben dem Schiff in die Höhe.

»Sie können aussteigen«, sagte der Kommandant. »Wenn Sie wollen, begleite ich Sie zur Schleuse.«

»Tun Sie das«, bat Plondfair.

Der Kommandant ging ihnen wortlos voraus. Die Schleusenschotten standen offen. Plondfair und Demeter betraten vom Hangar aus eine Liftkabine in der Transportröhre. Sie sanken lautlos nach unten. Augenblicke später öffnete sich vor ihnen ein hell erleuchteter Gang, der unter der Landepiste zum Kontrollgebäude führte. Niemand wartete auf die Boten des Alles-Rads.

Plondfair und Demeter betraten ein Laufband, das sie ins Kontrollgebäude trug. Über eine Schräge ging es in die Höhe.

Nur ein einziger Mann wartete auf die beiden. Es war Wimbey.

»Deshalb die Verzögerung. Ich hätte es mir denken können«, sagte Plondfair.

Der Kryn blickte ihn hochmütig lächelnd an. »Wir haben alles für die Sendboten des Alles-Rads vorbereitet. Vor dem Gebäude warten mehr als hunderttausend Männer, Frauen und Kinder darauf, die Botschaft des Alles-Rads zu vernehmen. Unter ihnen sind viele Leidende und Kranke. Sagt ihnen die Wahrheit, verkündet ihnen die Freudenbotschaft, dass sich das Alles-Rad von ihnen abgewendet hat und dass sie nicht mehr auf Heilung zu hoffen brauchen. Sie sind begierig darauf, die Wahrheit zu hören – oder das, was ihr als Wahrheit bezeichnet.«

»Wir haben niemals behauptet, dass sich niemand mehr um die Kranken kümmern wird«, erwiderte Plondfair freundlich. »Ich gehe davon aus, dass du informiert bist, die Wahrheit aber noch nicht sehen willst. Nun gut. Öffne die Augen. Sieh dich um auf Starscho. Was ich beobachtet habe, das bleibt auch dir nicht verborgen. Wenn du nicht blind bist, wirst du feststellen, dass die Heilungsuchenden nicht durch Gebete und auch nicht durch die Beschwörungen der Kryn gesund werden, sondern durch die in den Tempeln verborgenen technischen Anlagen. Wenn die Kranken über das Rad gehen, setzen sie sich wenigstens zwölf verschiedenen Behandlungsmethoden aus. Erfahrungsgemäß spricht davon wenigstens eine an.«

Das Gesicht des Kryn verzerrte sich. »Lügen!«, rief er schrill. »Nichts als Lügen und Ketzereien. Ich bin ein Kryn. Oft genug habe ich neben Kranken gestanden, wenn das Alles-Rad sie von ihren Leiden erlöst hat. Nie habe ich etwas von einer Manipulation bemerkt, weil es sie nämlich gar nicht gibt.«

»Du bist ein Narr, Wimbey«, sagte Demeter. »Es hat keinen Sinn, mit dir zu diskutieren. Lass uns lieber zu der Menge dort draußen gehen, damit wir mit allen reden können.«

Wimbey trat zur Seite. »Der Weg ist frei. Geht dort durch die Tür. Dahinter steht eine Tribüne. Steigt hinauf. Die Mikrofone sind eingeschaltet. Sprecht zu den Wyngern – sie warten auf euch.«

Plondfair fühlte, dass sein Herz schneller schlug. Seine Handflächen wurden feucht.

»Du schaffst es«, flüsterte Demeter ihm zu.

An seiner Seite schritt sie auf die Tür zu, die Wimbey ihnen bezeichnet hatte. Warme Luft schlug beiden entgegen, als der Durchgang geöffnet wurde. Sie hörten Gelächter und die Stimmen zahlloser Wynger.

Plondfair atmete tief durch. Das half ihm, die innere Unruhe zu überwinden. Er blickte nach oben. Die Treppe führte zu einer leeren Tribüne hinauf. Das überraschte ihn. Er hatte erwartet, zumindest dort einige Kryn zu sehen. Von der schmucklosen Brüstung erhoben sich mehrere Mikrofonstative. Er registrierte mit einiger Erleichterung, dass die Kryn tatsächlich gewillt waren, seine Worte an die Öffentlichkeit gelangen zu lassen.

Als Demeter und er auf der Tribüne standen, verstummte die Menge. Einige Männer pfiffen, wurden jedoch von anderen in ihrer Nähe zur Ruhe gebracht. Etwa fünfzig Meter von der Tribüne entfernt erhob sich ein zweites Podest. Dort standen drei Kryn. Sie blickten zu Demeter und Plondfair herüber.

Die Menge füllte einen riesigen Platz und einige Straßeneinmündungen. Plondfair gewann den Eindruck, die gesamte Bevölkerung von Starscho und alle Besucher hätten sich hier versammelt. Über dem Horizont erhob sich die riesige Sichel des zur Hälfte von der Sonne beschienenen Planeten Välgerspäre.

Demeter deutete zur Tribüne der Kryn hinüber. Plondfair sah, dass sich Wimbey dort eingefunden hatte. Die Priester warteten darauf, dass der Berufene anfing.

Er hatte sich lange überlegt, was er sagen sollte. Ihm war klar, dass seinen ersten Sätzen entscheidende Bedeutung zukam.

Seine Hand umklammerte das Augen-Symbol des Alles-Rads, das er aus der PAN-THAU-RA mitgebracht hatte. Er hob es hoch und zeigte es der Menge. Im Widerschein der Sonne leuchtete das Symbol auf, als sei es von eigenem Leben erfüllt.

»Mein Name ist Plondfair.« Seine Stimme hallte aus zahlreichen Lautsprechern über den Platz. »Ich bin ein Berufener, und ich habe Starscho über den Transmitter der Berufenen verlassen. Mein Weg führte mich zum Alles-Rad. Dieses Zeichen hat das Alles-Rad mir mitgegeben.«

Die Menge begann zu buhen und zu johlen. Schrille Pfiffe übertönten, was Plondfair sagte. Männer und Frauen reckten ihm ihre Fäuste drohend entgegen.

Entsetzt blickten sich Demeter und Plondfair an. Endlich ging ihnen auf, dass die Kryn die Menge entsprechend vorbereitet hatten, und gleichzeitig erkannten sie, dass Plondfair seine Rede falsch begonnen hatte. Die Kryn hatten sich ausrechnen können, dass er so anfangen würde.

Plondfairs wünschte, noch einmal beginnen zu können. Er hob beide Arme und ließ das Augensymbol in der Sonne leuchten, doch die Menge tobte weiter. Verfaultes Obst flog zu Plondfair und Demeter herauf. Den meisten Geschossen konnten sie ausweichen, einige Früchte trafen sie dennoch. Der stinkende Saft verschmutzte ihre Kleidung.

Plondfair blieb schließlich ruhig und hoch aufgerichtet stehen. Auch Demeter wurde nun ruhiger. Ihr Gesicht war unbewegt.

Weitere verfaulte Früchte flogen zu ihnen hoch, verfehlten sie aber. Erst allmählich tat die Ausstrahlung, die von den beiden Berufenen ausging, ihre Wirkung. Die Arme mit den Wurfgeschossen sanken herab. Die Pfiffe verstummten.

»Lasst ihn weitersprechen!«, brüllte Wimbey in die Mikrofone. »Wir wollen hören, was der Ketzer noch zu sagen hat.«

»Wir sind die Sendboten des Alles-Rads!«, rief Plondfair. »Wir haben eine Botschaft für euch.«

»Lasst sie hören!«, schrie Wimbey höhnisch. »Was ist das für eine Botschaft?«

»Das Alles-Rad teilt euch durch uns mit, dass die Verbotenen Zonen nicht mehr existieren!«, rief Plondfair, doch nun fiel er auf einen weiteren Trick der Kryn herein. Sie hatten seine Mikrofone abgeschaltet, dass nicht einmal die Zuhörer direkt vor ihm ihn verstehen konnten. Als er merkte, dass seine Stimme die Wynger vor der Tribüne nicht erreichte, wiederholte er seine Botschaft mit erhobener Stimme. Doch jetzt brüllte Wimbey mithilfe der Lautsprecheranlage dazwischen, dass ihn wiederum niemand verstehen konnte.

»Was ist denn?«, rief der Kryn. »Wie lautet die Botschaft des Alles-Rads, Sendbote? Hat das Alles-Rad dir die Stimme genommen?«

Die Menge johlte und schrie. Wieder flogen verfaulte Früchte zur Tribüne herauf.

»Wir haben verloren«, sagte Demeter vor Zorn bebend. »Wir sind ihnen in die Falle gegangen und haben alles falsch gemacht.«

Plondfair wollte noch nicht aufgeben. Er griff nach den Mikrofonen vor sich, erreichte damit aber nur, dass die Menge in tosendes Hohngelächter ausbrach.

Mehrere Kryn erschienen hinter Plondfair und Demeter auf der Plattform. Bewaffnete Männer begleiteten sie.

»Ihr seid verhaftet und der Alles-Rad-Lästerung angeklagt«, erklärte einer der Kryn.

»Das dürft ihr nicht«, widersprach Plondfair erregt. »Wir sind Sendboten des Alles-Rads. Wir haben wichtige Nachrichten für euch und müssen reden.«

»Führt sie ab!«, befahl der Kryn.

9.

Gavro Yaal sah aus, als sei er eingeschlafen. Ausgerechnet jetzt, da sich die TUNDRA dem Anskenplaneten Datmyr-Urgan näherte, schien der Expeditionsleiter von Müdigkeit übermannt worden zu sein. Doch schon im nächsten Moment öffnete er die Augen und richtete sich in seinem Kontursessel auf.

»Ich hatte eine Verbindung mit Bruilldana.« Yaals Stimme klang fast schrill. Er schüttelte den Kopf und versank wieder in Gedanken.

»Ist etwas nicht in Ordnung?«, fragte Galto »Posbi« Quohlfahrt hastig. »Die TUNDRA befindet sich im Landeanflug. Wir sollten Details rechtzeitig erfahren.«

Yaal blickte auf den Hauptschirm. Das Beiboot der BASIS flog nur noch etwa hundert Kilometer über der Oberfläche des Planeten. Es hatte den Materiegürtel schon passiert, der Datmyr-Urgan umgab. Intensiv grün leuchtete die Vegetation, die sich beidseits des Äquators bis weit in die gemäßigten Zonen hinein erstreckte. Vereinzelt ragten ausgedehnte Gebirgszüge auf.

»Mir scheint, es ist eine ganze Menge nicht in Ordnung«, antwortete Yaal. Er war in der Lage, die Aura der Ansken-Königin wahrzunehmen. »Bruilldana hat erfasst, dass ich komme.«

»Und was ist daran nicht in Ordnung?«, fragte Quohlfahrt.

»Bruilldana weiß anscheinend nicht, wo Dorania ist.« Mit dieser Aussage löste der SOL-Geborene einige Verwirrung in der Hauptzentrale des Leichten Kreuzers aus. Bruilldana hatte von der Existenz der Ansken gewusst, die Lichtjahre entfernt in der PAN-THAU-RA lebten. Sie war sogar in der Lage gewesen, diese Ansken zu beeinflussen, dass sie den Kampf gegen Perry Rhodan und sein Einsatzkommando einstellten. Daher erschien es absurd, dass Bruilldana nicht wissen sollte, wo die Jungkönigin war.

»Dorania nimmt den Rang einer Nachfolgerin ein«, sagte Quohlfahrt. »Sie ist Bruilldana wohl zu dicht auf den Pelz gerückt, was dieser nicht sonderlich gefallen dürfte. Folglich wird sie sich abgesetzt haben.«

»Das habe ich ja gesagt.« Yaal seufzte.

»Aber Sie haben nicht gesagt, wohin Dorania gegangen ist.«

»Das weiß Bruilldana eben nicht. Dorania hat die zertrümmerte Stadt verlassen. Bruilldana teilte mir nur mit, dass sie in Richtung Purtguhr-Stuuv gezogen ist.«

»Was ist das: Purtguhr-Stuuv?«

»Ich glaube, dass Bruilldana damit so etwas wie das *Tal des Ursprungs* meint. Ihre Empfindungen waren voller Abneigung und Scheu. Der Kontakt ist bereits vor Tagen abgebrochen. Bruilldana scheint zu glauben, dass Dorania sich abgekapselt hat.«

»Was für einen Grund sollte sie dafür haben?«, fragte Toller Crant, der Kommandant der TUNDRA.

Yaal hob die Schultern. »Bruilldana weiß es nicht – oder sie will es mir nicht verraten. Vergessen Sie nicht, dass ich nur einen telepathieähnlichen Kontakt mit ihr bekomme, bei dem keineswegs jeder Gedanke klar formuliert ist.«

Der SOL-Geborene war beunruhigt. Perry Rhodan hoffte, dass es möglich sein würde, Dorania zur PAN-THAU-RA zu bringen. Die Jungkönigin sollte die Herrschaft über die Ansken im Sporenschiff übernehmen und sie im Sinn Laires und der Terraner beeinflussen. Doch offenbar handelte Dorania höchst eigenwillig.

»Wir haben sie unterschätzt«, stellte Quohlfahrt fest. »Es genügt also nicht, wenn wir hier anrauschen, die Prinzessin einladen und wieder abdampfen.«

»Was schlagen Sie vor?«, fragte Crant. »Sollen wir die Landung abbrechen?«

Yaal schloss die Augen. Sein Gesicht entspannte sich. Der Kommandant wollte seine Frage wiederholen, doch Quohlfahrt gab ihm ein Zeichen zu schweigen.

Sekunden verstrichen, dann löste sich Yaal aus seiner Konzentration. »Bruilldana schlägt vor, dass wir dort landen, wo der Kontakt mit Dorania abbrach«, sagte er.

Je weiter nördlich der Leichte Kreuzer kam, desto dürrer wurde das Land. Weite Gewässer erstreckten sich unter dem Kugelraumer.

»Wir landen schon einige Dutzend Kilometer vorher«, entschied Yaal. »Galto und ich werden uns mit einem Shift umsehen. Die TUNDRA bleibt in voller Einsatzbereitschaft.«

Quohlfahrt tippte Insekten-Sue, seinem spinnenbeinigen Posbi, auf den Kopf. »Wir sollten Sue mitnehmen«, schlug er vor. »Sie kann uns nützlich sein.«

»Vorausgesetzt, Sie verhindern hysterische Ausbrüche des Roboters, falls uns eine Mücke sticht«, sagte der Kosmobiologe und Botaniker Yaal.

Keine zehn Minuten später startete der Shift. Der Flugpanzer schwebte in eine karge Landschaft hinaus, in der niedriges Gehölz überwog. Eine Hügelkette begrenzte die Ebene, in der die TUNDRA gelandet war.

Yaal deutete auf einen grauen Hügel, der höher als alle anderen aufragte. »Ich glaube, dort gibt es Interessantes zu sehen.«

Quohlfahrt beschleunigte.

»Sieht aus wie ein unvollendeter Ameisenhügel«, sagte er, als sie nur noch wenige hundert Meter davon entfernt waren. Er ließ den Shift an den Hügel herantreiben.

Die Erhebung schien aus organischem Material zu bestehen, das zermahlen und anschließend verklebt worden war. Weit verstreut gähnten Löcher mit einem Durchmesser von drei Metern und mehr. Einige Kleintiere zogen sich in die Höhlen zurück, als der Flugpanzer aufsetzte.

Mit leichten Schutzanzügen versehen, verließen beide Männer das Fahrzeug. Quohlfahrt hielt seinen Kombistrahler schussbereit, er hatte die Waffe auf Paralysewirkung eingestellt.

Ein böiger Wind wirbelte Staub und Sand auf. Langsam und vorsichtig näherten sich Yaal und Quohlfahrt dem Hügel.

»Dass die Ansken ihn gebaut haben, ist wohl klar«, sagte der Robotologe.

»Aber warum wurde er nicht fertiggestellt?«, rief Yaal. Der Wind fing sich mit lauten Heul- und Pfeifgeräuschen in den Hohlräumen.

»Keine Ahnung.« Auch Quohlfahrt redete unwillkürlich lauter.

Er entdeckte abgenagte Tierskelette zwischen den Hügeln und zweifelte nicht daran, dass sie von den Ansken getötet worden waren. Er machte Yaal nicht darauf aufmerksam, um den SOL-Geborenen nicht unnötig zu beunruhigen.

Sie stiegen bis zur ersten Öffnung hinauf und schreckten einen Schwarm winziger Vögel auf. Die Tiere hatten sich auf einer weißlichen Masse niedergelassen, die wie eine schmale Spur in den Hügel hineinführte. Deutlich war zu sehen, dass die Vögel davon gefressen hatten.

»Was ist das?«, fragte Yaal.

Quohlfahrt kniete sich neben der weißlichen Masse nieder und streckte die Hand danach aus. Doch Insekten-Sue erschien neben ihm und riss seinen Arm zur Seite.

»Das kann ich auf keinen Fall zulassen«, sagte sie schrill. »Es ist zu gefährlich.«

»Ich habe nicht vor, das Zeug zu essen«, erwiderte der Robotologe ärgerlich. »Ich wollte nur eine kleine Probe nehmen.«

»Auch das ist zu gefährlich«, protestierte der Posbi, tauchte eines seiner Greifglieder in die Masse und ließ einen kleinen Brocken davon in einer Körperöffnung verschwinden. Sekunden später richtete Insekten-Sue sich auf. »Das ist so etwas wie Honig«, teilte sie mit. »Die Ansken müssen es ausgeschieden haben.«

Quohlfahrt verzog das Gesicht. Er blickte auf die Ebene hinaus, konnte aber wegen des aufgewirbelten Sandes nicht viel erkennen.

»Mir gefällt das nicht«, sagte er und deutete auf die weiße Masse. »Die Arbeiterinnen haben die Aufgabe, dieses süße Zeug zu produzieren. Die anderen Ansken fordern es ihnen ab, sobald sie ins Nest zurückkehren. Die Arbeiterinnen erbrechen es, und die anderen verzehren es bis auf das letzte Molekül. Hier ist diese Masse kiloweise zurückgeblieben und eingetrocknet. Das passt nicht zu den Ansken.«

»Woher wissen Sie das alles?«, fragte Yaal verblüfft. »Sie waren bei der ersten Expedition doch gar nicht dabei.«

»Aber ich habe mit fast allen gesprochen, die dabei waren«, erwiderte Quohlfahrt. »Aus den Einzelinformationen habe ich ein Puzzle zusammengesetzt. Das sollte Ihnen als Wissenschaftler doch nicht neu sein. Übrigens schlage ich vor, dass wir das Hügelinnere untersuchen.« Er schaltete den Brustscheinwerfer seines Anzugs ein.

Sie waren noch keine zwanzig Meter weit vorgedrungen, als sie auf den reglosen Körper einer Ansken-Arbeiterin stießen. Der Lichtstrahl schreckte einen Vogelschwarm auf.

»Sie haben nicht einmal ihre Toten bestattet«, klagte der Robotologe.

»Ich frage mich eher, woran dieses Wesen gestorben sein mag«, sagte Yaal nachdenklich.

»Das können wir untersuchen. Wenn Sie einverstanden sind, rufe ich ein Bergungskommando.«

Yaal nickte stumm. Während er das tote Geschöpf nachdenklich umkreiste, nahm Quohlfahrt Verbindung zur TUNDRA auf.

Anschließend drangen sie weiter vor. Sobald es zu steil in die Tiefe ging, benutzten sie ihre Antigravs. Sie fanden keine weiteren toten Ansken, doch sie stießen etwa fünfzig Meter unter der Oberfläche auf wabenförmige, mit transparenten Häuten verschlossene Gebilde. In den Waben lagen Larven, jede etwa fünfzig Zentimeter lang und knapp halb so dick.

Quohlfahrt untersuchte die ersten Waben. »Ich glaube, dass alle Larven tot sind«, sagte er.

Es waren vierundvierzig, aber nirgendwo verbreitete sich Verwesungsgeruch. Sobald der Robotologe oder Yaal einen Kadaver mit dem Kombistrahler berührten, zerbröckelte die weiße Haut, und das Wesen fiel in sich zusammen. Tausende ameisenähnlicher Tiere eilten durch eine Öffnung im Boden davon.

»Wir lassen einige übrig«, sagte Quohlfahrt. »Vielleicht können die Spezialisten der TUNDRA mehr damit anfangen.«

»Die Todesursache lässt sich bestimmt nicht mehr feststellen«, erwiderte der Kosmobiologe. »Wir können schon von Glück sagen, wenn wir sie bei den ausgewachsenen Ansken herausfinden.«

Der Olliwyner Quohlfahrt gab seinem Begleiter recht. Er wusste aber, dass die Kosmopathologen über verblüffende Methoden verfügten, von denen er so gut wie nichts verstand. Oft gelang es ihnen, aus verschwindend kleinen Überresten eine Fülle an Informationen zu gewinnen.

»Wir räumen das Feld. Sollen die Spezialisten sich damit befassen.« Gavro Yaal machte sich an den Rückweg.

Als er ins Freie hinaustrat, kamen die Wissenschaftler von der TUNDRA mit ihren Untersuchungsgeräten. Yaal wechselte einige Worte mit ihnen. Erst jetzt fiel ihm auf, dass der Olliwyner nicht mehr hinter ihm war. Er kehrte in den Hügel zurück, brauchte aber nicht weit zu gehen. Quohlfahrt kam ihm mit Insekten-Sue entgegen.

Plondfair beobachtete die Südberg-Libelle, die mit ruckenden Bewegungen zwischen den Gitterstäben des schmalen Fensters kroch. Nur wenig Licht fiel in die Zelle. Das giftige Tier befand sich im Zustand höchster Erregung.

Tausend Gedanken gingen Plondfair durch den Kopf. Was würde geschehen, wenn er an einem Insektenstich starb? Würden die Kryn von einem Alles-Rad-Urteil sprechen, und wäre dann nicht auch Demeter verloren, ganz gleich, was sie sagte? Der Lufke presste die Lippen zusammen. Schweiß perlte auf seiner Stirn. Das Schicksal der wyngerischen Völker wurde vielleicht von einem Insekt bestimmt, das etwa so lang war wie ein Finger.

Plondfair sah sich nach einem Gegenstand um, mit dem er die Libelle erschlagen konnte. Er fand keinen. Deshalb streifte er einen seiner Stiefel ab. Er holte gerade zum Schlag aus, als die Tür seiner Zelle geöffnet wurde. Die Südberg-Libelle flog sirrend davon.

Plondfair drehte sich um.

In der offenen Tür stand ein Kryn. Es war Wimbey, der zu ihm aufsehen musste. Spöttisch zeigte der Flottenkryn auf den Stiefel in der Hand des Lufken. »Wolltest du damit die Worte des Alles-Rads verbreiten?«, fragte er.

»Ich wollte nur ein hässliches Insekt töten«, erwiderte Plondfair ruhig. Drohend schwenkte er den Stiefel, konnte Wimbey aber nicht beeindrucken.

Gelassen stemmte sich der Kryn die Fäuste in die Seiten. »Ein prügelnder Bote des Alles-Rads«, sagte er. »Welch ein Ereignis! Das Volk wird lange davon sprechen, dass der Gesandte des Alles-Rads seine Botschaft mit Fäusten und Stiefeln verbreitet.« Er lachte spöttisch, ging zu einem Hocker und setzte sich. »Um es nicht zu vergessen, will ich dir gleich sagen, dass wir uns ausführlich mit Demeter unterhalten haben. Sie hat gestanden, dass alles nur ein Trick war, mit dem sie bekannt werden wollte.«

»Das soll Demeter gesagt haben?« Der Lufke schüttelte den Kopf. »Für wie dumm hältst du mich, dass ich einen derartigen Unsinn glauben soll?«

»Nun, ich weiß, dass du nicht dumm bist, Plondfair. Du bist vielmehr äußerst intelligent. Auch Demeter ist das. Wir haben natürlich ein wenig nachgeholfen. Freiwillig hätte sie kaum gestanden.«

Plondfair machte zwei schnelle Schritte auf den Kryn zu, packte ihn am Kragen und zerrte ihn hoch. »Was habt ihr mit Demeter gemacht?«, keuchte er und schüttelte Wimbey.

Harte Fäuste schlugen auf ihn ein und warfen ihn zu Boden. Halb betäubt blickte Plondfair auf die Wächter, die unbemerkt hereingekommen waren und ihn von hinten angegriffen hatten. Er schüttelte den Kopf, um die Benommenheit zu vertreiben.

»Wir verabscheuen Gewalt«, erklärte Wimbey. »Wir haben subtilere und weitaus wirksamere Methoden. Du wirst ebenfalls reden.«

Plondfair richtete sich wieder auf. »Niemals«, erwiderte er. »Ihr könnt mich nicht zu einem Geständnis zwingen, das nicht der Wahrheit entspricht.«

»Das würden wir auch nie tun«, behauptete Wimbey.

Der Lufke blickte ihn erstaunt an. »Du hast eben erklärt, dass du mich zum Reden zwingen willst.«

»Du hast mich falsch verstanden. Ich werde nur dafür sorgen, dass du die Wahrheit sagst. Weiter nichts.«

»Jetzt geht mir ein Licht auf: Du meinst eine andere Wahrheit als ich. Du willst mich zwingen, der Öffentlichkeit deine Wahrheit zu verkünden. Das werde ich mit Sicherheit nicht tun. Die Wahrheit ist, dass Demeter und ich vom Alles-Rad kommen und von ihm beauftragt worden sind, die Botschaft zu verkünden. Sie lautet: Die Verbotenen Zonen existieren nicht mehr.«

»Das ist eine Lüge.« Wimbey musterte Plondfair zornig. »Wir haben einen Test gemacht. Ein kleines Raumschiff der Kryn ist in die Verbotene Zone eingedrungen, in der angeblich das Alles-Rad existiert. Die Besatzung ist tot. Wir haben damit einen unwiderlegbaren Beweis.«

Wimbey drehte sich um und verließ mit den Wachen die Zelle. Krachend fiel die Tür hinter ihm zu.

Plondfair stand wie gelähmt da. Hatte Laire die Verbotenen Zonen tatsächlich nicht aufgehoben? Oder hatte Wimbey gelogen? Er fluchte, weil erneut Zweifel in ihm nagten.

Plondfair wusste nicht, wie lange er grübelnd vor der Tür gestanden hatte, als diese sich wieder öffnete. Ein junger Kryn trat ein und reichte ihm eine Schriftfolie.

»Ich habe dir mitzuteilen, Berufener Plondfair, dass ein Kryn-Gericht über dich befinden wird. Das Gericht wird dein Verhalten untersuchen, deine Aussagen durchleuchten und danach ein Urteil fällen. Die erste Verhandlung beginnt in einer Stunde.«

Der Lufke hatte sich nie vorstellen können, einmal vor einem solchen Gericht zu stehen. Bislang hatte er von keinem Fall gehört, in dem ein Angeklagter freigesprochen worden wäre. Er entsann sich, Abscheu vor jedem Angeklagten eines Kryn-Gerichts empfunden und jeden Angeklagten als schuldig angesehen zu haben. Jetzt war er selbst vor der Öffentlichkeit gebrandmarkt.

Plondfair drehte sich um, als er ein feines Sirren vernahm. Die Südberg-Libelle flog zwischen den Gitterstäben hin und her.

Galto »Posbi« Quohlfahrt setzte zum Sprung über einen Graben an, als Insekten-Sue schrill aufschrie und sich gegen ihn warf. Der Olliwyner stürzte und rollte einige Meter weit über den Boden. Fluchend sprang er wieder hoch und setzte zu einem Fußtritt gegen den Posbi an. Dann aber zuckte er zusammen. Seine Blicke richteten sich auf einen glühenden Punkt, der rasch größer wurde und auf ihn zukam. Insekten-Sue, die den Kurs des herabstürzenden Meteoriten besser errechnen konnte als er, drängte ihn noch weiter zur Seite. Sekunden später schlug das kleine kosmische Bruchstück einige Meter von ihm entfernt in den Boden. Quohlfahrt erkannte, dass er an der Einschlagstelle gewesen wäre, wenn der Posbi ihn nicht aufgehalten hätte.

»Danke«, sagte er und rückte die verrutschte Pickelhaube zurecht. »Hin und wieder ist es doch gut, wenn du bei mir bist, Sue.«

Er blickte zu Yaal hinüber, der noch mit den Wissenschaftlern von der TUNDRA redete. Der Kosmobiologe wollte wissen, woran die Larven der Ansken gestorben waren.

Quohlfahrt erstieg einen der Hügel und sah sich um. Im Westen wuchsen ausgedehnte Wälder, im Norden und Osten erstreckten sich Savannen. Er sah weidende Tierherden, entdeckte aber nirgendwo Ansken.

Gavro Yaal folgte ihm wenig später mit dem Shift. Quohlfahrt und der Posbi stiegen wieder ein. Yaal verzichtete darauf, die Mannschleuse zu schließen.

Die Landschaft vor ihnen wurde öder und wirkte wie ausgebrannt. Hügelketten aus schwarzbraunem Gestein erinnerten Quohlfahrt an Lavagestein. Er konnte sich aber nicht vorstellen, dass in dieser Landschaft Vulkanausbrüche stattgefunden hatten.

Einige Hügel wirkten wie riesige poröse Blasen. Quohlfahrt sah, dass sie an vielen Stellen aufgerissen waren. Heulend fing sich der Wind in den Höhlungen.

Yaal landete den Shift zwischen zwei schwarzen Hügeln. Vor ihnen erhob sich ein weiterer, der aussah wie ein Anskenkopf mit leeren Facettenhöhlen.

»Eine Laune der Natur?« Der SOL-Geborene zeigte auf den Hügel. »Oder steckt mehr dahinter?«

»Zufall«, erwiderte der Olliwyner. »Wir sollten aussteigen und uns das ansehen.«

Quohlfahrt verließ den Flugpanzer. Das Gestein unter seinen Füßen war überraschend weich. Er fühlte, wie es zerbröckelte.

Bei jedem Windstoß heulte und pfiff es in den Höhlungen.

»Der Wind weht nicht besonders stark«, sagte Yaal. »Ich befürchte, dass sich hier niemand mehr aufhalten kann, sobald es stürmt.«

Quohlfahrt blieb neben einem versteinerten Baumstumpf stehen und blickte auf das Land hinaus, das sich schwarz und scheinbar eben vor ihnen erstreckte. Hügelketten umgaben es wie ein riesiges Oval. »Ist dies Purtguhr-Stuuv, das Tal des Ursprungs?«, fragte er.

»Ich habe keine Ahnung«, erwiderte Yaal. »Außerdem spüre ich Bruilldanas Aura nicht mehr. Dorania dürfte jedoch irgendwo hier verschwunden sein; alles weist in diese Richtung. Ich denke, dass wir weitersuchen sollten.«

Er näherte sich dem Anskenkopf-Hügel.

Quohlfahrt folgte dem Biologen. Er hatte das Gefühl, beobachtet zu werden, und tastete nach seiner Waffe. »Ich frage mich, was Dorania in dieser Gegend will«, sagte er zögernd.

Yaal stieß einen Stein mit dem Fuß zur Seite. »Das Land ist alles andere als reizvoll. Woher sollen die Arbeiterinnen das Futter für die Nachkommen beschaffen? Dorania hätte in den Wäldern bleiben müssen.«

Die beiden Männer erreichten die Höhlungen und blickten hinein. Im Scheinwerferlicht entdeckte Yaal einen schräg in die Tiefe führenden Gang. Vorsichtig ging er weiter und stieß schon nach fünf Metern auf einen Anskenkadaver. Der Hinterkörper steckte in einer engen Röhre, als habe sich das Insektenwesen darin gefangen.

Quohlfahrt leuchtete den schmalen Raum aus, der zwischen dem Leib und dem Fels verblieb. Er sah, dass der Gang am Kopf des toten Ansken endete. Vorsichtig tippte er eines der Chitinbeine an. Es bewegte sich nicht.

»Ich wette, dass wieder keine Todesursache festzustellen ist.«

»Abwarten«, entgegnete Yaal. »Auf jeden Fall ist dieser Anske noch nicht das Opfer von Aasfressern geworden. Vielleicht haben die Pathologen hier eine bessere Chance.«

»Dorania scheint ein Höhlensystem gesucht zu haben, in dem sie eine Stadt für ihr Volk einrichten kann«, sagte Quohlfahrt nachdenklich. »Sie denkt offenbar nicht daran, wie Bruilldana Häuser zu bauen.«

»Warum auch?«, fragte Yaal, während der Robotologe über Funk die Spezialisten der TUNDRA informierte. »Wenn Höhlen vorhanden sind, die sich als Wohnungen eignen, dann liegt es auf der Hand, dass die Ansken sie besetzen. Außerdem hat die Zerstörung ihrer Stadt deutlich gezeigt, dass es sicherer ist, sich im Boden zu verkriechen. Dorania scheint sehr vernünftig zu sein.«

»Übertreiben Sie nicht«, widersprach Quohlfahrt. »Ich finde es keineswegs vernünftig und intelligent, sich in dieser öden Gegend zu verkriechen.«

Yaal verzog das Gesicht. »Tal des Ursprungs«, bemerkte er. »Ich bin überzeugt davon, dass dieses Tal vor Jahrzehntausenden völlig anders ausgesehen hat. Damals war es vielleicht ein Garten Eden, in dem zu leben sich lohnte. Heute ist dies nur noch eine Steinwüste. Wenn Sie mich fragen, hat Dorania einen Howalgonium-Schock erlitten. Der Asteroid, der auf Bruilldanas Stadt abgestürzt ist, bestand zu einem erheblichen Teil aus Howalgonium. Die Wirkung auf die Ansken-Königin war verheerend und wurde erst durch unsere Hilfe neutralisiert. Vermutlich reichte das bei der jungen Dorania nicht aus.«

Yaal bückte sich, ergriff die Hinterbeine des toten Ansken und zerrte daran. Er konnte den Leichnam jedoch erst bewegen, als Quohlfahrt ihm half.

Insekten-Sue schrie auf. Ihre Stahlfänge griffen nach dem Olliwyner und rissen ihn so heftig zurück, dass er stürzte. In derselben Sekunde fauchte ein gleißender Energiestrahl über ihn hinweg.

»Weg hier!«, rief Yaal, der nur einen unförmigen Schatten hinter dem Anskenkörper ausmachte. Er warf sich herum und flüchtete aus der Höhle.

Galto Quohlfahrt bemühte sich vergeblich, auf die Beine zu kommen.

Sobald er sich etwas aufgerichtet hatte, riss ihn Insekten-Sue wieder von den Füßen, wobei sie versuchte, ihn aus der Höhle zu zerren.

Ein zweiter Energiestrahl zuckte über ihn hinweg und ließ das Gestein aufglühen. Schmelztropfen sprühten auf ihn herab. Der Olliwyner warf sich mit aller Kraft nach vorn. Dabei prallte er mit dem Posbi zusammen und stürzte erneut, aber diesmal rollte er sich aus der Höhle. Er fiel etwa einen Meter tief und blieb liegen. Für einen Moment glaubte er, erkennen zu können, dass Yaal einige Schritte von ihm entfernt hinter einem Felsbrocken kauerte, und er verließ sich darauf, dass der Kosmobiologe den heimtückischen Schützen erledigte, sobald dieser die Höhle verließ.

Schon Sekunden später kam der Unbekannte. Quohlfahrt spürte jedenfalls, dass der Boden erzitterte. Seine Hand glitt zur Hüfte, doch der Kombistrahler war verschwunden.

Der Robotologe hoffte, dass Yaal ihm helfen würde. Doch er hatte sich getäuscht. Wo er eben noch den SOL-Geborenen vermutet hatte, lagen nur einige Steine. Yaal war nirgendwo zu entdecken.

Galto Quohlfahrt blinzelte hektisch. Im nächsten Moment sah er den heimtückischen Schützen über sich. Ein plumper Energiestrahler richtete sich auf ihn.

Plondfair stellte sich der Tür gegenüber, als Schritte näher kamen. Augenblicke später wurde seine Zelle geöffnet.

Ein alter Mann trat ein. Er hatte langes weißes Haar. Seine Augen strahlten vor jugendlicher Kraft und belebten das von Falten gezeichnete Gesicht auf faszinierende Weise. Plondfair konnte sich diesen Augen nicht entziehen, als sie ihn durchdringend musterten.

»Sie sind Alizker, der Begrenzer«, sagte er.

»Der bin ich«, erwiderte der Alte kraftvoll. »Ich habe die Aufgabe, darüber zu wachen, dass dir Gerechtigkeit widerfährt.«

Alizker setzte sich auf den einzigen Hocker im Raum, stützte die Hände auf die Oberschenkel und musterte Plondfair.

Der Berufene wusste nicht, was er sagen sollte. Er hatte nicht damit gerechnet, dass die Kryn ihm ausgerechnet Alizker als Begrenzer geben würden. Alizker war ein Mann, der den Ruf genoss, bedingungslos für seine Klienten zu kämpfen. Ihn als Begrenzer zu haben bedeutete fast schon, vor dem Todesurteil sicher zu sein. Plondfair erinnerte sich nicht daran, jemals gehört zu haben, dass ein Klient Alizkers hingerichtet worden war.

»Ich habe es noch niemals zuvor mit einem solchen Dummkopf wie mit dir zu tun gehabt« sagte Alizker. »Keiner war so dämlich, vor einer riesigen Menschenmenge Alles-Rad-Lästerung zu begehen. Das Beweismaterial gegen dich und Demeter ist erdrückend. Die Kryn haben Tausende Zeugen. Dabei reicht die Aussage jedes Einzelnen von ihnen, dich um Kopf und Kragen zu bringen.«

»Wenn es so ist, warum haben Sie die Aufgabe übernommen, mich zu retten?«, fragte Plondfair.

»Die Aufgabe eines Begrenzers ist nicht, den Angeklagten zu retten«, erwiderte Alizker schneidend scharf. »Seine Aufgabe ist es, das Strafmaß in Grenzen zu halten und dafür zu sorgen, dass Strafe nicht zur Rache wird.«

Plondfair wollte viel mehr sagen, brachte jedoch kein Wort über die Lippen, da er erfasste, dass Alizker ihn als schuldig ansah.

»Mich interessiert vorläufig nur, ob du bei klarem Verstand bist oder nicht«, fuhr der Begrenzer fort. »Was du getan hast, lässt mich vermuten, dass du nicht ganz richtig im Kopf bist. Oder irre ich mich?«

Plondfair hatte das Gefühl, in Eiswasser getaucht zu werden. Der Begrenzer war nicht gekommen, um ihn vor der Todesstrafe zu bewahren. Die Kryn hatten ihn bestellt, und sie hatten genau gewusst, was sie taten.

»Ich habe Sie für einen Ehrenmann gehalten, Alizker«, versetzte Plondfair stolz. »Nun weiß ich, dass Sie nur ein erbärmliches Werkzeug der Kryn sind.«

»Ich verbitte mir solche Worte!« Der Begrenzer sprang auf und trat zwei Schritte auf den Berufenen zu. Seine Augen funkelten zornig.

Plondfair lächelte geringschätzig. »Mich täuschen Sie nicht, Alter. Mir ist klar geworden, wie sehr die Kryn mich fürchten und welchen Aufwand sie treiben, um Demeter und mich zu vernichten. Die Priesterschaft hat den berühmtesten Begrenzer der ganzen Galaxis gerufen, jedoch nicht zu meiner Unterstützung. Sie sind lediglich hier, Alizker, damit die Kryn der Öffentlichkeit beweisen können, dass meine Verbrechen so schwer sind, dass niemand mich vor dem Tod retten kann. Angesichts meiner Vergehen ist selbst der Begrenzer Alizker machtlos. Sie sind gekauft.«

Der Begrenzer wich vor ihm zurück. In seinem Gesicht arbeitete es. »Du bist jetzt schon ein toter Mann, Plondfair«, sagte er. »Vielleicht kann ich Demeter noch ...«

»Sei still!«, fuhr Plondfair den Alten an. Er hob das Augensymbol aus der PAN-THAU-RA hoch. »Glaubst du wirklich, die Kryn-Gerichtsbarkeit könnte mich beeindrucken? Ich bin der Bote des Alles-Rads. Verurteilt mich ruhig zum Tode und versucht, mich umzubringen. Das Alles-Rad wird mich retten. Macht, was ihr wollt – das Alles-Rad ist mächtiger.«

Zum ersten Mal zeichnete sich Unsicherheit im Gesicht des Begrenzers ab. Alizkers Hände spielten nervös mit den Verschlüssen seines Umhangs. »Wenn ich nur wüsste, ob du wahnsinnig bist oder nicht«, murmelte er.

»Ich bin bei klarem Verstand«, erwiderte Plondfair. »Ich weiß, was ich tue, denn ich führe die Befehle des Alles-Rads aus. Und jetzt verschwinde; ich brauche keinen Begrenzer.«

Alizker ging zur Tür, drehte sich um und lehnte sich mit dem Rücken dagegen. »Ich bin und bleibe dein Begrenzer«, sagte er.

Plondfair lachte ihm ins Gesicht.

»Du bist verloren ohne mich«, sagte der Alte.

»Umgekehrt ist es. Die Kryn werden Demeter und mir einen Schauprozess machen, wie es üblich ist bei Vergehen der Art, wie man sie uns vorwirft. Die Kryn haben dich als Begrenzer abgestellt. Die Abteilung für Öffentlichkeitsarbeit hat mittlerweile dafür gesorgt, dass auf allen Planeten die Stimmung angeheizt wird. Überall wartet man gespannt auf den Prozess und diskutiert darüber, was der große Begrenzer Alizker für die Angeklagten tun kann und tun wird. Welch eine Schande für den berühmten Alizker, wenn er nicht im Gerichtssaal erscheinen darf, weil die Angeklagten ihn abgelehnt haben.«

»Ich habe nicht geahnt, dass du ein Selbstmörder bist«, brachte der Alte schwer über die Lippen.

»Ich bin kein Selbstmörder«, korrigierte ihn der Berufene. »Ich bin ein Sendbote des Alles-Rads. Daher muss ich mich vor euch und euren Machenschaften nicht fürchten. Das Alles-Rad hat mich geschickt. Es wird mich schützen, mag kommen, was will.«

Alizker bewies, dass sein Ruf nicht von ungefähr kam. Er sah, dass Plondfair von einer unerschütterlichen Ruhe war, die er durch sein Verhalten mit verursacht hatte.

Der Begrenzer konnte sich zwar nicht erklären, woher diese Ruhe kam, erfasste jedoch, dass Plondfair von irgendwoher Rückendeckung erwartete.

Tatsächlich war der Lufke nicht so ruhig, wie er sich gab. Er bezweifelte, dass Laire die Möglichkeit hatte, ihm zu helfen. Andererseits konnte er sich nicht vorstellen, dass der Roboter völlig ignorierte, was auf Starscho geschah. Zunächst hatte er gehofft, dass Alizker ihn retten würde. Nachdem er jedoch erkannt hatte, dass der Begrenzer nur Teil des Vernichtungsplans der Kryn war, reduzierte sich seine Hoffnung ausschließlich auf Laire. Ihn überraschte selbst, dass er sich dabei wohler fühlte als vorher, obwohl er nicht wusste, ob der Roboter überhaupt eingreifen konnte. Er sagte sich jedoch, dass er Alizker – und später die

Kryn und die Öffentlichkeit – nur überzeugen konnte, wenn er ruhig und selbstsicher auftrat.

»Du bist also sicher, dass dir nichts geschehen wird.« Alizker blickte den Berufenen aus verengten Augen an. »Vielleicht hast du sogar recht, und dir geschieht wirklich nichts. Vielleicht bist du wirklich ein Sendbote des Alles-Rads.«

»Allmählich erkennst du die Wahrheit.«

»Du solltest nicht in diesem Ton mit mir reden, mein Sohn«, erwiderte Alizker mit mildem Vorwurf. »Du hast nicht das Recht zu solchen Vertraulichkeiten.«

»Ich rede mit dir, wie es mir passt«, sagte Plondfair gelassen. »Wenn dir das nicht gefällt, kannst du ja gehen.«

Alizker kehrte zu dem Hocker zurück.

»Du wolltest gehen«, bemerkte Plondfair.

»Lass uns in aller Ruhe miteinander reden«, schlug der Begrenzer vor. »Es hilft uns beiden nicht, wenn wir streiten.«

Plondfair schüttelte den Kopf. »Du bist hübsch raffiniert, Alter«, versetzte er amüsiert. »Doch jetzt ist es zu spät. Ich will dich nicht als Begrenzer, und dabei bleibt es.«

Alizkers Hände zitterten. Er suchte nach Worten. Schließlich sagte er: »Wenn ich diese Zelle verlassen habe, werde ich nicht mehr zurückkehren.«

»Geh endlich!«

»Damit verurteilst du dich selbst und Demeter zum Tode.«

Plondfair wies auf die Tür. Der Greis stand auf. Flehend hob er seine Hände. »Ich gebe es zu«, erklärte er keuchend. »Jetzt geht es nur noch um mich. Wenn du mich ablehnst, vernichtest du mich und mein Lebenswerk. Niemand sonst in der Galaxis würde es wagen, einen Alizker abzulehnen.«

»Es ist kein Wagnis dabei.«

»Mir bliebe keine andere Wahl. Ich müsste mich töten, weil ich nicht mit einer solchen Schande leben kann.«

Plondfair lächelte. »Schande – das hört sich viel schlimmer an, als es ist. Natürlich wird man sich überall fragen, warum ich dich ablehne, aber in einigen Tagen wird schon alles vergessen sein. Das Alles-Rad wird dafür sorgen, dass Demeter und ich als Sieger aus dieser Auseinandersetzung hervorgehen. Dann stehst du in einem anderen Licht da. Von mir aus kannst du danach bekannt geben, dass du nicht bereit warst, die Strafe für jemanden in Grenzen zu halten, der überhaupt nicht bestraft werden darf.«

Alizker überlegte kurz. Schließlich nickte er Plondfair anerkennend zu.

»Ich glaube, die Kryn machen einen Fehler«, sagte er. »Sie machen es sich zu leicht und sollten sich intensiver mit dir befassen. Einen Mann wie dich vernichtet man nicht einfach so.«

Er schlug mit der Faust gegen die Tür, blickte Plondfair schweigend an, bis die Tür geöffnet wurde, und ging dann.

Galto Quohlfahrt warf sich zur Seite, obwohl er wusste, dass er dem tödlichen Schuss so nicht entgehen konnte. Eine bizarr geformte Maschine war aus dem Hintergrund der Höhle aufgetaucht. Sie bewegte sich auf drei Beinen. In einem ihrer fünf Arme hielt sie den Energiestrahler mit dem irisierenden Abstrahlfeld.

Der Roboter sah alt aus. Rost und mineralische Ablagerungen hatten seine Oberfläche verändert. Ruckend bewegten sich zwei Drehantennen über dem birnenförmigen Kopf.

Schrott, fuhr es Quohlfahrt durch den Kopf. Die Tatsache, dass diese Maschine so gut wie nichts mehr wert war, aber dennoch eine tödliche Gefahr für ihn bedeutete, erschien ihm wie Hohn.

»Laufen Sie doch!«, kreischte Yaal mit überschnappender Stimme.

Der Roboter machte noch einen Schritt nach vorn, dann brach der Arm mit dem Energiestrahler ab. Die Waffe polterte zu Boden, ein Blitz löste sich und zuckte in den wolkenlosen Himmel hinauf. Der Roboter kippte langsam vornüber. Er ruderte noch mit den Armen, konnte den Sturz aber nicht mehr aufhalten und zerbrach dabei in mehrere Teile.

»Warum sollte ich laufen?« Quohlfahrt stand auf und klopfte sich den Schmutz ab.

Yaal schleuderte seinen Kombistrahler von sich. »Die Waffe ist blockiert. Ich hätte Ihnen nicht helfen können.«

Quohlfahrt versetzte Insekten-Sue einen derart heftigen Tritt, dass sie zur Seite taumelte.

»Dieses Biest hätte eingreifen können«, schimpfte er. »Weiß der Teufel, warum sie es nicht getan hat.«

Der Posbi prallte scheppernd gegen einen Felsbrocken. »Es war nicht nötig«, erklärte er quietschend.

»Nicht nötig«, empörte sich der Robotologe. »Und wenn du tausendmal erkannt hättest, dass der Roboter nicht mehr in der Lage war, auf mich zu schießen, so war das kein Grund, mich Blut und Wasser schwitzen zu lassen. – Aber egal. Ich werde dieses Wrack untersuchen. Und Sie sollten Ihren Kombistrahler wieder in Ordnung bringen, Yaal. Es könnte sein, dass Sie die Waffe noch benötigen.«

Während der Kosmobiologe den Strahler wieder an sich nahm, befasste sich Quohlfahrt mit dem fremden Roboter.

»Diese Maschine ist fraglos sehr alt«, stellte er fest. »Ich schätze, dass sie Jahrtausende in der Höhle gestanden hat.«

Er zeigte Yaal einige Körperabschnitte des Roboters, die Gelenke und die Schaltungen, gab ihm eine Reihe von Erläuterungen und fasste danach zusammen: »Wir können froh sein, dass er unter diesen Alterungserscheinungen litt. Verhärtetes Kunststoffmaterial in der Armbeuge beispielsweise hat dafür gesorgt, dass er den Waffenarm nicht exakt ausrichten konnte. Ein paar Millimeter Bewegungsfreiheit fehlten. Das führte dazu, dass der Roboter uns bei seinem Angriff verfehlte.«

Gavro Yaal ging wieder in die Höhle und zerrte den Ansken weiter daraus hervor, bis er den Oberkörper des Wesens sehen konnte. Ein faustgroßes Loch im Chitinpanzer verriet die Todesursache.

»Der Roboter war immerhin in der Lage, den Ansken zu erschießen.«

»Aber erst als das Insektenwesen ihn schon fast erreicht hatte«, bestätigte Quohlfahrt. »Der Roboter erschoss den Ansken, dieser stürzte sterbend über ihn und begrub ihn unter sich. Der Roboter war unfähig, sich selbst zu befreien, denn dazu reichten seine Kräfte nicht mehr aus. Er wurde erst wieder aktiv, als wir den toten Ansken zurückzogen.«

Schweigend setzte der Olliwyner die Untersuchung der Maschine fort. Die fremdartige Konstruktion faszinierte ihn derart, dass er Yaals Fragen überhörte. Erst als der Biologe ihn anstieß, schaute Quohlfahrt auf.

»Was ist los?«, fragte er. »Warum stören Sie mich?«

»Weil wir nicht hier sind, um altertümliche Roboter zu untersuchen. Wir wollen wissen, wo Dorania geblieben ist.«

»Das Wort *altertümlich* beinhaltet negative Kritik«, erwiderte der Robotologe. »Es wäre jedoch völlig verfehlt, diese Konstruktion so zu bezeichnen. Das Gegenteil ist richtig. Wir können von den Erbauern dieser Maschine ungeheuer viel lernen. Und außerdem: Woher wollen Sie wissen, dass in diesem Roboter nicht die Antwort auf Doranias Verbleib liegt?«

Yaal wurde nachdenklich. Er rieb sich die fleischige Nase. »Ich war wohl etwas ungeduldig«, sagte er dann. »Sie haben recht. Der Roboter kann nicht zufällig hier sein. Die Ansken oder deren Vorfahren haben ihn bestimmt nicht gebaut. Sie hätten vermutlich eine andere Konstruktion bevorzugt.«

»Sie haben nicht die technischen Fertigkeiten, so etwas überhaupt zu konstruieren«, ergänzte Quohlfahrt.

»Also muss ein anderer den Roboter hier zurückgelassen haben. Aber das muss nicht unbedingt etwas zu bedeuten haben.«

»Das werden wir herausfinden.« Über Funk rief Quohlfahrt ein Bergungskommando, das den Roboter abholen sollte.

»Eins ist mir noch unklar«, sagte Yaal. »Wieso ist der Anske in die Höhle gekrochen?«

»Darüber habe ich ebenfalls schon nachgedacht. Ich habe eine Antwort, aber ich weiß nicht, ob sie auf die Ansken zutrifft. Ich kann sie nur vom Verhalten der terranischen Bienen ableiten, das in dem Verhalten verwandter Arten auf zahlreichen Planeten der Milchstraße eine Parallele findet.«

»Sagen Sie es schon!«

»Die Bienenvölker teilen sich nach einer bestimmten Zeit, wenn die Zahl der Einzelindividuen zu groß geworden ist. Dann zieht die Königin mit ihrem Gefolge an einen anderen Ort. So wie Dorania. Das Problem ist, eine neue Unterkunft zu finden. Kundschafter werden ausgeschickt. Sie untersuchen Höhlungen, wo immer sie diese finden. Dann kehren sie zu dem wartenden Volk zurück und berichten. Sie schildern die Vorzüge der Unterkunft, die sie anzubieten haben, und das Volk entscheidet sich für eines der Angebote. So könnte es hier auch sein. Vermutlich werden wir noch viele verendete Ansken in den Höhlen und Felseinschnitten finden.«

»Hoffentlich lauern nicht überall Roboter, die auf alles schießen, was sich ihnen nähert.«

»Bestimmt nicht«, sagte Quohlfahrt. »Ich fürchte vielmehr, dass es eine Reihe anderer Gründe dafür gibt, dass die Ansken in diesem Gebiet sterben.«

Er stutzte, griff sich an den Pickelhelm und blickte auf die Projektion einer blonden Frau, die vor ihm entstand. Seine Augen leuchteten. Er lächelte zuvorkommend und plauderte scherzend mit der Frau, als sei er allein mit ihr auf Datmyr-Urgan.

»Ich würde gerne wissen, was die TUNDRA mitzuteilen hat!«, erinnerte Yaal ihn nach einigen Minuten.

»Was sagten Sie?«, fragte Quohlfahrt verwirrt.

»Ich sagte, dass Sie endlich aufhören sollen, Süßholz zu raspeln.«

»Sie als SOL-Geborener haben doch gar keine Ahnung davon, was *Süßholz* ist.«

»Eine Redensart«, sagte der Biologe verärgert. »Ich weiß jedenfalls, was los ist, wenn ein ausgewachsener Mann wie Sie rote Ohren bekommt, sich die Lippen leckt und herumhüpft, als habe er Läuse unter den Fußsohlen.«

»Habe ich das?«, fragte der Robotologe bestürzt. Er schaltete die Übertragung ab und schob sich den Helm in den Nacken. »Ich habe mir wissenschaftliche Untersuchungsergebnisse geben lassen und mich bemüht, das Geheimnis zu lösen, das dieses Tal des Ursprungs umgibt. Währenddessen überhäufen Sie mich mit Vorwürfen.«

Yaal lachte. »So eine Antwort musste ja kommen«, sagte er einlenkend. »Also gut. Was gibt es Neues?«

»Nichts. Die Spezialisten haben nicht herausgefunden, woran Ansken und Larven gestorben sind. Wir sind keinen Schritt weitergekommen.«

»Wir werden dieses Gebiet erst verlassen, wenn wir wissen, was hier los ist.« Gavro Yaal ging zum Shift. Er blickte über die Schulter zurück. »Was hatten Sie eigentlich noch mit der jungen Dame zu bereden?«

»Oh, nichts Besonderes«, erwiderte Quohlfahrt. »Ich habe sie nur gebeten, uns bei der Arbeit zu unterstützen.«

Der Kosmobiologe blieb stehen, als habe ihn der Schlag getroffen. Fassungslos blickte er den Olliwyner an.

10.

Zwei schwarz gekleidete Wachen holten Plondfair ab. Wortlos verließ der Lufke vor ihnen die Zelle.

Demeter stand einige Schritte von ihm entfernt. Sie war blass, und das Haar hing ihr wirr um den Kopf. Blaue Flecken am Hals und auf den Wangen zeugten davon, dass sie gefoltert worden war. Plondfair wollte zu ihr gehen, doch die Wachen zerrten ihn brutal zurück.

»Wir haben Order, hart durchzugreifen, sobald du dich uns widersetzt.«

Plondfair verschränkte die Arme vor der Brust. Er blieb wie angewurzelt stehen.

»Ich will zu Demeter«, sagte er. »Und nichts wird mich daran hindern, zu ihr zu gehen. Ihr müsstet mich schon umbringen, um mich aufzuhalten – aber dann kann ich nicht vor dem Kryn-Gericht erscheinen.«

Eine der Wache drückte ihm ein Messer in die Seite. Plondfair ignorierte die Klinge.

»Es wird einen guten Eindruck auf die Öffentlichkeit machen, wenn alle sehen können, dass wir gefoltert wurden. Noch besser ist es, wenn wir blutbeschmiert vor die Kameras treten.«

»Dann geh doch zu ihr«, sagte der Wächter, der offensichtlich nicht mit so viel Beharrlichkeit gerechnet hatte. Er zog das Messer zurück.

Plondfair trat auf Demeter zu und legte ihr den Arm um die Schultern. Sie seufzte erleichtert.

»Ich habe nichts gesagt, was uns gefährlich werden könnte«, flüsterte sie. »Diese Narren haben nichts aus mir herausgeholt, obwohl sie mich geprügelt haben.«

»Sie haben eine abscheuliche Angst davor, die Macht zu verlieren«, erwiderte Plondfair.

Die Wächter forderten sie beide auf, ihnen zu folgen. Plondfair setzte sich in Bewegung. Demeter blieb an seiner Seite. Sie strich sich das Haar aus der Stirn und richtete sich stolz auf.

»Niemand wird mich demütig sehen«, verkündete sie, bevor sie den Gerichtssaal betrat.

Die Situation im Saal war so, wie Plondfair es erwartet hatte. Mehr als hundert Kryn saßen auf den stufenförmig ansteigenden Bankreihen. Über ihnen befanden sich die Pressekabinen mit den Kameras. Alizker war nicht im Saal. Auf einem hölzernen Vorsprung, der wie eine Zunge aus der Seitenwand hervorragte, saß der *Öffentliche Betrachter* als Repräsentant der Öffentlichkeit. Er war der einzige bei solchen Prozessen zugelassene Zuschauer, der Zeuge dafür, dass weder Bild- noch Tonmaterial verfälscht wurde.

Plondfair wandte sich an den *Betrachter*, wie es sein Recht war.

»Ich verstehe die Kryn«, sagte er. »Sie haben Angst vor der Wahrheit. Niemals zuvor in unserer Geschichte hat das Alles-Rad einen Boten ausgeschickt, aber nun ist es geschehen. Das ist mehr, als die Kryn verkraften können, da sie bisher selbst die Botschaften des Alles-Rads verkündeten.«

»Du bleibst also dabei, dass ihr beide Sendboten des Alles-Rads seid?«, fragte der *Öffentliche Betrachter.*

»Wir bleiben dabei«, antwortete Demeter mit fester Stimme.

»Dann möge der Prozess beginnen.« Der *Betrachter* lehnte sich erwartungsvoll in seinem Sessel zurück.

Ein junger Kryn erhob sich und erläuterte die Vorwürfe. Er machte zugleich deutlich, dass das Urteil schon gefällt worden war. Die Kryn hatten sich zur Todesstrafe für beide Angeklagten entschlossen.

Ein anderer stand auf. »Falls jemand in diesem Kreis etwas vorzutragen hat, was die Todesstrafe aufheben könnte, so soll er es tun! Wir sind bereit, entlastende Argumente zu hören.«

Demeter wollte etwas erwidern, aber Plondfair hielt sie zurück. »Wir sind noch nicht an der Reihe«, sagte er. »Erst muss sich ein anderer finden.«

»Es ist niemand da, der etwas zu unseren Gunsten vorzubringen hat.«

»Das weiß ich, dennoch fordert die Gerichtsordnung, dass wir schweigen. Man wird uns schon noch fragen.«

»Aber das wird uns herzlich wenig helfen?«, erwiderte Demeter leise.

»Überhaupt nichts«, antwortete Plondfair. »Wir sind gescheitert. Nur Laire kann uns lebend herausholen.«

Demeter hatte recht. Niemand erhob Einspruch gegen das Urteil. Schließlich stand ein älterer Kryn auf und wandte sich an die Angeklagten. »Sprecht!«, forderte er. »Wir wollen hören, ob ihr noch etwas zu sagen habt.«

»Das haben wir in der Tat«, antwortete Demeter zornig. »Das Alles-Rad wird alle strafen, die sich seinem Willen widersetzen. Wir sind als Boten des Alles-Rads gekommen, um zu verkünden, dass die Verbotenen Zonen aufgehoben werden. Damit beginnt eine neue Epoche der Freiheit für alle Wynger. Das Alles-Rad wird ein Zeichen setzen, um allen Zweiflern zu beweisen, dass wir wirklich von ihm gesandt wurden.«

Sie merkte, dass ihre Worte nicht den geringsten Eindruck auf die versammelten Kryn machten. Es schien, als hätten sie ihr nicht einmal zugehört.

»Hat noch jemand etwas zu sagen?«, fragte Wimbey, der in der Nähe von Plondfair und Demeter saß. Als niemand darauf reagierte, stand er auf und breitete die Arme aus. »Dann erkläre ich die Verhandlung im Auftrag von Venres für geschlossen.«

»Einen Moment!«, rief ein älterer Kryn. »Ich habe einen Vorschlag zu machen.«

»Sprich!«, forderte Wimbey ihn auf.

»Wir haben eine Möglichkeit, die beiden auf die Probe zu stellen und dabei gleichzeitig das Urteil zu vollziehen«, erklärte der Alte und setzte den anderen seinen Plan auseinander, der spontan Zustimmung fand.

»Plondfair und Demeter haben laut genug verkündet, dass sie Boten des Alles-Rads sein wollen«, führte er aus. »Sie reden von der Abschaffung der Verbotenen Zonen. Wenn dem so ist, dann sollen sie in eine dieser Verbotenen Zonen einfliegen. Wir stellen ihnen ein Raumschiff zur Verfügung und programmieren den Kurs so, dass Plondfair und Demeter ihr Ziel tatsächlich erreichen. Ich schlage vor, dass wir die Verbotene Zone im Torgnisch-System wählen. Bisher sind alle Raumschiffe, die dort eingedrungen sind, explodiert. Ich glaube nicht, dass es unserem Raumschiff anders ergehen wird. Es sei denn, Plondfair und Demeter wären wirklich Boten des Alles-Rads und die Verbotene Zone wurde tatsächlich aufgehoben.«

Die Kryn antworteten mit lautem Gelächter. Einige klatschten begeistert in die Hände.

Plondfair und Demeter blickten sich entsetzt an. Beide glaubten nicht daran, dass Laire inzwischen Gelegenheit gehabt hatte, sein Versprechen wahr zu machen und die Verbotenen Zonen aufzuheben.

Doch nicht nur das erschreckte sie.

Sie hatten gehofft, der Vollstreckung des Todesurteils irgendwie entgehen zu können. Nun wurde ihre Situation aussichtslos. Plondfair war davon überzeugt, dass die Kryn einen Sprengsatz einbauen würden, der zünden musste, sobald sie in die Verbotene Zone eindrangen. Er glaubte nicht daran, dass die Kryn das Risiko eingingen, bloßgestellt zu werden.

»Bringt die beiden in ihre Zellen zurück!«, befahl einer der älteren Kryn.

»Dort sollen sie zwanzig Stunden warten, damit sie über das nachdenken können, was sie getan haben. Danach wird das Urteil vollstreckt.«

Die Wachen führten Plondfair und Demeter zu einer Zelle, die für zwei Personen geradezu komfortabel ausgestattet war.

Gavro Yaal stieg wortlos in den Shift. Über Bordfunk wies er den Kommandanten der TUNDRA an, alle Flugpanzer des Leichten Kreuzers auszuschleusen und einzusetzen.

»Wir ändern unsere Taktik«, sagte der Leiter der TUNDRA-Expedition. »Wir durchsuchen das *Tal des Ursprungs* systematisch, bis wir Dorania gefunden haben.«

Danach startete er, ohne sich davon zu überzeugen, dass Quohlfahrt und Insekten-Sue an Bord waren. Der Robotologe und der Posbi befanden sich jedoch schon in der Schleuse. Quohlfahrt kam Augenblicke später kleinlaut in die Steuerkanzel.

»Wenn Sie wieder einmal eine Hilfskraft anfordern, fragen Sie mich gefälligst vorher«, sagte Yaal, ohne die Stimme zu erheben.

»Oh, Anja ist keine Hilfskraft in dem Sinn«, widersprach Quohlfahrt. »Anja ist ...«

»Halten Sie den Mund, Galto! Ich will nicht über die Vorzüge von Anja nachdenken. Dorania interessiert mich wesentlich mehr. Ich will wissen, warum es mir nicht mehr gelingt, Kontakt mit Bruilldana oder mit Dorania aufzunehmen.«

Je weiter der Shift in das Tal vordrang, desto öfter bemerkten die beiden Männer versteinerte und glasiert wirkende Reste der ehemaligen Vegetation. Hin und wieder sahen sie tote Ansken auf dem Grund einer Schlucht oder in Felsspalten. Sie meldeten jeden Fund, damit die Pathologen ihn untersuchen konnten.

Bald trafen erste Untersuchungsergebnisse ein. Die toten Ansken wiesen keine äußerlichen Verletzungen auf. Radiologische und bakteriologische Untersuchungen erbrachten ebenfalls noch keine Hinweise.

Yaal landete den Shift auf einem der höchsten Hügel. Quohlfahrt bemerkte, dass fünf weitere Shifts in der Nähe aufsetzten.

»Wir können es nicht riskieren, noch weiter vorzudringen«, sagte der Botaniker. »Wir wissen nicht, was die Ansken umgebracht hat, aber es kann schließlich auch uns erwischen.«

»Sie haben recht«, erwiderte der Olliwyner. »Hier kann durchaus etwas existieren, was für uns ebenfalls gefährlich ist. Die Frage ist nur, ob Sie das Bestreben haben, sich in diesen Höhlen und Schluchten zu verkriechen.«

»Sie meinen, etwas habe die Ansken veranlasst, sich ein Versteck zu suchen, bevor der Tod sie ereilte?«

»So sieht es aus.«

»Die Ansken scheinen tatsächlich Schutz gesucht zu haben«, stimmte Yaal zu.

Er nahm Funkverbindung mit den anderen Shifts auf und erteilte ihnen den Befehl, zur TUNDRA zurückzukehren.

»Moment«, wandte Quohlfahrt ein. »Anja kommt hierher, und dann ...«

»Ich habe Ihnen schon gesagt, dass mir Ihre Anja egal ist«, erwiderte Yaal gereizt. »Wir haben Wichtigeres zu tun, als uns um Ihre Weibergeschichten zu kümmern.«

»Weibergeschichten?«, entfuhr es dem Olliwyner. »Anja Veronese ist eine Strahlenspezialistin, die vielleicht Aussicht hätte, hier einiges zu klären.«

»Glauben Sie nur nicht, dass Sie mich täuschen können«, sagte der Biologe. »Ich habe Sie mitgenommen, weil ich hoffte, dass Sie wertvolle Arbeit leisten würden. Aber Sie ...«

»Möchten Sie auch einen Kaffee?« fragte Quohlfahrt. Er hantierte am Getränkeautomaten herum, während Yaal den Shift bereits mit Höchstgeschwindigkeit zur TUNDRA zurückflog.

Der Olliwyner nippte genüsslich an einem Becher Kaffee. Er schwieg, als die TUNDRA in Sicht kam. Yaal lenkte den Flugpanzer in den Stammhangar und verließ die Steuerkanzel ebenso wortlos. Quohlfahrt warf den geleerten Becher in den Abfallvernichter und folgte dem SOL-Geborenen.

Eine zierliche blonde Frau wartete im Hangar auf den Robotologen. Prüfend blickte sie ihm entgegen. »Sie sind Galto Quohlfahrt?«, wollte sie wissen.

Der Olliwyner setzte sein strahlendstes Lächeln auf. »Dann sind Sie sicher Anja Veronese, Strahlenspezialistin und Kosmopathologin. Ich hatte Sie als Radiologin angefordert, weil meiner Meinung nach da draußen eine uns unbekannte Strahlenart die Ansken umgebracht hat. Das ist meine Theorie. Die Todesursache kann auch eine ganz andere sein, aber ich tippe auf Strahlen.«

»Gavro Yaal scheint nicht damit einverstanden gewesen zu sein, dass ich komme.«

»Er war ein wenig nervös, weil er gleich eine Besprechung in der Hauptmesse leiten wird«, erläuterte Quohlfahrt. »Aber das ist verlorene Zeit. Ich mache Ihnen einen Vorschlag, Anja. Sie kommen mit mir in das *Tal des Ursprungs,* und wir sehen uns dort gemeinsam um.«

»Gavro Yaal als Expeditionsleiter hat angeordnet, dass alle Shifts zur TUNDRA zurückkehren.«

Quohlfahrt nickte eifrig. »Er hat die Shifts zurückbeordert, aber er hat nicht gesagt, dass wir nicht in einem flugfähigen Raumanzug nach draußen dürfen. Deshalb lade ich Sie zu einem wissenschaftlichen Ausflug ins Purtguhr-Stuuv ein.«

Anja Veronese wich Quohlfahrts Blick aus. »Ich hatte beinahe vergessen, dass Sie einen denkbar schlechten Ruf haben«, sagte sie. »Keine Frau ist vor ihnen sicher.«

»Aber Anja, meine Liebe. Sie werden einen Raumanzug tragen und können darüber hinaus einen Schutzschirm aufbauen. Ich denke, jemand muss mich gründlich missverstanden haben. Außerdem sind wir beide Wissenschaftler.«

Die Frau lächelte. Schließlich nickte sie und sagte: »Okay. Mich interessiert nun mal, was da im *Tal des Ursprungs* zu finden ist.«

Wenige Minuten später meldete Quohlfahrt die Frau und sich selbst in der Zentrale ab. Sie verließen den Kreuzer und entfernten sich mithilfe ihrer Flugaggregate.

Bald erreichten sie den Hügel, bis zu dem Yaal und Quohlfahrt schon vorgestoßen waren.

Sie flogen weiter. Schließlich ließen sie sich in eine Schlucht absinken, auf deren Grund vier tote Ansken lagen.

Gavro Yaal bemerkte nicht, dass Galto Quohlfahrt sich entfernt hatte. Er leitete eine Konferenz, an der alle Wissenschaftler und Fremdweltspezialisten teilnahmen.

Clemens Costra, ein Kosmopathologe, der die wissenschaftlichen Arbeiten an Bord der TUNDRA koordiniert hatte, fasste zusammen: »Wir konnten die Todesursache der Ansken und ihrer Larven bislang nicht klären. Es gibt zwar eine Reihe von Hinweisen, die aber nicht aussagekräftig genug sind. Eine gemeinsame Todesursache für alle bisher aufgefundenen Ansken gibt es nicht.«

»Sie haben sie nicht gefunden«, wandte Yaal ein.

»Ich korrigiere mich«, erwiderte Costra. »Wir können nicht ausschließen, dass es eine gemeinsame Todesursache für alle Ansken gibt. Vorerst haben wir aber keine Erklärung, woran sie gestorben sind.«

»Dann können Sie die Frage nicht beantworten, ob wir Menschen in gleicher Weise gefährdet sind, sobald wir das *Tal des Ursprungs* betreten?«

»Ich kann nur sagen, dass es sträflich leichtsinnig wäre, das zu tun.

Wir haben Glück, dass alle unversehrt aus dem Purtguhr-Stuuv zurückgekehrt sind. Wenn Sie das Tal eingehend untersuchen wollen, müssen Sie Roboter einsetzen. Menschen sollten sich fernhalten. Wir vermuten, dass die tödliche Gefahr nur sporadisch vorhanden ist. Vielleicht tritt sie in regelmäßigen Abständen auf. Da wir die Gefahr an sich nicht kennen, können wir auch keine Aussage treffen, wann es risikolos ist, das Tal zu betreten, und wann tödlich.«

»Wir setzen Roboter ein«, entschied Yaal. »Das Tal ist ab sofort für alle Besatzungsmitglieder verboten. Niemand darf es ohne meine ausdrückliche Genehmigung betreten.«

Er wandte sich an den Kommandanten der TUNDRA: »Sorgen Sie dafür, dass diese Anweisung sofort allen Besatzungsmitgliedern zugeht!«

»Für Galto Quohlfahrt und die Radiologin Veronese kommt das Verbot zu spät«, bemerkte ein Funker, der den Konferenzraum eben erst betreten hatte. »Die beiden sind draußen. Ich habe vor wenigen Minuten versucht, sie anzurufen, aber sie melden sich nicht.«

»Ich warte nicht, bis sie uns umbringen«, sagte Demeter. »Zweifellos sind die Kryn schon dabei, die Öffentlichkeit auf unseren Flug in die Verbotene Zone einzustimmen. Niemand wird feststellen können, ob uns das Alles-Rad getötet hat oder ob es eine Bombe war, die im Schiff installiert wurde. Wir müssen fliehen.«

»Und wie willst du das anstellen?«, fragte Plondfair.

Demeter vergegenwärtigte sich das Innere des Gefängnisses. Sie zählte neun Hindernisse, von denen sie zunächst nicht wusste, wie diese zu bewältigen waren. Doch je länger sie mit dem Lufken darüber redete, desto sicherer wurde sie.

»Wir schaffen es. Etwas Glück gehört dazu, aber schlimmer kann es für uns kaum werden.« Demeter ging zur Tür und berührte das Ruffeld.

Kurze Zeit später kamen zwei bewaffnete Kryn. Es gab einen kurzen, heftigen Kampf, als Plondfair überraschend angriff. Dass er einem der Männer den Lähmstrahler entwinden konnte, brachte die Entscheidung. In den nächsten Stunden würde keine der beiden Wachen wieder aktionsfähig werden.

»Das ging überraschend leicht«, raunte Plondfair, als er mit Demeter die Zelle verließ und die Tür hinter ihnen zuschlug.

Sie eilten einen Gang entlang. Mehrere Türen zweigten zu beiden Seiten ab. Eine war mit halb transparenten Glasscheiben versehen. Kryn hielten sich in dem Raum dahinter auf. Plondfair und Demeter warteten, bis die Kryn der Tür den Rücken zuwandten, dann huschten sie weiter.

»Für den Fall, dass jemand aufmerksam wird, haben wir immer noch die Lähmstrahler«, raunte Demeter.

Plondfair machte eine heftig abwehrende Handbewegung. »Es genügt nicht, hier nur herauszukommen«, sagte er schroff. »Draußen beginnen die Schwierigkeiten erst. Wir müssen auf Starscho untertauchen, und das können wir nicht, falls die Kryn uns zu dicht auf den Fersen sind.«

Sie erreichten einen Antigravlift und ließen sich nach unten tragen. Vor dem ebenerdigen Ausgang fuhr Plondfair zurück.

Wenige Schritte entfernt debattierten mehrere Kryn. Nur ein einziger sah Plondfair und Demeter in dem Schacht erscheinen, seine Augen weiteten sich in ungläubigem Entsetzen. Der Lufke paralysierte alle fünf, bevor einer von ihnen Alarm schlagen konnte.

»Weiter«, drängte Demeter, als ihr Gefährte zögernd stehen blieb. »Wir haben keine Zeit, sie zu verstecken.«

»Sobald man sie findet, fliegen wir auf.«

»Das lässt sich nicht ändern. Ohnehin können jeden Moment weitere Kryn kommen.«

Sie befanden sich in einem Vorraum. Ein offenes Bogentor bildete den Durchgang zu einem Tempel. Das Aroma brennender Dufthölzer wehte heran. Schriftzüge verrieten den beiden Flüchtlingen, dass sie einen Bereich betreten hatten, der den Übergang vom Gefängnis zum Zentraltempel bildete. Plondfair war überzeugt davon, dass die Kryn eine große Aktion vorbereiteten, während der sie in diesem Tempel das Urteil des Alles-Rads bekannt geben wollten. Er hörte, dass jemand im Hintergrund sang. Die Melodie gehörte zum Heilungsritual und sollte die psychischen Kräfte der Heilungsuchenden wecken.

»Wir gehen durch den Tempel«, schlug Plondfair vor.

Demeter war einverstanden. Sie hatte ebenso wenig geahnt wie er, dass es überhaupt möglich war, durch den Tempel zu entkommen. Offenbar fühlten sich die Kryn so sicher, dass sie nicht mit einer Flucht ihrer Gefangenen rechneten.

Der Ausgang des Tempels lag kurz darauf in verlockender Nähe vor ihnen. Nur mehr wenige Schritte entfernt stand der singende Kryn. Er wandte den Berufenen den Rücken zu. Plondfair richtete den Lähmstrahler auf den Priester und lief mit Demeter los. Ein dicker Teppich dämpfte ihre Schritte. Sie erreichten den Ausgang und hielten aufatmend hinter einem Vorhang inne. Plondfair sah, dass der Stoff vom Luftzug leicht bewegt wurde. Geräusche verrieten ihm an, dass sich Wynger in der

Nähe aufhielten. Kinder lachten. Vogelstimmen ließen vermuten, dass sich vor dem Tempel ein Park erstreckte.

Demeter schob den Vorhang ein wenig zur Seite und blickte durch den entstandenen Spalt nach draußen. »Zwei Wächter und eine Energieschranke«, flüsterte sie.

Die beiden Wachen standen im Torbogen und blickten in den vorgelagerten Park hinaus. Vor ihnen waren die Projektoren einer Energiefeldschranke zu sehen. Die Sperre würde sich aufbauen, sobald jemand eine Strahlwaffe benutzte.

Mit einer Geste gab Plondfair seiner Begleiterin zu verstehen, dass sie die Wachen niederschlagen mussten. Sie hatten keine andere Wahl.

Demeter schob den Vorhang so weit zur Seite, dass sie hindurchtreten konnten. Lautlos näherten sie sich den Wachen. Draußen liefen spielende Kinder vorbei. Sie eilten weiter, sahen einen Roboter Unkraut jäten. Vor einer Statue kauerte eine Frau und meditierte.

Nichts deutete auf eine Gefahr hin. Demeter und Plondfair stürzten sich von hinten auf die Wachen. Diese fuhren jäh herum, als spürten sie genau, was hinter ihnen vorging.

Der als Kämpfer geschulte Berufene überwältigte seinen Gegner in wenigen Sekunden, während Demeter den zweiten Wächter am Eingreifen hinderte. Als Plondfair auch ihn niederstreckte, wurden einige Männer und Frauen im Park aufmerksam. Sie wandten sich den beiden Flüchtlingen zu – und lächelten.

Ihre Reaktion verblüffte Plondfair. Er hatte erwartet, dass sie schreien würden.

In dem Moment baute sich ein rötlich schimmerndes Energiefeld auf, das die beiden Verurteilten einschloss. Aus der Deckung eines Gebüschs trat Wimbey hervor.

Plondfair streckte einen Arm aus und berührte die energetische Sperre. Blitze zuckten um seine Fingerspitzen, er riss die Hand gurgelnd zurück. Männer, Frauen und Kinder kamen nun von allen Seiten heran. Sie durchbrachen Absperrungen und wurden erst dicht vor dem Tempel aufgehalten.

»Sie haben es gewusst«, sagte Demeter entsetzt. »Die ganze Zeit über haben die Kryn gewusst, was wir taten. Sie haben uns hier erwartet.«

Ein Kamerateam wurde sichtbar. Der Kommentator redete sichtlich erregt. Plondfair wurde übel, als er erkannte, dass das Ende ihrer Flucht über die Fernsehstationen von Starscho bis in die Weiten von Algstogermaht übertragen wurde.

Wimbey genoss seinen Auftritt. Die verurteilten Boten des Alles-Rads wurden lächerlich gemacht und von einer johlenden Menge verhöhnt.

Plondfair und Demeter erkannten, dass sie mit ihrer Flucht den schwersten Fehler überhaupt begangen hatten.

»Boten des Alles-Rads«, rief Wimbey höhnisch. »Weshalb flieht ihr? Fürchtet ihr euch vor dem Urteil des Alles-Rads? Habt ihr nicht selbst gesagt, dass die Verbotenen Zonen aufgehoben sind? Warum scheut ihr dennoch davor zurück, in eine der Verbotenen Zonen einzufliegen? Fürchtet ihr, dass das Alles-Rad nicht das getan hat, was ihr von ihm erwartet?«

Seine Worte wurden über Lautsprecher verbreitet. Plondfair schätzte, dass mehrere tausend Wynger zusammengekommen waren. Er hörte das höhnische Gelächter der Menge und beherrschte sich nur noch mühsam. Am liebsten hätte er sich auf Wimbey gestürzt, doch die Energiewand stellte ein unüberwindliches Hindernis dar.

Demeter war nicht anzusehen, was sie empfand. Mit stolz erhobenem Kopf trat sie vor. Sie hob Ruhe gebietend die rechte Hand. Plondfair begriff. Rasch holte er das Augensymbol aus der Tasche und hielt es in die Höhe. Der Mob wurde tatsächlich ruhiger.

»Wir wissen, dass die Verbotenen Zonen nicht mehr existieren!«, rief Demeter. »Davor fürchten wir uns nicht. Wir fürchten allein die Heimtücke der Kryn. Diese haben einen Sprengsatz in dem Raumschiff untergebracht, mit dem wir ...«

Weiter kam sie nicht. Die Übertragungsanlage fiel aus. Einige Männer in der Menge johlten. Wimbey schrie empört eine Reihe von Schimpfwörtern in sein Mikrofon, dass der Lärm Demeter übertönte.

»Es hat keinen Sinn«, sagte sie mutlos zu Plondfair. »Wir haben verloren. Doch andere werden uns folgen und da weitermachen, wo wir aufhören mussten.«

»Darf ich die Boten des Alles-Rads nun bitten, mir zum Raumhafen zu folgen?«, fragte Wimbey spöttisch, als es wieder ruhig wurde. »Wir benötigen für zwei Personen nur ein kleines Raumschiff. Es steht startbereit auf einem Landefeld in der Nähe. Ich hoffe, die Sendboten des Alles-Rads unterwerfen sich dem Urteil – oder sollten sie die Absicht haben, ihre Botschaft zu widerrufen?«

Demeter schüttelte den Kopf. »Dazu haben wir keinen Anlass. Wir sind die Sendboten des Alles-Rads, und unsere Botschaft entspricht der Wahrheit.«

Der Kryn antwortete mit einer einladenden Armbewegung, weil die Energiesperre erlosch.

Aus dem Tempel schwebte eine Plattform auf die Verurteilten zu. Wimbey betrat sie und gab Demeter und Plondfair zu verstehen, dass sie sich beeilen sollten.

Die Menge johlte und schrie, als sich die Gefangenen mit Wimbey und mehreren Wächtern entfernten. Niemand schien sich vorstellen zu können, dass sie die Wahrheit gesagt hatten.

Die Plattform glitt bis zu einem kleinen ovalen Flugkörper. An seinem vorderen Ende befand sich eine transparente Kuppel, die zwei Andrucksessel umschloss. Techniker hatten die Kuppel aufgeklappt. Wimbey lenkte die Plattform zu ihnen.

»Es ist so weit«, sagte er. »Steigt ein, Boten des Alles-Rads. Ich wünsche euch einen guten Flug.«

Er lächelte geschmeichelt, als die Zuschauer, die auch hier schon warteten, seine Worte mit lautem Gelächter begleiteten.

Schweigend verließen Plondfair und Demeter die Plattform und ließen sich in den Andrucksesseln nieder. Die Techniker schlossen die Kuppel und bestrichen die Kanten des Verbindungswulsts mit einem Dichtungsmittel.

Plondfair sah sich in der Kuppel um. Der Raum war so eng, dass er den Sessel nur mit Mühe verlassen konnte. Ein Schott, das den Übertritt ins Schiffsinnere erlaubt hätte, gab es nicht. Eine Wand aus Wyng-Metall schirmte Demeter und ihn von allen wichtigen Anlagen ab. Er würde später nicht in der Lage sein, den Kurs des Schiffes zu beeinflussen.

»Wir sitzen endgültig in der Falle«, sagte Demeter gepresst.

Galto Quohlfahrt ignorierte den Meldeton des Funkgeräts. »Jede Wette, da will uns jemand zurückpfeifen«, sagte er argwöhnisch. »Ich habe jedenfalls nichts gehört.«

Er landete auf dem Grund der Schlucht neben einem der toten Ansken. Das Insektenwesen hatte einige vernarbte Wunden am Hinterkopf. Der Chitinpanzer war offenbar von einer gezackten Waffe getroffen, aber nicht völlig durchbrochen worden.

»Fällt Ihnen nichts auf?«, fragte die Strahlenspezialistin.

Quohlfahrt schüttelte den Kopf.

»Vielleicht würde Ihnen etwas auffallen, wenn Sie den Ansken mehr Aufmerksamkeit widmen würden als mir.«

»Ehrlich gesagt: Sie gefallen mir besser als die Ansken, Anja ...« Der Robotologe wandte sich dennoch den Toten zu. Schlagartig wurde er ernst. »Die hier scheinen älter zu sein als die anderen bisher«, stellte er fest.

»Genau das meine ich. Vielleicht ist es Zufall, vielleicht nicht, aber die älteren Ansken scheinen ausdauernder, kräftiger oder sonst was gewesen zu sein. Jedenfalls sind sie dem Mittelpunkt des Tales näher gekommen als die jüngeren. Wir sollten weiterfliegen und uns überzeugen, ob es wirklich so ist.«

Hastig untersuchte die Frau zwei der Toten.

»Die Sonden zeigen nichts an. Nicht einen Hauch irgendeiner Strahlung.«

Sie verstaute den Multiscanner wieder in einer Gürteltasche und schaltete dann jäh ihr Flugaggregat hoch. Quohlfahrt folgte ihr wortlos.

Gut eineinhalb Kilometer weiter ließ sich die Radiologin in eine Schlucht absinken, die in Nord-Süd-Richtung verlief und genau auf das Zentrum des Tales zeigte. Hier lagen ebenfalls tote Ansken.

»Je weiter wir vordringen, desto älter sind die Ansken. Die Vermutung, dass sie sich vor einer tödlichen Gefahr verkrochen haben, kann nicht richtig sein. Offenbar sind die jüngeren nach und nach ausgefallen, und letztlich kann nur noch eine kleine Gruppe von Alten bei Dorania geblieben sein, falls überhaupt jemand überlebt hat.«

»Wenn es wirklich so ist, dann wird die Todesursache möglicherweise erkennbar«, entgegnete Quohlfahrt. »Ich vermute eine Einwirkung auf das auraempfindliche Organ. Die jungen Ansken haben darauf sehr schnell reagiert, während die älteren länger standhielten.«

»Wir haben einige dieser Organe untersucht, aber keine Überlastung festgestellt«, protestierte die Frau. »Allerdings muss ich einräumen, dass wir nicht zu exakt definierten Analysen kommen konnten. Uns steht kein Vergleich mit einem voll funktionsfähigen Organ zur Verfügung.«

»Die Frage ist, wie Dorania auf eine mögliche Überbelastung reagiert hat. Könnte sie bislang überlebt haben?«

Anja Veronese schüttelte den Kopf. »Diese Ansken sind seit etlichen Stunden tot. Sie sind ... Vorsicht!«

In einer Felsspalte war ein Roboter erschienen. Seine Waffenarme richteten sich auf Quohlfahrt und die Radiologin, aber der Olliwyner reagierte Sekundenbruchteile schneller als die offenbar beeinträchtigte Maschine. Seine Impulssalve ließ den Roboter explodieren. Die Glut leckte über die Felsen hinweg, es gab zwei weitere kleine Explosionen, und im nächsten Moment sah es so aus, als schiebe sich ein Teil des Gesteins zur Seite.

Quohlfahrt glaubte, seinen Augen nicht mehr trauen zu dürfen. Hinter den Felsen war eine Maschinenhalle verborgen gewesen. Ein wirres, schwer zu überschauendes Durcheinander ...

Demeter schloss die Augen. Sie wollte die auf den Start wartende gaffende Menge nicht mehr sehen. »Wie wird uns die Verbotenen Zone eigentlich umbringen?«, fragte sie.

»Alles weiß ich nicht. Aber Rhodan hat mir einige Hinweise gegeben, und den Rest kann ich daraus ableiten.« Plondfair sprach so ruhig, als betreffe sie beide diese Frage gar nicht.

Das kleine Raumschiff hob ab. Es flog langsam wie ein Antigravgleiter. Offensichtlich wollten die Kryn den Gläubigen auf Starscho die Gelegenheit geben, das Geschehen möglichst lange zu verfolgen.

Erst als das Schiff die Wolken durchstieß, beschleunigte es stärker.

»Das Abschirmfeld um die PAN-THAU-RA vernichtet durchaus nicht jedes eindringende Raumschiff«, fuhr Plondfair endlich fort. »Nur Raumschiffe mit sehr hoher Geschwindigkeit explodieren. Einheiten, die mit geringer Fahrt in das Sperrfeld eindringen, werden lediglich ihrer Energie beraubt. Vermutlich sterben die Besatzungen durch den Ausfall der Versorgungssysteme.«

»Laire hat alles getan, den Wyngern Respekt vor den Verbotenen Zonen einzuflößen.« Demeters Stimme vibrierte hörbar. »Daher ist es jetzt so leicht für die Kryn, die Bevölkerung auf ihre Seite zu bringen. Es genügt eben nicht, wenn wir uns hinstellen und sagen, dass die Verbotenen Zonen aufgehoben sind. Die Wynger sind gar nicht in der Lage, das zu begreifen. Wahrscheinlich wird es Jahre dauern, bis sie die Wahrheit endlich aufnehmen.«

»Das haben wir nicht bedacht«, bestätigte der Lufke. »Wir haben diese Information lediglich von untergeordneter Bedeutung gesehen, verglichen mit der Ungeheuerlichkeit des Ganzen.«

Das Raumschiff verließ die Atmosphäre von Starscho und beschleunigte in der Kreisbahn um Välgerspäre.

»Die Öffentlichkeit braucht ein spektakuläres Ereignis«, bemerkte Demeter. »Wenn dieses Schiff explodiert, ist das die beste Bestätigung für die Kryn.«

Plondfair legte ihr die Hand auf den Arm. »Vielleicht haben wir doch Glück ... irgendwie ...«

Die Frau lachte dumpf. »Machen wir uns nichts vor. Die Kryn wollen, dass dieses Schiff explodiert, und sie wollen vor allem, dass der Explosionsblitz auf Starscho beobachtet werden kann. Es gibt keinen besseren Beweis für die Glaubwürdigkeit der Kryn.«

Plondfair schwieg. Nach einer Weile beugte er sich nach vorn und drehte sich mühsam im Sessel um. Der Raum war so eng, dass er sich kaum bewegen konnte.

»Was suchst du?«, wollte Demeter wissen.

»Den Sprengsatz.«

»Hör auf damit«, sagte die Frau heftig. »Die Kryn sind nicht so töricht, einen Sprengsatz ausgerechnet hier anzubringen.«

»Aber genau das glaube ich.« Plondfair verdrehte Hände und Arme so, dass er sie an den Seitenlehnen vorbei unter den Sessel schieben konnte. »Die Kryn wollen die große Explosion, die gut beobachtet werden kann. Also verwenden sie einen Sprengsatz mit extremer Helligkeitsausschüttung.«

»Das mag sein. Aber doch nicht hier in der Kuppel, sondern im Heck, zu dem wir keinen Zutritt haben. Wimbey lässt nicht zu, dass wir den Sprengsatz entschärfen.«

Plondfair zeigte grimmig lächelnd auf die Kuppelverglasung. »Falls die Verbotenen Zonen doch aufgehoben sind, sollen wir trotzdem sterben«, sagte er stockend. »Die Kryn brauchen den großen Explosionsblitz. Allerdings ist es nicht nötig, das ganze Schiff zu zerstören. Eine Lichtbombe mit geringer Sprengwirkung genügt, immerhin muss nur die Kuppel zerstört werden. Deshalb gibt es keinen besseren Platz für die Bombe als hier. Wenn es blitzt, können die Kryn sicher sein, dass sie uns los sind. Bei einer Sprengung im hinteren Schiffsbereich wäre es immerhin denkbar, dass wir hier in der Zelle überleben. Massive Panzerwände schützen uns.«

Plondfair kniete mittlerweile im Sessel. Er löste seine Gürtelschnalle ab, nahm sie auseinander und zog ein scharfkantiges Metallstück heraus. Mit diesem schlitzte er die Polsterung seines Sessels auf.

»Das dachte ich mir. Sieh dir das an, Demeter! Die Kryn haben uns förmlich in den Sprengstoff gesetzt!«

Galto Quohlfahrt und Anja Veronese hatten eine vollautomatische Fabrikationsanlage entdeckt, die Roboter produzierte. Das verschlug sogar dem Olliwyner für eine Weile die Sprache. Verblüfft beobachtete er, dass die fertiggestellten Maschinen mit Energiestrahlern bestückt wurden. Und er sah, dass mehrere der Roboter sich der Radiologin und ihm zuwandten.

Die Maschinenanlage war uralt. Quohlfahrt konnte kaum begreifen, dass sie überhaupt noch funktionierte. Nicht minder alt schien das verarbeitete Material zu sein. Am Ende des Produktionsprozesses erhoben sich Roboter, die eigentlich nur aus Schrott bestanden. Sie entfernten sich einige Meter vom Ende der Bandstraße, dann brachen die meisten von ihnen schon zusammen. Entweder waren die Metallbeine nicht mehr tragfähig, oder die aus brüchigen Schaltungen gefertigte Steuerpositronik fiel auseinander. Einige Roboter schleppten sich aber trotz aller Mängel weiter, und einer von ihnen kroch erbärmlich hilflos über den Boden. Anscheinend verfügte er als Einziger über funktionierende Strahler.

Quohlfahrt stieß ein erschrecktes Gurgeln aus. Er warf sich förmlich auf die neben ihm stehende Wissenschaftlerin und riss sie zur Seite.

Mehrere Strahlschüsse verfehlten sie beide nur um Haaresbreite. Die Energien brachen das mürbe Gestein hinter ihnen auf. Geröll geriet ins Rutschen.

Quohlfahrt jagte mit seinem Flugaggregat in die Höhe und feuerte auf den gegnerischen Roboter. Die Maschine platzte geradezu auseinander.

Schreckensbleich schloss Anja Veronese zu Quohlfahrt auf. »Ich dachte schon ...«

Er winkte lachend ab. »Das ist nun mal meine stürmische Art, Frauenherzen zu erobern«, prahlte er. »Manchmal etwas riskant, aber fast immer erfolgreich.«

»Ich schmelze dahin.« Die Radiologin seufzte gequält.

»Das klingt schon ganz gut«, sagte Quohlfahrt. »Der Tag ist nicht mehr fern, an dem ich Ihren Schmeicheleien erliege. Aber wir müssen leider weiter, wenn wir Dorania vor den anderen finden wollen. In der Ortungsstation der TUNDRA sitzen so ziemlich alle Spezialisten vor den Geräten und beobachten jetzt, dass Ihr Herz bei meinem Anblick vor Freude hüpft. Die Schießerei ist ihnen mit Sicherheit auch nicht entgangen.«

Die Produktion der Kampfroboter war mittlerweile zum Stillstand gekommen. Obwohl Quohlfahrt nicht glaubte, dass von der Anlage weitere Gefahr ausging, feuerte er mit dem Strahler auf die Steuerungssegmente.

»Dorania muss einen triftigen Grund gehabt haben, in dieses Tal vorzudringen«, sagte er, als er eilig weiterging. »Womöglich hat sie die Gefahr für ihr Volk erkannt, die von diesem Tal ausgeht.«

»Die TUNDRA ruft uns«, bemerkte Anja Veronese.

»Sobald wir uns melden, werden wir zurückgepfiffen.« Quohlfahrt fuhr sich mit der Hand über die Stirn. Der Ärger war ihm anzusehen.

Die Radiologin stieß einen überraschten Laut aus. Wie gebannt blickte sie auf die Anzeige eines ihrer Messgeräte.

»Da war etwas! Nur für wenige Sekunden. Vielleicht die Strahlung, die alle Ansken getötet hat.«

Quohlfahrt schluckte krampfhaft. »Dann wissen wir wenigstens, dass die Strahlung nur die Ansken umbringt, uns jedoch nicht«, sagte er.

Die Wissenschaftlerin blickte ihn überrascht an. Dann erst verstand sie. »Daran habe ich überhaupt nicht gedacht. Wir könnten schon tot sein ...«

»Aber wir sind es nicht.«

Quohlfahrt hatte sich umgesehen und einen schräg in die Tiefe führenden Gang entdeckt. Mit schnellen Schritten ging er darauf zu. »Sehen Sie sich das an, Anja!«, sagte er. »Da sind die Spuren eines Ansken.«

Die Frau schloss zu ihm auf. »Ich denke, es wird Zeit, Yaal zu informieren.«

Quohlfahrt zögerte, dann nickte er langsam. »Also gut, lassen wir das Donnerwetter über uns ergehen. Vielleicht interessiert ihn sogar, dass er nicht auf Roboter angewiesen ist, sondern selbst hierherkommen kann, ohne von der Strahlung umgebracht zu werden.«

Über den Sender seines Helms rief er die TUNDRA. Die Augen der Wissenschaftlerin klebten förmlich an seinen Lippen. Ihm war klar, dass sie mit dem wenigen, was er von sich gab, nicht allzu viel anfangen konnte. Yaals Vorwürfe ignorierte er geflissentlich.

»Natürlich ... Ja, wir gehen weiter. Und wir geben Peilzeichen. Selbstverständlich. Weitere Informationen, sobald wir Dorania gefunden haben.«

Quohlfahrt unterbrach die Verbindung. Er verzog das Gesicht. »Yaal kann lauter werden, als ich gedacht habe. Kommen Sie, Anja, wir dringen weiter in die Höhlen vor.«

Er blieb nur einmal kurz stehen, als er ein Geräusch hinter sich vernahm. Über die Schulter zurückblickend, bemerkte er Insekten-Sue. Der Posbi folgte Anja und ihm in respektvollem Abstand.

»Das ist es, was ich an Posbis und Robotern so liebe«, sagte er ungefragt, als sie eine Gangbiegung erreichten. »Auf diese Blechfreunde kann man sich verlassen. Sie sind bedingungslos treu. Schwankende Meinungen, Stimmungen und daraus resultierende wechselnde Haltungen kennen sie nicht.«

Die Radiologin blickte ihn herausfordernd an. »Das werfen Sie uns Frauen vor, nicht wahr? Mangelnde Treue, Stimmungsschwankungen und so weiter ...«

»Das ist eine bösartige Unterstellung. Ich würde so etwas nicht einmal denken.«

»Sie sind ein Feigling.«

Quohlfahrt blieb stehen. Empört hielt er den Atem an und blies die Wangen auf. In dem Moment wurde Insekten-Sue schneller. Mit wirbelnden Spinnenbeinen raste sie an ihm vorbei. Ihr Scheinwerfer entriss einen chitingepanzerten Körper der Düsternis.

»Dorania!«, rief die Radiologin. Sie vergaß, dass sie eine Antwort von Quohlfahrt erwartete, und folgte dem Posbi.

Die Jungkönigin der Ansken lag vor einem geschlossenen Schott. Sie bewegte sich nicht.

»Ist sie – tot?«

Der Robotologe schien nicht zu hören, was die Wissenschaftlerin fragte. Er gab einige mathematische Formeln von sich.

»Was ist mit Ihnen los, Galto? Fühlen Sie sich nicht wohl?«

Er hob beruhigend eine Hand und gab der Frau mit einer Geste zu verstehen, dass sie ihn nicht stören sollte.

Insekten-Sue hatte ein Rohr aus ihrem Körper ausgefahren. Sie sprühte daraus eine Flüssigkeit über Dorania, die allen Schmutz von dem Insektenleib abspülte.

Endlich verstand die Radiologin, dass Quohlfahrt dem Posbi exakte Anweisungen gab. Er formulierte sie streng mathematisch, um Missverständnisse zu vermeiden.

Insekten-Sue untersuchte die reglose Dorania. Dabei fuhr sie Sonden und Geräte aus ihrem Körper hervor. Nach einigen Sekunden gab sie schrille Laute von sich.

»Insekten-Sue hat mir einen Zustand bezeichnet, für den es bei uns kein gleichwertiges Wort gibt«, erklärte der Robotologe. »Dorania lebt gerade noch, liegt aber auch nicht eindeutig im Sterben. Sie befindet sich in einer Zwischenphase.«

»Ist noch Hoffnung?«

»Sue versucht, das herauszufinden und Doranias Zustand genauer zu diagnostizieren. Vielleicht gelingt es ihr, eine Therapie abzuleiten. Das müssen wir abwarten.«

Insekten-Sue fuhr einen Metallarm aus, an dessen Spitze sich eine Säge drehte. Die Sägezähne gruben sich in Doranias Brustpanzer und brachen ihn auf.

»Dorania hat ein kompliziertes Kreislaufsystem. Sue sieht nur noch die Möglichkeit, sie wenigstens so lange am Leben zu erhalten, bis die Kosmomediziner der TUNDRA hier eintreffen. Sie massiert die vier gebündelten Organe, die wir bei großzügiger Formulierung als Herz bezeichnen könnten.«

»Als Herz?«, rief die Radiologin. »Aber das ist doch völlig falsch. Das Herz ist ein Organ, das nach ganz anderen Gesichtspunkten ...«

»Ich bat um eine großzügige Auslegung«, sagte Quohlfahrt. »Also seien Sie nicht kleinlich. Sue macht so etwas wie eine Herzmassage, während wir uns umsehen, was die Jungkönigin hier eigentlich gesucht haben kann.«

11.

Auf Starscho verfolgten die Kryn die Flugbahn des Raumschiffs mit Plondfair und Demeter. Keineswegs alle wussten, welchen Plan die führenden Priester entwickelt hatten. Informiert war nur ein kleiner Kreis um die Ranghöchsten Venres von Xain und Kaptetar von Kärneit. Zu diesem Kreis gehörte auch Wimbey.

Venres saß in einem Sessel und blickte unverwandt auf die Wiedergabe der Ortung. Die skizzierte Flugbahn endete im Bereich der Verbotenen Zone an einem Blitzsymbol. Eine rote Markierung zeigte an, wo sich das Raumschiff mit den Verurteilten befand. Diese Markierung veränderte ihre Position in Sekundenabständen ruckartig. Nur noch Minuten blieben bis zum Eindringen in die Verbotene Zone.

Venres zuckte zusammen, als Kaptetar ihm die Hand auf die Schulter legte. Gequält blickte er auf.

»Es geht nicht nur um uns«, sagte Kaptetar. »Die beiden müssen sterben, damit Billionen Wynger leben können. Das Alles-Rad wird entscheiden und uns den Druck auf den Knopf dort abnehmen.« Er zeigte auf eine Konsole und den unter einer Abdeckung liegenden roten Sensor.

»Hoffentlich«, erwiderte Venres. Er war ein grundehrlicher alter Mann, der sein Leben lang für das Alles-Rad-System gearbeitet hatte. Nicht ein einziges Mal hatte er dabei gezweifelt.

Was immer er tat, das tat er nach reiflicher Überlegung und langem Zögern. Für Kaptetar war es deshalb überraschend gewesen, dass Venres sich entschlossen hatte, eine Sicherung in Form eines Sprengsatzes einzubauen. Die Entscheidung zeigte, dass Venres sich in dieser wichtigen Situation doch nicht nur auf das Alles-Rad verlassen wollte.

Wimbey stand einige Meter hinter den beiden Alten. Er wusste weitaus mehr als sie, wagte aber nicht, ihnen alles zu sagen, was er erfahren hatte. Er gab Plondfair und Demeter die Schuld dafür, dass sein bequemes Leben vorbei war.

Wimbey sah die Zusammenhänge deutlicher als Venres, und er hatte höchst egoistische Gründe für seine Haltung. Er wollte Macht und Einfluss behalten und keinesfalls Opfer einer Bewegung werden, die – wie er meinte – sich gegen die Kryn richtete. Wenn der Roboter die Wynger bisher manipuliert hatte, so regte ihn das nicht weiter auf. Wenn aber dieser Roboter die Manipulation beenden wollte, war Wimbey ohne Weiteres bereit, selbst zu manipulieren.

Venres' Entscheidung bewies ihm, dass dieser nicht mehr so unverbrüchlich an das Alles-Rad glaubte wie bisher. Er war zumindest unsicher geworden. Eine Persönlichkeit unsicher werden zu sehen, die so hoch über ihm stand, erfüllte Wimbey mit tiefer Befriedigung. Er war entschlossen, die Situation für sich zu nutzen.

»Ich habe einen Vorschlag zu machen«, sagte er.

Venres blickte Wimbey fragend an. Es schien, als sei er nicht mehr in der Lage, der nervlichen Belastung standzuhalten.

»Wir alle sind erschüttert«, erklärte der Flottenkryn. »Plondfair und Demeter haben uns in eine unmögliche Situation gebracht. Wir wissen, dass ein Chaos unvermeidlich ist, falls das Raumschiff nicht explodiert.«

»Das weiß ich alles«, sagte Venres ungeduldig. »Komm zur Sache.«

»Ich bin empört darüber, dass es den Ketzern gelungen ist, Zweifel in unsere Herzen zu tragen«, fuhr Wimbey fort. »Diese Zweifel werden noch größer werden, wenn das Alles-Rad aus Zorn über unsere Zweifel das Raumschiff in die Verbotene Zone eindringen lässt.«

»Du meinst, das Alles-Rad lässt das Raumschiff unbehelligt, um uns für unsere Haltung zu strafen?«, fragte Kaptetar. Seine Stimme wurde schrill vor Erregung.

»Genau das wollte ich damit sagen«, bestätigte Wimbey. »Unsere Zweifel sind eine Beleidigung für das Alles-Rad.«

»Du könntest recht haben«, erwiderte Venres. »Aber ich weiß nicht, was du willst. Komm endlich zu deinem Vorschlag.«

»Du kennst mich genau, obwohl ich erst seit wenigen Tagen die Ehre habe, in deiner Nähe zu weilen« versetzte Wimbey. »Ich habe in der Tat einen Vorschlag zu machen. Wir sollten den Knopf jetzt schon drücken.«

Kaptetar deutete auf das Ortungsbild. »Überall in Algstogermaht wird dieses Bild empfangen. Alle Wynger sehen, dass das Raumschiff die Verbotene Zone noch nicht erreicht hat.«

»In zwei Minuten wird es dort sein. Wir zerstören das Schiff Bruchteile von Sekunden, bevor es in die Verbotene Zone eindringt. Niemand wird bemerken, dass wir das Alles-Rad davor bewahrt haben, uns beweisen zu müssen, dass es noch existiert, weil sich grafisch gar nicht genau darstellen lässt, wo der tödliche Bereich der Verbotenen Zone beginnt.«

Venres nickte. »Wimbey hat recht. Wir befreien uns von den Zweifeln, und gleichzeitig verhindern wir, dass das Alles-Rad uns zürnt. Die Explosion beweist den Gläubigen die Existenz des Alles-Rads, ganz gleich, wo sie erfolgt.«

Er atmete durch und presste die Rechte gegen die Brust. »Zerstöre das Raumschiff!«, befahl er.

Wimbey klappte die Abdeckung zurück und berührte den Sensor.

»Drehen Sie sich mal um, Galto«, bat die Radiologin.

»Wenn Sie mir unbedingt in die Augen sehen wollen, dann könnten Sie das freundlicher ausdrücken«, erwiderte Quohlfahrt. Unverwandt beobachtete er Insekten-Sue, die das Herz der Jungkönigin massierte.

»Hier ist niemand, der Ihnen in die Augen sehen möchte!«, rief eine markante Stimme. »Viel lieber würde ich Ihnen ins Hinterteil treten.«

Quohlfahrt fuhr herum. »Gavro Yaal! Was für eine Überraschung.« Er schluckte für einen Moment und fuhr dann gelassen fort: »Statt Drohungen auszustoßen, helfen Sie uns lieber, Dorania zu retten. Sie stirbt, wenn wir sie nicht sofort in die TUNDRA bringen.«

Hinter Yaal kamen weitere Männer und Frauen der Expedition. Quohlfahrt unterrichtete sie knapp über den Zustand der Ansken-Königin. Natürlich war ihm klar, dass er gegen alle Bordregeln verstoßen und sich eine Strafe eingehandelt hatte. Unter Umständen bedeutete das seinen Ausschluss von künftigen Expeditionen. »Konzentrieren wir uns auf Dorania und das Problem, auf das wir hier gestoßen sind«, schlug er schließlich vor.

»So einfach kommen Sie mir nicht davon«, sagte Yaal.

»Dorania wäre schon tot, wenn ich nicht eigenmächtig gehandelt hätte.«

»Das steht keineswegs fest.«

»Aber es entspricht den Tatsachen«, wandte Anja Veronese ein. »Jeder Kosmobiologe wird das bestätigen. Nur weil wir rechtzeitig hier waren und weil Insekten-Sue die Massage vornehmen konnte, hat Dorania noch eine Chance. Sie war schon so gut wie tot, als wir sie fanden.«

»Trotzdem wurden meine Anweisungen missachtet.«

»Ja, natürlich«, gestand der Robotologe. »Aber wir hatten Erfolg, und das zählt letztlich. Und jetzt ist vor allem wichtig, dass wir herausfinden, weshalb Dorania an diesen Ort gekommen ist.«

»Gut.« Der Expeditionsleiter gab sich einen Ruck. »Wir sehen uns ausführlich um. Über alles andere reden wir später.«

»Haben Sie die Fabrikationsanlagen gesehen?«, fragte Quohlfahrt.

»Allerdings«, antwortete Yaal. »Alles ist uralt. Mir ist aufgefallen, dass die produzierten Roboter humanoide Gestalt haben. Das ist immerhin überraschend, weil die vorherrschende Intelligenz den Insekten zuzurechnen ist.«

Quohlfahrt schlug sich die flache Hand vor die Stirn. »Das habe ich glatt übersehen!«, rief er. »Das bedeutet, dass die Fabrikationsanlage keinesfalls von den Ansken errichtet wurde.«

»Genau das wollte ich damit sagen«, bestätigte Yaal.

Sie waren weitergegangen und standen vor einem geschlossenen Schott. Quohlfahrt trat mit dem Fuß dagegen, und es brach aus den Verankerungen. Die beiden Männer und die Radiologin warteten, bis der aufgewirbelte Staub sich gesetzt hatte. Danach konnten sie in eine Halle voll fremdartiger Maschinen sehen. Leuchtelemente an der Decke spendeten spärliches Licht. Ein großer humanoider Roboter rollte auf Panzerketten auf sie zu. Er kam aber nur wenige Meter weit, dann brachen die Ketten auseinander. Der Roboter kippte auf den Boden.

»Hat jemand eine Ahnung, wer der Erbauer dieser Anlage war?«, fragte Anja Veronese.

»Das liegt doch auf der Hand«, antwortete Yaal. »Das Purtguhr-Stuuv mit seinem Höhlensystem kann nur jener Bezirk sein, wo vor schätzungsweise einer Million Jahren Bardioc gelandet ist. Von hier stammen jene Ansken, mit denen er seinen einzigen Quanten-Versuch durchgeführt hat.«

»Das ist spekulativ«, widersprach die Frau.

»Überhaupt nicht«, sagte Quohlfahrt erregt. »Es muss so gewesen sein. Diese Anlagen sind uralt, und wir wissen, dass Bardioc mit den Ansken experimentiert hat. Die Versuche wurden aller Wahrscheinlichkeit hier auf Datmyr-Urgan begonnen und auf der PAN-THAU-RA weitergeführt. Alles passt zusammen. Ich gebe Ihnen recht, Gavro.«

»Aber was wollte Dorania hier?«, fragte die Radiologin. »Und woher kommt die Strahlung, die ich angemessen habe?«

Die beiden Männer und die Frau schritten in respektvollem Abstand um den Roboter herum.

»Ich glaube, dass Bardioc seinerzeit das Tal verwüstet hat, damit kein Anske auf den Gedanken kommt, sich hier umzusehen«, sagte Yaal. »Er hat eine Todeszone geschaffen, wie Laire später die Verbotenen Zonen. Schließlich wollte Bardioc nicht, dass ein Anske die Einrichtungen womöglich enträtselt.«

»Er hätte sie vernichten können, das wäre einfacher gewesen.«

»Dann hätte Bardioc keine Möglichkeit gehabt, die Experimente wieder aufzunehmen. Wir wissen mittlerweile, dass die Strahlung nur für die Ansken tödlich ist, nicht aber für uns. Bardioc wollte also nur verhindern, dass die Ansken sich hier breitmachen, während er selbst ungefährdet zurückkehren konnte. Damals ahnte er noch nicht, dass er nur dieses eine Experiment zu Ende bringen würde.«

»Alles passt zusammen«, sagte Quohlfahrt lobend, während er einer weiteren Maschine einen Tritt versetzte und zusah, wie sie auseinanderbrach. »Aber woher kommt die Strahlung, und was wollte Dorania hier?«

»Ihr ging es wohl darum, die Strahlungsquelle endlich zu beseitigen, um ihrem Volk eine ungefährdete Zukunft zu sichern«, antwortete Gavro Yaal. »Wir haben festgestellt, dass ältere Ansken widerstandsfähiger gegen die Strahlung sind als jüngere.«

»Stimmt«, bestätigte Quohlfahrt.

»Daraus schließen die Experten der TUNDRA, dass es sich um eine auraähnliche Strahlung handeln muss, die typische Merkmale einer Howalgonium-Strahlung hat.«

»Davon habe ich nichts bemerkt«, protestierte die Radiologin.

»Die Radiologen an Bord haben bessere Möglichkeiten als Sie mit Ihren relativ einfachen Handgeräten«, erwiderte der Kosmobiologe. »Sie haben mir erklärt, dass die Frequenz mit den Hochleistungsgeräten des Kreuzers gerade noch zu bewältigen ist. Das bedeutet, dass diese Strahlung anders als bei Howalgonium einen eigenständigen Schwingungsumfang durchläuft und nur sporadisch für uns messbare Bereiche berührt.«

»Diese extreme Eigenart besitzt zu einem kleinen Teil auch die Aura der Bruilldana«, sagte die Radiologin.

»Genau so scheint es zu sein.«

»Eine Art Waffe also, die auf die Abwehr in das Tal eindringender Ansken angelegt ist«, fasste Quohlfahrt zusammen. »Die Ansken werden durch die Überlastung ihrer auraempfindlichen Organe getötet.«

»Was für Kosmopathologen nicht feststellbar ist, da keine sichtbaren organischen Schäden vorhanden sind«, ergänzte die Radiologin.

Yaal nickte knapp. »Die jungen Ansken reagieren schnell darauf, da es bei ihnen noch keinen langjährigen Gewöhnungseffekt gibt. Doranias Widerstandskraft war am höchsten. Daher kam sie bis fast an die Strahlungsquelle. Zweifellos wollte sie diese vernichten.«

Quohlfahrt hatte inzwischen ein kleines, grün markiertes Schott entdeckt. Er eilte darauf zu und trat heftig dagegen. Das Schott brach auseinander. Durch den aufwirbelnden Staub raste ein großer Roboter auf ihn zu. Hinter der Maschine sah der Olliwyner eine weiß schimmernde Säule. Ihr eigenartiges Leuchten schien ihn zu lähmen.

Gavro Yaal stand am weitesten entfernt. Trotzdem hatte er Mühe, seinen Energiestrahler zu heben. Mit beiden Händen schaffte er es, und seine Salve fauchte an Quohlfahrt und dem Roboter vorbei und ließ die Säule in Sekundenbruchteilen auseinanderplatzen. An ihrer Stelle entstand ein konturloses schwarzes Gebilde, das sich für einige Augenblicke zuckend bewegte, als schwanke es zwischen zwei Energiepolen. Dann verflüchtigte es sich.

Der große Roboter erstarrte abrupt, dann brach er auseinander.

Zwanzig Stunden später passierte die TUNDRA die 1-ÄTHOR und flog in die Umschließung der wyngerischen Raumflotte ein. Courselar hatte dem Leichten Kreuzer sofort die Genehmigung erteilt, die BASIS anzufliegen.

Perry Rhodan kam auf dem Transmitterweg zur TUNDRA. Gavro Yaal empfing ihn und führte ihn zu Dorania.

»Die Mediziner haben mir inzwischen Hoffnung gemacht«, erklärte der Kosmobiologe. »Dorania ist auf dem Wege der Besserung. Sie wird sich erholen.«

Beide Männer betraten die Intensivstation. Die Jungkönigin der Ansken schwebte in einem Antigravfeld zwischen den Geräten, die ihre Lebensfunktionen aufrechterhielten.

»Ich glaube, dass sie es geschafft hat«, sagte einer der Ärzte.

Rhodan trat nahe an die Ansken-Königin heran. Er sah, dass sie sich bewegte und dass ihr Facettenband in allen Farben schillerte.

»Versuchen Sie, Kontakt mit Bruilldana zu bekommen!«, wandte sich der Terraner an Yaal. »Nachdem Sie ihr die Situation schon während des Starts beschrieben haben, sollten Sie ihr nun erklären, welche Pläne wir mit Dorania haben.«

Einige Minuten verstrichen.

»Bruilldana ist einverstanden«, berichtete Yaal schließlich. »Sie ist erleichtert darüber, dass wir Dorania gerettet haben. Sie hat bereits mit ihr Kontakt und hilft ihr, auf die Beine zu kommen. Es ist ein Aura-Problem.«

»Wird Dorania in der Lage sein, ihre Aufgaben an Bord der PAN-THAU-RA zu erfüllen und die Ansken dort zu befrieden?«

»Bruilldana ist davon überzeugt.«

Rhodan atmete erleichtert auf. »Ich freue mich, dass alles so gut abgelaufen ist, Yaal. Sobald Dorania ausreichend erholt ist, werde ich mit ihr reden. Und ich werde sie an Bord der PAN-THAU-RA begleiten, sofern Courselar nichts dagegen einzuwenden hat.«

»Damit ist wohl kaum zu rechnen.«

»Das denke ich auch. Vorher muss ich aber ein Versprechen einlösen.«

»Die SOL!«

»Allerdings. Ich werde das Fernraumschiff an die SOL-Geborenen übergeben.«

Gavro Yaal blickte den Terraner prüfend an. »Sie sehen nicht gerade so aus, als seien Sie zufrieden«, stellte er fest.

»Das liegt daran, dass wir nichts mehr von Plondfair und Demeter gehört haben. Wir wissen aus aufgefangenen Nachrichtensendungen der Wynger nur, dass die beiden in Schwierigkeiten stecken.«

Atlan befand sich zu diesem Zeitpunkt in der Hauptzentrale der PANTHAU-RA. Er beobachtete Laire, der an einigen der fremdartigen Instrumente hantierte.

»Ich habe Nachrichten von meinen Hilfsrobotern in Quostoht erhalten«, sagte Laire unvermittelt. »Sie stehen mit allen Außenstationen in Verbindung. Demeter und Plondfair sind verhaftet und als Ketzer verurteilt worden. Die Kryn schicken sie mit einem Raumschiff in die Verbotene Zone, weil sie glauben, dass das Schiff dort explodieren wird. Dann hätten sie ein Problem weniger.«

»Und?«, fragte der Arkonide. »Sind die Verbotenen Zonen noch nicht aufgehoben?«

»Ich habe die Roboter angewiesen, die Verbotene Zone um die PANTHAU-RA zu neutralisieren. Mehr kann ich nicht tun.«

Laire klang leidenschaftslos. Dennoch hatte Atlan das Gefühl, dass er sehr wohl wusste, wie ungeheuer wichtig es war, Plondfair und Demeter zu retten.

»Wo sind Plondfair und Demeter jetzt? Wann erreichen sie die Verbotene Zone?«

Laire zeigte auf einen Monitor, der eine verwirrende Fülle farbiger Symbole aufwies. »Viel Zeit bleibt nicht mehr«, erklärte er. »Siehst du den Lichtpunkt? Wenn er die beiden senkrechten Striche erreicht, ist alles vorbei.«

Atlan erschrak. Er hatte den sich bewegenden Lichtpunkt beobachtet. Er schätzte, dass Plondfair und Demeter höchstens noch zehn Sekunden blieben.

Jäh heulte eine Sirene auf. Rote Farbschleier tanzten über den Monitor.

»Ist es zu spät?«, fragte der Arkonide erregt.

»Die Verbotene Zone existiert nicht mehr«, antwortete Laire. »Die Gefahr für die beiden ist vorüber.«

Demeter war am Ende ihrer Kraft. Die Kryn hatten Plondfair und sie buchstäblich auf ein Pulverfass gesetzt.

»Es hat keinen Sinn mehr«, sagte sie tonlos.

»Wir müssen versuchen, die Sprengsätze zu entschärfen«, erwiderte der Lufke.

»Wozu? Entweder kommen wir durch die Bomben um oder in der Verbotenen Zone. Und wenn nicht, werden die Kryn einen anderen Weg finden.« Die Frau lehnte sich im Sessel zurück. Ihre Lippen bebten.

»Noch haben wir eine Chance«, sagte Plondfair beschwörend.

Demeter blickte ihn mitleidig an.

»Ich verstehe dich«, sagte sie tonlos. »Du bist noch jung. Ich habe ein Vielfaches länger gelebt, und das immer in dem Bewusstsein, dass ich letztlich doch sterblich bin. Irgendwann muss der Tod an mich herantreten, und ich habe mir geschworen, dass ich dann nicht die Fassung verlieren werde.«

»Woher weißt du, dass es so weit sein soll? Hilf mir, die Sprengsätze zu entschärfen, Demeter! Wenn du nicht mehr leben willst, gib mir wenigstens eine Chance.«

Sie lächelte bitter. »So ist das nicht. Leben möchte ich schon, aber ich weiß, wann eine Situation ausweglos ist.«

»Ich werde mich nicht damit abfinden«, erwiderte Plondfair heftig. »Und ich denke dabei an uns beide. Deshalb gebe ich nicht auf.«

Demeter wich zur Seite, als Plondfair sich abmühte, unter die Sessel zu sehen. Sie versuchte, ihm noch ein wenig mehr Platz zu machen. Minuten verstrichen, während der Lufke immer wieder versuchte, den Kopf zwischen die beiden Sessel zu quetschen. Schließlich gelang es ihm einigermaßen, unter seinen Sitz zu blicken.

»Das hier muss es sein«, verkündete er erregt. »Aus dem Boden kommen zwei Kabel. Sie sind durch einfache Steckverbindungen mit den Sesseln verbunden. Wenn wir sie ablösen, können die Kryn die Sprengsätze nicht zünden.«

Demeter krallte die Finger in seinen Arm. »Ist das wahr?«, fragte sie mit neu aufflammender Hoffnung.

»Es stimmt, aber ich bin zu groß. Ich komme nicht an die Kabel heran. Du bist schlanker als ich. Du könntest es schaffen. Du musst es versuchen, Demeter.«

Sie blinzelte hektisch, dann schob sie Plondfair zur Seite und wandte sich zwischen die Sessel. Nach einiger Zeit erreichte sie die Kabelenden mit den Fingerspitzen und zog die Steckverbindungen erst eines Sessels und wenig später auch die des anderen auseinander. Schwer atmend sank sie dann auf ihren Platz zurück.

»Und jetzt?«, fragte sie, als sie wieder sprechen konnte.

»Wir können uns nur noch auf Laire verlassen«, antwortete Plondfair.

Wimbey hämmerte mit der Faust auf den Sensor, doch das kleine Raumschiff mit Demeter und Plondfair explodierte nicht.

»Du hast versagt«, warf ihm Venres von Xain zornig vor.

»Die Ketzer haben die Sprengsätze entschärft«, antwortete Wimbey verzweifelt. »Etwas anderes ist nicht möglich.«

»Du hast behauptet, dass sie sich nicht mehr wehren können«, erwiderte Venres heftig. »Verschwinde!«

»Noch können wir hoffen, dass das Schiff von der Verbotenen Zone zerstört wird!«, rief Wimbey. »Es ist noch nicht zu spät.«

»Schafft ihn hinaus!«, befahl Venres.

Mehrere Kryn packten Wimbey und zerrten ihn aus dem Raum.

»Wir müssen die Übertragung abbrechen«, sagte Kaptetar mühsam gefasst. »Wenn das Raumschiff in der Verbotenen Zone nicht explodiert, stehen wir vor dem Nichts. Wir haben zu hoch gespielt.«

Venres schüttelte bedächtig den Kopf. »Wir brechen die Übertragung nicht ab. Wir können es gar nicht. Es ist zu spät. Den Fehler haben wir gemacht, als wir den Ketzern die Möglichkeit gegeben haben, vor die Öffentlichkeit zu treten. Jetzt können wir nur noch warten.«

Er blickte auf den Schirm. Das Schiff drang in die Verbotene Zone ein, ohne dass es verglühte.

»Die Verbotene Zone existiert nicht mehr«, stellte Venres nach einer Weile fest. »Holt das Raumschiff nach Starscho zurück.«

Er erhob sich. Unwillkürlich streckte Kaptetar den Arm aus und stützte ihn, doch Venres wehrte die helfende Hand ab. Sein Gesicht war von Enttäuschung und Erschöpfung gezeichnet.

»Ich will nach draußen«, erklärte er. »Ich brauche Luft.«

Kaptetar winkte mehrere Kryn herbei. Sie geleiteten Venres, ständig darauf gefasst, ihn auffangen zu müssen, falls er zusammenbrach.

Der Alte schleppte sich bis zu einem Dachgarten. Ein Springbrunnen verbreitete das Gefühl angenehmer Kühle und Frische. Venres blieb vor dem Brunnen stehen und streckte die Hände ins Wasser. Dabei erholte er sich merklich.

Er ging weiter bis zum Rand der Dachterrasse. Von hier aus konnte er auf den Park hinabschauen, in dem mehrere Tempel standen. Früher hatte er von diesem Platz aus Männer, Frauen und Kinder gesehen, die demütig zu den Tempeln gingen. Jetzt hatte sich eine unübersehbare

Menge versammelt, die keine Rücksicht auf die gepflegten Anlagen nahm. Die Meute hielt sich nicht an die Wege, sondern hatte alles niedergetrampelt. Dicht an dicht standen die Wynger und blickten zu den Kryn auf dem Dach hoch.

Venres wurde sich seiner totalen Niederlage voll bewusst.

»Was sagen wir ihnen?«, fragte Kaptetar leise. »Wir müssen den Leuten eine Erklärung geben.«

»Ich weiß es nicht«, erwiderte Venres hilflos.

Einige Medienleute schwebten auf einer Antigravplattform zur Dachterrasse empor. Sie richteten ihre Kameras auf Venres, der sich zunächst gar nicht bewusst wurde, dass die Bilder auf alle besiedelten Planeten übertragen wurden.

»Die Ketzer kehren zurück«, sagte einer der Journalisten. »Was ist geschehen? Geben Sie uns bitte eine Erklärung.«

»Zusammenbrechen«, wisperte Kaptetar Venres zu. »Das ist der einzige glaubwürdige Ausweg.«

»Selbstverständlich werde ich mich dazu äußern«, sagte Venres laut. Er hob die Arme. »Die beiden Verurteilten sind von uns ...« Er ließ die Arme sinken, schloss die Augen und kippte ächzend nach vorn.

Kaptetar fing ihn auf. »Schnell!«, rief er. »Bringt ihn nach drinnen. Das Herz. Er muss behandelt werden.«

Venres blinzelte ihm zu. Mehrere Kryn trugen den vermeintlich Ohnmächtigen ins Haus und entzogen ihn damit den Kameras.

Aus den Wolken senkte sich das Raumschiff herab, in dem Plondfair und Demeter saßen. Kaptetar rang nach Luft. Er eilte hinter den anderen her und zog sich ins Haus zurück, während die Menge im Park zu jubeln anfing.

Die Schreie verfolgten Kaptetar noch, als sich schon mehrere Türen hinter ihm geschlossen hatten. Er sah, dass Venres in einem Sessel saß und etwas trank.

Während draußen das Raumschiff landete, glaubte Kaptetar, in der Enge des Raumes ersticken zu müssen. Er eilte wieder auf die Terrasse hinaus. Vorsichtig näherte er sich dem Rand des Daches.

Die Menge im Park tobte vor Begeisterung. Plondfair und Demeter stiegen soeben aus. Der Berufene hielt das Augensymbol hoch über den Kopf. Das Sonnenlicht brach durch die Wolken und ließ es hell aufleuchten, als habe sich das Alles-Rad in diesen Sekunden entschlossen, durch einen Lichtstrahl ein Zeichen zu geben.

Die beiden Sendboten des Alles-Rads wollten etwas sagen, doch sie kamen nicht zu Wort. Es gelang ihnen nicht, die jubelnde Menge zur Ruhe zu bringen. Einige Männer hoben sie auf ihre Schultern. Lachende und strahlende Gesichter überall, erste Schmährufe gegen die Kryn erschallten.

Kaptetar wandte sich ab. Er ertrug es nicht, die beiden Verurteilten inmitten der begeisterten Menge zu sehen. Heftige Schmerzen in der Brust quälten ihn.

Mühsam schleppte er sich bis zu dem Springbrunnen. Hier versagte sein Herz endgültig.

12.

»Haben Sie es wirklich so eilig?«, fragte Reginald Bull spöttisch, an Gavro Yaal gewandt.

»Lass nur«, murmelte Rhodan. »Einmal muss es ja doch sein. Solange die Jungkönigin sich nicht vollständig erholt hat, kann ich ohnehin nichts unternehmen. Es ist gut, Yaal, ich fliege mit Ihnen hinüber.«

Der Kosmobiologe schien überrascht zu sein. Wahrscheinlich hatte er sich darauf vorbereitet, auf Widerstand zu stoßen. Jentho Kanthall, der die Unterhaltung aus dem Hintergrund mitverfolgt hatte, sah die Reaktion des SOL-Geborenen und lächelte schadenfroh. Rhodan hatte Yaal den Wind aus den Segeln genommen.

»Wann soll die Übergabe stattfinden?«, erkundigte sich Bull herausfordernd.

»Am achtzehnten Dezember!«, sagte Yaal so spontan, dass Kanthall verwundert die Augen zusammenkniff.

»Dann ist es in zwei Tagen so weit«, murmelte Rhodan überrascht. »Hat dieses Datum eine besondere Bewandtnis?«

Yaal setzte zu einer impulsiven Antwort an, besann sich aber eines Besseren. »Wir wollen nur, dass nicht noch mehr Zeit verschwendet wird ...«

»Sie finden mich gestiefelt und gespornt. Und Sie werden mir sicher gestatten, einige Worte an die neuen Besitzer der SOL zu richten – obwohl ich daran zweifle, dass man mir besonders aufmerksam zuhören wird. Aber ich werde mich kurzfassen.«

»Wir möchten sogar eine richtige Feier daraus machen«, sagte Yaal. »Lange genug haben wir gewartet – und für uns ist dieser Augenblick von höchster Bedeutung. Die Stunde null sozusagen.«

Rhodan runzelte die Stirn.

»Wir wollen den größten Lagerraum festlich herrichten«, fuhr Yaal fort. »Alle SOL-Geborenen sollen miterleben können, wie Sie das Schiff übergeben. Und Sie sollen sogar eine ausführliche Rede halten, Rhodan, nicht nur wenige Worte. Jeder wird Ihnen zuhören, dessen bin ich mir sicher!«

»Das ist natürlich etwas anderes«, sagte der Terraner mit einem herzlichen Lächeln. »Ich nehme Ihre Gastfreundschaft gerne in Anspruch, und ich freue mich schon darauf, diese zwei Tage noch einmal in der

SOL verbringen zu können. Ich hänge an dem Schiff, das verstehen Sie sicher.«

Yaal verstand nur zu gut. Gerne hätte er jetzt einiges von dem, was er so unbedacht gesagt hatte, zurückgenommen. Aber wenn er nun versuchte, den Terraner von seinem Vorhaben abzubringen, schöpfte dieser vielleicht erst recht Verdacht.

»Das ist bodenloser Leichtsinn!«, murmelte Kanthall leise, als Yaal und Rhodan sich anschickten, zur SOL überzusetzen. »Warum nimmt er niemanden mit? Den SOL-Geborenen ist nicht zu trauen; die sind einfach übergeschnappt!«

»Haben Sie noch nicht genug von unserem letzten Besuch?«, fragte Bull.

»Ich rede nicht von mir«, wehrte Kanthall ab. »Gucky zum Beispiel. In der SOL ist er recht beliebt, und er könnte am besten aufpassen ...«

»Das Aufpassen überlassen Sie Perry getrost selbst«, sagte Bull nachdenklich. »Zugegeben, irgendetwas ist merkwürdig. Was, um alles in der Welt, hat der achtzehnte Dezember zu bedeuten? Das ist für mich die wichtigste Frage.«

»Es muss an diesem Tag etwas für die SOL-Geborenen Bedeutsames geben. Warum fragen wir nicht die Positroniken ab?«

»Das wäre bestimmt vergebliche Mühe«, murmelte Reginald Bull. »Das heißt – in der SOL hätten wir vielleicht Erfolg. Es muss etwas sein, was sich allein auf das Hantelschiff bezieht. Die Solaner würden keinem Ereignis aus der terranischen Geschichte solche Bedeutung beimessen.«

»Wohin werden Sie fliegen?«, fragte Rhodan scheinbar beiläufig, während die SOL schon vor dem Beiboot der BASIS aufwuchs.

Er zwang sich, die Situation nüchtern zu sehen. Das Hantelraumschiff war für ihn mit bedeutenden Erinnerungen verbunden. Wie oft hatte es so ausgesehen, als wäre die SOL am Ende ihres Fluges angelangt gewesen. Der Untergang der Galaxis Balayndagar; die Höllenfahrt durch ein Black Hole; der Aufenthalt im Dakkardim-Ballon – und später die Kaiserin von Therm und BARDIOC, das Gehirn des ehemaligen Mächtigen in einem Lagerraum ...

Gewiss, für Rhodan sah diese Reise anders aus als für Yaal, der auf der SOL geboren worden war. Der Terraner hatte stets ein Ziel gehabt – ihm ging es zuallererst um die Sicherheit und Freiheit der Menschen, *aller* Menschen, ob sie nun auf Terra, auf Gäa oder sonst wo lebten. Während seiner Suche nach Hilfe für die Milchstraße hatte er vielleicht wirklich manchmal zu wenig an Leute wie Yaal gedacht. Sie hatten zwar stets erfahren, worum es ihm gegangen war – aber mussten sie deshalb Verständnis dafür entwickeln, dass die SOL notgedrungen geradewegs in die Hölle flog? Konnten die SOL-Geborenen sich überhaupt vorstellen, was geschah, wenn ein ganzes Volk seine Freiheit verlor?

Beinahe hätte der Terraner Yaal danach gefragt, da hörte er dessen Antwort: »Wir haben kein Ziel.«

»Wirklich nicht?«, fragte Rhodan bitter.

»Keines, das Sie akzeptieren würden!«

»Woher wissen Sie das so genau?«

Gavro Yaal wandte sich ärgerlich ab.

Das Schott hatte sich hinter dem Beiboot geschlossen. Rhodan und sein Begleiter betraten den Hangar.

Sie wurden von Joscan Hellmut, Bjo Breiskoll und Douc Langur erwartet. Rhodan freute sich darüber, dass auch der Forscher der Kaiserin von Therm gekommen war.

»Gibt es schon neue Nachrichten aus der PAN-THAU-RA?«, wollte Hellmut wissen. »Und wie lange wird es dauern, bis diese Ansken-Königin sich erholt hat?«

»Das kann niemand genau sagen«, antwortete der Terraner zurückhaltend. »Warum fragen Sie danach?«

»Es interessiert mich.«

»Dorania ist sehr geschwächt«, sagte Yaal mit seltsamer Betonung. »Aber es besteht kein Zweifel daran, dass sie sich erholen wird.«

»Sind Sie so sicher?«, wandte Rhodan ein. »Wir wissen wenig über diese Wesen. Was geschieht, falls Dorania nicht fähig ist, isoliert von ihresgleichen, ihre Aura zu entwickeln? Es wäre doch denkbar, dass dabei psychische Rückkopplungen eine entscheidende Rolle spielen.«

»Hm«, machte Hellmut nachdenklich. »Wenn es so wäre, was ließe sich daraus schließen?«

»Dass wir den Ansken einen dritten Besuch abstatten müssten«, antwortete der Terraner nüchtern.

»Sie wissen, dass das nicht nötig sein wird«, behauptete Yaal.

»Wirklich nicht?«

»Sie suchen nur nach einem Vorwand, die Übergabe der SOL erneut zu verzögern«, warf Yaal dem Terraner vor.

»Wie kommen Sie darauf? Hatte ich Ihnen nicht angeboten, diese leidige Angelegenheit schnell zu bereinigen? Abgesehen davon: Ändert sich durch die Übergabe etwas daran, dass Sie sich mit den Ansken auskennen und besser als jemand von der BASIS mit ihnen umgehen können?«

Yaal blickte den Terraner wütend an. Zum zweiten Mal fühlte er sich von Rhodan ausgetrickst, übersah dabei aber geflissentlich, dass er selbst dazu beigetragen hatte.

»Sie haben doch so kluge Spezialisten auf der BASIS«, murmelte er erbittert. »Wollen Sie mir etwa einreden, dass die auf Datmyr-Urgan ohne meine Hilfe nicht auskämen? Das wäre lächerlich.«

»Sie schätzen sich nicht sehr hoch ein, oder?«, fragte Rhodan lächelnd.

Yaal presste die Lippen aufeinander.

»Möchten Sie sich ein wenig umsehen?«, fragte Hellmut hastig. Ihm war anzumerken, dass ihm Yaals Verhalten unangenehm war.

»Warum nicht?«, antwortete Rhodan. »Ich bin bereits gespannt, welche Umbauten vorgenommen wurden. Man hört so allerhand.«

Er hätte noch deutlicher werden können, aber die Wirkung war bereits schwer genug. Hellmut wandte sich schweigend ab. Yaal hingegen gewann etwas von seiner Arroganz zurück.

»Kommen Sie!«, sagte Bjo Breiskoll. »Douc und ich werden Sie begleiten.«

Rhodan sah sich aufmerksam um, während er zwischen dem jungen Mutanten und dem Forscher den Hangar verließ. Auf den ersten Blick hatte sich überhaupt nichts verändert. Hell erleuchtete Gänge mit Transportbändern, die Zugänge zu Transmitterräumen und Antigravschächten.

»Was möchten Sie sehen?«, fragte Breiskoll.

Rhodan zuckte mit den Schultern. Dann fiel ihm etwas ein. »Ich würde gern die Halle sehen, in der die Zeremonie stattfinden soll.«

Bjo Breiskoll, der Katzer, schien sofort zu wissen, welche Halle der Terraner meinte. Er ging leichtfüßig voran und schwang sich vor Rhodan auf ein Transportband.

Die Halle lag im Mittelteil der SOL, in dem das Beiboot der BASIS eingeschleust worden war. Sie war ein riesiger Raum, in dem momentan noch unter Hochdruck gearbeitet wurde.

»Ich habe die Pläne gesehen.« Stolz schwang in Breiskolls Stimme mit. »Es wird Ihnen gefallen.«

»Daran zweifle ich nicht«, erwiderte Rhodan. Er verstand es, dass die

SOL-Geborenen aus der Übergabe des Schiffes ein rauschendes Fest machen wollten. Vielleicht war sein Misstrauen wirklich unbegründet, sagte er sich. Die Vorbereitungen brauchten einfach Zeit.

Erst jetzt fiel ihm auf, dass in der Halle nicht ein Roboter arbeitete. Roboter hätten den Umbau merklich beschleunigt.

»Was Sie hier sehen, ist nur ein winziger Teil der Vorbereitungen«, erläuterte Breiskoll. »Die eigentlichen Dekorationen bestehen nicht aus Materie; es sind – nun, Lichtspiele. Sie werden den Beginn unseres neuen Lebens symbolisieren.«

»Ein Leben im Raum.« Rhodan nickte nachdenklich. »Das ist es doch, nicht wahr? Fürchtet ihr nicht, die größten Wunder des Universums zu übersehen, wenn ihr euch in der SOL gegen das Leben auf den fremden Welten abkapselt?«

»Wir werden uns nicht abkapseln«, widersprach der junge Mutant ärgerlich. »Sie sehen das falsch.«

»Dann erkläre es mir«, schlug Rhodan vor.

Breiskoll sah sich verlegen nach Douc Langur um. Aber der Forscher der Kaiserin von Therm war ihm in diesem Moment keine Hilfe. Er stand regungslos da.

»Nicht jetzt«, murmelte der Katzer schließlich. »Hier ist nicht der richtige Ort; wir stehen den anderen nur im Weg.«

»Warum werden keine Roboter eingesetzt? Habt ihr es doch nicht so eilig?«

»Wir schaffen es bis zum Achtzehnten. Kein Problem.«

Was war nur an diesem Tag Besonderes? Rhodan suchte in seiner Erinnerung nach einem markanten Ereignis, wurde aber weiterhin nicht fündig.

»Douc, Sie sind heute so schweigsam«, sagte er gedehnt. »Ich habe gehört, dass Sie auf der SOL bleiben wollen.«

»Das stimmt«, pfiff der Forscher kurz angebunden.

»Schade«, murmelte Rhodan. »Ich hatte gehofft, Sie würden mit uns kommen.«

Douc Langur schwieg.

»Alaska wird Sie vermissen.« Eine seltsame Ungeduld beschlich den Terraner.

»Alaska wird mich verstehen«, behauptete Langur.

Rhodan hatte den Eindruck, dass dieses seltsame Wesen gern noch mehr gesagt hätte, es aber letztlich unterließ. Ob der Forscher wegen Bjo schwieg? Dabei hatte er stets geglaubt, dass die beiden einander gut verstanden.

Sie gingen weiter.

Überall wurde gearbeitet. Das Schiff erschien für Rhodan immer fremder. Er fragte sich, ob das vielleicht nur an ihm selbst lag. Fing er an, Gespenster zu sehen?

Nach einer Weile blieb Breiskoll vor einer lang gestreckten Halle stehen und rief einen Mann herbei, der Auskunft über die Arbeiten in diesem Bereich geben konnte. Rhodan erkannte den SOL-Geborenen nicht sofort. Erst als der Mann zu sprechen begann, erinnerte er sich.

Gral Oyssario erklärte den Sinn der Umbauten. Das meiste davon war Rhodan ohnehin nicht neu – er hatte schon von den Bemühungen gehört, die SOL in jeder Beziehung unabhängig von planetarischen Rohstoffen zu machen. Diese Halle sollte einen Teil jener Anlagen aufnehmen, mit denen die SOL-Geborenen den Bedarf an Wasserstoff zu decken hofften. Oyssario sprach mit wahrer Begeisterung von neuen Verfahren, die es erlaubten, den Wasserstoff im interstellaren Raum aufzufangen. Rhodan zweifelte keine Sekunde lang daran, dass es den Solanern gelingen würde, ihr hochgestecktes Ziel zu erreichen. Schon deshalb achtete er weit mehr auf Oyssario als auf das, was dieser sagte. Je länger Rhodan den SOL-Geborenen beobachtete, desto sicherer wurde er, dass Oyssario sich verändert hatte.

Früher wortkarg und mürrisch, wirkte der Mann mittlerweile wie ausgewechselt. Noch vor Kurzem hätte Oyssario es als Zumutung empfunden, langatmige Erklärungen über Dinge abgeben zu müssen, die von anderen vielleicht nicht auf Anhieb verstanden wurden. Geduld war für ihn ein Fremdwort gewesen – jetzt schien es für ihn keine schönere Aufgabe zu geben, als dem Terraner die Errungenschaften der Solaner bis ins Detail auseinanderzusetzen.

Auch wenn er sich nicht konzentriert mit den Anlagen befasste, erkannte Rhodan sehr genau, dass die Menschen der SOL einen entscheidenden Schritt bereits vollzogen hatten – sie suchten konsequent nach eigenen Wegen.

Diese Erkenntnis hatte etwas Erschreckendes an sich, denn das alles konnte sich nicht in den wenigen Wochen vollzogen haben, in denen der Terraner unterwegs gewesen war. Dazu gehörten Entwicklungen, die Zeit beanspruchten.

Perry Rhodan stand die Prozedur bis zum Ende durch, und das fiel ihm nicht halb so leicht wie Oyssario. Als er wieder durch die Gänge schritt, zwischen Bjo Breiskoll und dem Forscher der Kaiserin von Therm, da war er immer noch damit beschäftigt, die Tatsache zu verdauen, dass er überall in diesem Schiff auf die Veränderungen traf, die er bei Oyssario gefunden hatte. An Bord der SOL herrschte eine Stimmung, die ihm unnatürlich erschien. Jeder Bewohner dieses Raumschiffs schien von einer seltsamen Freude erfüllt zu sein.

»Ich möchte mich ein wenig ausruhen«, sagte Rhodan.

Breiskoll sah ihn aus seinen schräg stehenden Augen verblüfft an. »Ihre Kabinenflucht ist unverändert geblieben«, sagte der Katzer. Wie er jetzt vor Rhodan stand, äußerlich ruhig und doch von einer spürbaren Spannung erfüllt, hätte sich der Terraner wahrhaft nicht gewundert, wenn Bjo zu fauchen begonnen hätte. Kein Zweifel – der Junge war beunruhigt. Wahrscheinlich spürte er, dass Rhodan in irgendeiner Weise Verdacht geschöpft hatte.

Verdacht? Der Terraner unterdrückte ein bitteres Lächeln. Er wusste selbst nicht, wonach er überhaupt suchen sollte. Aber etwas stimmte nicht. Er war fest entschlossen, herauszufinden, was das war. Auch wenn die SOL-Geborenen ein Recht darauf hatten, ihr Leben selbst zu bestimmen, ein Recht vor allem auf das Schiff – er, Rhodan, würde sich seinerseits das Recht nehmen, sich Sorgen zu machen. In *diesem* Zustand sollten die Solaner das Fernraumschiff jedenfalls nicht bekommen. Wenigstens nicht, bevor er wusste und verstand, was an ihrem Verhalten schuld war.

Die Räume, in denen Perry Rhodan viele Jahre lang gelebt hatte, waren unverändert, als hätte er sie erst vor wenigen Minuten verlassen. Er ging langsam von einem Zimmer ins nächste; nichts fehlte, nichts war von der Stelle gerückt worden.

Er kehrte zu dem Türschott zurück, durch das er die Kabinenflucht betreten hatte, betrachtete es aufmerksam und fand schließlich einen hauchdünnen Ring direkt über dem positronischen Schloss. Jemand hatte die Räume versiegelt, natürlich erst nach der Übersiedlung der Terraner zur BASIS. Hatten Gavro Yaals Anhänger befürchtet, radikale SOL-Geborene würden diese Kabinen plündern? Rhodan schloss die Tür so energisch, als könnte er alle trüben Erinnerungen aussperren. Als der Interkom summte, schrak er zusammen.

»Was gibt es?«, fragte er schroff, als er Yaals Gesicht vor sich sah.

»Ich wollte mich nur vergewissern, dass Sie erreichbar sind«, antwortete der Biologe seelenruhig.

»Nun wissen Sie es«, murmelte Rhodan und unterbrach die Verbindung.

Er fragte sich, wo er ansetzen sollte. Noch vor wenigen Stunden wäre sein erster Gedanke gewesen, sich mit Joscan Hellmut über alles zu unterhalten. Der Sprecher der SOL-Geborenen war ein vernünftiger

Mann, der den Eindruck erweckt hatte, als sei er gegen Yaals Pathos immun. Helmut sehnte wie alle anderen im Schiff den Augenblick herbei, ab dem die SOL nur noch denen gehörte, für die sie zur Heimat geworden war. Aber er war immer bereit, sich um Verständnis zu bemühen – eine Bereitschaft, die Rhodan bei anderen SOL-Geborenen oft schmerzlich vermisst hatte. Leider schien es diesmal sogar Hellmut erwischt zu haben. Genau wie Breiskoll, von dem der Terraner sich mehr erwartet hatte – mehr wovon?

Er setzte sich und dachte darüber nach.

Am meisten störte ihn, dass niemand in der SOL nur einen Hauch von Bedauern zu empfinden schien, dass die Wege von Terranern und SOL-Geborenen sich trennen sollten. Das grenzenlose Selbstvertrauen, mit dem diese Menschen ihrer Zukunft entgegensahen, bereitete ihm Unbehagen. Und wenn er ganz ehrlich zu sich selbst war, musste er sich eingestehen, dass gekränkter Stolz in diesem Unbehagen steckte. Diese Wahrheit war unangenehm, aber er musste sie akzeptieren.

Alles konnte er verstehen, sogar die Ungeduld, mit der die SOL-Geborenen die vermeintliche Bevormundung durch die Terraner abzuschütteln versuchten. Er machte ihnen deshalb keine Vorwürfe mehr – über dieses Stadium war er hinaus, denn das Ringen dauerte schon zu lange. Aber er konnte und wollte nicht akzeptieren, dass mit der Verbindung zur BASIS und damit zum Planeten Terra auch alle persönlichen Bindungen vergessen sein sollten. Verwandtschaft, Freundschaft, Liebe – es war, als hätte ein unsichtbares Skalpell ohne Rücksicht auf Verluste alles voneinander getrennt. Wohin die so operierten Patienten schließlich gingen, hing nicht von den gerade amputierten Gefühlen ab. Nur Alter und Herkunft waren ausschlaggebend. Und während drüben auf der BASIS so mancher unter den Nachwirkungen der Operation litt, hatten die SOL-Geborenen den Eingriff zweifellos glänzend überstanden.

Bjo Breiskoll hatte nicht einmal nach Alaska Saedelaere gefragt!

Rhodan verließ die Kabinenflucht. Er wandte sich entschlossen dahin, wo er zwangsläufig auf viele SOL-Geborene treffen musste – er fuhr ins nächste Solarium, um dort etwas zu essen und im Gespräch vielleicht das eine oder andere zu erfahren.

Fast gewohnheitsmäßig achtete er unterwegs auf Menschen, denen er mehrmals begegnete oder die sich in irgendeiner Weise auffällig verhielten. Er bemerkte aber nichts Ungewöhnliches.

Im Freizeitbereich ließ er sich spontan auf der steinernen Einfassung eines Zierbrunnens nieder und blickte auf die Grünanlagen hinab. Blumen leuchteten im künstlichen Sonnenlicht. Auf den Rasenflächen saßen Gruppen von SOL-Geborenen. Andere tummelten sich in den Sportanlagen. Kinder spielten ausgelassen in einer Gravitationsfontäne. Sie ließen sich in den von bunten Lichtstrahlen gekennzeichneten Schwerefeldern bis unter den künstlichen Himmel hinauftragen und sanken mit weit ausgebreiteten Armen wieder herab.

Es war also doch nicht alles verändert worden. Nach Irmina Kotschistowas Bericht hatte Rhodan schon befürchtet, Anlagen dieser Art würde es in der SOL nicht mehr geben. Er hatte sich innerlich gegen den Anblick zertrampelter Pflanzen gewappnet, sich darauf vorbereitet, statt Rasen nur noch kalte Metallflächen zu sehen – aber erst jetzt wurde ihm bewusst, wie tief ihn diese Aussichten erschreckt hatten.

»Sie sind keine Barbaren!«, sagte eine Stimme hinter ihm.

Perry Rhodan fuhr herum und sah Douc Langur erschrocken an.

»Kommen Sie!«, sagte der Forscher der Kaiserin von Therm gelassen. »Ich glaube, ich kann Ihnen alles besser zeigen, als es unserem jungen Freund Bjo möglich wäre.«

»Ich würde es vorziehen, mir ohne Aufsicht ein Bild zu machen«, antwortete Rhodan abweisend.

»Dazu werden Sie ausreichend Gelegenheit haben«, versicherte Langur ungerührt.

Rhodan schaute den Forscher misstrauisch an. Es war ihm ohnehin ein Rätsel, was dieses Wesen dazu bewegte, in der SOL zu bleiben.

»Kommen Sie!«, wiederholte Douc Langur hartnäckig und beinahe schon ein wenig ungeduldig. Rhodan entschied sich, dem Drängen nachzugeben.

Der Forscher führte ihn am Rand des Solariums entlang.

»Warum verstecken Sie mich?«, fragte der Terraner nach einer Weile. »Fürchten Sie, dass Ihre neuen Freunde Sie verachten, sobald sie mich in Ihrer Begleitung sehen?«

»Ich verstecke Sie nicht«, widersprach Langur energisch.

»Dann eben nicht«, murmelte Rhodan ärgerlich. »Ich habe Hunger. Lassen Sie uns dort hinübergehen.« Er deutete auf eines der typischen offenen Lokale. Langur zögerte zwar, aber Rhodan ging einfach auf den nächsten Tisch zu. Der Forscher folgte ihm mit einigem Abstand.

»Sie vergeuden Ihre Zeit«, behauptete Langur, als sie sich setzten.

»Ich weiß. Man müsste den Hunger abschaffen können, nicht wahr?«

Langur schwieg. Rhodan ahnte, dass der Forscher betroffen war, weil er an diese einfache Erklärung nicht gedacht hatte. Douc Langur neigte gelegentlich dazu, die Existenz kreatürlicher Grundbedürfnisse zu ignorieren.

Rhodan forderte von der Tischautomatik die Speisekarte an. Er wunderte sich, als nur zwei Symbole aufleuchteten. Die Automatik konfrontierte ihn mit der Frage, ob er nur hungrig oder nur durstig sei. Er berührte beide Sensorfelder zugleich.

Auf der Tischplatte erschienen ein Becher und ein Teller.

»Was ist das?«, stieß Rhodan überrascht hervor.

Der Becher enthielt ein gelbliches Getränk, das nicht übel roch. Rhodan stellte fest, dass es sich um eine Art Fruchtsaft handelte, der allerdings leicht fremdartig schmeckte. Auf dem Teller lag etwas wie ein belegtes Brot. Es schmeckte nicht schlecht, war jedoch absolut nicht das, was der Terraner sich aus eigenem Antrieb bestellt hätte.

»Nahrhaft und gesund«, murmelte er sarkastisch. »Dass ich daran nicht gedacht habe ...«

Langur sah ihm zu, und Rhodan wünschte sich, der Forscher hätte wenigstens irgendeine Art von Mimik gezeigt. Amüsierte er sich? Hatte er überhaupt die Möglichkeit, Rhodans Verwunderung über diese Bewirtung zu verstehen?

»Es ist besser, wenn wir weitergehen!«, sagte Douc Langur, kaum dass Rhodan die eintönige Synthonahrung aufgegessen hatte.

Der Forscher hatte sicher einen triftigen Grund für sein Drängen. Rhodan sah sich unauffällig um, während er Langur folgte, konnte aber nichts Verdächtiges entdecken. Schließlich blieb er ärgerlich stehen.

»Wovor laufen wir eigentlich weg?«, fragte er scharf.

Langur gab keine Antwort. Er eilte weiter – und als er endlich innehielt, befanden sie sich in einem der Wohngebiete im Mittelteil der SOL. Rhodan sah sich stirnrunzelnd um. Es war still in den Korridoren. Zu still. Kein Mensch war zu sehen. Er trat an eine Tür, zögerte, öffnete sie dann aber entschlossen.

Die Räume dahinter waren verlassen. Rhodan untersuchte sie flüchtig. Das Mobiliar war verstaubt. Er öffnete eine Klappe und spähte in die dunkle Nische dahinter. Die emsigen kleinen Maschinen, die stets unauffällig für Ordnung gesorgt hatten, mussten schon seit Wochen desaktiviert sein.

Er zog einen der Miniroboter nach vorne. Die Maschine war ausgeschaltet worden. Die Verbindungen zu den Außenstellen SENECAS, der in letzter Konsequenz sogar für diese banalen Funktionen zuständig war, existierten nicht mehr.

»Hier sind wir ungestört«, sagte der Forscher unvermittelt. »Diese Räume werden nicht abgehört.«

»Sind Sie sicher?«, fragte Rhodan gedehnt.

»Die SOL-Geborenen meiden das Gebiet.«

Der Terraner blickte den Forscher misstrauisch an. »Was wollen Sie von mir?«, fragte er schließlich schroff.

»Mit Ihnen sprechen«, pfiff Douc lakonisch.

»Und worüber?«

»Über die SOL.«

Rhodan seufzte. »Lassen Sie sich bitte nicht die Würmer einzeln aus der Nase ziehen«, sagte er ärgerlich.

»Sie versuchen, das Schiff aufzuhalten«, behauptete der Forscher anklagend. »Ich habe Sie beobachtet. Sie sind misstrauisch, dass an Bord einiges nicht stimmt.«

»Allerdings«, murmelte Rhodan. »Sie kennen die Menschen besser, als ich angenommen hätte.«

»Es gibt keinen Grund für Ihr Misstrauen«, fuhr Langur ungerührt fort. »Warum lassen Sie die Solaner nicht in Ruhe? Warum benehmen Sie sich nicht so, wie man es von einem Gast erwarten darf? Hören Sie endlich auf herumzusuchen.«

»Ich habe noch gar nicht richtig angefangen.« Rhodan lächelte amüsiert. »Sie meinen es gut, Douc, aber glauben Sie wirklich, dass Sie jemandem auf diese Weise helfen?«

Der Forscher zögerte. »Ich verstehe das nicht«, sagte er dann bedrückt. »Man könnte fast auf den Gedanken kommen, dass Sie sich eher in die Gefühle eines der ehemaligen Mächtigen als in die eines Menschen hineinversetzen können.«

Der Terraner seufzte. »Die SOL-Geborenen werden früh genug auf sich gestellt sein«, erklärte er geduldig. »Sie werden in Zukunft ihre eigenen Wege gehen, und ich habe gewiss nicht die Absicht, das zu verhindern. Die Solaner sind weder dumm noch undankbar, sondern sie sind Menschen, und ob es diesen Leuten passt oder nicht, sie stammen letzten Endes von der Erde. *Darum* musste es so kommen, wie es jetzt ist. Sie sind Menschen, Douc, sie können gar nicht anders, als sich das zu nehmen, was sie für die Art von Freiheit halten, die ihnen angemessen ist.«

»Sie sprachen von Ihresgleichen, Perry«, sagte Langur überrascht.

Rhodan winkte ärgerlich ab. »Gehören Sie neuerdings zu denen, die jedes Wort auf die Goldwaage legen?«

»Sie sehen also ein, dass sich sowieso nichts mehr verändern lässt?«

»Das habe ich nicht gesagt. Ich bin bereit, die SOL zu übergeben.«

»Unter welchen Bedingungen?«

»Ich werde den SOL-Geborenen keine Auflagen machen, wenn Sie das meinen.«

»Warum dann noch dieses Misstrauen?«

»Etwas stimmt nicht in diesem Schiff.« Rhodan seufzte. »Ja, ich habe Ihnen zugehört, Douc, aber was Sie sagten, überzeugt mich nicht. Vielleicht lasse ich mich nur von Gefühlen leiten. Es gibt keinen einzigen konkreten Hinweis darauf, dass mein Verdacht berechtigt wäre.«

Langur schwieg lange, dann hob er in einer hilflosen Geste eine Greifklaue. »Sie befinden sich mitten in dem lang gesuchten Beweis«, behauptete er trocken.

Rhodan sah ihn verwundert an.

»Dieser abgesperrte Sektor scheint an allem schuld zu sein«, erklärte der Forscher widerwillig. »Nein, kein Widerspruch. Lassen Sie mich bitte erklären. Ich hatte gehofft, dass es mir gelingen würde, Ihnen diesen seltsamen Verdacht auszureden. Das wollte ich wenigstens versucht haben. Aber nachdem es mir nicht gelungen ist und Sie die SOL erst freigeben werden, wenn Ihr Verdacht ausgeräumt wurde, bleibt mir nur eine Möglichkeit. Mir liegt viel daran, dass nicht noch mehr Spannungen erzeugt werden.«

Der Forscher schwieg, als erwarte er, dass Rhodan Stellung bezog. Aber der Terraner stellte eine Frage, die Douc Langur offenbar nicht einkalkuliert hatte.

»Warum bleiben Sie in der SOL? Ich hatte gehofft, Sie würden uns begleiten. Interessiert es Sie nicht, was wir am Ende der Suche finden werden?«

»Doch«, erwiderte der Forscher. »Aber die Menschen in der SOL gehen ebenfalls auf die Suche – und das interessiert mich persönlich sehr stark.«

Rhodan verstand in dem Moment. Anfangs hatte Douc Langur verzweifelt nach einer Antwort gesucht, wer oder was er eigentlich war. Diese Suche hatte bisweilen groteske Züge angenommen. Douc hatte alle Anstrengungen in dieser Richtung aufgegeben, und nicht nur Alaska Saedelaere, der den Forscher besser als alle anderen kannte, hegte den Verdacht, Langur wisse mittlerweile über seine Identität Bescheid. Douc Langur schwieg sich zu diesem Thema aus. Er hütete das Ganze wie ein schlimmes Geheimnis.

Für einige Zeit machte der Forscher den Eindruck, als habe er nicht nur sein Ziel, sondern zugleich alle Hoffnung verloren.

Rhodan wunderte sich, dass er nicht eher darauf gekommen war. Die SOL-Geborenen mussten noch einmal von vorne anfangen – hatte Langur das nicht sogar selbst einmal gesagt? Was es an Bord an Traditionen geben mochte, alles stand mit den Terranern in Verbindung. Die Übergabe würde deshalb die Stunde null für die Solaner sein. Gab es eine bessere Chance für Langur? Er, der aus eigener Erfahrung nur eine Art zu leben kannte, nämlich die Gemeinschaft der Forscher im MODUL, konnte von Anfang an dabei sein und verfolgen, wie diese neue Gesellschaft wuchs und sich entwickelte!

Rhodan glaubte keine Sekunde lang daran, dass Douc Langur etwa versuchen werde, sich daraus Vorteile zu verschaffen. Das hätte dem Wesen des Forschers widersprochen. Was ihn faszinierte, war die wohl einmalige Gelegenheit, endlich eine befriedigende Antwort auf seine brennendste Frage zu finden: *Was bin ich, und wohin gehöre ich?*

Perry Rhodan sah den Forscher an und nickte bedächtig. »Ich wünschte, ich wüsste, was am Ziel *Ihrer* Suche stehen wird«, sagte er.

»Vielleicht erfahren Sie es«, erwiderte Langur ernsthaft. »Oder erwarten Sie, dass die SOL spurlos aus Ihrer Welt verschwinden wird?«

»Die SOL wird auf eine lange Reise gehen«, murmelte der Terraner nachdenklich. »Irgendwann werden die Solaner wieder auf Menschen treffen, dessen bin ich sicher. Aber wann und wo das sein mag, ich spekuliere nicht darüber. Was ist mit diesen Räumen hier?«

Douc Langur öffnete seine Gürteltasche. Aber diesmal holte er nicht LOGIKOR daraus hervor, sondern ein fleckiges Stück Folie. Er gab es Rhodan. »Der Plan ist unvollkommen«, gestand er verlegen. »Ich sah mich gezwungen, im Geheimen nachzuforschen.«

Der Terraner dachte flüchtig an die Psychologen in der BASIS. Sie hätten sich alle zehn Finger nach dieser Zeichnung geleckt. Wie, um alles in der Welt, mochte die SOL für Langur aussehen?

»Wo sind wir jetzt?«, fragte er.

Der Forscher zeigte Rhodan, was auf dem Plan die Kabinenflucht darstellen sollte. Dann deutete er auf andere, ebenso fremdartig wirkende Linien. »Hier, das ist die Grenze, weiter kam ich bislang nicht«, erklärte er dabei. »Obwohl ich es aus allen Richtungen versucht habe.«

»Ein kugelförmiger Sektor«, stellte der Terraner fest. »Was ist mit der Grenze? Gibt es dort Wachen?«

Er ärgerte sich über die Frage, kaum dass er sie ausgesprochen hatte. Die Abgeschiedenheit dieser Räume hatte nur dann einen Sinn, wenn man das, was verborgen werden sollte, nicht durch eine Postenkette wieder interessant machte.

»Bewaffnete Männer«, antwortete Langur zu Rhodans Überraschung. »Sie riegeln jeden Gang ab, der in die Kugel hineinführt.«

»Was haben Sie noch herausbekommen?«

»Es gehen ständig Menschen hinein und hinaus. Hier, auf diesem Weg. Manche bleiben tagelang drinnen, andere kommen nach wenigen Minuten zurück.«

»Können Sie mich in die Nähe dieser Stelle bringen?«

»Ich glaube nicht. Es gibt viele Kontrollen rund um den Sektor. Einige Geräte scheinen mich allerdings nicht zu erfassen.«

Rhodan seufzte. Falls die SOL-Geborenen wirklich etwas vor ihm versteckten, dann schlossen sie natürlich als Erstes die Möglichkeit aus, dass er einfach zwischen den Posten hindurchging.

»Was für Menschen haben Sie dort gesehen, Douc?«

»Nur Erwachsene. Und von Anfang an SOL-Geborene, von denen ich die meisten später in den medizinischen Abteilungen wiederfand.«

»Also geht das schon seit längerer Zeit so?«

»Seit dem Auszug der Terraner«, bestätigte der Forscher gelassen.

Das war gleichbedeutend mit der Rückkehr Gavro Yaals von seinem ersten Besuch auf Datmyr-Urgan. Hatte das womöglich eine gänzlich andere Bedeutung? Zwei kurze Expeditionen reichten natürlich nicht aus, um festzustellen, was auf der Welt der Ansken normal war und was nicht. Zweifellos waren die SOL-Geborenen besessen von dem Eifer, die anstehenden Probleme in der PAN-THAU-RA schnellstmöglich zu lösen. Yaal hätte vermutlich alles darangesetzt, dass Rhodan aus dem Sporenschiff des Mächtigen zurückkehrte und die SOL übergab.

Der Terraner fröstelte plötzlich. Waren die Solaner zu eifrig gewesen? Hatten sie sich etwas ins Schiff geholt, was sich nun zur Gefahr auswuchs?

Eine Seuche! Das wäre die einfachste Erklärung gewesen. Aber wie passte das zu dieser beinahe unnatürlichen Freude aller Solaner?

»Erzählen Sie mir alles ganz genau«, bat Rhodan den Forscher.

Doch je länger Douc Langur redete, desto diffuser wurde die Angelegenheit. Die Menschen, die den isolierten Sektor betraten, schienen Langur oft besorgt, auffallend still – vor allem trafen sie keine Vorkehrungen gegen eine mögliche Infektion. Was sich nicht mit dem grässlichen Verdacht vereinbaren ließ, die Opfer einer Seuche könnten in dem abgeriegelten Bereich sehnlichst auf Hilfe warten.

»Ich werde der Sache auf den Grund gehen«, versprach Rhodan grimmig.

13.

»Wo waren Sie?«, fragte Gavro Yaal schroff.

Der Solaner saß in einem Sessel in Rhodans Wohnkabine, dem privatesten Raum, den der Terraner seit langer Zeit sein Eigen genannt hatte. Rhodan unterdrückte das Verlangen, diesen unhöflichen Burschen anzubrüllen. Aber Yaal wartete nur darauf, dass der Terraner heftig auf die Provokation reagierte.

»Ich habe mich umgesehen«, sagte Rhodan. »Jetzt bin ich müde. Bis morgen.«

Er wandte sich ab und verschwand in der Nasszelle. Nach einer Weile hörte er, dass der Solaner aufstand und offenbar ratlos vor der Tür stehen blieb. Er lächelte spöttisch. Demonstrativ drehte er die Dusche auf.

Rhodan wartete, bis Yaal gegangen war, dann stellte er das Wasser ab. Er war keineswegs müde.

Der Besuch des Kosmobiologen hatte ihm zweierlei bewiesen. Er war jetzt sicher, dass er in diesen Räumen unbeobachtet war. Und Douc Langur trieb tatsächlich kein doppeltes Spiel. Yaal musste schon sehr verunsichert sein, dass er sich die Blöße gab, dem Terraner auf so plumpe Weise auf den Pelz zu rücken.

Langur war vorerst vor allen Verdächtigungen sicher – er hatte sich in seine Antigravwabenröhre zurückziehen müssen. Später wollte der Forscher noch einmal versuchen, näher an die isolierte Zone heranzukommen. Bis dahin würde die Frist bis zur Übergabe aber nahezu verstrichen sein.

Dass Yaal voller Misstrauen steckte und keinem Terraner glaubte, war Rhodan klar geworden. Es wurde Zeit, dass der SOL-Geborene einen Denkzettel erhielt. Rhodan beschloss, kostbare Zeit für etwas zu opfern, was ohnehin erledigt werden musste: Er suchte seine persönlichen Habseligkeiten zusammen, die er nicht an Bord der SOL zurücklassen wollte. Dass Gavro Yaal nach gut vier Stunden versuchte, ihn über Interkom zu erreichen, ignorierte er. Das Paket, das er schließlich gepackt hatte, war erschreckend klein. Rhodan betrachtete es zweifelnd. War das wirklich alles, was von einer so langen Reise übrig blieb? Runde fünfundvierzig Jahre hatte es gedauert ...

Er zuckte mit den Schultern und wandte sich ab. Yaal versuchte erneut, ihn über Interkom zu erreichen. Rhodan legte sich für zwei Stunden hin. Er brauchte wenig Schlaf wie alle Aktivatorträger. Nach dem Frühstück gab er den Interkomanschluss endlich frei. Es dauerte kaum zwei Sekunden, da erschien Yaals Gesicht auf dem Schirm.

»Guten Morgen«, sagte Rhodan freundlich. »Sie sind ein wirklich perfekter Gastgeber, Yaal. Aber wenn ich in dieser Nacht unter Schlafstörungen gelitten hätte, wäre mir schon selbst ein Mittel dagegen eingefallen. Sie hätten sich nicht so intensiv um mein Wohlergehen sorgen müssen.«

Yaal setzte zu einer Erwiderung an, doch Rhodan unterbrach die Verbindung. Den gleich darauf folgenden Kontaktversuch beachtete der Terraner nicht.

»Nun zu den Solanern«, murmelte er im Selbstgespräch.

Er war nicht sehr verwundert, als er draußen gleich ein paar Dutzend Menschen sah, die sich den Anschein gaben, ihn gar nicht zu bemerken. Freundlich lächelte er jeden an, und fast alle wandten sich daraufhin verlegen ab. Yaal ließ ihn also auf Schritt und Tritt beobachten. Es störte Rhodan nicht besonders, wenigstens jetzt noch nicht.

Joscan Hellmut sah erschrocken auf, als der Terraner neben ihn an das Pult trat, an dem er gerade arbeitete.

»Ich werde Sie nicht lange aufhalten, Joscan. Ich habe ebenso wenig vor, Ihnen Fragen zu stellen, die unseren gemeinsamen Freund Yaal nervös machen könnten.«

Der Kybernetiker lächelte gequält.

»Warum wurde der achtzehnte Dezember für die Übergabe der SOL ausgewählt?«, fragte Rhodan.

»Es ergab sich so«, sagte Hellmut ausweichend.

»Ich wüsste das gern genauer!«

»Leider kann ich es Ihnen nicht genauer erklären.«

Rhodan schaute den Solaner ratlos an. »Was soll diese Geheimniskrämerei? Ich werde SENECA nach dem Datum fragen. Dann haben Sie mich völlig umsonst hingehalten, Joscan.«

Hellmut nickte und deutete auf das Nachbarpult. »Bedienen Sie sich!«

Da wusste Rhodan, dass er nicht einmal von SENECA die Wahrheit erfahren würde.

Trotzdem wandte er sich an die Hyperinpotronik. Am Ende war er so schlau wie zuvor. Hellmut lächelte zufrieden. Als die Blicke der beiden Männer sich trafen, nickte Rhodan bedächtig.

»Wohin gehen Sie jetzt?«, fragte der Kybernetiker, als Rhodan schon fast an der Tür war.

»Fragen Sie Yaal«, empfahl der Terraner spöttisch. »Er lässt mich nicht aus den Augen und wird Sie sicher gerne auf dem Laufenden halten.«

Der Augenblick der Übergabe rückte unaufhaltsam näher. Rhodan konnte es sich leicht machen und die Sache besiegeln – die Solaner lehnten seine Hilfe ab, er brauchte sich ihnen nicht aufzudrängen. Aber wenn sie erst erfuhren, dass er ihnen immer noch einen dicken Strich durch die Rechnung machen konnte ...

Manchmal war es unumgänglich, unpopuläre Entscheidungen zu treffen. Die Einsicht allein machte es jedoch auch nicht leichter. Konnte er die SOL ziehen lassen, ehe er sich davon überzeugt hatte, dass nicht schon die erste Strecke dieser Reise unter einem denkbar ungünstigen Stern stand?

Rhodan schüttelte Yaals Leute innerhalb weniger Minuten ab. Sie waren in diesem Schiff zu Hause – aber sie hatten kaum Erfahrung damit, jemanden zuverlässig zu beschatten.

In einem abgelegenen Raum nahe dem Verbindungsstück zur SOL-Zelle-1 gab es eine der vielen Kontrollstellen für den Notfall. Da in der SOL zurzeit nicht einmal Alarmzustand herrschte, waren die Anlagen für jeden außer für Rhodan nutzlos. Er forderte Romeo und Julia auf, sich sofort und völlig geheim bei ihm einzufinden.

»Hat man euch gesehen?«, fragte er, als die beiden Roboter endlich vor ihm standen. »Julia?«

»Nein.«

»Also weiß niemand, dass ich hier mit euch spreche?«

»Niemand weiß davon«, bestätigte Julia. Sie war so konstruiert, wie er sich Roboter in seiner Kindheit vorgestellt hatte. Aber das lag lange zurück – sehr lange schon.

Rhodan atmete auf. Das war seine Chance, mit SENECA zu reden, ohne Gefahr zu laufen, dass jedes Wort publik wurde.

»Ich habe an SENECA folgende Frage. Wurde vonseiten der SOL-Geborenen die Aktivatorschaltung inzwischen entdeckt?«

»Nein«, antwortete Julia sofort.

Rhodan nickte zufrieden. »SENECA konnte mir vorhin keine Auskunft geben, welche Bedeutung der achtzehnte Dezember für die Solaner hat. Gilt diese Antwort weiterhin?«

»Nein.«

»Warum wollen die Solaner, dass ich ihnen das Schiff ausgerechnet an diesem Tag übergebe?«

»Der Wunsch der SOL-Geborenen entstand aus einem Kompromiss heraus. Sie brauchten Zeit für Vorbereitungen. Die Übergabe der SOL soll festlich begangen werden. Um dies zu ermöglichen, nahmen sie eine geringfügige Verlängerung der Wartezeit in Kauf.«

»Das ist mir bekannt«, unterbrach Rhodan ärgerlich. »Aber die Solaner hatten Wochen, um sich vorzubereiten. Sie haben die Zeit auch genützt. Allerdings nicht, um diesen einen Lagerraum herauszuputzen, sondern um die SOL ihren Wünschen entsprechend umzurüsten. Das Argument erscheint mir demnach nicht als stichhaltig.«

»Das Verhalten der Solaner ist in diesem Punkt stark emotional eingefärbt«, gab Julia zu bedenken.

»Mit anderen Worten: Sie handeln, was die Übergabe betrifft, schlicht und einfach irrational.«

»So ist es.«

»Es muss mehr dahinterstecken!«, widersprach Rhodan energisch. »Ich habe herausgefunden, dass im Mittelteil der SOL Räume seit einiger Zeit unbewohnt sind und offenbar nicht wieder bezogen werden dürfen. Dahinter beginnt eine Sperrzone. Die Wachtposten sind bewaffnet. Ich will wissen, was sie bewachen und was die Mediziner in dem isolierten Bereich tun. Warum wurden in den daran angrenzenden Räumen offenbar alle Verbindungen zu SENECAS Kontrollorganen unterbrochen? Was verstecken die SOL-Geborenen? Und warum unternimmt SENECA nichts gegen diesen Unfug?«

»Es besteht keine Veranlassung, gegen den Willen der SOL-Geborenen einzugreifen.«

»Was befindet sich in den abgesperrten Räumen?«

»Ich habe keine Informationen darüber.«

Rhodan blickte Julia misstrauisch an. Obwohl es eigentlich sinnlos war, wandte er sich an Romeo. »Du hast natürlich ebenfalls keine Informationen?«

»So ist es«, antwortete Romeo.

Rhodan nickte nachdenklich. »Wenn SENECA nicht weiß, was die SOL-Geborenen in diesem Sektor treiben, woher nimmt er dann die Gewissheit, dass kein Eingriff nötig ist?«

Die beiden Roboter schwiegen.

»Eine Seuche könnte eingeschleppt worden sein«, fuhr der Terraner unwillig fort. »Was dann?«

»Die SOL-Geborenen würden in einem solchen Fall nicht zögern, SENECAS Hilfe in Anspruch zu nehmen.«

Rhodan lachte bitter. »Sie handeln zurzeit stark emotional«, erinnerte er den Roboter spöttisch. »Nimm einmal an, sie hätten sich auf Datmyr-

Urgan etwas eingefangen, auf das niemand vorbereitet war. Nun wollen sie mit aller Gewalt beweisen, dass sie selbst mit sämtlichen Problemen fertig werden können. Es verträgt sich nicht mit ihrem Stolz, eigenes Versagen einzugestehen. Wir Terraner sollen keine Gelegenheit haben, an ihren Fähigkeiten zu zweifeln.« Er sah die beiden Roboter an. »Haltet ihr die Informationen zurück?«, fragte er scharf. »Ist es, wie ich vermute?«

Romeo und Julia schwiegen.

»Antwortet!«, befahl Rhodan.

»Ihr Verhalten ...«, begann Julia.

Der Terraner winkte resignierend ab. »Schon gut. Ich benehme mich irrational. Nur noch eine Frage: Ist SENECA aufgrund eigener Informationen zu der Schlussfolgerung gelangt, dass keine Gefahr droht?«

Die Roboter antworteten auch diesmal nicht. Rhodan hatte das zwar schon erwartet, aber immer noch gehofft, dass SENECA es vorziehen würde, seinen Verdacht zu zerstreuen.

War die Hyperinpotronik selbst unter fremden Einfluss geraten? Er hielt mittlerweile manches einer Erwägung wert. Trotzdem stellte er seine Frage anders.

»Werden die Solaner von dem, was sie in den isolierten Räumen verstecken, parapsychisch beeinflusst?«

Die skurrilen Roboter zögerten.

»Das wüssten wir aber«, antwortete Julia dann.

Diesen Satz kannte Rhodan. Schon einmal hatte SENECA mit solchen Antworten die Schiffsführung verunsichert. »Geht das schon wieder los?«, ächzte er.

Julia schwieg. Romeo ebenfalls. Es schien, als hielte SENECA weitere Antworten für überflüssig.

Zwei Stunden vor Beginn der Feierlichkeiten meldete sich Douc Langur noch einmal. Perry Rhodan traf den Forscher im Solarium, wo es einige Orte gab, an denen er sich vor jedem Lauscher sicher fühlte.

»Nichts«, sagte Langur niedergeschlagen. »Ich komme nicht weiter. Ich hatte geglaubt, die Solaner inzwischen recht gut zu kennen, aber entweder habe ich mich geirrt, oder sie haben sich verändert. Ich kann mit ihnen über alles reden, nur nicht über die isolierten Räume. Sie sprechen unausgesetzt von der Übergabe der SOL und dem neuen Leben, das für sie beginnen soll. – Und wie ist es Ihnen gegangen?«

»Ich habe Körbe gesammelt«, murmelte Rhodan bitter.

Douc Langur wedelte ratlos mit seinen federförmigen Sinnesorganen.

»Ich meine damit, dass ich mir eine Zurückweisung nach der anderen eingehandelt habe.« Der Terraner seufzte.

»In zwei Stunden ist alles vorbei«, sagte der Forscher bedrückt. »Die SOL wird keine Minute länger als unbedingt nötig neben der BASIS bleiben, und dann ...«

»Hören Sie sich weiter um!«, unterbrach Rhodan den Redeschwall. »Vielleicht werden die Solaner jetzt unvorsichtig. Versuchen Sie es, Douc.«

Der Forscher schwieg für eine Weile.

»Also gut«, stimmte er endlich zu. »Übrigens – was ist ein ›Raumbaby‹?«

»Ein was?« Perry Rhodan schaute verwundert auf.

»Raumbaby«, wiederholte Langur. »Zwei Frauen gebrauchten diesen Ausdruck.«

»Worüber sprachen sie außerdem?«

»Über zwei Kinder. Die eine meinte, die Emraddin-Zwillinge seien nur ein Experiment der Evolution gewesen und die Natur würde selten einen Fehler zweimal hintereinander machen. Dann erwähnte die andere Bjo und nannte ihn ein prägnantes Beispiel. Können Sie damit etwas anfangen?«

»Und ob.« Rhodan seufzte. »Es geht um den alten Traum der Solaner. Sie wären gerne die Keimzelle einer neuen Menschheit, die frei im Raum leben kann.« Er schüttelte nachdenklich den Kopf. »Die Emraddin-Zwillinge, Bjo Breiskoll – das sind Mutationen, überraschend und erstaunlich, aber nicht unbedingt auf die SOL zu beziehen. Mutanten können überall auftauchen. Statistisch gesehen wurden die meisten uns bekannten menschlichen Mutanten auf der Erde gezeugt und geboren – es sieht also nicht danach aus, als hätte die SOL ein Klima aufzuweisen, das die Entstehung solcher Veränderungen fördert.« Er nickte Langur zu. »Machen wir weiter. Es wird Zeit.«

Als Rhodan die Festhalle erreichte, blieb er kurz stehen. Nicht, weil die großartige Szenerie ihn in ihren Bann schlug, sondern weil sich alles in ihm sträubte, weiterzugehen.

Da saßen sie, und es schien, als hätten die Solaner es tatsächlich geschafft, alle in diesem Raum unterzubringen, die nicht an anderen Stellen des gigantischen Schiffes unabkömmlich waren. Sie zeigten keine Spur mehr von Ungeduld. Manche lächelten versonnen, aber die meisten wirkten ernst und konzentriert.

Rhodan scheute davor zurück, vor diese stille, in ihre Erwartung vertiefte Menge hinzutreten und das zu tun, was ihm erforderlich zu sein schien. Er wusste, dass die Solaner ihn nicht verstehen würden. Sie hatten ihn ohnehin selten genug verstanden.

Er sah sich nach Joscan Hellmut und Gavro Yaal um. Es gab keine gesonderten Ehrenplätze. Jeder setzte sich offenbar hin, wo es ihm gerade behagte.

Unvermittelt stand ein junges Mädchen vor Rhodan und bedeutete ihm freundlich, zwischen den Sitzreihen hindurchzugehen. Unterwegs betrachtete er die Gesichter der Menschen, und ein Gefühl der Unwirklichkeit beschlich ihn. Ihre Blicke schienen ihn zu durchdringen. Entdeckte er ein Lächeln oder den Schimmer von Interesse, dann musste er gleich darauf feststellen, dass weder das Lächeln noch das Interesse dem Menschen Perry Rhodan galten, nicht einmal dem Mann, der bis jetzt noch Kommandant der SOL war.

Er ging in stillem Grimm weiter und entdeckte endlich unterhalb der Tribüne Hellmut. Der Sprecher der SOL-Geborenen diskutierte mit Yaal und deutete ärgerlich auf die vordersten Sitzreihen, wo sich auf den besten Plätzen Yaals engste Freunde niedergelassen hatten.

»Was wollen Sie eigentlich?«, hörte der Terraner Yaal sagen, als er nahe genug heran war. »Ihrer Initiative haben wir es sicher nicht zu verdanken, dass die SOL heute in unseren Besitz übergeht.«

Hellmut wandte sich wütend ab. Dann entdeckte er Rhodan. »Ich freue mich ...«, begann er, aber Yaal unterbrach ihn.

»Hoffentlich haben Sie Ihre Rede gut vorbereitet«, sagte der Kosmobiologe grob zu dem Aktivatorträger. »Haben Sie vor, uns diese Feier im letzten Moment noch zu verderben?«

Hellmut griff hastig nach Rhodans Arm, als fürchte er, den Kommandanten der SOL zurückhalten zu müssen. Rhodan schüttelte den Kybernetiker mühelos ab.

»Was werden *Sie* den Solanern sagen?«, konterte er ausdruckslos.

»Das bekommen Sie in wenigen Minuten zu hören«, gab Yaal nach einer winzigen Pause zurück. Es war sein unerschütterliches Selbstvertrauen, das ihn arrogant und taktlos erscheinen ließ.

Noch vor wenigen Sekunden hatte Rhodan überlegt, ob er einen letzten Versuch unternehmen sollte. Er war beinahe entschlossen gewesen, mit Hellmut und Yaal zu reden. Wenn er ihnen sagte, was er von dem Verhalten der Solaner hielt, und erklärte, dass er keineswegs die Absicht hatte, die SOL-Geborenen zu schikanieren ... Sie lebten lange genug in diesem Schiff, um zu wissen, wie leicht es dazu kommen konnte, dass Menschen in der Nähe einer Gefahr weilten, ohne sich dessen bewusst zu werden, während ein Außenstehender auf den ersten Blick erkannte, dass etwas nicht stimmte. Wenn es ihm gelang, sie wenigstens so weit zu bringen, dass sie ihm zuhörten ... Der Gedanke verflog.

»Ich glaube nicht ...«, sagte Rhodan sehr ruhig.

»Was ...?« Yaal verstummte sofort wieder, denn der Aktivatorträger stand da schon auf dem Podium.

»Ich habe Ihnen eine Mitteilung zu machen«, eröffnete der Terraner laut. »Es geht alle an. Deshalb bitte ich, dafür zu sorgen, dass man mich überall in der SOL hören kann.«

Aus den Augenwinkeln heraus sah er Hellmut, der ihn entgeistert anstarrte, sich jäh umdrehte und davonging. In Gedanken bat Rhodan den Kybernetiker um Verzeihung. Er wünschte sich, er hätte Hellmut und den Solanern, die ebenfalls vernünftig und aufgeschlossen waren, das nicht antun müssen.

Er bekam ein Zeichen. Die Verbindungen bestanden bereits.

»Sie haben sich hier versammelt, um die SOL endgültig in Besitz zu nehmen. Ich übergebe Ihnen das Schiff. Es gehört Ihnen.«

Für einen Augenblick blieb es totenstill. Die Solaner waren so überrascht, dass sie sich nicht einmal freuen konnten. Dann erinnerten sie sich der Pläne, die sie für diese Minuten geschmiedet hatten.

Rhodan hatte das einkalkuliert. Ihm war längst klar, dass die geplante Feier kaum noch der Übergabe selbst galt – die Solaner betrachteten das Schiff schon seit Wochen als ihr uneingeschränktes Eigentum. So gesehen diente die Zeremonie nur der Bestätigung des bereits bestehenden Zustands. Rhodans Anwesenheit war für die Solaner aus einem anderen Grund wichtig. Als Kommandant trug er die Verantwortung dafür, dass die SOL in immer neue Gefahren geraten war. Es war seine Suche, mit der die Solaner sich nicht abfinden wollten. Alle Unannehmlichkeiten der Vergangenheit resultierten in ihren Augen aus Rhodans an Sturheit grenzender Ausdauer, mit der er Wege beschritt, die den SOL-Geborenen unverständlich blieben. Er verkörperte alles, was sie mit dem Begriff Terra gleichsetzten. Der Aktivatorträger erschien ihnen als Inbegriff jener für sie weitgehend unverständlichen Bindungen, die zwischen den Terranern und ihrer Heimatwelt selbst dann noch bestanden, wenn die SOL von der Erde schier unendlich weit entfernt war.

Darum sollte er und kein anderer den Schlussstrich unter die Beziehungen zwischen Solanern und Terranern ziehen. Wenn er die SOL offiziell übergab, war das mehr als ein juristischer Vorgang.

Rhodan hatte nun die Spielregeln verletzt. Er sah auf Yaal hinab und erkannte, dass der SOL-Geborene zutiefst getroffen war.

»Ich übergebe Ihnen die SOL«, wiederholte der Terraner, und schlagartig wurde es wieder still. »Sie können über das Schiff frei verfügen, sobald die Überführung SENECAS in die BASIS abgeschlossen ist.«

Yaal, der gerade Anstalten traf, Rhodan vom Podium zu holen, blieb wie vom Donner gerührt stehen. Die ganze Szene erstarrte.

SENECA! Ohne die Hyperinpotronik war die SOL nichts als ein imposantes Wrack ...

Yaal würdigte Rhodan keines Blickes mehr. Mit einer hilflosen Geste wandte er sich an die Solaner. »Die Feier ist auf einen späteren Zeitpunkt verschoben«, gab er bekannt, und seiner Stimme fehlte diesmal alles, womit er seine Zuhörer sonst in seinen Bann schlug. »Geht an die Arbeit zurück.«

In den hinteren Sitzreihen entstanden die ersten Tumulte. Rhodan beobachtete das Geschehen mit eisiger Miene.

»Kommen Sie!«, sagte Yaal rau. Die Übertragung war eingestellt worden. Yaals Worte gingen im Stimmengewirr fast unter.

»Verdammt!«, fauchte der SOL-Geborene, als Rhodan zögerte. »Stellen Sie sich nicht dumm! Sie wissen genau, was Ihre Forderung für uns bedeutet. Diese Menschen da unten sind noch damit beschäftigt, die Konsequenzen zu erkennen. Wenn sie alles begriffen haben, kann ich für Ihre Sicherheit nicht mehr garantieren!«

»Ich weiß«, sagte Rhodan gelassen. »Sie haben die Stimmung zu sehr angeheizt, Yaal. Nun erhalten Sie die Quittung dafür.«

»Mir wird nichts geschehen«, versicherte der Biologe grimmig. »Aber Sie wird man in Stücke reißen. Kommen Sie endlich!«

»Einfach rührend«, murmelte der Terraner sarkastisch. »Wie machen Sie das?«

Yaal sah ihn verwirrt an.

»Man könnte fast zu dem Schluss kommen, dass Sie sich wirklich um meine Sicherheit Sorgen machen«, fuhr Rhodan bedächtig fort.

Yaal gab seinen Freunden, die längst das Podium umstanden, einen Wink. Dann packte er zu und zerrte den Terraner hinter sich her. Ein Ring von Männern und Frauen schirmte sie nach allen Seiten ab. Plötzlich war auch Hellmut da. Neben ihm ging Bjo Breiskoll. Sie sahen den ehemaligen Kommandanten der SOL nicht an, aber sie wichen auch nicht zur Seite, als sich ihnen die ersten SOL-Geborenen in den Weg stellten.

»Lasst ihn hier!«, schrie jemand mit überschnappender Stimme. »Lasst ihn bei uns, und wir werden ihn lehren, wie man Versprechen zu halten hat.«

Yaal zischte einen Befehl. Verwundert stellte Rhodan fest, dass seine Begleiter plötzlich Paralysatoren in Händen hielten. Nur Breiskoll war unbewaffnet. Auch Hellmut mit einer Waffe in der Hand zu sehen war fast ein Schock.

Für einen Moment fühlte Rhodan sich schuldig. Mit seiner Forderung, die ebenso ungerecht wie absurd war, hatte er die SOL-Geborenen zu einem Verhalten getrieben, das in krassem Widerspruch zu ihrer Weltanschauung stand. Tätlichkeiten dieser Art hatte es bei ihnen nie gegeben.

Immerhin war eines erreicht: Der eigenartige Bann, unter dem die Solaner in den letzten Tagen gestanden hatten, war von ihnen gewichen. Sie wirkten nicht länger teilnahmslos.

Rhodan wurde aus der Halle geleitet. Draußen kümmerte sich kaum jemand um ihn und seine Beschützer. Sie nahmen den Weg zur Kommandozentrale im SOL-Mittelteil.

Der Terraner ging gelassen zwischen Yaals Leuten. Deutlich spürte er den Zorn und die Verachtung, die ihm die Solaner entgegenbrachten. Nur Hellmut wirkte nachdenklich. Breiskoll hatte sich völlig abgekapselt.

In der Zentrale befanden sich lediglich die Diensthabenden. Auf den ersten Blick war die Szene Rhodan vertraut, auf den zweiten wirkte sie auf ihn deprimierend. Er sah nur junge Gesichter. Das allein hätte ihn nicht gestört, aber die Frauen und Männer musterten ihn schweigend, und ihre Abneigung konnte er fast körperlich spüren.

Unwillkürlich schaute er zu dem Platz hinüber, auf dem sonst Mentro Kosum gesessen hatte. Der Solaner, der das Amt des Emotionauten übernommen hatte, erschien ihm wie ein Fremdkörper. Rhodan kannte den Mann. Er hatte eine harte Ausbildung hinter sich, und es war zu hoffen, dass er die SOL auch in schwierigen Situationen gut über die Runden bringen würde. Doch im Moment sah es eher so aus, als würde er unter der Last der Verantwortung zusammenbrechen. Die SERT-Haube schwebte über ihm, und der junge Pilot war sehr blass. Er sah erschreckend zerbrechlich aus. Rhodan hatte diesen Eindruck, weil er den Mann unwillkürlich mit Kosum verglich. Und trotzdem ...

»Fangen wir also an«, sagte Gavro Yaal rau. »Was verlangen Sie, Rhodan?«

Der Terraner lächelte. »Sie haben es doch gehört. Wir werden SENECA in die BASIS transportieren.«

»Das ist völlig unmöglich!«, fuhr Yaal empört auf. »Wie soll das funktionieren? Sie wissen genau, dass die SOL ohne SENECA nichts mehr wert ist.«

»Natürlich weiß ich das.«

»SENECA und die SOL gehören zusammen. Sie können so etwas nicht tun; das ist ein hinterhältiger Trick, nichts weiter! Sie haben versprochen, die SOL an uns zu übergeben ...«

»Ich habe mein Versprechen gehalten«, fuhr Rhodan grob dazwischen.

»Das kommt davon, wenn man einem Terraner vertraut«, kommentierte jemand hinter Yaal bitter. Rhodan schaute den Mann nachdenklich an. Er war nicht überrascht, Gral Oyssario in dieser Gruppe zu sehen.

»Halten Sie es wirklich für richtig, in diesem Zusammenhang von Vertrauen zu sprechen?«, fragte der Terraner abweisend. »Was verstehen Sie überhaupt darunter? Sie verlangen von uns, dass wir Ihnen dieses Schiff schenken. Aber Sie sind nicht bereit, dafür etwas zu geben.«

»Wir haben keine Reichtümer!«, wandte Oyssario wütend ein.

»Niemand verlangt, dass die Solaner die SOL bezahlen sollen. Wir wissen, dass Ihnen das unmöglich wäre. Darum haben wir für die Übergabe keine weiteren Bedingungen gestellt. Aber SENECA gehört weder Ihnen noch den Menschen in der BASIS. SENECA ist Eigentum der ganzen Menschheit. SENECAS Wissen ist unersetzlich und unerschöpflich. Wir können es nicht entbehren.«

»Sie wollen das Gehirn für Ihre eigenen Zwecke einsetzen«, beklagte Oyssario. »Es ist Ihnen völlig gleichgültig, was aus uns wird. Ich hätte es gleich wissen sollen, Sie hatten niemals die Absicht, uns SENECA zu lassen. Gut, Sie können uns zwingen, die Hyperinpotronik herauszugeben. Aber Sie werden es nicht wagen, das Gehirn aus der SOL herauszuschneiden, Rhodan. Damit würden Sie die Bewohner dieses Schiffes zum Tod verurteilen!«

»Dieses Risikos bin ich mir bewusst.«

Joscan Hellmut sah aus, als wolle er eine verzweifelte Bitte formulieren. Der Aktivatorträger kam ihm zuvor.

»Sogar die Freiheit hat ihren Preis«, sagte er hart. »Geben Sie SENECA heraus – dann sind Sie frei. In jeder Beziehung. Sie wollten die Verantwortung selbst übernehmen, das können Sie nun tun. Es stimmt nicht, dass alles Leben in der SOL erlöschen muss, wenn SENECA weggebracht wird. Sie haben ausreichend technische Möglichkeiten, den Verlust auszugleichen. Das wird Zeit brauchen, und Sie werden Hilfe nötig haben. Sie befinden sich damit in einer Position, mit der sich die allermeisten Völker in diesem Universum abfinden müssen. Sie werden gezwungen sein, um Ihre Existenz zu kämpfen – genau wie alle anderen Intelligenzen, die sich um den Bestand ihrer Welt zu kümmern haben.«

Rhodan schaute Gavro Yaal an. »Mit der Traumreise und dem konfliktfreien Dasein fern aller planetarischen Nöte werden Sie allerdings warten müssen. Aber das kann mir persönlich nicht einmal leidtun. Es scheint, als hätten wir Terraner es versäumt, Ihnen allen einige wichtige Erkenntnisse zu vermitteln. Ich bin mir dessen schmerzlich bewusst, dass wir in diesem Punkt versagt haben. Nun werden Sie Gelegenheit haben, Ihre Kenntnisse über gewisse Aspekte des Lebens auf eine sehr natürliche Weise zu erweitern.« Er straffte sich und lächelte kalt. »Sollte Ihnen das als zu unbequem erscheinen, haben Sie immer noch die Möglichkeit, die SOL zurückzugeben. Dann bleibt SENECA an Bord, und Sie werden uns begleiten. Es ist keine optimale Lösung. Ich wäre froh, wenn ich mich nicht weiter mit Ihren Problemen beschäftigen müsste.«

»Sie brauchen nur auf diese unsinnige Forderung zu verzichten«, sagte Yaal hitzig. »Dann sind Sie uns los.«

»Ich lasse Sie nicht mit SENECA davonfliegen.«

»Aber warum denn nicht?«, stieß Yaal verzweifelt hervor.

»Wissen Sie das wirklich nicht?«, fragte Rhodan verwundert. »SENECA gehört der Menschheit, das sagte ich bereits. Sie haben sich von der Menschheit losgesagt ...«

»Das stimmt nicht!«, protestierte Hellmut in dem Moment.

»Was stimmt dann?«

»Wir sind ein Teil der Menschheit«, sagte der Kybernetiker bedächtig. »Daran wird sich nie etwas ändern.«

»Das mag Ihre Überzeugung sein.« Der Terraner nickte traurig. »Aber sprechen Sie diesmal auch für die SOL-Geborenen, Joscan? Ich bin seit zwei Tagen wieder an Bord. Ich möchte niemandem mangelnde Gastfreundschaft vorwerfen, denn das wäre in der Tat ungerecht. Mir geht es um etwas ganz anderes. Ich habe den Verdacht, dass Sie nicht nur gewisse Lernstoffe aus dem Alltag der Solaner zu verdrängen versuchen, sondern konsequent damit beschäftigt sind, die Erinnerungen stückweise auszumerzen, die andere sich an die Heimat der Menschheit bewahrt haben. Soweit es die Erwachsenen betrifft, können Sie natürlich frei entscheiden, wie Sie sich der Erde gegenüber verhalten wollen. Aber wenn schon in den Lehrstoffen für sechsjährige Kinder der Name ›Terra‹ gestrichen und durch die Bezeichnung ›Sol drei‹ ersetzt wird, dann stimmt mich das nachdenklich. Wenn diese Entwicklung weitergeht, werden Ihre Nachkommen ein sehr merkwürdiges Bild der Urheimat mit sich herumschleppen. Sie werden sich nicht als Teil der Menschheit fühlen. Und wenn dann das gesamte Wissen SENECAS ihnen zur Verfügung steht – sehen Sie die Gefahr denn wirklich nicht?«

»Das sind Spekulationen«, murmelte Hellmut unbehaglich.

»Es mag so aussehen«, gab Rhodan zu. »Trotzdem. Ich kann den

SOL-Geborenen SENECA nicht überlassen. Die BASIS ist bereits informiert. Sobald Dorania sich erholt hat, kehre ich mit ihr zur PANTHAU-RA zurück. Dann beginnt der nächste Umbau der SOL.«

»Daran zweifle ich!«, sagte eine harte Stimme hinter dem Terraner. Der Aktivatorträger drehte sich langsam um.

Vor ihm stand ein junger SOL-Geborener. Rhodan hatte ihn nie zuvor gesehen. Der Mann hielt einen entsicherten Strahler in der Hand.

»Was soll das, Terph!«, sagte Yaal scharf. »Steck die Waffe weg! So lässt sich das Problem nicht lösen.«

Terph lächelte verächtlich. Er sah Rhodan dabei unverwandt an. Die Projektormündung der Waffe wich um keinen Millimeter zur Seite.

»Genug geredet!«, erklärte er kategorisch. »Rhodan – Sie begleiten mich. Die anderen bleiben hier. Ich warne Sie, versuchen Sie keine Tricks mit mir. Ich würde sofort schießen. Das gilt für Sie ebenfalls, Gavro, und für alle anderen. Bleiben Sie in der Zentrale.«

»Was soll daraus werden, Terph?«, fragte Rhodan gelassen.

»Das werden wir sehen.«

Aus den Augenwinkeln bemerkte Rhodan eine schnelle Bewegung. Wie ein Schatten tauchte Bjo Breiskoll schräg hinter dem bewaffneten Solaner auf. Aber sein Schlag ging ins Leere. Ehe er Terph nahe genug war, zischte es hässlich. Bjo brach zusammen.

»Der nächste Schuss wird alle paralysieren«, verkündete Terph kalt und nickte dem jungen Emotionauten zu. Der hielt inzwischen ebenfalls eine Waffe in der Hand.

Hellmut trat vorsichtig einen Schritt näher heran.

»Zurück!«, befahl Terph. »Sie haben gesehen, dass wir nicht länger bereit sind, auf Leute wie Sie Rücksicht zu nehmen. Wir lassen uns nicht mehr mit leeren Worten abspeisen. Ich weiß, dass Sie solche Methoden hassen, aber dafür werden wir Erfolg haben.«

»Das ist ein Irrtum, Terph«, sagte Hellmut bitter. Er sah Rhodan bittend an. »Es war nie unsere Absicht, das Geschehen eskalieren zu lassen. Auch Gavro Yaal hat das nicht gewollt.«

Terph wartete. Er fühlte sich sicher. Die Situation war für ihn überschaubar. Er glaubte nicht daran, dass die anderen jetzt noch zu ihren Waffen greifen würden. Und er behielt recht. Yaal und seine Leute schienen wie gelähmt zu sein. Sie starrten abwechselnd Rhodan an, dann Terph, dann den paralysierten Katzer.

»Wir werden darauf achten, dass SENECAS Wissen nicht missbraucht wird«, schloss Hellmut.

Rhodan schüttelte leicht den Kopf.

»Schluss mit den Sentimentalitäten«, knurrte Terph. »Wir gehen.«

Terph hatte viele Anhänger. Rhodan fragte sich, ob Yaal von dieser Gruppe gewusst hatte, die aus sehr jungen Solanern bestand.

Sie warteten draußen auf ihn. Aber auch in der Zentrale saßen Terphs Vertraute auf Schlüsselpositionen. Rhodan versuchte nicht erst, jemanden einzuschüchtern oder umzustimmen. Er hätte mit den Waffen der BASIS drohen können, und einem Mann wie Terph wäre es wohl kaum in den Sinn gekommen, hinter einer solchen Drohung einen Bluff zu sehen. Aber Rhodan glaubte ohnehin zu wissen, was Terph mit ihm vorhatte. Der Solaner ahnte noch nicht, dass er den Plänen des Terraners entgegenkam.

Douc Langur ließ sich auf dem Weg zum Hangar nicht blicken. Rhodan hoffte, dass der Forscher sich an seine Warnungen erinnerte.

»So«, sagte Terph, als sie im Hangar vor einer Space-Jet standen. »Das ist Ihr Abschied von der SOL. Sie werden nicht an Bord unseres Schiffes zurückkehren, Terraner.«

Wie er den Namen *Terraner* aussprach, klang es wie ein Schimpfwort. Rhodan beherrschte sich eisern. Terph, der offenbar eine heftige Reaktion erwartet hatte, lachte verächtlich auf.

»Ich wünsche Ihnen eine angenehme Reise!«, spottete er. »Auf ein Wiedersehen werde ich allerdings gerne verzichten.«

»Lass es gut sein«, mischte sich eine junge Frau ein. »Wir verlieren nur Zeit.«

Terph fuhr wütend herum, zwang sich dann aber zu einem Lächeln. »Du hast recht, Kaja«, gab er zu. »Gehen Sie, Rhodan! Aber versuchen Sie nicht, dieses Beiboot zu beeinflussen. Wir haben uns abgesichert. Es wird Ihnen nicht gelingen, heimlich auf die SOL zurückzukehren. Und sollten Sie jetzt daran denken, von der BASIS aus das Feuer auf uns eröffnen zu lassen – vergessen Sie es! Wir haben nichts mehr zu verlieren. Und was die Wynger dann von Ihren Ideen und angeblichen Freundschaftsabsichten halten würden – nun, ich überlasse es Ihnen, sich das auszumalen.«

Rhodan wandte sich schweigend ab.

Die Space-Jet wurde ausgeschleust, der Autopilot übernahm die Kontrolle. Da der Flug zur BASIS nur wenige Minuten dauerte, verzichtete Rhodan auf eine Funkverbindung.

Die Solaner hatten sein Kommen ohnehin angekündigt. Reginald Bull erwartete ihn. Rhodan nickte seinem Freund gelassen zu.

»Wie geht es jetzt weiter?«, fragte Bull angriffslustig.

»Ganz einfach. Wir bereiten uns auf das vor, was ohnehin auf unserem Programm steht. Wie geht es der Ansken-Königin?«

»Sie macht Fortschritte. Es kann nicht mehr lange dauern. Willst du die SOL tatsächlich ziehen lassen – ohne jeden Versuch, diese Burschen zur Vernunft zu bringen?«

»Bist du so sicher, dass sie unvernünftig handeln?«

»Sie haben dich hinausgeworfen! Willst du dir das gefallen lassen?«

»Hör schon auf damit, Dicker. Ich möchte Dorania sehen und wenn möglich mit ihr reden. Es ist besser, wenn sie ein wenig an mich gewöhnt ist, bevor es losgeht.«

Bull setzte zu einem Protest an, doch letztlich zuckte er nur mit den Schultern. »Also gut«, murmelte er resignierend. »Ich weiß nicht mal, ob ich wegen der SOL traurig sein soll. Ich bezweifle sogar, dass wir sie wiedersehen werden.«

»Wer weiß«, sagte Rhodan versonnen.

»Nun, das ist immerhin eine Entscheidung«, sagte Gavro Yaal, als Terph mit Rhodan die Zentrale verlassen hatte. »Jetzt müssen wir uns nicht mehr mit diesem hinterlistigen Terraner herumstreiten.«

Hellmut hatte sich über den Katzer gebeugt. Er sah auf. »Haben Sie das arrangiert?«, fragte er bitter.

»Unsinn. Ich habe es nicht nötig, mich solcher Methoden zu bedienen. Aber Sie müssen zugeben, dass Terph den richtigen Weg gefunden hat.«

»Die BASIS hat genug Waffen an Bord, um die SOL am Aufbruch zu hindern.«

»Glauben Sie im Ernst daran, dass die Terraner auf uns schießen werden? Das wagt selbst Rhodan nicht! Außerdem vergessen Sie die Wynger, Joscan. Für die bricht soeben die Welt zusammen: Vermutlich erkennen sie inzwischen ebenfalls, dass Rhodan an allem schuld ist. Wenn sie zudem feststellen müssen, dass die Menschen sich uneins sind, kann es leicht geschehen, dass sie die BASIS zum Teufel jagen. Dann muss Rhodan auch die Leute in der PAN-THAU-RA abschreiben. Nein, es wird nichts passieren. Wir sind frei, Joscan. Jetzt gehört die SOL wirklich uns, SENECA eingeschlossen.«

»Da Sie SENECA erwähnen«, sagte Hellmut nachdenklich. »Wir sollten uns um ihn kümmern. Wer weiß, wie er auf die letzten Neuigkeiten reagiert.«

Helcos, der Pilot, sah den Sprecher der SOL-Geborenen verächtlich an. »Für SENECA sind Sie zuständig«, bemerkte er. »Ich möchte Ihnen nicht in Ihr Spezialgebiet hineinreden. Aber jedes Kind weiß mittlerweile, dass das Gehirn *uns* unterstützt.«

Hellmut machte sich nicht die Mühe, Helcos auf die Möglichkeit eines folgenschweren Irrtums hinzuweisen. Die meisten SOL-Geborenen neigten dazu, SENECA Fähigkeiten anzudichten, die dem Rechner fremd sein mussten. Sie bildeten sich zu gerne ein, die Hyperinpotronik sei gewissermaßen ein künstlicher Solaner, der es ebenfalls satthatte, sich Rhodans Befehlen zu beugen, und genau wie die SOL-Geborenen nur auf den Augenblick der Befreiung wartete. Hellmut dagegen hatte erst kürzlich wieder den Beweis dafür erhalten, dass SENECA in ganz anderen Bahnen dachte. Manchmal hegte er sogar den Verdacht, das Bordgehirn verfolge in mancher Beziehung Pläne, die selbst den Terranern unbekannt sein mussten.

»Das Bild von Rhodans Abflug auf alle Interkomempfänger schalten!«, ordnete Yaal an.

Hellmut war sich darüber im Klaren, dass die Ereignisse nicht einmal nach Yaals Geschmack sein konnten. Der Biologe war ein fanatischer Verfechter der Theorie, dass den Menschen in der SOL von der Evolution ein eigener Weg zugedacht sei. Yaal glaubte fest daran, dass die strikte Trennung von den Terranern nötig sei, damit die SOL-Geborenen diesen Weg beschreiten konnten. Aber er war kein Narr; er wusste recht gut, dass nicht Rhodan eine Niederlage erlitten hatte, sondern er selbst der Geschlagene war. Rhodan hatte ihn durch sein Verhalten an einen Punkt gebracht, an dem Yaal Gewalt zwar nicht direkt anwendete, sie aber immerhin billigte und damit gegen die Prinzipien der Solaner verstieß.

»Werden wir sofort starten?«, fragte Helcos.

»Wir warten noch.«

»Sollen wir hierbleiben, bis diesen Terranern eine neue List einfällt?«

»Halten Sie den Mund!«, sagte Yaal aufgebracht.

»Ach nein«, knurrte Helcos. »Mir scheint, es wird sich doch nicht so viel ändern, nachdem die Terraner das Kommando verloren haben. Ich warne Sie, Yaal – die endgültige Schiffsführung wird erst gewählt!«

»Rhodan ist unterwegs!«, meldete Terph vom Kontrollstand des Hangars aus. »Geben Sie jetzt Nachricht an die BASIS!«

Gavro Yaal winkte Helcos resignierend zu. »Erledigen Sie das!«, sagte er bedrückt. »Wir starten in etwa einer Stunde. Ich glaube nicht, dass Rhodan versuchen wird, uns zurückzuhalten.«

Joscan Hellmut hatte Breiskoll inzwischen auf eine Antigravliege verfrachtet. Ein Medoroboter nahm sich des Katzers an.

»Ich bin bald zurück«, sagte Hellmut zu dem Mutanten, der ihn hören konnte, ohne die Möglichkeit zu haben, eine Antwort zu geben. »Mach dir keine Sorgen. Der Roboter ist neutral!«

Erst als er neben Yaal die Zentrale verließ, wurde ihm bewusst, aus welchem Impuls heraus er diese Bemerkung gemacht hatte. Er war tatsächlich im Begriff, die SOL-Geborenen in zwei Parteien einzuteilen. Diese Erkenntnis erschreckte ihn.

»Behaupten Sie nur nicht, es täte Ihnen leid!«, sagte Yaal grob.

Hellmut schaute den Kosmobiologen überrascht an. »Was geschehen ist, gefällt mir nicht. Wir hätten die SOL auch anders bekommen können.«

»Und wie, bitte? Sollten wir SENECA wirklich hergeben?«

»Ich kann mir nicht helfen, aber ich glaube nicht daran, dass Rhodan das tatsächlich wollte. Er hat sich doch klar genug ausgedrückt. Was hindert uns daran, uns zu unseren Wurzeln auf Terra zu bekennen? Glauben Sie, dass Ihre hochgelobte Evolution sich durch derartige Bekenntnisse vergraulen lässt?«

»Natürlich nicht.« Yaal winkte geringschätzig ab. »Aber was soll das alles, Joscan? Die Entscheidung ist gefallen.«

»Wenn Sie das eben wirklich ehrlich meinen – warum lassen Sie die SOL nicht sofort starten?«

»Weil ich mich persönlich davon überzeugen will, dass es Helma Buhrlo gut geht«, verkündete Yaal grimmig. »Wenn sie oder das Kind durch die Rücksichtslosigkeit des Terraners gelitten haben ...« Er ballte die Hände, und auch Hellmut konnte ein Gefühl des Unbehagens nicht unterdrücken.

14.

Es war still in diesem Wohnsektor im Mittelteil der SOL. Die Wachtposten hatten sich größtenteils zurückgezogen – Perry Rhodan war nicht mehr an Bord, und vor den SOL-Geborenen brauchte niemand die junge Frau zu schützen. Die verbliebenen Wachen hatten lediglich die Aufgabe, Kinder und gedankenlose Erwachsene aufzuhalten, die sich hierher verirrten.

Ein Arzt nahm die beiden Solaner in Empfang.

»Sie hat sich aufgeregt«, berichtete er. »Aber ich glaube nicht, dass sich daraus Komplikationen ergeben. Das Ungeborene ist offenbar gesund und kräftig genug, um einige Erschütterungen zu überstehen. Aber achten Sie darauf, dass Sie ihr keine weiteren Aufregungen bereiten. Wir wissen noch nicht, wie das Kind solche Eindrücke verarbeitet. Es scheint, als könnte nichts ihm schaden, aber wir sollten kein Risiko eingehen.«

Die beiden Solaner nickten schweigend. Auf dem Weg zu Helma Buhrlo passierten sie eine Desinfektionsschleuse. Sie war so weit in der Sperrzone untergebracht, dass auch Douc Langur sie nicht hatte bemerken können. Aber davon wussten die drei Männer nichts.

Helma Buhrlo saß vor dem Videoschirm. Sie trug ein bequemes Gewand.

»Wie geht es Ihnen?«, fragte Hellmut freundlich.

Die Frau sah ihn resignierend an, und er stellte erschrocken fest, dass sie diesen Besuch als Belästigung empfand. Wie mochte ihr bei alldem zumute sein? Sie wurde umhegt und gepflegt. Wenn sie wollte, brauchte sie keinen einzigen Schritt zu tun, keine Handbewegung zu machen – man würde sie sogar füttern wie ein Baby.

Ich wünschte, ich könnte unter vier Augen mit ihr reden, dachte der Kybernetiker. Aber dieser Wunsch war absurd und unerfüllbar. Die junge Frau war unversehens zum Allgemeingut in der SOL geworden.

Es ist unmenschlich. Wir drängen sie in eine Rolle, der sie gar nicht gewachsen ist.

»Mir geht es gut«, sagte Helma Buhrlo. »Ich mache mir nur Sorgen um – um ihn.«

Es war eine fixe Idee, von dem Kind, das sie trug, als von einem Jungen zu reden. Natürlich wäre es unter normalen Umständen leicht gewesen, das Geschlecht des Kindes festzustellen. Aber dieses Kind war etwas Besonderes. Die Ärzte wagten sich kaum an Helma Buhrlo heran, geschweige denn an das Ungeborene. So wusste man über das Kind nicht mehr, als dass es gewisse Eigenarten aufwies.

»Ich glaube nicht, dass Sie Grund zur Sorge haben«, erwiderte Hellmut beruhigend. »Jeder an Bord wird alles tun, um Komplikationen zu vermeiden.«

Yaal schwieg. Er war wie in Trance, denn er glaubte, der Verkörperung seiner kühnsten Träume gegenüberzustehen. Obwohl Hellmut den Kosmobiologen nicht leiden konnte, wünschte er ihm in diesem Fall, dass er keine Enttäuschung erleben möge. Zu tief berührte ihn das Geschehen selbst. Er war oft dafür eingetreten, dem Rat der Terraner zu folgen und die SOL-Geborenen mit mehr oder weniger sanftem Nachdruck wieder an das Leben auf einem Planeten zu gewöhnen. Hier, im Angesicht dieser jungen Frau, verflogen derartige Ideen.

Aber hartnäckig bohrte in ihm der unangenehme Gedanke, dass Helma Buhrlo in den Dienst einer fixen Idee gestellt wurde. Sie selbst fand offenbar nichts dabei. Sie war Solanerin und wusste, welche Erwartungen jeder mit ihr und ihrem Kind verband. Sie fühlte sich sichtlich wohl in dieser Rolle. Hellmut bezweifelte nur, dass sie das alles wirklich durchschaute.

Gleichzeitig ärgerte er sich über seine Zweifel. Noch zwei Wochen, dann war das hier erst einmal vorbei. Oder begann es nach der Geburt des Kindes erst richtig? Er schob seine Überlegungen wütend zur Seite.

»Die SOL gehört jetzt uns«, sagte er.

»Ich weiß.« Helma Buhrlo nickte.

»Die Verzögerung ist unwesentlich«, fuhr Helmut fort. »Wir werden diese Galaxis rechtzeitig verlassen haben.«

»Das ist gut«, erwiderte die Schwangere heftig. »*Er* soll nicht hier geboren werden, in diesem Sternsystem, in der Nähe der BASIS, zwischen all den Raumschiffen. Die Wynger sind an ihre Welten gebunden wie kaum ein anderes Volk. Es wäre ein schlechtes Zeichen.«

Hellmut hatte Mühe, eine ärgerliche Reaktion zu unterdrücken. Die Solaner selbst neigten in gefährlichem Maß dazu, dem Ungeborenen Geheimnisse anzudichten, und Helma Buhrlo trug mit solchen Reden dazu bei, dass diese Gerüchte sich festigten.

»Er wird nicht hier geboren.« Yaals Stimme klang fanatisch. »Rhodan hätte uns nicht aufhalten sollen. Wir konnten gar nicht anders handeln, als ihn mit Gewalt zur Übergabe zu zwingen.«

»Von einer Übergabe kann keine Rede sein«, murmelte Hellmut ärgerlich. »Außerdem wusste Rhodan nichts von dem Kind.«

»Sollten wir es ihm etwa sagen?«

»Warum nicht?«

»Die Wissenschaftler in der BASIS hätten sich vollzählig auf Helma gestürzt, um sie und das Kind zu untersuchen. Sie würden uns niemals freigeben – oder die beiden einfach mitnehmen.«

»Reden Sie keinen Unsinn!«, schimpfte der Kybernetiker. »Die Terraner haben sich stets fair verhalten.«

»Das müssen Sie natürlich sagen ...«

»Sie haben niemanden gezwungen, die SOL zu verlassen, obwohl sie noch vor Kurzem die Möglichkeit gehabt hätten. Denken Sie an Bjo! Er konnte sich frei entscheiden.«

»Manchmal denke ich, es wäre besser für uns alle, Sie und Ihre Freunde zurückzulassen!«, bemerkte Yaal scharf.

Hellmut starrte ihn fassungslos an. Dann riss er sich zusammen.

»Wir sind alle nervös und gereizt«, sagte er so ruhig wie möglich. »Sonst hätten Sie sich zu einer solchen Äußerung sicher nicht hinreißen lassen. Lassen wir doch diese unsinnigen Streitereien. Wir sind hier, um uns Gewissheit zu verschaffen. Die haben wir erhalten. Wir sollten in die Zentrale zurückkehren.«

Helma Buhrlo traf keine Anstalten, die beiden Männer zurückzuhalten. Sie betrachtete verträumt die Bilder auf dem Schirm: Aufnahmen aus dem Leerraum, ferne Galaxien, Schwärme treibender Asteroiden, Raumschiffe ...

»Sie ist überzeugt davon, dass diese Bilder dem Kind gefallen«, erklärte der Arzt, nachdem sie die Kabine verlassen hatten. »Vielleicht stimmt es. Niemand kann bis jetzt Genaueres sagen. Bjo Breiskoll hat versucht, die Gedanken des Kindes aufzuspüren, aber es ist ihm nicht gelungen. Nur eines steht fest: Das Kind darf nicht geboren werden, während die Ferntriebwerke arbeiten. Sind Sie sicher, dass wir es noch schaffen?«

»Die Frist war nicht so knapp kalkuliert«, wies Yaal die Befürchtungen des Mediziners zurück. »Wir werden es schaffen, verlassen Sie sich darauf.«

Hellmut hatte ein seltsam unwirkliches Gefühl, als er den isolierten Sektor verließ. Am liebsten hätte er sich zurückgezogen, um sich seinen Gedanken zu überlassen. Aber er wollte unbedingt dabei sein, wenn die SOL Fahrt aufnahm – zum ersten Mal unter der Regie der SOL-Geborenen.

Sie sprachen unterwegs nicht miteinander. Es hatte keinen Sinn, über Dinge zu reden, die sich doch nicht mehr ändern ließen.

In der Zentrale sah Helcos ihnen gespannt entgegen. Terph war wieder da. Alle, die zur neuen Zentralebesatzung gehörten, verfügten über eine gute Ausbildung und ein ausreichendes Maß an praktischer Erfahrung. Trotzdem hielt jeden eine Art Premierenfieber gefangen.

»Wir starten!«, sagte Yaal nach einem tiefen Atemzug.

Der banale Befehl erhielt durch die Situation einen eigentümlichen Klang. Selbst Hellmut ertappte sich dabei, dass er auf die Schirme starrte, als müsse dort jeden Moment etwas Besonderes erscheinen.

Man hätte die berüchtigte Nadel fallen hören können, als der Pilot sich die SERT-Haube aufsetzte.

Und dann – geschah nichts.

Kein einziges Triebwerk arbeitete. Hellmut begriff schneller als alle anderen, dass etwas nicht stimmte. Er war mit wenigen Schritten neben Helcos.

Die Kontrollen blieben matt. Noch während der Kybernetiker hinsah, erloschen einige Lichtsignale. Er vergaß die SERT-Haube, packte den Piloten an den Schultern und schüttelte ihn. Helcos stöhnte leise, dann öffnete er die Augen. Sein Blick erschreckte den Kybernetiker zutiefst.

Es gelang Hellmut, die Haube hochzuschieben. Als er Helcos auffing, erwachten endlich auch die anderen aus ihrer Starre.

»Helcos ist bewusstlos!«, rief jemand.

»Nein, er ist tot! Rhodan hat ihn auf dem Gewissen. Er will uns nicht gehen lassen ...«

Joscan Hellmut drehte sich langsam um. Er war so unsagbar wütend, dass es ihm schwerfiel, sein Zittern zu verbergen.

»Es ist ein Schock, weiter nichts«, sagte er heiser. »Die SOL hat auf seine Befehle nicht reagiert, und das geschah nicht zufällig. Aber niemand hatte die Absicht, Helcos zu töten. Bringt ihn in die Krankenstation.«

Hellmut wandte sich an Yaal. »Beruhigen Sie Ihre Leute. Wenn Sie es nicht schaffen, wird die SOL uns niemals gehören.«

Während Gavro Yaal die Solaner beschwor, Ruhe zu bewahren und dafür zu sorgen, dass das Leben an Bord seinen gewohnten Lauf nahm, ließ Hellmut die wichtigsten Funktionen überprüfen, die von der Zentrale aus gesteuert wurden.

Vorerst waren nur die Triebwerke von dem Ausfall betroffen. *Alle Triebwerke.* Die SOL war gelähmt.

Aber es lag kein erkennbarer Defekt vor, und das ließ die SOL-Geborenen aufatmen. Zugleich wuchs eine ungeheure Wut gegen jene, die der SOL diese Fesseln angelegt hatten. Leider gab es selbst für

Hellmut keinen Zweifel daran, wen er als den Schuldigen ansehen musste.

»Wir hätten Rhodan hierbehalten sollen«, knurrte Terph. »Er hätte es nicht gewagt, uns diesen Streich zu spielen, solange er sich an Bord befand.«

Hellmut würdigte den jungen Mann keines Blickes. »Machen Sie weiter!«, befahl er den anderen. Sie hatten ihn – wenigstens für die Dauer der Überprüfung – stillschweigend als ihren Anführer anerkannt. »Ich bin gleich zurück.«

»Wohin gehen Sie?«, fragte Terph scharf.

»Warten Sie es ab«, murmelte Hellmut, der mit seinen Gedanken ganz woanders war.

Terph heftete sich hartnäckig an seine Fersen. »Mich werden Sie nicht so schnell los«, versicherte er grimmig. »Wer weiß, ob Sie nicht sogar mit den Terranern Hand in Hand arbeiten. Sie haben oft genug für sie Partei ergriffen ...«

Hellmut blieb vor einer Tür stehen und sah Terph spöttisch an. »Hoffen Sie, dass Sie mit diesem Verdacht recht haben«, empfahl er. »Das gäbe uns nämlich noch eine Chance, auf anständige Weise dem Schlamassel zu entrinnen, den Sie uns durch Ihre unbedachte Handlungsweise eingebrockt haben.«

Der Kybernetiker öffnete wütend die Tür. Terph versuchte zwar, ihm zu folgen, aber der junge Solaner war nicht autorisiert, diesen Raum zu betreten. Und Hellmut dachte nicht daran, das zu ändern.

»Schalten Sie die Schranke aus!«, forderte Terph von draußen. Seine Stimme klang verzerrt. Hellmut warf einen flüchtigen Blick zurück und schüttelte lächelnd den Kopf. Da zog Terph den Paralysator. »Sie wollen es nicht anders ...«, begann er, aber der Rest des Satzes erstickte in einem scharfen Zischen. Terph brach gelähmt zusammen.

»Danke, SENECA«, murmelte Hellmut. »Hoffentlich bist du weiterhin so hilfsbereit.«

Aus einer Nische löste sich ein Medoroboter, der sich um den Gelähmten kümmerte.

»Du hast die SOL lahmgelegt, SENECA«, sagte Hellmut kurz darauf. »Wer gab dir den Befehl dazu?«

»Perry Rhodan«, antwortete die Hyperinpotronik lakonisch.

Obwohl er darauf vorbereitet gewesen war, traf diese Aussage den Kybernetiker wie ein Schlag. »Warum?«, fragte er verzweifelt. »SENECA, warum hat Rhodan uns das angetan? Er wollte dich zurückhaben. Wir sollten dich aus der SOL lösen. Das ist völlig unmöglich.«

»Nicht unmöglich«, korrigierte SENECA. »Nur zeitraubend.«

»Aber – nein, das hat alles keinen Sinn. Du befolgst einen Befehl. Rhodan hat ihn dir gegeben. Aber wann? Er konnte nach dem unglückseligen Auftritt in der Festhalle gar nicht mehr an dich heran. Wie hat er es gemacht? Und warum tut er es gerade auf diese Weise?«

Hellmut riss sich zusammen. Wenn er SENECA weiter mit Fragen bombardierte, erhielt er nur umso kompliziertere Antworten.

»Also: wann?«

»Rhodan gab den Befehl, bevor er die SOL verließ, um zur PANTHAU-RA vorzustoßen.«

Hellmut brauchte fast eine Sekunde, dann fuhr er senkrecht in die Höhe. »Die SOL war die ganze Zeit über manövrierunfähig?«, stieß er entsetzt hervor.

»Nein.«

»Jetzt verstehe ich gar nichts mehr«, knurrte der Kybernetiker aufgebracht. »Ich bitte um eine genaue Erklärung!«

»Es ist eine Hemmnisschaltung. Sie wurde vor Rhodans Aufbruch von ihm persönlich veranlasst, trat jedoch erst nach seiner Rückkehr in Kraft.«

»Er wollte also verhindern, dass wir uns mit der SOL aus dem Staub machen.« Nach kurzem Zögern setzte der Sprecher der SOL-Geborenen nachdenklich hinzu: »Sein Misstrauen kränkt mich, aber es scheint, als hätte er die Solaner richtig eingeschätzt. Was war der auslösende Faktor? Rhodans Rückkehr alleine ist für den Triebwerksausfall nicht verantwortlich.«

»Die SOL-Geborenen wendeten Rhodan gegenüber Gewalt an.«

»Ich habe gleich gewusst, dass das nichts einbringt«, murmelte Hellmut bitter. »Aber auf mich hört ja niemand. Wie soll es nun weitergehen?«

»Ich schalte mich ab.«

»Ich habe aber noch ein paar Fragen!«

»Sie haben meine Antwort falsch interpretiert. Das Gespräch kann weitergeführt werden. Unterdessen läuft jedoch die Abschaltung meiner Funktionen schrittweise weiter.«

Lange Zeit blieb es still.

»Das darfst du nicht tun!«, flüsterte der Kybernetiker endlich. »SENECA – das ist Mord!«

Die Hyperinpotronik schwieg. Hellmut zermarterte sich den Kopf bei der Suche nach einem Anhaltspunkt dafür, dass er einem riesengroßen Bluff aufsaß. Das einzige Indiz war jedoch, dass er Rhodan ein so skrupelloses Vorgehen nicht zutraute. Und das war eher eine verzweifelte Hoffnung.

»Was wird geschehen?«, fragte er schließlich. »Will Rhodan uns nur in die Knie zwingen? Oder wird er tatsächlich aufs Ganze gehen? Ich kann das nicht glauben, SENECA. Dir nicht und ihm ebenfalls nicht. Es passt nicht zu ihm. Er mag zu mancher harten Entscheidung fähig sein, aber er verurteilt nicht wegen einiger Hitzköpfe zehntausend Menschen zum Tode. Und du – du bist doch nicht nur ein gigantischer Rechner. Du befolgst schließlich nicht stur wie ein kleiner Roboter jeden Befehl. Du darfst das gar nicht tun.«

SENECA schwieg, und Hellmut kämpfte mit seinen Zweifeln. »Was sollen wir tun?«, fragte er schließlich.

Keine Antwort.

»SENECA!«, rief er flehend. »Was erwartet Rhodan von uns SOL-Geborenen? Wie können wir ihn dazu bewegen, diesen entsetzlichen Befehl zurückzunehmen?«

»Ich darf diese Frage nicht beantworten«, sagte SENECA, und da wusste Hellmut, dass er keinen konkreten Hinweis erhalten würde. Mutlos kehrte er in die Zentrale zurück.

»Was haben Sie mit Terph gemacht?«, herrschte Yaal ihn an.

»Er hat mich bedroht«, gab Hellmut gelassen zurück. »Und Sie werden sich noch wünschen, dass Sie ihn schon viel früher paralysiert hätten. Hören Sie mir jetzt genau zu.«

Anfangs versuchte Yaal noch, dem Kybernetiker ins Wort zu fallen, aber Hellmut sprach immer lauter, bis man ihn in der ganzen Zentrale hören konnte.

»So sieht es also aus!«, schloss er. »Hätten wir versucht, mit Rhodan zu verhandeln, wäre gar nichts geschehen. Aber er wurde bedroht. Auch dann hatten wir noch eine Frist. Wir hätten es uns überlegen und den Terraner zurückholen können. Das haben wir nicht getan. Wir haben versucht zu starten – mit einem gestohlenen Schiff. Das Ganze ist eine glatte Diebstahlssicherung. Wir sind selbst schuld daran, dass sie in Kraft getreten ist.«

Niemand redete. Hellmut wandte sich ab und ging. Er hatte Breiskoll versprochen, sich um ihn zu kümmern. Unterwegs hörte er mehrere Durchsagen. Die Lähmung des Schiffes schritt schleichend voran. Wenigstens blieben die Lebenserhaltungssysteme vorerst verschont. Das Leben in der SOL würde jeden Tag ein wenig unbequemer werden – bis es schließlich gefährlich wurde, vergingen mit Sicherheit noch mehrere Tage. Das war ein schwacher Trost.

»Ich hätte ihn töten sollen«, sagte Terph, als er aus der Paralyse erwachte. »Einem Toten ist SENECA keinen Gehorsam mehr schuldig.«

Gavro Yaal stand neben ihm, und bei diesem unbedachten Ausspruch verlor er endgültig die Geduld. Er schlug Terph nieder. Doch hinterher fühlte er sich um keinen Deut besser.

Douc Langur hatte alles mitverfolgt. Seiner Empörung über Rhodans Verrat folgte tiefe Resignation, denn es schien ihm, als sei der Konflikt nun völlig unlösbar geworden. Lange dachte er darüber nach, ob der Terraner es tatsächlich darauf anlegte, den Stolz der Solaner zu brechen. Aber das passte nicht zu Rhodan. Langur hatte gelernt, was man unter der Würde des Menschen und unter Menschlichkeit verstehen sollte. Er hatte den Eindruck gewonnen, dass Rhodan sich von diesen Idealen in noch so extremen Situationen nicht lossagen würde.

Der Terraner hatte menschlich an einem Ungeheuer wie dem träumenden BARDIOC gehandelt – und nun sollte er die Würde der Solaner, die seinesgleichen waren, brutal mit Füßen treten?

Der Forscher entsann sich der letzten Unterredung mit Rhodan. *»Die SOL wird nur so lange neben der BASIS bleiben, wie es unbedingt nötig ist.«* Wenn der Terraner dem Geheimnis des abgeriegelten Sektors derart große Bedeutung beimaß, dann wollte Douc Langur alles tun, um die Wahrheit herauszufinden. Nicht, dass er für Rhodans Handlungsweise etwa Verständnis aufbrachte – dafür war Langur viel zu enttäuscht. Er hielt sich jedoch an die Tatsachen.

Ihm fiel ein, dass er eine Informationsquelle noch nicht genutzt hatte. Das waren die Kinder. Sie waren im Allgemeinen erstaunlich gut über alles informiert. Die kleinen Solaner nahmen zwar regen Anteil an den Problemen der Erwachsenen, aber sie besaßen zu viel Fantasie und Unternehmungsgeist, um sich länger als wenige Stunden von jeder Lähmung anstecken zu lassen.

Douc Langur fand die Zwillinge Sternfeuer und Federspiel ziemlich leicht, denn vor wenigen Wochen hatte er die speziellen Lieblingsplätze der beiden kennengelernt. Er fühlte sich für Sternfeuer sogar ein wenig verantwortlich. Immerhin stammte die Idee von ihm, dass ihr Großvater, den sie auf der fernen Erde wähnte, gestorben sei. Nur so war das Mädchen von weiteren Zerstörungen in der SOL abzuhalten gewesen. Aber der Schock hatte das Kind hart getroffen, und ganz verheilt war diese Wunde noch nicht.

Die Kinder wussten nichts von den dramatischen Bemühungen Irmina Kotschistowas und Douc Langurs, Sternfeuer aus dem unseligen Bann einer verborgenen parapsychischen Veranlagung zu lösen.

»Was gibt es Neues?«, fragte der Forscher, als er zu den Zwillingen in eine Kammer am Ende eines Wartungsschachts geklettert war. »Ihr seht so vergnügt aus.«

Federspiel musterte den Forscher mit leichtem Misstrauen. Sternfeuer lachte ihn an. Sie war sonst eher schüchtern, aber dieses exotische Wesen flößte ihr Vertrauen ein. Unbewusst verglich sie sich vielleicht manchmal noch mit Douc Langur. Sie hatte wie er lange Zeit vergeblich herauszufinden versucht, wohin sie eigentlich gehörte.

»Die SOL hängt fest, nicht wahr?«, fragte sie.

»Ja«, antwortete Langur knapp. »Jeder an Bord ist verzweifelt deswegen. Macht es dir nichts aus, dass ihr das Schiff bald verlassen müsst?«

»Dazu kommt es nicht«, behauptete Federspiel selbstsicher.

»Warum nicht?«

Der Junge kratzte sich im Nacken. »Das ist schwer zu erklären.« Er warf seiner Schwester einen Hilfe suchenden Blick zu.

»SENECA wird das nicht zulassen«, sagte Sternfeuer ernsthaft.

»SENECA ist dabei, sich abzuschalten.«

»Dann wird er damit aufhören.«

Warum war das Mädchen so überzeugt, die Wahrheit erraten zu haben? Instinkt? Oder einfach Unfähigkeit, unangenehme Tatsachen zu akzeptieren?

»Hoffentlich behältst du recht«, sagte der Forscher. »Es sieht leider nicht danach aus. Aber lassen wir das. Ich habe ein Problem. Es gibt in der SOL ein Gebiet, das ich nicht betreten kann. Wisst ihr, was man dort versteckt hält?«

»Warum wollen Sie das wissen?«

»Ich bin neugierig«, pfiff Langur. Einem erwachsenen Solaner hätte er dies nicht als Begründung anzubieten gewagt. Die Kinder würden eine solche Antwort eher akzeptieren als einen langen, logisch fundierten Vortrag.

»Helma Buhrlo lebt dort«, sagte der Junge geheimnisvoll.

Douc Langur überlegte, ob ihm der Name etwas bedeuten sollte.

»Wer ist Helma Buhrlo?«, fragte er schließlich.

»Eine Solanerin.«

»Und warum versteckt man sie? Ist sie krank?«

Federspiel lachte, und Sternfeuer sah den Forscher spitzbübisch an. »Krank nicht«, erklärte sie schließlich. »Helma Buhrlo bekommt ein Baby. *Das* Baby. Alle nennen es das *Raumbaby.«*

Douc Langur war so verblüfft, dass er sich mit allen vier Füßen im Boden zu verkrallen suchte, denn er fürchtete, sonst aus dem Gleichgewicht zu geraten.

Ein Kind! Aber was sollte die Geheimniskrämerei? In der SOL kamen viele Kinder zur Welt – Douc Langur verstand die Belustigung der Zwillinge sehr gut. Es war kein Geheimnis, dass der Forscher den Eigentümlichkeiten menschlicher Fortpflanzungsmethoden eine Zeit lang brennendes Interesse entgegengebracht hatte. Er sah in diesen Vorgängen etwas, worin sich die Geheimnisse des Lebens selbst offenbarten. Leider musste er feststellen, dass ihn die Beschäftigung mit derlei Fragen der Antwort auf seine eigenen Probleme nicht näher brachte.

Aber er hatte verstanden, dass die Geburt eines Kindes ein normaler und im Allgemeinen ungefährlicher Vorgang war. Wollten die Solaner wegen jedes neuen Schiffsbewohners Kabinenfluchten isolieren und abriegeln, würde es bald kaum noch einen zugänglichen Ort geben. Also hatte es mit diesem einen Kind eine besondere Bewandtnis.

Ein Raumbaby! Langur konnte sich beim besten Willen nichts darunter vorstellen.

»Warum wollen Sie in diesen Sektor hinein?«, fragte Sternfeuer plötzlich.

Der Forscher war überrascht. Er hatte nur gesagt, dass er wissen wollte, was dort geschah. Woher wusste das Mädchen, dass es ihn zu dem abgesperrten Sektor zog?

»Ich sagte schon, dass ich neugierig bin«, pfiff Langur.

»Ich kenne einen Weg«, murmelte Federspiel und warf seiner Schwester einen fragenden Blick zu. »Er ist beschwerlich, aber keiner würde uns bemerken. Allerdings – wenn man uns doch erwischt, wird es ziemlich ungemütlich. Soll ich Sie führen?«

Der Gedanke faszinierte den Forscher. Andererseits musste Rhodan benachrichtigt werden. Er glaubte den Zwillingen. Wenn sie behaupteten, ihn unbemerkt zu den Kabinen bringen zu können, dann wussten sie, wovon sie sprachen. Aber Federspiel schien eine zufällige Entdeckung nicht ausschließen zu können, und wenn die Solaner Langur erwischten, würden sie ihm kaum Gelegenheit geben, Rhodan über seine spärlichen Erkenntnisse zu informieren.

»Nein«, pfiff er widerstrebend. »Später vielleicht. Ich muss jetzt weiter.«

Die Zwillinge stellten ihm keine Fragen. Sie hatten längst erkannt, dass so etwas sinnlos war.

Douc Langur eilte bis zum nächsten Ausstieg. Niemand sah ihn, als er nach draußen kletterte.

Er konnte nicht einfach eine Interkomverbindung zur BASIS aufnehmen. Die Solaner wären zumindest misstrauisch geworden, und Langur wusste, dass er zum Lügen kein Talent hatte. Und wenn er es von der HÜPFER aus versuchte?

Überraschend bog ein Trupp junger Solaner um die Ecke. Der Forscher erschrak, als er sah, dass die meisten Paralysatoren trugen.

Sie warfen ihm aber nur flüchtige Blicke zu. Anfangs hatten ihm die SOL-Geborenen misstraut und ihn für einen heimlichen Verbündeten der Terraner gehalten, doch mittlerweile glaubte der Forscher, ihr Vertrauen gewonnen zu haben. Umso erschrockener reagierte er, als der Letzte der Gruppe plötzlich vor ihm stehen blieb.

»Was tun Sie hier, Langur?«, fragte der Mann unfreundlich.

»Nichts«, pfiff Langur beunruhigt.

»Lass ihn doch!«, rief ein anderer. »Er läuft schließlich überall herum. Komm endlich.«

Der Solaner zögerte kurz, dann schloss er sich seinen Freunden an. Douc Langur stellte fest, dass die Gruppe sich in Richtung Zentrale bewegte, und eine ungute Ahnung beschlich ihn. Er wartete, bis alle außer Sicht waren, dann folgte er ihnen. Sie hielten sich an einen breiten Korridor. Als Langur sicher war, dass er sie nicht aus den Augen verlieren würde, bog er in einen Seitengang ab.

Es gelang ihm, die SOL-Geborenen ungesehen zu überholen. Von einem sicheren Versteck aus beobachtete er, dass sie in den zur Zentrale führenden Antigravschacht traten. Sie bewegten sich in der Art von Menschen, die fest entschlossen waren, sich durch nichts und niemanden von ihrem Vorhaben abbringen zu lassen. Aber was planten sie?

Douc Langur sah keine andere Möglichkeit, als ihnen weiter zu folgen.

Er wartete am Schachteinstieg. Die Solaner schwebten schweigend nach oben. Endlich waren sie weit genug entfernt, dass er den Schacht ebenfalls betreten konnte. Ungeduldig stieß er sich mit den Greifklauen ab. Am liebsten hätte er seine Rechenkugel nach den Zielen der Solaner befragt. LOGIKOR konnte zwar nicht mehr wissen als Langur selbst, aber ein Gespräch hätte ihm geholfen, die Anspannung abzubauen.

Urplötzlich hörte er von oben ärgerliche Rufe. »Aus dem Weg!«, rief jemand schrill. »Wir lassen uns nicht länger für dumm verkaufen!«

Langur stieß sich ein letztes Mal ab und schoss aus dem Schacht hinaus. Er stolperte bei der Landung. Als er sich gefangen hatte, sah er Joscan Hellmut.

Zehn Männer, Angehörige der von Langur verfolgten Gruppe, hielten den Sprecher der SOL-Geborenen mit Waffen in Schach. Entsetzt entdeckte der Forscher, dass einer der Solaner sogar einen Impulsstrahler auf Hellmut richtete. Im Hintergrund bemerkte er Yaal und einige Männer und Frauen, die bleich und regungslos auf die schier unglaubliche Szene starrten.

»Bleiben Sie stehen, Langur!«, befahl der Solaner mit dem Impulsstrahler. »Das hier geht Sie nichts an.«

Der Forscher schwieg, denn er wusste keine passende Erwiderung. Es erfüllte ihn mit Bitterkeit, sich schon wieder in der Rolle des Außenseiters zu befinden.

»Gehen Sie zum Hangar!« Der Solaner stieß Hellmut an. »Wir werden ja sehen, wie Rhodan darauf reagiert, dass wir ihm seinen Verbündeten präsentieren.«

Erschrocken erkannte Langur, dass die Solaner in ihrer Verzweiflung im Begriff waren, ihre Prinzipien vollends zu verraten. Zugleich setzten sie sich immer stärker ins Unrecht.

Er hatte gehofft, mit Yaal oder einem anderen sprechen zu können, sobald die Gruppe Hellmut weggebracht hatte. Aber die rebellischen jungen Leute ließen Wachen zurück. Mit vorgehaltenen Waffen passten sie auf, dass niemand sich den Kontrollen näherte. Selbst Gespräche der Zentralebesatzung wurden rigoros unterbunden.

Douc Langur wartete ungeduldig auf eine Chance. Dabei überlegte er, dass die Solaner Hellmut offenbar als Geisel benutzen wollten. Ihr Verdacht, der Kybernetiker könne mit Rhodan unter einer Decke stecken, war absurd, aber zweifellos waren diese jungen Menschen logischen Argumenten derzeit nicht sehr aufgeschlossen. Mit ihnen reden zu wollen war also sinnlos.

Endlich entging Douc für einige Sekunden der Wachsamkeit der Bewaffneten. Im Hintergrund gab es eine erregte Auseinandersetzung zwischen einem Wächter und einer Solanerin. Douc Langur glitt leise seitwärts und kippte in den Antigravschacht. Von oben hörte er das Zischen eines Paralysators. Hastig klammerte er sich an einer Haltestange fest und hangelte unbeholfen bis zu einer engen, dunklen Öffnung. Er war kaum darin in Sicherheit, da rief jemand von oben nach ihm. Der Forscher achtete nicht auf die Solaner, sondern eilte auf seinen kurzen Beinen durch die Finsternis. Bei der nächsten Gelegenheit wich er in einen anderen, ebenso dunklen Gang aus.

Mindestens zehn Minuten vergingen, bis er überzeugt war, dass er etwaige Verfolger abgeschüttelt hatte. Von da an benutzte Langur hellere Gänge, aber er ging den stark frequentierten Korridoren aus dem Weg.

Was er getan hatte, erschien ihm im Nachhinein völlig sinnlos. Für Hellmut konnte er nichts tun. Und sein Vorhaben, Rhodan zu benachrichtigen, konnte er getrost vergessen. Die Rebellen würden mit Sicherheit die HÜPFER bewachen lassen. Er sah keine Chance mehr, ungesehen an Bord seines Keulenschiffs zu kommen.

Trotzdem musste er den Terraner informieren. Rhodan ging wahrscheinlich immer noch von dem Verdacht aus, dass sich in dem isolierten Sektor eine Gefahr für die SOL verbarg. Wenn er erfuhr, dass sich lediglich eine werdende Mutter dort aufhielt, würde er dann doch das Schiff freigeben?

Douc Langur hoffte es. Er konnte und wollte nicht glauben, dass dem Terraner nur daran gelegen war, die Solaner in die Knie zu zwingen.

15.

»Ich verstehe dich nicht«, sagte Reginald Bull besorgt. »Etwas stimmt nicht auf der SOL – na gut, du magst recht haben. Ich will die Solaner keineswegs in Schutz nehmen. Aber sie stehen Höllenängste durch. Du weißt, was ihnen das Schiff bedeutet. Sie werden durchdrehen, wenn nicht bald etwas geschieht.«

»Vielleicht«, antwortete Rhodan gelassen. »Vielleicht auch nicht.«

»Warum, zum Teufel, lässt du sie nicht gehen? Sie legen auf deine Fürsorge keinen Wert mehr. Sollen sie doch mit ihren Schwierigkeiten selbst fertig werden. Sie wollen es ja gar nicht anders.«

»Darum geht es nicht«, antwortete Rhodan geduldig. »Drüben in der SOL dachte ich einige Stunden lang genau wie du jetzt. Das hat sich geändert. Hinter der Sache steckt mehr als nur Dickköpfigkeit. Da entwickelt sich etwas, dessen Folgen ich nicht einschätzen kann, und es widerstrebt mir einfach, die SOL unter solchen Voraussetzungen ziehen zu lassen.«

»Du kannst sie nicht ewig an die BASIS fesseln.«

»Es wird bestimmt nicht lange dauern. Die Solaner haben es eilig, und ich habe den Eindruck, dass es ihnen nicht nur um die SOL geht. Du hättest es erleben müssen, Bully. Auf BARDIOCS Welt habe ich mich nicht so fremd und einsam gefühlt wie jetzt in der SOL.«

Bull gab es auf. Er kannte diesen Mann nun schon so lange, dass er genau wusste, wann es Sinn hatte, Argumente vorzubringen. Im Augenblick hatte es überhaupt keinen Zweck. Bull räumte sogar ein, dass er die Lage nicht gut genug beurteilen konnte.

»Und wenn jetzt etwas passiert?«, fragte er schließlich. »Wenn die SOL aus irgendeinem Grund Fahrt aufnehmen muss? Vergiss nicht, in welcher Mission Demeter und Plondfair unterwegs sind. Es könnte sein, dass sich die Flotte der Wynger plötzlich auf uns stürzt. Für sie bricht eine Welt zusammen – du kannst dich nicht darauf verlassen, dass sie die Nerven behalten.«

»Im Notfall wird die SOL einsatzbereit sein.«

»Wirklich? SENECA schaltet nacheinander alle Funktionen ab.«

»Falsch.«

Bull blickte den Freund verwirrt an. »Die Nachrichten, die wir auffangen ...«

»Ich weiß, welcher Eindruck entstehen muss. Aber die Solaner unterliegen einer Täuschung.«

Bull schwieg geraume Zeit. Er versuchte sich vorzustellen, wie es auf der SOL jetzt aussah.

»Es ist und bleibt ein unfaires Spiel«, murmelte er bitter. »Perry, was du mit den Solanern treibst, ist mehr als hart. Und das nur, um Antworten auf ein paar Fragen zu erhalten? Was nützt dir das? Wenn die SOL schließlich ihre große Fahrt beginnt, wirst du vermutlich niemals erfahren, was daraus geworden ist.«

»Noch sind sie nicht einmal unterwegs.«

Ehe Bull neue Vorwürfe aussprechen konnte, traf die Nachricht ein, auf die Rhodan die ganze Zeit über gewartet hatte.

»Dein Typ wird verlangt«, sagte Roi Danton.

Rhodan wich dem herausfordernden Blick seines Sohnes aus. Sein Rauswurf aus der SOL hatte in der BASIS einen Sturm der Entrüstung entfacht. Mit seiner Reaktion auf das Verhalten der Solaner stieß Rhodan aber selbst bei seinen besten Freunden auf wenig Verständnis. Sie glaubten wirklich, dass er sich von Rachegefühlen treiben ließ.

Rhodan verzog keine Miene, als er Terph auf einem Holoschirm sah. Neben dem jungen Solaner stand Hellmut. Ein Impulsstrahler war auf den Kopf des Kybernetikers gerichtet. Im Hintergrund stand eine Space-Jet.

»Ich habe versucht, ihm klarzumachen, dass er auf diese Weise nichts erreicht«, sagte Hellmut mit einer beinahe unnatürlichen Ruhe.

»Sie halten den Mund!«, herrschte Terph den Sprecher der SOL-Geborenen an. »Rhodan, wir kennen endlich Ihren hinterhältigen Plan. Aber wir sind nicht bereit, uns Ihnen einfach zu beugen.«

Das grimmige Lächeln, das sich um die Mundwinkel des Solaners eingrub, erschreckte den Terraner.

»Dieser Mann weiß mehr über SENECA als jeder andere von uns«, sagte Terph und stieß Hellmut an. »Ich bin überzeugt davon, dass selbst Sie den Rechner nicht so gut kennen. Das lässt nur den Schluss zu, dass Hellmut Ihr Verbündeter ist.«

»Reden Sie keinen Unsinn!«, sagte Rhodan. »Joscan Hellmut hat mit der Sache nichts zu tun. Lassen Sie ihn gehen!«

Terph grinste. »So leicht können Sie mich nicht überzeugen. Wir haben alle erfahren dürfen, wie ehrlich Sie es mit uns meinen. Sie haben uns belogen und betrogen, Rhodan. Aber – vielleicht stimmt es, und Hellmut ist wirklich unschuldig. Was macht das? Erwarten Sie, dass ich mich bei ihm entschuldige und ihn laufen lasse? Oh nein, Terraner. Einen Verbündeten würden Sie möglicherweise wirklich opfern. Aber wie steht es mit einem Unschuldigen?«

Rhodan sah den Solaner ausdruckslos an. Er schwieg.

»Sie werden herüberkommen und SENECA den Befehl erteilen, alle Maßnahmen rückgängig zu machen«, verlangte Terph. »Und Sie werden die SOL ohne jeden Rückhalt an uns übergeben. Tun Sie es nicht, töte ich Hellmut. Hoffen Sie nicht darauf, dass ich es mir im letzten Moment anders überlegen könnte.«

Rhodan sah den Kybernetiker an, und Hellmut erwiderte den Blick. Der SOL-Geborene hatte Angst. Rhodan wollte ihm beruhigend zunicken, da entstand hinter Terph und seiner Geisel Tumult. Stimmen schrien durcheinander, ein scharfer Befehl erklang. Plötzlich tauchte Douc Langur auf.

»Es tut mir leid, Perry Rhodan«, pfiff er aufgeregt. »Aber wenn schon vom Töten die Rede ist, sollten diese Leute sich den Richtigen aussuchen, um ihre Drohungen wahr zu machen. Es ist in diesem Fall meine Pflicht, dafür zu sorgen, dass die SOL nicht länger als nötig aufgehalten wird.«

Rhodan kniff die Augen zusammen. Terph und Hellmut beachteten ihn gar nicht mehr, sie blickten Langur entgeistert an.

»Schon gut, Douc«, sagte der Terraner gedehnt. »Ich werde die Forderungen der Solaner erfüllen.«

Als er sich umdrehte, begegnete er verständnislosen Blicken. Er ging hastig davon.

Perry Rhodan nahm niemanden mit in die SOL. Während des kurzen Fluges überlegte er, was Douc Langur herausgefunden haben mochte. Es würde nicht einfach sein, mit dem Forscher allein zu sprechen. Er fragte sich zugleich, ob Langur leichtsinnig das Vertrauen der SOL-Geborenen aufs Spiel gesetzt hatte. Wie sollte der Forscher den aufgebrachten Menschen beweisen, dass er nichts mit Rhodans Verhalten zu tun hatte?

Fast nebenbei registrierte der Terraner, dass Terph ihn in dem Hangar erwartete, in den er selbst mit Yaal eingeflogen war.

»Das wird wohl der Besuchereingang«, murmelte er vor sich hin. Dann entsann er sich, dass die SOL in Zukunft kaum Besucher haben würde.

Drei Dutzend junge Männer und Frauen erwarteten ihn. Als Rhodan ausstieg, gab Terph jemandem, den der Terraner nicht sehen konnte, ein Zeichen. Rhodan war sicher, dass die Solaner die Space-Jet bis in den letzten Winkel untersuchen würden.

Er ging weiter und stellte fest, dass Hellmut noch bedroht wurde.

Langur durfte ebenfalls keine falsche Bewegung wagen, wenn er nicht im Kreuzfeuer von vier Waffen sterben wollte.

»Ist das nicht zu viel Aufwand?«, fragte Rhodan.

Terph grinste böse. »Für Sie tue ich alles!«

Rhodan war sich dessen bewusst, dass er jetzt ebenfalls mit Impulsstrahlern bedroht wurde. Obwohl er die Schützen nicht sehen konnte, waren sie da.

»Geben Sie SENECA den Befehl, sofort alle Funktionen wieder aufzunehmen!«, verlangte Terph.

»Wie Sie wollen. Ich nehme an, dass Sie alle mich begleiten werden?«

Außerhalb des Hangars war es gespenstisch still. Rhodan fragte sich, ob Terphs Gruppe tatsächlich stark genug war, alle Korridore abzusperren und zu überwachen. Aber vielleicht war den meisten Solanern das, was nun in ihrem Schiff geschah, genauso unangenehm wie die Maßnahmen, die SENECA ergriffen hatte.

Als sie ihr Ziel erreichten, gab er der Zugangsautomatik den Befehl, alle Sperren aufzuheben. Der Raum war gleich darauf fast überfüllt. Immer noch hielten Terphs Leuten die Strahler schussbereit. Angesichts der drangvollen Enge konnte Rhodan sich darüber nur noch wundern.

»Die SOL-Geborenen verlangen von mir, dass ich ihnen die Kontrolle über das Schiff zurückgebe«, sagte er.

»Ich habe Sie gehört«, antwortete die Hyperinpotronik.

»Stell den Normalzustand wieder her!«

Was immer Terph erwartet haben mochte – es kam alles ganz anders. SENECA antwortete nicht. Stattdessen flackerte die Beleuchtung. Terph, unter schier unerträglicher Anspannung stehend, schrie auf. Er vergaß sogar die Waffe in seiner Hand, als er sich auf Rhodan stürzte, ihn zu Boden riss und ihm an die Kehle ging.

Fast gleichzeitig stürmte Gavro Yaal an der Spitze einer zehnköpfigen Gruppe herein, und binnen Sekunden herrschte ein unglaubliches Durcheinander.

Rhodan warf sich herum, um Terph abzuschütteln. Dabei stieß er gegen Douc Langur, und in einem Reflex zuckte der Forscher herum. Eine Greifklaue traf Terphs Schläfe, der Solaner sackte in sich zusammen. Rhodan kam geschmeidig wieder auf die Beine. Er sah, dass Gavro Yaal soeben zwei von Terphs Männern mit dem Paralysator niederstreckte.

»Die Kerle ließen uns keinen Schritt tun«, sagte der Biologe, und es klang beinahe wie eine Entschuldigung. »Erst als sie hierher gelangten, dachten sie wohl, sie hätten gewonnen. Da haben wir ...«

»... den unglaublichsten Fehler gemacht, der Ihnen überhaupt unterlaufen konnte«, fuhr Rhodan dazwischen. »Sie sind nicht besser als diese Burschen, die sich einbildeten, sie könnten mit dem Kopf durch die Wand gehen. – Joscan!«

Der Kybernetiker räusperte sich. Eines seiner Augen war schon nicht mehr blau, sondern beinahe schwarz, und Blut lief aus seiner Nase.

»Sie haben kräftig mitgemischt, wie?«

Hellmut senkte schuldbewusst den Kopf.

»Kommen Sie mit mir!«, befahl Rhodan.

»Sie sind verbittert und enttäuscht und trauen mir nicht mehr über den Weg«, stellte der Terraner nüchtern fest, als sie auf dem Korridor allein waren. »Das kann ich verstehen, Joscan. Aber jetzt muss diese Sache wieder in Ordnung kommen.«

Der Kybernetiker schwieg. Er tupfte sich das Blut vom Gesicht und blinzelte nervös mit seinem verschwollenen Auge.

»Solange die SOL-Geborenen sich wie eine Horde Wilder gebärden, wird überhaupt nichts anders. SENECA sieht und hört doch, was hier vorgeht. Hat keiner daran gedacht?«

»Schon. Aber ...«

»Ich weiß«, wehrte Rhodan resigniert ab. »Trotzdem – die Hyperinpotronik wird auch von mir keine Befehle annehmen, solange die Ordnung an Bord nicht wiederhergestellt ist. Ich erwarte ja keine Wunder, aber ein wenig Ruhe sollte doch möglich sein.«

Die Solaner hatten Rhodan aus dem Schiff geworfen und damit selbst die Schwierigkeiten provoziert. Was lag näher als die Schlussfolgerung, dass Rhodan nur *freiwillig* den Befehl zurücknehmen konnte? Solange Waffen auf ihn gerichtet waren, würde SENECA jede seiner Anweisungen ignorieren. Nur eines war dem Kybernetiker immer noch ein Rätsel. »Was ist der Schlüssel?«, fragte er kleinlaut. »Wie können Sie etwas rückgängig machen, was scheinbar nirgends verankert ist?«

»Ich dachte mir, dass Sie das fragen würden. Aber ich werde es nicht einmal Ihnen verraten. Reden Sie mit Yaal. Ich hoffe, er hat immer noch Einfluss auf die Solaner.«

Hellmut zuckte mit den Schultern. Terph war auf dem Vormarsch, aber der letzte Zwischenfall mochte viele Leute zur Vernunft gebracht haben.

»Versuchen Sie es!«, empfahl der Terraner.

Als der Sprecher der SOL-Geborenen außer Sichtweite war, atmete Rhodan tief durch. Wäre der Kybernetiker weniger durcheinander gewesen, hätte er den Köder sicher nicht geschluckt. Natürlich ließ sich der Befehl, den Rhodan dem Rechner erteilt hatte, jederzeit rückgängig machen. Er musste SENECA nur ansprechen. Aber er brauchte noch etwas Zeit. Erst wollte er wissen, warum Douc Langur ihn auf so umständliche Weise in die SOL gelockt hatte.

Da er annahm, dass der Forscher ihm rasch folgen würde, wartete er. Dabei fiel ihm auf, wie still es wieder im Schiff war. Er sah etliche Solaner, aber sie schlichen förmlich durch die Gänge. Rhodan konnte sich darauf keinen Reim machen. Andererseits war vieles in den letzten Tagen ein Rätsel.

Schließlich suchte er doch das Gespräch mit einem SOL-Geborenen. Er trat einer jungen Frau in den Weg. Zuerst schien es, als wäre sie völlig in Gedanken versunken. Erschrocken sah sie zu Rhodan auf. Erst in der Sekunde erkannte er sie.

»Goor Toschilla. Wie geht es Ihnen?«

Für einen Moment blitzte Interesse in den Augen der zierlichen Frau auf. Aber schon schweifte ihr Blick ab. »Es geht mir gut«, antwortete sie teilnahmslos.

Rhodan runzelte die Stirn. »Und Sagullia Et?«, bohrte er weiter.

»Alles in Ordnung«, murmelte Toschilla. Sie ließ den Terraner stehen und ging ohne ein weiteres Wort davon.

»Da soll doch ...«, murmelte Rhodan, verstummte aber sofort, weil er hinter sich das typische Kratzen von Langurs Greifklauen hörte.

»Kommen Sie schnell!«, bat der Forscher der Kaiserin. »Momentan achtet niemand auf uns.«

In einem abgelegenen Raum berichtete Langur, was er von Sternfeuer und Federspiel erfahren hatte. Der Terraner hörte schweigend zu. Er war überrascht, dass das Rätsel eine derart einfache Lösung fand. Aber er sah keinen Grund, daran zu zweifeln; es passte alles zusammen.

Bis auf ein Detail, über das auch der Forscher gestolpert war. Es war keineswegs normal, dass die Solaner wegen eines Ungeborenen einen solchen Aufwand betrieben.

»Raumbaby ...«, murmelte Rhodan. Er sah Langur hilflos an. »Tut mir leid. Ich kann mit dem Begriff wenig anfangen. Offenbar rechnen die SOL-Geborenen damit, dass diesem Kind eine besondere Bedeutung zukommen wird. Und wenn ich daran denke, in welch eigenartiger Stimmung sich alle befanden, dann erwartet niemand an Bord gefährliche oder zumindest unangenehme Überraschungen.« Er seufzte. »Es scheint, als wäre der richtige Zeitpunkt gekommen. Es hat keinen Sinn, die Solaner noch länger aufzuhalten. Was immer mit diesem Kind los ist – ich werde es sowieso nicht erfahren. Es sei denn, ich halte die SOL über Jahre hinweg fest.«

»Das dürfen Sie nicht!«, sagte Douc Langur impulsiv.

Rhodan nickte. Seine Geste wirkte verbissen.

»Kommen Sie mit«, bat er. »Ich will, dass Sie vor den Solanern rehabilitiert werden. Oder haben Sie es sich inzwischen anders überlegt und gehen mit mir zur BASIS hinüber?«

»Ich bleibe.«

»Es ist Ihr Wunsch«, murmelte der Terraner.

Sie gingen zurück und begegneten kaum jemandem in den Gängen. In der Zentrale war nur ein Minimum an Personal anwesend. Niemand redete. Sofort blickte Rhodan auf die Schirme – doch dort hatte sich nichts verändert.

»Ich habe mich entschlossen, die SOL nun endgültig an Sie zu übergeben«, sagte Rhodan.

Die Solaner blickten nicht einmal auf. Gavro Yaal, dessen Gesicht die Spuren des vorangegangenen Kampfes trug, stierte vor sich hin. Hellmut betrachtete seine Hände. Die anderen waren auf ähnliche Weise beschäftigt.

»Die Übergabe erfolgt ohne Bedingungen«, fuhr Rhodan fort. »Sie erhalten die SOL mit allem toten und lebenden Inventar. Wir erheben keinen Anspruch mehr auf SENECA oder die von der Hyperinpotronik gespeicherten Informationen.«

Es war, als rede er gegen eine Wand. Hinter sich hörte er das Scharren von Langurs Greifklauen. Der Forscher bewegte sich unruhig.

»Haben Sie mich nicht verstanden?«, fragte Rhodan ärgerlich.

Yaal hob den Kopf. Es war, als bereite ihm diese Bewegung viel Mühe. »Doch«, murmelte er. »Wir haben Sie verstanden, und wir danken Ihnen.«

»Worauf warten Sie dann noch? Sie hatten es vorher so eilig.«

»Wir haben Zeit«, erwiderte Yaal bitter. »Sehr viel Zeit inzwischen. Wir werden die nötigen Vorbereitungen treffen. Sie können so lange an Bord bleiben.«

Rhodan starrte den SOL-Geborenen misstrauisch an.

»Niemand wird Sie belästigen«, fügte Yaal hinzu. »Das verspreche ich Ihnen.«

Der Terraner blieb unschlüssig stehen, bis Douc Langur ihn von hinten am Ärmel zupfte. Da wandte er sich ab und verließ die Zentrale.

»Die Schaltungen werden zurückgenommen«, erklärte Romeo auf Rhodans Frage. »Die Lage normalisiert sich. Die SOL wird in drei Stunden startbereit sein.«

»Gut. Aber was ist mit den Solanern wirklich los? Erst schäumten sie über vor Freude – jetzt wandeln sie wie in Trance einher. Ist etwas Besonderes vorgefallen?«

»Nein«, versetzte Romeo knapp.

»Was ist mit dem Raumbaby? Ist dieser Begriff SENECA bekannt?«

»Er ist bekannt.«

»Darf ich vielleicht erfahren, welche Informationen zu diesem Komplex vorliegen?«

»Als Raumbaby bezeichnen die Solaner das ungeborene Kind von Helma Buhrlo.«

Rhodan wartete vergeblich darauf, dass der Roboter mehr dazu sagte. Romeo, dieses absurd wirkende Maschinenwesen, blinkte den Terraner mit seinen zahlreichen bunten Lichtern an und rührte sich nicht von der Stelle.

»Warum hat man dem Kind diesen seltsamen Namen gegeben?«, fragte Rhodan resignierend.

»Es ist kein Name, nur eine Bezeichnung.«

»Dann wüsste ich gerne, was auf diese Weise bezeichnet werden soll.«

Keine Antwort.

Rhodan seufzte. »Das Verhalten der SOL-Geborenen in den letzten Tagen steht mit diesem Kind in Zusammenhang. Bis vor Kurzem waren sie voller Freude, inzwischen hat sich die Stimmung ins Gegenteil verkehrt. Ich nehme an, dass die Geburt des Raumbabys unmittelbar bevorsteht. Oder nein – nicht unmittelbar, denn die Solaner messen dem so viel Bedeutung bei, dass sie das Kind sicher nicht während der Reise zur Welt kommen lassen wollten. Ich vermute, sie hatten die Absicht, zum Geburtstermin in ihrem geliebten Leerraum zwischen den Galaxien Station zu machen.« Er stockte. »Endlich wird mir einiges klar. Es hat eine Verzögerung gegeben. Romeo – was ist mit dem Kind geschehen? Oder ist die Mutter krank?«

»Die Möglichkeit lässt sich nicht ausschließen.«

Rhodan starrte den Roboter an. »Weißt du es wirklich nicht?«, fragte er scharf. »Oder weichst du mir nur aus?«

»SENECA kann gar nichts wissen«, mischte sich Douc Langur plötzlich ein. »Die SOL-Geborenen haben Helma Buhrlo sogar vor dem Rechner verborgen.«

»In den letzten Stunden wurden Anfragen an SENECA gerichtet, die darauf schließen lassen, dass Helma Buhrlo in Gefahr schwebt«, erklärte Romeo. »Es scheint, als wären die Ärzte der SOL in diesem Fall hilflos. Sie wagen sich nicht an die Mutter heran. Offenbar haben sie Angst, das Kind zu gefährden.«

Rhodan holte tief Luft. Er war bereit, den Solanern eine Art verminderte Zurechnungsfähigkeit zuzubilligen. Er ging sogar noch weiter: Für die Solaner war dieses Kind so ungeheuer wichtig, dass sie tatsächlich unfähig waren, es dem kleinsten Risiko auszusetzen – selbst wenn sie damit dessen Mutter gefährdeten.

»Sie sollten die Solaner sich selbst überlassen«, pfiff Langur. »Warten Sie, bis alle Vorbereitungen getroffen wurden, und übergeben Sie dann endlich das Schiff denen, die darin leben werden. Man wird Ihnen zweifellos nicht erlauben, noch Einfluss auf das auszuüben, was hier geschieht.«

Die Zeit schlich dahin. Mehrmals setzte Rhodan sich mit der BASIS in Verbindung. Nicht mehr lange, dann würde die junge Ansken-Königin einsatzfähig sein. Rhodan wusste, dass er dann auf die Gefühle der Solaner keine Rücksicht mehr nehmen durfte. Die Lage in der PAN-THAU-RA hatte sich inzwischen sicher nicht von selbst entschärft, Dorania musste so schnell wie möglich in das Sporenschiff geschafft werden.

Rhodan wollte diese Aufgabe selbst übernehmen. Er war entschlossen, gegebenenfalls auf jede Feier zu verzichten und die SOL-Geborenen erneut vor den Kopf zu stoßen. Auf keinen Fall würde er ihretwegen das Leben der in der PAN-THAU-RA Eingeschlossenen aufs Spiel setzen.

Er war versucht, den Solanern dies auseinanderzusetzen. Gavro Yaal suchte ihn mehrmals auf. Aber Rhodan spürte deutlich, dass solche Diskussionen gefährlich waren. Er verzichtete sogar darauf, Helma Buhrlo und das Kind zu erwähnen.

Die Versuchung, wenigstens für kurze Zeit wieder zur BASIS zu wechseln, wuchs mit jeder Stunde. Trotzdem blieb Rhodan. Er wusste selbst nicht genau, warum.

Als Yaal ihm endlich mitteilte, der Zeitpunkt wäre nun gekommen, war er grenzenlos erleichtert.

Die große Halle war wieder überfüllt. Die SOL-Geborenen warteten still. Aber diesmal war nichts von der eigenartigen Freude zu spüren, die Rhodan vorher so verdächtig erschienen war. Im Gegenteil. Die Niedergeschlagenheit der Solaner war deutlich spürbar.

Eine Ahnung kommenden Unheils beschlich Rhodan, als er von dem Podium herab die traurige Festgemeinschaft überblickte. Er riss sich zusammen und begann zu sprechen, aber seine Rede fiel anders aus, als er es geplant hatte.

Rhodan verzichtete auf alle offenen oder versteckten Vorwürfe. Er sprach fast ausschließlich von dem, was ihm im Hinblick auf die bevorstehende Reise der Solaner am Herzen lag und wovon er ehrlich überzeugt war. Er sagte ihnen, dass alle Menschen, ob sie auf EDEN II, der Erde, an Bord der SOL oder auf fernen Planeten lebten, eines Ursprungs und Kinder des Universums wären und dass sie alle auf diese oder jene Weise ihre Aufgabe erfüllten. Er sprach von den kosmischen Geheimnissen, mit denen die Menschen verflochten waren, und von seiner Hoffnung, dass die Solaner sich – aller Gegensätze und Konflikte zum Trotz – zu dieser Menschheit bekennen würden. Er bat die Bewohner der SOL, stets im Sinn dieser Zusammengehörigkeit zu handeln, in welche Ferne ihre Reise sie auch führen mochte.

Sie hörten ihm zu. Er spürte das. Er hatte sogar den Eindruck, dass sie ihn verstanden. Aber als er das Podium verließ, spendete ihm niemand Beifall.

Nach ihm trat Gavro Yaal vors Mikrofon. Aber was ursprünglich wohl eine triumphale Absage an das terranische Erbe werden sollte, verbunden mit dem fanatischen Aufruf, die Zukunft mitzugestalten, das geriet zu einer verzweifelten Beschwörung der Ideale, die sich die Solaner über Jahrzehnte hinweg aufgebaut hatten.

Es klingt wie eine Grabrede, dachte Rhodan erschüttert. Erfragte sich, ob es um Helma Buhrlo wirklich so schlimm stand.

Als Romeo und Julia zu Yaal auf das Podium stiegen und der Terraner SENECA über die beiden Roboter mitteilte, dass seine Rolle als am höchsten autorisierte Person an Bord beendet sei und die SOL samt der Hyperinpotronik den Solanern uneingeschränkt zur Verfügung stand, wurde es im Hintergrund der Halle plötzlich laut.

Rhodan sah Yaals flehenden Blick. Er führte die Zeremonie zu Ende. Niemand fragte noch danach, wie er es geschafft hatte, SENECA vollkommen unter seiner Kontrolle zu halten, ohne sich der sonst üblichen Übermittlungswege bedienen zu müssen. Dabei war die Lösung so einfach. Rhodan Individualimpulse und die spezifischen Ausstrahlungen des auf ihn abgestimmten Zellaktivators ergaben ein einmaliges und unnachahmliches Muster. Nach einmal erfolgter Programmierung reichte es, wenn der Rechner Rhodan einwandfrei identifizieren konnte. Die Möglichkeit, dass jemals ein Wesen mit gleicher Ausstrahlung in das Hantelraumschiff gelangte, war denkbar klein. Aber Rhodan sorgte trotzdem dafür, dass alles, was er in diesem Zusammenhang unternommen hatte, gelöscht wurde.

Nach kaum einer Minute war die Prozedur vorbei, nun gehörte die SOL den Solanern.

In der Nähe eines Tores drängten sich die Solaner aus den Sitzreihen. Rufe wurden laut. Rhodan hörte den Namen Helma Buhrlo. Gleichzeitig verblasste der holografische Eindruck, man befinde sich in den Weiten des intergalaktischen Raums. Gedämpftes Licht flammte auf. Rhodan sah deutlich, wie auch vor dem Podium die Solaner unruhig wurden. Aber es war keine freudige Aufregung, die alle beherrschte.

»Kommen Sie!«, bat Gavro Yaal.

Rhodan sah den Solaner an. Yaal war sich keineswegs bewusst, dass es unhöflich war, den Terraner nun, da die SOL-Geborenen ihr Ziel erreicht hatten, abzuschieben. Er handelte wie aus einem inneren Zwang heraus. Der Terraner zuckte die Schultern und wandte sich zum Gehen. Aber als er die Halle fast verlassen hatte, blieb er stehen.

»Wird Helma Buhrlo sterben?«, fragte er, ohne sich umzudrehen.

Er hörte, dass Yaal überrascht einatmete.

»Dachten Sie wirklich, ich wüsste nichts davon?«, sagte Rhodan beinahe sanft. »Ihr Solaner habt viel gelernt, und ich zweifle nicht daran, dass Sie und Ihre Leute in den extremsten Situationen nicht den Kopf verlieren und umsichtig handeln werden. Aber aufs Lügen versteht ihr euch nicht.«

»Helma Buhrlo wird wahrscheinlich sterben«, murmelte Yaal nach einer langen Pause.

»Und ihr Kind?«

Der SOL-Geborene drehte sich um. Es schien, als kämpfe er gegen die Tränen an.

»Warum lassen Sie mich nicht zu ihr?«, fragte Rhodan leise. »Haben Sie Angst, ich könnte etwas verderben?«

»Nein«, antwortete Yaal unsicher. »Aber Sie können ebenso wenig helfen.«

»Das scheint sogar den Ärzten unmöglich zu sein. Was also könnte es schaden?«

Jemand trat von hinten an den Kosmobiologen heran und flüsterte ihm etwas ins Ohr. Er sah erschrocken auf, dann gab er sich einen Ruck.

»Kommen Sie!«, sagte er rau.

»Helma liegt im Sterben«, sagte einer der Ärzte knapp.

Perry Rhodan schob den Mediziner zur Seite. Einige Männer und Frauen, die sich um die Hochschwangere drängten, wollten aufbegehren. Als sie den Terraner erkannten, wichen sie jedoch schweigend zur Seite. Natürlich sagte ihnen der nüchterne Verstand, dass sie von Rhodan keine Hilfe zu erwarten hatten – der Terraner musste ihnen in diesem Augenblick eher wie ein Medizinmann aus vorgeschichtlicher Zeit erscheinen.

Helma Buhrlo schien bewusstlos zu sein. Impulsiv streckte Rhodan die Hände aus. Er wischte den Schweiß vom Gesicht der jungen Frau und nahm ihre Hände in seine. Ausgerechnet da schlug sie die Augen auf. Er hörte, dass die Solaner hinter ihm die Luft anhielten.

»Was ...?«, flüsterte Helma, aber ihre Stimme versagte.

»Ich bin ein sehr alter Mann«, sagte Rhodan leise. »Und ich hänge an der SOL, die lange Zeit meine Heimat war. Es tut mir weh, das Schiff verlassen zu müssen. Machen Sie mir ein Geschenk zum Abschied, Helma? Ein großes Geschenk, vielleicht zu groß für einen einzelnen Menschen. Aber alle anderen warten genau wie ich darauf. Helma. Ihr Kind soll leben, nicht wahr? Lassen Sie mich hierbleiben. Jedes Kind ist ein Symbol für das Leben, das immer weitergehen wird. Schicken Sie mich jetzt nicht fort. Es wird mir leichter fallen, Abschied zu nehmen, wenn ich weiß, dass das Leben auch an Bord der SOL weitergeht – wie überall.«

Er hatte die Veränderung in ihren Blicken gesehen, die Bewegung ihrer Hand gefühlt. Hinter sich hörte er aufgeregtes Murmeln. Er lächelte die Frau an.

Niemand schickte ihn weg. Er blieb, bis das Kind geboren war. Auf den ersten Augenblick wirkte es normal, vor allen Dingen gesund, kräftig und lebhaft. Auf den zweiten Blick erschien es ihm seltsam fremdartig. Aber er hatte in seinem Leben viele Neugeborene gesehen – sie wirkten alle fremd und merkwürdig.

Die Ärzte brachten den kleinen Jungen ziemlich überhastet weg und kehrten mit ihm zurück, als er bereits gewickelt war. Helma Buhrlo sah ihren Sohn an, dann Rhodan, und sie lächelte.

Rhodan spürte eine Hand auf seiner Schulter, aber er warf dem Solaner, der ihn stumm zum Gehen auffordern wollte, nur einen verweisenden Blick zu. Von da an störte ihn niemand mehr. Es war auch kaum nötig, denn eine Minute später starb Helma Buhrlo.

Nur Joscan Hellmut begleitete den Terraner auf dem Weg zur Schleuse. Sie schüttelten einander stumm die Hände.

Als Rhodan die Space-Jet bestieg, fiel sein Blick auf den Kalender. Er hatte gar nicht gemerkt, wie die Tage verstrichen, denn die Stunden waren alle gleich gewesen. Der 24. Dezember des Jahres 3586 ging schon zur Neige. Fast vergessene Erinnerungen drängten sich ihm auf.

Perry Rhodan sah auf die Außenbeobachtung, dann nahm er noch einmal über Funk Verbindung zu Joscan Hellmut auf.

»Sehen Sie auf die Schirme!«, sagte er lächelnd.

Hellmut betrachtete den strahlend roten Doppelstern, in dessen Nähe die SOL stand, und blickte Rhodan verständnislos an.

»Da haben sie *Ihren* Stern von Bethlehem!«, sagte der Terraner.

Der Kybernetiker konnte damit nichts anfangen. Nicht einmal das Kalenderdatum öffnete ihm in dem Moment die Augen.

Später beobachtete Rhodan von der BASIS aus, wie die SOL Fahrt aufnahm und kleiner wurde.

»Es ist schwer, ein Schiff wie dieses zu verlieren«, sagte Reginald Bull bedrückt.

»Wir haben die SOL nicht verloren«, antwortete Rhodan nachdenklich. »Ich wollte, ich wüsste, was auf unsere Solaner wartet.«

Das Schiff verschwand in der Unendlichkeit.

Im Solsystem

Goran-Vran; 2.11. bis 6.11.3586

16.

Die Neunturmanlage auf dem Mars war erst seit zwei Tagen fertiggestellt, aber sie sah aus, als stünde sie schon seit undenklichen Zeiten hier.

Jeder der neun runden Türme durchmaß in der Basis einhundert Meter. Sie waren unterschiedlich hoch und so gestaltet, als seien sie durch natürliche Verfallserscheinungen in Trümmer gesunken. Die Dünen ringsum und die Sandanhäufungen am Fuß der Türme erweckten den Eindruck natürlicher Verwehungen. Wenn es überhaupt etwas gab, was einem aufmerksamen Beobachter seltsam vorgekommen wäre, dann war es der Umstand, dass alle Trümmer in den Innenhof der in einem gleichschenkligen Neuneck errichteten Türme gefallen waren.

Der Südturm schien noch am besten erhalten und ragte sechshundert Meter hoch in den Marshimmel. In ihm befanden sich die wichtigsten Geräte und Maschinen, hier war zugleich die Stube des Türmers.

Die gewaltigen Arbeitsmaschinen und jene am Bau der Anlage eingesetzten Raumschiffe waren bereits wieder abgezogen worden. Selbst die THAMID, in der die erste Turmbaumannschaft gewohnt hatte, war weit nach Norden versetzt und von der Spitze des Südturms gerade noch zu sehen.

Hergo-Zovran saß in der Türmerstube und betrachtete in Gedanken versunken den Monitor, auf dem die THAMID zu sehen war. Ihr Anblick weckte seltsame Erinnerungen in seinem Ordinärbewusstsein. Er verglich sein Schicksal mit dem von Gleniß-Gem, dem Türmer von Alkyra-II.

Gleniß-Gem hatte mit seiner Mannschaft vor mehreren Generationen die Neunturmanlage auf Alkyra-II besetzt, um dort auf den Impuls des Auges zu warten. Das Peilsignal war schließlich verspätet eingetroffen. Es hatte sich herausgestellt, dass das Sonnensystem, in dem das Auge versteckt war, mittlerweile bewohnt war.

Diese Fremden nannten sich Menschen oder Terraner und schienen von Unbekannten als Wächter für das Auge eingesetzt worden zu sein. Da die Wiederbeschaffung des für die Loower existenzbestimmenden Auges offenbar Gleniß-Gem überforderte, war er von Hergo-Zovran abgelöst worden.

Aber auch er hatte bisher versagt. Die Terraner leugneten hartnäckig, etwas über die Bedeutung des Auges zu wissen. Sie bestritten, eine Wächterfunktion innezuhaben, und behaupteten sogar, dass ihnen nichts an dem Auge liege. Sie erklärten sich sogar dazu bereit, das Objekt des loowerischen Interesses freiwillig herauszugeben, sobald sie seiner habhaft würden.

Das war das Widersprüchliche in ihrem ohnehin eigenwilligen Verhalten. Nach anfänglichem Leugnen gaben sie nun zu, dass das Auge im Besitz eines der Ihren war, sie sich jedoch außerstande sähen, den Einzelgänger zur Rückgabe zu bewegen. Hergo-Zovran wusste nicht, was er von dieser geradezu schizoiden Aussage halten sollte. Einerseits erweckten die Terraner den Eindruck von Glaubwürdigkeit und bekundeten ihren Willen zur Zusammenarbeit. Andererseits stellten sie im gleichen Atemzug die Behauptung auf, dass der Wille des Volkes von einem Einzelnen sabotiert wurde.

Auf seinen Reisen hatte Hergo-Zovran mit vielen Völkern Kontakt gehabt, die wie die Terraner monoid veranlagt waren und eine Denkweise praktizierten, die weit entfernt von loowerischer Entelechie war. Doch solche Diskrepanzen wie mit den Terranern hatten sich nie ergeben.

Obwohl sie sich friedlich und entgegenkommend gaben, bestanden deutliche Verständigungsschwierigkeiten. Die Kluft zwischen beiden Völkern wurde von Intervall zu Intervall größer.

Vielleicht lag dies nicht nur an den Terranern. Hergo-Zovran war bereit, einen Teil der Schuld auch bei seinem Volk zu suchen. So wenig wie die Terraner die Loower verstanden, so wenig konnten die Loower sich in die Mentalität der Menschen hineindenken.

Das änderte aber nichts daran, dass die Terraner das Auge hatten, den Schlüssel für eine Materiequelle. Dieses Auge bedeutete für die Loower den Inbegriff ihrer Existenz.

Als die Loower es vor Jahrmillionen an sich gebracht hatten, war ihnen noch nicht bekannt gewesen, zu welcher Materiequelle der Schlüssel passte. Nun hatte der Quellmeister Pankha-Skrin vor einigen Generationen die richtige Materiequelle gefunden, sodass die Loower das Auge aus dem Versteck holen konnten.

Doch inzwischen lebten auf dem dritten Planeten der kleinen unbedeutenden Sonne die Terraner – und sie verhinderten die Wiederbeschaffung des Auges.

Hergo-Zovran war mit einer Flotte von 18.000 Raumschiffen in das Solsystem eingeflogen. Das war eine Streitmacht, mit der er die Terraner spielend hätte hinwegfegen können. Aber abgesehen davon, dass er Gewalt verabscheute, hätte ihn eine Machtdemonstration allein kaum in den Besitz des Auges gebracht.

Der Türmer lebte nach dem entelechischen Grundsatz, dass sich immer ein Weg zu gütlicher Einigung fand. Wenngleich dies ein langwieriger Prozess sein konnte. Darum ließ er die Neunturmanlage auf dem Mars bauen. Sein Volk hatte Jahrmillionen auf diesen Augenblick gewartet, nun würde er sich, knapp vor dem Ziel, trotzdem noch ein wenig in Geduld üben müssen.

Zugleich fürchtete er, dass der Quellmeister Pankha-Skrin im Solsystem eintreffen könnte, bevor er in der Lage war, ihm das Auge zu überreichen. Eine solche Schmach hätte Hergo-Zovran allerdings nicht ertragen.

Der Türmer vom Mars sah, dass es Zeit war, den nächsten Impuls abzustrahlen. Wieder war ein Intervall verstrichen, ohne dass er jedoch seinem Ziel näher gerückt wäre. Der sechsdimensionale Impuls rief den Quellmeister Pankha-Skrin ins Solsystem.

Hier ist das Auge, komm und nimm den Schlüssel für deine Materiequelle entgegen, Pankha-Skrin!

Aber wenn der Quellmeister schon bald eintraf, würde Hergo-Zovran ihm das Auge noch nicht präsentieren können.

Um die Entwicklung zu beschleunigen, hatte er in der Türmerstube eine Konferenz mit seinen fähigsten Untergebenen einberufen. Wenige Augenblicke nach dem Ruf für Pankha-Skrin trafen seine Stellvertreter Fanzan-Pran, Opier-Warnd und Mank-Beram mit einer Abordnung von Philosophen und Psychologen ein.

»Pankha-Skrin kann bald hier eintreffen«, eröffnete Hergo-Zovran. »Dann müssen wir in der Lage sein, den Schlüssel seiner Bestimmung zu übergeben. Da die Verhandlungen mit den Terranern vergeblich waren, habe ich beschlossen, massiv gegen die Terraner vorzugehen. Ich hatte ursprünglich vor, in allen wichtigen Städten des Planeten Truppen zu stationieren. Auf Betreiben von Fanzan-Pran entschied ich mich allerdings für diese Konferenz, um mit den Wissenschaftlern Alternativvorschläge zu erörtern.«

Der Türmer beendete seine Ansprache, indem er seine Sprechblase lautlos in sich zusammenfallen ließ. Einige Schläge seiner Stummelschwingen in Fanzan-Prans Richtung übergaben diesem das Wort.

Fanzan-Pran hatte die auf Alkyra-II stationierten Raumschiffe mobilisiert und war Gönner des jungen Goran-Vran gewesen, der beim Turmbau auf dem Mars durch tragische Umstände die Fähigkeit des entelechischen Denkens verloren hatte.

Fanzan-Pran trat am vehementesten für eine gemäßigte Linie im Umgang mit den Terranern ein. Mank-Beram plädierte hingegen für eine rigorose Lösung, aber glücklicherweise hatte Hergo-Zovran ihm bislang kein Gehör geschenkt. Opier-Warnd stand zwischen beiden; er versuchte, einen goldenen Mittelweg zu finden.

»So lebensnotwendig die Beschaffung des Auges für unser Volk ist, wir dürfen die entelechischen Grundregeln nicht vergessen«, begann Fanzan-Pran. »Der Gedanke, ein anderes Volk durch Gewaltanwendung zu beeinflussen und es zu einem Verhalten wider seine Natur zu zwingen, muss jeden Loower zutiefst erschrecken. Wir sind den Terranern technisch und geistig überlegen, also dürfen wir nicht sie für diese Situation verantwortlich machen, sondern sollten zuerst überlegen, ob wir Fehler gemacht haben. Die Wissenschaftler haben den Vorschlag unterbreitet, dass wir die Terraner besser verstehen lernen müssen, um mit ihnen umgehen zu können. Ich halte das für eine sehr gute Basis. Wenn wir als Zweidenker das Verhalten der Terraner nicht begreifen, wie können wir dann von diesen niederen Wesen verlangen, dass sie Verständnis für uns aufbringen?«

»Das ist ein durchaus entelechischer Gedanke«, warf Mank-Beram ein. »Nur ist es gar nicht unser Anliegen, die Menschen kennenzulernen. Wir wollen von ihnen zurückhaben, was uns gehört. Darüber hinaus haben wir mit ihnen nichts zu schaffen. Und wir müssen das Auge rasch an uns bringen. Denn die Behauptung der Terraner, dass sie kein Wächtervolk seien, wurde durch nichts bewiesen. Wenn sie aber von einer kosmischen Macht, vielleicht sogar von den Mächtigen, dazu bestimmt wurden, das Auge zu bewachen, könnte der Konflikt rasch eine größere Dimension annehmen. Dann sähen wir uns unüberwindbaren Schwierigkeiten gegenüber.«

»Selbst das wäre kein Grund, in Panik zu geraten«, sagte Opier-Warnd. »Wie Fanzan-Pran ganz richtig sagt, sind wir als höherentwickelte Wesen verpflichtet, die Mentalität der Terraner zu ergründen. Wir müssten zudem ihre Schuld beweisen. Keineswegs dürfen wir aufgrund unhaltbarer Mutmaßungen das Schicksal eines Intelligenzvolks aufs Spiel setzen. Es gibt einen gangbaren Weg, der nicht so aufwendig ist wie eine militärische Aktion und weniger zeitraubend. Die Xenophilosophen und nonentelechischen Psychologen wissen, wie sie die uns unbekannten Menschen erforschen können. Wir müssen den Terranern entgegenkommen. Dabei ist es nicht erforderlich, dass wir zu ihnen hinabsteigen – wir können sie auf unsere Geistesebene heraufholen.«

Zumindest der letzte Satz weckte Hergo-Zovrans Interesse. Erwartungsvoll sah der Türmer den Wissenschaftlern entgegen und schenkte ihrem Sprecher seine volle Aufmerksamkeit.

Lank-Grohan war ein Psychologe, der sich der Verhaltensforschung an artfremden Intelligenzwesen verschrieben hatte. Er widmete sich dieser Beschäftigung mit unglaublichem Eifer. Ihm waren Erkenntnisse über Fremdintelligenzen wichtiger als die Entelechie, das Schicksal anderer Völker faszinierte ihn mehr als die Bestimmung seines eigenen Volkes. Dennoch hätte niemand behaupten können, dass er sich der loowerischen Entelechie entfremdet hätte. Auf seine Art war Lank-Grohan ein Phänomen, denn es war ihm gelungen, einen Kompromiss zwischen Individualität und Kollektivbewusstsein zu schließen. Seine Lebenseinstellung war so weit entelechisch, dass er in der Lage war, seinen Alterungsprozess wie ein Quellmeister hinauszuzögern.

»Entelechie ist erlernbar!« Mit seiner provozierenden Feststellung gewann Lank-Grohan sofort die Aufmerksamkeit aller. Da Hergo-Zovran keinen Einwand vorbrachte, widersprach auch sonst niemand. Lank-Grohan fuhr fort: »Ich will damit sagen, dass es möglich sein müsste, den Terranern die Grundbegriffe unserer entelechischen Denkweise beizubringen. Es wäre sogar möglich, einen neugeborenen Terraner so zu erziehen, dass er sich als Loower fühlt. Er würde deswegen nicht auf zwei Bewusstseinsebenen denken können und könnte nie die ererbten Anlagen eines Loowers erlangen. Aber ein entelechisch erzogener Terraner würde uns verstehen. Leider bleibt nicht die Zeit für ein solches Vorgehen. Aber ich rechne auch bei älteren Terranern mit einer gewissen Erfolgsquote. Ich könnte ihnen zumindest die Grundbegriffe des entelechischen Denkens beibringen. Wie stellst du dich zu diesem Vorschlag, Türmer?«

»So wünschenswert eine Annäherung der Standpunkte ist, ich sehe gewisse Gefahren bei einem solchen Vorgehen«, erwiderte Hergo-Zovran. »Bisher waren wir sorgsam darauf bedacht, unsere Fähigkeit des Zweidenkens Fremden gegenüber zu verbergen. Das war unser bester Schutz. Nun bin ich bei der ersten Kontaktaufnahme schon so weit gegangen, die Terraner auf unsere entelechische Denkweise aufmerksam zu machen, was ich als großes, gewagtes Entgegenkommen erachte. Aber wenn wir ihnen unsere Philosophie rückhaltlos offenbaren, geben wir uns damit eine gefährliche Blöße.«

»Dein Ansinnen ist ungeheuerlich, Lank!«, rief Mank-Beram aus, der die Bedenken des Türmers sofort für sich zu nutzen wusste. »Damit geben wir den Terranern die Möglichkeit, uns mit den eigenen Waffen zu schlagen. Es kommt nicht von ungefähr, dass wir Loower eine angeborene Hemmung haben, Probleme aus unserem Tiefenbewusstsein Fremden zu erörtern. Und es hat seine Richtigkeit, dass man erst die Reife eines Türmers erreichen muss, um diese Hemmung zu überwinden. Der Vorschlag klingt für mich wie ein Verrat an unserem Volk.«

»Ich denke gar nicht daran, dem ganzen Volk der Terraner unsere Philosophie zu offenbaren, obwohl nicht einmal eine solche Generalaufklärung uns schaden könnte« erwiderte Lank-Grohan. »Ich beabsichtige vielmehr, eine kleine Gruppe von Terranern in die Neunturmanlage zu holen und sie mit den wichtigsten Elementen der Entelechie vertraut zu machen. Es kommt meinem Plan entgegen, dass die Menschen in kleineren Verbänden zusammenleben. Das Verschwinden einer einzelnen Familie würde bestimmt nicht mit uns in Zusammenhang gebracht werden und unter der terranischen Bevölkerung kein Aufsehen erregen. Eine solche Familie wäre für den Versuch schon deshalb besonders geeignet, da ihr Vertreter verschiedener Altersgruppen angehören, die auf die Tests unterschiedlich reagieren werden. Schließlich wird sich eine Familie besser akklimatisieren können als eine bunt zusammengewürfelte Gruppe von Terranern.«

»Du versuchst, uns mit solchen Belanglosigkeiten von der eigentlichen Problematik abzulenken, Lank!«, rief Mank-Beram dazwischen. »Aber du kannst die Tatsache nicht verwischen, dass du den Angehörigen eines Fremdvolks unser sorgsam gehütetes Geheimnis preisgeben willst. Was erwartest du als Gegenleistung?«

»Ich erwarte eine bessere Verständigung und Verständnis für unser Problem«, antwortete der Psychologe. »Auf lange Sicht ist das der einzige zielführende Weg. Nur wenn wir diese Kluft überbrücken und den Terranern begreiflich machen, was das Auge wirklich für uns bedeutet, können wir erwarten, dass sie sich für die Rückgabe des Auges einsetzen.«

»Die Terraner sind Egoisten«, sagte Mank-Beram abwehrend. »Das habt ihr Forscher selbst erkannt. Ichbezogene Wesen werden sich nur dann für eine Sache einsetzen, wenn es um ihre eigenen Interessen geht. Deshalb bleibe ich dabei, dass wir auf eine Rückerstattung des Auges erst dann hoffen können, wenn die Terraner ihre Sicherheit bedroht sehen.«

»Ich denke, dass es Angelegenheit des Türmers ist, eine Entscheidung zu treffen«, sagte Hergo-Zovran. Damit war die Diskussion beendet, und alle Anwesenden warteten gespannt auf sein Urteil.

Der Türmer ließ sich nicht lange damit Zeit. Er war froh, dass Lank-Grohan ihm eine Alternative anbot und er nicht gezwungen war, seine Drohung einschneidender Maßnahmen gegen die Menschheit wahr zu machen.

»Lank-Grohan erhält die Möglichkeit, seine Idee zu verwirklichen«, beschloss der Türmer. »Ich hoffe im Interesse unseres Volkes, dass die Terraner unser Vertrauen verdienen.«

Die Versammlung löste sich auf. Nur Fanzan-Pran und Lank-Grohan blieben in der Türmerstube zurück.

»Gibt es etwas zu besprechen, was ihr den anderen verheimlichen wollt?«, fragte Hergo-Zovran mit leichtem Unmut. Geheimniskrämerei empfand der kollektiv denkende Türmer als Vertrauensbruch gegenüber den anderen Gesprächsteilnehmern, sie war ihm deshalb ein Gräuel.

»Lank und ich haben eine zweite Möglichkeit erörtert, wie Terraner und Loower einander näherkommen könnten«, antwortete Fanzan-Pran. »Doch ist die Idee nicht ausgegoren genug, dass wir sie zur Diskussion stellen könnten. Wir wollten vorher deine Meinung einholen, Türmer.«

»Dann lass hören.«

»Wenn wir Terraner entelechisch zu schulen versuchen, könnten wir parallel dazu ebenso einen Loower die menschliche Denkart erlernen lassen«, sagte Fanzan-Pran. »Dieser umgekehrte Weg erscheint noch schwieriger, aber ich glaube, ich kenne den richtigen Mann für eine solche Mission.«

»Wer sollte das sein?«, wollte der Türmer wissen.

»Erinnere dich an Goran-Vran. Ich habe diesen jungen Mann von Alkyra-II zuerst zu meinem Stellvertreter gemacht und musste ihn dann zur Turmbaumannschaft abstellen, als er die Bugkapsel der THAMID mit der Duade absprengte. Durch diese Eigenmächtigkeit hat sich Goran-Vran selbst disqualifiziert. Während des Turmbaus verursachte er fast eine Katastrophe und erlitt erhebliche Verletzungen. Er verlor die Fähigkeit des entelechischen Denkens und siecht seit diesem Tag dahin.«

»Ich kenne Goran-Vran«, sagte der Türmer. »Du glaubst, wegen des Verlusts seiner Entelechie könnte er die Mentalität der Terraner besser verstehen? Eigentlich kein abwegiger Gedanke.«

»Dieser Meinung bin ich ebenfalls«, warf der Psychologe ein. »Wir könnten Goran-Vran den Terranern zuspielen und auf diese Weise von ihm wertvolle Hinweise über diese Evolutionsstürmer erhalten.«

»Abgesehen davon bekäme Goran-Vrans Leben wieder einen Sinn«, sagte Fanzan-Pran.

»Ich bin geneigt, dem Vorschlag zuzustimmen«, erwiderte der Türmer. »Aber zuerst möchte ich mich in einem Gespräch mit dem Verunglückten darüber informieren, wie es um ihn steht.«

Ich war nicht überrascht, als der Türmer mich zu sich rief. Ganz im Gegenteil, ich hatte schon damit gerechnet. Für meine Artgenossen war ich eine Art Monstrum, ein Fossil aus einer längst vergangenen Epoche. Ich konnte mich nicht mehr meines Tiefenbewusstseins bedienen, und ich erinnerte mich nicht einmal mehr daran, wie es war, wenn man auf zwei Bewusstseinsebenen zugleich dachte.

Wohlgemerkt, mein Zustand hatte mit Amnesie nichts zu tun. Ich hatte eine lückenlose Erinnerung an mein Leben vor dem Unfall, der mich die Entelechie gekostet hatte. Bei einer umfangreichen Testserie hatte ich Lank-Grohan bewiesen, dass ich mich an Geschehnisse aus meiner frühesten Kindheit auf Alkyra-II erinnern konnte. Der Psychologe hingegen hatte aufgedeckt, dass ich nun alles aus einer verschobenen Perspektive sah.

Obwohl alle bemüht waren, mich meine Andersartigkeit nicht spüren zu lassen, erreichten sie mit ihrem grenzenlosen Mitleid eher das Gegenteil. Dabei brauchte ich ihr Mitgefühl gar nicht, denn ich hatte keinen Minderwertigkeitskomplex. Das Eigenartige an der Sache war, dass nicht ich mir verändert vorkam, sondern dass mir meine Artgenossen irgendwie fremd erschienen.

»Wie geht es dir, Goran?«, fragte mich der Türmer, als ich mit Fanzan-Pran in seine Stube kam.

»Stube« war eine irreführende Bezeichnung. Tatsächlich handelte es sich um eine hoch technisierte Kommandozentrale, von der aus der Türmer praktisch den ganzen Planeten unter Kontrolle halten konnte. Das galt ebenso für die vollautomatische Funkanlage.

Der Fremdpsychologe Lank-Grohan war schon anwesend. Mit ihm kam ich am besten zurecht.

»Ich fühle mich gut«, sagte ich höflich. »Aber ich kenne den Befund.«

»Du bist also über deinen Zustand unterrichtet und scheinst damit fertig zu werden«, sagte Hergo-Zovran. »Aber ich könnte mir vorstellen, dass dich das Leben in der Neunturmanlage nicht ausfüllt. Hast du Kontaktschwierigkeiten?«

»Es ist eher umgekehrt. Meine Artgenossen haben Verständigungsschwierigkeiten mit mir«, erwiderte ich in dem Bewusstsein, dass diese Antwort dem Türmer zu nonentelechisch sein musste, und das amüsierte mich. »Außer Lank kommt niemand mehr mit mir zurecht. Das stempelt mich zum Außenseiter, und ich fühle mich wie ein Exot, der sich nur für Versuchszwecke eignet.«

»Ich kann deine Verbitterung verstehen, Goran, und nehme sie dir nicht übel«, sagte der Türmer milde. »Vielleicht kann ich deinem Leben sogar einen neuen Sinn geben.«

Das war genau der Ton, den ich mittlerweile nicht mehr ausstehen konnte. »Ich weiß, dass mein Volk ein Leben ohne Entelechie als sinnlos erachtet«, erwiderte ich. »Aber ich versichere dir, dass ich mir in keiner Weise unnütz vorkomme.«

»Jeder Loower braucht ein Ziel, für das er lebt«, sagte Hergo-Zovran. »Wir haben eine Bestimmung, die unsere Existenz rechtfertigt. Hast du das vergessen, Goran?«

»Ich habe nichts vergessen. Nur weiß ich mit gewissen Begriffen nichts mehr anzufangen. Bestimmung, was ist das? Lebensziel, Volksbewusstsein und Entelechie, das alles klingt für mich pathetisch und inhaltslos. Aber darüber habe ich mit Lank schon gesprochen.«

»Kannst du das auch mir näher erklären?«, fragte der Türmer.

»Warum nicht? Ich kenne die Zusammenhänge, die uns ins Solsystem geführt haben. Ich weiß, dass wir von den Terranern ein Objekt haben wollen, das der Schlüssel zu einer Materiequelle sein soll. Auf dieser Materiequelle basiert angeblich unsere ganze Existenz. Aber gerade das kann ich mir nicht vorstellen, für mich sind das leere Phrasen. Wir sind Jahrmillionen ohne die Materiequelle und ohne das Auge ausgekommen, und ich bin sicher, dass wir noch einmal Jahrmillionen ohne beides überdauern können. Meiner Meinung nach haben wir einem Phantom nachgejagt.«

»Es gibt das Auge, du kannst seine Existenz nicht verleugnen«, sagte der Türmer. »Es wurde von unseren Vorfahren auf dem dritten Planeten dieses Sonnensystems verborgen.«

»Ich will seine Existenz gar nicht infrage stellen«, erwiderte ich und hatte das Gefühl, dass wir aneinander vorbeiredeten. »Wenn ich sage, dass wir einem Phantom nachjagen, dann meine ich, dass der Wert des Auges maßlos überschätzt wird. Unser Volk kann sehr wohl ohne dieses Objekt existieren. So ähnlich wird es auch den Terranern ergehen.«

»Wenn man dich hört, könnte man glauben, dass du die Terraner besser verstehst als uns selbst«, sagte Hergo-Zovran.

»Du wolltest meine Meinung hören, und dazu stehe ich. Ebenso lächerlich wie die Jagd nach dem Auge finde ich die Angst vor *dem* Feind. Wovor fürchten sich die Loower eigentlich? Unsere Ahnen haben vor undenklichen Zeiten gegen Wesen rebelliert, über die wir kaum mehr etwas wissen. Unser Volk hat damals das Auge seinem rechtmäßigen Besitzer entwendet und betrachtet es seitdem als sein Eigentum. Ob das richtig ist oder nicht, sei dahingestellt. Aber es ist unsinnig, nach einer so langen Zeitspanne noch Sanktionen zu befürchten. Wir sollten uns endlich von den Fesseln dieses Irrglaubens befreien und wieder vorwärtsstreben. Wegen dieser selbst auferlegten Beschränkungen stagniert unsere Entwicklung. Seit den Tagen des legendären Saqueth-Eeno gibt es kaum mehr neue Errungenschaften. Der Glaube an die existenzbestimmende Kraft des Auges ist überholt, wir sollten umdenken und eine Philosophie entwickeln, die ...«

»Das genügt«, unterbrach der Türmer meinen Redeschwall.

Ich verstummte, obwohl ich noch viel zu sagen gehabt hätte. Aber bestimmt verstand Hergo-Zovran nicht die Hälfte von dem, was ich von mir gab. Umgekehrt ginge es mir wohl ähnlich.

»Ich habe vorhin in Aussicht gestellt, dass ich deinem Leben einen neuen Sinn geben könnte«, erinnerte mich Hergo-Zovran. »Eben hast du mir gezeigt, dass du dich dafür vortrefflich eignest. Wenn es überhaupt einen Loower gibt, der die Terraner durchschauen könnte, dann bist du derjenige. Es ist denkbar, dass du mit ihnen sogar zusammenleben könntest.«

»Du willst mich zu den Terranern schicken, Türmer?«, fragte ich irritiert. »Soll ich verbannt werden?«

»Keineswegs. Wir erkennen dich immer noch als einen von uns an, auch wenn du die Fähigkeit des entelechischen Denkens eingebüßt hast. Aber gerade deswegen würdest du dich als unser Gesandter bei den Terranern besonders eignen. Allerdings dürfen sie nicht erfahren, welchen Auftrag du hast.«

Endlich verstand ich.

»Ich soll bei den Terranern für euch spionieren?«

»Was du so abwertest, soll zum Wohl deines Volkes geschehen, Goran!«, sagte der Türmer mit Nachdruck. »Oder fühlst du dich nicht mehr als einer von uns?«

Die Frage beschämte mich. In meinem blinden Eifer, den Türmer von meinen Ansichten zu überzeugen, war ich zu weit gegangen.

»Diese Aufgabe ehrt mich«, sagte ich, und ich meinte es wirklich so. Ich stellte es mir reizvoll vor, unter Terranern zu leben und sie zu erforschen. Vielleicht konnte ich wirklich Informationen beschaffen, die einem besseren Kennenlernen der terranischen Mentalität dienlich waren. Um meine Einstellung zu bekräftigen, fügte ich hinzu: »Ich werde mein Bestes geben, um meinem Volk zu helfen.«

Das versöhnte den Türmer wieder mit mir, und er machte einen zufriedenen Eindruck.

»Ich hoffe, dass es eines Tages Heilung für dich gibt, Goran, und dass du zur Entelechie zurückfindest«, sagte er zum Abschied.

Ich wusste nicht recht, ob ich mich diesem Wunsch anschließen sollte. Eigentlich fühlte ich mich ohne Tiefenbewusstsein ganz wohl.

In der nächsten Marsnacht war es so weit.

Fanzan-Pran und Lank-Grohan erwarteten mich am Materietransmitter in einem der Nebentürme. Warum bauten wir Loower immer neun Türme zusammen, obwohl nur ein einziger von Bedeutung war? Weil die Zahl Neun eine symbolträchtige Bedeutung hatte. Wir bedeckten auch unsere Körper mit neuneckigen Schutzplättchen, obwohl andere Formen vielleicht zweckentsprechender gewesen wären. Ich weiß das nicht, denn ich habe mir bislang keine eingehenderen Gedanken darüber gemacht.

Dafür weiß ich umso besser, dass alles im Leben eines Loowers auf Tradition beruht.

»Wir strahlen dich gleich ab, Goran«, sagte Fanzan-Pran, dem ich fast so viel zu verdanken hatte wie meinem früheren Lehrer Jarkus-Telft. »Ich möchte nur noch einmal deine Ausrüstung überprüfen.«

Meine Ausrüstung bestand eigentlich nur aus einem Impulsgeber, der mit einem auf das terranische Interkosmo programmierten Übersetzungsgerät gekoppelt war. Auf diese Weise stand ich ständig mit dem Türmer auf dem Mars in Verbindung. Doch war diese Verbindung einseitig. Während Hergo-Zovran alle Geschehnisse um mich herum aus meiner Warte beobachten und mithören konnte, war es mir nicht möglich, Befehle von ihm zu empfangen. Eine Gegenverbindung wäre zu riskant gewesen. Aber wenigstens funktionierte das Übersetzungsgerät so, dass ich verstehen konnte, was Terraner in meiner Gegenwart sagten. Da das Gerät auf sechsdimensionaler Basis arbeitete, war nicht zu befürchten, dass sie es entdeckten. Das war wichtig für meine Mission.

Während Fanzan-Pran mich einer letzten Überprüfung unterzog, gab Lank-Grohan mir weitere Instruktionen.

»Eigentlich ist es unnötig, dir Verhaltensmaßregeln mitzugeben«, sagte er abschließend. »Du kannst dich selbst besser auf die Mentalität der Terraner einstellen als ein entelechisch orientierter Wissenschaftler wie ich. Viel Glück, Goran. Falls du in Schwierigkeiten gerätst, holen wir dich zurück.«

»Vielleicht will ich gar nicht zurück«, stellte ich in Aussicht. Das war als Scherz gemeint, wurde von dem Psychologen aber keineswegs so aufgefasst. Loower hatten keinen Humor. Vielleicht war das der Punkt, der die Kluft zwischen Terranern und unserem Volk schier unüberwindlich machte.

Während ich für diesen Einsatz geschult worden war, hatte man mir beizubringen versucht, welche Bedeutung »Lachen« für die Terraner hatte. Ich war von selbst darauf gekommen; Lank-Grohan würde vermutlich noch Generationen darüber grübeln.

»Fertig!«

Ich trat durch das Transmitterfeld und kam irgendwo auf dem Mars heraus. Das heißt, ich kannte zwar nicht die genaue Position, wusste jedoch, dass man mich in die Nähe einer Siedlung von Neukolonisten abgestrahlt hatte.

Abenddämmerung lag über dem Gebiet. In den improvisiert wirkenden Gebäuden am Horizont ging soeben die Beleuchtung an. Von der Neunturmanlage war weit und breit nichts zu sehen, sie lag hinter dem Horizont.

Da es empfindlich kalt war, schloss ich einige meiner Körperplatten zum Schutz zusammen. Hier, weitab von dem Monument loowerischer Kultur, erinnerte mich der Mars noch mehr an Alkyra-II, wo ich geboren war.

Ich sah mich im Geist meine ersten Schritte aus der THAMID tun, die Bekanntschaft der primitiven Monaden machen und erlebte noch einmal meinen ersten Ausritt auf einem dieser Plasmawesen in die Wüste. Über allem hing die telepathische Stimme der Duade, die ich in jungen Jahren für die Gottheit unseres Volkes hielt.

Später, als sich mein Tiefenbewusstsein entwickelte und ich zu einem vollwertigen Loower heranreifte, erkannte ich, dass das Plasmawesen nur die Gedanken meines Ordinärbewusstseins aushorchen konnte. In der Folge zeigte sich, dass die machthungrige und herrschsüchtige Duade keine Ahnung hatte, dass wir Loower in Wirklichkeit sie mit unserem entelechischen Denken beherrschten.

Doch sie entwickelte sich progressiv weiter. Jeder ihrer Ableger erreichte eine höhere Entwicklungsstufe, und das wäre uns beinahe zum Verhängnis geworden.

Hergo-Zovran hatte die Duade in der THAMID ins Solsystem gebracht, um sie als Druckmittel gegen die Terraner einzusetzen. Auf dem Flug hierher hatten ihre mutierten Ableger jedoch die Fähigkeit erlangt, unsere Tiefenbewusstseine zu erreichen. Als ich diese Gefahr erkannte, sprengte ich die Bugkapsel der THAMID mitsamt der Duade und ihren Ablegern ab und vernichtete sie. Ich hatte mich als Retter meines Volkes gesehen, doch Hergo-Zovran war anderer Ansicht gewesen. Er verurteilte meine Eigeninitiative und stellte mich zum Turmbau auf dem Mars ab.

Das alles schien bereits eine Ewigkeit zurückzuliegen, dabei war es erst vor wenigen Intervallen geschehen. Spielten mir meine Sinne einen Streich? Oder hatte ich seit der Verkümmerung meines Tiefenbewusstseins einen anderen Zeitbegriff?

Ich wusste es nicht, aber die Antwort darauf war ohnehin nicht wichtig. Für mich zählte nur, was vor mir lag. Es war eine interessante Aufgabe, die Terraner zu studieren. Vielleicht konnte ich jetzt, da ich zum bemitleideten Außenseiter geworden war, meinem Volk den größten Dienst erweisen.

Goran-Vran – der Mittler zwischen Menschen und Loowern!

Ich war der Kolonistensiedlung schon ziemlich nahe gekommen und wunderte mich, dass ich allein blieb. Die Siedlung wirkte verlassen.

Plötzlich standen mehr als drei mal neun Menschen vor mir und umringten mich. Sie waren so unvermittelt aufgetaucht, als seien sie aus dem Marsboden gewachsen. Und sie waren bewaffnet.

»Also doch«, sagte einer von ihnen in Interkosmo, ohne dass ich erkannte, wer der Sprecher war. Mein Miniaturgerät zeigte das nicht an. »Jetzt hat sich die Investition der Alarmanlage amortisiert. Was für ein Fang! Wer hätte gedacht, dass uns einer der Stutzflügler in die Hände fällt. Das ist ein Spion! Was denn sonst? Ohne Grund hat sich dieser Teufel nicht so weit vom Stützpunkt entfernt.«

Ich war verwirrt. Weniger darüber, dass die Menschen mich bedrängten, als von dem Redeschwall. Zuerst dachte ich, mein Übersetzungsgerät sei fehlerhaft und übertrage die menschliche Sprache nur mangelhaft und mehr sinngemäß als zusammenhängend. Aber nach und nach kam ich dahinter, dass das Gesprochene nicht nur von einem Redner stammte, sondern dass mein Gerät die Reden aller Sprecher zusammengefasst übersetzte. Nachdem ich das wusste, gewöhnte ich mich daran.

»Der Loower scheint unbewaffnet zu sein. Aber man weiß ja nie! Er hat einige technische Utensilien bei sich, das weist mein Ortungsgerät eindeutig aus. Wir sollten ihm alles abnehmen. Nein, das könnte er als Übergriff auslegen. Wer weiß, wie er reagiert. Nehmen wir ihn einfach mit und sperren wir ihn ein. Richtig, was treibt er sich hier auch herum!«

Ich stand reglos da und bemühte mich, das Zittern meiner Flügel zu unterdrücken. Ich wollte jede falsche Bewegung vermeiden, die diese Menschen als feindselige Handlung auffassen konnten. Dabei ließ ich es mir sogar gefallen, dass ich von verschiedenen Seiten recht unsanft angefasst wurde. Als mir jemand eine der Schutzplatten vom Körper reißen wollte, schlug ich mit den Flügeln aus. Das verschaffte mir zwar etwas Luft, die Haltung der Terraner wurde aber drohender.

»Machen wir kurzen Prozess!«

»Ja, lynchen wir ihn einfach!«

»Das soll den anderen Loowern eine Lehre sein!«

Ich konnte die einzelnen Stimmen schon besser auseinanderhalten und die Worte ihren Sprechern zuordnen. Eine Gruppe von vier Terranern kam mit erhobenen Waffen auf mich zu. Ich hatte einige bange Atemzüge zu überstehen und dachte, dass niemand sie davon abhalten konnte, kurzen Prozess mit mir zu machen, wie sie ihre Tötungsabsicht umschrieben.

Aber da trat ein beherzter Terraner nach vorn und gestikulierte mit seiner Waffe in ihre Richtung. Die vier Heißsporne blieben stehen.

»Hier wird niemand gelyncht«, sagte der Terraner, der mich beschützte. »Oder wollt ihr den Loowern einen Anlass geben, Maßnahmen gegen uns zu ergreifen? Vielleicht warten sie nur auf eine solche Provokation.«

»Geh aus dem Weg, Pender! Überlass uns den Spion!«

»Wer sagt, dass dieser Loower ein Spion ist? Er kann ebenso ein harmloser Wanderer sein, der sich verirrt hat und nicht mehr zu seinem Stützpunkt zurückfindet.«

»Ein harmloser Wanderer, dass ich nicht lache!«

Ich wusste längst, was Lachen war, aber der Sprecher machte keine Anstalten dazu, weder mimisch noch akustisch. Es war wohl nur eine Redewendung.

Die Terraner stritten weiter über mein Schicksal. Dabei bildeten sich zwei Parteien. Jene Gruppe, die mein Leben forderte, war in der Minderheit, und letztlich behielten die Vernünftigen die Oberhand. Die anderen zogen schimpfend und Drohungen ausstoßend in Richtung der Siedlung.

»Komm, Loower«, sagte der Terraner, der von Anfang an Partei für mich ergriffen hatte. »Wir bringen dich auf meine Farm. Dort bist du vorerst in Sicherheit.«

Obwohl ich ihn verstand, stellte ich mich dumm und reagierte erst, als er mir durch Gesten zu verstehen gab, dass ich ihm folgen sollte.

»Wir begleiten dich besser, Pender«, bot einer der anderen sich an, und so setzten wir uns zu neunt – was ich trotz Ablehnung der loowerischen Symbolik als gutes Omen ansah – in Bewegung: acht Terraner und ich, ein Loower, der sich angeblich zu weit von der Neunturmanlage entfernt hatte und nicht mehr zurückfand.

Wir erreichten Penders Farm lange nach Einbruch der Nacht. Sie bestand aus einem großen, schmucklosen Gebäude und einigen kleineren dahinter. Auf eines dieser kleineren Häuser hielten wir zu.

»Wie lange willst du ihn in deinem Speicher einsperren, Pender?«, fragte einer der Begleiter. »Und wie soll es weitergehen?«

»Der Loower ist mein Gast, kein Gefangener«, erklärte der Besitzer des Anwesens. »Wenn seine Artgenossen ihn suchen, werde ich ihn an sie übergeben. Andernfalls werde ich morgen die Behörden verständigen. Sie werden schon wissen, was zu tun ist. Mir geht es zuerst darum, ihn vor Lynchjustiz zu bewahren.«

»Wenn du meine Hilfe brauchst, stehe ich dir zu Verfügung, Pender.«

»Ich auch ...«

»Ich auch.«

Ich ließ mich widerstandslos in das Gebäude sperren, das eine Art Vorratskammer zu sein schien. Doch derzeit war das Innere leer. Als der Terraner Pender die Beleuchtung einschaltete, schloss ich geblendet die Augen und zog die Fühler ein.

»Ich habe gehört, dass die Loower orangefarbenes Licht bevorzugen«, sagte einer der anderen. »Das wurde in den Nachrichten erwähnt. Du solltest die Beleuchtung lieber ausschalten.«

Pender befolgte den Ratschlag, und ich war ihm dankbar dafür. Die Terraner zogen sich zurück und ließen mich allein. Im Fortgehen hörte ich einen von ihnen noch sagen: »Es würde mich interessieren, ob die Loower mit einem von uns ebensolche Umstände machen würden.«

Ich hätte ihm versichern können, dass sie das gewiss machen würden, aber das ging nicht, weil mein Übersetzungsgerät nur einseitig arbeitete. Und das war vermutlich auch gut so.

Allein gelassen dachte ich über die bei diesem ersten Kontakt gemachten Erfahrungen nach. Schon in dieser kleinen Gruppe von nicht viel mehr als drei mal neun Personen hatte sich gezeigt, dass die Terraner Individualisten waren. Ihre gegenteiligen Meinungen prallten oft hart aufeinander. Im großen Maßstab trat dies zweifellos noch eklatanter zutage. Warum sollte es dann in ihrem Milliardenvolk nicht einen geben, der sich in einer existenzbestimmenden Frage dem Willen der anderen widersetzte?

Nach diesem Zwischenfall wollte ich den verantwortlichen Terranern gern glauben, dass sie nicht in der Lage waren, das Auge zu übergeben, weil ein Außenseiter sich seiner bemächtigt hatte und es für sich beanspruchte.

Obwohl Hergo-Zovran die Vorfälle übermittelt bekommen und quasi miterlebt hatte, bezweifelte ich, dass er dieselben Schlüsse wie ich daraus zog. Obwohl er ein Zweidenker war, dachte er in zu starren Bahnen – oder vielleicht tat er es gerade deswegen, weil er ein Zweidenker war.

Wie auch immer, schließlich war es meine Aufgabe, die Terraner verstehen zu lernen. Ich sah mich als Wesen zwischen zwei Welten, das auf keine von beiden Seiten gehörte. Aber gerade das war womöglich meine Stärke.

Ich fühlte mich auf Penders Besitz vor den Lynchern ziemlich sicher. Das Gebäude, in dem ich untergebracht war, machte einen stabilen Eindruck, und draußen standen zwei Terraner Wache.

Trotzdem konnte ich den neuen Tag kaum mehr erwarten. Ich hoffte, dass Pender sein Versprechen hielt und mich an eine höhere Instanz weiterreichen würde.

17.

Nach dem Einfall der 18.000 loowerischen Kegelraumer ins Solsystem vor drei Wochen hatte sich die Lage wieder einigermaßen beruhigt. Aber sie blieb gespannt.

Julian Tifflor, Erster Terraner in der LFT, fand, dass die Lage trotz des abwartenden Verhaltens der Loower alles andere als rosig aussah.

Die Trümmerleute waren gekommen, um sich ein Objekt zurückzuholen, das ihre Ahnen vor langer Zeit auf Terra zurückgelassen hatten. Dieses »Auge«, unter dem man sich alles und nichts vorstellen konnte, war auf noch unerklärliche Weise in die Cheopspyramide gelangt und dort dem machtbesessenen Gäa-Mutanten Boyt Margor in die Hände gefallen. Er war mit seiner Beute spurlos verschwunden.

»Hätte Margor uns das Objekt nicht vor der Nase weggeschnappt, dann hätten wir mit den Loowern keine Probleme«, sagte Tifflor wie zu sich selbst. »Sie könnten unsere Freunde sein, zwar unverstanden, aber vielleicht sogar liebenswert. So aber müssen wir sie fürchten.«

»Vielleicht gelingt es uns noch, ihre Psyche zu durchleuchten und Verständnis für unsere Lage in ihnen zu wecken«, sagte Homer G. Adams, der den Ersten Terraner in der Befehlszentrale von Imperium-Alpha aufgesucht hatte. »Grundsätzlich sind die Loower zu Verhandlungen bereit. Vor allem verabscheuen sie Gewalt noch mehr als wir. Darin sind sich alle Wissenschaftler einig, die mit Tekener und seiner Frau die Verhandlungen geführt haben.«

»Es wäre einfacher, dir und deiner Organisation würde es gelingen, diesen Margor in seinem Rattenloch aufzustöbern«, erwiderte Tifflor.

»Ich gebe mein Bestes. Und die drei Gäa-Mutanten ter Gedan, Howatzer und Vapido als erklärte Feinde Margors unterstützen mich nach besten Kräften. Wir haben Margors Paratender-Netz praktisch zerschlagen. Als Nächstes räuchern wir das Nest auf der griechischen Halbinsel Athos aus. Aber ehrlich gestanden, ich befürchte, dass das ein Schlag ins Leere wird. Margor ist mit seinen engsten Vertrauten wie vom Erdboden verschwunden.«

Tifflor winkte ab. »Ich wollte dir keine Vorhaltungen machen«, sagte er versöhnlicher. »Ich weiß, mit welchen Schwierigkeiten du zu kämpfen hast. Unser Problem ist es, das den Loowern begreiflich zu machen.

Warum nur sind wir für sie so wenig glaubwürdig, obwohl wir alles tun, um unseren guten Willen zu beweisen?«

»Darauf können dir am ehesten die Wissenschaftler eine Antwort geben«, erwiderte Adams.

»Ich weiß. Um Erklärungen, wieso wir mit den Loowern nicht einig werden können, sind sie nicht verlegen. Aber das bringt nichts ein. Sie sollten stattdessen nach einer Lösung suchen, wie wir die Missverständnisse ausräumen könnten.«

»Vielleicht sind sie auf dem richtigen Weg«, vermutete Adams. »Tekener und Jennifer haben sich für ein Experiment zur Verfügung gestellt. Sie sollen in Hypnoseschlaf versetzt werden und im Zustand der Somnambulenz ihr unterbewusstes Wissen über die Loower preisgeben. Nicht ausgeschlossen, dass wir auf diese Weise wichtige Anhaltspunkte bekommen. Möchtest du dem Experiment beiwohnen?«

»Ich verspreche mir wenig davon«, sagte der Erste Terraner. »Die Wissenschaftler tun immer so, als stünden sie vor der Entdeckung des Steins der Weisen, selbst wenn sie sich nur an einen Strohhalm klammern. Trotzdem komme ich mit.«

Tifflor erhob sich. Bevor er Adams folgte, der sich schon dem Ausgang zuwandte, ließ er noch die Aufzeichnung der letzten Meldungen ablaufen.

Die Kegelraumer der Loower hatten sich vom Mars zurückgezogen. Die dort errichtete Neunturmanlage schien fertiggestellt zu sein. Dass die Aufklärer keinerlei Aktivitäten feststellen konnten, hatte nichts zu sagen. Aus einem Bericht von Kershyll Vanne wusste man längst, dass die Anlagen der Loower auf sechsdimensionaler Basis arbeiteten und mit terranischen Geräten nicht angemessen werden konnten.

Der Sieben-D-Mann Vanne hatte schon während der Larenkrise auf dem Planeten Houxel eine scheinbar in Trümmern liegende Neunturmanlage entdeckt. Damals war dem keine Bedeutung beigemessen worden. Niemand hatte ahnen können, dass Terra eines Tages so dramatisch mit den längst ausgestorben geglaubten Trümmerleuten konfrontiert werden würde.

Welchen Zweck die Neunturmanlage auf Houxel erfüllt hatte und wie lange sie schon verlassen sein mochte, die Errichtung einer gleichartigen Anlage auf dem Mars zeigte deutlich, dass die Loower nach wie vor aktiv waren. Zweifellos sendete die Anlage im Solsystem nun auf sechsdimensionaler Basis die Nachricht vom Fund des Auges. Tifflors Albtraum war es, dass alle Loower dem Ruf folgen und sich über der Erde einfinden könnten.

Hergo-Zovran hatte angekündigt, dass er Maßnahmen gegen die Terraner ergreifen würde, und er konnte seine Drohung jederzeit wahr machen. Die in Rekordzeit auf dem Mars erbaute Neunturmanlage zeigte jedenfalls, dass es den Loowern ernst damit war, ihren Willen unter allen Umständen durchzusetzen.

Ihre Friedfertigkeit war keine Garantie dafür, dass es nicht zur militärischen Konfrontation kommen würde. Tifflor wollte solche Aktionen verhindern. Nichts durfte unversucht gelassen werden, selbst wenn die Chance auf einen Erfolg noch so gering war.

Wie trügerisch die Ruhe der Loower auch sein mochte, der Erste Terraner wäre froh gewesen, wenn sich die Menschen ebenso verhalten hätten. Aber die Unmutsäußerungen wurden lauter, der Druck von unten gegen die LFT-Regierung stärker. Die Terraner, meist Rückwanderer aus der Provcon-Faust, wohin sie vor den Laren geflüchtet waren, sahen in den Loowern Invasoren und die Nachfolger des Konzils der Sieben.

Tifflor konnte die Ängste der verwirrten Menschen verstehen. Sie glaubten, die Sicherheit von Gäa gegen ein Leben auf einer neuerlich bedrohten Erde eingetauscht zu haben. Besonders in den Ballungszentren wurde demonstriert. Bürgerinitiativen bildeten sich, die lautstark Maßnahmen zum Schutz der Menschen forderten.

Solche Meldungen überflog Tifflor nur noch, sie waren einander zu ähnlich.

Für gefährlicher als die inneren Schwierigkeiten erachtete er den Druck von außen, der von den anderen Milchstraßenbewohnern ausgeübt wurde. Sie fürchteten ebenfalls um ihre Sicherheit und sprachen von einem neuen Krisenherd Terra. Die GAVÖK erhielt dadurch zwar Gelegenheit, sich zu bewähren, aber zugleich bahnte sich eine Gefahr an, die der Erste Terraner keineswegs unterschätzte. In dem Bemühen, die galaktische Sicherheit zu verteidigen, bot Mutoghmann Scerp die Unterstützung von Hilfsflotten der GAVÖK an. Tifflor wehrte sich dagegen, weil er die Loower nicht provozieren wollte. Bislang war es ihm gelungen, Scerp zu beruhigen und ihm Zurückhaltung aufzuerlegen. Aber die Gefahr blieb, dass die GAVÖK den Terranern gegen ihren Willen zu Hilfe kam.

Es wäre eine lohnende Aufgabe für Ronald Tekener als Terranischer Rat für intergalaktische Beziehungen gewesen, mit den Mitgliedsvölkern der GAVÖK zu verhandeln. Aber da Tifflor ihn als Kontaktmann für die Loower eingesetzt hatte, war er unabkömmlich.

Der Erste Terraner schaltete die Wiedergabe der Aufzeichnung ab. »Gehen wir«, sagte er und schloss sich Adams an.

Ronald Tekener lag entspannt auf einer Liege. Der Mann mit den Narben der Lashat-Pocken war nackt. Selbst den Zellaktivator hatten ihm die Wissenschaftler abgenommen, um unerwünschte Einflüsse auf sein Nervensystem zu verhindern.

Ihm gegenüber lag seine Frau, ebenfalls nackt und ohne Zellaktivator.

Beide befanden sich schon in tiefer Trance, als Tifflor und Adams die Psychologische Station betraten. Der große, hagere Mann, der zwischen den Liegen in einer zwei Meter über dem Boden schwebenden Schale saß, warf den Neuankömmlingen einen giftigen Blick zu.

»Was soll das?«, sagte er scharf. »Kann ich hier nicht einmal für kurze Zeit ungestört arbeiten?«

»Es sind der Erste Terraner und Homer Adams«, erklärte der Linguist Aust Krobull, der annahm, dass der Chefpsychologe die beiden Ankömmlinge nicht erkannt hatte.

»Na und!«, sagte Ferengor Thaty ungnädig. »Kann ich endlich weitermachen?«

»Nur eine Frage, Professor«, schaltete sich Tifflor ein. »Es ist bekannt, dass Jennifer Thyron ein eidetisches Gedächtnis hat und deshalb nie etwas von Wichtigkeit vergisst. Was versprechen Sie sich davon, sie unter Hypnose zu setzen? Ist ein eidetisches Gedächtnis überhaupt zu übertreffen?«

Der Chefpsychologe seufzte. »Das hat mir gerade noch gefehlt«, sagte er. »Mit der Hypnose erreiche ich bei den Versuchspersonen eine Hypermnesie, durch die selbst bei jemandem mit eidetischem Gedächtnis ein gesteigertes Erinnerungsvermögen erreicht wird. Außerdem kann ich ins Unterbewusstsein vordringen und Details an die Oberfläche holen, die gar nicht bewusst wahrgenommen wurden. Beantwortet das Ihre Frage, Erster Terraner?«

»Machen Sie weiter, Professor«, sagte Tifflor. »Wir werden Sie nicht mehr stören.«

»Das hoffe ich.«

Tifflor und Adams nahmen im Hintergrund Platz. Der Chefpsychologe Thaty schwebte mit seiner Schale tiefer und wandte sich mit Fragen an Tekener, die sich vorerst allgemein auf die Konferenz mit den Loowern bezogen. Tekener antwortete emotionslos.

Dann kam die Reihe an Jennifer Thyron. Sie antwortete ebenfalls sachbezogen knapp. In der Folge beschäftigte sich der Psychologe mit beiden abwechselnd, wobei er voneinander abweichende Antworten auf ein und dieselbe Frage gegeneinanderstellte und die Versuchspersonen mit ihren unterschiedlichen Ansichten konfrontierte. Tifflor war klar, dass der Psychologe den Denkprozess seiner Medien anregen wollte.

»Er macht das sehr geschickt«, raunte der Erste Terraner Adams zu.

»Er ist auch einer der fähigsten Xenopsychologen, die wir haben, vielleicht Jennifer Thyron ausgeschlossen«, antwortete Adams. »Nur ist er leider exzentrisch.«

Krobull gab ihnen mit verzweifelten Gesten zu verstehen, dass sie schweigen sollten. Aber der Chefpsychologe hatte die Störung zum Glück nicht bemerkt.

Thaty führte mittlerweile eine Simultanunterhaltung mit beiden Hypnotisierten.

»Alle Terraner, die der Verhandlungsdelegation angehörten, haben einstimmig ausgesagt, dass sie beim Betreten des Loowerschiffs eine Art geistigen Schlag erhalten hätten. Als hätte jemand versucht, sie zu beeinflussen. Sie als Mentalstabilisierte waren nicht gefährdet und konnten den Beeinflussungsversuch sogar analysieren. Welchen Eindruck hatten Sie?«

»Ich hatte das Gefühl, dass jemand von meinem Geist Besitz ergreifen wollte«, antwortete Jennifer Thyron.

»Ich hörte eine wesenlose Stimme, die mir Befehle erteilte«, sagte Tekener.

»Und beim Verlassen der THAMID wiederholte sich dieser Vorgang?«, fasste Thaty nach. »Fiel Ihnen ein Unterschied zu vorher auf?«

»Nein«, sagte Jennifer Thyron. »Die Stimme setzte so unvermittelt ein, als würde jemand einen Sender einschalten.«

»Sie brach ebenso unvermittelt wieder ab«, fügte Tekener hinzu.

»Was lässt sich daraus schließen?«

»Wir hatten den Eindruck, als wollten uns die Loower eine Kostprobe einer ihrer Möglichkeiten geben, uns zu bezwingen.«

»Gab es Anzeichen dafür, dass Loower ebenfalls von den Suggestivimpulsen betroffen waren?«

»Sie reagierten nicht darauf«, antwortete Tekener bestimmt. »Als seien sie daran gewöhnt.«

»Oder dagegen immun?«

»So ist es«, bestätigte die Frau. »Es schien, dass sie sich abgekapselt hatten.«

»Abgekapselt auf welche Weise?«

»Ich würde sagen, sie hatten sich auf eine andere Bewusstseinsebene zurückgezogen, auf der die Impulse sie nicht erreichen konnten.«

»Das ist interessant«, stellte Thaty fest. »So hat uns dies bisher niemand dargestellt. Sie glauben, die Loower hätten zwei Bewusstseinsebenen, von denen sie wahlweise Gebrauch machen können?«

»Nur so kann ich mir ihr schizoides Verhalten erklären.«

»Was halten Sie als Laie davon, Tek? Angenommen, die Loower haben zwei Bewusstseine. Ist Ihrer Meinung nach eines davon so vegetativ wie das menschliche Unterbewusstsein?«

»Bestimmt nicht«, antwortete Tekener. »Die Loower denken auf beiden Ebenen sehr bewusst.«

»Aber wir wissen, dass sie oft Hemmungen haben, über gewisse Dinge frei zu sprechen. Den bisherigen Aussagen nach scheint es zwischen beiden Bewusstseinen eine Barriere zu geben, die die Loower Fremden gegenüber nicht überwinden können. Haben Sie gegenteilige Erfahrungen gemacht?«

»Hergo-Zovran besaß eine solche Hemmung nicht«, antwortete Jennifer Thyron. »Er zeigte keine Scheu, über die Entelechie der Loower zu sprechen. Er versuchte uns sogar zu erklären, nach welcher Philosophie sein Volk lebt und was die treibenden Kräfte ihres Handelns sind.«

»Was sind diese treibenden Kräfte?«

»Loower handeln zweckmäßig und zielführend. Ihr Streben ist auf ein einziges Ziel ausgerichtet. Die Kraft, die sie antreibt, ist die Entelechie. Den entelechischen Maximen unterwerfen sich alle Loower.«

»Haben Loower überhaupt die Möglichkeit, sich diesen Lebensregeln zu entziehen? Oder gibt es für sie einen Zwang, sich der Entelechie zu unterwerfen?«

»Ich glaube, dass es für einen Loower keine Alternative zur Entelechie gibt«, antwortete Tekener.

»Dann ist ihr zweites Bewusstsein vielleicht doch vegetativer Natur und unserem Unterbewusstsein vergleichbar?«, hakte der Psychologe sofort ein.

»Keineswegs«, sagte Jennifer. »Loower bedienen sich beider Gedankenebenen bewusst. Wahrscheinlich bewegen sie sich auf beiden Ebenen, wenn sie unter sich sind. Fremden gegenüber bewahren sie eine gewisse Anonymität, indem sie ihre psychische Intimsphäre in einem der beiden Bewusstseine abkapseln. Aber sie sind echte Zweidenker.«

»Aha!«, machte Thaty. »Sie sind Zweidenker, die Fremden gegenüber ihr wahres Ich verbergen und deshalb schizoid wirken. Trifft das Ihre Vorstellung, Tek?«

»So hätte ich es ebenfalls ausgedrückt, wenn ich es hätte formulieren können.« Der Smiler bewies damit selbst in Trance seinen trockenen Humor.

»Das ist nicht entelechisch, Tek!«, sagte seine Frau ernst.

»Was ist nicht entelechisch?«, drängte Thaty sofort.

»Teks Antwort. Er hätte sich mit einem einfachen ›Ja‹ begnügen können.«

»Warum legen Sie besonderen Wert auf diese Feststellung, Jennifer?«

»Ich dachte daran, dass ein Loower in einer solchen Situation keine Witze reißen würde. Aber Tek hat vor nichts Respekt.«

»Wollen Sie damit sagen, dass Loower keinen Humor besitzen, Jennifer?«

»Ja!«

»Vielleicht verstehen wir ihre Art von Humor nur nicht«, gab Thaty zu bedenken.

»Jenny hat recht«, stimmte Tekener seiner Frau zu. »Loower sind knochentrocken. Im Vergleich zu diesen Wesen sprühen Sie förmlich vor Esprit, Ferry.«

»Verstehe«, sagte Ferengor Thaty ohne die Spur eines Lächelns. »Ich muss zugeben, dass ich wirklich nicht besonders gesellig bin. Aber ich fühle mich zum zyklothymen Typus hingezogen. Die Vorstellung, dass ein ganzes Volk aus Muffeln bestehen könnte, wie ich einer bin, ist schrecklich für mich. Mit solchen Leuten gäbe es kein Auskommen.«

»Was für tiefschürfende Erkenntnisse«, warf Tifflor ein. »Glauben Sie im Ernst, Professor, dass wir Verständigungsschwierigkeiten mit den Loowern haben, nur weil sie über keinen Sinn für Scherze verfügen?«

»Wenn Sie Scherze mit Humor gleichsetzen, dann tun Sie mir leid, Erster Terraner«, sagte Thaty zurechtweisend. »Ich dagegen halte die gewonnene Erkenntnis für durchaus bedeutungsvoll. Es spielt natürlich vieles zusammen, aber bei den Verständigungsschwierigkeiten könnte durchaus mitwirken, dass den Loowern jeder Sinn für Humor abgeht. Wenn sie die Doppeldeutigkeit von Begriffen nicht kennen, keine Ironie und keinen Spott verstehen, dann mag das eine Ursache von vielen sein, warum unsere Völker aneinander vorbeireden.«

»Ist das Ihrer Weisheit letzter Schluss?«, erkundigte sich Tifflor.

»Ich glaube, unter diesen Umständen sollten wir die Sitzung abbrechen.« Der Psychologe schwebte mit seiner Sitzschale zu Boden. Er forderte einen der Assistenten auf, beide Versuchspersonen aus der Hypnose zu wecken, und kam zu Tifflor und Adams.

»Einem Loower gegenüber hätten Sie sich deutlicher ausdrücken müssen, um sich verständlich zu machen. Ich nehme Ihre Worte nicht persönlich, sondern rechne Ihnen an, dass Sie unter Stress stehen und deshalb gereizt sind. Ich weiß, dass Sie greifbare Ergebnisse von mir erwarten und Ihrer Enttäuschung nur Luft machen wollten.«

»Es tut mir leid, Professor«, entschuldigte sich Tifflor. »Aber ich glaube nicht, dass wir auf diese Weise weiterkommen.«

»Ich bin da zuversichtlicher«, erwiderte Thaty. »Ich kenne die Loower nach dieser Sitzung um einiges besser, und nach Abschluss der Testreihe werde ich Ihnen ein ziemlich gutes Psychogramm der Trümmerleute liefern. Es fragt sich nur, ob Sie damit etwas anfangen können.«

»Damit stellen Sie den Sinn Ihrer Arbeit selbst infrage, Professor«, hielt Tifflor dem Psychologen vor.

»Die Sache sähe anders aus, wenn Sie mir einen Loower als Versuchsperson zur Verfügung stellen könnten, an dem sich die in der Theorie gewonnenen Erkenntnisse anwenden ließen.«

»Wie stellen Sie sich das vor? Soll ich einen Stoßtrupp in die Neunturmanlage auf dem Mars schicken und einen Loower entführen lassen?«

»Es war nur eine Idee.« Der Psychologe seufzte. »Könnten wir die Loower am lebenden Objekt studieren, wäre das ein großer Schritt nach vorne. Jennifer und Tek sind sehr brauchbare Medien, aber sie sind Menschen und können uns nur ein verzerrtes Bild der Loower liefern. Überlegen Sie sich das, Erster Terraner.«

Damit ließ er Tifflor stehen.

»Einen Loower kidnappen, wie stellt er sich das vor?«, rief Tifflor und wandte sich zum Gehen. Tekener und seine Frau, die inzwischen aus der Trance geweckt worden waren und sich angekleidet hatten, schlossen sich ihm und Adams an.

»Habe ich da etwas von einer Entführung gehört?«, erkundigte sich Tekener. »Ich finde die Idee nicht schlecht. Das wäre eine Aufgabe nach meinem Geschmack.«

»Schlag dir das aus dem Kopf, Tek!«, sagte Tifflor scharf. »Da sehe ich dich noch lieber auf der Couch dieses Seelenschnüfflers.«

»Ferrys tiefenpsychologische Arbeit hat immerhin einige neue Erkenntnisse in der Loowerforschung erbracht«, verteidigte Jennifer Thyron den Psychologen. »Mir schwirrt jedenfalls der Kopf.«

»Manches Unerklärliche in der Verhaltensweise der Loower mag wirklich verständlich geworden sein«, erwiderte Tekener. »Aber was hilft es uns? Wir müssen Taten setzen. Deshalb komme ich auf mein Angebot zurück, Tiff ...«

Sie erreichten den Befehlsstand. Der Erste Terraner überdachte Tekeners Vorschlag inzwischen ernsthaft.

Er wurde jedoch von einer eingehenden wichtigen Meldung abgelenkt. Es handelte sich um eine Nachricht vom Mars. Ein verwirrter Loower wäre beinahe von aufgebrachten Neukolonisten gelyncht worden. Nur mehrere besonnene Männer hatten das im letzten Moment verhindert, den Loower in Schutzhaft genommen und tags darauf der Exekutive der LFT übergeben.

Da der Fremde Interkosmo nicht beherrschte und kein auf seine Sprache programmierter Translator zur Verfügung stand, konnte bislang nichts Näheres in Erfahrung gebracht werden. Klar war nur, dass der Loower Goran-Vran hieß. In ihrer Ratlosigkeit hatten sich die Marsbehörden an Imperium-Alpha gewandt.

»Diese Narren!«, schimpfte Tifflor. »Wenn das herauskommt, könnten die Loower falsche Schlüsse ziehen und das Geschehen als Gefangennahme eines ihrer Leute auslegen. Die Folgen wären unabsehbar. Ich werde den zuständigen Stellen einen Verweis erteilen und die sofortige Freilassung des Loowers anordnen.«

»Ist das wirklich nötig?«, fragte Adams. »Mit dem Loower würdest du zweifellos einen Trumpf aus der Hand geben, Tiff.«

»Und wenn die Loower erfahren, dass wir einen ihrer Leute festhalten?«, gab der Erste Terraner zu bedenken. »Sie werden sein Verschwinden längst bemerkt haben und nach ihm suchen.«

»Aber sie brauchen nicht zu erfahren, wohin er verschwunden ist«, wandte Tekener ein. »Der Loower ist unsere Chance, dieses Volk näher kennenzulernen.«

»Sie müssen es riskieren«, pflichtete Jennifer Thyron bei. »Die Gelegenheit, die Mentalität der Loower am lebenden Objekt studieren zu können, kommt bestimmt nicht so schnell wieder.«

Tifflor nickte zögernd. »Also gut. Ich veranlasse, dass der Loower zur Erde gebracht wird. Hoffentlich weiß Professor Thaty etwas mit ihm anzufangen.«

»Die Sache ist den Versuch jedenfalls wert«, sagte Jennifer Thyron. Sie hing ihren Überlegungen nach, während die Männer den Fall unter anderen Gesichtspunkten diskutierten. Als eine kurze Pause entstand, bemerkte sie wie zu sich selbst: »Die Loower müssten nicht minder daran interessiert sein, uns kennenzulernen. Ich frage mich, warum sie nicht schon auf den Gedanken gekommen sind, Menschen für Versuche zu holen und sie zu studieren. Das wäre eigentlich naheliegend.«

»Wer sagt, dass die Loower das noch nicht getan haben?«, fragte Tekener scherzhaft. »Vielleicht ist gerade in diesen Minuten irgendein armer Schlucker einem loowerischen Pendant von Professor Thaty ausgeliefert, das ihn mit seinen entelechischen Methoden bis aufs Blut quält.«

Ronald Tekener konnte bei diesen nur so dahingesagten Worten nicht wissen, dass sein Scherz für eine terranische Familie schon bitterer Ernst geworden war.

Baya Gheröl: 6.11. bis 10.11.3586

Es war ein Abend wie jeder andere auf Terra. Ich meine damit, dass jeder Tag wie der vorangegangene endete, seit wir aus der Provcon-Faust zur Erde gezogen waren, und dieser Tagesabschluss unterschied sich nicht von den anderen.

Vater brachte wieder einmal schlechte Laune heim. Ich hörte das schon an seinem Schritt, als er zur Tür hereinkam. Kein Gruß, kein Wort, nur die Geräusche, die entstanden, als er in der Diele ablegte.

»Bist du es, Haman?«, hörte ich Mutter aus der Küche fragen.

»Wer denn sonst.«

»Was war?«

»Wieder nichts«, antwortete Vater.

Seit wir auf die Erde gekommen waren und in diesem Appartement wohnten, bemühte er sich vergeblich um Arbeit. Wir lebten vom Staat. Alles, was wir zum Leben benötigten, wurde uns zur Verfügung gestellt. Wir brauchten nichts dafür zu bezahlen, wir hätten ohnehin kein Geld gehabt. Aber geschenkt wurde uns trotzdem nichts. Die Spesen wurden auf Vaters Konto verbucht, und solange er nichts verdiente, um sie zurückzahlen zu können, sanken wir immer tiefer in die roten Zahlen.

Ich saß in meinem Zimmer am Spieltisch, die Tür stand offen. Ich verhielt mich still und sagte mir in Gedanken alles vor, was Vater und Mutter sagen würden.

Ich dachte: *Jetzt wird Mutter Vater schelten.* Und ich hatte recht. »Du wirst nie Arbeit finden«, hörte ich sie sagen. »Ich erkläre dir auch, warum. Weil du ein Faulpelz bist.«

»Was kann ich dafür, dass man auf Terra keinen Mann mit meinen Fähigkeiten braucht«, verteidigte sich Vater.

In der Provcon-Faust war er »L-Kontakter« gewesen. Das »L« stand für Lotsen, und damit waren die Vakulotsen gemeint, die jeder anheuern musste, um mit dem Raumschiff den Staubmantel unbeschadet durchdringen zu können, der die Welten der Provcon-Faust umgab. Auf Terra gab es natürlich keine Vakulotsen. Das war für Vater sehr bitter, denn er hatte seinen Beruf geliebt. Er wäre am liebsten nie von Gäa weggegangen und ich auch nicht. Aber mich hatte nie jemand gefragt, und Vater hatte sich Mutters Willen gebeugt.

Immer wenn Vater auf seine Fähigkeiten hinwies, die auf der Erde niemand zu brauchen schien, sagte Mutter darauf, dass er nicht so stur sein und umdenken sollte.

»Für andere Arbeit bist du dir zu gut«, sagte sie aus der Küche. Vater stand wohl noch in der Diele. »Wenn du keinen solchen Dickschädel hättest, würdest du dich umschulen lassen. Aber nein, alles andere als die Position eines L-Kontakters ist dir zu gering.«

»Vielleicht habe ich doch was, Aldina«, sagte Vater unsicher.

»Warum hast du nicht zugepackt?«

»Die Sache will überlegt sein. Wir sprechen nach dem Abendessen darüber. Was gibt es?«

»Was weiß ich, was das ist, was uns die Fürsorge mit der Rohrpost geschickt hat. Es hat jedenfalls die Form der Rohrpostpatrone. Ich habe das Stück in zwei Hälften geteilt. Die eine Hälfte haben die Kinder bereits verputzt. Die andere bereite ich für uns beide auf.«

»Wo sind die Kinder?«

Ich ruckte automatisch von meinem Platz hoch, ließ mich dann aber wieder zurücksinken. Wenn Vater »Kinder« sagte, meinte er doch nur meine ältere Schwester Kerinnja. Und da hörte ich sie auch schon laufen und jauchzen. Ich stellte mir vor, wie sie ihm in die Arme flog und er sie hochhob und abknutschte. Vater liebte Kerinnja.

Ich stahl mich aus meinem Zimmer und machte mich ganz klein, als ich ins Wohnzimmer kam und von dort in die Diele sehen konnte. Ich war so schon nicht gerade groß, konnte aber bequem das Kinn auf die Tischplatte legen.

»Was hat denn mein Sternenfräulein heute so getrieben?«, fragte Vater in einem Ton, den ich gerne von ihm hörte, obwohl er ihn mir gegenüber nie gebrauchte.

»Das unverschämte Gör hat mich den ganzen Tag kreuz und quer durch Istanbul geschleppt«, antwortete Mutter anstelle meiner Schwester. »Von einer Schule zur anderen. Aber keine war ihr recht. Auf der einen war der Lehrplan zu umfangreich, bei der anderen zu improvisiert. Hier waren ihr die Erziehungsmethoden zu antiautoritär, dort zu repressiv ...«

»Ich will zur Emerson-Schule«, warf Kerinnja trotzig ein. »Nur dort entsprechen die Lehrmethoden meinen Vorstellungen.«

»Und?« Eine Spur Strenge schlich sich in Vaters Stimme. »Warum habt ihr euch nicht um Aufnahme an dieser Schule beworben?«

»Diesen Floh hat ihr irgendein Streuner ins Ohr gesetzt«, sagte Mutter. »Er hat sich an uns herangemacht und irgendwas von der Freiheit der Kinder gefaselt. ›Nicht dressieren sollt ihr sie‹, hat er gesagt, ›sondern in Freiheit sollt ihr sie heranwachsen lassen.‹ So ein Unsinn.«

»Ich möchte zur Emerson-Schule!«, drängte Kerinnja.

Mutter seufzte. »Ich hätte ihr ihren Willen gelassen. Aber so eine Schule gibt es nicht. In ganz Istanbul nicht und wahrscheinlich auf ganz Terra nicht. Der Kerl war ein Spinner.«

»Ihr könnt morgen weitersuchen«, vertröstete Vater meine ältere Schwester und verabschiedete sie mit einem Klaps. Sie schenkte ihm dafür einen schmachtenden Augenaufschlag.

Kerinnja war schon eine junge Dame. Vierzehn. Mit einem Busen wie Mutter. Kerinnja war sehr stolz darauf und sagte mir bei jeder Gelegenheit, dass ich nie so gut entwickelt sein würde wie sie.

»Du bist sieben, siehst aber aus wie ein Küken, das eben aus dem Ei geschlüpft ist«, hat sie mir einmal vorgehalten. Seitdem weiß ich, dass Hühner aus Eiern kommen. Ich könnte keines mehr essen.

Vater kam ins Wohnzimmer und ließ sich in eine Sitzmulde sinken. Er verschwand fast darin. Mich entdeckte er nicht, ich war leicht zu übersehen. Kerinnja setzte sich zu ihm auf den Schoß.

»Bist du nicht schon zu alt dafür?«, meinte Vater.

»Ich möchte nie erwachsen werden«, sagte Kerinnja. Sie war intelligent und sehr schlau. Außerdem eine gute Schauspielerin. Wenn sie es wollte, war sie ein Baby. Aber sie konnte sich ebenso wie eine Dame benehmen. Neben ihr wirkte Mutter manchmal unscheinbar und naiv.

»Was ist das für ein Job, den du in Aussicht hast?«, fragte Kerinnja.

»Das ist nichts für kleine Mädchen. Komm, geh auf dein Zimmer. Aldina und ich haben miteinander zu reden.«

Als Mutter mit dem Abendessen kam, trollte sich meine Schwester aus dem Zimmer. Sie war eingeschnappt, war aber selbst schuld daran, wenn Vater sie fortschickte. Diesmal war sie zu schlau gewesen. Mich übersahen Vater und Mutter jedoch, also blieb ich.

Beide aßen schweigend.

»Also, was hast du in Aussicht?«, fragte Mutter schließlich, als sie ihre Neugierde nicht länger zügeln konnte.

»Ich weiß eigentlich gar nicht, was ich davon halten soll.« Vater machte eine Pause. Er legte das Essbesteck beiseite und stützte das Kinn in die Hände. Das tat er immer, wenn er nachdachte.

»Ich habe heute die Bekanntschaft eines Mannes gemacht, der behauptet, ein Agent der LFT-Regierung zu sein«, fuhr Vater fort. »Er bot mir an, für einen Geheimdienst zu arbeiten. Zumindest nehme ich an, dass er einen Geheimdienst meinte, aber er drückte sich nicht klar aus. Er hat nur um die Sache herumgeredet und angedeutet, dass seine Organisation im Untergrund gegen subversive Elemente kämpfe. Auf Terra soll ein Großreinemachen stattfinden, dafür braucht man erfahrene Männer wie mich.«

Mutter lachte spöttisch. »Hast du gesagt, dass du nichts anderes kannst als Vakulotsen kontaktieren?«

»Habe ich«, sagte Vater leicht verbittert. »Aber er meinte, dass es weniger auf die Ausbildung als auf gewisse Fähigkeiten ankäme. Er kannte jedenfalls meine Personalakte. Die Bezahlung wäre gut.«

»Und?«

»Ich werde ihn morgen wieder treffen. Da werde ich mehr erfahren. Wenn man ihm glauben kann, dann scheint es sich um eine geheime Kommandosache von höchster Regierungsstelle zu handeln. Bei unserem Gespräch ist sogar der Name Homer G. Adams gefallen.«

»Der *Krüppel?*«

»Aldina!«

Ich erstarrte, als mich der Blick meiner Mutter traf. »Was hast du denn hier verloren?«, herrschte sie mich an. »Ich dachte, du seist schon längst im Bett. Marsch, auf dein Zimmer, du ungehorsames Ding!«

Ich huschte davon und floh auf mein Zimmer. Es war mir also doch gelungen, mich meinen Eltern bemerkbar zu machen. Wenn ich es mir überlegte, war dies das erste und einzige Mal an diesem Tag.

Wir wohnten in einer Stadt unter dem Meer. Zwischen zwei Kontinenten, Europa und Asien, und das Meer, das über unserer submarinen Stadt lag, hieß an dieser Stelle Bosporus. Das wusste ich, weil ich zugehört hatte, als Vater es Kerinnja erklärte. Da ich sehr aufmerksam war, erfuhr ich auf diese Weise überhaupt sehr viel. So wusste ich, dass die Vorfahren von Vater und Mutter aus dieser Stadt auf zwei Kontinenten stammten und dass wir uns nur deshalb bei der Rückkehr nach Terra in Istanbul niedergelassen hatten.

Leider waren die Wohnungen in den Stadtteilen auf der Oberfläche schon vergeben gewesen, und wir hatten mit dem Appartement in Submarine-Istanbul vorliebnehmen müssen. Ich sage leider, weil Kerinnja nicht damit zufrieden war. Mir selbst gefiel es hier ganz gut. Ich ging jeden Tag auf Entdeckungsreise und konnte immer Neues finden.

Kerinnja hätte lieber, wie in Suntown auf Gäa, auf der Oberfläche gelebt. In einem Haus mit Fenstern, die einen Ausblick auf die üppige Parklandschaft boten. Mit dem weiten Himmel, den der Staubmantel bildete und in dessen Schleiern sich nachts das Licht der spärlich gesäten Sonnen brach.

Ich hatte diesen Anblick auch gerne gehabt, aber da ich ihn nicht mitnehmen konnte, fand ich mich damit ab. Es tat mir nur wegen Kerinnja leid, dass wir eine Wohnung ohne Fenster hatten.

Einmal hatte Kerinnja zu Vater gesagt: »Warum ziehen wir nicht nach Schweden?«

»Warum ausgerechnet so hoch nach Norden?«, fragte Vater.

Da ich den Grund kannte, platzte ich heraus: »Wegen des Nordlichts. Du selbst hast Kerinnja erklärt, dass es dem Nachtschein der Provcon-Faust sehr ähnlich sei.«

»Wer hat dich denn gefragt?«, wies Vater mich zurecht. »Deine Schwester kann für sich allein antworten.«

Das war mir eine Lehre gewesen, und ich überlegte es mir fortan gut, mich in Angelegenheiten zu mischen, die mich nichts angingen.

Als sich heute Morgen Mutter mit Kerinnja aufmachte, um eine passende Ausbildungsstätte für sie zu suchen, da wäre ich gerne mitgegangen. Aber von mir aus sagte ich nichts, und da Mutter diesen Vorschlag nicht machte, blieb ich allein zurück.

Ich durchstreifte den ganzen Tag die Stadt unter dem Meer, ohne jedoch den Aufgang zur Oberwelt zu finden. Aber wenigstens war ich vor Mutter und Kerinnja zurück, und meine Abwesenheit fiel keinem auf.

Normalerweise schlief ich bald nach dem Niederlegen ein. Ich brauchte nur die Geschehnisse des Tages nachzuerleben und wurde davon so müde, dass mich der Schlaf überkam. Diesmal nicht.

Ich hörte von fern die Stimmen meiner Eltern, die mich seltsamerweise aufwühlten, statt mich einzulullen. Und nach einer Weile schreckte mich ein Geräusch vor meiner Tür hoch. Ich schwang mich aus dem Bett und lief hin. Als ich die Tür öffnete, stand Kerinnja draußen. Ich hatte sie offenbar beim Lauschen ertappt. Sie gab mir mit auf die Lippen gelegtem Zeigefinger zu verstehen, dass ich mich ruhig verhalten sollte. Dann flüsterte sie mir zu: »Die machen wieder hohe Politik. Sie besprechen die Invasion der Loower.«

Ich nickte. Natürlich wusste ich, was Kerinnja meinte. Jedes Kind wusste über die fremden Invasoren Bescheid. Bei meinem Ausflug in die Stadt hatte ich überall Menschengruppen getroffen, die dieses Thema diskutierten. Da ich aufmerksam war, hatte ich genug aufgeschnappt, um mir ein Bild machen zu können. Vieles verstand ich natürlich nicht, aber mir war klar, dass die Loower im Solsystem nichts zu suchen hatten und nur Unruhe stifteten.

»Wenn die Regierung keine Maßnahmen ergreift, müsste das Volk etwas unternehmen«, hörte ich Vater gerade sagen. Kerinnja nickte zustimmend. »Ich habe mich umgehört. Alle sind der gleichen Meinung. Wozu haben wir unsere Flotte? Wozu gibt es die GAVÖK? Man sollte es diesen Loowern zeigen und nicht warten, bis sie ihre Macht gefestigt haben. Sonst schlittern wir in eine Neuauflage der Larenkrise.«

»Wir hätten in der Provcon-Faust bleiben sollen«, sagte Mutter.

»Wer wollte denn fort?«, erwiderte Vater. »Dich hat es ja zur Heimatwelt deiner Vorfahren gezogen. Du wolltest unbedingt zur Wiege der Menschheit zurück. Wenn ich das schon höre. Die Erde wird noch das Grab der Menschheit, und die Loower sind unsere Totengräber.«

»Hör auf damit, Haman. Jetzt kannst du leicht klug reden. Aber warum hast du mich damals nicht zu überzeugen versucht, dass wir auf Gäa sicherer wären? Du spielst doch sonst immer den Patriarchen. Du sorgst für die Familie, übernimmst die Erziehung der Kinder und setzt bei allem meine Zustimmung voraus. Einmal hast du mir nachgegeben, und jetzt hältst du es mir vor.«

»Ich mache dir keine Vorhaltungen. Im Gegenteil, du gibst mir die Schuld an deinem Fehler.«

»So kann man es natürlich zurechtdrehen.«

»Wie auch immer: Wenn die Loower schon die LFT einlullen konnten, mit uns, dem Volk, werden sie kein so leichtes Spiel haben. Wir werden uns erheben wie ein Mann. Sollen sie es nur wagen, ihre Invasionstruppen auf Terra abzusetzen! Ich jedenfalls habe vorgesorgt.«

»Was redest du da, Haman?«

»Das sind keine leeren Worte. Sieh her.«

»Was ist das?« Ich hörte Mutter rascher atmen. »Eine Waffe? Was willst du damit?«

»Meine Familie verteidigen. Und andere werden das auch tun. Wir werden bis zum letzten Mann kämpfen.«

»Ist es so ernst?«

»Man weiß nie ...«

An den folgenden Geräuschen war zu erkennen, dass Vater sich von seinem Platz erhob. Als sich seine Schritte der Flurtür näherten, drängte mich Kerinnja in mein Zimmer, folgte selbst und schloss die Tür hinter uns.

»Haman will sicher nicht, dass wir etwas über diese Dinge wissen«, begründete meine Schwester ihre Handlungsweise. Sie lauschte an der Tür, und als es im Flur still wurde, atmete sie auf.

»Haman weiß, was er sagt«, flüsterte sie dann.

»Werden die Loower kommen?«, fragte ich.

Kerinnja nickte ernst. »Arme Baya«, sagte sie. Ich merkte, dass sie zitterte. »Wäre ich erst sieben Jahre, würde ich mich ebenso wie du fürchten. Aber habe keine Angst. Ich werde diese Nacht bei dir bleiben. Einverstanden?«

»Einverstanden«, sagte ich, obwohl ich ihr genauso gut hätte klarmachen können, dass ich mich gar nicht fürchtete.

Sie schlüpfte zu mir ins Bett und drängte mich an die Wand.

»Ist es so recht, Baya? Du hast ganz kalte Füße, ich werde sie dir wärmen. Schlaf nur, es kann dir nichts geschehen. Hab keine Angst, kleine Baya ...«

Kerinnja drückte sich fester gegen mich und suchte unter der Decke meine Hand. Sie unterhielt sich noch eine Weile mit mir, aber ihre Stimme wurde immer leiser, bis sie sich in Schlaf geredet hatte und schließlich ganz verstummte. Jetzt erst fand ich meine Ruhe und konnte ebenfalls einschlafen. Ich tat es in dem Bewusstsein, meiner doppelt so alten Schwester das Gefühl von Sicherheit und Geborgenheit zu geben.

Aber dieses Gefühl wurde bald von einem seltsamen und aufregenden Traum verdrängt. Er handelte von Unbekannten, die eigentlich nur Loower sein konnten.

18.

In meinem Zimmer breitete sich Licht aus, als würde jemand vorsichtig und langsam einen Dimmer betätigen. Als das Licht eine gewisse Helligkeit erreicht hatte und ich die Gegenstände darin verschwommen sehen konnte, wurde ein Summton hörbar.

Das Licht war orangefarbig, und der Summton passte dazu. Ich empfand das Licht und den Klang als harmonisch.

Kerinnja rührte sich. »Was ist das?«, fragte sie verschlafen.

»Pst!«, machte ich. »Ein Traum. Verscheuche ihn nicht.«

Ich war nun hellwach, kletterte über meine Schwester, die schwer wie ein Sack auf dem Bauch lag, und setzte mich an den Bettrand. Neugierig starrte ich in die orangefarbene Dämmerung.

Der Summton wurde unhörbar, aber irgendwie konnte ich ihn weiterhin spüren. Vater hatte Kerinnja einmal erklärt, dass Tiere ein feineres Gehör als Menschen hätten, und ich war sicher, dass unser Hund, den wir auf Gäa besessen hatten, jetzt einiges hätte hören können.

Kerinnja wälzte sich unruhig hin und her, und ich kraulte sie im Nacken, wie ich es von Vater gesehen hatte. Ihr Schlaf wurde wieder ruhiger.

»Keine Angst, kleine Terranerin«, sagte eine fremdländisch klingende Stimme aus der Luft. »Dir soll nichts geschehen.«

»Das hat Kerinnja heute schon zu mir gesagt«, erwiderte ich.

»Wer ist Kerinnja?«

»Meine Schwester.« Ich deutete auf sie. »Aber ich habe gar keine Angst. Wovor denn?«

»Mach trotzdem die Augen zu.«

»Warum?«

»Es ist besser, wenn du nicht siehst, was es sonst zu sehen gäbe.«

»Was?«

»Sollen wir dich in künstlichen Schlaf versetzen, kleine Terranerin?«

Ich musste kichern. So hatte mich noch niemand genannt. Der Sprecher musste also jemand sein, der kein Terraner war. Logisch, nicht? War es nicht einmal ein Mensch?, fragte ich mich und presste gehorsam die Augen zusammen. Ich tat dies besonders deutlich, mit entsprechender Grimasse und geballten Händen, damit es nicht auffiel, dass ich mogelte. Aber ich war recht neugierig, deshalb blinzelte ich.

In der Luft erschien eine Kugel. Das heißt, es war keine richtige Kugel, sondern nur kugelig, aber so unregelmäßig wie ein unbehauener Felsbrocken mit annähernder Kugelform. Die nicht kugelrunde Kugel dehnte sich wie ein Luftballon aus. Ein Luftballon aus Energie mit unregelmäßiger Form. Das Gebilde wurde größer und einer Kugel immer unähnlicher. Als es fast so groß wie Vater war, teilte es sich. Aus der Energieblase wurden zwei Gestalten.

»Du hast wirklich keine Angst?«, fragte die eine Gestalt.

»Nein«, sagte ich und tat weiterhin so, als presste ich fest die Augen zusammen. »Worum geht es? Ist das ein Spiel?«

»Ja ... vielleicht. Ich weiß nicht, was das ist.«

»Du weißt nicht, was ein Spiel ist?«, wunderte ich mich. »Ein Spiel ist zum Beispiel, wenn ich rate, wer du bist.«

Die eine Gestalt näherte sich der Tür meines Zimmers. Sie war sehr breit und wirkte gedrungen. Am breiten Rücken hatte sie ein Flügelpaar, vorne Stielaugen wie ein Frosch, aber insgesamt sah sie aus wie einer von diesen terranischen Flugsauriern, die es nicht mehr gab. Wie konnte ich nur von solch seltsamen Fantasiegeschöpfen träumen? So hatte ich mir Loower nie vorgestellt.

Plötzlich erklang vom Korridor Gepolter. Vater rief mit verzweifelter Stimme Kerinnjas Namen, Mutter schrie schrill. Kerinnja sprang im Bett hoch. Sie starrte auf meinen Besuch und begann ebenfalls zu schreien. Ich konnte nur dasitzen und zuschauen.

Etwas prallte gegen meine Zimmertür. Die Tür sprang auf, und Vater taumelte herein. Er hielt die Waffe in der Hand, die er Mutter vor dem Schlafengehen gezeigt hatte.

»Sie sind da!«, schrie er und fuchtelte mit der Waffe durch die Luft. »Die Invasion der Loower hat begonnen.«

Kerinnja sprang aus dem Bett und lief zu ihm. Er drückte sie fest an sich und wich mit ihr zur Wand zurück, die Waffe gegen meine beiden Besucher erhoben. Aber er drückte nicht ab. Er erstarrte mitten in der Bewegung, gerade als er den Zeigefinger über dem Auslöser krümmte. In dieser Stellung blieb er stehen.

Auf dem Korridor war immer noch wüstes Gepolter zu hören. Ich sah eine unförmige Gestalt vorbeihuschen und wusste, dass zumindest noch ein dritter Besucher gekommen sein musste.

Dann tauchte draußen wieder Mutter auf. Sie warf einen Blick in mein Zimmer, sah mich, und ich hatte den Eindruck, dass mein Anblick sie beruhigte.

Sie verschwand, kehrte jedoch wieder zurück und stolperte zu mir ins Zimmer.

»Baya, was für ein Glück ...«

Jetzt erst sah sie die beiden Fremden und schrie. Ihr Schrei verstummte wie abgeschnitten, als einer der Besucher eine Bewegung machte. Diese Bewegung genügte, um auch Mutter erstarren zu lassen.

»Sind sie tot?«, fragte ich und spürte, wie mir die Tränen aufstiegen. Ich mochte so garstige Dinge nicht einmal träumen! »Warum bewegen sie sich nicht mehr?«

»Sie sind befriedet, sonst nichts«, sagte der Fremde, der mir am nächsten stand. Er stieß einige seltsame Laute aus, und gleich darauf kamen noch zwei von seiner Sorte zu mir ins Zimmer. Sie waren nun vier. Langsam wurde es etwas eng.

»Wenn du willst, erleichtern wir dir die Lage«, bot der Fremde vor mir an. »Das muss alles sehr schrecklich für dich sein.«

»Ich möchte aufwachen«, sagte ich und presste die Augen fest zusammen. Diesmal mogelte ich nicht. »Ihr habt meiner Schwester und meinen Eltern wehgetan.«

»Das stimmt nicht«, sagte der Fremde, den ich nun nicht mehr sehen konnte. »Sie haben nichts gespürt und werden auch nachher keine Schmerzen haben.«

»Warum habt ihr das mit ihnen getan?«

»Wir werden später alles erklären. Aber jetzt müsst ihr mitkommen.«

»Wohin?« Unwillkürlich öffnete ich wieder die Augen. Vater und Kerinnja standen nun in der Mitte des Zimmers. Haman hatte immer noch schützend den Arm um sie gelegt. Mutter schwebte gerade heran, sie rührte sich noch nicht. Ich begann zu weinen, obwohl ich das nicht wollte.

»Euch wird nichts geschehen, kleine Terranerin.«

Die drei anderen gaben fremdartige Laute von sich, der vierte, der mir in meiner Sprache Rede und Antwort stand, antwortete auf die gleiche Weise. Dann fragte er mich: »Willst du nicht lieber auch schlafen?«

»Ich möchte aufwachen!«, rief ich.

»Du bist wach!«

»Ist das – Wirklichkeit?«

Der Fremde gab nicht sofort Antwort. Wieder wechselte er einige Laute mit den anderen, dann sagte er zu mir: »Du scheinst mit der Wahrheit fertig werden zu können. Ja, wir sind echt. Das sind reale Geschehnisse. Wir sind Loower und laden euch zu einem Besuch auf dem Mars ein.«

»Mars?«, wunderte ich mich. Dann fielen mir meine Eltern und meine Schwester ein. »Lasst sie frei. Quält sie nicht länger. Nehmt mich statt ihrer mit.«

»Wir nehmen euch alle mit. Seid ihr vier die ganze Familie?«

»Ja – aber nehmt nur mich.«

»Still, kleine Terranerin. Mach es uns nicht schwer, sonst ...«

Er hatte wohl vorgehabt, eine Drohung auszusprechen, tat es dann aber doch nicht. Ich straffte mich. »Ihr könnt mir nichts anhaben«, sagte ich.

»Das haben wir gar nicht vor.«

»Ehrlich?«

»Uns wäre es lieber gewesen, ihr wäret freiwillig mitgekommen. Aber du hast selbst gesehen, wie sich die anderen gebärdet haben. Wirst du vernünftig bleiben, kleine Terranerin?«

»Nur wenn ihr mir versprecht, dass Kerinnja, Haman und Aldina nichts geschieht.«

»Das versprechen wir. Und jetzt komm zu uns. Das Transportfeld ist nicht groß genug, um dich dort zu erreichen, wo du bist.«

Ich erhob mich vom Bett und ging zu den Fremden. Aber ich wich ihnen aus und gesellte mich zu Kerinnja und meinen Eltern. Sie waren wie steifgefroren, doch wenigstens nicht kalt.

Wieder entstand die Energieblase. Diesmal war ich mit eingeschlossen. Meine Eltern und meine Schwester auch. Die zwei weiteren Fremden gesellten sich dazu.

Es wurde still. Dann dunkel. Schließlich wieder hell. Die Energieblase verflüchtigte sich, und ich konnte wieder in mein Zimmer sehen.

Ich atmete auf, war aber gleichzeitig etwas enttäuscht. Es war alles nur ein Traum gewesen. Oder, besser gesagt, eigentlich ging der Traum weiter. Ich konnte die vier Fremden noch sehen. Und meine Schwester und meine Eltern waren weiterhin stocksteif.

Aber das würde sich gleich ändern. Ich kümmerte mich um nichts mehr, was um mich war, und ging ins Bett. Ich zog mir die Decke über den Kopf und redete mir fest ein, dass ich dadurch den Traum verscheuchen könnte.

Ich ließ einige Zeit verstreichen, dann öffnete ich die Augen und warf die Decke ab. Mein Zimmer war nicht mehr orangefarben erhellt. Kerinnja lag neben mir. Sie atmete ruhig. Ich hob ihren Arm und ließ ihn los. Er fiel kraftlos auf die Decke. Sie schlief tief und fest.

Die Fremden waren verschwunden.

Ich kroch vorsichtig aus dem Bett und lief leise zur Tür. Ich öffnete sie und blickte hinaus. Niemand war da. Nur das Nachtlicht brannte im Korridor. Ich schlich zur Schlafzimmertür meiner Eltern, lauschte und öffnete sie dann vorsichtig.

Haman Gheröl und Aldina Feyrön lagen entspannt in ihren Betten. Beruhigt kehrte ich in mein Bett zurück und war sofort eingeschlafen.

Irgendwann wachte ich wegen lauter Stimmen auf. Ich wischte mir die Augen aus und sah Vater im Nachtgewand, wie er vor meinem Bett kniete und Kerinnja, die trocken schluchzte, fest an sich drückte.

»Was für ein Glück! Was für ein Glück!«, rief Vater immer wieder. »Dann habe ich wohl nur schlecht geträumt. Aber alles wirkte so echt, als hätte die Invasion der Loower wirklich stattgefunden. Es war eine kritische Situation, ich musste um euch kämpfen.«

Als er geendet hatte, sagte Kerinnja: »Ich habe ähnlich geträumt. Ich konnte das Massaker der Loower wie eine Außenstehende beobachten. Ich warf mich dir in die Arme – und dann habe ich meinen Tod miterlebt. Es war schrecklich!«

»Was ist nur mit uns passiert?«, hörte ich Mutter im Hintergrund mit zittriger Stimme sagen. »Wie kann man es erklären, dass wir alle drei das Gleiche träumen. Auch mir war, als sei eine Meute von Loowern in unsere Wohnung eingedrungen und ...«

Ihre Stimme versagte. Niemand fragte mich, ob ich ein ebensolches Traumerlebnis gehabt hätte. Ich wollte gerade den Mund auftun, um mich bemerkbar zu machen, da sagte Vater: »Zerbrechen wir uns nicht den Kopf über die Ursache unserer Träume. Hauptsache, es ist nichts passiert und wir sind noch in unseren eigenen vier Wänden.«

»Das ist ein Irrtum«, erklärte da die bekannte Stimme aus meinem Traum. »Sie befinden sich nicht mehr in Ihrem Zuhause auf der Erde, sondern in der Neunturmanlage auf dem Mars. Diese Räume wurden nur der besseren Eingewöhnung wegen adaptiert. Aber betrachten Sie sich nicht als Gefangene, sondern als unsere Gäste. Ihnen soll kein Leid geschehen.«

Danach herrschte eine ganze Weile Schweigen. Kerinnja, Haman und Aldina rührten sich nicht, sie waren so bewegungslos wie in meinem Traum, der gar kein Traum gewesen war.

»Glaubt ihm«, sagte ich in die Stille. »Er sagt die Wahrheit. Ich weiß, dass er nicht lügt.«

Aber Mutter schien mich gar nicht zu hören, oder sie gab nichts auf meine Worte. Sie ging mit seltsam klagenden Lauten in die Knie und fiel zu Boden, wo sie wimmernd liegen blieb. Ich hatte nicht die Kraft und den Mut, mich um sie zu kümmern. Vermutlich hätte eine solche Geste sie auch zu sehr befremdet.

Sie tat mir leid. Und Kerinnja und Vater ebenso.

Aber wie hätte ich ihnen begreiflich machen können, dass wir hier in guter Obhut waren? Sie hörten ja nicht auf mich.

Hergo-Zovran erlebte in seiner Türmerstube Goran-Vrans Leidensweg mit. Als der junge Loower, der durch den Unfall die Fähigkeit des entelechischen Denkens verloren hatte, schon beim ersten Kontakt mit menschlichen Marskolonisten fast sein Leben eingebüßt hatte, war der Türmer nahe daran gewesen, ihn zurückzuholen.

Aber Goran-Vran ertrug diese Demütigungen überraschend gefasst, sodass Hergo-Zovran nicht einzuschreiten brauchte. Außerdem dachte der Türmer, dass der Tod für den unglücklichen Loower wahrscheinlich als Erlösung anzusehen war. Doch entging Goran-Vran der Selbstjustiz der Marskolonisten. Er wurde von einigen von ihnen, die ihren Verstand bewahrt hatten, in Gewahrsam genommen und tags darauf den Behörden übergeben.

Der Türmer erwartete, dass die Terraner den Loower nun zur Neunturmanlage zurückbringen würden. Aber Lank-Grohan, der die Menschen schon recht gut zu kennen schien, behielt recht. »Wenn die Terraner wirklich eine friedliche Lösung des Problems anstreben, dann werden sie versuchen, unsere Mentalität zu erforschen«, hatte der nonentelechische Psychologe gesagt. »Und wie ginge das besser als durch das Studium eines von uns. Ich vermute, dass sie Goran-Vran zur Erde bringen werden, um zu versuchen, alles Wissenswerte über uns von ihm zu erfahren. Darauf stützt sich mein Plan.«

So geschah es tatsächlich.

Hergo-Zovran, der die Geschehnisse wie durch Goran-Vrans Augen miterlebte, war dabei, als ein Gleiter den Loower von Penders Farm abholte und zum Raumhafen der Weltraumakademie flog. Dort wurde er auf einen Kugelraumer überstellt, der ihn zur Erde brachte.

Der Türmer verlor den Kontakt zu seinem Agenten nur für wenige Augenblicke während der kurzen Linearetappe. Dann war er wieder dabei, als das Raumschiff in die Erdatmosphäre eindrang und auf einem kleinen, unbedeutenden Landeplatz in Terrania City niederging. Goran-Vran wurde im Schutz von unsichtbar machenden Energien, die Terraner nannten sie Deflektorfelder, in eine subplanetare Anlage gebracht.

Es handelte sich um einen ausgedehnten, gut geschützten Stützpunkt in Tiefbunkeranlagen, von deren Existenz Hergo-Zovran bislang nichts gewusst hatte. Dieser Stützpunkt hieß Imperium-Alpha.

Goran-Vran musste eine Reihe von Kontrollen passieren und wurde dabei vielfältig durchleuchtet. Das in einer seiner Körperplatten versteckte Übertragungsgerät fanden die Terraner nicht. Das heißt, sie registrierten es zwar als technisches Utensil, aber sie erkannten seine Funktion nicht, sodass eine weitere Bild- und Tonübermittlung garantiert war.

Angesichts dieser gigantischen Anlage und des ausgeklügelten Sicherheitssystems kam dem Türmer der Gedanke, dass dies vielleicht der Ort war, an dem die Terraner das Auge versteckt hielten. Für sie konnte es keinen sichereren Platz für die Aufbewahrung eines solchen Wertgegenstands geben. Insgeheim beglückwünschte er Lank-Grohan, der die Idee gehabt hatte, den Entelechie-Versehrten auf diese Mission zu schicken. Vielleicht konnte er sein Volk auf diese Weise zum Versteck des Auges führen.

Am liebsten hätte Hergo-Zovran sofort ein Einsatzkommando aus seinen fähigsten Leuten zusammengestellt, um es in den terranischen Stützpunkt zu schicken. Aber er erinnerte sich des Versprechens, das er dem Psychologen gegeben hatte, und wahrscheinlich war es wirklich noch zu früh, Maßnahmen zu ergreifen. Der Türmer verfolgte Goran-Vrans Weg durch die unterirdischen Anlagen von nun an mit erhöhter Spannung.

Gerade als schwer bewaffnete Terraner den jungen Loower einer Gruppe von Männern übergaben, die allem Anschein nach Wissenschaftler waren (das schloss Hergo-Zovran aus ihrer Bekleidung, bei der es sich nicht um Uniformen handelte, und aus der Tatsache, dass sie unbewaffnet waren), wurde der Türmer gestört. Lank-Grohan meldete sich.

»Entschuldige die Belästigung, Türmer«, sagte der Psychologe. »Du wolltest sofort informiert werden, sobald die terranische Familie in der Neunturmanlage eingetroffen ist. Das ist nun geschehen.«

Hergo-Zovran schaltete die Übertragung aus und ließ die weiteren Geschehnisse um Goran-Vran aufzeichnen. Er konnte sie später studieren.

»Ist die Aktion ohne Komplikationen verlaufen?«, fragte der Türmer.

»Unser Kommando wurde von außen stehenden Terranern nicht bemerkt«, antwortete Lank-Grohan. »Es hat sich bewährt, dass beim ersten Besuch Terras von den Mitgliedern deiner Delegation Peilsender hinterlegt wurden. Das erleichterte es dem Einsatzkommando, unerkannt in eines der terranischen Ballungszentren zu gelangen. Unsere Familie stammt aus der Stadt Istanbul. Niemand hat ihr Verschwinden bemerkt.«

»Wie sind die Reaktionen der Betroffenen?«

»Unterschiedlich«, antwortete Lank-Grohan. »Diese Familie besteht aus vier Mitgliedern: dem Vater, der zugleich das Familienoberhaupt ist, der Mutter, der die Betreuung der Kinder obliegt, und aus den Kindern selbst. Leider sind beide Kinder weiblichen Geschlechts, was mir als ungünstige Konstellation erscheint. Trotzdem entspricht diese Familie dem terranischen Durchschnitt. Bei den beiden weiblichen Jungterranern handelt es sich natürlich um die leiblichen Kinder der Erwachsenen.«

Hergo-Zovran war es bekannt, dass die Terraner in Familienverbänden lebten. Er hatte auf seinen Reisen durch die Galaxien viele Fremdvölker kennengelernt, bei denen es Brauch war, dass Kinder von ihren leiblichen Eltern großgezogen und behütet wurden. Doch in der Regel traf man diese Sitte nur bei unterentwickelten Völkern an, die noch keine Raumfahrt kannten. Sobald ein Volk nach den Sternen griff, hatte es sich zumeist soziologisch und geistig weiterentwickelt und zu einer dem kosmischen Gedanken entsprechenden Form des Zusammenlebens gefunden. Aber wie konnten sich Kinder entwickeln, wenn sie von ihren Eltern erzogen und nach deren Idealen geformt wurden? Diese Form der Erziehung war repressiv.

Es war unter diesen Umständen unerklärlich, wie die Menschen ihre Position behaupten konnten, ja sogar eine führende Rolle gewonnen hatten. Wahrscheinlich wären sie schon viel weiter – und mächtiger –, wenn sie weniger traditionsverbunden gewesen wären und die Sitten und Gebräuche ihrer Vorväter nicht zu den Sternen getragen hätten.

Die Kinder der Loower kannten ihre Eltern nicht. Sie wuchsen frei und ohne die Diktatur eines Erziehers auf, wurden nicht dressiert und nicht nach Idolen oder Leitbildern geformt. Loowerkinder konnten sie selbst sein.

Einen heranreifenden Loower musste niemand zur Entelechie zwingen. Er fand allein zu ihr. Einem Loower brauchte nicht eingehämmert zu werden, dass er nur im Kollektiv mit den anderen ein vollwertiger Loower war. Darauf kam er von selbst. Und niemand erklärte einem Loower, dass es keinen erstrebenswerteren Lebensinhalt als das Auffinden jener einen Materiequelle gab. Das sagte ihm schon sein Verstand.

Das war der beste Beweis dafür, dass Intelligenzwesen von ihrem ersten Atemzug, vom ersten Schrei der Geburt an mündig waren. Aber so weit, dies zu erkennen, waren die Terraner nicht. Und hätte es sich bei ihnen nicht um so schnelllebige Wesen gehandelt, um wahre Evolutionsstürmer, hätten sie in diesem Universum vermutlich keine Überlebenschance gehabt. Sie wurden von ihrer eigenen technischen Entwicklung überrollt und schafften es auf fast wundersame Weise dennoch, geistig nachhinkend, sich auf einem die Existenz sichernden Niveau zu halten.

»Das ist keine Antwort auf meine Frage«, sagte der Türmer. »In welchem Zustand befinden sich die vier Terraner?«

»Bedingt durch ihre psychische Instabilität und die Tatsache, dass sie monoide Gehirne haben, also keine zwei Bewusstseine«, führte Lank-Grohan umständlich aus, »haben sie einen Schock erlitten. Ihr Nervensystem ist erschüttert, ihr Gefäßsystem zeigt Lähmungserscheinungen. Das wirkt sich bei jedem von ihnen anders aus. Haman, das Familienoberhaupt, lässt verstärkt Aggressionen erkennen. Aldina, die Mutter, ist introvertiert und fast unansprechbar. Kerinnja, die ältere Jungterranerin, zeigt Anzeichen von Hysterie – ein Zustand, jenem ähnlich, der bei einem Loower eintreten müsste, wenn er *dem Feind* gegenüberstünde. Baya dagegen, die Jüngste, scheint ihre Furcht überzukompensieren, indem sie sich betont unbefangen gibt. Aber mit ihr lässt es sich am leichtesten arbeiten. Sie zeigt sich sehr aufgeschlossen. Schwer zu sagen, wie sie reagieren wird, sobald die Schockwirkung nachlässt.«

»Wird das lange dauern?«

»Die Terraner besitzen Medikamente, um den Schock wirkungsvoll zu bekämpfen«, antwortete Lank-Grohan. »Allerdings wäre es für uns zu riskant, diese zu beschaffen. Ich glaube jedoch, den Schock mit psychologischen Therapien abbauen zukönnen.«

»Melde es mir, sobald die terranischen Versuchspersonen wieder normal reagieren«, sagte der Türmer abschließend. »Ich werde mich dann mit ihnen befassen.«

Er unterbrach die Verbindung und widmete sich wieder Goran-Vran, seinem Mittelsmann auf Terra. Die Bild-Ton-Aufzeichnung von dessen Eintreffen in Imperium-Alpha brachte vorerst keine neuen Erkenntnisse.

Goran-Vran wurde von den Wissenschaftlern an ein Gremium terranischer Militärs weitergereicht und über einen Translator verhört. Unter den Fragestellern war keiner der namhaften Terraner, mit denen der Türmer bisher Kontakt gehabt hatte. Weder Tifflor noch Tekener oder dessen Gefährtin waren bei dem Verhör anwesend, nicht einmal einer der Wissenschaftler, die an der ersten Verhandlungsrunde auf der THAMID teilgenommen hatten. Das zeigte Hergo-Zovran, dass es sich hier höchstens um eine erste Voruntersuchung handeln konnte, bei der es galt, Goran-Vrans Geschichte zu erfahren.

Goran-Vran machte seine Sache gut. Er erzählte den Terranern, dass er beim Bau der Neunturmanlage mitgewirkt und nach deren Fertigstellung die ihm zustehende Ruhepause dazu genützt hatte, die Marslandschaft zu erforschen. Er begründete dies mit der Ähnlichkeit des Mars zu seiner Geburtswelt Alkyra-II und vermischte geschickt die Wahrheit mit Erfundenem. Wäre Goran-Vran noch im Besitz seines Tiefenbewusstseins gewesen, hätte er nicht so glaubwürdig gewirkt. Als Zweidenker hätte er sich in seinem Tiefenbewusstsein seine ureigenste Persönlichkeit bewahrt, und mit dem Ordinärbewusstsein wäre es ihm unmöglich gewesen, sich selbst so glaubhaft zu verleugnen. Aber Goran-Vran, der keinerlei Hemmungen besaß, konnte den Terranern weismachen, dass er zu weit von der Neunturmanlage abgekommen war und nicht mehr zurückfand. In dieser Situation war er den Marskolonisten begegnet.

Die Terraner gaben sich anscheinend vorerst mit dieser Geschichte zufrieden und brachten Goran-Vran unter. An verschiedenen Einzelheiten war zu erkennen, dass sie sich Mühe gaben, die Verhältnisse in dem Raum Goran-Vrans Bedürfnissen anzupassen. Es blieb dennoch ein etwas linkischer Versuch.

Die dem loowerischen Körperbau angepassten Einrichtungsgegenstände waren improvisiert. Die Liege, die als Ruhestätte für Goran-Vran gedacht war, wirkte auf den Türmer wie ein Folterinstrument, und trotz aller Bemühungen konnten die Terraner nicht einmal eine Lichtquelle installieren, deren Schein von Goran-Vrans Sehorganen als angenehm empfunden worden wäre.

Der Türmer hatte Mitleid mit seinem Spion, aber er konnte ihm keine Erleichterung schaffen. Es war ihm nicht einmal möglich, Goran-Vran auf den Stoßseufzer zu antworten, den dieser von sich gab, als er allein war.

Der Türmer schaltete die Direktübertragung aus. Es war wieder Zeit für den Impuls.

Er fragte sich, wie nahe der Quellmeister schon sein mochte. Wie viele Intervalle würden verstreichen, bis Pankha-Skrin im Solsystem eintraf? Würde genug Zeit bleiben, das Auge rechtzeitig zu beschaffen, um es ihm bei seinem Eintreffen präsentieren zu können?

Es musste gelingen! Der Türmer vom Mars lebte nur noch dafür. Was für eine Aufgabe, welch schöner Lebensinhalt, ein solch großes Ziel anzustreben.

Er ließ diese Gedanken auf sich einwirken, bevor er sich entschloss, sein Interesse wieder der terranischen Familie zuzuwenden, auf der seine Hoffnungen ruhten.

Haman Gheröl war zu allem entschlossen. Seine erste Wut war verraucht. Er hatte eingesehen, dass es ihm nichts einbrachte, wenn er die Einrichtung demolierte. Die Loower hinderten ihn nicht daran, sondern ließen ihn sich austoben. Die Einsicht, dass er mit seinem Zerstörungswerk nur sich selbst schadete, brachte in seinem Denken schließlich die Wende. Er beruhigte sich nach außen hin und hoffte, dass die Loower ihn nun für »gezähmt« hielten.

»Kann man jetzt mit dir reden, Haman?«, fragte eine akzentuierte Stimme aus der Luft.

»Mit wem habe ich es eigentlich zu tun?«, fragte er, ohne aufzublicken.

Haman saß allein am Esstisch. Aldina und die Kinder befanden sich im elterlichen Schlafgemach. Die anderen Räumlichkeiten waren praktisch unbenutzbar. Haman hatte dort alles zerschlagen, was irgendwie zu zerschlagen gewesen war.

»Ich heiße Lank-Grohan. Aber du kannst mich Lank nennen.«

»Okay, Lank«, sagte Haman, schaute aber noch nicht auf. »Mit mir kann man immer reden.«

»Dann komme ich zu dir.«

»Moment!« Haman blickte sich suchend um. »Da ist noch ein Problem: Ich weiß nicht, wie meine Frau und die Mädchen bei deinem Anblick reagieren würden. Kann ich zu dir kommen?«

»Deine Frauen werden sich an mich gewöhnen müssen. Ich habe vor, von Angesicht zu Angesicht mit ihnen zu arbeiten.«

»Es sind nicht *meine Frauen*«, erregte sich Haman. »Die beiden Mädchen sind meine Töchter – und außerdem noch Kinder.«

»Entschuldige, Haman. Es war nicht so gemeint. Kann ich also kommen?«

»Ich weiß nicht recht ...« Haman tat, als müsse er sich die Sache überlegen. »Ich möchte, dass sich vor allem die Kinder erst ein wenig eingewöhnen, bevor sie mit einem von euch konfrontiert werden. Können wir uns wenigstens außerhalb der Wohnung treffen?«

Haman sagte absichtlich »Wohnung« und nicht »Gefängnis«, weil er in den Loowern den Eindruck erwecken wollte, als hätte er sich bereits akklimatisiert.

»Das ließe sich schon machen«, antwortete die Stimme aus der Luft. »Deine Wohnungstür ist offen. Dahinter ist ein Verbindungsgang. An seinem Ende liegt ein neutraler Raum. Wäre er dir als Treffpunkt recht?«

»Wann?«

»Sofort, wenn du willst.«

»In Ordnung.«

Haman Gheröl erhob sich und ging ins Schlafzimmer. Kerinnja sah ihm mit großen, ängstlichen Augen entgegen, Baya saß mit stupidem Gesichtsausdruck neben ihr. Aldina lag apathisch auf dem Bett, sie schaute nicht einmal auf, als er hereinkam.

»Alles in Ordnung«, sagte Haman zu seinen Kindern und drückte Kerinnja kurz an sich. Baya lächelte ihn dümmlich an, und Haman wandte sich schnell von ihr ab. Er war stets der Meinung gewesen, dass sie geistig etwas zurückgeblieben war, ihr Verhalten in dieser Situation bestärkte ihn nur in seiner Ansicht. Baya schien überhaupt nicht mitzubekommen, was los war, und Haman beneidete sie fast darum.

Er beugte sich über seine Frau und schlang seine Arme um ihren Körper. Für die beobachtenden Loower musste es so aussehen, als nehme er von ihr Abschied. In Wirklichkeit langte er unter ihren Rücken, wo sie den Fauststrahler versteckt hatte. Als er sein Gesicht an ihrer Wange rieb, flüsterte er ihr ins Ohr: »Ich werde es jetzt tun, die Gelegenheit ist günstig. Sei tapfer – und kein Wort zu den Kindern.«

Er holte verstohlen die Waffe unter ihrem Rücken hervor und schob sie unter sein Hemd. Dann erhob er sich. Haman spürte förmlich Kerinnjas Blicke in seinem Rücken, aber er zwang sich, sich nicht zu ihr umzudrehen. Der mitleiderregende Anblick seiner Tochter hätte ihm die Sache bestimmt nicht erleichtert.

Er erreichte die Tür und stellte fest, dass sie sich tatsächlich öffnen ließ. Dahinter verlief ein langer, schmaler Korridor. Das orangefarbene Licht ließ alle Dinge von sich aus leuchten und verlieh ihnen eine gewisse Art von Transparenz.

Am Ende des Ganges gab es eine neuneckige Öffnung. Haman trat hindurch und gelangte in einen kahlen Raum, der etwa so groß war wie sein Schlafzimmer. Ein Loower erwartete ihn.

Ohne zu überlegen, holte Haman den Strahler hervor und schoss. Der Energiestrahl erfasste die Gestalt und brachte sie zur Auflösung. Das war alles. Haman wusste sofort, dass die Angreifer ihn genarrt hatten.

Links von ihm ertönte die bereits bekannte Stimme.

»Ich habe dich also richtig eingeschätzt, Haman«, sagte Lank-Grohan. »Du hast deine Aggressionen bislang nicht abgebaut. Weshalb wolltest du mich töten?«

»Das fragst du noch, du Bastard!«, schrie Haman in maßloser Wut. »Ihr okkupiert die Erde. Habt in einer Blitzoffensive unseren Widerstand gebrochen. Ihr habt uns gefangen genommen und verschleppt. Glaubst du, das würde sich ein Mensch einfach bieten lassen?«

»Wir haben die Erde nicht erobert. Alles, was wir taten, war, dich und deine Familie zum Mars zu bringen. Wir wollen bloß mit euch reden und euch unseren Standpunkt klarmachen. Auf der Erde geht das Leben weiter wie immer.«

»Das soll ich glauben?«

»Ich kann es dir beweisen. Ich kann dir Liveaufnahmen aus allen Städten der Erde zeigen. Du wirst sehen, dass nichts sich verändert hat.«

»Darauf falle ich nicht herein.« Haman erinnerte sich deutlich, wie perfekt die Illusion des Loowers gewesen war, auf den er das Feuer eröffnet hatte. Dabei war es bloß eine immaterielle Projektion gewesen. Er hätte sich deshalb ohrfeigen können. Eine zweite Chance, einen Loower vor den Strahler zu bekommen, würde es nun nicht mehr geben. »Ihr könnt mir alles Mögliche vorgaukeln. Aber ich weiß, was ich weiß. Für mich herrscht Krieg zwischen Terranern und Loowern, und nur wenn ich zur Erde zurückkehre und alles wie früher vorfinde, will ich etwas anderes glauben.«

»Du kannst gehen, Haman.«

Er kehrte in den Wohntrakt zurück. Hinter ihm fiel die Tür zu, und sofort stellte er fest, dass sie sich nicht wieder öffnen ließ. Es hatte auch keinen Sinn, sie mit dem Strahler gewaltsam aufzubrechen.

Haman blieb einige Minuten an der Tür stehen, um sich zu beruhigen, dann ging er ins Schlafzimmer. Als er dem Blick seiner Frau begegnete, schüttelte er den Kopf. Sie wusste, was das bedeutete und welche Konsequenz er daraus ziehen musste. Sie hatten schon alles besprochen, und Aldina hatte ihr Einverständnis gegeben.

Sein Frau sprang vom Bett auf, lief zu ihm und umarmte ihn.

»Bitte tu es, Haman«, sagte sie mit tränenerstickter Stimme. Dabei presste sie ihren Körper fest gegen den Lauf der Strahlwaffe. »Mach schnell, bevor mich der Mut verlässt.«

Er schloss die Augen und drückte ab.

Nichts geschah. Haman drückte wieder ab und immer wieder. Aber der Strahler zündete nicht.

Mit einem Wutschrei stieß er Aldina von sich, setzte sich den Strahler auf die Brust und schaltete auf Dauerfeuer. Aber die Waffe zeigte keine Reaktion, als sei sie ohne Energie. Wütend schleuderte er sie von sich. Er konnte es nicht verwinden, dass ihm die Loower nicht einmal die Möglichkeit gelassen hatten, sich durch Freitod ihrem Zugriff zu entziehen.

Die Speisen sahen verlockend aus, aber Haman Gheröl rührte sie nicht an.

»Ich habe Hunger«, sagte Kerinnja. Sie blickte scheu zu ihm.

»Du wirst nichts davon essen«, erinnerte er das Mädchen. »Wir befinden uns im Hungerstreik.«

Als Baya verstohlen nach einer der Köstlichkeiten auf dem Tablett greifen wollte, schlug ihre Mutter ihr auf die Finger. »Hast du verstanden?«, schalt sie ihre jüngste Tochter. »Was Vater anordnet, gilt auch für dich.«

»Aber wozu das, Haman?«, fragte Kerinnja. »Du glaubst hoffentlich nicht, die Loower hätten die Speisen vergiftet. Sie werden uns nicht einmal falsch ernähren. So weit kennen sie uns längst, um zu wissen, was wir zum Leben brauchen. Wieso also dieser Hungerstreik?«

Haman schwieg verbissen. Er war enttäuscht, dass ihm seine eigene Tochter in den Rücken fiel. Seit sie für einige Stunden aus ihrem Wohntrakt verschwunden und von den Loowern behandelt worden war, schien sie wie ausgewechselt.

Kerinnja war nun ruhiger und gefasster, und sie hatte ihre Meinung über die Loower geändert. Sie glaubte ihnen mehr als ihrem Vater, und sie hatten sie davon überzeugt, dass keine Invasion der Erde stattgefunden hatte. Haman war enttäuscht von ihr.

»Es gilt immer noch das Wort deines Vaters – ohne Fragen«, wiederholte Aldina. »Keine Diskussion darüber.«

»Aber was für einen Sinn hat das?«, fragte Kerinnja. »Wem nützt es, wenn wir verhungern? Die Loower haben mir plausibel erklärt, dass sie nichts weiter wollen, als uns Verständnis für ihre Lage beizubringen. Wir werden nicht gleich zu Verrätern an der Menschheit, wenn wir versuchen, sie zu verstehen.«

»Alles Lug und Trug«, widersprach Aldina. »Du weißt es nicht besser, mein Kind, und ich will dir keinen Vorwurf machen. Es ist leicht für die Loower, deinen unreifen Geist zu beeinflussen. Sie sind intelligent und gerissen und keine Barbaren. Dennoch sind sie verfluchte Mörder. Die Loower sind unsere Feinde, Kerinnja.«

»Du redest Unsinn, Aldina.«

»Tochter!« Haman fuhr herum und bedachte das Mädchen mit einem strafenden Blick. Sofort senkte Kerinnja verschüchtert den Kopf und wich seinem Blick aus. Unter dem Tisch spürte sie Bayas Hände, die die ihren suchten und sie drückten, aber sie stieß ihre Schwester fort.

»Nach wie vor bin ich für euch verantwortlich«, sagte Haman. »Nach terranischem Recht habe ich das Fürsorgerecht über euch, und das gilt überall, egal wo wir sind, selbst wenn wir uns in loowerischem Hoheitsgebiet befänden. Es geschieht, was ich sage!«

»Wir könnten wenigstens vernünftig darüber diskutieren«, wagte Kerinnja einen letzten Einwand.

»Was weißt du schon, was vernünftig ist«, sagte Haman bitter. Er sprach es nicht aus, aber er dachte: *Die Loower haben sie präpariert, sie in ihrem Sinn konditioniert.* Er wollte die Hand nach seiner Lieblingstochter ausstrecken, überlegte es sich dann aber anders. Die Loower hatten sie ihm entfremdet, er konnte ihr nicht mehr begreiflich machen, dass er nur das Beste für sie wollte.

Aldina erhob sich und wollte den Raum verlassen.

»Wohin?«, fragte Haman streng.

»Ich bin gleich wieder da«, sagte seine Frau abwesend. »Mir ist eben etwas eingefallen.«

Noch bevor sie zu Ende gesprochen hatte, war sie auf dem Korridor verschwunden.

»Warte, Aldina!«, rief Haman ihr nach. »Ich begleite dich. Wir sollten stets zusammenbleiben, damit die Loower keine Gelegenheit erhalten, uns zu trennen.«

Seit Kerinnjas Abwesenheit war er vorsichtig geworden. Die Loower hatten sie nicht offiziell abgeholt, sondern förmlich fortgelockt. Als er in die Diele kam, sah er Aldina gerade noch durch die Tür verschwinden, und als er die Tür erreichte, fiel sie ihm vor der Nase zu.

Es war zum Verzweifeln. Nun würden die Loower sich das nächste Mitglied seiner Familie vornehmen und in ihrem Sinn beeinflussen. Haman befürchtete, dass sich Aldina nach ihrer Rückkehr ebenfalls von ihm abwenden würde.

Er kehrte zu seinen Töchtern zurück. Kerinnja kaute mit vollen Backen, Baya verkroch sich unter dem Tisch.

»Iss nur«, sagte er zu Kerinnja. »Schlag dir ruhig den Bauch voll. Es ändert nichts mehr.«

Ihre Schwäche war verzeihbar. Aber was immer geschah, er selbst wollte hart bleiben. Er hätte sich sonst vor sich selbst schämen müssen.

Wie er die Loower hasste! Sie hatten sich nicht damit begnügt, alle vier gefangen zu nehmen, nun trieben sie einen Keil in seine Familie. Aber irgendwann würde sich das rächen. Haman wollte nicht glauben, dass die terranische Flotte völlig vernichtet war. Vielleicht formierten sich die Verbände gerade in diesen Minuten zu einem Vergeltungsschlag. Außerdem gab es noch die GAVÖK.

Er würde ausharren, bis die Retter kamen. Selbst wenn sie ausblieben, würde er standhaft bleiben. Die Loower konnten ihn töten, ihn durch Gehirnwäsche zu einer Marionette machen, aber bezwingen konnten sie ihn nicht.

»Schläfst du, Haman?«

»Ich habe dich kommen hören.«

»Du hast keinen Grund, dich zu versteifen und so ablehnend zu sein. Ich bin immer noch ich selbst – Aldina. Die Loower haben mir lediglich über gewisse Dinge die Augen geöffnet.«

»Das habe ich befürchtet.«

»Du fürchtest dich überhaupt zu viel, und du bist zu misstrauisch, Haman. Ich muss ein ernstes Wort mit dir reden.«

»Nur zu!«

»Wie stur du sein kannst. Aber ich durchschaue dich jetzt. Ich frage mich, wie ich mir von dem Unsinn, den du von dir gegeben hast, den Kopf habe schwer machen lassen können.«

»Lass mich in Ruhe, Aldina.«

»Jetzt nicht mehr. Ich werde dir meine Meinung sagen. Mir ist inzwischen klar geworden, woher du deine Durchhalteparolen hast, die Philosophie des passiven und aktiven Widerstands bis zum letzten Blutstropfen. Ich kann mir nun gut vorstellen, wie es vor sich geht, wenn du dich am Tag mit all den gescheiterten Existenzen triffst, die wie du nicht die Kraft haben, sich den neuen Bedingungen anzupassen.«

»Aldina ...«

»Hör mir zu, Haman Gheröl! Vor deinen Freunden kannst du meinetwegen den starken Mann markieren. Du kannst dir mit ihnen Mut antrinken und von einem Partisanenleben unter der Herrschaft der Loower träumen. Solange sich dieser Traum vom Heldentum und einer Märtyrerrolle am Stammtisch abspielt, ist mir das egal. Aber wenn du mit deiner Familie den Ernstfall probst, hört der Spaß auf. Wie dumm ich war. Ich war sogar so weit, mich und meine Kinder von dir in den Tod schicken zu lassen.«

»Es ist genug, Aldina!«

»Ja, es ist mehr als genug.« Sie seufzte gequält. »Es ist einfach zu viel für mich. Meinetwegen kannst du dumm sterben, Haman, aber lass die Hände von meinen Kindern. Versuche nie wieder, uns mit diesem Unsinn von einer Invasion der Erde zu infizieren. Es hat keine stattgefunden, und es gibt keinen Krieg gegen die Loower. Ich weiß das mit absoluter Sicherheit.«

»Schon gut«, sagte Haman und schluckte. »Ich werde nicht mehr versuchen, dich vom Gegenteil zu überzeugen.«

»Aber ich hoffe, dass ich dich überzeugen kann. Es ist wahr, Haman, dass die Loower nur uns vier zum Mars entführt haben.«

»Dann weißt du natürlich auch, warum sie gerade uns gewählt haben? Und was sie überhaupt von uns wollen?«

»Sie haben wahllos eine terranische Durchschnittsfamilie herausgegriffen«, antwortete Aldina. »Es hätte jede andere Familie genauso gut treffen können. Deine zweite Frage kann ich nicht so genau beantworten. Obwohl die Translatoren der Loower gut funktionieren, klappt es mit der Kommunikation nicht so recht. Immerhin habe ich herausgehört, dass sie sich um eine bessere Verständigung bemühen. Das ist ihr wahres Motiv.«

»Wenn du meinst.«

»Du meine Güte. Willst du denn nicht endlich Vernunft annehmen, Haman?«

»Was verstehst du darunter?«

»Nun, vor allem könntest du deine Vorurteile abbauen und Toleranz zeigen. Du musst deshalb nicht gleich deine Seele verkaufen. Aber du könntest immerhin die Möglichkeit akzeptieren, dass die Loower vielleicht doch friedliche Absichten haben.«

»Du argumentierst sehr klug, Aldina. Die Loower verstehen sich darauf, ihre Gefangenen zu konditionieren.«

»Sie haben mich höchstens motiviert. Das ist ihnen allerdings nicht schwergefallen, weil sie vernünftig sind. Es wäre Zeit, Haman, dass du von deinem Standpunkt abrückst und der Vernunft eine Chance gibst.«

»Mal darüber schlafen.«

»So gefällst du mir schon besser. In was hast du dich da verrannt?«

»Ich ... habe meinen Stolz, Aldina.«

»Den wird dir niemand nehmen.«

»Ich werde unsere Lage überdenken. Genügt das?«

»Nein. Ich erwarte, dass du dir in aller Ruhe anhörst, was die Loower zu sagen haben.«

»Das käme darauf an, unter welchen Bedingungen so ein Gespräch stattfinden sollte.«

»Die Loower sind fair, glaube mir einfach.«

»Kann ich das?«

»Ich habe genug von deinem ewigen Misstrauen, Haman!«

»Es ist spät. Wir sollten endlich schlafen.«

»Etwas muss ich dir noch sagen, Haman.«

»Was denn?«

»Ich liebe dich.«

»Daran habe ich nie gezweifelt.«

»Aber ich.«

»Und was hat deine Zweifel vertrieben? Das Gespräch mit den Loowern?«

»Sei nicht albern. Dein Verhalten natürlich. So stur, wie du dich gibst, bist du in Wirklichkeit gar nicht.«

»Ich bin überhaupt nicht stur. Ich habe nur meine Standpunkte. Und jetzt bin ich müde.«

Carl Defroster wartete an diesem Tag vergeblich auf seinen Mann. Sie hatten sich an der Südstation der Unterwasserfähre verabredet, mit der Besichtigungsfahrten außerhalb von Submarine-Istanbul möglich waren. Carl war sicher gewesen, dass Haman Gheröl kommen würde.

Aber nun war er bereits eine Stunde überfällig, und Carl wollte nicht länger warten, sondern beschloss, der Sache nachzugehen. Er rief im Istanbuler Büro an, meldete, dass sein Kontaktmann nicht zu dem Treffen erschienen war, und sagte, dass er bei dessen Adresse nach dem Rechten sehen wolle.

Er war durch Zufall auf Haman Gheröl gestoßen. Auf der Suche nach geeigneten Leuten für Adams' neu gegründete und schnell wachsende Organisation war er natürlich die Passagierlisten der Einwandererschiffe aus der Provcon-Faust durchgegangen. Neben einigen anderen Namen hatte die Positronik Gheröls Namen als besonders geeignet für diese Aufgabe ausgeworfen.

Haman Gheröl verfügte nicht über besondere Fähigkeiten, sah man davon ab, dass er sich darauf verstand, Kontakte zu Vakulotsen zu knüpfen, was auf der Erde aber nicht gefragt war. Haman war ein Patriot der alten Schule, für den Terra über alles galt. Das war schon auf Gäa so gewesen. Haman war diszipliniert und ein kompromissloser Befehlsempfänger.

Diese Eigenschaft hätte ihn unter anderen Gegebenheiten eigentlich disqualifizieren müssen, denn es gab längst keinen Kommissgeist mehr. Von sturer Befehlsausführung hielt man in neuerer Zeit nicht mehr viel. Doch unter diesen besonderen Umständen konnten Männer vom Typ Hamans sehr wertvoll sein.

Untersuchungen hatten ergeben, dass diese Menschen besonders anfällig für die Psi-Botschaften des parasensiblen Motivlenkers Boyt Margor zu sein schienen. Kurz gesagt, man wollte Leute wie Gheröl für Margor als Köder auslegen in der Hoffnung, dass er sie zu Paratendern machte. Um an Margor heranzukommen – falls er sich überhaupt noch im Bereich der Erde aufhielt –, scheute man keinen Aufwand.

Die Angelegenheit wurde einfacher, weil Haman Gheröl auf der Suche nach einem Job war. Carl glaubte, ihn bei diesem Treffen verpflichten zu können, ohne ihm Details über seine Aufgabe verraten zu müssen.

Er erreichte Hamans Wohnung. Niemand öffnete ihm. Carl brauchte nicht lange, um mithilfe seines Spezialwerkzeugs einzudringen.

Die Wohnung war verlassen und aufgeräumt. Es herrschte eine geradezu peinliche Ordnung. Als Carl sich genauer umsah, stellte er fest, dass sich jemand große Mühe gemacht hatte, ein heilloses Durcheinander, das vorher geherrscht haben musste, sorgsam zu beseitigen und alle Spuren zu verwischen.

Besonders stutzig machte ihn jedoch, dass gewisse Kleinigkeiten absolut nicht stimmten. Wer immer hier Ordnung geschafft hatte, konnte nicht viel über die Lebensgewohnheiten einer terranischen Familie wissen, denn er hatte einzelne Gegenstände auf Plätze gestellt, auf die sie absolut nicht hingehörten. Was hatte eine Blumenvase auf dem Hygienebecken der Toilette zu suchen? Und wer setzte einen Bioplast-Gucky in die Speisenwärmerkammer? Entweder ein Witzbold oder einer, dem zwischenmenschliche Beziehungen fremd waren. Etwa jemand, der so weltfremd wie Margor war.

Die Sache war Carl wichtig genug, sie seinem Büro zu melden. Sollte das Spurensicherungskommando sich hier mal umsehen. Vielleicht fanden die Jungs vom Schnüfflerdienst einen Hinweis auf Margor.

Für Carl war damit der Fall Haman Gheröl erledigt. Er machte sich auf den Weg zu seiner nächsten Verabredung.

Sein Mann hieß Valdo Susper. Ein schneidiger Bursche, der mit aufgeblasenem Brustkorb und eingezogenem Bauch herumlief. Strammstehen war für ihn ein Zauberwort. Wahrscheinlich schlief er sogar stramm.

Ein terranischer Psychologe des 20. Jahrhunderts hatte behauptet, dass die herkömmliche Figur mit hervorstehender Brust und eingezogenem Bauch das Symbol verdrängter Sexualität sei und auf diese Weise seelisch kastrierte Jungen zu entmannten Männern heranwuchsen. Auf die Gegenwart übertragen, konnte man sagen, dass aus dressierten Jungen potenzielle Paratender des Boyt Margor wurden. Und dafür war Valdo Susper ein Prototyp.

Boyt Margor: 11.11. bis 14.11.3586

19.

Ich war kurz auf der Erde und habe Athos einen Besuch abgestattet. Auf der griechischen Halbinsel, wo die von mir gegründete GEPAPH ihre größte Niederlassung hat, befand sich die letzte Bastion von Paratendern.

Irgendwie erschien mir das seltsam. Ich wusste längst, dass meine drei erklärten Gegner Bran Howatzer, Eawy ter Gedan und Dun Vapido seit einiger Zeit mit der LFT zusammenarbeiteten. Sie kannten Athos und wussten, was dort gespielt wurde. Keine Frage, dass sie ihr Wissen der LFT mitgeteilt hatten. Umso verwunderlicher, dass Athos noch nicht ausgehoben wurde. Der Schluss, dass man die Halbinsel bloß beobachtete und hoffte, dass ich dort erscheinen würde, drängte sich mir auf. Offenbar sollte das Sanatorium für geistig Instabile und Psi-Geschädigte für mich zur Falle werden.

Aber ich war auf der Hut. Einesteils war Athos für mich zur wichtigsten Nachschubbasis geworden. Denn die dort lagernden Vorräte an Lebensmitteln und technischem Gerät waren für mich von existenzieller Bedeutung. Ich brauchte sie für meine Hyperraumklausen. Andererseits war es ein Wagnis, den Kontakt mit den Paratendern auf der Halbinsel aufrechtzuerhalten.

Ich hatte trotzdem einen Weg gefunden, ihnen Befehle zu übermitteln, ohne persönlich aufzutreten. An vorher nicht festgelegten Orten hinterlegte ich Tonaufzeichnungen mit einem Miniatursender, den meine Paratender anpeilen konnten. In der Regel handelte es sich dabei um Anordnungen, welche Vorräte wo in Container verpackt abgestellt werden sollten.

Wenn das geschehen war, fand ich mich an diesen Sammelstellen ein und brachte die Container mit dem Auge in die Hyperklausen. Natürlich ging ich besonders vorsichtig ans Werk, doch bislang hatte ich noch keine Anzeichen einer Einmischung meiner Feinde bemerkt. Vielleicht warteten sie darauf, zu einem großen Schlag auszuholen. Ich dachte nicht daran, ihnen eine solche Gelegenheit zu bieten.

Von den auf Terra verbliebenen Paratendern kannte keiner meinen Aufenthalt. Sie wussten nichts über die Klausen im Hyperraum, von denen ich bereits sieben erschaffen, ausgerüstet und mit Personal besetzt hatte.

Als ich im Umgang mit dem Auge noch nicht so versiert gewesen war, hatte ich den einen oder anderen Paratender im Hyperraum verloren. Dabei denke ich vor allem an das erste Wischeropfer, den Psioniker Dentrov Quille. Einige, die später dasselbe Schicksal erlitten, hatte ich absichtlich während des distanzlosen Schritts zurückgelassen. Sie waren für immer im Hyperraum verschollen.

Wie gesagt, ich verließ Athos und erreichte eine der Hyperklausen. Ich hatte den Hyperraumnischen Nummern in der Reihenfolge ihres Entstehens gegeben, und da ich diese zuletzt erschaffen hatte, nannte ich sie Hyperklause sieben.

Chef war hier der Para-Physiologe Guntram Peres, der schon auf Terra zu meinen engsten Vertrauten gehört hatte. Ihm unterstanden vier Paratender. Hyperklause sieben war am schwächsten besetzt, aber die Besatzung war in keiner stärker als acht Mann.

»Du kommst mit leeren Händen, Boyt?«, sagte Peres enttäuscht.

»Was hast du erwartet?«

Er übergab mir eine Druckfolie. »Wir benötigen vor allem Sauerstoff, die Luft wird langsam knapp. Außerdem Konzentratnahrung. Und wir wissen nicht, wohin mit den Abfällen.«

»Ich nehme sie mit«, sagte ich.

Auf allen zehn Decks herrschte eine Schwerkraft von annähernd einem Gravo. Ich hatte noch nicht herausgefunden, ob das Auge sich diesbezüglich angepasst und eine mir genehme Schwerkraftkonstante geschaffen hatte oder ob das von dessen Erbauern so programmiert worden war.

Es gab auch eine schwerelose Achse, einem Antigravlift ähnlich, die das Überwechseln von einem Deck zum nächsten erlaubte. In den ersten vier Klausen hatte ich inzwischen zusätzlich Nottreppen installieren lassen, damit niemand bei eventuellen Energieproblemen auf einem der Decks festsaß. Aber eine solche Notsituation war bislang nicht eingetreten.

Peres schwebte mit mir in der Mittelachse zum untersten Deck, wo der Müll provisorisch in Kunststoffsäcken gelagert war. Ich stellte mich mit dem Auge dazu und leitete den Wischereffekt ein, der mir zum distanzlosen Schritt in die nächste Hyperklause verhalf. Obwohl dieses Überwechseln von einer Nische in die andere praktisch ohne Zeitverlust geschah, kostete es mich keine Mühe, den Müll im richtigen Moment abzustoßen und im Hyperraum zurückzulassen.

Ich erreichte Hyperklause sechs ohne den Ballast. Chef-Paratender war hier Claus Pollag, ein kaum zwanzigjähriger Mann, der eine spartanische Erziehung genossen hatte und zu dem ich eine besondere Psi-Affinität verspürte.

Pollag hatte seine fünf Paratender gerade auf dem fünften Deck vergattert. Ich materialisierte hinter ihm, und er bemerkte mich deshalb nicht sofort.

»Ich verlange von allen absolute Disziplin«, führte er gerade aus. »Auch wenn Boyt nicht da ist. Wir sind hier den Gesetzen des Hyperraums unterworfen, und eine der Eigenheiten der isolierten Klausen ist, dass wir in Boyts Abwesenheit von ihm psionisch abgeschnitten sind. Wenn einige von euch glauben, das ausnützen zu können, und sich gehen lassen ...«

An der Reaktion seiner Leute musste Pollag erkannt haben, dass jemand hinter ihm war. Er drehte sich um und verstummte, als er mich sah.

»Tut mir leid, Boyt«, sagte er verdattert. »Ich habe gar nicht gemerkt, dass Sie hier sind.«

Ich winkte ab. »Machen Sie weiter so, Claus. Besondere Vorkommnisse?«

»Nichts Besonderes.«

»Aber irgendwas stimmt doch nicht?«

»Es ist nichts von Bedeutung, Boyt. Ich hatte nur Probleme mit den hydroponischen Gärten, die ich anlegen ließ, um die Sauerstoffzufuhr auf natürliche Weise zu regeln. Irgendein Idiot hat durch falsche Behandlung die Pflanzen eingehen lassen und sie zu den Abfällen geschafft. Dadurch hat ein Gärprozess eingesetzt, bei dem Biomethan entsteht, das unsere Atmosphäre mit Giftstoffen anreichert. Aber noch ist die Gefahrengrenze nicht erreicht, und ich werde einen Ausweg finden.«

»Keine Experimente«, warnte ich ihn. »Ich werde eine moderne Lufterneuerungsanlage beschaffen.«

»Und was wird aus den hydroponischen Gärten?«, fragte Pollag. »Ich verspreche mir immer noch einiges davon.«

»Ich werde Fachleute befragen«, sagte ich nur.

Dann wechselte ich über zur Klause fünf.

Dort waren die Erfinder am Werk. Als Chef hatte ich Allan Milestone eingesetzt. Er war annähernd hundert Jahre alt, also etwa in meinem Alter, und ein recht vitaler Geist. Während der Larenherrschaft hatte er für das Konzil der Sieben gearbeitet. Das stempelte ihn automatisch zum Verräter und trieb ihn mir in die Hände. Er war einer meiner wertvollsten Paratender, deshalb nahm ich seine Schrullen in Kauf.

Ich fand Milestone auf dem zehnten Deck, auf dem er sich eine Werkstatt eingerichtet hatte.

»Boyt!«, rief er bei meinem Anblick erfreut. »Ich habe den Helm längst fertig.«

Er holte aus einem Regal eine Kopfbedeckung heraus, die aussah wie ein futuristisch aufgearbeiteter Sturzhelm der zweiten Jahrtausendwende. Doch war in der Schädeldecke eine Öffnung ausgespart, und ein filigran erscheinender Mechanismus war aufgesetzt.

»Probier ihn«, forderte Milestone mich mit leuchtenden Augen auf. »Er funktioniert, mein Wort darauf.«

Ich stülpte den Helm über. Er passte, und er war aus einem so leichten Material, dass ich sein Gewicht kaum spürte.

»Jetzt das Auge«, drängte Milestone. Als er danach greifen wollte, genügte ein Blick von mir, ihn die ausgestreckten Hände zurückziehen zu lassen.

»Entschuldige, Boyt, ich wollte dir nicht zu nahe treten«, sagte er unterwürfig.

Ich nahm den Helm wieder ab und passte das zwanzig Zentimeter lange und an den Enden verdickte Auge mit dem Schwarzteil nach vorne in die Aussparung ein. Die kristalline Fläche, das eigentliche »Auge«, wies nach hinten. Nachdem ich mich mit dem Verschluss und der Mechanik des beweglichen Aufbaus vertraut gemacht hatte, setzte ich den Helm wieder auf und rückte ihn zurecht.

Danach probierte ich die Mechanik aus, die es mir erlauben sollte, das Auge aus der Ruhestellung vor mein Gesicht zu schieben. Es war eine etwas mühevolle Prozedur, weil ich die Arme ausstrecken und in erhobener Stellung belassen musste, um durch das Auge blicken zu können. Aber das war mir immer noch lieber, als es ständig in der Hand zu halten. In dem Helm war das Auge gut untergebracht und stets für mich greifbar.

»Die Idee ist gut, Allan«, sagte ich. »Aber du musst dem Helm noch den letzten Schliff geben. Ich will, dass du nach diesem Prototyp einen baust, den ich bequem von der Gürtelschnalle aus steuern kann. Das Material dafür hast du?«

»Klar, Boyt«, versicherte Milestone. »Es mangelt mir hier an nichts. Ich mache mich sofort an die Arbeit. Morgen kann ich dir einen Augenhelm übergeben, der auf Knopfdruck oder noch besser, auf Gedankenbefehl reagiert.«

»Ich verlasse mich auf dich, Allan.«

Ich nahm das Auge wieder an mich und übergab ihm den Helm. Dann begab ich mich in Klause eins, meine erste, bislang am besten ausgerüstete und von den fähigsten Paratendern besetzte Hyperraumnische.

Die Verhältnisse, die ich dort antraf, kamen für mich völlig unerwartet. Es hatten einschneidende Veränderungen stattgefunden, und unter den Paratendern war Panik ausgebrochen.

Klause eins bebte wie unter heftigen Eruptionen.

Auf dem Hauptdeck mit der Erhaltungsschaltung ging es drunter und drüber. Paratender schleppten Geräte zu dem tankartigen Gebilde, andere liefen nur planlos herum.

»Die Klause wird instabil!«, rief jemand. »Die Erhaltungsschaltung reguliert die Formenenergie nicht mehr. Die Blase wird zusammenbrechen und uns dem Hyperraum preisgeben.«

Ich sah, dass die Wandung der Nische an einer Stelle pulsierte. Die Wand dehnte sich aus und zog sich wieder zusammen, als befände sich darunter ein Organ, beinahe wie ein schlagendes Herz. Jedes Mal dehnte sich die Wand ein Stück weiter aus, ohne wieder zu ihrem Ausgangspunkt zurückzufallen. Auf diese Weise entstand eine wachsende Ausbuchtung.

Cheftender dieser Klause war Lee Mandrian, der mir einmal das Leben gerettet hatte. Er besaß keine besondere Ausbildung und war ein Allrounder, ein Autodidakt mit Spürsinn für das Richtige und Effektive. Als er mich sah, stürzte er auf mich zu.

»Boyt, du musst uns von hier fortbringen!«, rief er gehetzt. »Es sieht so aus, als würde die Klause sich auflösen. Oder hast du eine andere Erklärung?«

»Dieses Phänomen ist für mich ebenfalls neu«, sagte ich ruhig. »Aber es sieht nicht so aus, als würde die Klause instabil werden.«

Ich konzentrierte mich und beruhigte die Paratender mit besänftigenden Impulsen. Ihre Panik legte sich schnell, ihre Befürchtungen blieben.

»Ich kann die Vorgänge anmessen, die im Fluss der Formenergie ablaufen«, sagte Poul Santix, der Hyperphysiker. »Es geht eine umwälzende Veränderung vor sich. Leider schaffte ich es bisher nicht, herauszufinden, was tatsächlich geschieht. Ich bin auf Vermutungen angewiesen.«

»Behalten Sie die besser für sich«, sagte ich streng. »Es besteht kein Grund zu der Annahme, dass sich die Nische auflösen könnte. Sie ist stabil und wird bestehen bleiben.«

Diese Prognose konnte ich mit ruhigem Gewissen stellen, obwohl ich von den Vorgängen genauso wenig Ahnung hatte wie der Hyperphysiker und noch weniger davon verstand. Aber ich hatte meinen psionischen Instinkt, den ich im Verlauf der Experimente mit dem Auge entwickelt hatte.

Ich spürte, dass sich meine psionische Frequenz der des Auges immer besser anglich. Es war, als hätte sich in meinem paraorientierten Bewusstsein ein Oszillator entwickelt, der in dem Auge ein Gegenstück fand. Das Auge war ein Resonanzpunkt für mich, sodass ich es willentlich steuern konnte. Darüber hinaus wirkte es wie ein Ultrasensor in Bezug auf Dinge, die ich mit seiner Hilfe erschaffen hatte. Auf diese Weise gelang es mir, die Vorgänge in der Hyperraumnische zumindest gefühlsmäßig zu erfassen. Was sich mit terranischen Geräten nicht anmessen ließ, esperte ich über den Schaltteil des Auges.

Ich spürte nicht einmal eine Veränderung in der Art der Energie. Es gab gelegentliche Schwankungen, doch war die Tendenz eher steigend als abfallend. Der Energiestrom der Klause erhöhte sich mit jeder Pulsation der Hülle, die an jener Stelle bereits einen Wurmfortsatz von mehreren Metern Länge entwickelt hatte.

Dieser Fortsatz wuchs. Sein Durchmesser war unregelmäßig, aber an manchen Stellen hätte ich schon aufrecht darin stehen können.

Nach einigen weiteren Pulsationen handelte es sich bereits um einen zehn Meter langen Energieschlauch. Die Pulsation ebbte langsam ab, aber der Schlauch wuchs weiterhin in den Hyperraum hinaus.

Ich war fasziniert und näherte mich der Öffnung des energetischen Gebildes, das nun nicht mehr gerade verlief, sondern sich nach links bog.

»Wohin willst du, Boyt?«, rief Mandrian mir nach. »Wage dich nicht zu nahe heran!«

Ich hörte nicht auf ihn, sondern ging auf die Öffnung zu, die sich trichterförmig erweitert hatte. Der Schlauch hatte inzwischen einen recht beachtlichen Durchmesser. Ich brauchte nicht zu befürchten, mir den Kopf anzustoßen, wenn ich ihn betrat.

Ich wusste, dass ich diesen Vorstoß wagen konnte, ohne Gefahr zu laufen, von der Nische abgeschnitten zu werden. Ich spürte, dass der Energieschlauch genug Festigkeit besaß, mich zu tragen. Es gab auch keinen Grund zu der Befürchtung, dass er sich von der Klause trennen würde. Ich ging weiter.

Hinter mir verloren sich die Stimmen der Paratender. Ich erreichte die Biegung. Dahinter führte der Energieschlauch noch gut dreißig Meter weiter. Aber anstatt weiterzuwachsen, verkürzte er sich unerwartet und wurde breiter. Es hatte fast den Anschein, als sei er auf ein Hindernis gestoßen, was ich jedoch als absurd abtat.

Gleich darauf zeigte sich, dass ich mit meiner ersten gefühlsmäßigen Vermutung recht hatte. Die Abschlussfläche des Energieschlauchs wurde immer größer und zugleich dünner. Plötzlich zerplatzte sie ohne jede Erschütterung und ohne den geringsten Laut.

Ich hielt den Atem an. Meine Hand schloss sich fester um das Auge. Ich hob es instinktiv vors Gesicht, bereit, den distanzlosen Schritt in sicherere Bereiche zu tun.

Aber dazu bestand kein Grund. Wo die Wandung des Energietunnels geplatzt war, führte der Schlauch dennoch weiter. Ich konnte mir das nur so erklären, dass von einem anderen Punkt aus ebenfalls ein Energieschlauch gewachsen war und beide sich vereint hatten.

Mir schossen die wildesten Spekulationen durch den Kopf. Die liebste davon war mir, dass sich aus der Klause eine Verbindung zu einem Hyperraumdepot der Erbauer des Auges gebildet hatte. Dort würde ich ungeahnte Schätze und ein Arsenal fantastischer Geräte finden.

Die Wirklichkeit sah anders aus. Als ich durch die Schlauchverlängerung schritt, erreichte ich Klause zwei. Ich erkannte die Paratender, die mich erwarteten.

»Woher kommen Sie, Boyt?«, fragte Steve Norquund verblüfft. »Wir haben Ihre Annäherung gespürt, das jedoch für eine Sinnestäuschung gehalten.«

»Ich komme aus Klause eins«, antwortete ich. »Den Weg, den ich gegangen bin, können alle benützen. Von nun an gibt es eine permanente Verbindung zwischen beiden Klausen ...«

Die erschrockenen Gesichter der Paratender ließen mich verstummen. Was immer sich hinter mir abspielte, es entsetzte sie.

Ich drehte mich um und sah in der Tat ein aufregendes Schauspiel. Für mich war das aber kein Grund zur Besorgnis. Im Gegenteil. Es war ein erhebender Anblick, zu sehen, wie sich die Öffnung des Energieschlauchs rascher vergrößerte, der Tunnel selbst sich verkürzte, bis er nicht mehr vorhanden war und ich Mandrian und seine Crew aus Klause eins auf mich zukommen sah.

Beide Hyperraumnischen verschmolzen miteinander. Die Ränder der Verbindungsöffnung zuckten in einer explosionsartigen Spontanreaktion zurück, weiteten sich schneller, als das Auge folgen konnte, und die Nischen gingen nahtlos ineinander über.

Das war die Geburt meiner ersten Superklause. Eine Hyperraumklause mit dem Volumen von zweien.

War das ein Zufall, zustande gekommen, weil sich die beiden Nischen an einander nahe liegenden Hyperraumkoordinaten befunden hatten? Oder hatte ich diesen Zusammenschluss kraft meines unbewussten Wunschdenkens nach größerem Machtpotenzial und besseren Entfaltungsmöglichkeiten erreicht? Gewollt hatte ich den Zusammenschluss zweier Klausen nicht angestrebt, aber er kam mir sehr gelegen.

In einer Superklause waren die Möglichkeiten ungleich vielfältiger als in zwei voneinander isolierten Nischen. Prompt stellte ich mir die Frage, ob ich auf diese Art und Weise weiter expandieren und alle sieben Hyperraumnischen zu einem gigantischen Gebilde zusammenschließen konnte. Vielleicht zu einer Hohlkugel, in der sogar die Erde Platz haben würde. Aber das war zu weit in die Zukunft gegriffen.

Mandrian kam aufgeregt zu mir. »Diese Großklause hat zwar das Volumen von zwei Normalklausen, aber trotzdem nur zehn Decks. Und es gibt nur eine einzige Erhaltungsschaltung, diese allerdings von doppelter Größe«, berichtete er.

»Hoffentlich bringt diese größere Erhaltungsschaltung mehr als nur die doppelte Leistung einer normalen«, sagte der Hyperphysiker Santix. »Eine solche Superklause hat zwangsläufig einen viel höheren Energiebedarf.«

Ich konzentrierte mich auf die Zapfstation der Erhaltungsschaltung und spürte, dass der Energiezufluss stark erhöht war. Meiner Schätzung nach wurden die sechzehnfachen Energiemengen von der Erhaltungsschaltung in die schützende Außenhülle geleitet.

Die Erbauer des Auges hatten an alles gedacht. Nur vielleicht nicht daran, dass das Auge einem Uneingeweihten in die Hände fallen könnte, dem es gelang, diese Möglichkeiten auszuschöpfen.

Ich war jedenfalls dazu entschlossen.

Goran-Vran: 15.11.3586

Nach den ersten Verhören, die mehr oder weniger nur einer Bestandsaufnahme gedient hatten, überließ man den Loower Ronald Tekener und seiner Frau.

Die beiden nahmen sich Goran-Vran entweder gemeinsam oder einzeln vor. Nach jeder Sitzung besprachen sie sich und legten ihre weitere Vorgehensweise fest. Dabei übernahm Jennifer die Rolle des guten Gewissens, die den Loower mit Vernunft und Sanftmut zu gewinnen suchte. Tekener war der Ungeduldige, der hart zur Sache ging und mit Drohungen nicht sparte, wo Jennifer mit Versprechungen kam.

»Wie geht es, Goran?«, fragte Jennifer Thyron zur Begrüßung und ließ sich auf eine der beiden Sitzgelegenheiten nieder, die für Menschen gedacht waren. »Hast du gut geruht? Ich hoffe, die Änderungen an deiner Liege, die ich nach deinen Angaben machen ließ, entsprechen deinen Erwartungen.«

»Durchaus«, erwiderte Goran-Vran und streckte der Frau einen Tentakel zur Begrüßung entgegen. »Eure Designer haben das ganz ordentlich hingekriegt. Ich bekomme vom Liegen keine Rückenschmerzen mehr.«

»Das freut mich, Goran. Leider muss ich mit dir auch weniger Erfreuliches besprechen. Bei den psychologischen Tests, bei denen du uns deinen Lebenslauf erzählt und den Tageslauf eines Loowers geschildert hast, sind Widersprüche aufgefallen.«

»Du willst sagen, ich hätte gelogen, Jenny?«, fragte Goran-Vran freiheraus. Ihr gegenüber nahm er nie ein Blatt vor den Mund. Bei Ronald Tekener reagierte er verstockter.

»Ich will dir keine bewussten Lügen unterschieben«, sagte die Terranerin. »Aber in einigen Punkten hast du nicht die ganze Wahrheit gesagt. Einiges musst du uns sogar absichtlich verschwiegen haben wie die Tatsache, dass du mich und Tek kennst.«

Goran-Vran richtete seine fühlerartigen Sehorgane geradewegs auf sie, was er immer tat, wenn er »treuherzig« wirken wollte. Jennifer hatte bemerkt, dass der Loower gern Grimassen schnitt, was bei ihm völlig anders aussah als bei einem Menschen und daher schwerer zu bemerken war.

»Woher sollte ich euch kennen?«, fragte er.

»Du hast angegeben, auf der THAMID den Posten eines Stellvertretenden Kommandanten bekleidet zu haben. Du warst auf dem Schiff, als unsere Verhandlungsdelegation an Bord kam. Dieser Delegation gehörten Tek und ich an.«

»Ich konnte damals einen Terraner noch nicht vom anderen unterscheiden«, erwiderte Goran-Vran. »Ebenso wenig war es mir möglich, Geschlechtsunterschiede zu erkennen.«

»Das nehme ich dir nicht ab, Goran. Bei anderer Gelegenheit hast du erwähnt, dass die Rollenverteilung zwischen Männern und Frauen bei den Menschen ähnlich wie bei deinem Volk sei. Ich zitiere wörtlich: ›Der terranischen Verhandlungsdelegation gehörte eine Frau an, von deren Intelligenz der Türmer sehr angetan war. Hergo-Zovran lobte ihr Einfühlungsvermögen und wünschte, dass all seine terranischen Verhandlungspartner solche Fähigkeiten wie diese Frau hätten, dann wären beiden Seiten viele Missverständnisse erspart geblieben.‹ Ende des Zitats. Diese Frau war ich, Goran.«

»Das weiß ich inzwischen, weil ich mich an deinen Namen erinnerte«, erwiderte der Loower. »Aber ich habe dich nicht wiedererkannt.«

»Das muss ich dir wohl glauben«, sagte Jennifer Thyron. »Mich stört, dass du nichts davon in unseren vertraulichen Gesprächen erwähnt hast. Daraus schließe ich, dass diese Gespräche von deiner Seite doch nicht so vertraulich geführt wurden. Ich bin enttäuscht, Goran.«

»Das tut mir leid, Jenny.«

Sie überging die Entschuldigung.

»Es gibt noch weitere Punkte, die mich nachdenklich gemacht haben.

Du hast unumwunden zugegeben, derjenige gewesen zu sein, der die Bugkapsel der THAMID abgesprengt hat. Du sagtest auch, dass du beim Bau der Neunturmanlage den Unfall verursacht hast. Aber zu beiden Ereignissen hast du nicht genauer Stellung bezogen, du bagatellisiertest diese Vorfälle sogar. Dabei wissen wir von einem Ereignis definitiv, dass es schwerwiegende Folgen hatte. Ich spreche von der Absprengung des THAMID-Bugs.«

»Ich habe freimütig erklärt, dass dieses Versagen mich meinen Posten kostete und ich deshalb zum Turmbau abgestellt wurde«, sagte Goran-Vran.

»Aber du hast verschwiegen, dass in der Bugkanzel der THAMID eine parapsychisch begabte Macht untergebracht war. Es war dieselbe Macht, die unsere Delegation beim Betreten und Verlassen des Schiffes mit Suggestivimpulsen überschwemmte. Durch eine Bemerkung Fanzan-Prans, die ich trotz ihrer entelechischen Verschlüsselung verstand, erfuhr ich bei einem Besuch auf dem Mars, dass die Sprengung des Bugs mit der Vernichtung der parapsychischen Macht gleichzusetzen sei. Er sagte rundheraus, dass du, Goran, dafür verantwortlich warst. Hast du den Bug der THAMID in der Absicht abgesprengt, diese Psi-Macht zu vernichten?«

»Ich erinnere mich nicht mehr«, sagte Goran-Vran. »Seit meinem Unfall habe ich gelegentlich Gedächtnislücken.«

»Und das immer dann, wenn es dir gerade in den Kram passt«, bemerkte die Frau enttäuscht. »Du lügst, Goran, aber du tust das nicht einmal sehr geschickt. Die Erinnerungslücken nehme ich dir nicht ab. Wir haben dein Psychogramm erstellt, und das ist völlig normal.«

Goran-Vran wirkte erstaunt.

»Soll das heißen, ihr habt herausgefunden, dass ich ein ganz normaler Loower bin?«, fragte er und ließ die Luft seiner Sprechblase pfeifend entweichen. Jennifer wertete das als Zeichen der Erleichterung. »Ich habe schon geglaubt, dass etwas mit mir nicht stimmt, weil ich meine Orientierung verlor und nicht zur Neunturmanlage zurückfand.«

»Unserer Ansicht nach bist du ein normaler Loower«, bestätigte Jennifer. »Du wirkst nur nicht so schizoid und zwiespältig wie deine Artgenossen, sondern geradliniger. Aber das mag darauf zurückzuführen sein, dass man dich im Umgang mit Menschen besonders geschult hat. Ich kann dir bestätigen, dass du deiner Aufgabe vollauf gerecht geworden bist und es beinahe geschafft hättest, mich zu täuschen, Goran.«

»Was soll das bedeuten, Jenny?«, fragte der Loower. »Was willst du damit wieder sagen?«

Die Tür ging auf, und Ronald Tekener erschien wie auf ein verabredetes Zeichen. Tatsächlich hatte er nur auf diese Gelegenheit gewartet.

»Deine Zeit ist um, Jenny«, sagte er. »Ich habe dir die Chance für ein vertrauliches Gespräch mit deinem Schützling gegeben.« Spöttisch fügte er hinzu: »Hast du sie wenigstens nützen können?«

Jennifer Thyron schüttelte den Kopf. »Schade, dass du die Gelegenheit nicht wahrgenommen hast, mir die volle Wahrheit zu sagen, Goran«, sagte sie zu dem Loower. »Nun kann ich dir nicht mehr helfen, du gehörst Tek.«

Ohne ein weiteres Wort drehte sie sich um und verließ den Raum.

»Was soll das?«, fragte Goran-Vran. »Was hat sie für ein Problem?«

»Sie ist enttäuscht von dir, Goran.« Tekener schwang sich rittlings auf einen der beiden Sessel. »Jenny hat sehr viel von dir gehalten, aber ich habe ihr gleich gesagt, dass du ein falscher Heiliger bist. Jetzt hat sie die Wahrheit über dich erkannt.«

»Welche Wahrheit?«, fragte der Loower scheinbar irritiert.

»Gib dir keine Mühe, Goran. Dein Spiel ist aus.«

»Willst du mir das näher erklären, Ronald?«

Tekener verzog sein Narbengesicht zu einem Grinsen, das dem Loower inzwischen sattsam bekannt war und ihn nichts Gutes ahnen ließ.

»Ich war von Anfang an der Meinung, dass dein Auftauchen in der Marskolonie nicht zufällig geschah. Für meinen Geschmack ging alles zu glatt und komplikationslos. Du warst auf einmal da und hast dich gefangen nehmen lassen, ohne zu protestieren. Nicht ein einziges Mal wolltest du zu deinem Volk zurückgebracht werden. Das erweckte sofort meinen Verdacht. Du bist absichtlich bei uns.«

»Einen Moment.« Goran-Vran hob beide Tentakel in einer fast menschlich anmutenden Beschwichtigungsgeste. »Du kannst nicht im Ernst annehmen, dass ich mich freiwillig dem Mob ausgeliefert und meinen Tod riskiert habe.«

»Damit habt ihr Loower natürlich nicht gerechnet«, sagte der Smiler. »Ihr lebt im Kollektiv, einer für alle, alle für einen. Ihr glaubt uns ja auch nicht, dass es einen Abtrünnigen wie Margor geben könnte, der aus der Reihe tanzt. Ergo wäret ihr nie auf die Idee gekommen, eine aufgebrachte Volksmenge könnte sich gegen den Willen der Regierung an einem Loower vergreifen.«

»Immerhin wissen wir, dass das terranische Volk nicht unbedingt die gleiche Meinung von uns hat, die der Erste Terraner gegenüber Hergo-Zovran vertreten hat«, hielt Goran-Vran dagegen. »Wir sind uns dessen durchaus bewusst, dass die Terraner uns nicht gerade lieben.«

»Aber ihr glaubtet sicher zu sein, dass sich kein Terraner an einem Loower vergreifen würde. Tatsächlich gab es einige Besonnene. Ihnen verdankst du dein Leben, Goran, und dass du deine Spionagetätigkeit überhaupt durchführen kannst.«

»Du ziehst ganz falsche Schlüsse, Ronald!«

»Wirklich? Warum kümmern sich deine Artgenossen nicht um dein Verschwinden? Noch hat keiner angefragt, ob wir etwas über einen verirrten Loower wissen. Oder vermisst dich niemand?«

»Da ihr meine Ergreifung nicht gemeldet habt, wird der Türmer glauben, dass ich in der Marswüste verschollen bin.«

»Das könnte ich noch gelten lassen, wenn ich ein leichtgläubiger Mensch wäre.« Tekener lachte dumpf. »Aber wie steht es mit dir selbst? Warum hast du nie den Wunsch geäußert, zu deinem Volk zurückgebracht zu werden?«

»Ich bin neugierig«, antwortete der Loower. »Mich interessiert, wie das Zusammenleben mit Terranern vor sich gehen könnte. Doch unter diesen Umständen verzichte ich darauf. Ich verlange, auf der Stelle freigelassen und zum Mars zurückgebracht zu werden.«

Tekener erhob sich.

»Das hätte ich schon viel früher zu hören erwartet«, sagte er. »Jetzt entspricht dieser Wunsch nicht deiner Überzeugung, sondern der Befürchtung, dass wir deine Mission vereiteln könnten. Was für einen Auftrag hast du eigentlich?«

»Ich sage überhaupt nichts mehr. Ich verlange meine Freilassung.«

»So einfach ist das nicht.« Tekener wandte sich zur Tür. »Wir müssen uns sehr gut überlegen, was mit dir zu geschehen hat, Goran.«

Damit ging er.

Baya Gheröl: 15.11.3586

Die erste Hürde war genommen. Lank-Grohan hatte Haman Gheröls Aggressionen abgebaut und die beiden anderen Familienmitglieder ebenfalls dazu gebracht, dass sie ihre Furcht ablegten. Aber das war erst die Vorarbeit. Der nächste Schritt war, ihnen die Grundbegriffe entelechischen Denkens beizubringen. Das war ungleich schwieriger.

Inzwischen hatte er den Terranern die Freiheit gegeben, ihren Wohnsektor zu verlassen und sich ungehindert im Westturm zu bewegen. Jeder bekam einen Helk zur Verfügung gestellt, der sie überallhin begleitete und sie weniger bewachen als auf ihre Wünsche eingehen sollte.

Aldina und Kerinnja fanden großen Gefallen daran, sich von ihrem

Helk bedienen zu lassen. Haman nützte seinen Robotbegleiter hauptsächlich als Dialogpartner. Das war für Lank-Grohans Arbeit besonders nützlich, denn bereits durch die Analyse der Fragen erhielt er viel neues Wissen über die Terraner. Doch dieses Wissen reichte nicht aus, die Mentalität der Menschen zu verstehen. Und die Antworten, die Haman Gheröl bekam, reichten nicht für ein besseres Verständnis der Entelechie.

Dabei waren Hamans Fragen nicht dumm, nur leider oft unbeantwortbar. Was sollte man darauf sagen, wenn er wissen wollte, ob die Loower nur erschaffen worden waren, um eine bestimmte Aufgabe im Kosmos zu erfüllen und ein Ziel zu erreichen, oder ob sie sich ihre Bestimmung selbst gesucht hatten?

Darauf gab es keine Antwort, weil sich noch kein Loower mit dieser Frage beschäftigt hatte, außer vielleicht einmal ein Türmer, der nach der Quellmeisterwürde strebte, oder ein Quellmeister selbst.

Solche Fragen zeigten die Wissbegierde der Menschen und deckten ihre Naivität im entelechischen Denken auf, aber sie brachten nicht weiter. Die Entelechie konnte nur jemand verstehen, der an sie glaubte, ohne sie erforschen und analysieren zu wollen. Der sie als gegeben hinnahm und von ihrer unerklärlichen Kraft erfüllt wurde.

Entelechie sprach für sich selbst. Zumindest führten Erklärungen nicht zu einem besseren Verständnis. Und dahin musste Lank-Grohan die Testpersonen bringen: dass sie die Entelechie akzeptierten.

Kerinnja, Aldina und Haman, die überhaupt nur für eine entelechische Schulung infrage kamen, waren bisher noch keinen Schritt weiter. Baya war für Lank-Grohan indiskutabel. Sie war zu unreif. Denn obwohl Menschen sich in ihrer Gesamtheit rascher weiterentwickelten als die Loower, ging die Entwicklung ihrer Kinder ebenso langsam wie die der Loowernachkommen vor sich. Der Reifeprozess spielte sich wahrscheinlich sogar noch in viel komplizierterer Weise ab und wurde durch den Einfluss der Eltern auf ihre Kinder gehemmt.

Lank-Grohan hatte es deshalb nicht einmal der Mühe wert gefunden, Baya einen Helk beizustellen, und sie hatte gar nicht nach einem solchen »Spielgefährten« verlangt.

Doch an diesem Tag musste Lank-Grohan seine Meinung schlagartig ändern.

Der Wissenschaftler für nonentelechische Psychologie kam gerade von einer Sitzung mit Haman und war entsprechend deprimiert. Er war nach diesem enttäuschenden Gespräch in seinem Tiefenbewusstsein zu der Überzeugung gekommen, dass der Terraner nie in der Lage sein würde, entelechisches Denken zu begreifen.

Aldina und Kerinnja waren seine letzte Hoffnung. Immerhin waren die terranischen Frauen in ihrer Denkweise weniger der Ratio unterworfen und gaben eher dem Gefühl nach, was in diesem Fall als positiver Aspekt zählte. Dennoch hatte sich auch bei ihnen noch kein Erfolg eingestellt.

Lank-Grohan war nahe daran, das Experiment abzubrechen, als Baya seinen Weg kreuzte. Das kleine, stille Mädchen, das nicht nur unscheinbar und unaufdringlich war, sondern geradezu krankhaft darum bemüht, jedermann auszuweichen und einem Kontakt zu entgehen, stand plötzlich vor ihm.

»Oh!«, machte sie, und Lank-Grohans auf die terranische Sprache programmierte Körperplatte identifizierte das als Überraschungslaut.

»Habe ich dich erschreckt, kleine Terranerin?«, fragte der Loower aus Höflichkeit.

»Warum nennst du mich eigentlich nicht beim Namen?«, wollte Baya wissen. »Du nennst alle anderen beim Namen, sagst zu Vater nicht *dicker Lotsen-Kontakter* und zu Mutter nicht *terranisches Mütterchen* und zu meiner Schwester nicht *Sternenfräulein.* Aber ich bin nur deine *kleine Terranerin.*«

»Wieso weißt du, wie ich die anderen anspreche?«, erwiderte Lank-Grohan. »Du bist bei unseren Gesprächen nicht dabei.«

»Doch, ich bin dabei«, behauptete Baya. »Ich bin immer da, nur kann ich mich ganz klein machen, dass mich niemand sieht. Das habe ich schon immer getan. Auch zu Hause.«

»Wirklich? Warum?«

»Es macht Spaß.«

»Nur deshalb machst du dich klein?«

»Na ja, es beachtet mich sowieso keiner. Außerdem erfahre ich viel mehr, wenn ich mithöre. Zu mir würde man gewisse Sachen nicht sagen, weil ich sie ohnehin nicht verstehe. So glaubt man jedenfalls.«

»Aber du verstehst?«

»Nicht alles. Doch manches. Jetzt will ich dich nicht länger aufhalten. Ich weiß, dass du viel zu tun hast. Ich wollte dich nur bitten, mich ebenfalls beim Namen zu nennen.«

»Nicht so hastig, kleine ... Baya. Ich möchte dich etwas fragen.«

Das Mädchen wollte schon davoneilen, drehte sich aber um. »Du willst mit mir sprechen?«, fragte Baya erstaunt. »Ist deine Zeit dafür nicht zu kostbar?«

»Mach dir darüber keine Sorgen.« Lank-Grohan war erstaunt über die Sprechfertigkeit des kleinen Mädchens. Von Bayas Vater wusste er, dass sie geistig etwas nachhinkte, und er hatte Haman das ungeprüft geglaubt.

»Was weißt du denn über meine Arbeit?«, fragte er.

»Ich beneide dich nicht darum. Ich finde es zum Verzweifeln, wie du Vater ständig etwas zu erklären versuchst, aber dafür nicht die richtigen Worte findest. Wenn ich dir zuhöre, tust du mir richtig leid. Manchmal hat es mich schon gejuckt, mich einzumischen und dir zum Trost zu sagen, dass wenigstens ich dich verstehe. Aber das gehört sich nicht. Vorlaut sein ist eine der größten Untugenden bei kleinen Mädchen. Ich weiß, was sich gehört.«

»Du scheinst gut erzogen zu sein, Baya.«

»Vater braucht mich nie zu tadeln«, sagte sie stolz. »Vater braucht mir nie zu sagen, was ich tun und lassen soll, ich weiß das von selbst. Wenn er trotzdem mal ein böses Wort zu mir sagt, dann weiß ich ja, woher das kommt. Er hat es nicht leicht.«

»Wenn du so rücksichtsvoll deinem Vater gegenüber bist, dann hat dich vermutlich deine Mutter in diesem Sinn erzogen.«

Darauf antwortete Baya nichts. Sie wirkte auf einmal verstockt.

»Was bedrückt dich?«, forschte Lank-Grohan, dessen Interesse an dem Mädchen geweckt war. Bayas Verhalten entsprach gar nicht seinen Vorstellungen von einem geistig zurückgebliebenen Kind. Er fand, dass sie geistig sogar sehr rege war – und nicht so verschreckt, wie es den Anschein hatte. »Etwas scheint dir an meinen Fragen missfallen zu haben, dass du plötzlich schweigst. Was ist es?«

»Ich will dich nicht belästigen, Lank. Darf ich wie die anderen dich so nennen?«

»Selbstverständlich. Du könntest sogar noch vertraulicher mit mir werden.«

»Was du über Erziehung gesagt hast ...« Baya unterbrach sich, redete aber sofort weiter. »Ich weiß natürlich, was du damit meinst. Ja, ich glaube, ich bin wohlerzogen. Aber das habe ich mir von Kerinnja abgeschaut. Ich höre zu, wenn Vater oder Mutter ihr sagen, was gut und richtig ist, und halte mich daran. Meine Eltern haben nicht die Zeit, sich um uns beide gleichermaßen zu kümmern. Eine muss eben zurückstehen.«

»Wenn ich dich recht verstehe, dann sorgst du für dich selbst.«

»Verstehe mich nicht falsch, ich will mich nicht über mangelnde Obhut beschweren«, sagte Baya. »Es geht mir gut, ich bin zufrieden, wie es ist.«

Der Loower traute seinem Gehör nicht. War das wirklich ein terranisches Kind, das da zu ihm sprach? Dazu noch ein angeblich in seiner Entwicklung zurückgebliebenes Kind? Von den anderen Terranern, die er viel höher eingeschätzt hatte, hatte er so kluge Worte noch nie so einfach und treffend formuliert gehört. Baya war eine Entdeckung für ihn.

»Würdest du bitte wiederholen, was du über meine Arbeit gesagt hast?«, fragte er.

»Aber davon verstehe ich doch nichts.«

»Vorhin hast du das Gegenteil behauptet«, erinnerte der Loower das Mädchen. »Sagtest du nicht, dass du verstehen konntest, was ich deinem Vater oder den beiden Frauen verständlich zu machen versuche? Und dass es dich – wie sagtest du noch ...?«

»Juckte«, half sie ihm aus. »Es kribbelte mir förmlich auf der Zunge, mich einzumischen. Aber das ist natürlich Unsinn. Ich habe zwar verstanden, was du sagtest, ich wusste, was du wolltest, aber es ausdrücken, in Worte fassen, hätte ich nicht gekonnt. Dafür bin ich nicht klug genug.«

»Du verwechselst das mit Bildung, Baya.«

»Das ist dasselbe. Wer nicht gebildet ist, der ist dumm«, sagte Baya altklug und bewies damit, dass sie nicht nur Positives aufgeschnappt hatte.

»Es gibt auch einen anderen Standpunkt, von dem aus gesehen Bildung verderblich wirken kann«, bemerkte Lank-Grohan. »Und für manche Situationen ist eine strenge Erziehung unerwünscht. Du ahnst wahrscheinlich gar nicht, was für ein Glück es für mich ist, dass du völlig unbelastet bist. Dadurch, dass du frei aufgewachsen bist, hast du eine natürliche entelechische Begabung.«

»Das ist ein Wort, das ich mir nicht merken kann!«, rief Baya aus. »Es muss schön sein, entelechisch zu leben.«

»Du kannst es erlernen.«

»Meinst du das wirklich, oder willst du mich verulken?«

»Hast du nicht bemerkt, dass wir Loower immer das meinen, was wir sagen?«

»Ja, richtig, ihr versteht keinen Spaß.«

»Das hat sein Gutes. Und es ist nicht der gravierendste Unterschied zu den Menschen.«

Der gedrungen wirkende Loower und das Mädchen gingen Seite an Seite durch die Gänge des Trümmerturms. Für eine Weile herrschte Schweigen zwischen ihnen.

Schließlich sagte Goran-Vran hoffnungsvoll: »Ich denke, mit deiner Hilfe werden wir diesen Unterschied ausmerzen und vielleicht eine Brücke über die Kluft schlagen, die unsere Völker noch voneinander trennt.«

»... und ich befürchte, dass in Psychologievorlesungen zu oft von Ratten und zu wenig von Kindern die Rede ist.«

A. S. Neill, geb. 1883, Terra / Schottland

20.

Ich bin sehr klein und zart und werde allgemein für jünger gehalten, als ich bin. Ist es eigentlich sehr dumm von einer Siebenjährigen zu sagen, dass sie *noch* jünger wirkt? Ich meine, sieben ist ja kein Alter. Aber die meisten Leute auf der Erde haben mich für fünf gehalten. Und sie haben mich als kränklich und ungesund blass bezeichnet. Wahrscheinlich wird meine Blässe durch das schwarze, lang über die Schulter fallende Haar betont. Kränklich mag ich aussehen, weil meine Augenbrauen dunkel und dicht sind und die Augen tief in den Höhlen liegen. Dabei habe ich große Augen.

Aldina hat vor Kurzem gesagt: »Sieh mal, was für Ringe Baya unter den Augen hat. Sie muss krank sein!« Das war bei einer der wenigen Gelegenheiten, dass mich Aldina genauer angesehen hat. »Sie sieht nicht nur krank, sie sieht zum *Fürchten* aus«, hat Vater daraufhin konstatiert. Ich hatte vorher nie erlebt, dass er seine Meinung über mich oder meinen Zustand abgegeben hätte.

Früher, als sich Vater und Mutter nicht um mich gekümmert hatten und meine Schwester nur gekommen war, wenn sie etwas von mir brauchte, waren sie mir alle sehr vertraut gewesen, und ich hatte sie gerne gemocht. Jetzt auf einmal waren sie mir fremd. Seit sie mit mir sprachen und sich Gedanken um mich machten, da verstand ich sie nicht mehr.

Wenn Haman früher Kerinnja etwas erklärte und ich dies mitbekam, war eigentlich immer alles klar für mich gewesen. Als er ihr die Unendlichkeit des Universums anhand eines Streifens erklärt hatte, den er um hundertundachtzig Grad drehte und mit den Enden zusammenklebte, bekam ich mit, was er mit der endlosen und in sich gekehrten Fläche meinte. Aber als er nun mit mir redete und mich dabei an sich drückte, da wusste ich einfach nicht, was er meinte. »Arme Baya, was haben die Loower nur mit dir gemacht?«, fragte er. »Ich wünschte, ich könnte mich an deiner Stelle opfern.«

»Was sollen die Loower mit mir gemacht haben?«, fragte ich zurück. Mutter begann daraufhin zu weinen, und für mich wurde alles nur noch unverständlicher. Sie nahm mich aus Vaters Armen und drückte mich ihrerseits ab. Dann war die Reihe an Kerinnja, mich zu drücken.

»Liebes Schwesterchen«, schluchzte sie mir ins Ohr. »Ich hab's ja immer gewusst, dass dein Geist einer stärkeren Belastungsprobe nicht gewachsen sein würde. Aber für dich ist gesorgt. Wir sind alle für dich da.«

Ich war schon immer geduldig, andernfalls hätte ich dieses Getue nicht so gefasst über mich ergehen lassen können. Ich sagte nichts, sondern dachte mir mein Teil. So etwa, dass Lank ein sehr weiser und einfühlsamer Mann war.

Bei Lank hatte ich keine Scheu, Fragen zu stellen oder einfach vor mich hin zu plaudern. Sein andersartiges Aussehen fiel mir überhaupt nicht mehr auf. Er hatte mich aufgefordert, in seiner Gegenwart meine gute Erziehung zu vergessen; das machte mich so herrlich gelöst ... Jetzt müsste ich mir selbst auf den Mund klopfen, weil dies so eine von den altklugen Redensarten war, von denen Lank gesagt hatte, dass ich damit andere nachzuäffen versuchte.

»Gibt es auf der Heimatwelt der Loower Affen, von denen der Ausdruck Nachäffen abgeleitet sein könnte, oder äffst du die Sprechweise der Menschen auch nur nach?«, hatte ich ihn daraufhin gefragt.

»Du bist weiter, als ich dachte, Baya«, entgegnete er ernst. »Du hast nicht nur eine entelechische Begabung, sondern befindest dich bereits in der ersten Phase der Entelechie. Wir können einen Schritt weitergehen.«

Ich machte einige trippelnde Schritte und fragte schalkhaft: »Gut so?« Damit hatte ich ihn abermals einer Ungereimtheit überführt, denn er hatte nicht wirklich einen Schritt mit mir tun wollen, sondern sich einer menschlichen Redewendung bedient.

»Es macht gar nichts, wie du dich benimmst, ob du verspielt oder besinnlich bist, die Dinge verulkst oder auch Ernstes scherzverbrämt darlegst – sei nur du selbst«, sagte Lank immer wieder. »Versuche nie zu sein, was andere in dir sehen wollen, sondern lebe dein Leben. Das wäre schon entelechisch.«

Ich wusste, was Lank mit entelechisch meinte, und ich glaube, das war es, was meine Familie nicht mehr an mir verstand.

»Das ist Psychoterror der schlimmsten Art«, pflegte Vater zu sagen, wenn er meinte, dass ich nicht mithören konnte. »Jawohl, Psychoterror ist das! Da die Methoden der Loower an uns versagt haben, setzen sie nun unsere jüngste Tochter unter Druck und versuchen, sie uns zu entfremden.«

»Was ihnen auch gelingt«, sagte Mutter verbittert. »Ich kenne Baya nicht wieder.«

Du hast mich nie gekannt, Aldina, dachte ich.

»Sie setzen Baya Flausen in den Kopf und entziehen sie auf diese

Weise immer mehr unserem Einfluss«, schimpfte Vater. »Das arme Ding. Baya hat keine Ahnung, dass Lank-Grohan gar nicht der gute Onkel ist, als der er ihr erscheint. Wie sollte sie seine Maske durchschauen können? Sie ist nicht reif genug und immer noch für ihr Alter zurück. Was für skrupellose Monstren sind das, die sich an einem geistig unterentwickelten Kind vergreifen?«

»Haman!«, ermahnte Aldina ihn mit einem Seitenblick auf mich.

»Ah ... da bist du ja! Komm her, mein Kleines.«

Ich hätte es immer schon gerne gemocht, dass Vater mich, wie er es nur mit Kerinnja machte, auf den Schoß genommen und mit mir geplaudert hätte. Aber jetzt war es mir zuwider. Dennoch gehorchte ich.

»Wie geht es dir, Baya?«, fragte er.

»Ich fühle mich hier recht wohl«, antwortete ich und wunderte mich, dass Mutter trocken schluchzte.

»Was treibst du denn die ganze Zeit, Baya?«, wollte Vater wissen. »Wir bekommen dich kaum mehr zu Gesicht.«

»Ich ...«, begann ich und wusste plötzlich nicht weiter. Wie sollte ich ihm erklären, was ich tat? Ich wanderte durch die Gänge und Räume des Westturms, in dem sich unsere Familie frei bewegen konnte, traf mich mit Lank, plauderte mit ihm, ließ mir Spiele einfallen und Ähnliches mehr. Es war eigentlich ein Nichtstun, zumindest wusste ich, dass Vater es so bezeichnet hätte. Im Grunde vertrieb ich mir die Zeit nicht anders als meine Familie. Lank sagte jedoch, was ich tat, sei sinnvoller – *zielführender.*

»Ich treibe gar nichts«, antwortete ich endlich. »Nicht mehr als ihr.«

»Triffst du dich öfter mit diesem Loower?«, fragte Haman.

»Du meinst Lank?«

»Den meine ich.«

»Ja.«

»Bist du viel mit ihm zusammen?«

»Ich glaube ja.«

»Was tut ihr, wenn ihr beisammen seid?«

»Wir reden und gehen miteinander spazieren.«

»Du meinst, er redet. Was sagt er denn? Und auf welche Art tut er es?«

»Ich weiß nicht, was du meinst. Er erzählt mir Verschiedenes. Gibt mir auch Antwort oder lässt mich reden.«

»Schimpft er über uns? Oder über die Menschheit im Allgemeinen?«

»Lank sagt kein böses Wort«, verteidigte ich meinen Freund.

»Du kannst ja gar nicht zwischen Böse und Gut unterscheiden«, mischte sich Kerinnja ein.

»Halt den Mund!«, schimpfte Haman sie. »Kümmere dich nicht um Dinge, die dich nichts angehen. Jetzt rede ich mit Baya, also geh auf dein Zimmer!«

Kerinnja gehorchte mit gesenktem Kopf und trotzigem Gesicht. Sie tat mir leid, und ich glaube, sie war wütend auf mich, weil sich meine Eltern nun nicht mehr nur um sie kümmerten.

Nachdem Kerinnja das Zimmer verlassen hatte, fragte Vater wieder: »Hat dir Lank etwas gegeben? Ich meine, gab er dir Süßigkeiten zu lutschen, nach deren Genuss du dich irgendwie verändert gefühlt hast?«

»Nein.«

»Haman«, sagte Aldina. »Lass Baya. Quäle sie nicht mit solchen Fragen. Sie weiß ja doch nicht, was du meinst.«

»Ich muss herausfinden, was diese Monster mit meiner Tochter angestellt haben«, widersprach Haman gepresst. »Sie müssen sie irgendwie konditioniert haben. Baya, ist ein Helk dabei, wenn du mit Lank sprichst? Du weißt schon, so ein Roboter, wie auch deine Schwester, deine Mutter und ich einen zur Verfügung haben.«

»Ich brauche keinen Helk«, sagte ich wahrheitsgetreu.

»Du willst sagen, wenn Lank dich behandelt, ist niemand sonst dabei? Nur du und er?«

»Wir kommen gut miteinander aus.«

»Das kann ich mir denken.« Haman nickte bekräftigend, als habe er eine unheilschwere Aussage getan. Aber ich kam nicht hinter die Bedeutung. »Die Loower sind uns auf geistigem Gebiet weit voraus, wie sollte ein kleines Mädchen die psychologischen Tricks eines abgefeimten Wissenschaftlers durchschauen? Hast du Angst vor Lank, Baya?«

»Aber nein, Haman.«

»Sag es mir ruhig, Kleines. Wenn es etwas gibt, wovor du dich fürchtest, dann möchte ich es wissen.«

»Wovor sollte ich Angst haben?«

»Nun, es könnte sein, dass Lank Böses mit dir anstellt und dir unter Drohungen verbietet, uns davon zu erzählen.«

»Das tut er nicht.«

»Wirklich nicht?«

»Nein, bestimmt nicht.«

»Lass es genug sein, Haman!«, drängte Mutter. »Du hörst doch, was Baya sagt. Glaubst du, die Loower verraten ihr, was sie mit ihr anstellen?«

»Vielleicht hast du recht, Aldina«, sagte Vater. »Du kannst jetzt gehen, Baya. Aber versprich mir noch eines: Sage mir alles, worüber Lank mit dir spricht. Wirst du das tun?«

»Ja, Haman.«

»Hast du mir jetzt schon etwas zu sagen?«

Ich biss mir auf die Lippen. Mir fiel nur ein, worüber ich mit ihm unter keinen Umständen sprechen wollte. Das war die Entelechie. Ganz abgesehen davon, dass ich natürlich viel zu dumm war, um über Entelechie mit ihm zu reden, hatte ich plötzlich das Gefühl, dass ich gar nicht die Kraft hatte, das zu tun.

»Ist schon gut, Kleines. Ich will nichts mehr von dir.«

Als ich das Zimmer verließ, hörte ich Vater noch sagen: »Ich werde bei den Loowern protestieren. Jedenfalls schaue ich nicht untätig zu, wie sie meine Tochter manipulieren und aus ihr eine Verräterin machen. Ich verlange eine Unterredung mit Lank-Grohan – oder, noch besser, mit dem Türmer persönlich.«

Ich wusste, dass Vater damit nichts erreichen würde. Lank hatte gesagt, dass Haman und die anderen unserer Familie schon zu alt seien und in festgefahrenen Bahnen dächten, als dass sie noch umdenken könnten.

Jeder Loower hatte eine Hemmschwelle, die verhinderte, dass er mit Fremden über existenzbestimmende Dinge wie die Materiequellen, die Schlüssel dafür und die Entelechie redete. Nur wer es durch hohe Ethik und die entsprechende Reife zum Türmer gebracht hatte, konnte über diese Dinge frei reden. Oder jemand wie Goran-Vran, der seine Entelechie verloren hatte und jenseits aller loowerischen Werte stand.

Lank-Grohan war weder ohne entelechisches Denken, noch verfügte er über die nötige Reife für einen Türmer. Trotzdem hatte er Baya über die Bestimmung seines Volkes berichtet und ihr alles über die von Quellmeister Pankha-Skrin gefundene Materiequelle erzählt. Ebenso über den Schlüssel, der sich im Besitz der Terraner befand. Diese Tatsache überraschte ihn mehr als Baya das Gehörte, und vor der nächstliegenden Erklärung scheute er zurück.

Als Haman mit seinem Helk zu ihm kam und ihn um eine Unterredung mit dem Türmer ersuchte, stellte sich Lank-Grohan selbst auf die Probe. Er nahm sich fest vor, Bayas Vater in alle Geheimnisse einzuweihen.

»Ich muss dir eine Erklärung abgeben«, eröffnete er dem verblüfften Terraner, der sich daraufhin erwartungsvoll in die Ruheschale seines Helks setzte. Aber Haman Gheröl wartete vergeblich, denn der Loower sah sich außerstande, ihm Einzelheiten über das von ihm gewählte Thema zu erzählen.

»Warum willst du mich hinhalten, Lank?«, fragte Haman verärgert. »Ich möchte mit dem Türmer sprechen.«

»Ich fürchte, die Zeit Hergo-Zovrans ist dafür zu kostbar«, erwiderte der Psychologe. In seinem Tiefenbewusstsein befasste er sich längst wieder mit Baya und der Entelechie.

Da er sich mit ihr ungezwungen über alle Belange hatte unterhalten können, gegenüber ihrem Vater aber die natürliche psychische Barriere nicht zu überwinden vermochte, konnte es für ihn nur eine Erklärung geben: Sein Tiefenbewusstsein akzeptierte das terranische Mädchen als seinesgleichen. Ihre Denkweise entsprach bereits der eines Loowers.

Diese Erkenntnis überwältigte ihn. Er hatte schnell erkannt, dass Baya über eine entelechische Begabung verfügte. Doch er hätte es nie für möglich gehalten, dass sie so rasch Fortschritte machen würde.

»Wo bist du mit deinen Gedanken, Lank?«, hörte er Hamans Stimme in seinem Ordinärbewusstsein. »Hast du nicht verstanden, was ich von dir will? Warum weichst du mir aus? Mit dieser Hinhaltetaktik erreichst du bei mir nichts. Ich werde mit allen mir zur Verfügung stehenden Mitteln um meine Tochter kämpfen und werde bestimmt nicht tatenlos zusehen, wie ihr sie umerzieht.«

»Das tun wir keineswegs«, erwiderte Lank-Grohan. »In unserem Volk gibt es nichts, was mit eurer Kindererziehung vergleichbar wäre. Ich lasse Baya sich frei entfalten.«

»Lüge!«, schrie Haman. »Warum entfremdet sie sich uns immer mehr?«

»Eben deswegen. Weil sie frei ist und sich nicht mehr eurer elterlichen Doktrin unterwirft. Das tat sie im Übrigen nie, weil ihr euch nie um sie gekümmert habt und sie keine Erziehung genoss, wie es terranischer Vorstellung entspricht. Dafür muss sie euch dankbar sein. Nur weil ihr die Erziehungspflicht vernachlässigt und Baya sich selbst überlassen habt, ist sie in Freiheit aufgewachsen. Ihr habt ungewollt Gutes für sie getan.«

»Will ein Loower einem Terraner vorschreiben, wie er seine Kinder erziehen soll?«, regte sich Haman auf. »Ich lasse mich von dir nicht irreführen. Zumal ich mir denken kann, was ihr mit Baya vorhabt. Ihr wollt aus einem geistesschwachen Menschenkind einen loowerischen Freak machen, um damit eure Macht und die Wirksamkeit eurer Philosophie zu demonstrieren. Aber daraus wird nichts. Ich will zum Türmer!«

»Ich werde deinen Wunsch an ihn weiterleiten«, sagte Lank-Grohan.

Der Psychologe wollte ohnehin den Türmer in seiner Stube im Südturm aufsuchen. Aber nicht, um ihm Gheröls Begehren vorzutragen, sondern um von den Fortschritten zu berichten, die er mit dessen jüngster Tochter machte.

Baya wäre das erste Fremdwesen in der langen Geschichte seines Volkes, das von selbst zur loowerischen Entelechie fand. Lank-Grohan wertete dies als die größte Sensation nach der Entdeckung der Materiequelle durch den Quellmeister Pankha-Skrin.

Der Türmer bemerkte Lank-Grohans Kommen, doch er war zu beschäftigt, sich sofort um den Wissenschaftler zu kümmern. Lank-Grohan wiederum war verständnisvoll genug, sich nicht aufdringlich bemerkbar zu machen. Er wartete geduldig, bis ihm Hergo-Zovran seine Aufmerksamkeit widmete.

Der Türmer war in eine Direktübertragung von Terra vertieft. Die Bilder kamen aus der Kommandozentrale Imperium-Alpha.

Goran-Vran hielt sich dort recht gut. Obwohl er die Rückführung zum Mars verlangt hatte, befand er sich immer noch in der terranischen Geheimzentrale. Im Augenblick wurde er von drei Leuten bedrängt. Es handelte sich dabei um Ronald Tekener und dessen Gefährtin Jennifer Thyron sowie um den Xeno-Psychologen Ferengor Thaty, einen großen und hageren Mann.

»Wurde schon entschieden, was mit mir geschehen soll?«, fragte Goran-Vran. »Welche Bestrafung sieht euer Gesetz für einen Spion vor? Oder wollt ihr mich an die Neukolonisten auf dem Mars ausliefern und mich ihrer Lynchjustiz überlassen?«

Die Verbindung war für den Türmer einseitig. Er konnte alles sehen und hören, was in Goran-Vrans Umgebung passierte, war aber nicht in der Lage, mit Instruktionen einzugreifen. Sonst hätte er Goran-Vran längst zu verstehen gegeben, dass er in seinem Bestreben, den mitunter spöttischen Tonfall der Terraner nachzuahmen, maßlos übertrieb. Zumindest erschien das Hergo-Zovran so.

»Sie wissen, dass wir keine Barbaren sind, Goran, und so hart angefasst hat Tek Sie auch wieder nicht, dass Sie gleich auf das Schlimmste schließen müssen«, sagte Thaty.

»Ronald hält mich für einen Spion.«

»Das steht jetzt nicht zur Debatte«, bemerkte Jennifer Thyron. »Ob deine Geschichte stimmt oder nicht, ist unerheblich. Früher oder später schicken wir dich ohnehin zu deinem Volk zurück. Vorher wollen wir aber nichts unversucht lassen, Verständnis für unsere Lage in dir zu wecken.«

»Bis auf Ronald verstehe ich mich mit euch Terranern ganz gut.«

»Es behagt dir eben nicht, dass ich dich durchschaut habe, Goran«, sagte Tekener.

»Für Privatfehden ist bestimmt nicht die richtige Zeit.« Thaty fuhr einen versenkten Projektor aus einer Tischplatte aus. »Wir haben Ihnen und den anderen Loowern gegenüber oft genug beteuert, dass wir nicht in der Lage sind, eurem Volk dieses seltsame Auge zurückzugeben. Bisher wollte uns niemand glauben. Sie haben etwas Einblick in unsere Gesellschaft gewonnen, Goran. Könnten Sie sich jetzt vorstellen, dass wir die Wahrheit sagen?«

»Unter gewissen Umständen«, antwortete Goran-Vran. »Ich habe den Eindruck gewonnen, dass praktisch jeder Terraner ein Einzelgänger ist.«

»Das ist eine sehr weise Erkenntnis«, stellte Thaty fest. »Nun werden wir Sie über die Lebensgeschichte des Mannes informieren, der das Auge entwendet hat. Wir werden Ihnen Phantombilder von Margor zeigen. Leider gibt es keine Originalaufnahmen von ihm. Aber einiges Interessante können wir trotzdem bieten.«

Hergo-Zovran wartete nur noch, bis die Projektion des von den Terranern als »Erzschurke« bezeichneten Boyt Margor zu sehen war, dann unterbrach er die Übertragung. Er kannte diesen Terraner längst, obwohl er ihm nie begegnet war. Hätte es keine anderen Beweise für seine Existenz als die terranischen Unterlagen gegeben, dann hätte er ihn zweifellos für ein von Terranern erfundenes Phantom gehalten.

Der Roboterkunder Saqueth-Kmh-Helk hatte Bilder dieses Mannes aus dem Solsystem nach Alkyra-II mitgebracht. Boyt Margor war für die Loower nicht mehr anonym, seit er an Bord des Saqueth-Kmh-Helks die Wissenschaftler Jarkus-Telft und Gnogger-Zam getötet hatte. Die Vorstellung, dass er gegen den Willen seines Volkes ein so wertvolles Objekt wie das Auge für sich allein in Besitz genommen haben sollte, war für Hergo-Zovran trotzdem unrealistisch.

»Was hast du zu berichten, Lank?«, fragte der Türmer den geduldig wartenden Wissenschaftler.

Der Psychologe berichtete ihm ohne Umschweife, dass es zum ersten Mal in der neueren Geschichte ihres Volkes gelungen war, einem Fremdwesen die loowerische Entelechie beizubringen.

»Du hast Unglaubliches vollbracht, Lank, ich hätte es nicht für möglich gehalten«, sagte Hergo-Zovran. Während er sein Tiefenbewusstsein mit dem Phänomen beschäftigte, das ein entelechisch denkendes terranisches Kind darstellte, fragte er ganz banal: »Wie gedenkst du, diesen Erfolg in einen Vorteil für uns umzusetzen, Lank?«

»Baya steht erst am Anfang«, erklärte der Psychologe für Nonentelechie. »Es bedarf noch einiger Arbeit, bis sie das entelechische Denken ihren Möglichkeiten und Fähigkeiten gemäß vollwertig beherrscht. Einige Intervalle, dann habe ich Baya so weit, sie für eine Mission einzusetzen.«

»Woran denkst du dabei?«

»Mit deinem Einverständnis würde ich an dem ursprünglichen Plan festhalten, Baya an der Spitze einer Delegation zur Erde zu schicken.«

»Glaubst du, sie wäre der Aufgabe einer Unterhändlerin gewachsen?«, fragte der Türmer.

»Von unserer Sicht aus unbedingt«, antwortete der Psychologe überzeugt. »Sie könnte den Menschen unsere Ansichten und Wünsche um vieles besser als jeder loowerische Diplomat nahebringen. Denn Baya hat zu allem anderen noch den Vorteil, dass sie eine von ihnen ist.«

»Gut«, stimmte Hergo-Zovran zu. »Sobald du meinst, dass sie die nötige entelechische Reife besitzt, melde dich bei mir.«

»Ist das alles, Türmer?«

Eine Weile herrschte Schweigen, dann fragte Hergo-Zovran: »Warum gerade das kleine Mädchen, dem du anfangs keine Beachtung geschenkt hast? Was hat Baya Gheröl Besonderes, das die erwachsenen Terraner dieser Familie nicht haben?«

»Die Unschuld«, antwortete Lank-Grohan.

»Das musst du mir näher erklären.«

»Gerne. Aber es wäre nötig, etwas weiter auszuholen.«

»Dann tu das.«

»Es ist bekannt, dass die Terraner ihre Kinder autoritär erziehen«, erklärte der Psychologe. »Dabei gehen sie nicht davon aus, was das Beste für ihre Kinder wäre, sondern sie wollen sie nach ihrem eigenen Vorbild formen – oder auch nach anderen Idealvorstellungen. Terraner verstehen unter Erziehung, Zwang auf ihre Kinder auszuüben. Sie berauben sie dadurch ihrer Freiheit und nehmen ihnen die Möglichkeit zur Selbstentfaltung. Dieser seltsame Lebenszyklus wiederholt sich seit undenklichen Zeiten, und er findet in allen Lebensbereichen und allen Altersgruppen statt. Die menschliche Gesellschaft krankt daran, dass kaum ein Mensch er selbst sein kann. Es gibt Tabus, Zwänge und Verhaltensregeln, denen sich alle ausgesetzt sehen, und jeder wird von jedem auf irgendeine Weise geformt und erzogen. Das ist das Hauptproblem; es beginnt mit der Geburt und endet mit dem Tod.«

Nach dieser langen Einleitung machte Lank-Grohan eine Pause, um dem Türmer Gelegenheit für Fragen zu geben. Aber Goran-Vran schwieg.

»Baya hatte das Glück, von ihren Eltern vernachlässigt zu werden«, fuhr der Psychologe fort. »Sie hatte für terranische Verhältnisse denkbar größten Spielraum für ihre Entwicklung und konnte sich selbst formen. Sie ist unverdorben geblieben, hat sich ihre kindliche Unschuld bewahrt. Im Grunde genommen ist das soziologische System der Terraner wider ihre Natur. Sie tragen den Keim der Freiheit in sich, nur sehen sie sich außerstande, ihre Wünsche zu artikulieren. Es ist eigentlich ein Anachronismus, dass Kinder unterdrückt werden und sich aus ihnen dennoch starke Persönlichkeiten entwickeln. Die Terraner praktizieren die Freiheit des Individuums, doch ihre Kinder versklaven sie. Wären ihre Erziehungsgrundsätze so repressionsfrei wie die Gesetze für mündige Bürger, dann hätten wir ein Volk vor uns, in dem es Außenseiter wie diesen Boyt Margor nicht gäbe.«

»Du glaubst also, dass dieser ominöse Einzelgänger das Auge für sich persönlich in Besitz genommen hat?«, fragte der Türmer.

»Um der Wahrheit gerecht zu werden, muss ich gestehen, dass dies sogar für mich unvorstellbar ist«, erwiderte Lank-Grohan. »Aber rein wissenschaftlich wäre die Existenz einer solchen Gestalt denkbar – ich meine das hypothetisch-deduktiv betrachtet. Die Entelechie kennt solche Hypothesen nicht, und das ist der Hauptgrund, warum wir die terranische Denkart nicht verstehen.«

»Demnach wäre die Entelechie der terranischen Philosophie unterlegen?«

»Das habe ich nicht gesagt. Ich meine nur, dass alle Systeme Nachteile haben, also auch das unsere.«

»Woraus schließt du aber, dass die Terraner in ihrer Entwicklung schon viel weiter wären, würden sie ihren Nachkommen bessere Entfaltungsmöglichkeiten bieten?«, fragte der Türmer.

»Ich habe mir von einem Sonderkommando aus terranischen Archiven Standardwerke von Psychologen beschaffen lassen«, sagte Lank-Grohan. »Darin fanden sich interessante Aussagen über die menschliche Natur und den menschlichen Geist. Die Psychologen sind sich in dem Punkt einig, dass die Menschen ihre geistige Kapazität nur zu einem Bruchteil nutzen. Ich wage zu behaupten, dass an dieser Verkümmerung des menschlichen Geistes zu einem hohen Prozentsatz die repressive Erziehung schuld ist. Wir Loower sind Zweidenker, wir lösen unsere Probleme auf zwei Bewusstseinsebenen, deren wir uns willentlich bedienen können. Die Menschen sind diesbezüglich monoid, aber ihre Psychologen sprechen von ihnen als *dreifach geschichteten Lebewesen.* An der Oberfläche tragen sie die Maske der Selbstbeherrschung, mit der sie ausdrücken, dass sie sich allen selbst erschaffenen Zwängen und Tabus unterwerfen. Darunter verstecken sie die zweite Schicht, die sie das Unbewusste nennen. In diesem Unbewussten werden alle negativen Eigenschaften in Schach gehalten, die bei labileren Menschen oder bei veränderten wie diesem Boyt Margor zum Durchbruch kommen können. Dahinter, in der Tiefe, lebt die wahre Natur, der biologische Kern, den wir als Gegenstück zu unserem Tiefenbewusstsein bezeichnen könnten, der aber trotzdem nicht dasselbe ist. Diese dritte Schicht scheint verleugnet und gefürchtet zu sein, denn sie widerspricht allen Regeln autoritärer Erziehung. In ihr sind die Kollektivität, Sozialität und Liebesfähigkeit verborgen, die wir Loower in unserem Tiefenbewusstsein beherrschen. Diese Tiefenschicht scheint mir die einzig reale Hoffnung für die Menschen zu sein, ihr geistiges Elend eines Tages zu bewältigen. Bei Baya war diese Schicht noch nicht so sehr verkrustet, dass die entelechische Botschaft sie nicht hätte erreichen können. Darum hat sie den Sprung auf unsere Denkebene geschafft.«

»Du hast mir sehr erschöpfend Auskunft gegeben«, sagte Hergo-Zovran. »Vertrauter sind mir die Menschen deshalb nicht geworden.«

»Allen Versuchen, den Charakter eines Kindes zu ›formen‹, liegt nur die Absicht zugrunde, die eigene Persönlichkeit auf das Kind auszudehnen ... Es ist die Idee, sozusagen Menschen nach dem eigenen Bilde zu formen.«

A. S. Neill

Boyt Margor

21.

Nach der Rückkehr zur Erde hatte die »Gesellschaft zur Erforschung paranormaler Phänomene« auf der Halbinsel Athos eine Heilstätte für geistig Instabile und Abnorme eingerichtet. Hinter dieser Institution, kurz GEPAPH genannt, steckte kein anderer als Boyt Margor.

Homer G. Adams und seine Organisation hatten sich bislang damit begnügt, die ehemalige Mönchsrepublik zu beobachten und Margors Warneinrichtungen zu lokalisieren. Spezialisten waren als Patienten oder Hilfskräfte eingeschleust worden und warteten auf den Einsatzbefehl.

Am 17. November 3586 um neun Minuten vor Mitternacht war es endlich so weit. Während die auf der Halbinsel stationierten Spezialeinheiten sofort alle wichtigen Anlagen und das Hauptquartier in Ouranopolis besetzten, landeten Schwebertrupps bei den als Kliniken eingerichteten Klöstern und nahmen die Paratender fest. Die wenigsten Patienten bemerkten überhaupt etwas davon.

Da das Sicherheitssystem ausgeschaltet wurde, kam es so gut wie gar nicht zu Kampfhandlungen. Weil zugleich das Funknetz lahmgelegt worden war, konnten Margors Paratender nicht einmal die anderen über die gesamte Erde verteilten Stützpunkte warnen.

Wenige Minuten nach der Besetzung der Funkanlagen war Athos wieder in das Nachrichtennetz des Gäa-Mutanten integriert. Aber nun saßen Spezialisten der Liga Freier Terraner an den Kontrollen.

Um null Uhr fünf war die Aktion abgeschlossen, Athos befand sich in der Hand der LFT. Angesichts der Aussichtslosigkeit ihrer Situation hatten zwei Paratender Selbstmord begangen. Drei weitere Paratender schwebten nach der Einnahme von Gift in Lebensgefahr.

Den Cheftender von Athos, Alexis Therakides, hatte Bran Howatzer gerade noch rechtzeitig paralysiert. Inzwischen warteten die Psychologen und Ärzte darauf, dass Therakides' Lähmung nachließ und sie mit seiner Rekonditionierung beginnen konnten. Seit Adams' Truppe gezielt gegen Margors Paratender vorging, waren schnell bessere Methoden entwickelt worden, diese bedauernswerten Menschen aus der Abhängigkeit des Mutanten zu befreien.

Nach wie vor fanden sich keine Hinweise auf Margors Aufenthalt. Allerdings gab es eine schwache Hoffnung, dass Boyt Margor vielleicht bald erscheinen würde. An verschiedenen Orten der Halbinsel waren Container mit technischen Gerätschaften, Lebensmitteln und Gebrauchsgegenständen von den Paratendern verborgen worden. Zweifellos waren sie bereitgestellt worden, damit Margor sie abholen und in sein Versteck bringen konnte, wo immer sich dieses befand.

Stefen Commer war ein Psychologe aus dem Kreis um Ferengor Thaty, ein Spezialist für die Heilung der von Margor Beeinflussten.

»Paratender sind nicht bloß Sklaven Margors«, erklärte er, während er den wiedererwachten Therakides behandelte. »Sie haben nicht das Gefühl, von ihm unterdrückt oder ausgenützt zu werden. Obwohl sie sich ihrer Hörigkeit bewusst sind, empfinden sie diese nicht als negativ. Sie sehen sich als gleichwertige Symbionten, und das ist unser Problem.«

Er gab dem Cheftender eine beruhigende Injektion.

»Zuerst muss jeder Paratender eine Schockbehandlung durchlaufen. Die Erkenntnis, dass er versagt hat und dem von ihm abgöttisch geliebten Margor vielleicht schaden könnte, löst den Schock aus. Erst nach dessen Abklingen kann die eigentliche Behandlung beginnen. Dabei müssen wir davon ausgehen, dass Margor jeden Paratender konditioniert hat.«

Während Commer redete, prüfte er die Reflexe des Patienten. Er schien mit dessen Reaktionen aber nicht zufrieden zu sein, denn er gab einem Assistenten das Zeichen, eine zweite Injektion vorzubereiten.

»Frühere Methoden zielten darauf ab, den Menschen ihre Neurosen durch Schockbehandlung auszutreiben«, führte der Psychologe weiter aus. »Unglückliche wurden darauf gedrillt, glücklich zu sein. Im Wesentlichen ging man davon aus, dass emotionale Gewohnheiten erlernbar waren. So behandelte man zum Beispiel einen Alkoholiker nicht durch Entzug und Enthaltsamkeit, sondern stellte ihm Alkoholika im Überfluss zur Verfügung. Aber sobald der Patient auch nur daran nippte, erhielt er einen Elektroschock – so lange, bis er sich vor Alkohol ekelte. Die Absicht dabei war, jedes negative Verhalten mit unangenehmen Reizen zu verbinden und unerwünschte Gewohnheiten so zu eliminieren. Diese Drillmethoden erbrachten den gewünschten Erfolg, nur kamen in der Folge für eine ›ausgetriebene‹ Neurose zehn weitere ...«

»Ich habe das Gefühl, Sie schweifen ab, Commer«, schaltete sich Bran Howatzer ein. Mit seiner Fähigkeit der Erlebnis-Rekonstruktion konnte der Pastsensor nachempfinden, was Personen, auf die er sich konzentrierte, in den letzten zwölf Stunden erlebt hatten. »Sie wollen mit diesem Vergleich zweifellos sagen, dass Margor seinen Paratendern die Hörigkeit sozusagen eindrillt?«

»Margor geht den umgekehrten Weg«, erwiderte der Psychologe. »Er weckt Neurosen und macht Gesunde zu Neurotikern, bis sie in ihm eine verehrenswürdige Vaterfigur sehen. In der Regel sind das Menschen, die zu Gehorsam und strenger Disziplin erzogen wurden. Ich würde sogar sagen, dass jeder Soldat ein potenzieller Paratender ist. Dieser Valdo Susper, den ich vor einigen Tagen untersucht habe, ist ein Paradebeispiel dafür. Ich hoffe, dass er meine Theorie bestätigt.«

»Das hoffe ich auch«, sagte Howatzer. »Schließlich haben wir Susper auf Ihr Anraten angeworben. Aber Margor müsste erst einmal in Erscheinung treten, um den Köder schlucken zu können. Das ist unser Problem. Doch genug davon. Was ist mit dem Cheftender? Ist sein Schock abgeklungen?«

Commer unterzog den Patienten einer kurzen Untersuchung. Dann nickte er Howatzer zu. »Therakides steht zu Ihrer Verfügung.«

Der kleine, aber massig und muskulös wirkende Mutant mit dem bürstenkurzen Haar und der fleischigen Nase setzte sich vor den Cheftender von Athos, der auf einer Behandlungsliege ausgestreckt war. Therakides wandte sich mit verkniffenem Gesicht ab.

»Sie stehen seit geraumer Zeit unter Beobachtung«, sagte Howatzer. »Wir wissen, dass Sie einer der engsten Vertrauten Margors sind. Ihre Aufgabe ist – oder *war* – in erster Linie, Menschen auf eine Psi-Affinität zu Margor zu untersuchen. Ich weiß auch, wie Sie zu ihm stehen, und bin überzeugt, dass Sie ihn freiwillig nie verraten würden. Aber mir können Sie nichts verheimlichen. Ich bin selbst Mutant und kann von Ihnen alles erfahren, was ich will.«

»Ich weiß überhaupt nichts!« Therakides lachte spöttisch.

Das war der Moment, in dem Howatzer sich auf die Gefühlsschwingungen des Cheftenders einstellte und sie auf sich wirken ließ. Er wollte Therakides nur dazu bringen, dass er sich geistig mit Margor beschäftigte. Dadurch wurde er zu weiteren Assoziationen gereizt.

Es war nicht viel, was Howatzer erfuhr. Therakides hatte Margor offenbar schon lange nicht mehr gesehen. Das letzte Lebenszeichen, das er bekommen hatte, war eine akustische Aufzeichnung.

»Was war das für eine gespeicherte Nachricht?«, fragte Howatzer überfallartig.

Therakides zuckte erschrocken zusammen. »Ich weiß nicht, wovon Sie reden«, behauptete er.

Seine Gedankenbilder verrieten, dass er log. Bran Howatzer erkannte, dass der Cheftender vor etwa fünf Stunden durch ein Funksignal auf die deponierte Nachricht aufmerksam geworden war.

»Was für eine Botschaft war für Sie gespeichert?«

»Was wollen Sie bloß immer damit?«, fragte Therakides entrüstet. Seine Gefühlsschwingungen gaben jedoch ein ganz anderes Stimmungsbild wieder.

Er hatte die Aufzeichnung gefunden und an sich genommen. Es war schon der dreiundzwanzigste Speicherkristall, auf dem Margor Anweisungen für das Beladen eines Containers gegeben hatte. Wie stets mit der stereotypen Warnung, dass sich für die Dauer von vierundzwanzig Stunden niemand in der Nähe der Fracht aufhalten dürfe. Nach Ablauf dieser Frist war bislang jeder Container verschwunden gewesen.

»Margor ist überaus vorsichtig«, stellte Howatzer fest. »Wurde der Container bereits beladen?«, fragte er dann hastig.

Therakides schnaubte abfällig. Trotzdem lag für sein Gegenüber alles offen wie ein Buch, in dem er nur lesen musste. Ohne Zeit zu verlieren, hatte der Cheftender den Container beladen und in den Speicher des Klosters Megiste Lawra schaffen lassen. Dort stand er vermutlich auch jetzt noch – falls Margor ihn nicht sehr schnell abgeholt hatte.

Howatzer sprang auf. »Sie haben mir sehr geholfen, Therakides«, sagte er. Und an Commer gewandt, stellte er fest: »Sie können mit Ihrem Rekonditionierungsprogramm beginnen. Ich brauche ihn vorerst nicht mehr.«

»Warum diese plötzliche Eile?«, wunderte sich der Psychologe. »Und wohin wollen Sie?«

»Ich werde mich beim Kloster Megiste Lawra auf die Lauer legen. Vielleicht taucht Margor dort auf, wer weiß.«

Ohne weitere Erklärung verließ Bran Howatzer das Hauptquartier in Ouranopolis und bestieg einen der bereitstehenden Schweber. Sofort nach dem Start setzte er sich mit Dun Vapido und Eawy ter Gedan in Verbindung.

Eawy war im Grunde ihres Herzens eine Frohnatur, die das Leben von der heiteren Seite nahm. Nur wenn es um Boyt Margor ging, verstand sie keinen Spaß. Sie war neunzehn Jahre alt, fast einen Meter fünfundsiebzig groß, schlank und trug das kupferfarbene Haar entgegen der terranischen Mode lang. Ihr dunkler Teint und die mandelförmigen Augen verliehen ihr etwas Exotisches. Sie war nicht nur eine Schönheit, sondern besaß auch die Fähigkeit, mit ihrem Geist nicht kabelgebundene Funksprüche jeglicher Art empfangen zu können. Diese Fähigkeit verlieh ihr den Beinamen »das Relais«. Zweifellos war ihr Psi-Talent der Grund dafür, dass Boyt Margor versucht hatte, gewaltsam in ihre Intimsphäre einzubrechen. Seit jener Zeit hasste sie ihn.

»Ich habe den Sender gleich«, sagte Eawy mit entrückter Stimme.

Sie war voll konzentriert, während sie sich im Licht von Vapidos Scheinwerfer einen Weg durch das Unterholz des Berghangs bahnte. Hinter dem über einen Meter neunzig großen, hageren Gäa-Mutanten mit dem mürrischen Pferdegesicht kam noch eine dritte Person. Der Mann war fast so groß wie Vapido, nur viel muskulöser. Stets wirkte er irgendwie steif und verlor nie seine soldatische Haltung. Er hieß Valdo Susper und war 24 Jahre alt.

»Als mich Defroster anwarb, dachte ich eigentlich, dass ich für den Untergrundkampf gegen die Loower eingesetzt werden sollte«, sagte er.

»Im weiteren Sinn stimmt das sogar«, erwiderte Vapido.

»Aber was hat dieser geheimnisvolle Margor mit den Extraterrestriern zu tun?«

»Er ist der Stein des Anstoßes. Seinetwegen könnte es zwischen unseren Völkern zum Krieg kommen.«

»Warum fegen wir die Loower nicht einfach aus dem Solsystem?«

»Still jetzt!« Eawy blieb stehen. Sie bückte sich und hob eine hühnereigroße Kapsel hoch. »Das ist der Sender, dessen Signale ich aufgespürt habe. Mal sehen ... Das ist tatsächlich einer der Speicherkristalle mit Peilsender, die Margor hinterlässt. Ich kann nichts Verdächtiges daran entdecken.«

Sie setzte den Kristall in ihr handliches Abspielgerät ein. Sofort war Margors Stimme zu hören. Ohne Einleitung zählte er eine lange Reihe von Gegenständen auf, darunter eine Lufterneuerungsanlage, Druckluftbehälter, positronische Bausätze, ein Sortiment von Arbeitsanzügen, chirurgische Instrumente und Medikamente, Beleuchtungskörper, Vitaminpräparate, Gegensprechanlagen, Laborausrüstungen und so fort. Eawy unterbrach die Litanei nach einigen Minuten.

»Ich glaube kaum, dass wir Neues hören«, sagte sie. »Du kannst es dir später in aller Ruhe anhören, Dun.« Sie reichte Vapido den Abtaster mit dem Kristall.

»Wir wissen jetzt, auf welche Weise Margor seine Befehle übermittelt«, fuhr sie fort. »Aber was geschieht mit den beladenen Containern? Holt Margor sie selbst ab? Und wohin werden sie gebracht?«

»Für ein Täuschungsmanöver erscheint mir alles zu aufwendig«, gab Vapido zu bedenken. »Wenn Margor eine falsche Fährte legen wollte, könnte er das einfacher und wirkungsvoller tun. Wo immer er sich versteckt hält, er braucht Lebensmittel und Ausrüstung.«

»Wenn er die Container wirklich abholen lässt, können wir dabei auf seine Spur kommen«, sagte Eawy.

Vapido schaltete noch einmal auf Wiedergabe, wählte aber annähernd das Ende der Aufzeichnung. Margor zählte weitere Gegenstände auf, dann folgte eine Anweisung: »Die Fracht soll in einem der üblichen Container verstaut und bei der Hütte des Idioten abgestellt werden. Es ist Sorge zu tragen, dass sich diesem Depot in den folgenden vierundzwanzig Stunden niemand nähert!«

»Mit Hütte des Idioten kann Margor nur das Haus meinen, in dem Niki untergebracht war«, sagte Eawy.

»Zweifellos«, bestätigte Vapido. »Es wäre zu überlegen, ob wir den Container mit spezieller Fracht beladen sollten.«

»Ich würde mich freiwillig als ›blinder Passagier‹ zur Verfügung stellen«, bot Susper spontan an. »Das heißt, falls Sie daran denken, *lebende* Fracht in den Container zu stecken.«

Eawy und Dun sahen einander an.

»Vielleicht ist das gar keine so schlechte Idee«, meinte die junge Frau. Valdo Susper war speziell für eine solche Aufgabe ausgesucht worden. Aber davon ahnte er nichts. Die Parapsychologen stuften ihn als besonders »margorgefährdet« ein. Er war als Köder gedacht und trug unter der Kopfhaut ohne sein Wissen einen mikroskopisch kleinen Impulsgeber.

»Wenn wir diese Idee verwirklichen, wären Sie der geeignete Mann dafür, Valdo«, sagte Vapido.

Aber sie verfolgten den Gedanken nicht mehr weiter. Bran Howatzer meldete sich über Funk bei Eawy und berichtete, dass im Kloster Megiste Lawra ein beladener Container darauf wartete, von Margor abgeholt zu werden. Er lud beide Gefährten ein, sich mit ihm dort auf die Lauer zu legen. Als Eawy ihm jedoch von dem Speicherkristall berichtete, änderte Howatzer seine Meinung.

»Ich kann mich allein um den Container in Megiste Lawra kümmern«, sagte er. »Sorgt ihr inzwischen dafür, dass der andere Container bei Nikis Hütte abgestellt wird, und behaltet ihn im Auge. Das verdoppelt unsere Chancen.«

Vapido nickte zustimmend, und Eawy erzählte dem Pastsensor von Suspers Vorschlag, sich in den Container einzuschmuggeln.

»Davon rate ich ab«, sagte Howatzer entschieden. »Vergesst nicht, welche Fähigkeiten Margor hat. Er würde die Falle wittern. Susper soll einfach zu eurer Unterstützung in der Nähe bleiben.«

»Verstehe.« Eawy unterbrach die Verbindung. Wegen Suspers Psi-Affinität zu Margor würde dessen Anwesenheit dem Gäa-Mutanten sehr schnell auffallen. Deshalb war es besser, den Anschein zu wahren, dass Susper sich zufällig in der Nähe befand.

Zwei Stunden später war der Container beladen und vor der Hütte abgestellt. Eawy und Dun Vapido hatten sich so versteckt, dass Margor sie nicht sofort aufspüren konnte. Susper dagegen stand in der Hütte Wache. Beide Gäa-Mutanten waren von seinem guten Willen überzeugt. Ebenso überzeugt waren sie aber auch, dass es Margor keine Anstrengung kosten würde, aus Susper einen hörigen Paratender zu machen.

Die Nacht wich der Morgendämmerung, doch Nebel zog auf und trübte die Sicht. In Nikis Hütte rührte sich nichts. Der tonnenschwere Container stand scheinbar verlassen davor.

»Nimm den Nebel wieder weg, Dun«, flüsterte Eawy, die trotz ihrer wärmenden Kombination fröstelte.

»Zu riskant«, erwiderte der Wettermacher.

»Margor wird nicht gerade in diesem Moment kommen. Wer weiß, ob er selbst den Container abholt. Wahrscheinlich schickt er Paratender. Verscheuche den Nebel, Dun, ich kann die Hütte kaum mehr sehen.«

Vapido schüttelte den Kopf.

»Wir warten seit sieben Stunden, aber nichts hat sich getan«, schimpfte Eawy.

»Wir bleiben, bis die Frist abgelaufen ist«, sagte Vapido.

Eawy strich über den Lauf ihres Paralysators. Sie würde Margor diesmal nicht den Hauch einer Chance lassen.

»Kannst du dir vorstellen, wie er den Container wegschaffen will?«, fragte Vapido wenig später. »Es gibt im Umkreis keine Transmitteranlage. Dennoch bin ich sicher, dass Margor einen Weg finden wird, den Inhalt des Containers an sich zu bringen.«

»Den Inhalt ...! Das ist vielleicht die Lösung, Dun. Wenn die Container präpariert sind, dass sie ihre Fracht wie ein Materietransmitter abstrahlen, geht Margor kein Risiko ein. Wir können warten, bis wir schwarz werden – und bewachen womöglich einen längst entleerten Behälter.«

»Nur ruhig, Eawy«, flüsterte Vapido beschwichtigend. »Daran habe ich schon gedacht. Der Container wurde vor dem Beladen untersucht, er hat keine Besonderheiten.«

Der Tag verging in quälender Monotonie.

Es wurde Abend – und noch immer blieb alles ruhig. Howatzer schlug ebenfalls noch nicht Alarm.

Valdo Susper zeigte sich wie verabredet jede volle Stunde an einem Fenster der Hütte.

»Susper langweilt sich noch mehr als wir uns«, stellte Eawy fest. Die Sonne, die vorübergehend eine Lücke in der Wolkendecke gefunden hatte, tauchte im Westen unter. Die Nacht brach herein – eine feuchtkalte Novembernacht.

Der Container stand unberührt da.

Susper zeigte sich wieder am Fenster. Plötzlich stockte er.

»Hast du das gesehen, Dun?«, fragte Eawy aufgeregt.

»Was?« Vapido schien in Gedanken versunken zu sein. Er warf einem schnellen Blick auf die Ortung. »Nichts tut sich. Niemand ist gekommen.«

»Aber Valdos Reaktion ...«, beharrte Eawy. »Ich sah seinem Gesicht die Überraschung an – als wäre etwas Unerwartetes geschehen.«

»Vielleicht wollte er uns wider alle Befehle ein Zeichen geben, Eawy.«

Die junge Frau schüttelte den Kopf. »Es war anders. Als wäre plötzlich jemand in der Hütte aufgetaucht. Susper hat sich nach jemandem umgesehen.«

»Niemand ist gekommen! Wir hätten das bemerkt.«

»Spürst du es denn nicht, Dun? Diese Ausstrahlung ... Das kann nur Margor sein!«

»Eawy, das bildest du dir ein ... Wohin willst du? Bleib da!«

Die Mutantin hörte nicht auf Vapido. Sie war aufgesprungen und stürmte mit dem Paralysator in der Hand aus dem Versteck. Sie war sicher, Margors Ausstrahlung zu spüren. Nichts hätte sie in dem Moment von der Überzeugung abbringen können, dass der verbrecherische Gegner sich in der Hütte aufhielt. Seine Ausstrahlung kam eindeutig von dort.

Eawy stieß die Tür zur Hütte auf. Der Raum dahinter war leer. Alles war so, wie Niki es zurückgelassen hatte.

Stille. Kein Geräusch war zu hören. Eawy stellte bestürzt fest, dass sie Margors Ausstrahlung nicht mehr empfing – oder das, was sie dafür gehalten hatte.

Sie eilte quer durch das Zimmer in den Nebenraum. Auch dieser war leer. Valdo Susper war verschwunden.

»Dun!«, rief Eawy mit bebender Stimme. »Schnell, das Peilgerät! Margor hat Susper mitgenommen. Du musst ihn orten!«

Vapido betrat soeben die Hütte. Er reagierte sofort und aktivierte das kleine auf Suspers Impulsgeber programmierte Ortungsgerät.

»Nichts!«, stellte er fest. »Valdo ist schon außer Reichweite. Aber er kann sich nicht in Luft aufgelöst haben. Sobald wir ihn orten, wissen wir auch, wo Margor sich aufhält.«

Beide blieben unauffindbar.

Die Tatsache, dass mein Stützpunkt auf Athos noch nicht ausgehoben worden war, hatte mich misstrauisch gemacht. Entsprechend waren meine Vorsichtsmaßnahmen, die meinen Besuchen auf der Halbinsel vorausgingen.

Ich konnte es mir nicht leisten, ohne Weiteres auf die Nachschubbasis zu verzichten. Das System, das ich für das Beladen der Container entwickelt hatte, gewährleistete mir ein großes Maß an Sicherheit.

Sobald ich aus einer meiner Klausen überwechselte, war ich auf jede Überraschung gefasst und bereit, beim geringsten Anzeichen von Gefahr sofort den Rückzug anzutreten. Diesmal hatte ich als Ziel die Hütte gewählt, in der früher Niki Saint Pidgin gewohnt hatte.

Der Augenhelm, den ich trug, gab mir ein eigenartiges Aussehen. Deshalb war es nicht verwunderlich, dass der Mann in der Hütte bei meinem Anblick erschrak. Er war kein Paratender. Nicht einer von ihnen hätte sich meinem Befehl widersetzt, dass niemand in der Nähe des beladenen Containers sein durfte. Folglich handelte es sich um einen Handlanger meiner Gegner. Ich konnte nicht mehr unbemerkt verschwinden, denn er hatte mich bereits entdeckt.

Zugleich spürte ich die starke Psi-Affinität zu ihm, und mein innerer Aufruhr legte sich. Der Mann war eine stupide Kämpfernatur, das erkannte ich sofort. Trotzdem hatte er keine Chance, mich anzugreifen, denn ich bekam ihn augenblicklich in meine Gewalt. Er wandte sich vom Fenster ab, vor dem er gestanden hatte, und erstarrte mitten in der Bewegung, als ich meine Gefühlsschwingungen mit ihm gleichschaltete.

»Wie heißen Sie?«, fragte ich.

»Valdo Susper«, antwortete er, ohne zu zögern.

»Was tun Sie hier, Valdo?«

»Wir warten auf denjenigen, der den Container abholen wird.«

Er sprach im Plural. Ich streckte sofort meine psionischen Fühler aus – und bekam Kontakt. Ich erschrak zutiefst, als ich feststellte, dass meine erbitterten Gegner aus der Provcon-Faust nahe waren.

Mit blieb nicht die Zeit, zu erkunden, ob sie meine Anwesenheit ebenfalls bemerkt hatten. Aber es hätte ohnehin nichts mehr geändert.

»Kommen Sie her, Valdo!«, befahl ich, und mein neuer Paratender gehorchte sofort.

Zugleich ließ ich durch einen Gedankenimpuls das Auge aus dem Helm herunterklappen. Ich dachte mich in meine Supernische im Hyperraum. Dabei bezog ich Valdo Susper in mein Wunschdenken ein und nahm ihn mit auf den distanzlosen Schritt.

Gemeinsam erreichten wir Klause eins.

»Du kommst ohne Nachschub?«, fragte Lee Mandrian enttäuscht. »Und wer ist das?«

Ich hatte es nicht nötig, einem Paratender Rechenschaft abzulegen, dennoch beantwortete ich die Fragen des Cheftenders auf meine Weise. »Ich muss mir etwas Neues einfallen lassen, um das Nachschubproblem zu lösen, Lee«, sagte ich. »Athos ist gefallen, der Stützpunkt befindet sich in Händen der LFT.«

»Das darfst du dir nicht bieten lassen, Boyt!«, rief Mandrian empört. »Du musst zum Gegenschlag ausholen. Terra könnte schon längst dir gehören!«

»Wenn die Loower nicht wären«, ergänzte ich zurückhaltend.

»Nicht einmal diese Fremden können dir Einhalt gebieten«, behauptete der Cheftender.

Aber sie haben mich in meiner Machtentfaltung gestoppt!, dachte ich wütend. Es war eine simple Rechnung. Die Loower, die von den Terranern das Auge verlangten, setzten die LFT unter Druck. Seit Howatzer und die anderen mit der Liga Freier Terraner zusammenarbeiteten, wussten die Regierungsmitglieder Bescheid über mich. Vor allem waren sie informiert, dass ich das Auge hatte.

Die Kriegsdrohung der Fremden veranlasste die LFT, verstärkt Jagd auf mich und meine Paratender zu machen. Ohne die Präsenz der Loower hätte die Menschheit sich bestimmt auf andere Dinge konzentriert, Probleme hatte sie ohnehin genug. Aber die Furcht vor einer Wiederholung der Larenkrise war groß. Und es war mein Pech, dass ich zwischen den Fronten stand.

Athos war für mich verloren – mit allem dort lagernden Material und den Paratendern. Es tat mir vor allem um Therakides leid, den ich für große Aufgaben vorgesehen hatte. Nun konnte ich mit ihm nicht mehr rechnen. Und daran waren nur die Loower schuld. Ohne ihr Erscheinen im Solsystem wäre ich nie in diese missliche Lage geraten. Ich musste unbedingt in dieser Richtung etwas unternehmen.

»Genug davon!«, sagte ich zu Mandrian und stelle ihm Valdo Susper vor. »Nimm dich seiner an, Lee. Er ist der geborene Soldat und kann mir noch sehr nützlich sein. Ich will, dass du ihn mit Vorzug behandelst, aber verrate ihm nicht zu viel über das Leben hier.« Ich brauchte nicht extra zu betonen, dass er nichts über das Versteck im Hyperraum sagen sollte.

Im Augenblick wollte ich mich mit Susper nicht belasten. Es wurde Zeit, dass ich nach einem Weg suchte, um gegen die lästiger werdenden Loower vorzugehen.

Um das Problem in Ruhe überlegen zu können, zog ich mich auf das oberste Deck der Großklause zurück. Dort war ich ungestört. Mir ging es vor allem darum, die Möglichkeiten des Auges gegen die Loower einzusetzen. Schließlich schien es ein Produkt ihres Volkes zu sein, wenngleich ich inzwischen daran zweifelte.

Um mit dem Auge richtig umgehen zu können, musste man über parapsychische Gaben verfügen. Die Loower schienen aber keinerlei übersinnliche Fähigkeiten zu besitzen. Wenn dem so war, konnte ich mir nicht vorstellen, wie sie die in dem Auge enthaltenen Programme abrufen wollten.

Selbst ich hatte mich anfangs vor enormen Schwierigkeiten gesehen. In der ersten Phase war es mir nur gelungen, meinen Geist wandern zu lassen und gelegentlich Blicke in fremde Bereiche zu werfen. Die Bilder, die ich dabei zu sehen bekommen hatte, hatte ich größtenteils noch nicht entschlüsselt.

Mit der Entstehung der Hyperraumnischen war für mich eine neue Phase eingeleitet worden. Die erste Hyperraumblase hatte ich noch rein unbewusst erschaffen und mir den Vorgang damit erklärt, dass das Auge auf mein Wunschdenken nach größerer Machtentfaltung reagierte.

Eigentlich war es irreführend, wenn ich von einer »Erschaffung« der Nischen sprach. Sie waren in dem Auge programmiert, und ich rief dieses Programm nur ab.

Die dritte Phase war für mich der Transport von Gütern und Menschen vom Einstein-Kontinuum in die Hyperklausen und umgekehrt.

Kraft des Auges konnte ich den distanzlosen Schritt von den Hyperklausen aus zu fast jeder beliebigen Welt tun. Allerdings erreichte ich auf diese Weise nur Welten in der Milchstraße und auch nur solche, die von Menschen besiedelt waren.

Die Erklärung für diese Einschränkung war für mich einfach, wenn auch rein gefühlsmäßiger Natur und ohne Anspruch auf wissenschaftliche Exaktheit. Um eine andere Welt zu erreichen, brauchte ich artgleiche Wesen als Bezugspunkt. Außerdem schien die Reichweite des Auges nur bestimmte Entfernungen zu umfassen und ging nicht über eine Galaxie hinaus. Dies traf aber nur auf den distanzlosen Schritt zu.

Meinem Geist waren in Zeit und Raum mit dem Auge keine Grenzen gesetzt.

Eine vierte Phase kannte ich noch nicht, aber ich war fest davon überzeugt, dass es nach oben hin nicht so schnell eine Grenze gab. Doch darüber zu spekulieren war nicht der richtige Zeitpunkt.

Anderes war wichtiger.

Die Loower hatten auf dem Mars einen Stützpunkt errichtet, und auf dem Roten Planeten lebten Menschen. Für mich war es also einfach, zum vierten Planeten zu gelangen.

Ich wollte in die Neunturmanlage eindringen und nach Möglichkeiten suchen, wie ich Maßnahmen gegen die Loower ergreifen konnte. Das heißt, mir ging es vor allem darum, Terraner und Loower gegeneinander auszuspielen. Je intensiver sie sich miteinander zu beschäftigen hatten, desto mehr mussten ihre Aktivitäten gegen mich eingeschränkt werden.

Ich kam zu dem Schluss, dass ein Besuch der Neunturmanlage kein großes Risiko für mich darstellte, und tat den distanzlosen Schritt.

Der Wischereffekt stellte sich ein, dann fand ich mich in fremder Umgebung wieder. Das orangefarbene Licht zeigte mir, dass ich die Anlage auf dem Mars erreicht hatte.

Gleich darauf esperte ich einen Geist, zu dem ich eine starke Affinität hatte. Das überraschte mich deshalb, da ich aus Erfahrung wusste, dass Loower sich grundsätzlich meiner Einflusssphäre entzogen. Deshalb stand für mich sofort fest, dass in der Neunturmanlage Menschen lebten.

Ich sondierte die Gefühlsausstrahlung, deren Ursprung in einem der anderen Türme lag. Es kostete mich keine Mühe, die Emotionen zu lokalisieren, um den Standort des »Senders« herauszufinden. Danach kehrte ich in meine Großklause zurück und tat den distanzlosen Schritt zum Mars ein zweites Mal. Ich materialisierte in jenem Turm, aus dem die psi-affinen Gefühlsschwingungen kamen.

Es war der Westturm. Hier waren vier Menschen untergebracht, zweifellos Gefangene. Aber nur zu einem von ihnen registrierte ich die über dem Durchschnitt liegende Affinität.

Ich sah mich genauer um.

Bei meinem ersten Streifzug durch den Turm begegnete ich nicht einem der Fremden. Daraus schloss ich, dass die Loower den gesamten Komplex der terranischen Familie zur Verfügung stellten. Meine Beobachtungen zeigten auch, dass sich die Eltern und ihre Töchter innerhalb des Turms ungehindert bewegen konnten.

Jeder der beiden Erwachsenen und die ältere Tochter wurden stets von einem Helk begleitet. Die loowergroßen kegelförmigen Roboter dienten ihnen als Fortbewegungshilfe und ebenso als Kommunikationspartner.

Ich wurde Zeuge eines Dialogs zwischen dem Mann und seinem Helk.

»Warum empfängt der Türmer mich nicht?«, fragte der Terraner zornig. »Ich habe meinen Wunsch deutlich und oft genug geäußert.«

»Das hast du, Haman«, erwiderte der Helk. »Aber wozu brauchst du den Türmer? Deine Aggressionen kannst du an mir abreagieren. Außerdem steht dir Lank-Grohan jederzeit zur Verfügung.«

»Halte mir Lank vom Leib!«, rief der Mann zornig aus. »Der macht mich mit seinem Geschwafel völlig verrückt. Man muss schon irre sein, um euer entelechisches Denken zu verstehen.«

»Das siehst du falsch, Haman.«

»Wie auch immer. Wenn Lank meine jüngere Tochter nicht in Ruhe lässt, drehe ich ihm den Hals um.«

»Loower haben keine Hälse«, erwiderte der Helk. »Abgesehen davon übt Lank keinen Zwang auf Baya aus. Sie stellt sich ihm freiwillig zur Verfügung und sucht sogar den Kontakt zu ihm. Wäre es ihr Wunsch, dass Lank sie in Ruhe lässt, würde er das respektieren. Aber Baya denkt bereits entelechisch und weiß, wie wertvoll die Gespräche mit dem Psychologen für sie sind.«

»Sei still!«, herrschte Haman seinen Helk an und sprang aus der Sitzschale. »Verschwinde, ich habe deine geschwollene Redensart satt! Ich werde Baya schon beibringen, wem sie zu gehorchen hat. Das arme Mädchen weiß überhaupt nicht mehr, wohin es gehört!« Er trat mit dem Fuß gegen den Helk. »Hau endlich ab, du Maschinenmonstrum!«

Der Helk schwebte davon. »Möchtest du dich bei einem strategischen Spiel abreagieren, Haman?«, fragte er aus sicherer Distanz. »Ich könnte ...«

»Verschwinde!«

Dem Mann schwoll die Halsschlagader, sein Gesicht verfärbte sich dunkelrot. Ohne weiteren Kommentar schwebte der Helk davon.

Haman stand zitternd da, die Hände geballt, den Blick ins Leere gerichtet. Er stieß die Luft hörbar aus.

Das war der Moment für meinen Auftritt. Bei meinem Anblick zuckte Haman überrascht zusammen. Er bekam große Augen und vergaß, den Mund zu schließen. Ich mimte ebenfalls Überraschung.

»Das ... das ... Ich dachte ... Ich war der Meinung, der einzige Gefangene in diesem Turm zu sein«, stammelte ich.

»Ich habe doch geahnt, dass ich und meine Familie nicht als Einzige entführt wurden. Lank-Grohan wollte mich zwar vom Gegenteil überzeugen, aber ich habe ihm nie geglaubt«, sagte Haman.

»Mir hat man dasselbe gesagt«, erwiderte ich. »Lank-Grohan behauptete zwar, dass ich innerhalb des Westturms absolute Bewegungsfreiheit hätte. Aber in diesem Bereich hier war ich vorher nie, und ich bin ohne sein Wissen hierher vorgedrungen.«

»Dann lassen Sie sich besser nicht erwischen, sonst droht Ihnen Gehirnwäsche«, sagte Haman. Er wurde misstrauisch. »Oder sind Sie bereits konditioniert? Beherrschen Sie das entelechische Denken?«

Ich lächelte mein unschuldigstes Lächeln. »Bei mir ist diesbezüglich jegliche Mühe vergebens. Übrigens heiße ich Frath Koban. Ich stamme aus der Provcon-Faust und habe mich auf dem Mars niedergelassen. Die Loower haben mich mitten in der Nacht aus dem Bett geholt und hierher verschleppt.«

»Haman Gheröl«, stellte sich mein psi-affines Gegenüber vor, und dann erzählte Haman mir in kurzen Zügen seine Leidensgeschichte. »Aber ich werde bis zuletzt um meine Familie kämpfen!«, endete er wütend.

»Sie denken ganz in meinem Sinn, Haman. Ich finde, wir sollten uns zusammentun.«

Der Mann war von meinem Vorschlag begeistert. »Zwei Köpfe sind klüger als einer«, sagte er. »Nur dürfen die Loower nichts von unserer Abmachung erfahren.«

»Ich bin sogar der Meinung, dass nicht einmal Ihre Familie davon erfahren sollte«, sagte ich. »Am besten, Sie verschweigen sogar Ihrer Frau, dass wir uns getroffen haben. Kein Wort darüber, Haman. Die Hand darauf?«

Sein Händedruck war feierlich. Durch die Berührung wurde die Psi-Affinität zu ihm noch deutlicher spürbar. Ich unterdrückte das Verlangen, ihn mir sofort gefügig zu machen. Damit musste ich warten, weil ich nicht wusste, ob die Loower die Veränderung an ihm bemerken würden. Ich musste vorsichtig sein und Gheröl nur allmählich in meine Abhängigkeit bringen. Er brachte mir auch so große Zuneigung entgegen, denn er spürte wohl intuitiv, dass wir beide auf der gleichen Frequenz lagen. Psi-affine Menschen wie er fanden von selbst zu mir.

Ich ließ seine Hand los. Er war mir bereits verfallen.

»Geh jetzt zurück zu den Deinen, Haman«, sagte ich, ihn bewusst duzend, um sein Zugehörigkeitsgefühl zu verstärken. »Die Loower dürfen keinen Verdacht schöpfen. Unternimm von dir aus nichts, sondern warte, bis ich mich bei dir melde.«

Gheröl war so überwältigt, dass er kein Wort hervorbrachte.

»Haman!«, rief ich ihm nach, als er sich schon einige Schritte entfernt hatte. Er wirbelte wie auf Kommando herum.

»Ja, Frath?«

»Wir beide haben die Möglichkeit, der Menschheit einen unschätzbaren Dienst zu erweisen«, sagte ich in jenem beschwörenden Tonfall, der auf Psi-Affine eine unwiderstehliche Suggestionskraft ausübte. »Wir könnten in einem Handstreich erreichen, was der LFT nicht einmal unter Einsatz aller ihr zur Verfügung stehenden Einheiten möglich wäre. Überlege dir, wie wir diese Neunturmanlage vernichten könnten. Einzelheiten besprechen wir bei unserem nächsten Treffen.«

Ich ließ ihn gehen und kehrte, kaum dass er meinen Blicken entschwunden war, kraft des Auges in meine Großklause zurück. Haman Gheröl war von mir dermaßen fasziniert und gebannt gewesen, dass ihm der Helm mit dem Auge gar nicht aufgefallen war.

In der Abgeschiedenheit der Klause machte ich mich daran, einen Plan für die Vernichtung der Neunturmanlage auszuarbeiten. Eine solche Tat würde bestimmt genug Zündstoff liefern, um das Verhältnis zwischen den Loowern und der Menschheit auf den Nullpunkt sinken zu lassen.

Goran-Vran

22.

Julian Tifflor wusste längst, dass die Aktion auf Athos ein Fehlschlag gewesen war, und so hörte er sich Homer G. Adams' Ausführungen eher höflich als interessiert an. Sein Interesse wurde erst geweckt, als er hörte, dass Eawy ter Gedan die Anwesenheit von Margor in der Hütte wahrgenommen haben wollte.

»Wenn das stimmt, dann hält sich Margor entgegen allen Vermutungen noch auf der Erde auf«, sagte Tifflor.

»Ich stehe Eawys Aussage eher skeptisch gegenüber, zumal Vapido sie nicht bestätigen kann«, erwiderte Adams. »Vielleicht ist Eawy in ihrem Hass auf Margor einer Selbstsuggestion erlegen. Aber immerhin, die Tatsache, dass Susper aus der Hütte verschwunden ist, gibt zu denken. Falls Margor nicht selbst da war, müssen seine Paratender eine Möglichkeit des ortungsfreien Standortwechsels haben.«

»Trägt Susper einen Sender oder nicht?«

»Wir können ihn nicht anpeilen«, antwortete Adams. »Wir befinden uns in der fatalen Lage, dass wir zwar einen Spion in Margors engsten Kreis eingeschmuggelt, aber die Verbindung zu ihm verloren haben. Dadurch wird alles noch rätselhafter. Susper ist nicht der erste potenzielle Paratender, der auf mysteriöse Weise verschwand. Wir kennen einen zweiten Fall aus Istanbul.«

»Davon weiß ich nichts«, sagte der Erste Terraner.

»Die Angelegenheit gewinnt erst jetzt an Bedeutung. Defroster, der Susper angeheuert hat, hatte noch einen Mann im Auge, der als psi-affin zu Margor galt. Sein Name ist Haman Gheröl. Bevor Defroster mit ihm näheren Kontakt aufnehmen konnte, verschwand er. Defroster ging der Sache nach und fand heraus, dass auch seine Frau und seine beiden Töchter verschwunden sind. In der Wohnung fanden sich einige recht interessante Spuren, die auf Margor hinweisen könnten. Es muss dort zum Kampf gekommen sein. Jemand, der von Familienleben und Haushaltsordnung keine Ahnung hat, räumte die Unordnung wieder auf, aber so, dass er damit seine Unkenntnis der Lebensgewohnheiten bewies. Es könnte leicht sein, dass dieser Jemand Margor war.«

»Was sollte er mit der Entführung einer Familie bezwecken?«, wollte Tifflor wissen.

»Margor benötigt Paratender, und Gheröls Psi-Affinität ist bewiesen.

Margor braucht ebenso dringend Nachschub. Wir haben errechnet, dass er an die siebzig Leute zu versorgen hat. Das ist kein großer Personalstand, wenn man bedenkt, dass er vor unserer Kampagne gegen ihn auf Tausende Paratender zurückgreifen konnte. Aber dieses Heer konnte sich selbst versorgen. Es scheint jedoch, dass der Mutant in seinem aktuellen Versteck Versorgungsprobleme hat.«

Tifflor seufzte. »Das sind Mutmaßungen, die uns nicht weiterbringen. Wir brauchen eine Handhabe gegen Margor. Zumindest Beweise dafür, dass er das Auge wirklich hat. Beweise, die sogar von den Loowern akzeptiert werden!«

»Und wie steht es mit diesem Goran-Vran?«, erkundigte sich Adams. »Konnte man ihm unsere Gesellschaftsstruktur so weit begreiflich machen, dass er an Margor glaubt?«

»Professor Thaty bezeichnet ihn als Musterschüler«, erklärte Tifflor säuerlich. »Aber im selben Atemzug sagt er, dass Goran-Vrans Meinung nicht die seines Volkes sein kann.«

»Ich dachte, die Loower seien ein im Kollektiv denkendes und handelndes Volk.«

»Thaty meint, dass Goran-Vran aus der Art schlägt. Er kann es nicht wissenschaftlich erklären, sondern verlässt sich da auf sein Gefühl. Vor allem weil Goran-Vran sich der menschlichen Mentalität so schnell angepasst hat, steht Thaty ihm skeptisch gegenüber. Und Tek ist nach wie vor überzeugt, dass Goran-Vran nur ein Spion ist. Er möchte den Loower so rasch wie möglich zum Mars zurückschicken.«

»Und?«

»Thaty ist anderer Ansicht. Er will sein Versuchskaninchen vorher noch mit Informationen über uns vollstopfen. Er hat sogar den Antrag gestellt, Goran-Vran durch Imperium-Alpha zu führen. Er will den Loower damit in einen Gewissenskonflikt bringen.«

»Das verstehe ich nicht ganz«, bekannte Adams. »Vom militärischen Standpunkt wäre es natürlich unklug, den Loowern unser Verteidigungssystem zu verraten. Das weiß Thaty ebenso. Was erhofft er sich für eine Auswirkung? Und was versteht er in diesem Zusammenhang unter einem Gewissenskonflikt?«

»Das ist höhere Xeno-Psychologie.« Tifflor seufzte. »Thaty meint, dass Goran-Vran, falls er wirklich ein Spion ist, diesen Auftrag unter völlig anderen Gesichtspunkten übernommen hat. Der Loower steht uns jetzt viel näher als vorher und ist der terranischen Mentalität aufgeschlossener. Wahrscheinlich hatte er den Auftrag, unsere militärische Stärke zu erkunden. Thatys Ansicht nach hätte Goran-Vran noch vor einigen Tagen alle Informationen bedenkenlos weitergegeben, weil er uns völlig emotionslos gegenüberstand. Inzwischen ist er uns geneigter und entwickelt eine starke Beziehung zur Menschheit. Thaty behauptet, dass Goran Skrupel haben würde, militärische Informationen weiterzugeben, die sein Volk gegen uns verwenden könnte. Er will diesen Gewissenskonflikt provozieren, damit der Loower eindeutig Stellung beziehen muss.«

»Eine komplizierte Gedankenspielerei und ein großes Wagnis.« Adams wiegte den Kopf. »Was sagt Jennifer dazu?«

»Sie steht auf Thatys Seite und hatte deshalb den ersten ausgewachsenen Ehekrach mit Tek.« Tifflor grinste. »Aber warum interessiert dich ihre Meinung mehr als meine?«

»Weil sich deine auf die Überlegungen der Xeno-Psychologen stützen muss«, erwiderte Adams mit feinem Lächeln.

»Jennifer meint, dass wir eigentlich kein Risiko eingehen«, sagte Tifflor. »Wenn die Loower wirklich Ernst machten, wären wir gegen ihre technische und zahlenmäßige Überlegenheit ohnehin chancenlos. Im Raum könnten wir uns nicht lange halten. Sogar NATHAN plädiert für den Fall eines Konflikts für Kapitulation. Wenn sich die Kampfhandlungen erst auf die Planeten verlagern, hätten wir sowieso mehr zu verlieren als die Loower.«

»Das sind Binsenwahrheiten«, sagte Adams. »Und ich sehe, worauf du hinauswillst: Wenn wir bei einem Krieg Imperium-Alpha gegen die Loower halten wollten, müssten wir dafür Millionenverluste in der Bevölkerung in Kauf nehmen. So etwas werden wir uns gut überlegen. Ich glaube, es wäre wirklich ein tragbares Risiko, Goran-Vran Informationen über Imperium-Alpha zukommen zu lassen.«

Tifflor nickte. »Ich gebe Thaty grünes Licht. Wir werden sehen, wie Goran-Vran das aufnimmt.«

Lank-Grohan betrat die Türmerstube auf dem Mars. »Es ist so weit«, sagte er schlicht. Das Schweigen des Türmers wertete er als Aufforderung, sich näher zu erklären.

»Baya hat raschere Fortschritte gemacht, als ich in meinen kühnsten Träumen zu hoffen wagte ...«, begann er, wurde aber sofort unterbrochen.

»Träume sind ein Teil des hypothetisch-deduktiven Denkens und werden bei den Menschen im Unbewussten geboren«, sagte Hergo-Zovran widerstrebend. »Loower denken auf beiden Geistesebenen bewusst, daher sind Träume uns fremd. Oder willst du mir sagen, das terranische Mädchen hätte dir das Träumen beigebracht?«

»Das war nur eine Redewendung, die ich von Baya angenommen habe, Türmer«, entschuldigte sich Lank-Grohan. Der Einwand hatte ihn verunsichert. Für einen Moment fragte er sich ernsthaft, ob er durch den Umgang mit Baya verändert war. Ohne Zweifel hatte er einiges von dem terranischen Kind angenommen, aber er hatte keineswegs die Übersicht verloren und traute sich ein objektives Urteil über sich selbst zu.

»Ich musste Baya irgendwie entgegenkommen, aber dabei hat sie viel mehr von der Entelechie partizipiert als ich von der terranischen Denkweise«, sagte er erklärend. »Ich habe einen gesunden Kompromiss geschlossen.«

»Du bist also der Meinung, dass das Mädchen einer diplomatischen Aufgabe von dieser Bedeutung gewachsen wäre?«

»Unbedingt. Sie denkt und handelt wie eine Loowerin. Im philosophischen Sinn ist sie sogar eine Loowerin in einem menschlichen Körper. Sie ist die erste und einzige geglückte Synthese unserer Geisteswelt mit einer fremden.«

»Du brauchst deine Verdienste nicht so stark hervorzuheben«, ermahnte der Türmer den Wissenschaftler.

»Ich will gar nicht eitel sein«, erwiderte Lank-Grohan. »Baya hat selbst mehr zu ihrer Reifung beigetragen als ich.«

Warum verfiel er so schnell von einem Extrem ins andere? Vom Eigenlob zur Selbstkritik – das war nicht entelechisch, sondern übertriebene Gefühlsäußerung und eines Loowers unwürdig. Aber immerhin hatte sich Lank-Grohan um das Mädchen große Verdienste erworben, und wenn er erst wieder von ihr getrennt war, würde er schnell zu sich selbst zurückfinden.

»Ich werde ihre Entsendung als Botschafterin der Entelechie in die Wege leiten«, stimmte Hergo-Zovran zu. »Mein Stellvertreter Fanzan-Pran wird die Vorbereitungen treffen, damit wir schnell eine Delegation zur Erde schicken können. Vorher will ich noch herausfinden, welche Stimmung bei den Terranern herrscht.«

Hergo-Zovran wartete, bis der Psychologe die Türmerstube verlassen hatte, dann stellte er die Verbindung zu Goran-Vran her. Die Terraner hatten noch nicht entdeckt, dass Goran in einer seiner Körperplatten einen Sender versteckt hatte.

Momentan war Goran-Vran allein in seiner Unterkunft in einem gut abgesicherten Sektor von Imperium-Alpha. Die Terraner hatten ihm noch nicht gestattet, sich frei in den Tiefbunkeranlagen zu bewegen. Das nährte den Verdacht des Türmers, dass die Menschen einiges zu verbergen hatten.

Hergo-Zovran musste eine beachtliche Weile warten, bis etwas geschah. Er nutzte die Wartezeit, indem er sich Aufzeichnungen zum wiederholten Male ansah, um die Verhaltensweise der Terraner im Umgang mit Loowern zu studieren. Nur wurde er daraus nicht klüger.

Der Erste Terraner besuchte Goran-Vran in seiner Unterkunft. Hergo-Zovran schloss daraus auf eine bevorstehende Entscheidung.

»Schicken Sie mich endlich zum Mars zurück?«, erkundigte sich Goran-Vran, als Julian Tifflor eintrat. In der Begleitung des Terraners befanden sich Ronald Tekener, die Frau Jennifer Thyron und der Psychologe.

»Sie müssen sich noch gedulden, Goran«, sagte der Erste Terraner. »Die Zeit ist noch nicht reif.«

Goran-Vran richtete seine Sehorgane demonstrativ auf Tekener. »Das habe ich ihm zu verdanken, nicht wahr? Er hat Sie alle mit seinem krankhaften Misstrauen angesteckt.«

»Im Gegenteil«, widersprach Tifflor. »Wenn wir Ihren Aufenthalt auf Terra verlängern, soll das ein Vertrauensbeweis sein. Wir haben uns entschlossen, alle Beschränkungen fallen zu lassen. Sie können sich ab sofort frei in Imperium-Alpha bewegen.«

Nach diesen Worten herrschte eine Weile Schweigen. Goran-Vran sah seine Besucher einen nach dem anderen an.

»Das hätte ich nicht erwartet«, sagte er schließlich. Dann fügte er hinzu: »Andererseits zeigt mir diese Begünstigung, dass Sie meine Bedeutung nach wie vor überschätzen. Ich bin nur ein einfacher Loower, der einen solchen Vorzug nicht verdient. Was versprechen Sie sich davon?«

»Wir haben keine Hintergedanken.« Tekener schnitt eine Grimasse, die Lank-Grohan erst vor Kurzem als »Grinsen« bezeichnet hatte.

»Das sagst ausgerechnet du, Ronald!«, bemerkte Goran-Vran vorwurfsvoll.

»Und wenn ich das bestätige, Goran?«, sagte Jennifer Thyron. »Würdest du mir glauben?«

»Trotzdem frage ich mich, warum ihr mir das so feierlich unterbreitet, wenn es keine besondere Bedeutung hat.«

»Wir geben Ihnen absolute Bewegungsfreiheit, weil wir einen Vertrauensbeweis erbringen wollen«, sagte Julian Tifflor. »Es ist als weiterer Schritt für eine Annäherung unserer Interessen gedacht. Wir wollen keine Geheimnisse vor den Loowern haben, nicht einmal militärische.«

»Sie haben Mut«, stellte Goran-Vran fest. »Aber ich bin nicht sicher, *ob unser Türmer das richtig zu schätzen weiß.«*

Mit diesen letzten Worten fühlte sich Hergo-Zovran persönlich angesprochen. Aber er verzieh Goran-Vran, weil er die Fähigkeit des entelechischen Denkens verloren hatte.

Der Holoschirm wurde dunkel, es herrschte Funkstille.

Hergo-Zovran schöpfte alle Möglichkeiten aus, um die Verbindung wiederherzustellen. Doch was er auch unternahm, sie kam nicht mehr zustande. Er war von Goran-Vran abgeschnitten. Dabei wäre es jetzt erst interessant geworden.

Der Türmer konnte sich das nur so erklären, dass die Terraner eine Möglichkeit gefunden hatten, die sechsdimensionalen Impulse zu orten und zu stören. Auf den Gedanken, dass Goran-Vran selbst den Sender sabotiert haben könnte, kam er nicht. Das war unvorstellbar für ihn.

Dennoch war es so. Es war genau das eingetreten, was Ferengor Thaty als Gewissenskonflikt bezeichnet hatte.

Es war mein spontaner Entschluss, die Verbindung zum Türmer zu unterbrechen. Die Eröffnung des Ersten Terraners, mir alle Geheimnisse von Imperium-Alpha zu zeigen, hatte dafür den Ausschlag gegeben. Ich wollte nicht, dass Hergo-Zovran dieses Wissen erhielt und eventuell gegen die Menschen verwendete.

Ich wollte nicht zum Verräter an einem Volk werden, dessen Vertrauen ich gewonnen hatte.

War ich deshalb nun ein Verräter an meinem Volk?

Ich ging dieser Frage nicht weiter nach und hatte auch keine Gewissensbisse. Ich hatte eine schnelle, gefühlsmäßige Entscheidung getroffen, dazu stand ich. Hergo-Zovran würde vermutlich glauben, dass die Terraner den Sender entdeckt hatten. Daraufhin würde er sie zweifellos höher einschätzen – und vorsichtiger taktieren.

Der Erste Terraner verabschiedete sich und ließ mich mit den drei Menschen allein, mit denen ich ohnehin den meisten Kontakt hatte. Jennifer Thyron war mir inzwischen geradezu sympathisch geworden, Ferengor Thaty war ein gradliniger Charakter, und Ronald Tekener versteckte sein Einfühlungsvermögen unter einer rauen Schale. Ich verstand selbst nicht mehr, warum ich ihn anfangs gefürchtet hatte. Vielleicht war mein schlechtes Gewissen daran schuld gewesen.

»Was wollen Sie sehen, Goran?«, erkundigte sich der Psychologe. »Den Befehlsstand des Ersten Terraners? Die Feuerleitzentrale? Das

Zentrum für strategische Hochrechnungen oder eine umfassende Exkursion?«

»Mich interessieren die technischen Anlagen weniger als die Menschen, die sie bedienen«, erwiderte ich. »Arrangieren Sie einige Gespräche mit Mitgliedern der Mannschaft? Oder noch besser: Könnte ich mit den Leuten reden, ohne dass sie vorbereitet sind?«

»Ein relativ bescheidener Wunsch.« Ferengor Thaty machte einen überaus zufriedenen Eindruck, und es schien mir, dass er den beiden anderen einen fast triumphierenden Blick zuwarf, als sähe er durch meine Einstellung etwas bestätigt, was er vorausgesagt hatte.

»Ich hätte eher darauf getippt, dass du dir ein genaues Bild unserer Verteidigungskraft machen würdest, Goran«, sagte Ronald.

»Wer weiß«, erwiderte ich. »Vielleicht tue ich das auch und täusche mein Interesse an den Menschen nur vor.«

»Du bist ein Schlitzohr, Goran.«

Ich wusste, was er meinte. Seltsam, ich verstand mich mit diesem Meister der Ironie immer besser. Ich wusste, woher sein Spott kam, und konnte seine versteckten Andeutungen interpretieren. Das wäre vor wenigen Tagen noch nicht denkbar gewesen.

Wir machten uns zu viert auf den Weg. Ich war sicher, dass meine Begleiter keine Möglichkeit gehabt hatten, die Mannschaft von Imperium-Alpha auf unser Kommen vorzubereiten. Dennoch wurde meine Anwesenheit von allen Personen, denen ich begegnete, mit Selbstverständnis aufgenommen.

Ich wurde nicht beschimpft oder angepöbelt, von Handgreiflichkeiten, wie ich sie auf dem Mars erlebt hatte, gar nicht zu reden. Natürlich brachte man mir keine überschwängliche Freundlichkeit entgegen, aber das hatte ich ohnehin nicht erwartet.

»Ich möchte gar nicht mehr zum Mars zurück«, sagte ich während des Rundgangs zu meinen Begleitern. »Falls mein Volk einen Gesandten für Terra bestellt, bewerbe ich mich dafür.«

Ich fühlte mich in dieser Umgebung nicht als Fremder. Wenn ich es mir recht überlegte, hatte ich unter meinesgleichen in der Neunturmanlage eher das Gefühl gehabt, nicht dazuzugehören.

»Sie haben sich gut an uns angepasst«, stellte Ferengor Thaty fest. »Ich hätte es nicht für möglich gehalten, dass ein Loower einer so starken psychischen Akkommodation fähig wäre. Ich glaube, wir müssen umdenken.«

Ich überlegte, ob ich ihm verraten sollte, dass ich des entelechischen Denkens nicht mehr fähig war. Aber warum sollte ich meine terranischen Freunde durch ein solches Geständnis enttäuschen? Vielleicht genügte es, dass ich sie langsam verstand und vielleicht etwas von diesem Verständnis auf meinen Türmer übertragen konnte.

»So schwer ist es gar nicht, die Menschen zu verstehen«, bemerkte ich.

»Und umgekehrt«, sagte Jenny. »Ich blicke optimistisch in die Zukunft. Du solltest dem Türmer klarmachen können, Goran, dass die Menschheit nichts mit Boyt Margors Machenschaften zu tun hat.«

Darauf konnte ich nichts sagen, denn ich war sicher, dass mir der Türmer in diesem Punkt ebenso wenig glauben würde wie einem Terraner. Es sei denn, ich brachte ihm Beweise, die einer entelechischen Prüfung standhielten.

»Ich glaube, wir könnten es riskieren, Sie zum Mars zurückzuschicken,Goran«, sagte der Psychologe. »Was meinen Sie selbst dazu?«

Am liebsten wäre ich für mein Volk verschollen geblieben. Ich dachte über eine Antwort nach, als neun uniformierte Männer auf uns zukamen.

»Ein unerwarteter Zwischenfall hat es nötig gemacht, dass Sie Ihre Exkursion sofort unterbrechen«, sagte einer der Soldaten. »Folgen Sie uns bitte zum Ersten Terraner!«

Wir erfuhren erst, worum es ging, als wir die Befehlszentrale betraten. Neben Julian Tifflor und Homer Adams waren etliche Uniformierte und hochgestellte Regierungsmitglieder anwesend, die ich schon kannte.

»Ich habe soeben eine Nachricht vom Mars erhalten«, eröffnete uns der Erste Terraner. Da ich die menschliche Physiognomie inzwischen leidlich deuten konnte, merkte ich an den Gesichtern der Anwesenden, dass sie von dieser Meldung überrascht wurden, nur Homer Adams nicht.

Der Erste Terraner fuhr fort: »Hergo-Zovran lässt mich wissen, dass er wieder eine Delegation zur Erde entsenden will. Nur soll dieser Delegation ein siebenjähriges Mädchen angehören. Wohlgemerkt – ein terranisches Mädchen!«

Julian Tifflors Worten folgte ein Durcheinander, das bis an die Grenze eines Tumults ging. Ringsum wurde heftig diskutiert.

Für mein Volk war ein solches Verhalten undenkbar. Ein Loower würde sich in keiner Situation so gehen lassen. Loower waren beherrschter, sie kannten keine Gefühlsausbrüche, sondern verarbeiteten alle Emotionen auf einer ihrer Bewusstseinsebenen. Selbst für mich, der ich das entelechische Denken verloren hatte, war dieses Verhalten befremdend.

Langsam stellte sich die Ordnung wieder ein, ohne dass sich der Erste Terraner große Mühe gegeben hätte, für Ruhe zu sorgen.

»Da sich keiner von uns erklären kann, was die Loower mit diesem Manöver bezwecken, fragen wir besser einen, der selbst ein Loower ist und sein Volk kennen müsste«, sagte Julian. »Goran-Vran, können Sie uns sagen, was Ihren Türmer dazu veranlasst, ausgerechnet ein Kind – noch dazu ein terranisches – als Gesandten zu schicken?«

Seiner Frage folgte Stille. Aller Aufmerksamkeit war auf mich gerichtet. Ich fühlte mich unter den Blicken der vielen Fremden unbehaglich und wünschte mich in die Neunturmanlage auf dem Mars zurück.

»Eine solche Vorgehensweise ist einmalig in der Geschichte meines Volkes«, antwortete ich. »Deshalb ist es mir unmöglich, Rückschlüsse auf Hergo-Zovrans Absichten zu ziehen. Doch nur der absolute Wille zu einer friedlichen Lösung des Konflikts kann den Türmer zu diesem Vorgehen bewegt haben.«

»Ich sehe darin eher einen Affront!«, rief jemand.

»Die Loower wollen uns durch diesen Possenstreich lächerlich machen. Man stelle sich vor: ein siebenjähriges Kind als Friedensbotschafterin!«

»Keine Frage, dass die Loower uns provozieren wollen!«

Der Erste Terraner ließ sich das undisziplinierte Verhalten seiner Untergebenen eine ganze Weile gefallen, bis er sich endlich dazu entschloss, den Kommandostand bis auf seine engsten Vertrauten räumen zu lassen.

»Ich glaube, wir können dieses vertrauliche Gespräch in kleinerem Kreis besser fortführen«, ergriff Julian dann wieder das Wort. Er wandte sich an mich. »Vielleicht können Sie die Situation besser beurteilen, wenn wir Ihnen die Hintergründe erläutern, Goran. Wir kennen die Identität des Mädchens, das die Delegation begleiten soll. Durch Zufall haben wir außerdem die Vorgeschichte erfahren.«

Er gab Homer ein Zeichen, und dieser ergriff das Wort.

»Bei unseren Aktionen gegen Margor haben wir vom Verschwinden einer terranischen Familie erfahren. Das jüngste Mitglied dieser Familie heißt Baya Gheröl. Zuerst vermuteten wir, dass Margor hinter dieser Entführung stecke. Doch nun haben wir von Hergo-Zovran erfahren, dass ebendiese Baya Gheröl seiner Delegation angehören soll. Uns ist es ein Rätsel, wie es den Loowern gelang, vier Menschen unbemerkt aus einer Millionenstadt zu entführen. Aber damit wollen wir uns nicht beschäftigen. Die Familie verschwand vor ungefähr vierzehn Tagen unserer Zeitrechnung, das entspricht ziemlich ebenso vielen Intervallen der Loower. Das ist ein verhältnismäßig kurzer Zeitraum, um jemanden –

und überhaupt ein Kind – für eine diplomatische Mission vorzubereiten. Was sagen Sie dazu, Goran-Vran?«

»Ich erwähnte schon, dass ein solches Vorgehen einmalig ist«, erwiderte ich.

»Machen Sie sich keine Gedanken über die Handlungsweise des Türmers?«, fragte der Erste Terraner.

»Ich kann mir nicht anmaßen, wie ein Türmer zu denken«, antwortete ich.

»Sie weichen uns aus, Goran-Vran!«, sagte der Erste Terraner daraufhin fast anklagend.

»Tun Sie ihm nicht unrecht, Tifflor«, schaltete sich Ferengor ein. »Ich glaube eher, dies ist eines der Themen, bei denen Terraner und Loower von Anfang an aneinander vorbeireden. Goran kann nicht verstehen, dass Sie den Türmer durch versteckte Anspielungen eines intriganten Winkelzuges beschuldigen wollen. In der Tat dürfte ein solcher Vorwurf auch unberechtigt sein. Soweit ich die Loower einschätze, sind sie einer derart schändlichen Handlungsweise nicht fähig.«

»Dann können *Sie* uns sagen, was Hergo-Zovran damit bezweckt? Warum schickt er uns ein Kind als Verhandlungspartner?«, fragte Julian den Psychologen.

»Ich kann mich noch weniger in einen Türmer hineinversetzen als Goran-Vran«, erwiderte Ferengor. »Seine Beweggründe sind mir ein Mysterium, aber ich bin sicher, dass er sich nichts Böses dabei gedacht hat. Ich würde es nicht als Affront sehen, sondern als Bemühen, den Weg zu einer friedlichen Übereinkunft zu finden.«

»Was würden wir ohne das gute Gewissen unserer Wissenschaftler tun!«, rief Julian Tifflor aus. »Wie alle Ihre Kollegen glauben Sie wohl, dass Gott im Labor wohnt. Diese Weisheiten können Sie sich schenken. Ich bin auch ohne Ihre Ratschläge kein solcher Narr, dass ich einen Krieg anzettle, nur weil man mir zumutet, mit einem Kind zu verhandeln.«

»Schon gut, Tiff«, sagte Homer Adams. »Du hast Professor Thaty gefragt, und er hat geantwortet. Ich würde sagen, seine Antwort war entsprechend.«

Der Erste Terraner winkte ab. Wenn ich sein Verhalten richtig deutete, war er gar nicht auf den Psychologen wütend, sondern eher von mir enttäuscht. Aber ich konnte mich irren.

»Es tut mir leid, wenn ich die in mich gesetzten Erwartungen nicht erfüllen kann«, sagte ich. »Ich habe stets beteuert, dass ich von der Person her völlig unbedeutend bin. Meine Meinung hat kein Gewicht.«

»Dann stellen Sie sich vor, ich würde Sie dem Türmer als terranischen

Gesandten präsentieren«, sagte Julian. »Sie, einen Durchschnittsloower, einen Niemand sozusagen. Wie würde das Hergo-Zovran gefallen?«

»Der Türmer könnte dazu gar nichts sagen, denn es wäre Ihre Entscheidung, Erster Terraner. Es liegt an Ihnen, jemandem eine so große Verantwortung zu übertragen.«

»Sie meinen also, umgekehrt wird Hergo-Zovran schon wissen, warum er ein kleines Mädchen mit dieser Aufgabe betraut hat. Ich soll seine Entscheidung akzeptieren.«

Julian Tifflor blickte die Anwesenden der Reihe nach an, und als niemand etwas dagegen einzuwenden hatte, sagte er: »Ich fürchte, dass ich ohnehin keine andere Wahl habe, wenn ich den Frieden im Solsystem und in der Milchstraße erhalten will. Ich hoffe nur, dass ich mich nicht für alle Zeiten unmöglich mache, wenn ich das Schicksal der Menschheit mit einem siebenjährigen Mädchen aushandle.«

Ich verstand seine Bedenken nicht. War seine Haltung einfach kinderfeindlich, oder traute er dem Urteil eines Türmers nicht, der ein Kind als reif genug für eine solche Mission befand?

An diesem Beispiel zeigte sich mir, dass die Kluft zwischen mir und den Terranern mit der Problematik der Themen wuchs. Ich verstand vieles nicht, aber die Einstellung der Menschen zu ihren Kindern am allerwenigsten.

Baya Gheröl

23.

Bei den weiteren Treffen hatte Haman Gheröl dem Neukolonisten Frath Koban Vorschläge unterbreitet, wie die Neunturmanlage vernichtet werden könnte. Keiner davon wäre durchführbar gewesen, aus den verschiedensten Gründen. Doch hatte Koban alias Margor seinen Paratender bei den Loowern in dem Glauben gelassen, dass man einen dieser Pläne in die Tat umsetzen könnte.

In Wirklichkeit ging es ihm nur darum, Gheröl auszuhorchen. Inzwischen hatte er genug erfahren, um die Situation überblicken zu können. Für die Loower waren Haman, seine Frau und seine ältere Tochter uninteressant geworden. Nur noch das jüngste Familienmitglied zählte für sie.

Baya war zu einer Schlüsselperson geworden. Dem Mutanten stellte es sich so dar, dass die Loower dem Mädchen ihre Denkweise aufgezwungen hatten und Baya nun in einer diplomatischen Mission zur Erde schicken wollten.

Es hörte sich fantastisch an, dass Baya Gheröl der Schlüssel für die Einigung zwischen Menschen und Loowern werden sollte. In letzter Konsequenz bedeutete dies, dass die Loower erkennen würden, dass die Menschen sie keineswegs getäuscht hatten und es für den Augendiebstahl nur *einen* Verantwortlichen gab, nämlich ihn, Boyt Margor. Das waren unerfreuliche Zukunftsaussichten. Wenn es zu einer Allianz zwischen den Menschen und den Loowern kam, würde sich der Druck gegen ihn merklich verstärken.

Damit wurde die Vernichtung der Neunturmanlage für Margor zweitrangig, und Baya rückte in den Blickpunkt seines Interesses. Wenn er seine Position stärken wollte, musste er das Mädchen ausschalten. Da Haman Bayas Vater war, sah Margor keine Schwierigkeiten. Allerdings wollte er sich nicht allein mit ihrem Verschwinden begnügen, sondern damit gleichzeitig eine effektive Wirkung erzielen. Für die Loower musste der Eindruck entstehen, die Regierung der Erde stünde hinter dieser Aktion.

Dafür brauchte er Valdo Susper.

Margor kehrte nach einem vorbereitenden Gespräch mit Haman in seine Supernische zurück.

Susper, der auf Deck 9 in einem gut abgesicherten Abteil untergebracht war, nahm unwillkürlich Haltung an. Margor nahm es amüsiert zur Kenntnis. Mit mehr solchen Menschen hätte er auf der Erde leicht die Macht übernehmen können.

»Entspannen Sie sich, Valdo.« Margor ließ sein Gegenüber nicht aus den Augen. »Ich habe sofort erkannt, dass wir einander gut verstehen würden.«

»Mir erging es nicht anders.«

»Sie können mich Boyt nennen.«

»Gut – Boyt.« Das Angebot schmeichelte Susper sichtlich. »Was kann ich für Sie tun, Boyt?«

»Sie haben es gleich gemerkt, dass ich etwas von Ihnen will, Valdo. Sie sind sehr aufmerksam und alles andere als ein sturer Befehlsempfänger. Sie besitzen Einfühlungsvermögen und großes Verantwortungsbewusstsein.«

Das war spöttisch gemeint. Margor liebte es mitunter, mit seinen Paratendern zu spielen, aber Susper merkte es gar nicht. Er stand bereits zu tief im Bann des Gäa-Mutanten.

»Was erwarten Sie von mir, Boyt?«

»Ein großes Opfer, Valdo«, sagte Margor einschmeichelnd. »Es hat mit Selbstverleugnung zu tun und grenzt fast schon an einen Verrat an der übrigen Menschheit.« Er sagte es so, als verfechte er die Ideale des wahren Menschentums. Susper glaubte ihm ohnehin blind. »Sie werden für mich etwas tun müssen, wofür andere Terraner Sie verachten würden. Dabei werden Sie nicht einmal erfahren, warum Sie es tun und für welchen Zweck.«

»Ich tu es für Sie, Boyt, das genügt mir. Ich stelle keine Fragen.«

»Das habe ich gewusst, Valdo. Ich bin stolz auf Sie.« Margor ließ sein Amulett, das er an einem Reif um den Hals trug, vor Suspers Augen kreisen. »Bevor Sie zu mir fanden, gehörten Sie einem Geheimkommando der LFT an«, sagte er suggestiv. »Stellen Sie sich vor, dass es noch immer so ist. Vergessen Sie unsere Bekanntschaft ...«

»Das ist mir unmöglich, Boyt.«

»Sie können es – weil ich es so will, Valdo. Sie verleugnen mich nicht wirklich, Sie tun nur so. Es ist mein Wille, dass Sie fühlen und denken, als gehörten Sie noch dem Geheimkommando an. Handeln werden Sie jedoch ausschließlich in meinem Sinn, Valdo!«

Auf Suspers Stirn bildeten sich Schweißperlen.

»Sie werden nun in die Neunturmanlage der Loower auf dem Mars gebracht, Valdo. Sie gehören einem Geheimkommando der LFT an und haben Ihre Befehle vom Ersten Terraner persönlich bekommen.«

»Aber ...«

»Keine Widerrede!«, sagte Margor schneidend. »Der Erste Terraner hat Sie in die Neunturmanlage der Loower geschickt, um eine Gefangene zu befreien. Es handelt sich um ein Mädchen. Baya ist erst sieben Jahre alt. Sie muss befreit werden. Die Aktion gelingt, aber Sie können sich nicht mehr rechtzeitig absetzen.«

»Ich soll mich unter allen Umständen gefangen nehmen lassen?«

»Das ist das Opfer, das ich von Ihnen verlange, Valdo.«

»Was soll ich sagen, wenn die Loower mich verhören?«

»Sie sagen, dass Sie im Auftrag der LFT gehandelt haben. Dazu werden Sie sich gar nicht zu zwingen brauchen, und Sie werden nicht der Ansicht sein, dass es sich um eine Lüge handelt. Denn ich werde Ihnen das Bewusstsein geben, dass es sich wirklich so zugetragen hat. Für Sie wird es so sein, als hätten Sie tatsächlich im Auftrag der LFT gehandelt. Aber Sie opfern sich für mich, Valdo!«

»Das ist eine ehrenvolle Aufgabe für mich, Boyt.«

Nachdem Margor den Paratender präpariert hatte, suchte er den Cheftender der Großklause auf.

»Lee, ich brauche dich und drei verlässliche Männer für ein Blitzunternehmen gegen die Neunturmanlage auf dem Mars«, eröffnete der Mutant seinem Vertrauensmann, der schon lange nicht mehr nur Befehlsempfänger war. Lee Mandrian gehörte zu jenen Tendern, die durch das lange Zusammenleben fast schon ein Teil ihres Herrn geworden waren.

Margor erklärte seinen Plan und wartete, bis Mandrian mit drei ausgesuchten Männern zurückkam. Dann erst ließ er Susper holen.

Margor nahm die fünf Männer mit auf den distanzlosen Schritt. Ohne Komplikationen und Zeitverlust materialisierten sie im Westturm der Neunturmanlage auf dem Mars.

»Wartet, bis ihr von mir das Zeichen für den Einsatz bekommt!«, befahl Margor, dann begab er sich zu dem mit Haman Gheröl verabredeten Treffpunkt.

»Wir möchten dich um einen großen Gefallen bitten, Baya«, sagte Lank zu mir. »Würdest du mit uns zur Erde gehen und dort für uns zu deinem Volk sprechen? Es hängt sehr viel davon ab.«

»Wenn das notwendig ist, werde ich es tun«, antwortete ich. »Aber muss ich danach auf der Erde bleiben?«

»Das steht noch nicht zur Diskussion«, antwortete Lank. »Du bist frei und kannst tun und lassen, was du willst. Niemand wird dich zu etwas zwingen.«

Ich hatte keinen Grund, ihm nicht zu glauben.

»Dann kann ich also dem Türmer berichten, dass du der Verhandlungsdelegation angehören wirst, Baya«, sagte Lank.

Ich kehrte zu meiner Familie zurück. An der Wohnungstür erwartete mich Mutter. Aldina schloss mich sofort in die Arme und drückte mich, als sei ich nach langer Abwesenheit wieder heimgekehrt. Dabei war ich nur ein Viertelintervall fort gewesen. Aber es stimmte schon, dass ich mich nur noch sehr selten zu Hause blicken ließ. Einer der Gründe war, dass mir solche Szenen äußerst zuwider waren. Aldina und die anderen schienen ihre Liebe zu mir erst entdeckt zu haben, seit ich ihrer nicht mehr bedurfte.

Das heißt, Liebe war das nicht, sondern eine Überkompensierung von missverstandenen Gefühlen. Sie taten sich selbst unsagbar leid und äußerten das, indem sie sich an mich klammerten. Nur meine Schwester Kerinnja konnte weniger gut heucheln.

Sie war mit ihrem Helk im Wohnzimmer, und da die Tür offen stand, konnte ich ihr Gespräch mit anhören.

»Was hat denn Baya, das ich nicht habe?«, sagte meine Schwester zu dem loowerischen Baustein-Roboter. »Ich bin klüger als sie und erfahrener. Ich habe eine gute Erziehung genossen und habe außergewöhnlich gute Lernzeugnisse. Alle erdenklichen Tests habe ich mit Auszeichnung bestanden. Warum sollte gerade ich bei den Loowern durchgefallen sein? Da kann etwas nicht stimmen. Die Loower ziehen meine kleinere und dümmere Schwester mir vor. Kannst du mir beantworten, weshalb, Nathan junior?«

Kerinnja nannte den Helk so in Anlehnung an das lunare Rechengehirn.

»Ich könnte sagen, dass alles, was du dir zugutehältst, dir in entelechischem Sinn zum Nachteil gereicht«, antwortete der Helk. »Aber damit gibst du dich sicherlich nicht zufrieden, Kerinnja. Eine bessere Antwort habe ich jedoch nicht.«

»Die Loower müssen Idioten sein!«, schimpfte Kerinnja. In ihrem Zorn erinnerte sie mich sehr an meine Eltern. Sie brüllten stets los, sobald ihnen für irgendetwas das Verständnis fehlte.

»Wie kann man nur eine leicht beschränkte, dumme Siebenjährige als repräsentative Terranerin ansehen ...?« Kerinnja unterbrach sich, als sie zur Tür blickte und mich dort sah. Sie wurde rot. »Entschuldige, Baya, es war nicht so gemeint. Ich habe ja nichts gegen dich, ich versuche nur herauszufinden, warum die Loower einen solchen Narren an dir gefressen haben. Weißt du es?«

»Ich weiß gar nichts, Kerinnja«, sagte ich und ging auf mein Zimmer.

Dort blieb ich nicht lange allein, denn sie kam mir nach, und ihr auf dem Fuß folgte Vater. Er machte ein sehr feierliches Gesicht.

»Entschuldige, Kleines«, sagte Kerinnja und nahm mich wie eine Puppe in die Arme. Ich sagte ihr nicht, wie sehr mir das zuwider war, denn ich wollte sie nicht kränken. Kerinnja fuhr fort: »Die Loower setzen dir ohnehin schwer genug zu, und dann geht deine große, böse Schwester auch noch auf dich los. Ich verspreche dir, nie mehr so über dich zu reden. Wenn ich es getan habe, dann doch nur, weil du mir leidtust. Wie gerne würde ich an deiner Stelle sein, um dir das alles zu ersparen, was die Loower mit dir anstellen.«

»Die Loower stellen gar nichts mit mir an«, sagte ich.

Kerinnja akzeptierte das nicht. Sie strich mir übers Haar. »Ich weiß – schon gut. Du verstehst es nicht besser. Wie glücklich du über diese Eigenschaft sein kannst.«

»Ich muss euch etwas verraten«, sagte ich und biss mir auf die Lippen. Aber dann konnte ich es doch nicht zurückhalten. »Die Loower wollen mich zur Erde mitnehmen.«

»Sie lassen dich frei, Baya?«, fragte Vater. »Dich allein?«

»Es ist anders, als du denkst«, sagte ich und erzählte, dass ich einer diplomatischen Delegation angehören sollte.

»Was ist das schon wieder für eine Teufelei!«, rief Haman erbost.

Mutter musste mitgehört haben. Ich hörte sie im Korridor aufschluchzen, und dann kam sie herein und drückte mich so fest an sich, als gelte es, mich gegen alle Unbilden der Welt zu schützen.

»Geh hinaus, Aldina! Du auch, Kerinnja!«, befahl Haman. »Ich muss allein mit Baya reden.« Meine Mutter und meine Schwester verließen gehorsam das Zimmer.

»Ich glaube, dass ich gerade rechtzeitig die richtigen Maßnahmen getroffen habe«, sagte Haman, als er mit mir allein war.

Ich hatte keine Ahnung, was er damit meinte. Ich fragte auch nicht, weil ich wusste, dass er mich einer Antwort sowieso nicht für würdig befunden hätte.

»Was genau haben die Loower dir gesagt?«, wollte er dann von mir wissen. »Versuche dich daran zu erinnern, wie sie dir diesen Vorschlag unterbreitet haben, Baya. Es kann sehr wichtig sein.«

»Lank hat nicht viele Worte gemacht«, sagte ich. »Er fragte mich, ob ich mit zur Erde gehen würde, um vor den Terranern für sein Volk zu sprechen. Das war alles.«

»Das war alles?«, wiederholte Vater und schnaubte. »Lank hat dich einfach gefragt, und du hast Ja gesagt.«

»So war es«, bestätigte ich.

»Als ob man dich zu einem Spaziergang in die Marswüste eingeladen hätte!«, rief Vater in ärgerlichem Unverständnis. Er wischte mit der Hand durch die Luft. »Auch gut. Es ändert nichts mehr. Mein Entschluss steht ohnehin fest. Ich habe dir versprochen, dich nicht der Willkür dieser Monstren zu überlassen, Baya, und ich werde dieses Versprechen halten.«

»Aber die Loower zwingen mich zu nichts«, versuchte ich einzuwenden. Haman schnitt mir das Wort mit einer heftigen Handbewegung ab.

»Genug geredet«, sagte er entschlossen. »Ich will, dass du mich begleitest, Baya. Wir machen einen Spaziergang durch den Westturm.«

Er ging zur Tür, und ich folgte ihm. Im Flur standen Aldina und Kerinnja aneinandergeklammert. Mutter blickte Vater fragend an, doch er wich ihrem Blick aus. Dabei wurde mir bewusst, dass er nicht einmal seine Frau für mündig genug hielt, sie über seine Absichten zu informieren. Um sie wenigstens nicht in Ungewissheit zurückzulassen, sagte ich: »Haman und ich machen nur einen kleinen Spaziergang.«

Vater verließ wortlos die Wohnung und wartete auf der anderen Seite der Tür, bis ich nachgekommen war. Er legte mir die Hand auf die Schulter, und so gingen wir durch die leeren Gänge und Hallen des Westturms.

»Ich habe viel an dir gutzumachen, Baya«, sagte Vater in jener feierlichen Stimmung, in der er mein Zimmer betreten hatte. »Ich habe deine Erziehung vernachlässigt und mich zu wenig um dich gekümmert.«

»Lank meint, dass das gar nichts ausmacht«, sagte ich, um ihn zu trösten. »Er ist sogar davon überzeugt,dass eine zu strenge Erziehung mir nur geschadet hätte.«

»O ja, das hat er bestimmt gesagt.«Vater wurde wieder wütend. »Ich kann mir schon vorstellen, wie er gegen dein Elternhaus und die terranische Gesellschaft gehetzt hat. Aber er wird nicht ernten, was er gesät hat. Ich bin in mich gegangen und habe mir fest vorgenommen, mich dir viel mehr zu widmen. Es war kein leeres Versprechen, als ich sagte, dass ich dich vor den Loowern beschützen werde.«

Da er sich das ohnehin nicht hätte nehmen lassen, sagte ich ihm gar nicht, dass ich vor den Loowern keinen Schutz brauchte. Ich war gefestigt genug, um nicht einmal mehr Gefahr zu laufen, seinem schädlichen Einfluss zu unterliegen. Haman wusste das, nur missverstand er es.

»Diese Monster haben dich uns entfremdet«, fuhr er fort. »Aber es ist noch nicht zu spät. Auf der Erde gibt es Mittel und Wege, dich zu heilen. Die Wissenschaft kann Wunderdinge vollbringen. Eines Tages wirst du wieder ein vollwertiger Mensch sein.«

Er sagte das wohl mehr zu sich selbst, denn zu mir hätte er nie so gesprochen. Ich hörte ihm auch nur mit halbem Ohr zu.

Von irgendwo drangen Geräusche zu mir, die nicht hierher passten. Es waren Schritte, vermischt mit lauten Rufen. Die Schritte kamen rasch näher, und ich erkannte, dass es sich um menschliche Stimmen handelte.

»Was bedeutet das?«, fragte ich.

Vaters Druck auf meine Schulter verstärkte sich, er hielt mich jetzt so fest, dass ich mich kaum bewegen konnte. Sein Griff tat mir weh.

»Keine Angst, Baya«, sagte er beruhigend. »Das sind Freunde. Sie werden dich in Sicherheit bringen.«

Aus einem Seitengang kamen sechs Männer. Einer fiel mir besonders auf. Er war schlank und langbeinig, hatte einen zu kurzen Oberkörper und eine ungewöhnlich weiße Haut. Auf dem Kopf trug er einen eigenartigen Helm, in dem eine Röhre untergebracht war, die auf einer Seite schwarz wie das Nichts war und am anderen Ende wie ein Edelstein funkelte.

»Das sind Freunde«, wiederholte Vater, als er mein Zittern bemerkte.

Ich hatte plötzlich Angst. Wie waren diese Menschen in die Turmanlage gekommen? Und was wollten sie hier? Sie waren alle – bis auf den blassen Helmträger – bewaffnet und schossen unmotiviert um sich.

»Schick sie weg, Haman!«, flehte ich.

»Sie wollen dir helfen, Baya.« Vater schob mich auf den unheimlichen Mann mit dem Helm zu.

»Das ist also die junge Dame. Dir eilt der Ruf voraus, für die Loower eine Persona gratissima zu sein«, sagte er mit abstoßend einschmeichelnder Stimme. »Nun, von nun an werden sie auf dich verzichten müssen.«

»Nein!« Ich schrie, alle Selbstbeherrschung mit einem Schlag vergessend. Aber es half mir nichts. Vater stieß mich von sich, geradewegs in die Arme des Unheimlichen. Er hatte so schlanke und gepflegte Hände wie eine Frau, aber sie waren kräftig genug, mich festzuhalten.

»Keine Angst, Baya«, redete Haman auf mich ein. »Diese Männer wollen dir nur helfen.«

»Was weißt du schon, was gut für mich ist!«, schrie ich ihn in meiner Verzweiflung an. Er zuckte unter meinen Worten zusammen.

»Für Abschiedstränen ist keine Zeit«, sagte der Mann mit dem eigenartigen Helm. Wie auf ein unhörbares Kommando klappte die Röhre aus dem Helm vor sein Gesicht.

»Lee, du weißt, was zu tun ist!«, fuhr er im Befehlston fort. »Ihr müsst euch unbedingt zu dem Gleiter durchschlagen, der vor dem Turm wartet. Die Loower werden so überrascht sein, dass sie keine Gelegenheit haben, euren Start zu verhindern. Ich hole euch dann am verabredeten Ort ab. Es muss so aussehen, als würde euch die Flucht zum nächsten LFT-Stützpunkt gelingen.«

Er wandte sich einem großen, stattlichen jungen Mann zu.

»Valdo, Sie werden Lee den Rückzug decken und einen Feuerzauber veranstalten, den die Loower nicht ignorieren können. Wehren Sie sich mit allen Mitteln, bevor Sie sich in die Gefangenschaft begeben.«

»Für Terra und Julian Tifflor!«, rief der junge Mann und schwang seinen Strahler.

»Und nun zu dir, Haman«, sagte der Unheimliche zu meinem Vater. »Sobald ich mit deiner Tochter verschwunden bin, schlägst du Alarm. Aber übertreibe nicht. Die Loower können sich vorstellen, dass es dir nur recht sein muss, wenn deine Tochter aus ihren Klauen befreit wurde. Nachdem ich meinen Schützling in Sicherheit gebracht habe, komme ich wieder. Dann versetzen wir den Loowern den nächsten Schlag.«

»In Ordnung, Frath«, sagte Vater. »Ich weiß, was ich zu tun habe.«

Er warf mir einen letzten Blick zu, versuchte ein aufmunterndes Lächeln und wandte sich ab. Ich sah ihm nach, bis er aus meinem Blickfeld verschwunden war. Jetzt, da ich ihn wirklich gebraucht hätte, ließ er mich im Stich. Ich glaube, in dem Moment wurde er endgültig zu einem Fremden für mich.

»Und jetzt weg von hier!«, sagte der Mann, den Vater Frath genannt hatte.

Ich sah ihn angestrengt durch die Röhre vor seinem Gesicht blicken, und in diesem Moment wurde es schwarz um mich. Ich verspürte einen Druck in der Magengegend wie auf einer Luftschaukel. Dann fand ich mich in fremder Umgebung wieder. Es sah hier aus wie an Bord eines Kugelraumers.

Der Mann mit dem Helm übergab mich an Fremde, die herbeieilten. Als ich mich nach ihm umdrehte, war er schon wieder verschwunden, als wäre er von einem Transmitterfeld abgestrahlt worden.

Es war müßig, über unerklärliche Dinge nachzudenken. Für mich war nur entscheidend, dass ich von meinen loowerischen Freunden getrennt worden war. Und das schmerzte.

Ich wurde recht anständig behandelt. Zuerst glaubte ich, dass Frath meinem Vater zuliebe angeordnet hatte, für mein Wohlergehen zu sorgen. Doch ich merkte schnell, dass Haman für diesen Mann überhaupt nichts bedeutete, noch weniger als die ihm sklavisch ergebenen anderen Männer in meiner neuen Umgebung.

Ich wurde in einem komischen Antigravlift in die unteren Regionen dieses seltsam leeren Raumschiffs gebracht. Hier steckte man mich in eine Zelle, die überaus improvisiert wirkte.

Nach einer ganzen Weile brachte mir jemand etwas zu essen. Aber die Konzentratnahrung schmeckte mir nicht mehr, und da ich keinen Hunger hatte, rührte ich sie gar nicht an.

Als Frath kam, fiel ihm das sofort auf.

»Hungerstreik?«, fragte er.

»Ich habe keinen Appetit«, antwortete ich. Ich hatte mich längst wieder gefasst und war ganz ruhig.

»Der kommt von selbst«, sagte der Unheimliche. »Du wirst eine Weile mein Gast sein, kleine Baya. Aber ich will dir diese enge Zelle nicht zumuten. Ich bringe dich in Klause sieben. Dort kann ich mich mit dir in Ruhe unterhalten.«

Ich hörte ihm aufmerksam zu. Trotzdem verstand ich kaum, was er meinte. Offenbar nannte er seine Raumschiffe Klausen, und er konnte mittels der faszinierenden Röhre auf seinem Helm von einem zum anderen wechseln. Zu diesem Schluss kam ich, weil er die Röhre wieder vor sein Gesicht klappte, bevor es um uns schwarz wurde und wir gleich darauf an einem anderen Ort waren.

Die Umgebung war ähnlich wie zuvor. Alles wirkte leer und unfertig und improvisiert, nur waren die Platzverhältnisse in Klause sieben beengter – überhaupt war alles viel kleiner.

Ich fand mich auf einem völlig leeren Deck wieder. Hier gab es keinerlei Technik, nicht einmal Trennwände oder stützende Verstrebungen. Nur in der Mitte des kreisrunden Decks verlief der Antigravschacht.

»Alles ist noch etwas kahl«, sagte der blasse Helm-Mann. »Aber ich werde einige Sachen herbeischaffen, die dir den Aufenthalt angenehmer gestalten sollen. Sag mir, was du brauchst, und ich bringe es dir. Hast du ein Lieblingsspielzeug?«

»Ich komme auch ohne aus«, erwiderte ich. »Doch wenn du wirklich willst, dass ich mich wohlfühle, dann bring Lank-Grohan zu mir.«

»Das ist dein loowerischer Lehrer?« Sein kleiner Mund lächelte auf eine Art, die ich nur als seelenlos bezeichnen konnte. Frath machte überhaupt einen sehr kalten Eindruck auf mich, obwohl ich nicht hätte sagen können, dass er gefühllos gewesen wäre. Ganz im Gegenteil, er sprühte vor Emotionen, aber seine Gefühle waren durchwegs ichbezogen.

»Das ist einer der wenigen Wünsche, die ich dir nicht erfüllen kann.« Er machte ein Kindergesicht, das ihn für mich nur noch älter erscheinen ließ. Als sei er tausend Jahre alt. Ja, er erschien mir älter als Julian Tifflor, der Erste Terraner. Und der ist bekanntlich unsterblich. »Aber sonst wird es dir an nichts fehlen. Ich möchte, dass du dich hier sehr wohlfühlst und dass wir einander näherkommen. Glaubst du, dass du mich gernhaben kannst?«

»Auf mich wirkst du wie einer der Kinderschänder aus den Märchen, die Haman immer Kerinnja erzählt hat.«

Das kränkte ihn, ich merkte es sofort, und es tat mir leid, dass ich das gesagt hatte. Es war überhaupt nicht entelechisch. Aber vielleicht war es doch gut, denn ich hatte nun keine Angst mehr vor ihm.

Er war ein alter, einsamer Mann mit einem Kindergesicht, der von den Albträumen seiner Kindheit gequält wurde. Was mochte er durchgemacht haben, dass er so geworden war, wie er war?

»Warum hast du das getan, Frath?«, fragte ich. »Oder verrätst du mir deinen richtigen Namen?«

»Frath Koban heiße ich nur für deinen Vater«, antwortete er. »Nenne mich einfach Boyt.«

»Dann gibt es dich wirklich?«, wunderte ich mich.

»Warum sollte es mich nicht geben?«

»Die Loower bezweifeln deine Existenz«, sagte ich, und an seinem zufriedenen Lächeln merkte ich, dass dies genau in seinem Sinn war. Ich hätte das wohl besser nicht sagen sollen. »Ist es wahr, was man von dir erzählt?«

Er wischte mit der Hand durch die Luft.

»Du darfst nicht alles glauben.« Er seufzte, und ich hatte den Eindruck, dass ihm der Gedanke Unbehagen zu bereiten schien, dass ich schlecht von ihm denken konnte. »Es kommt immer darauf an, von welchem Gesichtspunkt man die Dinge betrachtet. Du hast von mir nichts zu befürchten, Baya.«

»Ich fürchte mich nicht.«

Das schien ihm wiederum nicht zu gefallen.

»Was albere ich überhaupt mit dir herum?« Als er sich mir diesmal zuwandte, hatte sein Jungengesicht einen grausam-verhärmten Zug. Er war wütend, aber nicht auf mich, sondern ganz allgemein. Ich betrachtete ihn neugierig, und das schien ihn noch zorniger zu machen.

»Schluss damit!«

Es war offensichtlich, dass er sich selbst zur Ordnung rief. Er war plötzlich ein ganz anderer. Ich meine damit, dass sich etwas in seinem Wesen wandelte und sich seine Einstellung zu mir änderte.

»Ich lass mich doch nicht von einem Naseweis wie dir aus der Fassung bringen!«

Aber dass er diesen Beschluss überhaupt laut aussprach, zeigte mir, dass es ihn mehr Überwindung kostete, als ihm lieb war. Immerhin, es half ihm. Er hatte auf einmal etwas Dämonisches an sich. Der Blick seiner Augen wurde noch kälter. Sie wurden dunkel und hart wie Lavastein und wirkten dadurch umso lebloser. Zwei harte Steine aus toter Materie, aber mit unheimlicher Suggestivkraft. Ich blickte sie fasziniert an.

»Du magst mich, Baya«, sagte er mit einer Stimme, die zum Ausdruck seiner Augen passte. »Du hast keine Furcht vor mir und keinen Abscheu. Du liebst mich wie deinen Vater. Noch mehr, denn ich stehe dir näher.«

Er hatte auf einmal drei Augen. Eines davon trug er auf der Stirn, in den seltsamen Helm eingebettet. Es faszinierte mich mehr als seine Steinaugen. Aber es hatte dieselbe geringe Wirkung auf mich.

Dann kam noch ein viertes Auge dazu. An seinem Halsansatz tauchte es auf und bildete mit dem Helmauge und seinem Nasenrücken eine gerade Linie. Es war kein so geschliffener Stein wie die anderen, sondern ein großer, unbehauener Klumpen. Und ein ulkiger Zwerg winkte daraus.

Ich musste lächeln und winkte zurück.

Das ließ Boyt aufschreien. Er stieß einen kehligen, unartikulierten Schrei aus. Dann sagte er etwas, aber es klang viel zu undeutlich, als dass ich es hätte verstehen können. Aus seiner Stimme klang Unmut.

»Boyt, was hast du?«, fragte ich.

Daraufhin wurde er noch wütender. Auf seinem weißen Gesicht bildete sich Schweiß. Seine Augen schauten völlig entseelt, die kältesten Pole im Universum. Etwas kam daraus auf mich zu und versuchte, auf mich überzugreifen. Ich wehrte mich nicht dagegen, ich erwartete das Etwas furchtlos. Aber irgendwie prallte es immer wieder von mir ab, und ich spürte nur seine wärmende Ausstrahlung. Das Etwas wurde heiß. Es brodelte. Ich wunderte mich, wie etwas Sonnenheißes aus etwas Eiskaltem kommen konnte.

Dann erlosch das Feuer.

Boyt brach erschöpft zusammen. Er keuchte und schwitzte. Er zitterte wie ein kleines Kind, das sich mit letzter Anstrengung bemüht hatte, ein Spielzeug von einem unerreichbaren Platz zu holen. Er hatte sich dabei völlig verausgabt und war niedergeschlagen, weil er sein Ziel nicht erreicht hatte.

Mit einem gurgelnden Laut, die Röhre aus dem Helm zum Gesicht heruntergeholt, verschwand Boyt.

Ich verstand überhaupt nichts mehr. Und ich war noch völlig verwirrt, als er zurückkam und keine Anzeichen seiner Schwächeperiode mehr zeigte.

»Ich glaube es nicht«, sagte er in einer Mischung aus Staunen und Hochachtung. »Ich glaube einfach nicht, dass du dich mir widersetzen kannst!«

»Ich widersetze mich dir gar nicht«, erwiderte ich. »Ich habe mich sogar sehr darum bemüht, dich zu verstehen. Aber je mehr ich das tat, desto ferner bist du mir geworden, Ehrenwort!«

»Vielleicht ist es gerade das. Ich habe noch keinen Menschen kennengelernt, der so wenig psi-affin zu mir war wie du. Ich möchte dich fast als antipodisch bezeichnen. Je mehr du dich um eine Annäherung bemühst, desto größer wird deine innere Abwehr.«

»Ich weiß nicht, was du damit meinst, Boyt«, sagte ich verständnislos.

»Aber ich weiß, was es damit auf sich hat, und das genügt.« Er war wirklich zornig. »Deine loowerischen Freunde haben dich präpariert. Ich muss mich wohl damit abfinden, dass ich keine Paratenderin aus dir machen kann. Aber das ändert nichts an meinen Plänen. Du bleibst hier.«

»Warum tust du das, Boyt?«, fragte ich.

Er sah mich seltsam an. »Willst du es wirklich wissen?«

Ich nickte stumm.

»Dann sage ich es dir. Für die Loower wird es so aussehen, als seien die Terraner, und zwar die LFT selbst, für deine Entführung verantwortlich. Die Loower werden sich das nicht bieten lassen und Gegenmaßnahmen ergreifen. Bestimmt wird sich der Konflikt verschärfen. Wie findest du das, kleine Baya?«

»Abscheulich und gemein«, schleuderte ich ihm entgegen.

Er lachte mich nur aus. Aber es war ein gekünsteltes Lachen. Tief im Innern, und das spürte ich deutlich, schämte er sich wegen seiner Handlungsweise.

Hergo-Zovran war sofort von der Entführung Baya Gheröls verständigt worden. Als Lank-Grohan als Verantwortlicher für den Westturm in die Türmerstube kam, um detailliert Bericht zu erstatten, waren die Stellvertreter des Türmers schon anwesend.

Der Psychologe schilderte die Geschehnisse aus seiner Sicht.

»Haman befand sich mit Baya auf dem Weg durch den Westturm, als ein fünfköpfiges terranisches Einsatzkommando eindrang. Sie schossen wie Barbaren um sich, schlugen Haman in die Flucht und nahmen Baya mit. Sie müssen sie in ein Flugobjekt gebracht haben, das außerhalb des Turms wartete. Dann flogen sie in Richtung eines militärischen Stützpunkts der LFT davon, wo das Flugobjekt aus unserem Ortungsbereich verschwand. Einen Terraner haben wir gefangen genommen, als er versuchte, den Rückzug der Entführer mit Waffengewalt zu decken. Er hat freimütig erklärt, dass die Entführer von der LFT beauftragt wurden, Baya mit allen Mitteln von hier fortzubringen.«

Den Ausführungen folgte Schweigen, das der Türmer schließlich brach.

»Diese Entwicklung kommt für mich überraschend. Ich hätte es nicht für möglich gehalten, dass die Terraner unsere Friedensbemühungen so brutal sabotieren könnten. Nun sehe ich mich gezwungen, andere Maßnahmen zu ergreifen. Mir bleibt eigentlich nur eine Möglichkeit.«

»Krieg!«, rief Mank-Beram. »Die Handlungsweise der Terraner zeigt, dass sie förmlich nach einer militärischen Kraftprobe verlangen. Alles andere als eine eindeutige Kriegserklärung würden sie nur als Schwäche auslegen.«

»Ich bin ebenso enttäuscht von den Terranern«, sagte Opier-Warnd, der stets für eine gemäßigtere Linie eingetreten war und nach Kompromisslösungen gesucht hatte. »Vielleicht hat Mank-Beram recht, und wir sollten ein Exempel statuieren.«

»Wie steht unser Friedensstifter dazu?«, wandte sich der Türmer an Fanzan-Pran.

»Wir kennen die Terraner als impulsiv und unüberlegt handelnde Wesen«, sagte der gemäßigte Loower. »Ich kann und will ihre barbarische Handlungsweise nicht billigen, und ich fürchte, dass nun doch die rohe Gewalt über die Vernunft siegen wird. Aber bevor wir zu diesem letzten Mittel greifen, sollten wir es mit einem letzten Appell versuchen.«

»Das wäre vergeudete Zeit«, widersprach Mank-Beram.

»Ich plädiere nur für ein allerletztes Ultimatum.«

»Einmal höre ich noch auf dich, Fanzan«, entschied der Türmer. »Ich stelle den Terranern ein Ultimatum. Entweder schicken sie Baya innerhalb eines Viertelintervalls zu uns zurück, oder sie müssen die Besetzung der Erde in Kauf nehmen. Von dieser Forderung weiche ich nicht ab.«

»Das ist mehr, als die Terraner verdient haben«, sagte Mank-Beram.

»Die Frist ist kurz«, beklagte Fanzan-Pran. »Aber die Entscheidung ist weise und gerecht.«

Damit schien das Schicksal Terras besiegelt. Denn so chancenlos die Menschen bisher bei der Beschaffung des Auges gewesen waren, so gering war ihre Aussicht, innerhalb von nur sechs Stunden das Mädchen zu finden.

Goran-Vran

24.

Alles ging so schnell, dass ich nicht einmal Zeit hatte, meine Körperplatten zu ordnen. Uniformierte brachen in meine Wohnzelle ein. Ihr Anführer forderte mich über Translator auf, ihnen sofort zu folgen.

»Wir bringen Sie fort!« Mehr antwortete er nicht auf meine Fragen.

Ich verlangte Jennifer, Ronald oder Ferengor zu sprechen. Aber darauf reagierten die Uniformierten nicht. Obwohl ich keine Ahnung hatte, was das bedeuten sollte, war mir klar, dass es einen schwerwiegenden Grund für diese Maßnahme geben musste.

Die Uniformierten brachten mich in eine Halle mit drei gigantischen Materietransmittern. Auf einen der Transmitter hielten wir zu. Es war schon alles für die Abstrahlung vorbereitet. Ich brauchte nur durch das Transmitterfeld zu gehen ...

... danach befand ich mich an Bord eines Raumschiffs. Es war zweifellos einer der großen terranischen Kugelraumer.

Ronald und Jennifer erwarteten mich.

»Was ist vorgefallen?«, fragte ich, als ich sie sah. »Warum werde ich plötzlich wie ein Verbrecher behandelt? Wohin soll ich gebracht werden?«

»Zum Mars«, antwortete Ronald Tekener ernst. »Und was deine Behandlung betrifft, sie sagt nichts über deinen Status aus. Wir hatten einfach nicht genügend Zeit, dir lange Erklärungen vor deiner Überstellung zu geben. Es musste schnell gehen. Hergo-Zovran hat uns ein Ultimatum gestellt. Uns bleiben weniger als sechs Stunden, entweder seine Forderungen zu erfüllen oder eine Invasion in Kauf zu nehmen.«

Jenny setzte mir die Forderung des Türmers auseinander. Die Terraner sollten die aus der Neunturmanlage entführte Botschafterin der Entelechie innerhalb eines Viertelintervalls zurückbringen.

»Dabei haben wir mit dieser Entführung überhaupt nichts zu tun«, fügte Jennifer hinzu. »Wir waren wie vor den Kopf geschlagen, als uns Hergo-Zovran wissen ließ, er habe das Geständnis eines gefangenen Terraners, der an der Entführung beteiligt war. Für uns ist das ein Rätsel.«

»Es gibt nur zwei Möglichkeiten«, sagte Ronald. »Entweder lügt der Gefangene, oder die Loower haben seine Aussage falsch verstanden. Darum bringen wir dich zum Mars, Goran. Du kennst unsere Einstellung, und du weißt, dass der Erste Terraner mit den Verhandlungsbedingungen deines Volkes einverstanden ist. Du musst das dem Türmer deutlich zum Ausdruck bringen. Nur wenn du ihm begreiflich machen kannst, dass die terranische Regierung nichts mit der Entführung zu tun hat, kann eine Katastrophe verhindert werden. Du hast noch fünf Stunden Zeit.«

Das war etwa ein Fünftelintervall, eine kurze Zeitspanne. Mir war klar, warum die Terraner es so eilig hatten, mich zum Mars zu bringen.

»Das kommt alles ein wenig plötzlich«, sagte ich.

»Für uns auch«, erwiderte Jennifer. »Der Erste Terraner konnte sich nicht einmal die Zeit nehmen, sich persönlich an dich zu wenden. Ich hoffe, du nimmst ihm das nicht übel, Goran.«

»Natürlich nicht«, versicherte ich. »Aber ich fürchte, er verspricht sich von meiner Intervention beim Türmer zu viel. Ich muss euch ein Geständnis machen. Ronald hatte recht, ich war tatsächlich Hergo-Zovrans Spion auf Terra.«

Jennifers Gefährte machte eine abrupte Handbewegung. »Was spielt das noch für eine Rolle? Ich wusste das ohnehin und brauche keine Bestätigung mehr. Inzwischen bist du unser wichtigster Zeuge, Goran. Genau das ist eingetreten, was Julian Tifflor als Hypothese angedeutet hat. Du bist zum Friedensbotschafter Terras geworden, und du bist unsere letzte Hoffnung. Wir sind nicht in der Lage, Hergo-Zovrans Bedingungen zu erfüllen. Wir haben Baya Gheröl nicht entführt. Was spielt es da noch für eine Rolle, mit welchen Absichten du wirklich zu uns gekommen bist?«

»Es wäre bedeutungslos, wenn es nicht einen besonderen Umstand gäbe«, sagte ich. »Ich habe in meinen Körperplatten eine Übertragungsanlage eingebaut, über die Hergo-Zovran ständig auf dem Laufenden gehalten wurde. Als ihr mir jedoch angeboten habt, die Informationssperre fallen zu lassen, habe ich das Gerät abgeschaltet, damit der Türmer keine Daten erhält, die er gegen euch verwenden könnte. Allerdings weiß er nicht, dass ich die Verbindung sabotiert habe. Er muss annehmen, dass ihr sie unterbrochen habt. Das könnte für ihn so aussehen, dass ihr einiges zu verbergen habt.«

»Ferry hatte also recht mit seiner Behauptung, du würdest unser Vertrauen nicht missbrauchen«, sagte Jennifer. »Leider könnte genau dieser Vertrauensbeweis jetzt zum Bumerang für uns werden.«

»Nicht, wenn Goran sich beim Türmer für uns einsetzt!«, sagte Ronald. »Können wir uns auf dich verlassen, Goran, auch ohne dir die Bedeutung deiner Mission in allen Einzelheiten vor Augen zu halten? Von dir könnte der Fortbestand unserer Zivilisation abhängen.«

»Ich werde mein Bestes geben«, versprach ich. Ich verschwieg die Bedenken, die mir in diesem Moment kamen, denn ich wollte ihm die Illusion nicht rauben, dass mein Wort allein irgendwelches Gewicht vor dem Türmer hätte.

In einer kurzen Linearetappe erreichten wir den Mars. Ein schnelles Beiboot brachte mich zur Oberfläche des vierten Planeten hinunter und setzte mich vor der Neunturmanlage ab.

Meine Heimkehr hatte ich mir, wenn überhaupt, anders vorgestellt.

Ich erstattete dem Türmer Bericht, erzählte ihm die Geschehnisse von dem Moment an, als ich das Übertragungsgerät abgeschaltet hatte, und vergaß nicht, besonders auf die Verhandlungsbereitschaft des Ersten Terraners hinzuweisen.

»Es wäre unlogisch, mir gegenüber den Willen für Gespräche mit der Botschafterin der Entelechie zu bekunden und sie danach entführen zu lassen, Türmer«, sagte ich abschließend. »Das ergäbe keinen Sinn. Die Reaktion der Terraner auf die Entführung Baya Gheröls hat mir gezeigt, dass sie ehrlich erschüttert waren. Sie haben nichts damit zu tun.«

»Deine Aussage ist ohne entelechischen Wert«, erwiderte Hergo-Zovran. »Ich könnte einfach sagen, dass die Terraner dich nur zu wissen lassen brauchten, was sie wollten. Aber da du für sie Partei ergriffen hast, würdest du das allein nicht akzeptieren. Ich kann dir die Schuld der Terraner beweisen.«

Der Türmer ließ den gefangenen Entführer vorführen. Der Mann berichtete freimütig.

»Meine Leute und ich haben im Auftrag der LFT gehandelt. Wir sollten Baya Gheröl befreien und sie in Sicherheit bringen. Das ist uns gelungen. Macht mit mir, was ihr wollt. Foltert oder tötet mich.«

Bevor er wieder abgeführt wurde, rief er hasserfüllt: »Tod allen Loowern!«

Ich war erschüttert.

»Was sagst du dazu?«, wollte der Türmer von mir wissen.

»Meine Meinung könnte an deiner Einstellung ohnehin nichts ändern«, antwortete ich. »Die Aussage des Gefangenen spricht eindeutig gegen die Terraner. Es bedarf nicht des entelechischen Denkens, um zu diesem Schluss zu kommen. Aber ich kann es trotzdem nicht glauben. Es muss sich um ein Missverständnis handeln.«

»Ich war darauf vorbereitet, dass du diese Meinung äußerst. Wie du selbst erkannt hast, ist sie für mich ohne Bedeutung«, sagte der Türmer. »Ebenso wenig beeindruckt es mich, dass die Terraner ausgerechnet dich als Unterhändler geschickt haben. Wissen sie, dass du ein Entarteter bist, Goran?«

»Es ergab sich nicht, ihnen das zu sagen«, antwortete ich reserviert. »Benötigst du mich noch, Türmer?«

»Möchtest du denn zu den Menschen zurückkehren?«

»Ich will nicht derjenige sein, der ihnen die schlechte Nachricht überbringt«, antwortete ich.

»Dann hätte ich in der Neunturmanlage Verwendung für dich. Ich möchte, dass du dich um Bayas Familie kümmerst. Wir behalten sie vorerst hier, um sie nicht den Repressalien ihrer Artgenossen auszusetzen. Übernimmst du ihre Betreuung?«

Ich hatte keinen Grund, dies abzulehnen, und begab mich in den Westturm. Ich ließ mich von Haman Gheröls Helk zum Schauplatz der Entführung bringen und mir von ihm den Hergang schildern.

Danach glaubte ich noch weniger, dass die Entführer im Auftrag der terranischen Regierung gehandelt hatten. Der sinnlose Waffeneinsatz, die plumpe Vorgehensweise, die eine Entdeckung förmlich herausforderte – das trug einfach nicht die Handschrift des Ersten Terraners und seiner Vertrauten.

Über den Helk ersuchte ich Hergo-Zovran um eine Unterredung mit dem gefangenen Entführer, doch der Türmer sah keinen Sinn darin und verweigerte sie mir. Ich konnte ihn sogar verstehen, für ihn war der Beweis eindeutig erbracht. In meinen Augen waren es nur unzureichende Indizien. Andererseits war mir auch klar, dass dieser Vorfall die Geduld des Türmers überstrapaziert hatte.

Die Entführung an sich war von geringerer Tragweite. Für mein Volk ging es um das Auge, um den Schlüssel zur Materiequelle. Auch wenn ich den Wert und die Bedeutung dieses Objekts nicht mehr abschätzen konnte, seit ich das entelechische Denken verloren hatte, war mir bewusst, dass mein Volk jeden Einsatz für das Auge wagen würde.

Ich ließ mich von dem Helk zu Haman Gheröl, seiner Frau und der älteren Tochter bringen. Haman wurde bei meinem Anblick geradezu aggressiv. Er beruhigte sich auch nur äußerlich, als sein Helk ihm erklärte, wer ich war.

»Wie ist es auf der Erde?«, fragte Aldina Feyrön mich fast sehnsüchtig.

»Ich habe nicht viel zu sehen bekommen«, gestand ich. »Alles scheint unverändert zu sein. Auf dem Mars tut sich mehr als auf Terra. Die Entführung Ihrer Tochter könnte schlimme Folgen haben, die Lage ist äußerst gespannt.«

Aldina warf ihrem Mann einen unsicheren Blick zu. »Baya geht es doch gut, nicht wahr? Ihr wird nichts zustoßen?«

»Baya ist in Sicherheit!«, sagte Haman überzeugt.

»Sie waren dabei, als Ihre Tochter entführt wurde«, wandte ich mich an ihn. »War es Ihnen nicht möglich, Baya zu helfen? Konnten Sie nicht verhindern, dass man das Mädchen vor Ihren Augen verschleppt hat?«

»Was geht Sie das an?«, schrie er. »Euch Loower trifft dieser Verlust natürlich hart, weil ihr mit Baya eine willige Sklavin verloren habt. Ich bin jedenfalls froh, dass Baya nicht mehr in eurer Gewalt ist.«

Ließ sich daraus auf eine Mittäterschaft schließen? Ich konnte mir zumindest vorstellen, dass Haman sich passiv verhalten hatte, als er sah, dass Terraner Baya fortbrachten.

Ich erzählte ihm von Hergo-Zovrans Ultimatum.

»Wenn die Frist abgelaufen ist und Ihre Tochter nicht auftaucht, wird ein Krieg zwischen unseren Völkern unabwendbar!«, fügte ich hinzu. Ich hoffte, ihn damit zur Zusammenarbeit zu bewegen. Doch er reagierte völlig anders.

»Es wird Zeit!«, rief er leidenschaftlich. »Ich kann es kaum erwarten, dass die Liga sich zum Handeln entschließt und euch aus dem Solsystem jagt. Und jetzt belästigen Sie uns nicht länger. Oder soll ich Sie ebenfalls hinausprügeln?«

Eine so aggressive Haltung hätte ich nicht erwartet. Selbst Lank-Grohans Aussage über Haman Gheröls cholerischen Charakter hatte mich nicht darauf vorbereitet. Haman schien Grund zu der Annahme zu haben, dass die momentane Entwicklung uns schadete und seinem Volk entgegenkam.

Was gab ihm solche Selbstsicherheit? Irgendwie hatte ich den Eindruck, dass dieser Mann über die Hintergründe der Entführung wusste.

Ich meldete meinen Verdacht dem Türmer und bat ihn, intensivere Nachforschungen anstellen zu dürfen. Aber Hergo-Zovran beantwortete den Anruf des Helks nicht einmal.

»Du schaffst nicht, was nicht einmal Lank-Grohan gelungen ist«, sagte Haman Gheröls Helk, der auf »Progressiven Dialog« programmiert war. »Dabei hatte der Psychologe über vierzehn Intervalle Zeit. Dir bleibt nur noch weniger als ein Sechstelintervall, Goran.«

Trotzdem gab ich meine Bemühungen nicht auf, und schließlich brachte ich den Türmer dazu, mir wenigstens die Erlaubnis für eine Konfrontation Hamans mit dem Entführer zu geben.

Ich wusste selbst nicht, was ich mir davon versprach. Es war nur so eine Idee, und ich wollte nichts unversucht lassen.

Schon Boyt Margors erste Recherchen ergaben, dass er mit Bayas Entführung ins Schwarze getroffen hatte. Die Loower machten die Terraner dafür verantwortlich und hatten ein Ultimatum gestellt. Doch Margor wollte den Konflikt weiter anheizen.

Er begab sich in den Westturm der Anlage auf dem Mars, um sich mit Haman Gheröl zu treffen. Haman war im Augenblick sein wichtigster Paratender, denn er sollte die Vernichtung der Neunturmanlage realisieren. Margor hatte die entsprechende Bombe schon in seiner Großklause, er musste Haman nur noch entsprechend konditionieren.

Margor materialisierte am Treffpunkt. Er brauchte nicht lange zu warten.

»Was ist mit Baya?«, erkundigte sich Haman, kaum dass er Margor erblickte. »Geht es ihr gut? Ist sie in Sicherheit?«

»Für Baya wird bestens gesorgt«, antwortete der Gäa-Mutant. »Aber wie steht es mit dir? Bist du bereit, der Menschheit einen großen Dienst zu erweisen und den Stützpunkt der Loower zu zerstören?«

Das war eine überflüssige Frage, denn Haman konnte gar nicht mehr anders. Aber Margor hörte von seinen Paratendern gern die Bestätigung ihrer Unterwürfigkeit.

»Ich bin mehr denn je dazu entschlossen«, sagte Haman fest. Im gleichen Moment tauchte hinter ihm Valdo Susper auf.

Margor versteifte sich. »Was soll das?«, fragte er misstrauisch.

Haman lächelte. »Die Loower haben Valdo in unserer Wohnung untergebracht. Diese Ahnungslosen wissen nicht, dass sie mir mit ihm einen starken Verbündeten zugespielt haben!«

»Wer weiß«, sagte Margor gedehnt. »Vielleicht steckt dahinter ein dunkler Zweck.«

»Bestimmt nicht«, versicherte Haman. »Die Loower können gar nicht ahnen, dass ich mit Valdo zusammengearbeitet habe.«

»Die Loower glauben nach wie vor, dass ich im Dienst der LFT stehe«, sagte Susper.

»Die Frage ist, wie lange noch.« Es gefiel Margor überhaupt nicht, dass die beiden Paratender zusammengetroffen waren. Susper sollte fest daran glauben, ein Agent der LFT zu sein, nichts sonst. Haman, dieser Narr, schleppte ihn nun mit sich. Valdo Susper wurde damit zu einem Unsicherheitsfaktor. Wenn die Loower erst Verdacht schöpften, konnte er sich als ernste Gefahr erweisen.

»Ihnen scheint etwas zu missfallen«, stellte Susper scharfsinnig fest.

»Erraten.« Margor überlegte nicht lange, er fasste den Entschluss, sich Valdos zu entledigen. Am liebsten hätte er auch mit Haman kurzen Prozess gemacht, aber ihn benötigte er für die Vernichtung der Neunturmanlage. Danach würde er, Margor, ohnehin aller Probleme enthoben sein.

»Ich habe beschlossen, dass Sie mit mir kommen, Valdo«, sagte Margor. Der Mann würde den Weg vieler anderer unliebsamer Mitwisser gehen und spurlos im Hyperraum verschwinden.

»Hier wird es ohnehin langweilig.« Susper lachte sogar.

»Was wird aus unserem Plan ...?« Gheröl unterbrach sich, als aus einem Seitenkorridor ein Geräusch zu hören war. Ein Loower war dort erschienen.

»Das ist Goran-Vran, der mich zu Haman gebracht hat!«, rief Susper. »Ich werde ihn ...«

Er kam nicht mehr dazu, seine Absichten zu erörtern. Margor handelte sofort. Er setzte die in ihm angestauten psionischen Energien gegen Susper frei. Bei dem Paratender setzte augenblicklich ein Schrumpfungsprozess des Zellkern-Haushalts ein.

Margor sah noch, dass der Mann förmlich austrocknete und seine Haut wie rissiges Pergament wurde. Er wartete das Ende dieses Vorgangs aber nicht ab, sondern brachte sich mittels des Auges in Sicherheit. Um keine Spuren zu hinterlassen, nahm er sein Opfer mit auf den distanzlosen Schritt und ließ es im Hyperraum zurück.

Erst in der Sicherheit seiner Großraumnische beruhigte Margor sich wieder. Die Entdeckung durch einen Loower war schlimm. Er fragte sich besorgt, welche Auswirkungen das auf seine weiteren Pläne haben mochte.

Goran-Vran erkannte den Mann sofort. Es war unverkennbar Boyt Margor, den er bisher nur auf Phantombildern der Terraner gesehen hatte.

Boyt Margor war also dreist genug, der Neunturmanlage einen Besuch abzustatten. Goran-Vran beglückwünschte sich zu seiner Idee, Valdo Susper und Haman Gheröl zusammenzubringen. Seine Vermutung, dass beide bei der Entführung zusammengearbeitet hatten, war demnach richtig gewesen. Dass auch Boyt Margor damit zu tun hatte, kam für ihn allerdings überraschend.

Als er auf den Plan trat, geschah mit Valdo eine unheimliche Verwandlung – und gleich darauf entmaterialisierte Boyt Margor mit dem Mann. Goran-Vran konnte nur noch erkennen, dass Boyt eine ungewöhnliche Kopfbedeckung trug, die von einem röhrenförmigen Ding gekrönt wurde, das vor sein Gesicht klappte, dann war der Mann auch schon verschwunden.

Haman verhielt sich daraufhin besonders aggressiv, aber Goran-Vran kümmerte sich nicht um ihn, sondern ersuchte sofort um eine Unterredung beim Türmer.

Diesmal ließ Hergo-Zovran ihn zu sich vor.

Die Stellvertreter des Türmers trafen zugleich mit Goran-Vran und dem nonentelechischen Psychologen Lank-Grohan ein.

Der Türmer unterbrach Goran-Vran kein einziges Mal, als er den Vorfall schilderte und eine genaue Beschreibung von Boyt Margor gab.

»Die Ähnlichkeit mit den Bildern, die mir von den Terranern vorgelegt wurden, war unverkennbar. Ein Irrtum ist ausgeschlossen«, sagte Goran-Vran. »Leider war ich auf diese Begegnung nicht vorbereitet, sonst hätte ich einen Helk mitgenommen. Trotzdem hoffe ich, dass du meiner Aussage Glauben schenkst, Türmer.«

»Warum sollte ich daran zweifeln?«, fragte Hergo-Zovran. »Ich glaube dir, dass du den Mann gesehen hast. Es war zweifellos dieser Boyt Margor.«

Der Türmer erinnerte sich daran, dass er von dem Wesen Harno, das aus Temporär-Energie bestand, schon auf Alkyra-II Bilder von Margor gezeigt bekommen hatte. Der nach Alkyra-II zurückgekehrte Berichterstatterteil des Saqueth-Kmh-Helks hatte Margor zusammen mit den Wissenschaftlern Jarkus-Telft und Gnogger-Zam gezeigt. Die beiden Loower, die losgeflogen waren, um das Auge aus seinem Versteck zu holen, waren von diesem Mann auf die gleiche Weise getötet worden wie Susper. Nur war in jenen Dokumentationen Margor ohne diese helmartige Kopfbedeckung aufgetreten.

»Was beweist die Anwesenheit dieses Mannes schon?«, fragte Mank-Beram. »Daraus lassen sich keinerlei Schlüsse ziehen, die unser Handeln beeinflussen könnten.«

»Doch, Mank«, widersprach der Türmer. »In deinem blinden Eifer erkennst du die Zusammenhänge nicht. Es gibt keinen Zweifel mehr, dass Boyt Margor hinter der Entführung Baya Gheröls steht. In ihrem Vater hatte er sogar einen willigen Helfer. Seit dem Bericht des Saqueth-Kmh-Helks wissen wir, dass Margor parapsychisch begabt ist. Gnogger-Zam und Jarkus-Telft mussten sich vor ihm durch einen Psi-Neutralisator schützen. Margor hat die Gabe, sich andere Wesen untertan zu machen, und wo er damit versagt, tötet er sie durch psionische Überschussenergien. Haman Gheröl und Valdo Susper waren seine Sklaven. Offenbar befahl er ihnen, den falschen Anschein zu erwecken, dass die terranische Regierung hinter dieser Entführungsaktion steckt, um einen Konflikt zwischen unseren Völkern heraufzubeschwören. Beinahe wäre ihm das gelungen.«

»Soll das heißen, dass du das Ultimatum zurückziehst?«, rief Mank-Beram.

»Mehr noch. Ich bin geneigt, den Terranern nun auch in anderen Punkten zu glauben. Die Beschreibung, die Goran-Vran von dem röhrenförmigen Ding auf Margors Helm gegeben hat, könnte die des Auges sein. Demnach hätten die Terraner nicht gelogen, als sie beteuerten, dass ein Außenseiter den Schlüssel zur Materiequelle gestohlen hat.«

»Boyt Margor könnte im Auftrag der terranischen Regierung gehandelt haben«, gab Mank-Beram zu bedenken. »Die Möglichkeit, dass dies alles nur inszeniert wurde, um uns zu täuschen, besteht immer noch.«

»Zugegeben, wir haben keine absolute Gewissheit«, sagte der Türmer. »Aber die gibt es nie. Ich finde, dass es nun an uns liegt, den Terranern jenes Maß an Vertrauen entgegenzubringen, das wir von ihnen verlangen. *Die Invasion findet nicht statt!«*

Damit entließ der Türmer seine Besucher.

Er sah auf der Schaltskala, dass der nächste Impuls fällig war, und während dieses Vorganges wollte er allein sein. Dies war für ihn stets ein Moment der Besinnung.

Wegen der Schwierigkeiten bei der Beschaffung des Auges hatte er zu wenig Muße, sich der Bestimmung seines Volkes gebührend bewusst zu werden. Jahrhunderttausende und Jahrmillionen hatten die Loower nur für das Ziel gelebt, den Schlüssel an der Materiequelle anzusetzen, für die er bestimmt war.

25.

»Du tust mir leid, Boyt.«

»Er versuchte, die stichelnde Stimme zu ignorieren. Er hätte Baya einfach in die Isolierzelle stecken können. Aber obwohl ihre Gegenwart ihn verunsicherte, suchte er förmlich ihre Nähe, vielleicht, um sich an sie zu gewöhnen.

»Du tust mir leid, weil du dich selbst zerfleischst«, stichelte das Mädchen wieder. »Du wirst mit deiner Niederlage nicht fertig, weil du die Schuld für das Versagen bei den Falschen suchst. Du solltest dir selbst einen Spiegel vorhalten, Boyt.«

Dass er im Besitz des Auges war, hatten die Loower nun erfahren. Aber dieses Wissen allein half ihnen wenig. Er hatte in der Neunturmanlage noch einen Verbündeten, Bayas Vater. Haman würde für ihn sogar in den Tod gehen. Und nicht weniger als das würde Margor von ihm verlangen.

Der Gäa-Mutant ließ das hochexplosive Kügelchen über seine Handfläche rollen.

»Warum setzt du diesen komischen Helm nie ab?«, drang die Stimme des kleinen Quälgeists in sein Bewusstsein. »Wenn du wüsstest, wie ulkig du aussiehst. Schläfst du auch damit?«

»Sei still, Kiebitz«, sagte Margor gutmütig.

Er drehte die Mikrobombe zwischen Daumen und Zeigefinger und betrachtete sie versonnen. »Die dünne Schale schmeckt nach Eukalyptus«, hatte Poul Santix gesagt, der den Sprengkörper nach seinen Angaben konzipiert hatte. »Es dauert knapp eine halbe Stunde, bis die Magensäfte die organische Hülle zersetzt haben und es zur Zündung kommt.« Eine Zeitbombe, die nach Eukalyptus schmeckte ...

»Das Auge gehört dir nicht«, quengelte Baya. »Du selbst hast mir gegenüber damit geprahlt. Du glaubst, Wunder vollbracht zu haben, weil du dieses Versteck im Hyperraum geschaffen hast. Vermutlich könntest du dem Auge noch weitere Geheimnisse entreißen, aber seinen wahren Zweck wirst du nie erfahren.«

»Welchem wahren Zweck dient das Auge denn?«

Baya biss sich auf die Lippen und schwieg.

»Ich nehme doch an, dass das Auge einen entelechischen Zweck hat«, sagte Margor, als ihm Bayas Schweigen zu lange dauerte.

»Die Loower sind jedenfalls seine rechtmäßigen Besitzer. Dieses Auge ist ihr Lebensinhalt. Weil du es gestohlen hast, verhinderst du die Erfüllung ihres jahrhunderttausendealten Traumes. Man könnte es als eine Parallelität der Fälle bezeichnen, aber es ist ungerecht.«

»Wie soll ich das verstehen?« Margor schaute von der Bombe auf. »Haben die Loower das Auge etwa auch gestohlen?«

»Das Auge gehört den Loowern«, sagte Baya fest. »Sie könnten es zweckmäßig einsetzen. Du missbrauchst es nur.«

»Ich weiß nicht, warum ich mich auf eine Diskussion mit einem siebenjährigen Naseweis einlasse.«

Es war schon eine recht eigenartige Situation, in der Margor sich befand. Baya war zu ihm nicht psi-affin, dennoch ließ er sie näher als alle anderen an sich heran. Was war die Entelechie für eine Philosophie, dass sie aus einem unterentwickelten Kind einen reifen Geist machte? Was für ein starker, mächtiger Glaube?

»Du bist ein Verbrecher, Boyt«, sagte Baya. »Warum tust du das alles, und was bringt es dir?«

»Macht« sagte er.

»Ist Macht alles, wonach du strebst?«

Er hätte dies bejahen können. Aber das war nur ein Teilaspekt der Wahrheit. Margor hatte sich nie danach gefragt, was er wirklich erreichen wollte.

»Liegt ein Teil der Antwort in dem Amulett, das du um den Hals trägst?«, hörte er Baya fragen. »Was ist mit dem Zwerg, der dem Betrachter aus diesem Steinklumpen zuwinkt?«

Er hatte dem Mädchen erlaubt, etwas von der Mauer abzutragen, die er um sich errichtet hatte. Aber jetzt wollte Baya alles niederreißen. Das ging zu weit.

»Es ist genug«, sagte Margor hart und steckte die Mikrobombe in eine Tasche seiner Kombination. Sein kleiner Mund lächelte verzerrt. »Auf deine Weise hast du mir geholfen, Baya. Dein Verhalten hat mir eine Entscheidung erleichtert.«

Als sie sah, wie das Auge aus dem Helm klappte, fragte sie: »Wohin willst du?«

»Ich statte deinem Vater einen Besuch ab.«

Boyt Margor begab sich auf den distanzlosen Schritt zum Mars.

Margor materialisierte im Westturm. Er war vorsichtig. Sicher rechneten die Loower mit seiner Rückkehr und hatten Vorbereitungen für einen entsprechenden Empfang getroffen. Deshalb ließ er das Auge nicht in den Helm zurückklappen, sondern behielt es vor dem Gesicht.

Das Auge behinderte seine Sicht, aber diese Einbuße nahm er dafür in Kauf, dass er sofort verschwinden konnte, falls es sich als notwendig erwies.

Margor registrierte die Gefühlsschwingungen seines Paratenders. Den Loowern war es also nicht gelungen, ihm Haman abspenstig zu machen. Wahrscheinlich hielten sie den Mann nur unter Beobachtung.

Sich an den psi-affinen Schwingungen orientierend, verfolgte der Mutant den Weg seines Paratenders. Ihm fiel auf, dass Gheröl auf Distanz blieb. Offenbar hielt der Paratender es noch nicht für ratsam, sich ihm zu nähern.

Unvermittelt gerieten Hamans Emotionen in Aufruhr. Der Gefühlsausbruch verriet Margor, dass Haman etwas Außergewöhnliches unternommen haben musste, vielleicht etwas gegen die Loower.

Haman Gheröl kam danach rasch näher. Schließlich tauchte er aus einem Seitengang auf. Er konnte Margor nicht sofort entdecken, weil dieser im Sichtschutz einer Mauernische stand.

Der Mutant trat aus seinem Versteck hervor.

»Da sind Sie ja, Frath!«, rief Haman erleichtert. »Ich spürte sofort Ihre Anwesenheit. Aber ich konnte nicht gleich kommen, weil die Loower mich schärfer bewachen. Ich musste erst meinen Helk ausschalten. Ich hoffe, Sie sind mir nicht böse, dass ich Sie warten ließ, Frath.«

»Du hast sehr klug gehandelt, Haman«, sagte Margor. »Komm her! Ich habe nicht viel Zeit. Es kann nicht lange dauern, bis die Loower dich wieder aufstöbern. Dann muss ich längst fort sein.«

»Verstehe. Ehrlich, ich hätte nicht geglaubt, dass Sie noch einmal bei mir erscheinen würden.«

»Ich wollte dich nicht im Stich lassen, Haman«, sagte Margor sanft. »Du hast einen großen Coup vor, dabei will ich dich unterstützen. Wie weit sind deine Vorbereitungen gereift?«

»Sie hätten keinen günstigeren Zeitpunkt wählen können, Frath. Ich habe eine Unterredung beim Türmer erwirkt. Mein Helk wollte mich gerade zum Südturm geleiten, als ich Ihre Anwesenheit spürte. Ich hoffe, es war kein Fehler, dass ich gerade zu diesem Zeitpunkt flüchtete.«

Margor überlegte kurz. »Ich glaube nicht«, erwiderte er. »Für dein Vorhaben kann es sogar vorteilhaft sein, wenn es auf einmal so aussieht, als wolltest du gar nicht mehr mit dem Türmer reden. Jetzt wird man wahrscheinlich weniger Verdacht schöpfen und dich vielleicht sogar nötigen, zu Hergo-Zovran zu gehen.«

Haman Gheröl schien Margors Gedankengang nicht ganz folgen zu können. »Meinen Sie?«, fragte er verständnislos. »Aber ich sehe den Vorteil nicht. Was nützt es mir, wenn ich zum Türmer vorgelassen werde. Soll ich mich mit bloßen Händen auf ihn stürzen? Und wenn Sie mir eine Waffe überlassen, hat es keinen Zweck, denn die Loower werden mich durchsuchen.«

»Deine Absicht war doch nicht, den Türmer zu töten, sondern diese ganze verdammte Neunturmanlage zu vernichten«, erinnerte der Gäa-Mutant sein Gegenüber.

»Was noch schwerer durchzuführen sein dürfte.«

»Komm näher, Haman, und öffne den Mund«, sagte Margor sanft. Sein Tonfall konnte nicht darüber hinwegtäuschen, dass es ein Befehl war.

Gheröl gehorchte. Als er vor Margor stand, legte ihm dieser die Mikrobombe mit Eukalyptusgeschmack auf die Zunge.

»Schluck das einfach!« Der Paratender gehorchte. »Jetzt bist du gestärkt, Haman. Gehe einfach zur Audienz beim Türmer, alles Weitere ...«

In diesem Moment geriet der ganze Raum in Bewegung. Margor sah, dass der Boden, die Decke und die Wände in unregelmäßige Teile zerfielen. Er ahnte sofort, was das bedeutete. Dieser Raum war aus den Teilen eines loowerischen Roboters zusammengesetzt. Im Moment lösten sich die Helks aus ihrer Verankerung und strebten dem Mittelpunkt zu – geradewegs ihm entgegen.

Funktionen wurden ausgelöst, die der Mutant nur erahnen konnte. Er spürte, dass unsichtbare Kraftfelder an dem Helm zerrten. Die zersetzenden Strahlen eines Psi-Neutralisators griffen nach seinem Geist, und sein Körper wurde von einem Paralyseschauer getroffen. Aus den heranschwebenden Helks lösten sich Greifarme, die nach ihm griffen.

Aber Margor war schneller als diese gut vorbereitete Falle. Das Auge befand sich vor seinem Gesicht, deshalb genügte ein einziger Gedanke, um den distanzlosen Schritt einzuleiten. Seine Umgebung löste sich in Schwärze auf, und die Schwärze wich einer anderen Szenerie.

Margor glaubte, dass er in eine seiner Klausen gelangt war, obwohl er nicht bewusst an ein Ziel gedacht hatte. Teile seines Körpers waren gefühllos, er konnte die Glieder kaum bewegen. Sein Geist war durch den Einfluss des Psi-Neutralisators wie gelähmt.

Aber er konnte sehen. Und er sah, dass er sich inmitten einer üppigen exotischen Flora befand. Daraus resultierte die Erkenntnis, dass das Auge ihn auf eine fremde Welt versetzt hatte.

Hauptsache, er war den Loowern entkommen. Und da er die Eigenheiten des Auges kannte, wusste er, dass diese Welt in der heimatlichen Galaxis lag. Und dass sie von Menschen bewohnt sein musste.

Haman Gheröl sah die Decke und die Wände in Fragmenten auf sich zukommen. Er glaubte, dass Frath das auf unerklärliche Weise bewirkt hätte. Die Neunturmanlage stürzte ein!

An sich selbst dachte Gheröl dabei nicht. »Tod den Loowern!«, schrie er und begann wie irr zu lachen.

Er verstummte erst, als er merkte, dass die vermeintlichen Trümmer ihn eingeschlossen hatten. Er war zwischen den Fragmenten, die sich nahtlos zusammenfügten, wie eingemauert.

Nur ein schmaler Sichtschlitz blieb frei. Deshalb konnte Haman erkennen, dass sich nur die Raumverhältnisse verändert hatten. Nirgends waren Schäden wie nach einer Explosion zu erkennen. Im Hintergrund tauchten zwei Loower auf.

Da erkannte er die Wahrheit.

»Ihr verdammten Bestien!«, schrie Gheröl und versuchte, sich aus der Umklammerung des Helks zu befreien. Aber er konnte nicht einmal die Fingerspitzen bewegen. Er spürte einen Stich im Rücken, dann breitete sich blitzschnell Eiseskälte in seinem Körper aus.

Nur der Kopf blieb von der Kälte verschont. Haman konnte sehen, sprechen und denken. Durch den Sehschlitz erkannte er, dass die beiden Loower zu ihm kamen.

»Sie hatten Glück, Haman«, sagte einer. »Wir haben Ihre Unterhaltung mit Boyt Margor abgehört und konnten rechtzeitig eingreifen. Deshalb können wir Ihnen vielleicht das Leben retten. Nur bedauerlich, dass sich Margor der Verantwortung entziehen konnte.«

Gheröl erkannte Goran-Vran, der in letzter Zeit um seine Gunst gebuhlt hatte.

»Frath ist euch immer um eine Nasenlänge voraus.« Gheröl war nun sicher, dass seinem Verbündeten die Flucht gelungen war. »Ihn bekommt ihr nicht zu fassen. Und solange Frath auf freiem Fuß ist, seid ihr eures Lebens nicht sicher ...« Er konnte nicht weitersprechen, da ihm der Mund verschlossen wurde.

»Wir müssen leider einen kleinen Eingriff an Ihnen vornehmen, Haman«, erklärte Goran-Vran. »Aber es ist nichts Bedrohliches. Wir holen nur aus Ihrem Magen, was Boyt Margor ihnen zu schlucken gegeben hat.«

Goran-Vran wich zur Seite und machte dem anderen Loower Platz.

Gheröl erkannte Lank-Grohan, der die Hauptschuld an allem trug. Wie er diesen Psychologen hasste!

»Der Mann, der sich als Frath Koban ausgegeben hatte, heißt in Wirklichkeit Boyt Margor«, sagte der Loower. »Er ist alles andere als ein Freund der Menschen, denn er scheut nicht davor zurück, sein eigenes Volk in den Untergang zu treiben. Boyt hat auch Baya entführt, und wir können nur hoffen, dass er ihr kein Leid zugefügt hat.«

»Er begreift gar nicht, was du von ihm willst, Lank«, sagte Goran-Vran. Haman wusste, dass die Loower in ihrer Muttersprache redeten und der Translatorteil des Helks ihre Worte ins Interkosmo übersetzte. »Boyts Paratender tragen Scheuklappen, die sie die Wahrheit nicht erkennen lassen.«

»Scheuklappen?«, fragte Lank-Grohan. »Ist darunter eine Art Psycho-Sperre zu verstehen?«

»So könnten wir es interpretieren«, gab Goran-Vran zurück, während er die Diagnose vom Helk abrief. Nachdem er die Daten eingesehen hatte, sagte er: »Es ist noch einmal gut gegangen.« Er fuhr eines seiner Stielaugen aus und blickte durch Gheröls Sehschlitz.

»Sie hatten keine Ahnung, dass Boyt Margor Sie zu einer lebenden Bombe gemacht hat, Haman? Was er Ihnen als Stärkungsmittel gab, ist in Wirklichkeit ein nuklearer Sprengsatz. Die Mikrobombe hätte ausgereicht, unsere Neunturmanlage zu vernichten. Und Sie wären der Mittelpunkt dieser Explosion gewesen.«

Die Loower hatten den Plan vereitelt! Im ersten Erschrecken dachte Gheröl nur daran. Erst allmählich wurde ihm bewusst, welches Opfer ihn das gekostet hätte.

»Wir müssen Sie leider völlig betäuben, Haman ...«

Die Stimme verhallte. Haman Gheröl nahm nichts mehr wahr.

Als er wieder sehen konnte, strebten Teile des Helks von ihm fort und formierten sich in einigen Metern Entfernung zu einem kegelförmigen Gebilde. Er fühlte sich noch schwindlig, darüber hinaus spürte er keine Nachwirkungen des Eingriffs.

»Es ist getan«, sagte jemand links von ihm.

Gheröl blickte in die Richtung. Dort stand Goran-Vran. Er hielt etwas zwischen den Greiflappen des linken Tentakels und zeigte es Haman. Es war eine erbsengroße Kugel.

»Die Bombe!«, erklärte er dazu. »Türmer, willst du sie entschärfen?«

Erst jetzt fiel Gheröl auf, dass er sich in völlig anderer Umgebung befand. Neben Goran-Vran und Lank-Grohan befanden sich vier weitere Loower in diesem Raum, der mit seiner technischen Ausstattung an eine

Schaltzentrale erinnerte. Das musste die Türmerstube des Südturms sein. An den über den ganzen Körper geschlossenen Anzügen aus Neunecken erkannte Haman, dass drei der Anwesenden zu den Raumfahrern gehörten. Der vierte Loower stach durch eine Reihe besonderer Körperplatten hervor, die sich bei keinem der anderen fanden. Das musste der Türmer selbst sein, Hergo-Zovran.

Gheröl hätte sich bedenkenlos auf ihn gestürzt. Aber der bloße Gedanke daran bewirkte Lähmungserscheinungen. Die Loower hatten sich abgesichert.

Der Türmer nahm die Mikrobombe mit einer Tentakelbewegung an sich und warf sie in ein schwärzlich waberndes Feld, das in einer runden Öffnung der Schaltwand flimmerte.

»Wir werden den Sprengkörper zur Zündung bringen«, sagte er. »Unser Gast soll mit eigenen Augen sehen, welche Wirkung diese Bombe erzielt. Erkläre du ihm den Vorgang, Goran.«

»Wir lösen in einem Simulator die chemische Körperreaktion aus, die zur Zündung des Sprengsatzes führt. Erst Augenblicke vor dem Zündvorgang strahlen wir die Bombe durch einen Transmitter in unbewohntes Gebiet ab. Behalten Sie das Holo vor Ihnen im Auge, Haman.«

Gheröl ließ seinen Blick von dem kreisförmigen Transmitterfeld, in dem die Mikrobombe verschwunden war, zu der Holoprojektion wandern. Dort war öde Marslandschaft zu sehen. Aus dem karstigen Boden ragte die zu einem Ring geformte Empfangsantenne.

In einer sekundenlangen Vergrößerung war zu sehen, dass die Mikrobombe materialisierte.

Ein blendend greller Blitz zuckte auf. Als Haman Gheröl die Augen wieder öffnete, brodelte in der Wiedergabe ein mächtiger Atompilz. Er stellte sich vor, dass es die Freiheit für Terra bedeutet hätte, hätte im Zentrum dieser Atomexplosion die loowerische Neunturmanlage gestanden. Aber das war nur noch Wunschdenken.

»Haman kann nicht einmal durch diese eindrucksvolle Demonstration bekehrt werden, Türmer«, sagte Goran-Vran. »Er kann nur auf der Erde Heilung finden. In ihrem Kampf gegen Boyt Margor haben die Terraner bessere Methoden entwickelt, um die Paratender aus der Abhängigkeit zu befreien.«

»Ich werde den Terraner und seine Familie zur Erde zurückschicken«, beschloss Hergo-Zovran. »Du begleitest sie – diesmal als Unterhändler. Berichte dem Ersten Terraner, was sich auf dem Mars zugetragen hat, und handle die Bedingungen für neue Verhandlungen aus.«

»Die Aufgabe ehrt mich«, sagte Goran-Vran. »Aber ich verstehe nicht, wieso ausgerechnet ich damit betraut werde. Warum schickst du mich?«

»Du kennst die Antwort selbst.«

»Vielleicht ahne ich sie«, erwiderte Goran-Vran. »Aber ich möchte sie von dir hören.«

»Du nimmst Bayas Stelle ein, Goran«, erklärte der Türmer. »Sie, die durch die geglückte Synthese von entelechischem und terranischem Denken als Bindeglied zwischen unseren Völkern zu betrachten ist, wäre eine ideale Botschafterin des Friedens gewesen. Durch den Verlust deiner Entelechie kommst du Baya noch am nächsten ...«

Goran-Vran suchte die Familie im Wohntrakt des Westturms auf. Haman hatte sich in sein Zimmer zurückgezogen, der Loower hatte es nur mit Aldina Feyrön und Kerinnja Gheröl zu tun.

Aldina wirkte bei seinem Eintreffen ziemlich aufgeregt.

»Was hatte die Explosion zu bedeuten?«, bestürmte sie ihn. »Gibt es Krieg? Aus Haman ist kein vernünftiges Wort herauszubekommen. Er konnte oder wollte mir nichts über Baya sagen. Nur, dass wir nun alle Hoffnungen begraben können. Was habt ihr mit uns vor?«

Goran-Vran versuchte, der Terranerin eine Zusammenfassung der Ereignisse zu geben. Er hoffte, dass sie ihm folgen konnte, als er Hamans Abhängigkeit zu Boyt Margor erklärte und ihr sagte, was für eine Katastrophe ihr Mann beinahe verschuldet hätte. Aldinas Reaktion kam jedoch selbst für ihn, der die menschliche Mentalität einigermaßen zu begreifen glaubte, recht unerwartet. Es erschütterte sie nicht, dass sie knapp an einer Katastrophe vorbeigegangen waren. Sie war auch nicht davon beeindruckt, welche Folgen Margors Intrigen beinahe gehabt hätten. Aldina reagierte, als hätte sie nur begriffen, dass ihr Mann an Bayas Entführung mitschuldig war.

Sie beschimpfte und verfluchte Haman und trauerte um ihre jüngste Tochter.

»Haman hat auf fremden Befehl gehandelt«, versuchte Goran-Vran sie zu beruhigen. »Er wusste gar nicht, was er tat – und er ist sich immer noch keiner Schuld bewusst. Auf der Erde werden ihm die Mediziner helfen können.«

»Auf der Erde?«, fragte Aldina verständnislos.

»Sie dürfen zurück, und ich werde Sie begleiten.«

»Was wird aus Baya?«

Darauf wusste Goran-Vran keine Antwort.

Inzwischen waren die ersten Verhandlungen angelaufen. Modalitäten wurden ausgehandelt, Termine vereinbart, Themen umrissen. Alles ging viel rascher, als Goran-Vran erwartet hatte. Man entschied sich sogar, den eng begrenzten diplomatischen Rahmen zu sprengen und die Beziehungen auf den Austausch von wissenschaftlichen und technischen Erfahrungen auszudehnen. Das ging über Goran-Vrans kühnste Erwartungen hinaus.

Zu der Delegation, die schließlich an Bord der ALTHEUTIN ging und der ursprünglich nur Goran-Vran, der Türmer-Stellvertreter Fanzan-Pran und Lank-Grohan angehört hatten, stieß nun eine Abordnung der loowerischen Streitkräfte hinzu und eine Gruppe mit drei mal neun Wissenschaftlern.

Goran-Vran gab sich keinen Illusionen hin. Er wusste, dass der Kontakt zu den Terranern nur so lange intensiviert werden würde, bis Hergo-Zovran das Auge in Empfang nehmen konnte. Der Türmer würde im Solsystem lediglich ausharren, bis der Quellmeister Pankha-Skrin eintraf. Danach würden alle abziehen, und er, Goran-Vran, musste wieder zum unbeachteten Außenseiter des loowerischen Kollektivs werden.

Er brachte die drei Menschen persönlich an Bord der ALTHEUTIN und kümmerte sich auch nach dem Start vom Roten Planeten um sie.

Haman wirkte sehr verschlossen. Goran-Vran merkte, dass etwas in ihm nagte.

»War das mit der Mikrobombe nur ein Trick?«, wollte Gheröl schließlich wissen.

»Nein, Haman«, antwortete Goran-Vran. »Sie trugen die Bombe in sich. Margor kennt keine Skrupel; er sah von Anfang an nur ein Opfer in Ihnen.«

»Das glaube ich nicht«, sagte der Mann erschüttert.

»Sie werden die Wahrheit schon noch erkennen.«

Die ALTHEUTIN ging in Transition. Der Rücksturz ins Normalkontinuum erfolgte einige Schiffslängen vor dem terranischen Kugelraumer, auf dem die Delegation den Flug zur Erde fortsetzen sollte.

Mit solchen Manövern verblüfften die Loower die Terraner immer wieder. Die Transmiterm-Rotatoren ihrer Schiffe ermöglichten eine Transition aus dem Stand.

Die Terraner schickten ein Beiboot. Nach der Rückkehr an Bord des Kugelraumers kamen Haman Gheröl und seine Familie sofort in ärztliche Betreuung.

Ronald Tekener, seine Frau Jennifer Thyron und einige weitere Regierungsmitglieder erwarteten die Delegation der Loower. Goran-Vran drückte mit seinen Greiflappen eine Reihe von Händen, so unangenehm das ihm im Grunde war.

»Du machst Karriere, Goran«, sagte Tekener lächelnd. »Vom Meisterspion zum Friedensbotschafter. Eine wirklich steile Laufbahn, muss ich sagen.«

»Was du als Karriere bezeichnest, ist bei uns Berufung«, erwiderte Goran-Vran. Er fuhr bekümmert fort: »Aber ich bin nur Ersatz. Ich würde lieber eine kleine Terranerin an meiner Stelle sehen.«

»Was ist mit Baya?«, wollte Jennifer wissen. »Man hat uns nur gesagt, dass sie entführt wurde. Ist inzwischen mehr über ihr Schicksal bekannt?«

»Später, Jenny. Das werden wir laut Protokoll offiziell behandeln. Ich möchte nicht vorgreifen, doch etwas anderes interessiert mich. Ich schätze Ronald und dich sehr, aber hätte ein Empfang durch den Ersten Terraner diesem wichtigen Anlass nicht mehr entsprochen?«

»Tifflor ist unabkömmlich«, sagte Tekener. »Adams wird ihn vertreten. Homer weiß in Sachen Margor am besten Bescheid, und es wird zu diesem Thema viel zu sagen geben.«

»Soll ich das so verstehen, dass Julian Tifflor an den Verhandlungen überhaupt nicht teilnehmen wird?«, fragte Goran-Vran.

»Wir werden sehen ...«, antwortete Tekener ausweichend. »Lassen wir diesen Punkt vorerst ruhen.«

»Du wirst staunen, wie schnell sich die öffentliche Meinung gewandelt hat«, wechselte Jennifer das Thema. »Die Loower waren bis zuletzt ein Schreckgespenst für Terra, gefürchtet und gehasst. Inzwischen ist ein deutlicher Meinungsumschwung zu verzeichnen.«

»Das freut mich«, sagte Goran-Vran. Aber er war nicht ganz bei der Sache und fragte sich, warum er der Abwesenheit des Ersten Terraners solche Bedeutung beimaß.

Rayn Verser wurde blass, als er ins Quartier kam und sah, welch verzweifelte Versuche Vavo Rassa unternahm, in seinen Druckanzug zu schlüpfen. Er wusste sofort Bescheid.

»Du hast wieder getrunken, Bulle!«, sagte er anklagend.

Rassa schüttelte schwerfällig den kahlen Kopf. »Irrtum, Kleiner, ich habe gesoffen!« Er lachte schallend. »Aber das ändert nichts daran, ich muss raus. Der Ring ruft! Hörst du es nicht, Rührmichnichtan? Ich muss ein kosmisches Bad nehmen.«

»Mit den Beinen in den Ärmeln des Druckanzugs schaffst du es nie!«

Rassa hob den Druckanzug und schaute an sich hinab. »Tatsächlich!«, stellte er überrascht fest. Sein Kopf ruckte hoch, und seine leicht hervorquellenden Augen blickten den Kameraden herausfordernd an. »Aber wer sagt dir, dass ich es nicht schaffe. Wetten wir?«

»Ich wette nie«, erwiderte Verser herablassend.

»Ach ja, du hast keine Laster«, spottete Rassa. »Und du bist völlig humorlos. Knochentrocken wie diese Loower mit ihrer Ente... Elche...«

»Entelechie«, half Verser ihm aus. »Aber der Vergleich ist nicht zutreffend. Ich besitze sehr wohl Witz. Nur verstehst du meinen vornehmen Humor nicht, weil du Lümmel nur Zoten begreifst. Du bist ein Trinker und Radaubruder, ein verkommenes Subjekt.«

»Schluss mit der Moralpredigt!«, protestierte Rassa. »Wenn du diese Tonart anschlägst, bin ich imstande und klettere verkehrt in den Druckanzug. Dann wirst du durch die Sichtscheibe mit meiner lindgrünen Kehrseite konfrontiert, Kippe!«

»Ich bitte dich höflichst, derart anstößige Reden zu unterlassen.« Rayn Verser bebte. Sein Gesicht hatte sich vor Scham dunkelgrün verfärbt. »Und wenn es dir möglich ist, dann erinnere dich daran, dass derbe Spitznamen wie der eben gebrauchte mein Ehrgefühl verletzen. Ich habe einen schönen, klangvollen Namen.«

»Kippe passt besser zur dir«, sagte Rassa überzeugt und strampelte mit den Beinen in den Ärmeln seines Druckanzugs. »Es ist doch so, dass dich ein angesoffener Terraner mit einer Zigarette verwechselt und dich am Kopf angezündet hat. Den Irrtum hat der Kerl erst gemerkt, als du statt Rauch nur ein vornehmes Wimmern ...«

»Das ist eine böse Verleumdung! Wahr ist nur, dass ich mich in der Zigarettendose versteckte, weil ich versehentlich in der Kabine des Terraners eingeschlossen wurde.«

»Reg dich wieder ab, Stummel«, sagte Rassa begütigend. »Hilf mir lieber in den Anzug, allein schaffe ich das nie. Ich muss raus. Hörst du nicht, wie das Knistern der Ringpartikel lockt?«

»Du bist betrunken, Vavo.«

»Sternhagelvoll! Mann, war das eine Party! Und keiner hat mich bemerkt. Das heißt, ich wäre unbemerkt geblieben, wenn ich nicht kopfüber in das Glas gefallen und darin stecken geblieben wäre.«

Verser schlug die Hände zusammen. »Was für eine Schande!«, rief er. »Dein Verhalten schadet dem Ruf aller Siganesen, Bulle.«

»Tut mir leid, Kleiner.« Rassa grinste. »In meiner Lage hättest du dich nicht anders verhalten können. Ich wollte nur kurz nippen, aber dann bin ich am Glasrand abgerutscht und hineingeplumpst. Mit dem Kopf voran. Als ich nach Luft schnappte, kam da nur Schnaps – hicks. So lange, bis mich einer der Terraner an den Beinen herausfischte. Und weißt du, wer es war? Es war Tifflor.«

»Das auch noch!« Rayn Verser barg das Gesicht in Händen. »Wir sind für alle Zeiten blamiert.«

»Wenn du gemütskrank bist, dann mach mit mir einen Trip zum Ring hinaus«, schlug Rassa vor. »Die Saturnringe im Licht der aufgehenden Sonne sind ein einmaliges Erlebnis. Wenn es rings um dich funkelt und glitzert wie kristallisierte Tautropfen, dann meinst du, auf Siga im Park der lächelnden Seelen zu schweben. Hier und da auf einem größeren Brocken ausspannen und dich dann wieder ins Vergnügen stürzen, selbst ein Teil des Ringes werden und den mächtigen Saturn umkreisen ... Den Monden zublinzeln, die dich mit ihren Gravitationsfeldern streifen, dich aber nicht zu sich herabziehen können. Dich Winzling! Dann erkennst du, welche Bedeutung es hat, ein Siganese zu sein. Kippe, das ist besser als jeder Alkoholrausch.«

Rayn Verser konnte seinen Ärger darüber, dass Rassa ihn bei jeder Gelegenheit mit Spitznamen bedachte, nur mühsam unterdrücken. Er hätte sich in der gemeinsamen Zeit auf der Wachstation eigentlich daran gewöhnen müssen. Aber damit hätte er sich mit Bulle Rassa auf eine Stufe gestellt, was er keinesfalls wollte.

»In drei Stunden beginnt unser Dienst, Vavo, und du bist volltrunken«, warf Verser seinem Kameraden vor. »Es ist besser, wenn ich dich in deine Unterkunft bringe. Schlaf deinen Rausch aus!«

»Damit erkläre ich mich nur einverstanden, wenn du mich auch ausziehst und zudeckst.«

»Ich werde mich hüten!«, rief Verser entsetzt.

»Dann eben nicht. Dann muss ich in den Ring hinaus. Oder ich kehre zu Tifflors Party zurück.«

»Untersteh dich!«

»Spaßverderber!« Irgendwie brachte Rassa es fertig, seine Beine aus den Ärmeln des Anzugs zu befreien und aufzustehen. Verser stützte ihn.

»Wirst du jetzt zu Bett gehen, Vavo?«, fragte er hoffnungsvoll.

»Zuvor will ich von dir hören, wo wir sind und was wir tun!«, verlangte Rassa. Als er den besorgten Blick des Kameraden bemerkte, fügte er grinsend hinzu: »Ich bin nicht übergeschnappt ... war noch nie so klar bei Verstand. Wenn ich trotzdem eine Standortbestimmung will, dann aus gutem Grund. Ich habe auf Tifflors Party einiges zu hören bekommen, was mich etwas verwirrt hat.«

Vavo Rassa nahm Versers Gesicht zwischen die Hände, küsste ihn schmatzend auf die Stirn und bat treuherzig: »Kläre mich über unsere Situation auf, Kleiner. Dann verrate ich dir, was ich erfahren habe.«

Es war unglaublich, aber wahr: Trotz der Wirren während der Larenherrschaft und des langen Verschwindens der Erde aus dem Solsystem existierte noch eine der Wachstationen aus der Zeit des Solaren Imperiums.

Und nicht nur das. Dieser Stützpunkt war weiterhin so geheim wie am Tag seiner Fertigstellung, er war weder von den Laren noch den Überschweren entdeckt worden. Weil die Station inmitten der Saturnringe ortungstechnisch kaum auszumachen war. Die Laren hätten schon über sie stolpern müssen, um sie zu entdecken. Und den Loowern erging es nicht anders.

Diese Station mit der Bezeichnung ORG-Z 12 und dem Eigennamen DUCKO blieb unentdeckt. Sie war diskusförmig, durchmaß 725 Meter und hatte eine Höhe an der Mittelachse von 112 Metern. Trotz dieser Größe ging DUCKO in den Saturnringen unter.

ORG-Z 12 war bemannt und hatte auch während der über hundertzwanzig Jahre währenden Larenherrschaft eine menschliche Besatzung gehabt. Während dieser Zeit hatte die Weltraumstation sogar eine Sonderstellung eingenommen; sie hatte Rebellen Asyl geboten und war für die Agenten des NEI zum Sprungbrett in die Einsatzgebiete im Solsystem gewesen.

Die Station war ein Selbstversorger. Die in konzentrierter Form gelagerten Lebensmittel hätten eine doppelt so starke Mannschaft über fünfhundert Jahre am Leben halten können. Der Energiebedarf – wegen der Ortungsgefahr ohnehin gering ausgelegt – konnte für eine halbe Ewigkeit aus eigener Kraft gedeckt werden.

Während der Larenkrise war DUCKO nur über Transmitter zu erreichen gewesen. Diese Verbindung existierte weiterhin. Inzwischen waren die Sicherheitsbestimmungen jedoch gelockert worden. DUCKO konnte unter Anwendung eines Kodes auch mit Raumschiffen angeflogen werden.

Diese Möglichkeit war erst in jüngster Zeit genützt worden. Von siebzehn terranischen Kugelraumern verschiedener Größenordnung, in deren Schlepptau sich ein Kegelschiff der Loower befunden hatte. Danach waren die Bestimmungen sofort wieder verschärft worden.

Die Station war seitdem erneut der geheimste und am strengsten bewachte Ort im Solsystem. Die Mannschaft war an die Isolation gewöhnt und fand sich damit ab. Die Mehrheit hatte nicht einmal eine Ahnung, was der wahre Grund für diese Geheimhaltung war.

Zur Stammbesatzung gehörten die beiden Siganesen.

Vavo Rassa galt nach siganesischen Begriffen als nicht gesellschaftsfähig. Nicht nur, dass er mit seiner Größe von 101,22 Millimetern ein wahrer Riese unter den Vertretern seiner Generation war, besaß er zudem

Laster, die für jeden traditionsbewussten und sittenstrengen Siganesen undenkbar waren.

Rassa war keines von beidem, sondern weit eher gefräßig und trinkfreudig. Er galt als der fetteste und hässlichste Siganese seiner Generation, was sein Beiname »Bulle« ausdrückte. Diese Eigenschaften betreffend war er geradezu ein Ertruser en miniature.

Zu allem Überdruss war er so eitel, dass er sich die schwarzen Locken geschnitten und den Schädel kahl geschoren hatte, damit jeder, wie er es ausdrückte, den herrlichen Glanz seiner lindgrünen Kopfhaut bewundern könne.

Das alles sehr zum Leidwesen Rayn Versers, der in jeder Beziehung ein typischer Vertreter des neuen siganesischen Adels war. Wohlerzogen und zurückhaltend, voll innerer Würde und stolzer Haltung. Auf Siga wurde niemand wegen seiner Abstammung geadelt – man adelte sich selbst durch Erscheinung und Auftreten, die Art, sich zu bewegen, zu reden und zu schweigen.

Trotz seiner Jugend – Rayn Verser war erst 172 Jahre alt und somit gerade der Kindheit entwachsen – hatte er sein Studium als Diplomphysiker abgeschlossen. Seine Arbeit »Vom Einsatz geringer Howalgoniummassen zur Entzerrung überlöslicher Konstante-Brücken« hatte ihm eine gewisse Berühmtheit verschafft.

Vavo Rassa – mit 198 Jahren ebenfalls kein siganesischer Methusalem – war durch seine Exzesse berüchtigt geworden. Doch als Mikroingenieur stand er seinen Mann. Er hatte den scharfen Blick eines Mikroskops, seine sensiblen Finger waren empfindliche Instrumente.

Trotz aller Gegensätze bildeten die beiden Siganesen ein gut eingespieltes Team und waren für DUCKO unersetzlich.

»Einige deiner Formulierungen gefallen mir gar nicht«, sagte Vavo Rassa, als sein Kamerad endlich schwieg. »Wenn einer von der rechten Lebensart keine Ahnung hat, dann bist du es mit deiner verkorksten Moral. Aber das andere lasse ich gelten.«

»Nachdem ich deiner Aufforderung gefolgt bin und unsere Situation umrissen habe, darf ich dich vielleicht darum bitten, mir zu verraten, worauf du hinauswillst«, sagte Verser höflich. »Aus welchem Grund hast du diese Exkursion vorgeschlagen?«

Sie hatten ihr Quartier im Wohnsektor verlassen und flogen mit ihren Mikrotriebwerken in Richtung Kommandozentrale. Rassas Flug war keineswegs geradlinig exakt, sondern verlief in Schlangenlinien. Verser nahm sich seiner schließlich an und flog mit ihm Hand in Hand.

»Wohin wollen wir eigentlich?«, fragte Verser.

»Zu Tifflors Party in der Kommandozentrale.«

»Und was sollen wir dort?«

»Nicht, was du denkst, obwohl ich schon wieder viel zu nüchtern bin«, erwiderte Vavo grinsend.

»Aber noch nicht nüchtern genug, um wenigstens dein Flugaggregat ordentlich bedienen zu können. Verrate mir endlich, was du vorhast.«

»Ich hatte eine klare Vorstellung davon«, sagte Bulle nachdenklich. »Aber jetzt liegt alles wie hinter einem Nebel. Es war logisch und einleuchtend, und nun ... Es wird mir schon wieder einfallen. Lass mich nachdenken. Wenn wir zu Tifflors Party gehen, ergibt sich das vielleicht von selbst.«

Verser seufzte.

»Ich glaube; ich habe den Faden wieder«, sagte Rassa, als sie der Kommandozentrale schon recht nahe waren. Er landete auf der Verschalung eines Belüftungsschachts und zog Verser einfach mit sich.

»Hör gut zu, Kleiner, und unterbrich mich nicht, damit ich es nicht wieder vergesse. Als die Kugelraumer als Eskorte für das Loowerschiff andockten, da mutmaßten wir beide, dass hier eine geheime Friedenskonferenz stattfinden soll. Inzwischen sind mehr als achtundvierzig Stunden vergangen, und noch kein Loower ist an Bord gekommen. Über die Transmitterverbindung ist auch nur der Erste Terraner eingetroffen. Die paar Männer in seiner Begleitung sind ausschließlich Wissenschaftler – Xeno-Wissenschaftler, um genau zu sein. Dafür haben sich hier jede Menge Soldaten aus den Kugelraumern breitgemacht. Gibt dir das nicht zu denken?«

»Wir sind ohnehin zu der Ansicht gekommen, dass es sich bei den Loowern um Gefangene handeln muss«, erwiderte Verser. »Das wäre die einzige Erklärung für die Geheimhaltung. Die anderen Loower dürfen nicht erfahren, dass uns eines ihrer Schiffe mitsamt der Mannschaft in die Hände gefallen ist.«

»Stimmt«, bestätigte Rassa. »Mit dieser Vermutung haben wir den Nagel auf den Kopf getroffen. Aber wir haben uns auch gefragt, wieso die Loower auf das Verschwinden eines ihrer Schiffe überhaupt nicht reagieren. Wenn dieser Kegelraumer zur Invasionsflotte gehörte, muss sein Verschwinden doch aufgefallen sein. Aber trotzdem nichts. Völlige Funkstille. Ergo ...«

»... gehört dieses Raumschiff nicht zur Invasionsflotte«, vollendete Verser den Satz.

»Kannst du Gedanken lesen?«, staunte Bulle. »Weißt du vielleicht, dass dieses Raumschiff von einem Fernflug aus fremden Galaxien hier eingetroffen ist?«

»Nein«, gestand Rayn. »Und woher willst du das wissen?«

»Ich habe es bei Tifflors Party gehört. Solange ich unentdeckt blieb, haben alle recht ungezwungen geplaudert. Aber dann ereilte mich leider das Missgeschick mit dem Schnapsglas.«

»Vermute ich richtig, dass das, was du als Party bezeichnest, eine Lagebesprechung war?«

»So könnte man es auch nennen, Kleiner. Es ging um die Frage, ob man das Loowerschiff an den Türmer vom Mars übergeben sollte oder nicht. Eine schwerwiegende Entscheidung, weil davon einiges abhängt. Hält man das Schiff und die Mannschaft hier fest und kommt der Türmer Hergo-Zovran dahinter, könnte das zu einer neuen Verschärfung der Lage führen.«

»Warum ist Tifflor an dem Loowerschiff so interessiert?«

»Das habe ich nicht genau mitbekommen«, antwortete Bulle. »Die Wissenschaftler wollen natürlich die Gelegenheit nutzen, die Loower intensiver zu studieren. Aber das allein ist es nicht. Das Schiff hat irgendetwas an Bord, was selbst dem Ersten Terraner das Risiko einer neuen Krise tragbar erscheinen lässt. Leider fürchte ich, ich habe da was verschwitzt ...«

»Daran ist nur deine unselige Alkoholsucht schuld«, sagte Verser anklagend.

Rassa machte ein wehmütiges Gesicht. »Erinnere mich nicht an Schnaps, Knirps. Es ist noch nicht zu spät, der Sache auf den Grund zu gehen. So blau war ich nicht. Ich habe mitbekommen, dass Tifflor die Party vertagt und auf einen späteren Zeitpunkt festgesetzt hat. Wir kommen rechtzeitig hin.«

»Du willst dich wie ein Spion einschleichen?«, fragte Verser empört.

»Nichts leichter als das. Ich kenne einen Weg, wie wir unbemerkt in die Kommandozentrale gelangen können. Keine Angst, Halber, man wird uns nicht entdecken.«

»Aber darum geht es doch gar nicht. Es ist ehrlos und verwerflich, andere zu belauschen. Noch dazu, wenn es sich um ein Geheimprojekt handelt.«

»Als Mannschaftsmitglieder sind wir so oder so Geheimnisträger«, zerstreute Bulle alle Bedenken. »Jetzt zier dich nicht, Kleiner, komm!«

Julian Tifflor stand vor der schwersten Entscheidung seit dem Eintreffen der Loower im Solsystem.

Vor zwei Tagen hatten terranische Einheiten das Schiff kurz nach dessen Transition aufgebracht und zur Wachstation DUCKO geleitet. Der Name des Schiffes war GONDERVOLD, der loowerische Kommandant hieß Burnetto-Kup.

Tifflor hatte noch keinen persönlichen Kontakt aufgenommen. Als Erster Terraner wollte er sich bis zur endgültigen Entscheidung alle Möglichkeiten offenhalten. Notfalls musste er gegenüber dem Türmer Hergo-Zovran behaupten können, dass er von der Kaperung der GONDERVOLD keine Ahnung gehabt hatte und es sich um die Eigenmächtigkeit eines Raumschiffskommandanten handelte.

Inzwischen hatte sich herausgestellt, dass die GONDERVOLD nicht zu Hergo-Zovrans Flotte gehörte. Die Triebwerke waren ausgebrannt und die meisten anderen technischen Anlagen ebenfalls reparaturbedürftig. Offensichtlich hatte die GONDERVOLD einen langen Flug hinter sich. Dies wurde von Burnetto-Kup zwar bestätigt, doch mehr sagte er nicht. Er war verschlossener als alle anderen Loower, mit denen es die Menschen bisher zu tun gehabt hatten. Der Kommandant sagte nichts über seinen Auftrag, allerdings war unschwer zu erraten, dass das Ziel seiner Reise nur das Solsystem gewesen sein konnte.

Die GONDERVOLD war 660 Meter lang und durchmaß am stumpfen Heck zweihundert Meter. Sie besaß eine für loowerische Verhältnisse imposante Größe. Doch das hatte rein statistischen Wert, der Tifflor die Entscheidung nicht erleichterte.

Nach dem Zwischenfall mit dem betrunkenen Siganesen hatte der Erste Terraner die Lagebesprechung unterbrochen. Jetzt, zwei Stunden später, wollte er das Thema abschließen.

Geduldig hörte er sich die Argumente der Wissenschaftler und Militärs an.

Ein Xeno-Psychologe erklärte gerade: »Wir müssen die Gelegenheit nützen, die Loower einer ausgedehnten Testserie zu unterziehen. Die Untersuchungen mit Goran-Vran erbrachten keine allgemein zufriedenstellenden Ergebnisse. Aber wir können auf den erhaltenen Daten aufbauen und unsere Erkenntnisse erweitern. Die GONDERVOLD darf nicht freigegeben werden. Oder gibt es grundsätzliche Probleme?«

»Keineswegs«, erklärte ein Techniker, der mit seiner Mannschaft das Loowerschiff untersucht hatte. »Es ist erwiesen, dass die Funkanlage schon lange vor der Ankunft im Solsystem ausgefallen sein muss. Burnetto-Kup hatte also keine Möglichkeit mehr, Hergo-Zovran von seinem Eintreffen zu verständigen. Die GONDERVOLD ist ganz sicher unbemerkt geblieben. Andernfalls hätte es bald im Bereich des Neptun von Kegelraumern gewimmelt. Das Schiff hat sich sozusagen mit letzter Kraft ans Ziel katapultiert.«

»Burnetto-Kup scheint es sehr eilig gehabt zu haben, das Solsystem zu erreichen«, sagte ein Flottenoffizier. »Wahrscheinlich bringt er wichtige Nachrichten für den Türmer vom Mars. Vielleicht sogar den Befehl, die Aktion in unserem Sonnensystem rasch und gewaltsam abzuschließen. Eine solche Order darf Hergo-Zovran nie erreichen.«

Es wurden noch weitere Argumente vorgebracht. Alle waren spekulativ. Letztlich kam der Punkt zur Sprache, der Tifflor großes Kopfzerbrechen bereitete.

»Dass wir der GONDERVOLD besondere Bedeutung beimessen müssen, zeigt sich vor allem an dem exotischen Passagier«, sagte ein Robotspezialist des Enterkommandos. Sein Name war Remon Skotur.

»Hört, hört!«, rief jemand dazwischen. »Seit wann haben Roboter den Status von Passagieren?«

Skotur fuhr unbeirrt fort: »Loowerische Roboter dieser Bauart haben einen eigenen Status, und wir können ihre Wichtigkeit gar nicht überschätzen. Diese Helks unterscheiden sich zwar in Größe und Form, aber sie haben eines gemeinsam: Sie bestehen aus Bauteilen, die jedes für sich ebenso wie alle zusammen eingesetzt werden können. In diese Kategorie gehörte der Superroboter, der die Große Pyramide von Giseh angegriffen hat. Der Roboter auf der GONDERVOLD ist vom gleichen Typ, obwohl er viel kleiner ist und eine andere Form hat. Ich gehe sicher nicht zu weit, wenn ich behaupte, dass dieser Helk das Wichtigste an dem ganzen Schiff ist. Der Roboter kann bei den Verhandlungen unser Trumpf sein, wir dürfen ihn nicht leichtfertig aus der Hand geben.«

Tifflor stimmte dem zu. Beim Saqueth-Kmh-Helk hatte sich erst nachträglich herausgestellt, welch wertvolles Instrument der Riesenroboter mit seinen Tausenden Segmenten gewesen war. Anzunehmen, dass auch dem Helk an Bord der GONDERVOLD besondere Bedeutung zukam, war deshalb naheliegend.

Dieser Umstand war ausschlaggebend, dass Tifflor das Risiko einging.

»Wir geben die GONDERVOLD nicht frei«, entschied er. »Das Schiff bleibt bis auf Weiteres an der Station verankert. Ich erwarte, dass die Wissenschaftler in ihrem Eifer den Loowern gegenüber weder aufdringlich noch taktlos werden. Unser Interesse gilt vor allem dem Roboter.«

»Es gibt ein Problem«, wandte Skotur ein. »Um Manipulationen zu verhindern, sollten wir den Helk von den Loowern trennen. Die Frage ist, ob der Roboter zulässt, dass wir ihn auf die Station bringen.«

»Dem Problem können wir ausweichen, wenn wir statt des Helks die Loower von Bord holen«, sagte Tifflor. In dem Moment vernahm er ein seltsames Geräusch. Als er den Kopf wandte, machte er eine verblüffende Entdeckung.

Auf dem Abstelltisch neben ihm standen noch die Gläser der ersten Gesprächsrunde. Aus einem dieser Gläser zappelte ein Beinpaar. Tifflor griff zu und zog den dazugehörigen Siganesen heraus, der kopfüber in das Glas gestürzt war.

»Wir kennen uns doch«, sagte der Erste Terraner und stellte den ungewöhnlich füllig wirkenden Siganesen auf die Beine. »Haben wir nicht erst auf die gleiche Weise Bekanntschaft gemacht?«

»Das muss ... ein Doppelgänger von mir gewesen sein, hicks!«, sagte Vavo Rassa und brachte sich mit einem wagemutigen Sprung von der Tischplatte in Sicherheit.

»Soll ich die Evakuierung der Loower anordnen, Erster Terraner?«, fragte in dem Moment die Kommandantin der Station.

Tifflor nickte. »Je eher, desto besser.«

26.

Jota!, dachte Boyt Margor automatisch. Er benannte auch diese Welt mit einem griechischen Buchstaben, ungeachtet der Tatsache, dass er unbeabsichtigt hierher gelangt war.

Auf der Suche nach neuen Nahrungsquellen und Versorgungsbasen hatte er bislang acht Planeten aufgesucht – mit unterschiedlichem Erfolg. Dies war die neunte Welt: Jota.

Er wusste nicht, wie Jota wirklich genannt wurde, noch hatte er eine Ahnung, in welchem Bereich der Milchstraße dieser Planet lag. Er war nur sicher, dass hier Menschen lebten.

Es war heller Tag. Die Atmosphäre wirkte neblig trüb, war aber atembar. Ringsum wuchsen Hecken mit lanzenförmigen Blättern und dichten Trauben violetter Beeren. Der Himmel schimmerte lichtblau, die Pflanzen leuchteten grün.

Von der Natur dieser Welt, abgesehen von vielleicht räuberischen Vertretern der Tierwelt, hatte Margor nichts zu befürchten. Er trug einen Strahler. Wie zur Bestätigung griff er mit der Linken an den Gürtel.

Die Bewegung kostete ihn einige Mühe, die Hand war gefühllos. Überhaupt war seine linke Körperhälfte wie gelähmt. Erst jetzt registrierte er, dass er auf den rechten Arm gestützt auf dem Boden lag, ohne dass ihm das bewusst geworden wäre. Als er sich aufrichten wollte, durchfuhr ihn ein brennender Schmerz.

Die Attacke der Loower zeigte schlimmere Auswirkungen. Es war ein Wunder, dass er überhaupt aus der Neunturmanlage hatte fliehen können. Vermutlich wäre es am klügsten gewesen, sofort in eine seiner Hyperklausen zurückzukehren und sich in ärztliche Betreuung zu begeben. Er war halb gelähmt und fühlte sich ziemlich mitgenommen.

Margor dachte den entsprechenden Befehl ...

... aber nichts geschah. Er dachte intensiver, bis ihm der Schweiß auf die Stirn trat. Die Mechanik des Helms funktionierte nicht. Er verwünschte Milestone, der den Augenhelm konstruiert hatte. Der Apparat war zu filigran gebaut, wenn er schon bei der ersten ernsten Belastungsprobe ausfiel.

Unter größter Anstrengung schaffte Boyt es, beide Arme zu heben. Mit aller Kraft versuchte er, das im Helm untergebrachte Auge in die

Einsatzstellung zu drücken. Doch die Mechanik ließ sich nicht einmal manuell bewegen.

Als er den Helm einfach abnehmen wollte, ließ ein markerschütternder Schrei ihn innehalten.

Wieder erklang dieser qualvolle Schrei, danach wiederholte er sich in kürzer werdenden Abständen. Die Laute kamen näher. Margor hatte das Gefühl, dass sie von einem vernunftbegabten Wesen ausgestoßen wurden. So hätte auch ein Mensch in höchster Not schreien können.

Er nahm den Strahler in Anschlag, und als er links von sich eine Bewegung registrierte, richtete er die Waffe in diese Richtung. Viel zu langsam, wie er meinte, denn der Arm gehorchte ihm noch nicht recht.

Ein Mensch durchbrach die Hecke, eine hochschwangere Frau. Sie trug eine neutrale, vorn aufgeschlitzte Kombination, und sie schrie im Schmerz der Wehen. Margors Anwesenheit schien sie gar nicht wahrzunehmen. Er kauerte da wie erstarrt.

Auf einmal glaubte Margor, seine eigene Geburt zu erleben. Ihm war, als sehe er Virna Marloy vor sich, seine Mutter, die sich in die Obhut der Zwotter begab. Blinizzer, der treue Diener seines vincranischen Vaters Harzel-Kold, stimmte die Schmerzensarie an, und die Schreie der Mutter vermischten sich mit seinem klagenden Gesang. Schließlich senkte sich Finsternis über die Szene. Die Schreie verstummten. Stille. Entspannung.

Ein Zittern durchlief Margors Körper; er musste erst wieder von Zwottertracht in die Wirklichkeit zurückfinden. Da war die Hecke. Dort die Mutter. Nicht ermattet und entkräftet, wie es zu erwarten gewesen wäre, sondern springlebendig wie ihr Neugeborenes. Sie hatte ihm die Nabelschnur durchgebissen und säugte es. Neid stieg in Margor auf, er war eifersüchtig auf das Kind, das auf diese Weise die erste Liebesbezeigung seiner Mutter empfing. Er dagegen war damals von den psionischen Sendungen der präzwotterischen Psychode aufgeladen worden ...

Er unterdrückte seine Gefühle und schalt sich wegen dieses Rückfalls in die embryonale Phase. Er hatte keine Mutterliebe gebraucht, denn er hatte sich schon vor der Geburt aus Virna Marloys Körper alles geholt, was sie zu geben imstande gewesen war. Er hatte alles genommen und für sie nichts zurückgelassen. Danach war Virna Marloy ausgehöhlt gewesen, leer und ausgebrannt.

Das lag schon fünfundneunzig Jahre zurück, und heute war eine andere Zeit.

Was für eine seltsame Situation. Boyt Margor saß nur wenige Schritte von der Mutter entfernt, und doch schien sie seine Gegenwart noch nicht bemerkt zu haben. Als sich der Säugling von ihrer Brust löste, sank sie erschöpft zurück. Das erst wenige Minuten alte Kind rutschte ins Gras, überschlug sich, strampelte ein wenig mit Armen und Beinen – und rappelte sich auf.

Das Kind erhob sich. Es machte zwei oder drei tollpatschige Schritte und wankte, verlor jedoch nicht das Gleichgewicht.

Margor konnte es nicht fassen. Als das Baby sich in seine Richtung wandte, sah es ihn aus großen Augen an. Der Blick war wild, eine ungezügelte Leidenschaft schlug dem Gäa-Mutanten entgegen.

In dem Moment schrie das Kind und stürzte in seine Richtung. Margor zuckte unwillkürlich zurück, als das Balg, wie von einem unstillbaren Drang vorangetrieben, in seine Richtung stolperte. Er hob reflexartig den Strahler und wusste doch, dass er es nicht über sich gebracht hätte, abzudrücken. Im ersten Erschrecken hatte er tatsächlich befürchtet, von dem Neugeborenen könnte ihm Gefahr drohen. Von dem Kind ging eine so starke Aggression aus, dass er regelrecht entsetzt war. Wenn es nach dem Wollen dieses Balgs gegangen wäre, hätte es ihn vermutlich zerfleischt.

Eine Armlänge vor ihm stolperte das Kleine und kreischte zornig. Ein Zwotter hätte dieses angeborene Ungestüm, diese Wildheit und Aggressivität vermutlich in tempestoso besungen. Deshalb benannte Boyt Margor das Kind nach dieser musischen Bezeichnung: *Jota-Tempesto!*

Das Geschrei hatte die Mutter aufgeschreckt. Sie erhob sich, und jetzt entdeckte sie Margor. Ihr eben noch entspannt wirkendes Gesicht wurde zur wutverzerrten Fratze. Ihre Augen sprühten vor ungezügelter Mordlust.

Margor erkannte, dass es nun wirklich gefährlich wurde.

Er hatte keine andere Wahl, als seine aufgestauten Psi-Energien freizugeben. Durch das in seinem Geist entstehende Vakuum sah er die Frau unter den unsichtbaren Kräften erschauern. Sie schrumpfte vor seinen Augen. Der explosiv einsetzende Zerfall ihrer Zellkerne ließ ihre Haut austrocknen und runzlig werden. Noch bevor der Schrumpfungsprozess abgeschlossen war, sank sie rücklings ins Gestrüpp.

Von allen Seiten ertönten Rufe. Das Schreien des Neugeborenen hatte andere Stammesangehörige erreicht. Margor bedauerte schon, das Kind nicht sofort getötet zu haben.

Aus dem Unterholz brachen gebeugte Gestalten hervor. Es waren aufrecht gehende Humanoide, in der Mehrzahl Männer. Margor staunte, dass sie gar nicht so verwildert waren, wie er vermutet hatte. Sie erweckten einen beinahe zivilisierten Eindruck.

Aber dann sah er die unglaubliche Aggressivität in ihren Gesichtern.

Er setzte den Rest seiner Psi-Energie frei und schoss mit dem Strahler um sich. Über die schaurige Szenerie senkte sich ein Schleier, Margor sah verschwommen durch die Entladungen seiner Waffe einige Gestalten zusammenbrechen.

Ein Schatten fiel von der Seite über ihn her. Etwas hämmerte auf seinen Kopf, und der Augenhelm zerbrach.

Dann wurde Margor schwarz vor Augen.

»Brok! Arta! Ming! Lob! Parm! Er lebt!«

Die Stimme drang deutlich zu ihm durch. Er erwachte abrupt und spürte keine Schwäche, sondern stellte fest, dass er sich längst wieder psionisch aufgeladen hatte. Die Tatsache, dass er seinen Schwächeanfall überwunden hatte, zeigte ihm, dass er längere Zeit bewusstlos gewesen sein musste.

»Seht, er ist am Leben!«, rief jemand.

»Narr! Er kann nicht sterben«, sagte ein anderer in kultiviertem Interkosmo.

»Das Totem macht ihn unsterblich«, behauptete ein Dritter.

Boyt Margor schlug die Augen auf. Er lag auf weichem Untergrund und etwas erhöht. Über ihm sah er die Gesichter von Frauen und Männern, auf denen sich Bangen und Hoffen und eine gewisse Ergriffenheit ausdrückten.

Waren das dieselben Menschen, die sich mit der Aggressivität tollwütiger Raubtiere auf ihn gestürzt hatten?

Er stützte sich auf und registrierte erleichtert, dass die Männer und Frauen ehrfürchtig vor ihm zurückwichen. Sie trugen overallartige Kombinationen wie die schwangere Frau. Es waren sechs Personen, vier Männer und zwei Frauen. Die Männer gut aussehend und muskulös, die Frauen von üppiger Gestalt, aber keineswegs hässlich. Ihre ausdrucksstarken Gesichter fesselten Margor so sehr, dass er sogar die Umgebung vernachlässigte. Ihm wurde nur bewusst, dass er sich in einer weiten runden Halle mit kuppelförmiger Decke befand. Das Licht kam aus Leuchtstoffröhren. Also besaßen diese Menschen technische Mittel zur Stromerzeugung. Solche Barbaren, wie er aus ihrem aggressiven Verhalten geschlossen hatte, waren sie nicht.

Oder waren das nicht jene, die ihn überfallen hatten? Margor neigte immer mehr zu dieser Ansicht. Sie machten den Eindruck friedfertiger Geschöpfe.

»Ich bin Goro«, sagte einer der Männer schüchtern. »Verstehst du unsere Sprache? Redest du zu uns?«

Margor blickte an sich hinunter. Da war das Auge. Die Eingeborenen – oder sollte er sie eher Kolonisten nennen? – hatten ihm das loowerische Auge zwischen die Beine gelegt. Schnell griff er danach und fühlte sich gleich wohler und selbstsicherer.

Ihm fiel auf, dass seine Kleidung zerrissen war und das Amulett, das er um den Hals trug, frei lag. Margor setzte sich auf.

Die Kolonisten gaben Laute der Enttäuschung von sich, als er das Amulett unter dem Hemd verstaute. Das überraschte den Mutanten. Ihm war nicht entgangen, dass vorhin von einem Totem die Rede gewesen war, er hatte jedoch angenommen, dass damit das Auge gemeint war. An das Amulett hatte er dabei überhaupt nicht gedacht.

Er öffnete das Hemd wieder und spielte mit dem Psychod der Prä-Zwotter. Die Umstehenden gerieten dabei in Verzückung. Das genügte ihm als Bestätigung.

»Ich bin bereit, mich mit euch zu unterhalten.« Er schaute von einem zum anderen. Sie zuckten unter seinen Blicken zusammen. Margor spürte zu allen sechs eine starke Affinität und konnte sich mühelos auf ihre Gefühlsschwingungen einstellen.

»Ihr habt das Totem gesehen«, sagte er. »Wollt ihr ihm dienen?«

»Wir haben viele Jahre auf dieses Zeichen gewartet«, sagte Goro. »Wir sind froh, dass die *Tanzende Jungfrau* uns nicht vergessen hat und uns ihre Botschaft schickt.«

Obwohl Margor diese Aussage gerne entschlüsselt gehabt hätte, hakte er nicht sofort nach. Er wollte die Fremden erst fester an sich binden. Sie waren vorzüglich als Paratender geeignet, und später konnte er leicht alles Wissenswerte von ihnen erfahren.

»Habt ihr mich bei der Hecke überfallen?«, wollte er jetzt nur wissen.

»O nein«, beteuerte eine der Frauen. »Jene, die dich in ihrer Unkenntnis für einen Feind hielten, haben die Konsequenz gezogen und sich selbst gerichtet.«

»Sie haben Selbstmord verübt?«

»Es ist, wie Ming sagte«, bestätigte Goro. »Es wäre unmöglich für sie gewesen, mit dieser Schmach weiterzuleben. Es gab für sie keine andere Möglichkeit als die Selbstentleibung.«

»Sie gehörten eurem Stamm an?«

»Wir leben nicht in Stämmen«, erklärte Goro demütig. »Wir gehören alle ein und demselben Volk an. Unser aller Totem ist die *Tanzende Jungfrau*. Seit sie von uns gegangen ist, warten wir auf ein Zeichen von ihr. Wir dachten, dass wir das Zeichen sofort deuten würden, wenn es käme. Aber jene, die dich fanden, waren anscheinend blind und taub dafür. Sie erkannten dich nicht und hätten dich beinahe getötet. Deshalb durften sie nicht weiterleben.«

»Wie habt ihr mich dann doch erkannt?«

»Ich schäme mich, das zu sagen, aber es war reiner Zufall«, bekannte Goro. »Als Raun zum tödlichen Schlag gegen dich ausholte, sah er das Totem auf deiner Brust. Erst da wurde ihm die Wahrheit bewusst.«

Margor sorgte durch eine geschickte Kopfbewegung dafür, dass das Amulett wieder sichtbar wurde. Die Reaktion der Umstehenden zeigte ihm, dass er tatsächlich der Wirkung des Psychods sein Leben verdankte. Es hatte aus reißenden Bestien friedliche Lämmer gemacht – und potenzielle Paratender.

Margor wartete nicht länger und schlug diese Menschen vollends in seinen Bann. Mit allem anderen konnte er sich später beschäftigen, erst wollte er in seine Großraumnische zurückkehren, und er würde nicht allein gehen.

»Kommt näher«, sagte er sanft. »Kommt zu mir und spürt die Kraft des Totems.«

Sie gehorchten. Als sie einen Kreis um ihn bildeten, aktivierte Margor die Kräfte des Auges und tat mit seinen neuen Paratendern den distanzlosen Schritt.

Die Sache war einen Versuch wert. Boyt Margor wollte seine Erwartungen nicht zu hoch schrauben, aber er glaubte, dass mit diesem eigenwilligen Menschenvolk eine neue Generation von Paratendern heranwachsen konnte.

Er hatte ihre ungezügelte Angriffslust gespürt. Sie waren Kämpfernaturen par excellence. Ihre darauffolgende Friedfertigkeit schrieb er aber nicht allein der Wirkung des Amuletts zu. Dieses Geheimnis musste er noch ergründen.

Wenn Burnetto-Kup in sein Tiefenbewusstsein lauschte, glaubte er dort die Stimme des Quellmeisters Pankha-Skrin zu vernehmen.

Dein Name wird bald überall zu hören sein. Wenn das Schicksal mir nicht gnädig gesinnt ist, wird man von Burnetto-Skrin als dem neuen Quellmeister sprechen.

Das hatte Pankha-Skrin gesagt, als die Kairaquola in jener fremden Galaxie zum Stillstand gekommen war, in der sich das Schicksal des Quellmeisters vollzog. Da Pankha-Skrins Verhalten dem Kommandanten der GONDERVOLD Sorge bereitet hatte, war er eigenmächtig in das Quellmeisterschiff, die RIESTERBAAHL, eingedrungen. Doch Pankha-

Skrin hatte ihn wegen dieser der Entelechie widersprechenden Tat nicht gerügt.

Ich weiß, dass du nicht leichtfertig oder disziplinlos gehandelt hast. Du warst in Sorge um mich, daher warfst du die Regeln des normalen Verhaltens beiseite und kamst, um mich von einer Gefahr zu befreien, von der du mich bedroht wähntest. Nicht jeder erkennt den Augenblick, in dem es notwendig ist, herkömmliche Verhaltensregeln zu missachten und sich nach der Forderung des Augenblicks zu richten. Du besitzt diese Kenntnis. Deswegen meine ich, dass dein Name bald überall im Volk der Loower zu hören sein wird.

Jedes Wort des Quellmeisters schwang in ihm nach. Burnetto-Kup hatte damals geglaubt, zum Amt des Türmers oder zu noch Höherem berufen zu sein, denn Pankha-Skrin hatte sein fast nonentelechisches Verhalten als ein Zeichen dafür gehalten. Doch Burnetto-Kup war bald auf den Boden der Tatsachen zurückgeholt worden.

Der Quellmeister hatte die Zeichen missverstanden. Hoffentlich hatte er sich nicht auch bei der Beurteilung eines anderen, ungleich wichtigeren Problems geirrt.

Die Kairaquola war in jener fremden Galaxie von den Robotschiffen einer unbekannten Macht angegriffen und zerschlagen worden. Pankha-Skrin hatte sich entschieden, sich dieser fremden Macht freiwillig auszuliefern. Wie in einer entelechischen Vision vernahm Burnetto seine Begründung: *Es ist unsere einzige Chance, etwas über die Kosmischen Burgen zu erfahren.*

Die Kosmischen Burgen, rief sich der Kommandant der GONDERVOLD in Erinnerung, waren ein Bindeglied zwischen der Materiequelle und dem Schlüssel.

Nachdem Pankha-Skrins Entschluss, sich den fremden Robotern zu überlassen, festgestanden hatte, hatte er Burnetto-Kup sein Vertrauen ausgesprochen.

In meinem Plan spielt dein Fahrzeug eine wichtige Rolle. Du siehst, der Einzige, der außer mir die Koordinaten der einen Materiequelle kennt, ist mein Helk Nistor. Was auch mit der RIESTERBAAHL geschieht: Nistor muss den Ort erreichen, an dem eine Abteilung unseres Volkes mit dem Auge auf mich wartet. Wenn der Angriff beginnt, wird Nistor sich an Bord der GONDERVOLD begeben, und es ist deine Aufgabe, ihn sicher dorthin zu bringen, wo man das Auge aufbewahrt.

Burnetto-Kup hatte den Auftrag des Quellmeisters ausgeführt. Nach dem Kampf und nachdem Pankha-Skrin sich ergeben hatte, war die GONDERVOLD mit dem Helk an Bord auf die lange Reise gegangen. Burnetto-Kup brauchte sich nur an den wiederkehrenden sechsdimensionalen Impulsen zu orientieren, die der Türmer Hergo-Zovran aussandte.

Nun war er am Ziel angelangt. Mit einem stark in Mitleidenschaft gezogenen Schiff. Siebzehn kugelförmige Raumschiffe hatten ihn zur Kapitulation aufgefordert.

Burnetto-Kup ließ den gespeicherten Aufruf nochmals ablaufen.

»Dein Schiff ist in einen Bereich eingedrungen, der von den Völkern dieser Galaxis überwacht wird. Wir bitten dich, uns zu folgen. Unsere Absicht ist freundlich. Du dienst deiner eigenen Sicherheit, wenn du auf unsere Aufforderung eingehst.«

Dieser Funkspruch war in der Sprache seines Volkes gehalten. Burnetto-Kup hatte keine andere Möglichkeit gesehen, als den Rat des Helks Nistor zu befolgen und die GONDERVOLD den Traktorstrahlen der Kugelraumer zu überlassen.

Nun war man hier, am Ziel, dem Funkfeuer des Türmers Hergo-Zovran sehr nahe. Aber doch durch eine undurchdringliche Sphäre des Schweigens von ihm getrennt.

»Was haben diese Terraner mit uns vor?«, fragte der Kommandant.

Er war mit Nistor allein. Der Helk hatte sich in seine neun Segmente aufgeteilt, die scheinbar wahllos über den Boden des Kommandostands der GONDERVOLD verteilt waren.

»Sie wollen uns prüfen«, antwortete Nistor, der als persönlicher Helk des Quellmeisters keinen Logik-Restriktor besaß und sich über alle entelechischen Prinzipien hinwegsetzen konnte. »Ich sage absichtlich ›uns‹, weil ich ebenso wie ihr zu den Testobjekten zähle.«

»Ich habe nicht bemerkt, dass man dir mehr Aufmerksamkeit geschenkt hätte als den anderen technischen Anlagen der GONDERVOLD«, sagte Burnetto-Kup. »Ganz im Gegenteil, ich finde, dass das Interesse der Terraner ausschließlich der Schiffsbesatzung gilt.«

»Die Terraner spielen uns etwas vor«, erwiderte Nistor. »Du kannst das nicht feststellen, weil die Entelechie es dir nicht erlaubt, dich auf die Psyche dieser Andersdenkenden einzustellen. Ich dagegen kann die Terraner richtig einschätzen.«

»Und wie schätzt du sie ein, Nistor?«

»Sie sind Meister der Tarnung und des Täuschens, zumindest für entelechische Begriffe. Sie schenken dir und deiner Mannschaft besondere Aufmerksamkeit, und es scheint, dass sie an technischen Belangen nicht interessiert sind. Auf die GONDERVOLD bezogen, trifft das auch zu. Das lässt den Schluss aufkommen, dass sie mit der Technik unserer

Raumschiffe vertraut sind. Aber mich betreffend, haben die Terraner versteckte Neugier gezeigt. Es ist mir nicht entgangen, dass sie versuchten, mich auszumessen.«

»Kann das heißen, dass sie deine Bedeutung kennen?«, fragte Burnetto-Kup.

»Sie müssen bereits mit anderen Helks konfrontiert worden sein und wissen, welche Bedeutung uns zukommt«, sagte Nistor. »Von meinem speziellen Aufgabenbereich, dass ich Pankha-Skrin gehöre und welche Daten ich gespeichert habe, können sie keine Ahnung haben.«

»Die Terraner dürfen die Wahrheit nie erfahren!«, sagte Burnetto-Kup.

»Darauf bin ich programmiert. Ich kann mich und mein Wissen schützen. Und ich bin in der Lage, die Erledigung meines Auftrags zu erzwingen.«

»Was haben wir von den Terranern zu erwarten?«

»Du hältst entelechische Zwiesprache und erwartest gar keine Hochrechnung über eine wahrscheinliche Entwicklung«, stellte Nistor fest. Wäre er wie die meisten anderen Helks der Restriktion durch eine entelechische Programmierung unterworfen gewesen, hätte Nistor nicht die Freiheit gehabt, eine solche Feststellung zu treffen.

Burnetto-Kup war an den Umgang mit dem Helk des Quellmeisters gewöhnt, dass er sein Verhalten hinnahm. Er fragte sich, was die Terraner bezweckten. Da sie die Sprache seines Volkes kannten, mussten sie schon mit Loowern Kontakt gehabt haben. Das konnte als gegeben vorausgesetzt werden, zumal Hergo-Zovrans Impulse aus diesem Sonnensystem gekommen waren. Die Terraner waren die Herren dieses Systems. Es war unvorstellbar, dass sie von Hergo-Zovrans Anwesenheit keine Ahnung hatten. Die Existenz einer Neunturmanlage konnte ihnen nicht entgangen sein.

Aber bisher versuchten die Terraner nur, sich Informationen zu beschaffen, ohne etwas über ihre eigene Position zu verraten. Und Burnetto-Kup fragte nicht. In dieser Beziehung blockierte sein Tiefenbewusstsein einfach. Die Furcht, etwas auszusagen, von dem die Terraner Schlüsse auf die Materienquelle und den damit zusammenhängenden Komplex ziehen konnten, war übermächtig. Das zeigte Burnetto-Kup, dass er noch nicht die Reife eines Türmers besaß. Darin hatte sich Pankha-Skrin geirrt.

»Besteht die Möglichkeit, dass die Terraner unsere Geschichte glauben, Nistor?«, fragte der Kommandant. »Ich habe ausgesagt, dass wir zufällig in diesem Sonnensystem gestrandet sind, ohne zu erkennen zu geben, dass wir von der Anwesenheit anderer Loower in diesem Raumsektor wissen. War es falsch, so zu handeln?«

»Es war so richtig oder falsch wie jede andere Lüge«, antwortete der Helk. »Die Wahrheit zu sagen, hättest du ohnehin nicht über dich gebracht, Burnetto. Doch nur das Bekenntnis, dass du von der Anwesenheit des Türmers Hergo-Zovran und seiner Mannschaft weißt, hätte die Terraner zum Informationstausch veranlassen können. Die Nachteile solchen Verhaltens wären indes größer als die Vorteile gewesen. Die Terraner arbeiten auf ein festgesetztes Ziel hin, und darin sind sie konsequent.«

»Was haben sie vor?«

»Ich muss dich darauf vorbereiten, dass ihr schweren Zeiten entgegenseht«, sagte Nistor. »Es gibt verschiedene Möglichkeiten, doch es ist ziemlich sicher, dass die Terraner ihr Interesse auf mich konzentrieren werden. Sie müssen annehmen, dass du und deine Mannschaft Einfluss auf mich ausüben, deshalb werden sie uns trennen. Ich würde eine solche Entwicklung sogar begrüßen, weil ich dann mehr Handlungsfreiheit hätte, um Pankha-Skrins Willen durchzusetzen. Für euch dagegen sehe ich Umstellungsschwierigkeiten.«

»Ich nehme es als Bewährungsprobe.« Noch während der Loower sprach, sah er, wie sich die neun Segmente Nistors in Bewegung setzten und einem gemeinsamen Punkt zustrebten. Sie schlossen sich zu einer Einheit zusammen.

Bald darauf erschien eine Abordnung der Terraner. An ihrer Spitze schritt ein Mann, von dem Burnetto-Kup glaubte, dass er noch nicht mit ihm zu tun gehabt hatte.

»Ich bin Julian Tifflor«, stellte sich der Terraner vor. Er bezeichnete sich als Befehlshaber und Verantwortlichen für die Sicherheit von Burnetto-Kup und seiner Mannschaft. Aus Sicherheitsgründen, sagte er, sei es nötig, die GONDERVOLD zu räumen.

»In unserem Stützpunkt stehen Quartiere bereit, die den loowerischen Bedürfnissen entsprechen.«

Die Terraner waren freundlich wie immer. Dennoch verließ Burnetto-Kup sein Schiff nur ungern.

Er glaubte, dass die tatsächliche Entwicklung der Prophezeiung des Helks Nistor zuwiderlief. Die Terraner holten nicht den Helk in ihren Stützpunkt, um ihn dort zu untersuchen, sie widmeten sich ausschließlich der Mannschaft und ließen Nistor unbeachtet.

Als Burnetto-Kup sicher zu sein glaubte, dass kein Translator nahe genug war, um seine Stimme zu registrieren, sagte er zu dem Helk: »Wie konnte es sein, dass du die Terraner falsch eingeschätzt hast. Sie holen *uns* ab und nicht dich.«

»Etwas anderes war nicht zu erwarten«, erwiderte Nistor. »Sie ziehen euch ab, um sich mir ungestört widmen zu können. Dass sie dies an Bord der GONDERVOLD tun wollen, zeigt höchstens, dass sie überaus vorsichtig sind und ihren eigenen Stützpunkt keiner Gefahr aussetzen wollen. Das ist sehr vorausschauend, denn ich kann mich wirkungsvoll wehren.«

27.

Boyt Margor war kaum in der Großklause angekommen, da ereignete sich der erste Zwischenfall mit seinen neuen Paratendern.

Er war mit ihnen auf Deck 9 materialisiert, das für Fälle wie diesen frei gehalten wurde. Neuankömmlinge sollten sich in neutraler Umgebung wiederfinden. Dieses Deck war nicht ausgebaut. Stets standen zwei mit Paralysatoren bewaffnete Paratender Wache, um Ausschreitungen zu verhindern.

In diesem Fall schien sich die Anwesenheit der Wachtposten jedoch als verhängnisvoll zu erweisen.

Vor dem distanzlosen Schritt waren die vier Männer und die beiden Frauen von Jota-Tempesto noch ruhig gewesen. In der kahlen, nüchternen Umgebung der Großklause wurden sie merklich nervös. Und als sie die Wachen sahen, stürzten sie mit animalischen Lauten vorwärts.

Der erste Paratender wurde von ihnen förmlich überrannt. Dem anderen gelang es noch, den Paralysator abzufeuern. Drei der Angreifer wurden paralysiert, die anderen warfen sich auf den Mann und ließen erst wieder von ihm ab, als er sich nicht mehr rührte.

Das alles war die Angelegenheit weniger Sekunden gewesen. Margor hatte es nicht geschafft, einzugreifen.

Zwei Frauen und ein Mann – und sie erweckten schon wieder einen so friedlichen Eindruck wie vor diesem Zwischenfall. Sie hoben die Paralysatoren auf und übergaben sie Margor, und er nahm sie rein mechanisch an sich. Dabei konnte er die Augen nicht von den dreien lassen. Verblüfft stellte er fest, dass ihre Gesichter völlig entspannt waren.

Margor kämpfte die aufsteigende Wut nieder. Er ahnte, dass er diese Menschen für ihre Handlungsweise nicht verantwortlich machen konnte. Statt ihnen Vorhaltungen zu machen, holte er sein Amulett hervor und zog damit augenblicklich ihre Aufmerksamkeit auf sich.

»Warum habt ihr das getan?«, fragte er. »Ihr hattet keine Veranlassung, diese Männer niederzuschlagen. Sie sind Freunde von mir.«

»Waren wir das? Das tut uns leid. Das Temperament muss mit uns durchgegangen sein.«

»In Zukunft müsst ihr euch zügeln!« Margor sah aus dem Augenwinkel eine Bewegung am Antigravschacht. »Vorsicht, die Waffen weg!«, rief er. Erst dann erkannte er Lee Mandrian, der mit vier Paratendern kam.

»Was ist hier los?«, fragte Mandrian verständnislos. Allerdings hatte er die Waffe sofort weggesteckt. Diese Vorsichtsmaßnahme schien indes gar nicht nötig gewesen zu sein, denn die drei von Jota-Tempesto zeigten keinerlei Feindseligkeit.

Mandrian blickte sich verwirrt um. Beim Anblick der in ihrem Blut liegenden Paratender wurde er blass. »Hat es einen Kampf gegeben?«, erkundigte er sich überflüssigerweise.

»So etwas wird nie wieder vorkommen«, sagte Margor in befehlendem Ton und blickte dem Mann von Jota-Tempesto in die Augen. Dieser machte ein zerknirschtes Gesicht. Margor fragte ihn: »Wer bist du?«

»Goro.«

»Du bist dafür verantwortlich, Goro, dass deine Kameraden in Zukunft ihr Temperament zügeln. Hast du verstanden?«

»Ich werde darauf achten«, sagte Goro, wirkte auf Margor aber nicht sehr überzeugend.

»Ich werde dafür sorgen, dass ihr alles bekommt, was ihr zum Leben braucht. Ein Arzt wird euch untersuchen. Wehrt euch nicht dagegen, denn alle hier lebenden Leute sind meine Freunde. Sie sind auch eure Freunde.«

»Sie sind unsere Freunde«, wiederholte der Mann von Jota-Tempesto. »Wir werden es uns merken.«

»Solltet ihr das vergessen, dann werdet ihr die Kraft des Totems der *Tanzenden Jungfrau* nie mehr spüren.«

»Wir werden uns zügeln«, versprach Goro. Die beiden Frauen nickten ernst.

»Ich überlasse euch jetzt meinen Leuten«, sagte Margor und gab den Paratendern einen Wink, die inzwischen die niedergeschlagenen Wachen auf Antigravbahren weggebracht hatten. »Befolgt ihre Befehle, denn das ist mein Wille.«

Die Paratender führten die neu Angekommenen ab.

»Was sind das für Typen, Boyt?«, fragte Mandrian, als er mit Margor unter vier Augen war.

»Ich weiß nicht, in welche Kategorie ich sie einreihen soll«, erwiderte der Gäa-Mutant nachdenklich. »Aber wenn es mir gelingt, ihren Aggressionstrieb zu steuern, dann habe ich eine starke Kampftruppe. Pass gut auf sie auf, Lee.«

Margor wandte sich dem Arzt zu, der die verwundeten Paratender versorgt hatte. »Wie geht es den beiden?«, fragte er.

»Jeder hat Knochenbrüche. Ihre Kopfverletzungen sind aber das Schlimmste. Ich müsste sie einer genaueren Untersuchung unterziehen ...«

»Nicht nötig, Doc«, unterbrach Margor sein Gegenüber. In den Hyperraumklausen herrschte Mangel an allem, seit die Nachschubbasen auf der Erde von den Agenten der LFT zerschlagen worden waren. Paratender, die ihre volle Leistung nicht mehr erbringen konnten, waren seither nur Ballast.

»Mach die beiden Verwundeten transportfähig, Doc. Ich werde sie nach Tansor mitnehmen. Wenn du das erledigt hast, kümmerst du dich ausschließlich um die neuen Paratender. Ich will wissen, was mit ihnen los ist. Und versuche mit allen Mitteln, ihren Aggressionstrieb unter Kontrolle zu bringen. Das ist vorerst alles.«

Margor wandte sich dem Antigravschacht zu. Dort entdeckte er eine kleine Gestalt, die sich unscheinbar im Hintergrund hielt, aber interessiert beobachtete.

»Scher dich nach oben, Baya!«, schrie er das Mädchen an und vermerkte einigermaßen zufrieden, dass die Kleine fluchtartig verschwand.

Als er Deck 10 erreichte, war von Baya Gheröl nichts zu sehen. Margor nahm an, dass sie sich in ihrem Zimmer versteckte. Wenn sie merkte, dass mit ihm nicht zu spaßen war, ging sie ihm meistens aus dem Weg. Baya stellte ein Problem dar, für das er noch keine befriedigende Lösung gefunden hatte. Für einen Moment spielte er mit dem Gedanken, sie ebenfalls auf eine der Pionierwelten abzuschieben, aber er hob sich diese Entscheidung für später auf.

Die meisten der von ihm bisher aufgesuchten Planeten waren für seine Zwecke unbedeutend. In der Reihenfolge seines Besuchs hatte Margor sie mit Buchstaben des griechischen Alphabets bedacht. Von einigen kannte er nicht einmal die Eigennamen. Tansor bildete eine rühmliche Ausnahme. Der Planet, den er als vierten aufgesucht hatte und der von ihm als Delta geführt wurde, war zu seiner bedeutendsten Nachschubbasis geworden. Margor hatte Steve Norquund dorthin entsandt, um Nahrungsmittel und technisches Gerät zu organisieren. Tansor war in dieser Beziehung ein Dorado.

Für das Treffen mit Norquund blieben ihm noch drei Stunden Zeit. Margor wollte sie für einen Abstecher zur Erde nützen. Die Zahl seiner Paratender auf Terra schmolz merklich dahin. Die wenigen, die ihm geblieben waren, bekleideten fast durchweg nur unbedeutende Ämter und besaßen wenig Einfluss. Bis auf Van Renekkon, Terranischer Rat für Unterricht und Kunst.

Margor machte den distanzlosen Schritt nach Terrania City und materialisierte in Van Renekkons Privatwohnung. Er musste einige Zeit warten, bis der Mann nach Hause kam.

»Boyt!«, rief der Rat erfreut aus. »Wie lange ist es schon her, dass du zuletzt bei mir warst?«

»Ich hoffe, du hast es vermieden, zu sehnsüchtig an mich zu denken«, sagte Margor kalt.

»Ich habe dich aus meinen Gedanken verbannt«, beteuerte der Terranische Rat. »Ich hatte auch keine Gelegenheit, mich mit dir zu beschäftigen, weil ich voll ausgelastet bin. Seit Tagen geht es wieder drunter und drüber. Den Grund kennst du aus den Nachrichten ...«

»Wo ich bin, erreichen mich keine Nachrichten«, sagte Margor. »Du musst mir schon verraten, was vorgefallen ist.«

»Uns stehen Friedensverhandlungen bevor. Die Loower haben eine neue Delegation zur Erde geschickt. Statt des Mädchens, dieser Baya Gheröl, steht ihr ein Loower vor. Sein Name ist Goran-Vran. Ein cleverer Bursche, ich habe selbst schon mit ihm zu tun gehabt. Weißt du, was er behauptet? Dass du Baya Gheröl entführt hast. Wenn das stimmt, Boyt, dann muss ich dir gratulieren.«

»Nachdem sich trotz allem eine Allianz zwischen Terranern und Loowern anzubahnen scheint, ist das nicht mehr von Bedeutung«, erwiderte der Mutant. »Aber ich habe mit einer ähnlichen Entwicklung gerechnet und mir weitere Schritte überlegt.«

»Du hast einen neuen Plan?«, fragte Van Renekkon begeistert.

»Ich darf meine Gegner nicht zur Ruhe kommen lassen. Es wird Zeit, dass ich mich ihnen wieder in Erinnerung bringe. Dazu brauche ich deine Unterstützung, Van. Die Anwesenheit der Loower-Delegation lässt den Schluss zu, dass bald die LFT-Spitze zu Verhandlungen mit den Delegierten zusammentreffen wird. Ich weiß, dass man dieses Wagnis meinetwegen in letzter Zeit nicht eingegangen ist. Aber ich kann mir vorstellen, dass bei Verhandlungen mit den Loowern auf eine Dezentralisierung der LFT-Spitze verzichtet wird. So ist es doch, oder?«

»Das ist schon richtig, Boyt. Aber falls es dazu kommt, werden entsprechende Vorkehrungen getroffen.«

»Ich verlasse mich da ganz auf dich, Van. Du hast genügend Einblick, um mir nicht nur Ort und Zeit der Verhandlungen zu nennen, sondern mich auch über die Sicherheitsmaßnahmen zu informieren.«

»Das schon – aber ich fürchte, so schnell wird es nicht dazu kommen.

Goran-Vran hat darauf bestanden, mit dem Ersten Terraner persönlich zu verhandeln. Doch Tifflor ist derzeit gar nicht auf Terra.«

»Was soll das heißen? Was ist mit ihm?«

»Darüber war nichts zu erfahren. Es heißt nur, dass er auf einer Außenstation zu tun hat. Worum es sich auch handelt, es scheint dem Ersten Terraner wichtiger zu sein als die Friedensverhandlungen mit den Loowern.«

»Du musst herausfinden, was dahintersteckt, Van! Wenn ich wiederkomme, möchte ich Einzelheiten hören. Diese Angelegenheit ist vorrangig. Ich melde mich in vierundzwanzig Stunden wieder.«

Margor kehrte in seine Großklause zurück. Er kam nur, um die beiden verwundeten Paratender abzuholen und sie auf den distanzlosen Schritt nach Delta-Tansor mitzunehmen. Als er auf der ehemaligen terranischen Kolonialwelt materialisierte, war er allein. Ein einziger Gedanke hatte ihm genügt, sich der beiden Paratender im Hyperraum zu entledigen.

Tansor war eine unwirtliche Eiswelt. Die wenigen kurzzeitig bebaubaren Landstriche hatten früher nicht einmal ausgereicht, um die zweihunderttausend in Kuppelstädten lebenden Einwohner mit Agrarprodukten zu versorgen. Nachdem mehr als die Hälfte der Bevölkerung zur Erde abgewandert war, standen die Wohnkuppeln fast leer.

Die Paratender unter Norquunds Führung fanden in den verwaisten Silos einen ausreichenden Vorrat an Lebensmitteln und technischen Geräten. Sie konnten praktisch aus dem Vollen schöpfen, denn die anfänglichen Widerstände hatte Margor auf einfache Weise beseitigt, indem er die Wirtschaftstreuhänder von Tansor zu Paratendern gemacht hatte.

»Wie läuft es?«, fragte Margor, als er Steve Norquund in der Verwaltung eines Ausrüstungslagers gegenüberstand.

»Zwei Container stehen bereit. Sie sind mit der geforderten Ausrüstung beladen. Es gibt keine Schwierigkeiten mit der Vorratsbeschaffung. Noch ahnt die Bevölkerung von Tansor-Stadt nicht, dass ihre Vorratslager geplündert werden. Wir haben uns nach allen Seiten abgeschirmt. Sage mir, was du brauchst, und ich beschaffe es dir, Boyt.«

»Das höre ich gerne, Steve«, sagte Margor zufrieden. »Ich brauche die komplette Ausrüstung für drei neue Hyperraumnischen oder besser gesagt, für eine Superklause mit dem Volumen von drei Normalnischen. Lebenserhaltungssysteme, Nahrungsvorräte für einige hundert Personen, Waffen, Kampfanzüge, eben alles, was für die Versorgung einer schlagkräftigen Truppe nötig ist. Und vergiss die Bauelemente nicht. Du weißt, dass jede Klause in ihrer Grundausstattung nur zehn Decks hat. Diese sollen in viele Bereiche unterteilt werden.«

»Du willst neue Hyperraumnischen erschaffen?«, fragte Norquund. »Woher willst du die Leute nehmen, sie zu besetzen?«

»Du gehst zu weit, Steve«, sagte Margor streng. »Sieh zu, dass du das Material beschaffst. Alles andere lass meine Sorge sein.«

»Entschuldige, Boyt. Ich wollte mich nicht in Belange einmischen, die mich nichts angehen.«

Margor wartete bis die Container herbeigeschafft waren, und nahm sie mit in seine Großraumnische. Von Deck 5 schwebte er dann im Antigravlift nach oben, um nach seinen Neuerwerbungen von Jota-Tempesto zu sehen. Für sich bezeichnete er sie inzwischen als Tempester.

Inzwischen war Deck 9 nicht mehr so kahl. Es gab ein halbes Dutzend Medo-Betten, in denen die Tempester untergebracht waren. Ringsum standen medizinische Geräte. Aber das nahm Margor nur unterbewusst wahr.

Er sah das Mädchen an einem der Betten stehen und auf den darin liegenden Tempester einreden. Es war Goro, der allem Anschein nach den Status eines Anführers besaß. Während die anderen schliefen, war Goro bei Bewusstsein.

In seinem ersten Zorn wollte Margor Baya davonjagen. Aber dann besann er sich eines anderen. Vielleicht war es für ihn interessant, herauszufinden, wie die Tempester auf das entelechisch geschulte Mädchen reagierten.

Es war nicht nur Neugierde, die Baya zu Deck 9 hinuntertrieb, sondern es spielte auch Mitleid eine Rolle und die Hoffnung, unter den neuen Paratendern vielleicht Verbündete zu finden.

Sie wartete einen Wutanfall der Neuen ab, der von deren Bewachern mit einer Paralysatorsalve beendet wurde. Danach zogen sich der Arzt und die Wachtposten zurück, und für Baya war der Weg frei.

Sie musste eine Weile ausharren, bis endlich einer der Paralysierten aus der Starre erwachte.

»Ich bin Baya Gheröl«, sagte sie. »Wie heißt du?«

Der Angesprochene öffnete die Augen und bewegte die Lippen, aber es dauerte, bis er sich artikulieren konnte.

»Goro?«, wiederholte Baya, um sich zu vergewissern. »Das ist ein schöner Name. Du kannst Baya zu mir sagen. Werden wir Freunde, Goro?«

»Ich bin jedermanns Freund.«

»Na, ich weiß nicht ... Ich habe euch beobachtet und gesehen, wie verzweifelt ihr euch gegen Boyts Unterdrückung gewehrt habt. Glaube mir, Goro, das ist sinnlos. Boyt unterdrückt jeden Widerstand im Keim. Man kann ihn nicht mit Gewalt ändern, aber er ist kein hoffnungsloser Fall.«

»Boyt ist der Träger des Totems.« Langsam erwachten Goros Lebensgeister, seine Finger zuckten, er drehte den Kopf. »Er ist der Gesandte der *Tanzenden Jungfrau*.«

»Ich hätte es mir denken können, dass Boyt euch schon zu Sklaven gemacht hat.« Das Mädchen seufzte. »Aber leicht macht ihr es ihm nicht. Ich habe noch nicht erlebt, dass ihm jemand solchen Widerstand entgegensetzte. Doch früher oder später bezwingt er jeden. Ich habe mich ihm gar nicht widersetzt, und vielleicht bekommt er mich gerade deswegen nicht in seine Gewalt.«

Goro war wieder so weit bei Kräften, dass er sich aufstützen konnte. Er betrachtete Baya interessiert. »Was hältst du nur für seltsame Reden, kleines Mädchen«, sagte er. »Nach deinem Aussehen zu schließen, kannst du nicht älter als ein halbes Jahr sein und redest schon so altklug.«

Baya lachte.

»Du machst Witze, Goro. Ich bin mehr als sieben.« Ihr fiel plötzlich etwas ein, und sie fragte: »Oder dauert auf der Welt ein Jahr mehrere terranische Jahre? Braucht euer Planet so lange für einen Sonnenumlauf?«

»Ich weiß nicht. Wir haben solche Zeitmaßstäbe nicht. Ich sehe nur, dass du die Größe einer Halbjährigen hast. Aber du bist sehr schwach gebaut und könntest auch eine groß gewachsene Vierteljährige sein.«

Baya lachte wieder. »Wie alt bist du?«

»Drei.«

»Du verulkst mich, Goro. Du siehst wie mindestens zwanzig aus.«

»So alt wird bei uns niemand.«

»Dann muss es bei euch so sein, dass ein Jahr zwölf oder noch mehr terranischen Jahren entspricht.«

»Ich weiß nicht. Diese Dinge kümmern mich auch nicht.«

»Wofür interessierst du dich eigentlich, Goro?«

»Ich achte darauf, dass ich mit den Meinen zurechtkomme und dass es uns an nichts fehlt, was wir zum Leben brauchen. Jetzt haben wir mehr, als wir jemals zu hoffen wagten. Eine Prophezeiung hat sich erfüllt. Die *Tanzende Jungfrau* hat uns nicht vergessen. Ich habe ihre Botschaft empfangen.«

»Was für einen Unsinn hat Boyt euch da eingeredet?«

Goros Gesicht verzerrte sich. »Still, Mädchen!«, herrschte er sie an. »Wenn du eine von uns wärst, würden dich solche Worte das Leben kosten.«

»Wenn es dich aufregt, halte ich künftig den Mund«, sagte Baya artig. »Sei wieder friedlich, Goro. Ich konnte nicht wissen, dass ich ein Tabu verletze.«

Der Mann wandte den Kopf. »Geh weg!«, sagte er keuchend. Sein Atem ging plötzlich stoßweise.

»Was ist, Goro?«, fragte Baya. »Was habe ich falsch gemacht? Sage es mir, damit ich den Fehler nicht noch einmal begehe.«

Er schloss die Augen. Seine Muskeln zuckten. »Es ist ... schwer ... zu erklären«, sagte er abgehackt.

»Bist du krank, Goro? Soll ich einen Arzt rufen?«

»Nein!« Er schlug mit der Faust aufs Bett, dass der Kunststoffrahmen krachte. »Es ist ... Ich kann nicht anders. Es ist ein Trieb. Ich merke, wie es mich überkommt. Ich kämpfe dagegen an. Noch ist alles klar ... Ich ... Mädchen, verschwinde!«

Mit einem Aufschrei warf Goro sich herum. Seine Faust sauste mit der Wucht eines Hammers nieder. Es krachte, und sein Bett brach an jener Stelle entzwei, an der seine Faust getroffen hatte.

Baya prallte vor Entsetzen zurück. Aber sie war nicht schnell genug. Goro kam auf die Beine. Sein Gesicht war zur Fratze verzerrt. Die Sehnen an seinem Hals traten als dicke Stränge hervor, die Muskeln waren wie zum Zerreißen gespannt. Er war plötzlich ein Bündel geballter Energie, und diese Energie suchte nach einem Ventil. Seiner Kehle entrangen sich gurgelnde Laute, die in einen animalischen Schrei übergingen.

Kraftvoll griff er nach Baya und hob sie so spielerisch hoch, als hätte sie überhaupt kein Gewicht. Baya fürchtete, ihre Knochen würden brechen, dabei merkte sie, dass Goro noch nicht voll aus sich herausging.

Er hob sie hoch über sich – holte aus, wie um sie mit voller Wucht zurück auf den Boden zu schleudern.

In dieser Haltung sah sich Goro jäh mit Boyt Margor konfrontiert. Aber er nahm Margor gar nicht wahr, sondern nur den unförmigen Klumpen, den der Mutant um den Hals trug. Und auch der Anblick des Steines war es nicht, der Goro in seinen Bann schlug, sondern die Ausstrahlung, die ihm von dort entgegenschlug.

»Setz sie ab!«, befahl der Mutant. »Lass Baya langsam und vorsichtig herunter und stell sie auf die Beine!«

Goro gehorchte, wenngleich sichtlich widerstrebend. Es schien, als würden in ihm verschiedene Kräfte um die Vorherrschaft ringen. Immerhin bewirkte der Einfluss des Amuletts, dass er Baya freigab. Doch kaum hatte er sie losgelassen, zertrümmerte er die medizinischen Geräte mit bloßen Fäusten. Ein Medoroboter, der ihm eine Beruhigungsinjektion verabreichen wollte, wurde von ihm schrottreif geschlagen.

Auch danach beruhigte sich Goro nicht. Er achtete nicht einmal mehr auf Margors Amulett, sondern stürzte sich auf seine Artgenossen, die noch in ihren Betten lagen.

Endlich trafen die alarmierten Paratender ein. Aber Goro brach nicht schon unter der ersten Paralysesalve zusammen, er schleuderte noch zwei seiner Artgenossen mitsamt den schwergewichtigen Betten durch den Raum, bevor ihn die Schüsse fällten.

Baya drückte sich zitternd an Margor. Sie tat es instinktiv und ohne sich bewusst zu werden, bei wem sie Schutz suchte.

»Das wollte ich nicht«, sagte sie weinerlich. »Es war wirklich nicht meine Absicht, Goros Wut zu entfachen.«

»Das ist dir hoffentlich eine Lehre«, erwiderte der Gäa-Mutant überraschend gefasst. »Wer weiß, ob Goros Aggression nicht ohnehin zum Ausbruch gekommen wäre. Ich weiß nun, dass die Tempester auch mit den Waffen der Entelechie nicht zu befrieden sind. Das macht sie noch wertvoller für mich.«

»Diese Menschen sind krank«, sagte Baya schaudernd. »Boyt, du musst sie zur Erde schicken, damit ihnen geholfen werden kann.«

»Ich werde mich hüten, das zu tun«, sagte Margor belustigt. »Im Gegenteil, ich werde ihre Veranlagung sogar fördern und unbezwingbare Kampfmaschinen aus ihnen machen.«

»Du bist ein Ungeheuer!«, sagte Baya angewidert.

Boyt Margor lachte sie nur aus.

Der Helk entsprach in etwa einer knapp siebzehn Meter langen Walze, die ungefähr sechseinhalb Meter durchmaß. Seine Oberfläche wies Vorsprünge, verschieden geformte Auswüchse und unregelmäßige Vertiefungen auf.

Bisher war nur erwiesen, dass dieser Helk sich aus neun Segmenten zusammensetzte, von denen jedes autark und handlungsfähig zu sein schien. Über die technischen Besonderheiten der Einzelteile und der Gesamtheit hatten die Terraner bislang nicht viel herausgefunden, weil schwankende Strahlungsfelder eine Ortung nahezu unmöglich machten.

»Wir sind darauf angewiesen, die Untersuchungsergebnisse über den Saqueth-Kmh-Helk zum Vergleich heranzuziehen«, erklärte der Robotspezialist Skotur. »Daraus können wir folgern, dass jedes Segment einen

Aufgabenkreis hat, dass aber bestimmte Anlagen in jedem der Segmente vorhanden sind, wie etwa Ortungs- und Funkgeräte und Einrichtungen zur Fortbewegung. Bewaffnet dürften nicht alle Teile sein. Selbstverständlich muss jedes einen Rechner haben und über ein eigenes Kommunikationssystem verfügen. Es ist uns nicht entgangen, dass der Kommandant der GONDERVOLD Gespräche mit einzelnen Segmenten geführt hat. Aus der Summe unserer Untersuchungen geht hervor, dass dieser Helk einen großen Aktionsradius hat, wahrscheinlich unterstützt durch Transmiterm-Rotatoren für den Überlichtflug. Dass er davon nicht Gebrauch macht, zeigt im Zusammenhang mit den schwankenden Strahlungsfeldern, dass er wie die Schiffsanlagen gestört sein muss. Das wird bei unseren weiteren Untersuchungen einkalkuliert.«

Da es nicht möglich war, den Helk mit technischen Mitteln zu erforschen, war ein Programm zur abstrakt logischen Erfassung erstellt worden. In Gesprächen mit dem Helk sollte versucht werden, ihn zu Äußerungen über seinen Status zu bewegen.

Tifflor hatte bereits den Psychologen Thaty angefordert, der sich weitreichende Kenntnisse der loowerischen Denkart erworben hatte. Bis zu dessen Eintreffen auf DUCKO leitete der Erste Terraner die Untersuchungen selbst. Sie fanden in der Kommandozentrale des Schiffes statt.

Tifflor verließ sich auf sein Gefühl. Erst die Erfahrungswerte aus diesem Gespräch würden die weitere Vorgehensweise bestimmen.

»Kann man dich als Helk bezeichnen?«

»Ich gehöre zur Gruppe der Helks«, kam die Antwort aus dem Mittelsegment der Walze.

»Hast du einen Eigennamen oder eine spezielle Bezeichnung?«

»Ich werde Nistor genannt.«

»Bist du für einen bestimmten Aufgabenbereich konstruiert worden? Oder hängt dein Tätigkeitsbereich von der Programmierung ab?«

»Wie jeder Helk kann ich programmiert werden.«

»Und für welche Aufgabe bist du augenblicklich programmiert?«

»Die Frage hebt sich auf.«

»Wie ist das zu verstehen?«

»Die Frage hebt sich auf«, wiederholte Nistor.

»Darf ich dazu etwas sagen?«, schaltete sich Skotur ein. »Entweder existiert eine Sperre, die es Nistor nicht erlaubt, über seine Programmierung zu sprechen. Oder er befolgt das in ihm eingegebene Grundprogramm.«

Tifflor nickte.

»Bist du grundsätzlich bereit, mit uns zu reden, Nistor?«

»Ich habe keinen Anlass, ein Informationsgespräch abzulehnen. Ich kann natürlich nicht für Burnetto-Kup sprechen, aber vielleicht kann ich seinen Standpunkt besser erklären als er selbst. Ich könnte Mittler sein.«

»Das ist genau das, was wir uns erhoffen«, sagte Tifflor. »Wir wollen herausfinden, was die GONDERVOLD in unser Sonnensystem geführt hat. Wir fragen uns, was geschehen wäre, wenn das Schiff nach der letzten Transition nicht manövrierunfähig gewesen wäre.«

»Es war die letzte Transition, weil der Antrieb ausfiel«, erklärte Nistor. »Burnetto-Kup hat dies deutlich ausgedrückt. Ich kann dem nichts hinzufügen.«

»Der Kommandant hat beteuert, dass die Loower zufällig in unserem Sonnensystem gestrandet sind. Abgesehen davon, dass dies ein unglaublicher Zufall wäre, widerspricht das Verhalten der Loower dieser Version. Auf eine zufällige Begegnung dieser Art würde eine andere Reaktion erfolgen.«

»Wäre dann nicht ebenso als logisch vorauszusetzen, dass diese Reaktion von beiden Seiten erfolgen müsste? Burnetto-Kup hat mir anvertraut, dass er sich in einem Dilemma befindet. Ich bin nicht der Restriktion von Emotionen unterworfen, aber ich glaube erfassen zu können, woraus sich sein Dilemma ergibt. Burnetto-Kup mag es so erscheinen, als sei sein Schiff gegen seine Absicht in dieses Gebiet gelotst und von den Terranern erwartet worden.«

Tifflor biss sich auf die Lippen. Ihm war klar, dass sich die Besatzung der GONDERVOLD fragen musste, woher die Terraner ihre Kenntnisse über das loowerische Volk hatten. Er hätte nur nicht erwartet, dass dieser Punkt von einem Helk aufgegriffen wurde.

Natürlich wäre eine Erklärung möglich gewesen, wieso die Menschen im Solsystem die Sprache der Loower beherrschten. Aber die Strategen hielten es für klüger, Burnetto-Kup und seine Mannschaft darüber im Unklaren zu lassen. Die Ungewissheit, hofften sie, würde das Schweigen der Loower eher brechen.

»Das sind Gedankenspielereien, Nistor«, sagte Tifflor. »Tatsache ist, dass die GONDERVOLD in unser Hoheitsgebiet eingedrungen ist und wir eine glaubhafte Erklärung dafür erwarten können. Es ist unser Recht, einen Beweis für die friedlichen Absichten der Loower zu verlangen. Wir Terraner sind guten Willens, aber Burnetto-Kup macht es uns durch sein Schweigen nicht eben leicht. Da er aus uns unbekannten Gründen eine Zusammenarbeit ablehnt, suchen wir auf dem Umweg über dich eine Klärung der Situation. Anerkennst du unsere Handlungsweise, oder erscheint sie dir weiterhin als unlogisch, Nistor?«

»Ich habe sie nie als unlogisch beurteilt. Ich habe diese Entwicklung vorausgesehen und erkannt, dass ich in den Blickpunkt eures Interesses rücken würde.«

»Und wie stellst du dich dazu?«, fragte Tifflor gespannt. »Bist du in der Lage, ohne den ausdrücklichen Befehl eines Loowers uns in unseren Bemühungen zu unterstützen?«

»So viel Handlungsfreiheit besitzt jeder herkömmliche Helk.«

»Wirst du davon Gebrauch machen?«

»Das hängt davon ab, was ihr von mir erwartet.«

»Es ist nicht viel.« Momentan ignorierte Tifflor, dass nach Skoturs Ansicht der Helk gestört war. »Wir möchten, dass du dich in deine Segmente aufteilst und uns Einblick in die technische und kybernetische Struktur erlaubst. Um es vorwegzunehmen: Das soll nicht gleichbedeutend mit einer Preisgabe möglicherweise in dir gespeicherter Geheimnisse sein.«

»Ich habe keine Geheimnisse. Ich leite die Dezentralisierung ein.«

Tifflor verfolgte genau, wie sich der zylindrische Körper in die Höhe erhob. Etwa einen Meter über dem Boden verharrte der Helk in der Schwebe. Dann strebten die Segmente sternförmig auseinander.

Es waren nicht nur ungleich große Teile, sie besaßen auch die verschiedensten Formen. Die Trennstellen aller neun Segmente waren so unregelmäßig wie die Oberfläche des gesamten Zylinders.

Was dann geschah, verblüffte und alarmierte Tifflor gleichermaßen.

»Ich verliere die Kontrolle!«, erklärte das Mittelsegment. Ein anderes Segment, das annähernd trapezoide Form aufwies und auf ein geschlossenes Schott zustrebte, meldete: »Die Dezentralisierung bedeutet die Befreiung aus einem unfunktionell gewordenen Verband. Sie bringt Freiheit und Selbstbestimmung.«

Aus diesem Segment zuckten Strahlenfinger, die das Schott verglühen ließen. Das Trapezoid entwich durch die nachglühende Öffnung. Ein weiterer Helk-Teil in Keulenform folgte. Die anderen Bauteile strebten ebenfalls den Ausgängen zu.

Bevor die überraschten Terraner eingreifen konnten, waren alle Segmente bis auf das Mittelteil aus der Kommandozentrale verschwunden.

»Was hat das zu bedeuten?«, fragte Tifflor.

»Ich hätte wissen müssen, dass diese Situation einen einfachen Helk wie mich überfordert«, antwortete das verbliebene Element. »Die Bauteile haben sich selbstständig gemacht, und jedes versteht sich als Nistor.«

Als die Kairaquola von den unbekannten Robotschiffen angegriffen wurde, erkannte Quellmeister Pankha-Skrin, dass er seiner Mission am besten diente, wenn er sich in Gefangenschaft begab. Er speicherte in seinem Helk Nistor die Daten über die Materiequelle und die Kosmischen Burgen, damit dieser sie an Bord der GONDERVOLD dem Türmer Hergo-Zovran überbringen konnte, der in einer weit entfernten Galaxis mit dem Auge wartete.

Pankha-Skrin war weitblickend genug, um mit der Möglichkeit zu rechnen, dass sich ein ähnlicher Zwischenfall wiederholen, die GONDERVOLD in Bedrängnis geraten und Nistor in falsche Hände fallen könnte. Er trug dieser Möglichkeit Rechnung, indem er seinen persönlichen Helk mit einer Spezialprogrammierung versah. Diese sah unter anderem vor, dass Nistor potenzielle Gegner über seine Mission im Unklaren lassen und sie nach allen Möglichkeiten verwirren sollte. Und er sollte Hergo-Zovran die Nachricht des Quellmeisters persönlich überbringen.

Nistors Handlungsweise war eine Folge dieser Spezialprogrammierung.

Der Helk hatte rechnerisch erfasst, dass die GONDERVOLD das Zielgebiet erreicht hatte, in dem Hergo-Zovran anzutreffen war. Doch anstatt Loowern zu begegnen, war die Konfrontation mit den Terranern erfolgt. Da diese versuchten, Nistor sein Geheimnis zu entlocken, machte er von der Verwirrungstaktik Gebrauch. Für die Terraner musste es so aussehen, dass sie es mit einem gestörten Roboter zu tun hatten.

Die Erhaltungsschaltung verhinderte jedoch, dass Nistor die Verwirrungstaktik auf die Spitze trieb. Er durfte seine Existenz nicht gefährden.

Sein Streben war auf die Primärprogrammierung ausgerichtet: den Türmer Hergo-Zovran zu erreichen und ihm die Koordinaten der Materiequelle und der Kosmischen Burgen zu übergeben. Von anderen Programmen, die Pankha-Skrin ihm mitgegeben haben mochte, wusste der Helk nichts. Falls es solche gab, würden sie situationsbedingt abberufen werden.

Als von Nistor verlangt wurde, dass er sich in seine Bauteile zerlegen solle, kam er dieser Aufforderung nach. Er ließ acht seiner Segmente über die GONDERVOLD ausschwärmen und zwang die Terraner auf diese Weise, ihre Kräfte ebenfalls aufzusplittern.

Ein Bauteil schickte er in das Lebenserhaltungssystem. Er veranlasste, dass die Gravitation an Bord der GONDERVOLD zwischen absoluter Schwerelosigkeit und vierfachem Normalwert wechselte. Zugleich ließ er die Temperatur steigen und die Atmosphäre mit unverträglichen Gasen durchsetzen.

Damit zwang er die Terraner, Schutzanzüge anzulegen. Sie wurden noch unbeweglicher, als sie ohnehin schon waren, und hatten zudem mit gewissen Kommunikationsschwierigkeiten zu kämpfen. Bis sie den Fehler fanden und den Helk mit Traktorstrahlen aus seinem Versteck holten, schlug bereits ein anderes Teil am entgegengesetzten Ende des Schiffes zu.

Nistor hatte durch dieses Segment die Vorbereitungen für das Absprengen der Bugspitze treffen lassen. Er war dabei so vorsichtig zu Werke gegangen, dass die Terraner nicht zu früh aufmerksam wurden, sondern erst zu dem von ihm geplanten Zeitpunkt. Sie gerieten in hellen Aufruhr und beorderten alle verfügbaren Kräfte in das Krisengebiet, um das dafür verantwortliche Segment Nistors unschädlich zu machen.

Der Helk, der die fremde Sprache rasch lernte und die Funkgespräche der Terraner abhörte, assoziierte »unschädlich« mit Vernichtung, und sofort sprach seine Erhaltungsschaltung an. Er ließ dieses Segment von den Terranern einfangen und sie im darauffolgenden Verhör wissen, wo die Sprengladung deponiert und wie sie zu entschärfen war.

Einer der an dieser Aktion beteiligten Terraner verriet Nistor ungewollt, dass er auch mit diesem Manöver erfolgreich war. »Dieser verdammte Roboter versteht es, uns in Atem zu halten!«, sagte der Mann zu einem anderen.

Nistor leitete das nächste Manöver ein.

Er hatte errechnet, dass die Bemühungen der Terraner nur einen Grund haben konnten, nämlich die Turmbesatzung Hergo-Zovrans von den Vorgängen im Ringsystem des sechsten Planeten nichts wissen zu lassen. Während die Terraner damit zu tun hatten, die außer Rand und Band geratenen Segmente unter Kontrolle zu bringen, hatte ein Bauteil unbemerkt alle Hangarschleusen für die Beiboote geöffnet und war nun dabei, die Flugkörper durch Katapultstarts in den Ring hinauszuschießen. Bis es den Menschen gelang, dieses Segment einzufangen, das sich in aussichtsloser Lage »kampflos« ergab, trieben bereits zwei mal neun unbemannte Flugkörper durch den Raum. Nistor hörte den Ersten Terraner Tifflor den Befehl an die patrouillierenden Kugelraumer geben, die verräterischen Loower-Beiboote wieder einzufangen.

Inzwischen war das Lebenserhaltungssystem der GONDERVOLD wiederhergestellt. Die Terraner konnten sich ihrer Druckanzüge entledigen oder zumindest die Helme öffnen. Wirklich normale Bedingungen herrschten aber nur außerhalb des Einflussbereichs zweier Segmente, die auf verwirrendem Kurs durch das Schiff glitten und ihre Umgebung mit verschiedenartiger Strahlung durchsetzten, die recht eindrucksvolle Phänomene hervorrief.

Terraner in ihrer Nähe litten vorübergehend unter Wahnvorstellungen und Konfusion. Kunststoffe einer bestimmten Art verloren ihre Festigkeit, wurden weich oder flüssig oder zerfielen zu Staub. Es kam zu Funkstörungen, die eine Verständigung über weitere Strecken unmöglich machten.

Nistor ließ die beiden Segmente ihr Unwesen treiben, bis die Terraner die Geduld verloren und beschlossen, die verrückt spielenden Roboter abzuschießen. Da es sich bei diesen beiden Bauteilen um zwei der mit einem starken Waffensystem ausgestatteten Einheiten handelte, hätten sie sich durchaus zur Wehr setzen können. Doch dieses Risiko ging Nistor nicht ein. Er hatte ohnehin sehr viel erreicht und ließ beide Segmente ohne Gegenwehr in die Hände der Terraner fallen.

Danach beschloss der Helk, den Menschen an Bord eine Ruhepause zu gönnen und seine Verwirrungstaktik weniger spektakulär fortzusetzen, nämlich als geschlossene Einheit und im Dialog.

28.

Julian Tifflor atmete merklich auf, als er den großen Laderaum im Heck der GONDERVOLD betrat und sah, wie das letzte Segment mit dem Helk verschmolz.

»Ihr habt die Prüfung bestanden«, sagte Nistor. »Ich kenne außer den Loowern kein Volk, das dieser Bewährungsprobe gewachsen gewesen wäre. Ihr Terraner seid würdig, mir dienen zu dürfen.«

Tifflor blieb vor Überraschung der Mund offen. Die Männer in seiner Begleitung brachten die Strahler in Anschlag. Die Wachmannschaften gingen hinter den fahrbaren Geschützen in Stellung.

»Nicht schon wieder«, sagte Skotur mit blassem Gesicht. »Nach den bisherigen Erfahrungen dürfte es nach dem Zusammenschluss aller Segmente zu keinem Fehlverhalten mehr kommen.«

Im Widerspruch zu dieser Behauptung verkündete Nistor jedoch: »Dient mir, verehrt mich – und meine Glorie wird euch erleuchten!«

»Er scheint sich für einen Gott oder so was zu halten«, raunte der Erste Terraner so leise, dass der Translator nicht übersetzte. »Ist es möglich, dass Nistor die Schiffsbesatzung auf diese Weise unterdrückt hat? Das würde ihre Teilnahmslosigkeit und ihr Schweigen erklären.«

»Ich bin am Ende meiner Weisheit«, gestand der Robotspezialist Skotur. »Ich werde aus dem Helk einfach nicht schlau.«

Das walzenförmige Gebilde gab eine Reihe von Geräuschen von sich, die der Translator ignorierte, weil sie offenbar nicht der loowerischen Sprache entstammten.

»Wo bleibt eigentlich Thaty?«, drängte Skotur wieder. »Sie haben den Psychologen vor mehr als vierundzwanzig Stunden angefordert, Tifflor.«

»Wunderdinge können wir nicht erwarten«, gab der Erste Terraner zurück. »Thaty versteht einiges von loowerischer Entelechie, aber mit verrückten Helks hatte auch er noch nicht zu tun.«

»Ich bin wieder da!«, sagte Nistor. »Es wäre bedauerlich, wenn ich in der Phase der Koordinierung und Neuorientierung gesprochen hätte. In diesem Fall vergesst das Gehörte wieder. Jetzt stehe ich zu eurer Verfügung.«

»Dann können wir dort fortfahren, wo wir unterbrochen wurden?«, fragte Tifflor hoffnungsvoll.

»Ihr wolltet, dass ich mich dezentralisiere. Soll ich es tun?«

»Nein!«, rief Skotur entsetzt. »Das kann nicht wahr sein! Der Helk scheint gar nicht zu wissen, dass er uns mit seiner Dezentralisierung einen Tag lang in Atem gehalten hat.«

»Besser nicht daran rühren«, schlug Tifflor vor. Er wollte noch etwas hinzufügen, als sein Funkarmband reagierte.

»Hier Elena Ripard«, meldete sich die Stationskommandantin. »Per Transmitter sind zwei Herren von Terra eingetroffen. Der eine ist Xeno-Psychologe Ferengor Thaty, der andere der Terranische Rat für intergalaktische Beziehungen. Soll ich sie aufs Loowerschiff schicken?«

»Nein«, entschied Tifflor, der die Probleme nicht in Gegenwart des Helks erörtern wollte. »Ich komme zu ihnen.« Er wandte sich an den Robotspezialisten: »Übernehmen Sie das Kommando, Skotur. Aber verhindern Sie, dass sich der Helk abermals teilt.«

Skotur machte kein besonders glückliches Gesicht, doch darauf achtete Tifflor schon nicht mehr.

Er setzte in einer Weltraumfähre zur Station DUCKO über.

»Ich kann nicht lange bleiben, sondern muss sofort wieder über die Transmitterstraße zur Erde zurück«, empfing ihn Tekener in der Kommandozentrale. »Wir stehen mitten in den Verhandlungen mit den Loowern. Goran-Vran macht es uns nicht gerade leicht. Er besteht darauf, dass der Erste Terraner anwesend sein soll.«

»Das habe ich gehört«, sagte Tifflor. »Was steckt eigentlich dahinter?«

»Den Loowern scheint ein Licht aufgegangen zu sein«, erklärte Tekener mit feinem Lächeln. »Sie akzeptieren endlich, dass Margor dieses seltsame Auge hat.«

Tekener erzählte mit knappen Worten.

»Eine begrüßenswerte Entwicklung«, sagte Tifflor tonlos. »Aber wenn Hergo-Zovran erfährt, dass wir ein Loowerschiff gekapert haben, wird das unsere Verhandlungsposition schwächen.«

»Es könnte sogar zu einem neuerlichen Meinungsumschwung führen.« Tekener fasste sich demonstrativ an den Hals. »Wir müssen die GONDERVOLD weiter festhalten.«

»... obwohl ich diesen Entschluss fast schon bereue«, sagte Tifflor. »Der Helk bereitet uns große Sorge. Wenn ich eine Möglichkeit sähe, uns anständig aus der Affäre zu ziehen, würde ich sofort zugreifen.«

Über Interkom meldete sich Remon Skotur. Seine Miene drückte Verzweiflung aus.

»Der Helk ist abermals los! Wir konnten nicht verhindern, dass er sich erneut dezentralisiert hat. Nun beginnt alles wieder von vorne.«

»Ich bin gleich da!«, rief Tifflor und schaute Thaty auffordernd an. »Kommen Sie, es gibt Arbeit für Sie.«

Er verabschiedete sich mit einem kurzen Nicken von Tekener und eilte mit dem Psychologen davon.

Boyt Margor verbannte alles Störende aus seinen Gedanken, um sich der Erschaffung einer Supernische widmen zu können. Drei Klausen, zu einer einzigen vereint, das war der nächste Schritt in seiner Machtentfaltung.

Es genügte, dass er den entsprechenden Wunschgedanken auf das Auge übertrug. Das war ein fast automatischer, motorischer Ablauf. Margor dachte an eine neue Hyperraumblase, und die Programmierung des Auges errichtete sie.

Der Gäa-Mutant war davon nicht beeindruckt, die Erschaffung dieser Nische hatte ihn kaum Substanz gekostet. Er konnte sich sofort der nächsten Klause widmen. Nahe beieinanderliegende Nischen hatten das Bestreben, sich zu vereinen. Margor verglich diesen Effekt mit Seifenblasen, die, wenn sie ausreichend stabil waren und beim Zusammenstoß nicht zerplatzten, ebenfalls zu einer Einheit wurden.

Er ließ die zweite Hyperraumnische entstehen und Minuten später sofort die dritte. Danach legte er eine kurze Pause ein. Währenddessen sah er, wie an einer Stelle der Nischenwand die Formenergie zu zucken begann und einen wurmartigen Fortsatz bildete.

Es war wie bei der Vereinigung der ersten beiden Klausen, deren Zusammenschluss ebenfalls ohne sein Zutun erfolgt war. Nur bemerkte Margor diesmal, dass die Nischenwandung an mehreren Stellen gleichzeitig pulsierte. Er schrieb das dem Umstand zu, dass diesmal drei Hypersphären zueinandergefunden hatten.

Margor drang in einen Energieschlauch vor. Ehe er dessen Ende erreichte, zerplatzte die Trennwand vor ihm. Dahinter setzte sich der Schlauch fort bis in die angrenzende Nische.

Wieder platzte eine Trennwand. Margor gewann von seinem Standpunkt aus den Eindruck, als befinde er sich im Schnittpunkt dreier ineinanderfließender Kugelgebilde. Die Decks der drei Sphären vereinigten sich, spannten und dehnten sich zuckend – und wurden wieder plan.

Die Geburt der Dreifachnische war abgeschlossen. Margor nannte sie Großklause zwei.

Nun konnte er darangehen, die von Steve Norquund auf Delta-Tansor bereitgestellte Ausrüstung abzuholen. Er wollte hier nicht nur einen Lebensbereich für die zu rekrutierenden Tempester-Tender einrichten, sondern auch Unterbringungsmöglichkeiten für Gefangene.

Noch war Baya Gheröl sein einziger Gast, aber sie würde bald Gesellschaft bekommen. Die Großklause würde Kaserne und Gefängnis werden. Erschaffen für die Ausbildung von Margors Kampftruppen und um die Führungsspitze der LFT einzuquartieren.

Van Renekkon zuckte zusammen, als er aus dem Augenwinkel eine menschliche Gestalt erscheinen sah. Als er Margor erkannte, überkam ihn unsägliche Erleichterung.

»Bin ich froh, dass du endlich kommst«, sagte der Terranische Rat für Unterricht und Kunst. »Ich konnte die Einsamkeit kaum mehr ertragen. Die Trennung von dir fällt mir schwer, Boyt. Diesmal musst du mich mitnehmen.«

»Eines Tages werde ich dich zu mir holen«, sagte der Mutant. »Aber du musst dich vorerst gedulden. Noch brauche ich dich auf der Erde.«

»Meine Position wird mit jedem Tag schwerer«, sagte Van Renekkon verzweifelt. »Bislang hat niemand Verdacht geschöpft. Trotzdem weiß ich nicht, wie lange ich noch meine Zugehörigkeit zu dir vor den drei Gäa-Mutanten verbergen kann.«

»Du musst ausharren! Sag mir jetzt, welche neuen Entwicklungen es bei den Friedensverhandlungen gibt.«

»Die Sicherheitsbestimmungen wurden nicht gelockert, in dieser Beziehung muss ich dich enttäuschen. Termine werden kurzfristig umdisponiert, Verhandlungsorte gewechselt, es kommt permanent zu Personalumschichtungen. Alles wird von Positroniken errechnet, ich glaube, dass nicht einmal Adams weiß, was jeweils auf ihn zukommt. Der Zwang zur Sicherheit hat sich seit dem Eintreffen der Loower-Delegation noch verstärkt.«

»Das war zu erwarten. Was ist bei den Verhandlungen herausgekommen?«

»Goran-Vran hat einen aufschlussreichen Bericht über die Geschehnisse in der Neunturmanlage auf dem Mars abgegeben.« Van Renekkon kicherte. »Dein Auftauchen dort hat die Trümmerleute ziemlich aufgebracht. Nur schade, dass du entdeckt worden bist. Die Loower wissen nun, dass du dich im Besitz des von ihnen heiß begehrten Objekts befindest, und sind zur Zusammenarbeit bereit. Sie haben deine Gefährlichkeit spätestens zu dem Zeitpunkt erkannt, als du die Bombe zu Hergo-Zovran geschickt hast.«

Da die Neunturmanlage nach wie vor existierte, war sich Margor schon bewusst gewesen, dass die Loower seinen Plan mit Haman Gheröl durchkreuzt hatten.

»Gibt es nichts Wichtiges zu berichten?«, fragte er ungehalten. »Was ist mit Tifflor? Ist er zur Erde zurückgekehrt? Wird endlich die gesamte LFT-Führung tagen?«

»Der Erste Terraner hält sich weiterhin auf dem Außenposten auf«, erklärte Van Renekkon. »Ich weiß jetzt wenigstens, wo und was er dort tut.«

»Warum hast du das nicht sofort gesagt?«

»Ich hielt das nicht für wichtig genug. Tifflor befindet sich auf Wachstation ORG-Z 12 im Ringsystem des Saturn. Es ist ein Geheimstützpunkt, Eigenname DUCKO. Dort wird ein Loowerschiff samt Besatzung festgehalten, das beim Einflug in das Sonnensystem aufgegriffen wurde. Die GONDERVOLD gehört nicht zu Hergo-Zovrans Flotte. Offenbar weiß der Türmer nicht einmal von der Existenz dieses Schiffes, denn dann würden sich die Loower wohl nicht so passiv verhalten.«

»Was ist so wichtig an diesem Schiff, dass Tifflor sich persönlich darum bemüht?«, wollte Margor wissen.

»Ronald Tekener war dort, um Tifflor Bericht zu erstatten«, fuhr der Terranische Rat fort. »Aber er konnte den Ersten Terraner nicht zur Rückkehr bewegen. Immerhin deutete er uns an, dass sich an Bord der GONDERVOLD ein Roboter der Loower befindet, dem Tifflor besondere Aufmerksamkeit widmet. Einzelheiten kenne ich nicht.«

Margor musste an den Saqueth-Kmh-Helk denken, den Superroboter aus Tausenden Bauteilen, in dessen Besitz er sich schon befunden hatte, den er aber vorschnell der Vernichtung preisgegeben hatte. Tifflors Interesse deutete möglicherweise auf eine ähnliche Konstruktion hin.

Diese Chance durfte er sich nicht entgehen lassen. Er disponierte augenblicklich um. Jetzt galt es für ihn, nicht nur die LFT-Regierung zu entführen, sondern auch den Roboter in seinen Besitz zu bringen.

»Wie tief bin ich gesunken!«, klagte der Siganese Rayn Verser. »Mir war von Anfang an bewusst, dass du einen schlechten Einfluss auf mich ausübst. Aber dass es so weit mit mir kommen würde ...«

»Jetzt mach aber halblang, Kleiner«, widersprach Vavo Rassa. »Du hast mich doch erst auf den Gedanken gebracht, die Schnapsorgel der Kommandantin anzuzapfen.«

»Ich?«, rief Verser empört.

»Erinnere dich, Halber! Ich habe über einem technischen Problem gebrütet, und du hast mich mit der Frage gestört, ob ich neue Tricks aushecke, um an die Alkoholvorräte heranzukommen. Das hat mich überhaupt erst auf den Gedanken gebracht.«

»Diese Behauptung ist unerhört!«, erboste sich der um einen Kopf kleinere und nur halb so schwere Verser.

»Still!«, befahl Rassa.

Sie hatten die Kommandozentrale der Station durchflogen und landeten auf der Konsole unterhalb einer Wandklappe. »Ich kann das Tropfen des undichten Hahnes hören«, flüsterte Rassa fast ehrfürchtig und leckte sich die Lippen. »Es hat mich immer schon gereizt, die Schnapsorgel zu sehen, obwohl die Kommandantin die Bar abschließt. Hast du mal einen Blick auf die Batterie von Zapfhähnen geworfen, Kleiner? Aber wie herankommen, ohne das Schloss zu knacken?«

»Ich bin sicher, du hast eine Lösung für das Problem gefunden«, sagte Verser abfällig. »Ich frage mich nur, warum du mich in diese Sache hineinziehst.«

»Du hast mich auf die Idee gebracht! Außerdem brauche ich jemanden, der auf mich aufpasst und mich nach Hause bringt. Siehst du diesen Schlauch? Ihn werde ich durch das Schlüsselloch einführen und unter dem tropfenden Hahn in Stellung bringen. Dann brauche ich nur kräftig zu saugen – und schon fließt der Nektar.«

Rassa schickte sich gerade an, zum Klappenschloss hochzufliegen, als er plötzlich von Verser gepackt wurde. Er wollte schon entsprechend ungehalten reagieren, als er den Grund für die Aufregung seines Teamgefährten sah.

In der Kommandozentrale waren wie hingezaubert vier Männer und zwei Frauen erschienen. Während die anderen in ihren unauffälligen Kombinationen durchschnittlich aussahen, stach einer der Männer deutlich ins Auge. Er war nicht nur größer als die anderen und ungewöhnlich schlank, er war geradezu unproportioniert. Der kurze Oberkörper mit dem hervortretenden Brustkorb stand in krassem Gegensatz zu den dünnen Armen. Sein Gesicht war jungenhaft, was durch die hohe, vorgewölbte Stirn unterstrichen wurde. Der Blick seiner dunklen Augen wirkte stechend; der kleine Mund bildete einen geraden Strich; die leicht nach unten gezogenen Mundwinkel signalisierten Gefühlskälte.

Die anderen Männer und die beiden Frauen hatten dagegen apathisch wirkende Gesichter. Sie blickten sich scheu um, als sei ihnen diese Umgebung fremd. Die Strahler in ihren Händen muteten wie Spielzeug an, mit dem sie nichts anzufangen wussten.

»Sieh, was der Lange in der Hand hat«, raunte Rassa seinem Kameraden zu. »Hast du so etwas schon gesehen? Das scheint keine Waffe zu sein, eher ein Spezialsichtgerät. Ich würde liebend gern ...«

»Nicht!« Verser verstärkte seinen Griff um Rassas Schulter. »Keine Dummheiten, Bulle. Wir müssen erst sehen, was in dieser Situation das Beste ist.«

»Mir ist schon klar, dass sie Eindringlinge sind, die auf DUCKO nichts zu suchen haben«, flüsterte Rassa säuerlich. »Aber wenn wir Alarm schlagen, werden sie auf die gleiche Weise flüchten, wie sie gekommen sind. Offenbar haben sie eine Art Fiktivtransmitter.«

»Oder sie sind teleportiert«, sagte Verser. »Fällt dir an dem langen Dünnen mit dem Kindergesicht nichts auf? Du hast seine Beschreibung bekommen. Er ist an die hundert Jahre, was für terranische Verhältnisse recht alt ist.«

Rassa wollte schon aufbrausen und sagen, dass der Halbe spinne – da fiel bei ihm der Galax. Je länger er den Mann mit dem auf unbestimmte Weise uralt wirkenden Jungengesicht beobachtete, desto sicherer wurde er sich.

»Steht mir nicht im Weg herum!«, herrschte der Mann seine Begleiter an. »Behaltet den Eingang im Auge. Wenn jemand auftaucht, schießt sofort!«

Das war Boyt Margor!

Rassa fiel auf, dass die Kombination des Gäa-Mutanten am Hals aufklaffte. Ein grünlich schillernder Gesteinsklumpen war zu sehen, den er als Schmuckstück trug. Oder war es mehr als nur Schmuck? Seine Begleiter schienen den Stein immer wieder anzuschauen.

»Wir müssen ihn dingfest machen!«, beschloss Vavo Rassa.

Margor machte sich am Hauptschaltpult zu schaffen und ließ seine Spinnenfinger über Eingabefelder gleiten.

»Zu gefährlich«, widersprach Verser. »Margor scheint Informationen aus den Speichern abrufen zu wollen. Das wird ihn für eine Weile beschäftigen, hoffentlich lange genug, bis Verstärkung hier ist. Ich melde mich über die Notfrequenz bei der Kommandantin.«

Rassa nickte. Er beobachtete Margors fünf Begleiter und stellte fest, dass sie von einer seltsamen Unruhe erfasst wurden. Ihre zuvor noch ausdrucksarmen Gesichter wirkten angespannt. Sie zwinkerten nervös, unter ihren eng anliegenden Kombinationen zeichneten sich anschwellende Muskeln ab. Was war mit Margors Begleitern los?

Rassa hörte seinen Kameraden gehetzt ins Armband sprechen.

»Ja«, sagte Rassa. »Wir sind ganz sicher!«

Er hatte kaum ausgesprochen, als der Alarm aufheulte.

»Diese Närrin!«, rief Verser aufgebracht.

Unter Margors Paratendern brach eine Panik aus. Sie schrien durcheinander und rannten konfus umher.

»Bleibt beisammen! Wir müssen weg!«, rief Margor und hielt seinen Schmuckstein hoch.

Schon zuckten die ersten Strahlschüsse durch die Zentrale. Eine der Frauen brach getroffen zusammen. Der nächste Thermostrahl riss eine Schaltwand auf und löste eine Kettenreaktion heftiger Entladungen aus. Qualm breitete sich aus.

»Ming ist getroffen!«, rief Margor einem der Männer zu, der den Beschuss mit irrem Dauerfeuer erwiderte.

Ein zweiter Paratender brach im Strahlenfeuer seiner eigenen Kameraden zusammen.

Vavo Rassa schaltete sein Flugaggregat ein und jagte mit halsbrecherischer Geschwindigkeit auf Margor zu. Er richtete seinen winzigen Schockstrahler auf den Mutanten. Bei stärkster Dosierung reichte die Wirkung eines siganesischen Schockers aus, um einen ausgewachsenen Terraner kampfunfähig zu machen. Doch bevor Rassa abdrücken konnte, löste sich Margor mit zwei seiner Paratender in nichts auf.

Dafür stand plötzlich der zweite weibliche Paratender vor ihm, den Margor zurückgelassen hatte. Rassa sah das verzerrte Gesicht vor sich. Ein muskulöser Arm zuckte hoch, eine prankenartige Hand versuchte, ihn wie ein Insekt aus der Luft zu fischen.

Rassa entlud den Schockstrahler gegen die mörderische Pranke. Die Frau schrie, ihre Hand sank kraftlos zurück. Rassa flog eine enge Schleife und wollte die Paratenderin erneut angreifen, doch sie hatte sich bereits dem Schott zugewandt, durch das weitere Verstärkung in die Kommandozentrale eindrang.

Es gelang der Frau, einen der Männer niederzuschießen, bevor sie von mehreren Paralyseschüssen getroffen wurde. Jeder andere Mensch wäre auf der Stelle zusammengebrochen, aber diese Frau fand noch die Zeit, den Thermostrahler gegen sich selbst zu richten und abzudrücken.

Der Siganese wandte sich ab, als er ihren Kopf im Strahlenkranz der tödlichen Energie verglühen sah.

Die Nachricht von Boyt Margors Erscheinen an Bord der Wachstation erreichte Julian Tifflor, als es zum zweiten Mal gelungen war, den Helk zu komplettieren. Eine nervenaufreibende Treibjagd auf die einzelnen Segmente war dem vorausgegangen.

Tifflor begab sich sofort auf die Station.

Aus dem Bericht der beiden siganesischen Techniker erfuhr er, dass Boyt Margor mit fünf Paratendern wie bei einer Teleportation unvermittelt in der Kommandozentrale erschienen war. Die Beschreibung, die

Rassa und Verser von dem Gegenstand gaben, den Margor bei sich getragen hatte, ließ den Ersten Terraner spontan an das loowerische Augenobjekt denken. Und darum drehten sich alle seine Gedanken in der Folge.

Der Tatsache, dass sich Margors Paratender in einer Ausnahmesituation wie Besessene benommen hatten, maß er wenig Aufmerksamkeit bei.

»Es ist allein meine Schuld«, sagte Elena Ripard betreten. »Ich hätte den Alarm nicht auslösen dürfen, dann wäre es möglich gewesen, Margor zu überraschen. Er wäre uns bestimmt nicht entkommen. Aber ich konnte nicht ahnen, dass ihm eine solche Fluchtmöglichkeit zur Verfügung stand.«

Das Auge bietet ihm diese Möglichkeit, erkannte Tifflor. *Es kann gar nicht anders sein!*

»Ich habe gewarnt«, meldete sich einer der Siganesen über die Verstärkeranlage. »Aber auf die Kleinen hört ja niemand.«

»Bleibt die Frage zu klären, was ihr überhaupt in der Kommandozentrale zu suchen hattet«, sagte die Kommandantin.

»Reiner Zufall«, betonte der zweite Siganese. »Wegen der Wartungsarbeiten wollten wir die Mikroschaltungen ebenfalls einer Routineprüfung unterziehen, und da tauchte auf einmal dieser Margor auf.«

»Es war mein Fehler ...«, wiederholte Elena Ripard.

»Verpassten Gelegenheiten darf man nicht nachtrauern«, sagte Tifflor. »Was geschehen ist, können wir nicht mehr ändern.«

Er kehrte auf die GONDERVOLD zurück.

Was hat Margor ausgerechnet auf DUCKO gesucht? Diese Frage stellte er sich immer wieder. Und in dem Zusammenhang ergaben sich eine Reihe weiterer Fragen. Wie war es dem Mutanten möglich, seinen Standort so blitzschnell zu wechseln? Wie kam es, dass er in letzter Zeit überall und nirgends zu sein schien? Wieso hatte er in der Neunturmanlage auf dem Mars erscheinen können?

War das Auge die Antwort?

Tifflor war geneigt zu glauben, dass zwischen Margors atemberaubenden Fähigkeiten und dem Auge ein Zusammenhang bestand. Der Gäaner war bestimmt kein Teleporter, er war es nie gewesen. Das hatten Howatzer, Vapido und Eawy ter Gedan mit absoluter Sicherheit behauptet, und sie hätten es wissen müssen.

Erst seit Margor das Augenobjekt an sich gebracht hatte, schien er überall und nirgends fast gleichzeitig zu sein. Das Auge musste ihm zu seinen paranormalen Gaben zusätzlich eine an Teleportation grenzende Fähigkeit verliehen haben. Es gab einige Fälle, wo sich Boyt Margor scheinbar in Luft aufgelöst hatte ...

Aber was hatte Margor ausgerechnet auf DUCKO zu suchen? Falls er zuvor nicht gewusst hatte, dass dort ein Loowerschiff festgehalten wurde, nun wusste er bestimmt Bescheid.

»Es ist zum Verzweifeln«, hörte Julian Tifflor Thaty sagen. »Von Nistor sind keine vernünftigen Antworten mehr zu bekommen. Als ich herausfand, dass er dem entelechischen Denken nicht so sehr unterworfen ist wie seine Erbauer, da glaubte ich, dass es eigentlich leicht sein müsste, mit ihm zurechtzukommen. Aber das hat sich als trügerisch erwiesen.«

»Es ist schon wahr.« Tifflor nickte zögernd. »Nistor hat uns kein Glück gebracht.«

»Wünschen die Terraner eine umfassende Definition des Begriffs Glück?«, erkundigte sich der Helk.

»Vergiss es, Nistor«, sagte Thaty schroff. An Tifflor gewandt, fügte er hinzu: »Sie haben vor einiger Zeit erwähnt, dass Sie froh wären, den Helk auf elegante Weise loszuwerden. Damals wollte ich davon nichts wissen. Aber jetzt stimme ich Ihnen zu.«

Tifflor lächelte plötzlich. »Wer weiß, Thaty, vielleicht findet sich bald ein Abnehmer für den Helk«, sagte er. »Ich habe so eine Ahnung, dass es einen Interessenten für ihn gibt. Und das bringt mich auf eine Idee!«

»Darf ich fragen, worauf Sie hinauswollen?«, erkundigte sich der Psychologe verständnislos. »Wollen Sie Nistor den Loowern zuspielen?«

»Das wäre wohl das Unvernünftigste, was wir tun könnten«, antwortete Tifflor. »Aber es gibt noch jemanden, der sich für Nistor zu interessieren scheint. Wenn ich richtig vermute und dieser Jemand wegen Nistor hierhergekommen ist, dann soll er ihn haben.«

»Sie reden von Margor?«

Julian Tifflor nickte.

»Ich sehe nicht ein, warum wir um Nistor buhlen sollen, wenn er uns ohnehin nur Schwierigkeiten bereitet. Sollte Margor wiederkommen, dann wird er offene Türen vorfinden.«

ENDE

Perry Rhodan-Buch 107

MURCONS VERMÄCHTNIS

erscheint im Herbst 2009

Nachwort

Die Vielfalt des PERRY RHODAN-Universums ist im Lauf der Jahre groß und faszinierend geworden. Wer hätte sich einst träumen lassen, als Major Perry Rhodan zum ersten Mal seinen Fuß auf den Boden des irdischen Mondes setzte, dass dieser kleine Schritt die Menschheit unseres Planeten weit hinausführen würde in die unerforschten Tiefen des Weltraums? Wie die Teile eines riesigen Puzzles fügen sich immer mehr Facetten zu einem mitreißenden spannenden Bild zusammen. Sie ergeben ein Historiengemälde unseres Universums, das mittlerweile schon in tiefer Vergangenheit beginnt und bis in die ferne Zukunft führen wird.

Wir Menschen des kleinen Planeten Erde haben nie auf einer Scheibe gelebt. Die Sonne drehte sich nie um unsere Welt, und sie steht auch keineswegs im Mittelpunkt der Milchstraße – vielleicht gerade deshalb lassen wir uns von unserem Wissensdurst immer weiter treiben. Der Drang, Neues zu erforschen, wird uns beherrschen, solange es die Herausforderung des Unbekannten gibt. Manche sagen Evolution dazu.

Zur biologischen Weiterentwicklung gehört unter anderem das Weltraumbaby, von dem in diesem Buch zu lesen war. Der Sohn von Helma Buhrlo verkörpert einen Traum, die Anpassung an unterschiedlichste Umweltbedingungen. Sind schon die Solaner eine Weiterentwicklung, Nomaden sozusagen, die sich vom planetengebundenen Leben gelöst haben und ihre Zukunft ausschließlich an Bord des Generationenschiffs SOL sehen, so geht die Natur mit dem kleinen Buhrlo noch einen Schritt weiter. Er wird nicht mehr auf die schützende Stahlhülle des Schiffes angewiesen sein, um im Weltraum zu überleben.

Eine besondere Art von Leben ist zweifellos auch der Roboter Laire. Von ihm werden wir noch viel lesen.

Und Baya Gheröl, die Siebenjährige ... Ihre Schilderung hat mich sehr beeindruckt; während der Arbeiten an diesem Buch stand sie immer irgendwie neben mir. Baya zeigt, dass man niemanden unterschätzen sollte. Vor allem aber ist sie im Gegensatz zu ihrer Familie jemand, der ohne Vorurteile dem Fremden entgegentritt. Sie ist bereit, Freundschaft zu schließen, wo andere sich abwenden. Menschen wie Baya braucht unsere Welt.

Ich wünsche Ihnen weiterhin viel Vergnügen und Kurzweil beim Lesen der kommenden PERRY RHODAN-Bücher.

Die in diesem Buch enthaltenen Originalromane sind: *Laire* (900) von William Voltz; *Die Zweidenker* (901) und *Das Mädchen und die Loower* (902) jeweils von Ernst Vlcek; *Sendboten des Alles-Rads* (905) sowie *Das Gericht der Kryn* (906), beide von H. G. Francis; *Das Weltraumbaby* (907) von Marianne Sydow und *Der Helk des Quellmeisters* (911) von Ernst Vlcek.

Hubert Haensel

Zeittafel

1971/84 Perry Rhodan erreicht mit der STARDUST den Mond und trifft auf die Arkoniden Thora und Crest. Mithilfe der arkonidischen Technik gelingen die Einigung der Menschheit und der Aufbruch in die Galaxis. Geistwesen ES gewährt Rhodan und seinen engsten Wegbegleitern die relative Unsterblichkeit. (HC 1–7)

2040 Das Solare Imperium entsteht und stellt einen galaktischen Wirtschafts- und Machtfaktor ersten Ranges dar. In den folgenden Jahrhunderten folgen Bedrohungen durch die Posbis sowie galaktische Großmächte wie Akonen und Blues. (HC 7–20)

2400/06 Entdeckung der Transmitterstraße nach Andromeda; Abwehr von Invasionsversuchen von dort und Befreiung der Völker vom Terrorregime der Meister der Insel. (HC 21–32)

2435/37 Der Riesenroboter OLD MAN und die Zweitkonditionierten bedrohen die Galaxis. Nach Rhodans Odyssee durch M 87 gelingt der Sieg über die Erste Schwingungsmacht. (HC 33–44)

2909 Während der Second-Genesis-Krise kommen fast alle Mutanten ums Leben. (HC 45)

3430/38 Das Solare Imperium droht in einem Bruderkrieg vernichtet zu werden. Bei Zeitreisen lernt Perry Rhodan die Cappins kennen. Expedition zur Galaxis Gruelfin, um eine Pedo-Invasion der Milchstraße zu verhindern. (HC 45–54)

3441/43 Die MARCO POLO kehrt in die Milchstraße zurück und findet die Intelligenzen der Galaxis verdummt vor. Der Schwarm dringt in die Galaxis ein. Gleichzeitig wird das heimliche Imperium der Cynos aktiv, die am Ende den Schwarm wieder übernehmen und mit ihm die Milchstraße verlassen. (HC 55–63)

3444 Die bei der Second-Genesis-Krise gestorbenen Mutanten kehren als Bewusstseinsinhalte zurück. Im Planetoiden Wabe 1000 finden sie schließlich ein dauerhaftes Asyl. (HC 64–67)

3456 Perry Rhodan gelangt im Zuge eines gescheiterten Experiments in ein paralleles Universum und muss gegen sein negatives Spiegelbild kämpfen. Nach seiner Rückkehr bricht in der Galaxis die PAD-Seuche aus. (HC 68–69)

3457/58 Perry Rhodans Gehirn wird in die Galaxis Naupaum verschlagen. Auf der Suche nach der heimatlichen Galaxis gewinnt er neue Freunde. Schließlich gelingt ihm mithilfe der PTG-Anlagen auf dem Planeten Payntec die Rückkehr. (HC 70–73)

3458/60 Die technisch überlegenen Laren treten auf den Plan und ernennen Perry Rhodan gegen seinen Willen zum Ersten Hetran der Milchstraße. Rhodan organisiert den Widerstand, muss aber schließlich Erde und Mond durch einen Sonnentransmitter schicken, um sie in Sicherheit zu bringen. Doch sie rematerialisieren nicht am vorgesehenen Ort, sondern weit entfernt von der Milchstraße im »Mahlstrom der Sterne«. Den Terranern gelingt es nur unter großen Schwierigkeiten, sich in dieser fremden Region des Universums zu behaupten. (HC 74–80)

3540 Auf der Erde greift die Aphilie um sich, die Unfähigkeit des Menschen, Gefühle zu empfinden. Perry Rhodan, die Mutanten und andere gesund Gebliebene beginnen an Bord der SOL eine Reise ins Ungewisse – sie suchen den Weg zurück in die Milchstraße. (HC 81)

3578 In Balayndagar wird die SOL von den Keloskern festgehalten, einem Volk des Konzils der Sieben. Um der Vernichtung der Kleingalaxis zu entgehen, bleibt der SOL nur der Sturz in ein gewaltiges Black Hole. (HC 82–84)

3580 Die Laren herrschen in der Milchstraße, die freien Menschen haben sich in die Dunkelwolke Provcon-Faust zurückgezogen. Neue Hoffnung keimt auf, als der Verkünder des Sonnenboten die Freiheit verspricht. Lordadmiral Atlan sucht die Unterstützung alter Freunde, die Galaktische-Völkerwürde-Koalition (GAVÖK) wird gegründet. (HC 82, 84, 85)
Auf der Erde im Mahlstrom zeichnet sich eine verhängnisvolle Entwicklung ab. (HC 83)

3581 Die SOL erreicht die Dimensionsblase der Zgmahkonen und begegnet den Spezialisten der Nacht. Um die Rückkehr zu ermöglichen, dringt ein Stoßtrupp in die Galaxis der Laren vor und holt das Beraghskolth an Bord. (HC 84, 85) Nur knapp entgeht die SOL der Vernichtung; die Entstehung des Konzils wird geklärt. (HC 86) Monate nach der SOL-Zelle-2 erreicht Perry Rhodan mit der SOL die Milchstraße und wird mit einer falschen MARCO POLO und dem Wirken eines

Doppelgängers konfrontiert. Die Befreiung vom Konzil wird vorangetrieben. (HC 87, 88)

Im Mahlstrom halten der geheimnisvolle Plan der Vollendung und die PILLE die Menschen im Griff. Die Erde stürzt in den »Schlund«. (HC 86)

3582 Alaska Saedelaere gelangt durch einen Zeitbrunnen auf die entvölkerte Erde (HC 88) und gründet mit einigen wenigen Überlebenden der Katastrophe die TERRA-PATROUILLE. (HC 91)

Die SOL fliegt aus der Milchstraße zurück in den Mahlstrom der Sterne (HC 89) und erreicht die Heimatgalaxis der Feyerdaler, Dh'morvon. Über die Superintelligenz Kaiserin von Therm eröffnet sich eine Möglichkeit, die Spur der verschwundenen Erde wiederzufinden. (HC 90, 91)

Die Inkarnation CLERMAC erscheint auf der Heimatwelt der Menschen, und das Wirken der Kleinen Majestät zwingt die TERRA-PATROUILLE, die Erde zu verlassen. (HC 93)

3583 Die SOL erreicht das MODUL und wird mit dem COMP und dem Volk der Choolks konfrontiert. (HC 92) Hilfeleistung für die Kaiserin von Therm und der Kampf um die Erde. (HC 94)

In der Milchstraße machen die Laren Jagd auf Zellaktivatoren. (HC 93) Das Konzept Kershyll Vanne erscheint. (HC 95)

3584 In der Auseinandersetzung mit BARDIOCS Inkarnationen (HC 96) wird Perry Rhodan zum Gefangenen der vierten Inkarnation BULLOC. EDEN II, die neue Heimat der Konzepte, entsteht. (HC 98)

3585 Die Invasionsflotte der Laren verlässt die Milchstraße. (HC 97) Erde und Mond kehren aus der fernen Galaxis Ganuhr an ihren angestammten Platz im Solsystem zurück. (HC 99) Perry Rhodan und die Superintelligenz BARDIOC: Das ist große kosmische Geschichte. (HC 100)

3586 Demeter wird aus ihrem Jahrtausende währenden Schlaf geweckt, und die BASIS geht auf die Suche nach der PAN-THAU-RA. Begegnung mit der SOL in der Galaxis Tschuschik. (HC 101/102) Die Flotte der Loower folgt der Spur des Auges und dringt ins Solsystem ein. (HC 103) Perry Rhodan gelangt mit einem Kommandounternehmen auf die PAN-THAU-RA und begegnet dem Roboter Laire. (HC 104/105)

Raumstation D

Die Station ist in den Ringen des Saturn positioniert. Sie durchmisst 7
Die Besatzungsstärke beträgt in der Regel 200 Personen.

Legende:

1. Oberes Korrekturtriebwerk (15 Stück)
2. Impulskanonen
3. Speicheranlagen für Sonnenenergie
4. Hangar
5. Ynkelonium-Terkonit-Panzerung
6. Ortungsantennen
7. Hyperfunkantenne
8. Kommandozentrale mit Panzerplast-kuppel
9. Observatorium
10. Transformkanonen
11. Schutzschirmpr
12. Ausfahrbarer V
Stück)
13. Andockmodul
14. Energiekupplun
15. Andockvorricht
16. Hangar (neun
und Jäger
17. Unteres Korrek
18. Energiespeiche
19. Zentraler Antigr